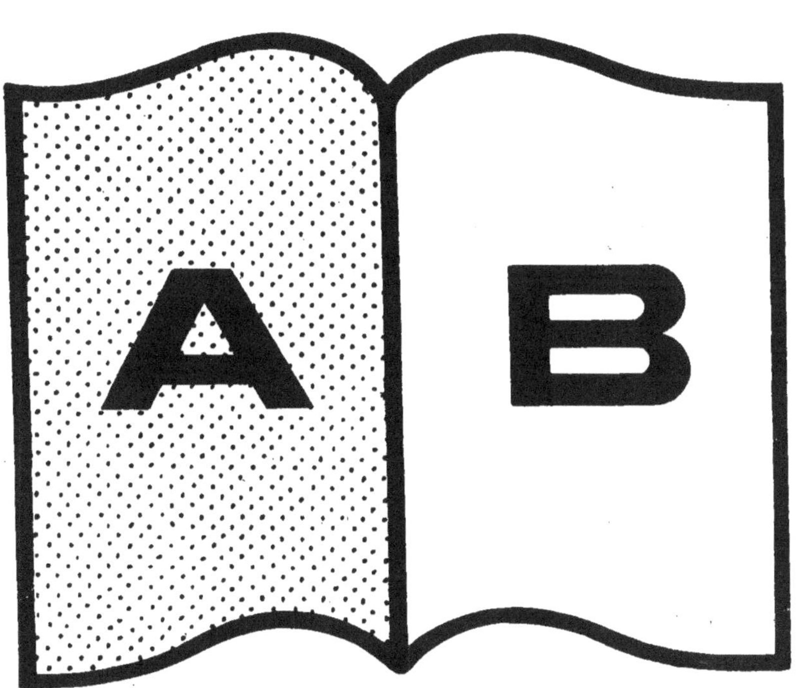

Contraste insuffisant

NF Z 43-120-14

HISTOIRE

LITTERAIRE

DU REGNE

DE LOUIS XIV.

TOME TROISIEME.

HISTOIRE LITTERAIRE DU REGNE DE LOUIS XIV.

DÉDIÉE AÛ ROY.

Par M. l'Abbé LAMBERT.

TOME TROISIEME.

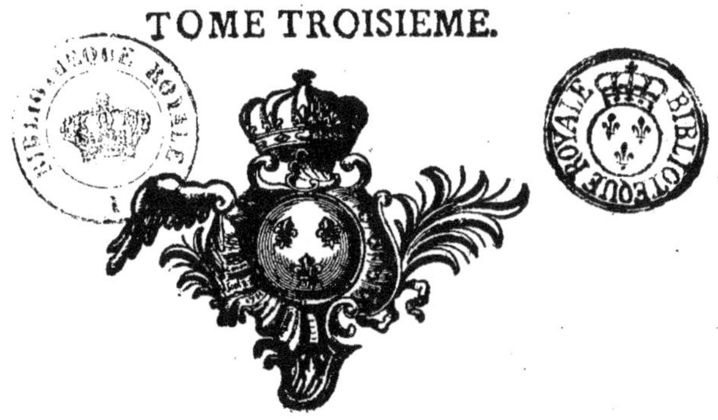

A PARIS,

Chez { PRAULT Fils, Quai de Conty, vis-à-vis le Pont-neuf.
GUILLYN, Quai des Augustins, près le Pont S. Michel.
QUILLAU Fils, rue S. Jacques, aux Armes de l'Université.

M DCC LI.

AVEC APPROBATION ET PRIVILEGE DU ROY.

DISCOURS

SUR LES PROGRÈS

DE LA PHILOLOGIE

SOUS LE REGNE

DE LOUIS XIV.

ST-il quelque genre de littérature, que le regne dont
nous écrivons l'histoire, n'ait vu porté au plus haut
point de perfection ? La grammaire, la critique, la mythologie, la géographie, la chronologie, la science des
médailles, celle des généalogies, l'art héraldique ; quel vaste champ
n'aurions-nous pas à parcourir, si nous voulions nous étendre sur ces
différentes parties ? Attachons-nous à rapporter les progrès successifs
qu'ont fait celles de ces parties, qui tiennent le premier rang dans la
littérature, & commençons par la grammaire qui doit marcher à la
tête de toutes nos connoissances, & qui est le principe de nos premieres
instructions.

La langue françoise, brute & informe dans ses commencemens, ne
prit une sorte de facilité que sous le regne de François I ; & ce fut-
là son adolescence, car de rétrograder vers son enfance, ce seroit remonter à des tems qui tenoient de la barbarie de nos premiers auteurs.
Notre langue retomba peu après la mort de ce prince, & elle eut même
de la peine à se relever ; aussi voyons-nous que les grands hommes de

Tome III. Liv. VIII. Pag. 1.

notre nation, qui vouloient faire passer leurs noms & leurs ouvrages
à la posterité, s'avisoient rarement d'écrire en leur langue naturelle,
dont ils connoissoient trop bien l'imperfection, pour ne pas lui préférer
la langue latine.

Sous Henri IV, notre langue prit un tour aisé & naturel, & elle
continua de se polir sous le regne suivant ; les progrès qu'elle fit, elle
les dut à l'académie illustre, établie pour la perfectionner.

La langue françoise sous le regne de Louis XIV, essuya differen-
rentes révolutions ; on écrivoit d'abord d'un style grand, noble, étendu, mais un peu trop diffus ; on conserva beaucoup de mots, & peut-
être de phrases qui paroissoient un peu trop sentir le vieux style. Les
uns & les autres furent sacrifiés à notre délicatesse ; cependant la
Bruyere, & après lui le grand archevêque de Cambrai, M. de
Fenelon, se sont plaints que nous cherchions à perfectionner notre
langue, en l'appauvrissant, en la privant de termes fort expressifs,
tandis que les étrangers nos voisins perfectionnent les leurs, en les en-
richissant de mots utiles qui leur manquent.

Vaugelas qui avoit commencé à paroître avec quelque éclat sous
Louis XIII, publia depuis des remarques instructives sur la langue
françoise ; il donna même sa traduction de Quinte-Curce, qui toute
exacte qu'elle est, renferme cependant quelques termes, & quelques
locutions qui ne sont plus d'usage. Scipion Dupleix qui n'estimoit rien
moins que la science des mots, voulut s'opposer à cette politesse étu-
diée, qui fait le charme des oreilles, mais il perdit son procès devant
le public éclairé.

Menage voulut imiter Vaugelas dans ses remarques, & pancha
plutôt vers l'antique érudition de notre langue, que vers sa politesse.
Thomas Corneille & l'Académie Françoise, perfectionnerent ce
que Vaugelas avoit commencé.

Le célebre pere Bouhours entra dans la même carriere, tant par
ses doutes sur la langue françoise, que par ses nouvelles remarques
publiées en 1675, où l'on voit l'exactitude & la pureté marcher d'un
pas égal. L'on peut donc fixer à ce tems un nouvel âge de la perfection de notre langue.

Plusieurs autres grammairiens publierent depuis différentes observations, mais qui ont fait peu d'honneur à leurs auteurs ; & il est vrai
que parmi ces derniers, il en est bien peu où l'on trouve cette pureté,
cette précision, cette délicatesse qui caractérise notre langue. L'excel-

lente grammaire de Regnier Defmarets, peut feule être confidérée comme un chef d'œuvre en ce genre.

Mais pour nous former la plus haute idée de la perfection que no-tre langue a acquife, rappellons-nous que c'eft fous le regne de Louis XIV, que tous les étrangers, ceux-mêmes qui nous affectionnent le moins, fe font appliqués avec ardeur à fe former dans la langue françoife ; que c'eft fous le regne de ce grand Roi, que la langue fran-çoife eft devenüe la langue commune des miniftres dans toutes les cours ; & s'il ne s'agiffoit ici que de la maniere d'écrire en tout genre de littéra-ture, avec quelle avidité nos voifins ne lifent-ils pas les œuvres fi fçavamment, fi élégamment écrites de Regnier Defmarets, de Bof-fuet, de Flechier, de la Bruyere, de Mallebranche, de Choify, de la Chapelle, de Toureil, de Fenelon, de Fleuri, & de tant d'autres écrivains célebres qui ont illuftré le regne de Louis XIV ? Tels font les modéles qu'on cherche, ou du moins qu'on doit chercher à imiter.

Après la grammaire, vient la critique, que l'on peut dire être une prudence littéraire, qui nous apprend à traiter les différens fujets de littérature dans leur véritable goût. L'examen des textes eft un moyen néceffaire pour les bien entendre, & ce moyen doit être tiré, foit de l'exactitude des éditions, foit de l'habileté des commentateurs ; mais parmi les écrivains qui fe font exercés dans ce genre de littéra-ture, en eft-il beaucoup qui y ayent excellé ? Combien qui ne fe font diftingués que par le vain étalage d'une érudition déplacée. Quel cou-rage ne faudroit-il pas pour lire ce qu'un littérateur, d'ailleurs ha-bile, le célebre Pafferat a écrit fur Catule ? Il y auroit fans doute & plus d'utilité & plus d'agrément à repaffer vingt fois le texte de cet agréable poëte, que de lire une feule fois cet énorme commentaire : di-fons la même chofe des notes de Cruceïus fur Stace. Chaque mot a don-né lieu à ces écrivains de s'échapper en de longues & ennuyeufes di-greffions, qui font perdre de vüe l'auteur qu'on a deffein de connoître ; auffi Chapelle, l'ingénieux Chapelle, difoit fort agréablement, qu'a-vec de femblables littérateurs, on entendoit fort bien le commentaire, mais nullement le texte.

Sous le regne de Louis XIV l'on parvint enfin à ce difcernement, à cette jufteffe qui nous préfente dans tout leur jour les beautés des an-ciens. Quel goût, quel ordre, quelle précifion, quelle clarté n'ad-mire-t-on pas dans les différentes éditions de littérature que ce prince fit exécuter pour l'inftruction de Mgr le Dauphin ? Les commentateurs

ne chercherent point à briller par une érudition dont le lecteur ne pou-
voit tirer aucun fruit ; mais ils se contenterent de faire paroître leur
jugement , en produifant un texte exact & correct , & en donnant lieu
par de courtes notes , d'en connoître toutes les beautés. Telle fut la
fage méthode que fuivirent les critiques illuftres , employés à ce tra-
vail ; les peres la Rüe , la Beaune , Merouville , le Tellier , Har-
douin , Chamillart , Jouvancy , Mrs Huet , Cailly , Danet , & la
fçavante M_{lle} le Fevre. Avec moins de fçavoir que nos peres , ils fi-
rent paroître plus de jugement , & ils eurent l'avantage de renouvel-
ler l'idée de ces anciens littérateurs , Servius & Donat , qui ont fi bien
fait connoître les beautés de Virgile & de Terence. C'eft le fouhait
que fit il y a près de deux fiécles , le célebre Pierre Pithou , qui vou-
loit que l'on s'attachât aux anciens commentaires , & aux nouveaux
textes , texte que l'on rapproche continuellement de leur fource , par
le moyen des anciens manufcrits.

Quel vafte fçavoir dans Budée & dans Turnebe , pour les difcuf-
fions critiques de la philologie ! Quelle profonde érudition dans le fça-
vant évèque de Lodeve , Plantavit de la Paufe ! cependant com-
bien pour l'exactitude des connoiffances , & le fond du raifonnement ,
ne font-ils pas inférieurs au pere Vavaffeur , à Samuel Bochart , à
Longuerüe , & au pere Rapin ? Il eft vrai qu'ils ont défriché & frayé
le chemin , & les derniers font arrivés au but. Nicot , Monet & Bour-
goin , font-ils comparables à Menage , & aux autres dictionnaires
de notre langue ? D'Aubignac & le Boffu ne l'emportent-ils pas pour
l'exactitude des préceptes , fur la poëtique de Scaliger ? Renouard ,
quoique habile , a commenté les métamorphofes d'Ovide ; mais d'une
maniere fort inférieure à l'abbé Banier. La Primaudaye , le Roi &
du Vair , peuvent-ils pour le genre varié de littérature , être compa-
rés à Balzac & à la Mothe le Vayer ? Cependant ces derniers qui ont
vécu au commencement du regne de Louis XIV , ne font pas auffi par-
faits que duCange , qui a paru vers le milieu du mème regne. Sur com-
bien de fujets utiles & intéreffans , s'eft exercée avec choix la profon-
de érudition de ce grand homme ? Enfin pour finir ce parallele , les fié-
cles antérieurs à celui de Louis le Grand , ont-ils à oppofer quelque ou-
vrage , qui pour une fage inftruction des princes , approche de Télé-
maque , & pour le refte de l'humanité des caracteres de la Bruyere ?
Tel eft le point de perfection , où cette partie des fciences a été portée
fous le précédent regne ; ajoutons un autre avantage qui lui eft parti-

eulier, c'est d'avoir produit dans les Journaux un genre nouveau de littérature, qui seul paroît suffire pour perfectionner le goût, ou du moins pour empêcher qu'il ne vienne insensiblement à se corrompre.

Les Antiquaires peuvent servir de troupes auxiliaires aux critiques & aux historiens. La connoissance exacte des antiquités, c'est-à-dire des usages, soit dans la religion, soit dans la vie civile & politique, fait souvent connoître le fonds d'un auteur ancien, qui est couvert d'obscurité, dès qu'on ignore les coutumes auxquelles il fait allusion. Ces coutumes sont-elles connües, sont-elles expliquées ? le texte de l'écrivain s'éclaircit & devient facile. Les médailles, & les autres monumens qui nous restent de l'antiquité, frappent au même but ; ce sont en quelque sorte des tableaux qui représentent les usages des peuples, & qui rendent sensibles à la vüe plusieurs points de l'histoire, que l'esprit ne pourroit développer que difficilement.

Nous n'avons pas été des derniers à nous appliquer à ce genre de littérature. Nos écrivains, tant les anciens que les modernes, ont souvent servi de guides à ceux qui se livrent à ces connoissances. Dans le XVIe siécle, & au commencement du XVIIe, Lazare, Baïf, Bellan, Guillaume du Choul, Boullenger, Gonthiere, avoient publié divers écrits, où il étoit traité séparément, des sacrifices des anciens, de leurs campemens, de leur ordre de bataille, de la forme de leurs navires, de la pompe de leurs funérailles, des droits de leurs anciens sacrificateurs, de l'Etat, de la maison des Empereurs Romains, des fonctions de leurs offici... s. Saumaise, Spon, Nicaise, Baudelot, Galland, du Moulinet, s'exercerent avec succès dans le même genre de littérature ; mais rien d'aussi entier, rien d'aussi soigneusement détaillé que ces corps d'antiquités, travaillés par le sçavant dom Bernard de Montfaucon ; collections qui nous offrent les tableaux d'une infinité d'usages, de mœurs, de coutumes, tant sacrées, que politiques ou civiles, qu'on chercheroit inutilement ailleurs en un corps d'ouvrage aussi méthodique.

Chacun sçait à quel point de perfection fut portée sous le même regne, la science des médailles. Si nos voisins l'emportent sur nous par la multitude de leurs ouvrages sur cette partie, aucun d'eux pour l'intelligence & le juste discernement n'a surpassé, disons même, n'a été aussi loin que les Seguin, les Patin, les Oudinot, les Vaillant ; ce dernier sur-tout, & par le nombre, & par la variété de ses travaux, est encore aujourd'hui l'admiration de l'étranger, qui ne cesse de réimprimer ses ouvrages.

Passons aux traductions : Quel usage fait-on aujourd'hui des ouvrages de Claude de Seissel, de ceux de Jean de Maumont, de Blaise de Vigenere, de Guénébrard, de Dupinet, & d'Harlai de Chanvalon? S'ils sont connus, ce n'est gueres que par les Bibliographes, qui même n'en font mention, que pour ne pas manquer à l'exactitude des détails. Il est vrai qu'il en est un qui a conservé, mais sans préjudice de notre délicatesse, son ancienne réputation, c'est l'habile Jacques Amyot. La traduction que M. Dacier a publiée des vies de Plutarque, n'a pas fait tomber celle de cet ancien traducteur, recherchée malgré deux siécles qui ont passé sur cet ouvrage, & qui ont vu anéantir les travaux d'une infinité d'autres littérateurs.

Voyons maintenons en peu de mots les progrès de ce genre de littérature sous le regne de Louis XIV. Jean Baudou commence le premier âge de ce regne ; à peine l'a-t-il emporté sur les traducteurs qui ont vécu un siécle avant lui. Il fut relevé par Pierre du Ryer & l'abbé de Marolles, qui firent quelques pas vers la perfection. Vaugelas alla plus loin, & commence un second âge : dès que parut sa version de Quinte-Curce, on ne fit pas difficulté de dire, que si l'Alexandre de Quinte-Curce avoit été invincible, celui de Vaugelas étoit inimitable ; & cependant combien de corrections n'y auroit-il pas à y faire, pour le mettre en parallele avec nos derniers traducteurs? Perrot d'Ablancourt entame un troisiéme dégré de perfection, il n'a pas seulement rendu les paroles de ses originaux, il les a fait parler en notre langue, comme eux-mêmes auroient dû faire, s'ils avoient vécu vers le milieu du regne de Louis XIV; mais après d'Ablancourt, brille un quatriéme âge plus élégant que les autres. Parurent alors les Arnaulds d'Andilly, les Dubois, les Maucroix, les Cousins, les Toureils, les Dacier, les Sacy, les Regniers des Marets, les Mongaults.

Tels sont les modéles que se proposent tant d'écrivains illustres, qui cherchent avec succès à faire aujourd'hui parler en notre langue, ces hommes excellens qui ont décoré par un sçavoir éminent, Athenes, Rome, Constantinople, Londres ; ils les approchent de nous, ils nous les font goûter, ils les rendent sensibles, autant que la différence des langues, des tems & des génies, peut le permettre.

HISTOIRE LITTERAIRE
DU REGNE
DE LOUIS XIV.

ELOGES HISTORIQUES
DES PHILOLOGUES CELEBRES,
des Critiques, Grammairiens, Lexicographes, Bibliographes, Géographes, Commentateurs, Interpretes, Mythologistes, Blasonistes, Généalogistes, Chronologistes, Antiquaires, Médaillistes.

LIVRE HUITIEME.
CLAUDE FAURE DE VAUGELAS.

Laude Faure de Vaugelas Baron de Peroges, & l'un des Quarante de l'Académie Françoise, étoit fils de l'illuftre Préfident Faure, l'Auteur du Code appellé communément le *Code Fabrien*, & de plufieurs autres ouvrages de Jurifprudence, recueillis en dix volumes *in-folio*. Claude Faure fon second fils na-

Tome III.   A

quit à Bourg en Bresse vers l'an 1585. Il n'eut en partage que la Baronie de Peroges en Bresse qui n'étoit pas d'un grand revenu, & une pension mal payée de deux mille livres que Louis XIII. avoit accordée en 1619 au Président Faure & à ses enfans, pour les services que ce Magistrat avoit rendus à l'Etat, dans le mariage de la Princesse Christine de France avec Victor Amédée Duc de Savoye.

M. Vaugelas vint fort jeune à la Cour, il fut Gentilhomme ordinaire, puis Chambellan de Gaston Duc d'Orleans, qu'il suivit en toutes ses retraites hors du Royaume. Il fut aussi sur la fin de ses jours Gouverneur des enfans du Prince Thomas; mais il n'en devint pas pour cela plus riche. Il mourut même si pauvre, que les biens qu'il laissa, ne suffirent pas pour acquitter ses dettes. Ce n'est pas cependant qu'il eût jamais donné dans aucun excès qui eût pû le ruiner; mais les fréquens voyages qu'il avoit fait avec le Duc d'Orleans son maître, joints à différentes circonstances fâcheuses, où il s'étoit trouvé, avoient entiérement dérangé ses affaires.

Plus estimable encore par les qualités du cœur, que par celles de l'esprit, il se concilia l'amitié & l'estime de tout ce qu'il y avoit de personnes à la Cour, distinguées par leur naissance, ou par leur sçavoir; il étoit en particulier lié d'une très-étroite amitié avec le Baron de Foras qui l'appelloit son frere; avec Faret qui avoit été son disciple, & avec Voiture, Chapelain & Conrat. La politesse de ses manieres, la douceur de sa conversation, ses complaisances, son respect pour les Dames, le faisoient rechercher dans toutes les compagnies.

Depuis son enfance il fit de la Langue Françoise sa principale étude, & l'on doit dire à sa louange qu'il a été un de ceux de l'Académie qui a le plus contribué à la perfection de cette langue; Coëffetau fût le modelle qu'il se proposa; & il étoit si enchanté de la beauté du style de cet écrivain, qu'il ne voyoit pas que l'on dût se servir d'autres phrases que de celles qui se trouvent dans son Histoire Romaine ; ce qui a fait dire à Balzac. *Qu'au jugement de Vaugelas il n'y avoit point de salut hors de l'Histoire Romaine, non plus que hors de l'Eglise Romaine.*

A une imagination vive & féconde il joignoit une présence d'esprit admirable. Chacun sçait l'ingénieuse repartie qu'il fit au Cardinal de Richelieu, au sujet du rétablissement de sa pension de deux mille livres dont il n'étoit pas payé. *Hé bien, Monsieur, lui dit le Cardinal, d'un ton gracieux : Vous n'oublierez pas du moins dans le Dictionnaire le mot de pension? Non Monseigneur,* lui répondit notre Académicien en le saluant profondément, *& moins encore celui de reconnoissance.*

La prose étoit le seul genre d'écrire dans lequel cet Auteur excellât; on dit cependant qu'il a composé quelques vers Italiens que Mr. Pelisson nous apprend avoir été fort estimés. Quant à la Poésie Françoise, il n'en faisoit usage que pour des *impromptus.* Le même Mr. Pelisson dit que „ Vaugelas passant un jour à Nevers, „où la Princesse Marie, depuis Reine de Pologne se „ trouvoit alors, quelques-unes de ses Demoiselles qui „faisoient une quête, vinrent à l'auberge où il étoit, „mais que n'ayant pû les voir à cause d'un remede qu'il „ vénoit de prendre, il leur envoya deux pistoles avec „ cette épigramme qu'il fit sur le champ.

Empêché d'un empêchement
Dont le nom n'est pas fort honnête.
Je n'ai pû d'un seul compliment
Honorer au moins votre quête.
Pour en obtenir le pardon,
Vous direz que je fais un don
Aussi honteux que mon remede ;
Mais rien ne paroît précieux

Auprès de l'Ange (la Princesse) qui possede
Toutes les richesses des Cieux.

» Voici un autre impromptu qu'il fit sur certain
» mot de travers que lui avoit dit un portier de l'Hotel
» de Rambouillet , en lui faisant un message de la part
» de Madame la Marquise.

> *Tout à ce moment maître Isaac ,*
>
> *Un peu moins discret que Balzac ,*
>
> *Entre dans ma chambre & m'annonce ,*
>
> *Que Madame me derenonce.*
>
> *Me derenonce , Maître Isaac ?*
>
> *Oui , Madame , vous derenonce.*
>
> *Elle m'avoit donc renoncé ,*
>
> *Lui dis-je , d'un sourcil froncé ?*
>
> *Portez-lui pour toute réponse ,*
>
> *Maître Isaac , que qui derenonce ,*
>
> *Se répent d'avoir renoncé :*
>
> *Mais avez-vous bien prononcé ?*

Nous ne donnons pas ces deux Epigrammes comme
des preuves du genie Poëtique de leur Auteur. *Mais
des grands hommes ,* comme le remarque M. Pelisson ,
les moindres choses sont précieuses. M. Vaugelas qui connoissoit qu'il n'étoit pas né Poëte , donna tous ses soins
à bien écrire en prose , & il eût la gloire d'y réussir parfaitement. La parfaite connoissance qu'il eut de la
langue Françoise , lui mérita d'être choisi pour travailler au grand Dictionnaire de l'Académie , mais tous
les cahiers qu'il en composa , furent saisis à sa mort par
ses Créanciers , & la compagnie ne put les retirer d'entre leurs mains qu'en vertu d'une Sentence du Chatelet ,
obtenüe le 17 May de l'année 1651.

Les premieres remarques que cet illuftre Ecrivain publia fur la langue Françoife , furent critiquées par la Mothe le Vayer , & par Dupleix. Il eft vrai cependant que cet ouvrage mérite une eftime particuliere ; car non feulement le ftyle en eft excellent , mais il regne encore dans tout le corps de l'ouvrage , tant d'ingénuité , de candeur & de franchife , qu'on ne peut prefque s'empêcher d'en aimer l'Auteur.

Nous avons encore du même Ecrivain un autre volume de remarques qui n'ont été imprimées qu'en 1690. par les foins d'un Avocat de Grenoble appellé l'Allemant.

Mais l'ouvrage qui a acquis le plus de réputation à cet illuftre fçavant , c'eft fon admirable traduction de Quinte-Curce qui lui coûta trente années d'un travail affidu ; on dit même qu'après avoir vu quelque traduction de M. d'Ablancour , il en goûta tellement le ftyle un peu moins diffus que le fien , qu'il recommença tout fon ouvrage ; chaque période étoit traduite à la marge fort fouvent en cinq ou fix manières differentes , toutes prefque fort bonnes & c'étoit ordinairement celle qu'il avoit mife la premiere qu'on eftimoit le plus ; ce qui fit dire à Voiture , qui étoit l'ami particulier de Vaugelas , que notre langue feroit changée avant que fa traduction fût achevée , & qu'il feroit par confequent obligé de la recommencer , & qu'ainfi il fe trouveroit dans le même cas de ce barbier dont parle Martial qui étoit fi long temps à faire une barbe , qu'avant qu'il l'eût achevée elle recommençoit déja à revenir.

Eutrapelus Tonfor , dum circuit ora Luperci ,
Expungitque genas , altera barba fubit.

Ainfi difoit Voiture *altera lingua fubit.*

Cette traduction fut revüe & donnée au public en

1653. par Mrs. Conrart & Chapellain ; peu de temps après il en parut une seconde édition entiérement semblable à la premiere , mais on retrouva dans la suite une nouvelle copie de l'Auteur & c'est sur cette copie que M. Patru donna une troisiéme édition fort différente des deux autres.

La beauté de ce merveilleux ouvrage a fait dire à Balzac que l'Alexandre de Quinte-Curce est invincible , & que celui de Vaugelas est inimitable ; au Pere Bouhours que cette traduction est un modelle sur le quel on peut se former seurement , & à M. Godeau que cette copie est aussi belle que l'original; qu'elle fut long tems attendüe comme un chef-d'œuvre , mais qu'elle a surpassé l'espérance que l'on en avoit concüe & qu'elle fera vivre éternellement la mémoire de son Auteur.

La mort de ce célébre écrivain arriva au mois de Février de l'année 1650 , il étoit agé d'environ soixante - cinq ans. Pendant plusieurs années il fut tourmenté d'un mal de côté causé par un abscès qui se formoit dans l'estomac. Se sentant un jour fort soulagé & se croyant presque guéri , il voulut aller prendre l'air au jardin de Soissons , où il avoit un appartement , mais son mal recommença le lendemain a se faire sentir avec tant de violence , qu'il fut obligé d'envoyer appeller du secours. Son valet étant revenu peu de momens après , il trouva son maître qui rendoit son abscès par la bouche. Surpris de cet accident dont il ne pouvoit deviner la cause , il demanda ce que c'étoit; à quoi M. Vaugelas répondit sans laisser paroître aucune émotion sur son visage. *Vous voyez , mon ami , le peu que c'est que de l'homme.* Ce furent là ses derniéres paroles , & il n'eut plus que quelques momens de vie.

JEAN BAUDOUIN.

JEAN BAUDOUIN né à Pradelle en Vivarais, selon Pellisson, & selon l'Abbé de Marolles en Franche-Comté, eut le sort de la plupart des sçavans sur qui la fortune semble se venger de ce qu'ils ont trop bien été partagés du côté de la nature.

Après avoir fait divers voyages qui ne le rendirent pas plus riche, il prit le parti de venir à Paris dans l'espérance d'y trouver quelque protecteur généreux qui prît soin de son avancement ; quelques ouvrages qu'il publia lui obtinrent une place à l'Académie, & la Reine Marguerite le fit son Lecteur : il s'attacha depuis au Maréchal de Marillac. Son changement de condition n'en mit aucun dans sa fortune. Toujours pauvre il fut obligé de se livrer à un travail assidu, qui jusqu'à la fin de sa vie fut son unique ressource pour fournir aux besoins de la vie.

La réputation qu'il avoit d'être un des meilleurs traducteurs de son tems, engagea la Reine Marie de Médicis à l'envoyer en Angleterre pour y traduire l'Arcadie de la Comtesse de Pembrock. Pellisson nous apprend que Baudoin eut le bonheur d'être aidé dans ce travail par une Demoiselle qui ayant demeuré long tems à Londres avoit appris parfaitement l'Anglois. Comme il jugeoit qu'elle pourroit lui être d'un grand secours pour la composition de ses ouvrages, il en fit son épouse, & l'emmena en France où il continua à innonder le public de ses ouvrages. S'il ne leur donna pas toute la perfection qu'ils auroient pu avoir, c'est que ses besoins presque toûjours pressans, régloient ordinairement la précipitation ou la lenteur avec la quel-

le il les compofoit : fon ftyle d'ailleurs paroit naturel
& facile.

Il nous a donné les traductions de Tacite, de Sue-
tone, de Lucien, de Sallufte, de Dion Caffius, l'Hiftoire des Incas par un Inca, la Jérufalem du Taffe, les
difcours du même Auteur, ceux d'Ammirato fur Tacite, plufieurs ouvrages du Chancelier Bacon, *Vindeliciæ
Gallica* de M. de Priezac, les Epitres de Suger, les fables d'Efope, l'Inconologie de Ripa, diverfes piéces de
Poëfies, des fermons Théologiques & Moraux, une
Hiftoire Indienne intitulée Lendamire & un grand
nombre d'autres ouvrages rapportés par M. l'Abbé d'O-
livet dans fa continuation de l'Hiftoire de l'Académie.
Mais de tous les ouvrages de cet écrivain, le plus eftimable c'eft fon Hiftoire des guerres civiles de France
traduite de l'Italien de Davila. Le Cardinal de Richelieu parut fi fatisfait de cette traduction qu'il fit efperer
à l'Auteur une penfion de douze cens écus, mais la
mort de ce Miniftre arrivée peu après la publication de
ce livre, priva le pauvre Baudouin de la récompenfe
qui lui avoit été promife. M. Gueret dans fon Parnaffe
réformé dépeint Baudouin & du Ryer prets à deloger
du Parnaffe pour leurs mauvaifes traductions, & ajoute
que Davila vint offrir à Baudouin fa protection, &
qu'en reconnoiffance de la gloire qu'il recevoit de la
belle traduction qu'il avoit faite de fon Hiftoire, il lui
fit efperer d'obtenir fon pardon d'Apollon & des Mufes,
& la remiffion de toutes les fautes qu'il avoit faites ailleurs.

Cet Auteur mourut en 1650 agé de plus de foixante
ans; l'Anglois, l'Italien & l'Efpagnol lui étoient prefque auffi familiers que le Latin & le François.

GABRIEL

GABRIEL NAUDE'.

GABRIEL NAUDE', Chanoine de Verdun, & Prieur de Lartige en Limousin, issu d'une honnête famille de Paris, nâquit dans cette ville le 2 Février de l'année 1600. Les heureuses dispositions qu'il eut pour les sciences, & qui se développerent dès ses plus tendres années, furent cultivées avec soin par ses parens. Pour se former tout à la fois & dans la pieté & dans les Lettres, ils le mirent dès qu'il eut atteint sa huitiéme année, dans une Communauté de Religieux, où le jeune Naudé apprit les premiers élemens de la Grammaire, & les principes de la Religion ; il étudia ensuite dans l'Université, où il se distingua autant par son application que par la beauté de son génie.

Reçu Maître-ès-Arts après avoir fait avec succès son cours de Philosophie, il suivit l'attrait qui le portoit à la Médecine, & parut avec éclat sur les bancs de la Faculté ; la réputation qu'il se fit en peu de tems par sa capacité lui concilia l'estime d'un Magistrat illustre, M. Henri de Mesmes, Président à Mortier, qui se fit un plaisir d'attirer chez lui le jeune Naudé, à qui il confia le soin de sa Bibliothéque ; emploi dont le jeune Docteur se dégoûta bientôt, & qu'il quitta en 1626, pour se livrer tout entier à la profession qu'il avoit embrassée.

Le désir de se perfectionner dans son art le conduisit la même année à Padoue ; mais à peine y fut-il arrivé que la mort de son pere l'obligea de repasser en France.

Peu de tems après son retour ce sçavant homme publia son livre intitulé, *Avis pour dresser une bibliotheque,*

Tome III.   B dédié à M. le Préfident de Mefmes. Cet ouvrage avoit été précédé du *Marfore*, ou difcours contre les Libelles, d'une inftruction à la France fur la vérité de l'hiftoire des freres de la Rofecroix, & d'une Apologie pour les grands perfonnages accufés de Magie.

L'érudition répandue dans ces écrits, le grand nom que l'Auteur s'étoit fait dans la Faculté, lui mérita d'être choifi en 1628, pour faire le difcours d'appareil qui fe prononce ordinairement à la réception des Licentiés. Cette excellente Piéce, où l'Auteur reléve avec beaucoup d'éloquence l'antiquité & la dignité de la Faculté de Médecine de Paris, fut donnée au Public la même année, & fut généralement applaudie. Les fçavantes additions à l'hiftoire de Louis XI. que l'Auteur publia deux années après, ne furent pas reçues moins favorablement. » Ce Livre, dit un judicieux Critique, » ne contient pas de fimples narrations, mais des remar- » ques & de bonnes preuves que nos Rois ont été in- » ftruits dans les Lettres, furtout Louis XI. on y trouve » auffi plufieurs particularités intéreffantes de fon ré- » gne. »

L'année fuivante, fçavoir en 1631, M. Naudé donna une édition des œuvres du célébre Jean Riolan le pere, Médecin du Roi de France. Mais nous ferions infinis fi nous voulions entrer dans le détail de tous les écrits qui font fortis de la plume de ce fçavant homme. Il nous fuffira de dire qu'il n'eft prefque aucun genre de littérature dans lequel il ne fe foit exercé avec fuccès, comme on peut le voir par le Catalogue de fes œuvres, qui fe trouve à la fin du Recueil publié par le Pere Jacob Carme, fous le titre de *Naudaei tumulus*. Revenons à l'hiftoire de fa vie.

Ce fut en 1631, que fur le glorieux témoignage que le célébre M. Dupui rendit au Cardinal Bagni de l'habileté de l'homme illuftre dont nous faifons l'éloge, cette Eminence emmena M. Naudé à Rome en qualité de Bibliothéquaire & de Sécrétaire en langue Latine. Peu de tems auparavant il avoit été honoré du titre de Médecin de Sa Majesté, & ce fut pour soutenir avec plus de dignité ce titre glorieux, qu'en 1633, il alla recevoir le bonnet de Docteur en Médecine, dans la célébre Université de Padoüe.

Le séjour de ce sçavant homme en Italie fut marqué par une Anecdote Littéraire trop intéressante pour ne pas la rapporter ici, ce fut à l'occasion du Livre de l'Imitation de J. C.

» Le Cardinal de Richelieu, dit l'Auteur des Mé-
» moires pour servir à l'histoire des hommes illustres,
» ayant donné ordre que cet ouvrage fût imprimé au
» Louvre, Dom Grégoire Tariffe, Général des Béné-
» dictins de saint Maur, demanda que cette édition
» fût publiée sous le nom de *Jean Gerfen*, Religieux de
» l'Ordre de saint Benoît, qu'il disoit en être le véri-
» table Auteur, sur l'autorité de quatre anciens manus-
» crits, qui étoient à Rome. M. Naudé, & M. Marti-
» nelli, Sous-garde de la Bibliothéque du Vatican,
» furent nommés pour les examiner. Leur rapport ne
» fut pas favorable aux Bénédictins; il leur parut que
» le nom de Gerfen, qui se trouvoit dans quelques-uns
» de ces manuscrits, étoit d'une écriture plus récente
» que les Livres mêmes, & M. Naudé envoya à Mes-
» sieurs Dupui une relation de ce qui s'étoit passé en
» cette occasion, relation que le Pere Fronteau inséra
» quelques années après dans son Livre intitulé, *Thomæ*
» *à Kempis de Imitatione Christi Libri IV. cum eviétione quâ*
» *nonnulli hoc opus Joanni Gerfen Benedictino attribuere.*

» Dom Robert de Quatremaires de la Congrégation
» de saint Maur, fit une réponse vive au Livre du Pere
» Fronteau, dans laquelle il accusa M. Naudé de mau-
» vaise foi dans l'examen des manuscrits, & le soup-
» çonna même de les avoir falsifiés pendant qu'il les
» avoit eus entre les mains. . . .

» Ce sçavant se voyant attaqué, & calomnieusement
» accusé, ne se contenta pas de se justifier par des

B ij

» écrits publics, il s'adreſſa encore aux Magiſtrats pour
» tirer réparation de l'injure qu'on lui avoit faite, &
» préſenta ſa Requête au Châtelet pour faire ſaiſir &
» ſupprimer les exemplaires des Livres de Dom Qua-
» tremaires, & ceux de Dom Valgrave, autre Bénédi-
» ctin, qui de ſon côté avoit vivement écrit contre
» l'Auteur de la même relation.

» Les Bénédictins firent renvoyer la Cauſe aux Re-
» quêtes du Palais. Ce procès où les Chanoines Régu-
» liers de ſainte Génevieve intervinrent, dura quelque
» tems. Enfin la cauſe ayant été plaidée le 12 Février
» 1652, il fut ordonné que les paroles injurieuſes reſ-
» pectivement employées, ſeroient ſupprimées, & il
» fut défendu de faire imprimer le Livre de l'Imitation
» de J. C. ſous le nom de *Jean Gerſen*, Abbé de Verceil;
» & il fut permis de l'imprimer ſous celui de *Thomas à*
» *Kempis.* »

Nous ne parlerons pas de tous les ouvrages que M.
Naudé compoſa dans la pourſuite de ce Procès; la mort
lui ayant enlevé ſon protecteur, le Cardinal Bagni en
1691, il s'attacha au Cardinal Antoine Barberin; mais
demandé preſque dans le même tems par le Cardinal
de Richelieu, pour être ſon Bibliothéquaire, il ſe rendit avec empreſſement à une ſi glorieuſe invitation,
& arriva à Paris le 10 Mars 1652; mais vers la fin de
la même année il eut le malheur de perdre ſon nouveau protecteur. La ſupériorité de ſes talens lui en fit
bientôt après trouver un autre dans la perſonne du
Cardinal Mazarin, qui s'attacha ce ſçavant homme
dans la même qualité de Bibliothéquaire. Emploi que
M. Naudé remplit avec tant de zèle, que dans l'eſpace
de ſept ans il vint à bout de former une bibliothéque
compoſée de plus de quarante mille volumes, tous
choiſis avec beaucoup de goût. Deux petits bénéfices,
un Canonicat de Verdun, & le Prieuré de l'Artige
furent la récompenſe de tant de ſoins. Si nous en
croyons Gui-Patin, l'ami particulier de l'homme célébre

dont nous faifons l'éloge, celui-ci n'eut pas fujet de fe louer beaucoup de la libéralité du Cardinal. Voici comme il s'exprime dans une Lettre écrite à Charles Spon. » J'ai reconnu, dit-il, en M. Naudé une chofe » dont j'ai regret, vû que toute fa vie, je l'en avois » toujours connu fort éloigné ; c'eft qu'il commence à » fe plaindre de fa fortune & de l'avarice de fon maî- » tre, duquel il n'a pû, ce dit-il, avoir aucun bien que » douze cens livres de rente de bénéfices, & qu'il fe » tue pour trop peu de chofes. Je penfe que c'eft la peur » de mourir avant que d'avoir amaffé du bien pour » laiffer à des freres & à des neveux, qu'il a en grande » quantité.

Le même Auteur nous apprend que lorfque la Bibliothéque du Cardinal, qui avoit été obligé de fortir du Royaume, fût vendue publiquement ; M. Naudé acheta en 1652 tous les Livres de Médecine pour la fomme de 3500 liv.

Connu pour l'homme de l'Europe qui étoit le plus verfé dans la fcience des Livres, peu de tems après la difgrace de fon dernier Maître, il eut l'honneur d'être appellé à Stokolm pour y remplir auprès de la Reine Chriftine l'emploi de Bibliothéquaire ; mais quelque avantageux que fût pour l'accroiffement de fa fortune un pofte fi honorable, l'intérêt de fa fanté & l'amour de la Patrie le rappellerent en France après quelques mois de féjour en Suede. Epuifé par les fatigues d'un long voyage, il tomba dangereufement malade à Abbeville, & y mourut le 21 Juillet 1653, après avoir reçu les derniers Sacremens de l'Eglife dans de grands fentimens de pieté. Il étoit âgé de cinquante-trois ans.

Nous joindrons ici l'Epitaphe que le Pere Jacob, Carme, a confacrée à la mémoire de l'homme célébre, dont nous venons de parler.

D. O. M.

GABRIELI NAUDÆO *Lutetiæ Parisiorum in S. Mederici Parochia honestis parentibus, IV. Nonas Februarii, anno 1600 nato, Medico Patavino, ac Romano Regio, Academico Humorista perpetuo; Abstemio, Canonico Virdunensi, Priori Artiguæ apud Lemovicenses integerrimo, Philologo eximio, Poëtæ à natura formato, cultori Musarum celeberrimo, Henrici Memmii Senatus Parisiensis præsidis Insulati primùm, deinde Emin. principum S. R. E. Cardinalium Joannis Francisci à Balneo, Antonii Barberini Summi Pontificis Urbani VIII. ex fratre nepotis, & Julii Mazarini Regum Christ. Ludovici XIII. & XIV. Arcanorum Consiliorum arbitri, tandem Christinæ Suecorum, Vandalorum & Gothorum reginæ Bibliothecario, viro religione, pietate, morum integritate, & animi candore vere conspicuo, vindici veritatis fortissimo, fidelissimo omnibus litteratis amico, scriptori variorum Librorum utroque idiomate eruditissimo, reduci ex Suecia Abbatis Villa apud Morinos violenti febre correpto, post suscepta Ecclesiæ sacramenta, die XXIX. Julii; anno Incarn. inter suorum manus christianè & piè mortuo.*

Frater Ludovicus Jacob à sancto Carolo Cabilonensis Ordinis Carmelitarum amico singulari, amicus singularis posuit.

JEAN LOUIS GUEZ DE BALZAC.

JEAN Louis Guez de Balzac, le reftaura-
teur de la langue Françoife & l'homme le plus éloquent de fon fiécle , Confeiller du Roy en fes Confeils , & l'un des premiers Académiciens prit naiffance à Angouleme en 1594. Guillaume Guez fon
pere mort en 1650 âgé de près de cent ans, avoit époufé , une Demoifelle de la famille de Nefmond, qui
lui apporta en mariage la terre de Balzac fituée fur
les bords de la Charente dans les environs d'Angoulême.

M. de Balzac n'étoit encore âgé que de dix-fept ans,
qu'il fit , on ne fçait à quelle occafion , un voyage en
Hollande , où il compofa un difcours politique fur
l'état des Provinces-Unies. Son pere qui avoit été attaché au Duc d'Epernon le produifit à ce Seigneur, qui
le reçut auprès de lui & le choifit pour l'accompagner
en divers voyages. M. de Balzac fe donna enfuite au
Cardinal de la Valette, qui ayant reconnu le talent
qu'il avoit pour la politique , l'envoya à Rome où il
demeura dix-huit mois en qualité d'Agent de fon
Eminence.

De retour en France il fe retira dans fa terre de Balzac n'étant alors âgé que de vingt-huit ans. L'efperance
d'une brillante fortune lui fit faire quelques voyages
à Paris ; mais trop fier pour achéter par des baffeffes ,
& par une longue patience des récompenfes qu'il
croyoit dues à fon mérite, il ne fit prefque que fe montrer à la Cour. Tout ce qu'il obtint du Cardinal de Richelieu , qui avant qu'il fût Cardinal & Miniftre, lui
avoit écrit plufieurs lettres extremement obligeantes,

fut une penſion viagere de deux mille livres, mais dont il fut rarement payé; à cette penſion on ajouta les titres de Conſeiller d'Etat & d'Hiſtoriographe du Roy; titres qu'il appelle lui-même dans ſes lettres de magnifiques bagatelles; auſſi ne prenoit-il que la qualité de Conſeiller du Roy en ſes Conſeils.

La delicateſſe de ſon tempérament joint à ſa mauvaiſe ſanté fut auſſi un des motifs qui le detérminerent à prendre le parti de ſe condamner à la retraite; il n'avoit pas encore trente ans que déja il ſe plaignoit *d'être plus vieux que ſon pere & auſſi uſé qu'un vaiſſeauqui auroit fait trois fois le voyage des Indes.* Il ajoute dans un autre ouvrage qu'il avoit compoſé peu de temps avant ſa mort; *que ſi on pouvoit ſeparer de ſa vie les jours que la douleur & la triſteſſe en ont retranchés, il ſe trouveroit que depuis qu'il eſt au monde, il n'a pas vecù un an tout entier.*

Le premier volume qu'il publia de ſes lettres lui acquit une gloire immortelle. M. Deſpreaux dans ſes refléxions critiques ſur le traité du ſublime de Longin, dit qu'on ne parloit pas ſimplement de Balzac, comme du plus éloquent homme du ſiécle, mais comme du ſeul éloquent, & en effet il eſt peu d'écrivains qui ayent merité de lui être comparés pour la pureté & l'élegance de la diction qui ſelon Demoſthénes fait la principale partie de l'éloquence. C'eſt lui qui le premier nous a, pour ainſi dire, fait toucher au doigt que notre proſe ſans le ſecours même des vers étoit ſuſceptible d'une certaine cadence, d'une harmonie, & d'un certain tour nombreux qui juſqu'alors paroiſſoit n'avoir été affecté qu'à la Poëſie ſeule. Si on a quelque faute à lui reprocher, c'eſt de n'avoir pas aſſez diſtingué le ſtyle épiſtolaire d'avec le ſtyle oratoire, & d'avoir pouſſé l'Hyperbole un peu trop loin; c'eſt le jugement qu'en porte M. Deſpreaux. » *Il faut avouer* » dit-il en parlant de M. Balzac, *que jamais perſonne n'a* » ſçeu mieux ſa langue que lui, & mieux entendu la

pro-

» proprieté des mots & la juste mesure des Periodes.
» C'est une louange que tout le monde lui donne en-
» core ; mais on s'est apperçu tout d'un coup que l'art
» où il s'est employé toute sa vie étoit l'art qu'il sça-
» voit le moins, je veux dire l'art de faire un lettre. Car
» bien que les siennes soient toutes pleines d'esprit,
» & de choses admirablement dites, on y remarque par-
» tout les deux vices les plus opposés au génie épistolai-
» re, c'est-à-dire l'enflure & l'affectation; & on ne peut lui
» pardonner ce soin vicieux qu'il a de dire toutes
» choses autrement que ne le disent les autres hom-
» mes. De sorte que l'on retorque tous les jours contre
» lui ce même vers que Maynard a fait autrefois à sa
» louange. »

Il n'est point de mortel qui parle comme lui.

» Il y a pourtant encore des gens qui le lisent, ajou-
» te le même critique , mais il n'y a plus personne qui
» ose imiter son style , ceux qui l'ont fait s'étant rendu
» la risée de tout le monde. »

Si cet écrivain eut des admirateurs , il eut aussi des
censeurs lui étant arrivé de dire dans un de ses ouvrages
qu'il y a » quelques petits Moines qui sont dans l'E-
» glise , comme les rats & les autres animaux impar-
» faits étoient dans l'Arche. »

Un jeune Feuillant nommé Dom André de Saint
Denis, offensé de cette comparaison, publia contre celui qui l'avoit faite un écrit qu'il intitula, *Conformité
de l'Eloquence de Mr. de Balzac avec celle des plus grands
personnages du tems passé & du présent.* Le Prieur Ogier
publia à cette occasion l'apologie de Balzac ; mais
elle ne demeura pas sans réplique. Dom Jean Goulu
Général des Feuillans , ayant entrepris la défense de
son jeune Religieux, composa contre Balzac deux volumes de lettres , où il se proposoit de démontrer que ce
qu'il y avoit de bon dans les lettres de ce nouvel Auteur
étoit pris des anciens, & que ce qui étoit de lui n'é-

toit qu'enflure , qu'affectation & qu'hyperboles;on ne s'en tint pas aux écrits de Balzac, on l'attaqua encore fur fes mœurs, & on le traita de voluptueux , de libertin & d'Athée.

Cet homme illuftre contre qui la jaloufie & l'envie s'étoient dechainés avec tant de fureur , ne publia rien pour fa défenfe , & s'il travailla à fon apologie, qu'il intitula la relation à Menandre,c'eft-à-dire à Maynard , il ne la fit paroître que dix-fept ans. après , & fe contenta de l'inferer dans le recueil de fes œuvres , qui furent imprimées en 1645 ; c'eft-à-dire plus de feize ans après la mort de Dom Goulu fon principal adverfaire.

L'injurieufe cenfure qui avoit été faite de fes mœurs, ne trouva aucune créance dans les efprits & elle tomba d'elle-même parce que la pieté & la religion de ce grand homme étoient connües ; & fi fa conduite ne fut pas toujours exempte de foibleffe, il eft conftant qu'il ne donna jamais dans aucun excès qui pût fletrir fa réputation. Quelques années avant fa mort il fit bâtir deux chambres dans le couvent des Capucins d'Angoulême , où il alloit de tems en tems paffer plufieurs jours pour s'y recueillir. Sa réconciliation avec Dom André de Saint Denis fon premier aggreffeur fut fincére & édifiante ;étant venu le voir exprès à Balzac, il le combla de carreffes, lui jura une amitié tendre ; & il lui en a effectivement donné des marques peu équivoques dans fes derniers ouvrages. Il fit plus , il legua pour préfent à l'Eglife des Feuillans de Saint *Memin* près d'Orleans, dont ce Religieux étoit Prieur, une caffolette de vermeil avec un revenu annuel pour y entretenir des parfums.

L'amour de cet illuftre fçavant pour les belles lettres l'engagea à laiffer une rente de dix piftoles pour être employée de deux ans en deux ans, à donner un prix à celui qui,au jugement de l'Académie , auroit compofé le difcours le plus éloquent fur le fujet qui

auroit été proposé. Mais divers obstacles ayant empêché jusqu'en 1671, l'effet de cette fondation ; & les
revenus cependant en étant considérablement aug-
mentés, le prix qui avoit été fixé à deux cent livres
fut porté à trois cent. C'est une medaille d'or, qui d'un
côté représente Saint Louis, & de l'autre une couronne de laurier avec ce mot *à l'immortalité*, qui est la
devise de l'Académie.

Le célébre Balzac mourut le 28 Février 1654 dans
la soixantiéme année de son âge ; & il fut enterré parmi
les pauvres de Notre Dame des Anges d'Angoulême,
comme il l'avoit ordonné par son testament.

Menage, Costar, Sarasin, Chapelain, Racan &
Maynard font de grands éloges de ses ouvrages. Ce
dernier est l'Auteur des vers suivans qui ont été mis au
bas du portrait de Balzac.

> *C'est ce divin parleur dont le fameux mérite*
> *A trouvé chez les Rois plus d'honneur que d'appui ;*
> *Bien que depuis vingt ans tout le monde l'imite,*
> *Il n'est point de mortel qui parle comme lui.*

Tous ses ouvrages rassemblés par les soins de M.
Conrat & imprimés à Paris en deux volumes in folio en
1665, renferment ses lettres, son livre intitulé le Prince, un discours sur la Tragédie qui a pour titre *Hero-
des Infanticida*, un discours politique sur l'Etat des
Provinces-Unies. Des œuvres diverses, le Barbon,
trois livres de vers latins, & d'épitres choisies, le Socrate chrétien, des entretiens, & l'Aristippe.

Ce dernier ouvrage, le chef-d'œuvre de Balzac, fût
d'abord entrepris pour le Cardinal de Richelieu, puis
destiné au Cardinal Mazarin, & enfin dedié à la Reine Christine de Suede. M. de Balzac n'ayant pu obtenir du Cardinal de Mazarin que sa pension de deux
mille livres qui étoit sur l'épargne, mais dont il étoit

mal payé, fut placée fur quelque bénéfice ; voici une lettre qu'il écrivit fur ce fujet à Chapelain fon ami.

»Je vous fupplie de fçavoir en quelle difpofition eft » pour moi le Cardinal Mazarin, s'il eft galant homme » & qu'il me veuille obliger, j'ai de quoi n'être pas » ingrat ; je lui adrefferois mon Ariftippe ; c'eft-à-dire » tout ce que vous avez vu des Miniftres & des favoris. »Mais je ne veux point faire d'avance fans être affuré »du fuccès de ma dévotion. Si vous trouvez quelque »farbacane propre pour lui faire porter de ma part le » defir que j'ai de le fervir, peut-être qu'avec toute fa » haute faveur, il ne rejetteroit pas toute la bonne » volonté d'un artifan, qui peut auffi bien que Michel » Ange mettre en Enfer ou en Paradis un Cardinal.»

Voiture fut chargé de fonder les intentions du Cardinal ; mais il paroit par la lettre fuivante, qu'il ne les trouva pas favorables aux intentions de celui pour qui il s'intéreffoit.

»Je reçois un billet du cher M. de Voiture, dit Bal- » zac, dans une autre lettre à Chapelain, où c'eft avec » plaifir qu'*agnofco veteris veftigia flamma*. Mais je vous » prie faites-moi fouvenir des paroles de mes lettres. »Ai-je voulu faire un fi fale marché que celui qu'il me » reproche. Sçavoir d'un homme s'il agrée qu'on parle de »lui, eft-ce lui dire en langue Suiffe *Point d'argent, point* » *de louanges*. L'Empereur Augufte qui étoit bien auffi » grand Seigneur & d'auffi bonne maifon que M. le Car- » dinal Mazarin, écrivoit néanmoins en ces termes à un » de nos amis. *Irafci me tibi fcito quod non in plerifque ejuf-* *modi fcriptis mecum potiffimum loquaris. An vereris ne apud* *pofteros infame tibi fit quod videaris familiaris nobis effe.* Ce » fera donc à Augufte, Monfieur, à qui j'adrefferai mon. » *Ariftippe*, ou à quelque autre homme de ce fiécle-là, » puifque les gens de celui-ci fe tiennent fi roides fur le » point d'honneur.

NICOLAS RIGAULT.

Nicolas Rigault garde de la bibliotheque du Roy, l'un des fçavans de fon fiécle qui s'eft le plus diftingué par l'étendüe & la variété de fon érudition, naquit à Paris en 1577. Son pere Medecin célébre, & qui à une grande connoiffance de fon art, joignoit beaucoup d'amour pour les belles lettres, cultiva avec foin les heureufes difpofitions que ce jeune enfant avoit pour les fciences. La beauté de fon génie commença à fe developer dès qu'il eut été mis au College; les Jefuites voulurent, mais inutilement, l'attirer dans leur fociété, preuve non fufpecte de la diftinction glorieufe avec laquelle le jeune Rigault fit fes études.

Son pere qui le deftinoit au Barreau, lui fit commencer un cours de Droit, & voulut qu'il fe fit recevoir Avocat; mais foit dégoût, foit défaut de talens pour reuffir dans cette profeffion, il la quitta bientôt pour fe livrer tout entier au penchant qui le portoit à l'étude des belles-lettres dont il commença dès-lors à faire fon unique occupation; le public ne fut pas long-tems fans en recueillir le fruit; dès l'année 1596, le jeune Rigault qui n'étoit alors âgé que de 19 ans, commença à faire paroître une ouvrage non moins admirable pour la profonde érudition qui y eft repandüe, que pour les ingénieufes penfées qui y brillent de toute part. Cet écrit qui eft une fatyre contre les parafites, répandit le nom de l'Auteur dans le monde fçavant; & lui concilia en particulier l'eftime du célébre M. de Thou qui fe crut heureux de pouvoir attirer chez lui l'homme illuftre dont nous parlons, & qui fut dès-lors affocié aux études de ce fçavant Magiftrat. Le commerce de ces deux grands hommes ne servit qu'à accroître l'eftime mutuelle dont ils étoient réciproquement pénétrés; une preuve bien marquée de celle de M. de Thou pour fon illuftre ami fut de le choifir par fon teftament pour veiller à l'éducation de Meffieurs fes fils.

M. Rigault avoit déja publié divers ouvrages, tous marqués au coin d'une érudition immenfe lorfqu'il fut affocié au célébre Cafaubon qui étoit alors occupé à mettre en ordre la Bibliotheque du Roy, dont la garde lui avoit été confiée depuis l'an 1603; emploi qu'il remplit jufqu'en 1610, qu'il fe rendit aux preffantes follicitations du Roy Jacques, qui depuis long-tems l'invitoit à paffer en Angleterre. M. Rigault qui depuis quelques années partageoit les travaux de cet illuftre fçavant, fut choifi pour le remplacer dans l'emploi de Bibliothequaire du Roy; mais ce ne fut pas là la feule marque de diftinction dont l'honora Sa Majefté. Elle lui donna la commiffion de Procureur Général de la Chambre fouveraine de Nanci, lui confera en 1633, une charge de Confeiller au Parlement de Metz & le nomma quelque tems après à l'intendance de cette même Province. Ce fut dans l'exercice de cette importante charge qu'il termina fa glorieufe carriere fur la fin du mois d'Août de l'année 1654. Les qualités du cœur égalerent en lui celles de l'efprit; la bonté, la modeftie, la candeur formoient fon caractére, ce qui ne diminuoit rien de fa grandeur d'ame, ni de fa fermeté lorfqu'il s'agiffoit de maintenir l'ordre ou de faire triompher l'équité.

Peu de matieres de littérature fur lefquelles ne fe foit exercée la plume de cet illuftre fçavant. Nous avons de lui des corrections & de fçavantes notes fur les Epigrammes de Martial, fur le Strategirique d'Onofandre, & fur l'Urbique, fur les Auteurs Grecs & Latins qui traitent de la Fauconnerie, & fur ceux qui parlent des limites & de la mefure des terres, fur les fables de Phedre, fur Tertullien, fur Saint Cyprien & plufieurs autres opufcules de critique avec diverfes

traductions; mais si ces différens ouvrages ne peuvent
être trop loués pour l'érudition dont ils font remplis,
il s'en faut bien qu'ils méritent les mêmes louanges
pour le style dont ils font écrits; un judicieux critique, le célébre M. Huet, dit que *l'Auteur est un peu
trop enflé, qu'il ne s'attache point assez au choix de ses
mots & qu'il donne à ses pensées un tour assez grossier &
peu étudié.*

PIERRE DU RYER.

PIERRE DU RYER Sécrétaire du Roi, Historio-
graphe de France, & l'un des quarante de l'Académie Françoise nâquit à Paris en 1605, d'une famille
plus noble que riche. Il n'avoit encore que vingt &
un ans qu'il fût pourvu d'une Charge de Sécrétaire du
Roi, mais il ne l'exerça pas long-tems. S'étant malheureusement épris d'amour pour une jeune personne qu'il
épousa, quoiqu'elle fut sans aucun bien, il se vit dans
la nécessité de vendre cette Charge en 1633, pour
pourvoir à la subsistance de sa famille. Ce fut aussi dans
cette même vûe qu'il s'attacha au Duc de Vendôme en
qualité de Sécrétaire; mais ces ressources ne lui suffi-
sant pas, il jugea que ce n'étoit que de son seul travail qu'il pouvoit se promettre les secours que la fortune lui refusoit. L'on ne sera pas sans doute surpris
que contraint de se mettre aux gages des Libraires, il
n'ait pas donné à ses ouvrages toute la perfection qu'ils
auroient pû avoir, & où il auroit pû les porter. C'est
de lui que l'on a pû dire avec raison ce que l'on a dit
autrefois de Xylandre, de Louis Doce & de Jean Bau-

doin, qu'ils travailloient moins pour la gloire que pour la faim qui les preſſoit.

Qui magis fami quam fama inſerviebant.

La merveilleuſe facilité que cet Ecrivain avoit & pour les vers & pour la proſe, ne fut pas toujours capable de le dérober à un état qui approchoit aſſez de l'indigence ; ſes beſoins croiſſant à meſure que ſa famille augmentoit, il fut forcé de ſe retirer à une maiſon de campagne au de-là des Picpuſſes, où il demeura juſqu'à ce qu'il eut obtenu un brevet d'Hiſtoriographe de France, avec une penſion ſur le ſceau ; mais cette récompenſe tardive ne lui fut accordée que ſur la fin de ſes jours.

Peu d'Auteurs qui ayent donné plus d'ouvrages au Public que cet infatigable Ecrivain : on a de lui la Traduction de l'Hiſtoire d'Hérodote, celle de Tite-Live, celle de Polybe, preſque toutes les œuvres de Ciceron, celle de Seneque, c'eſt-à-dire ce que Malherbe & les Fraques avoient laiſſé à traduire, trois volumes de l'Hiſtoire de M. de Thou, l'Hiſtoire des Guerres des Pays-Bas de Strada, les Métamorphoſes d'Ovide, & les ſupplémens de Quinte-Curſe par *Frein Hemius*, & pluſieurs autres verſions. La moins mauvaiſe eſt celle des œuvres de Cicéron. Encore y a-t-il bien des endroits que le Traducteur n'a point entendus, & qu'il a remplacés par des phraſes de ſa façon, dont le ſens ne ſe développe pas aiſément. Quant aux verſions d'Hérodote, de Polybe, de Séneque, de Tite-Live & d'Ovide, ce ne ſont que des ouvrages qu'il a retouchés, ſans même qu'ils lui ayent couté la peine de conſulter les originaux.

La plupart de ſes Poëſies conſiſtent en Piéces de Théâtre, dont dix-neuf ſont imprimées, & il y en a deux manuſcrites, ſçavoir Arétaphile & Clitophon, qui ſe

trouvent

trouvent dans la Bibliothéque du Maréchal d'Eſtrées.

Les plus eſtimées de toutes ces Piéces ſont Scevole, Saül & Alcinoé. La Reine Chriſtine de Suede parut ſi enchanté des beautés de la derniere, qu'elle ſe la fit relire trois fois dans un jour. M. Ménage n'a pas craint d'avancer que cette Tragédie peut entrer en comparaiſon avec celles du grand Corneille; & l'Abbé d'Aubignac dit, que par la force du diſcours & des ſentimens elle mérita d'être généralement applaudie.

Tant d'ouvrages compoſés ſans relâche, abbrégerent les jours de notre Auteur. Un épuiſement de forces cauſé par ſon opiniâtre aſſiduité au travail, l'enleva dans la cinquante-troiſiéme année de ſon âge. Le 6 Novembre 1658; il fut enterré à ſaint Gervais dans le tombeau de ſes ancêtres. Il avoit été reçu à l'Académie en 1646.

FRANÇOIS VAVASSEUR.

FRANÇOIS VAVASSEUR l'un des plus habiles Grammairiens & des plus judicieux critiques du dernier siécle, nâquit à Paroys, petite ville du Comté de Charolois, Diocèse d'Autun en 1605. La vivacité de son esprit, soutenue d'une ardeur extrême pour le travail, le fit briller dans toutes ses classes, il s'appliqua surtout à acquerir une parfaite connoissance des beautés & des délicatesses de la langue Latine, étude qui eut toujours pour lui un attrait particulier. Aussi quelle latinité plus pure & plus élégante que celle de ce sçavant homme, ce n'est pas en trop dire que d'avancer que nul n'a sçu mieux que lui imiter le stile des meilleurs Ecrivains du siécle d'Auguste.

Son amour de la vertu, son goût pour les sciences déciderent de son choix pour un état de vie. Agé de seize ans il entra dans la Compagnie de Jésus, où il fut reçu en 1621. Sa ferveur ne fut pas celle d'un commençant, ordinairement sujette à se rallentir ; ce fut pendant tout le cours de sa vie même ardeur pour la priere, même zèle pour sa perfection, même exactitude à remplir les devoirs de son état.

Le tems de ses épreuves fini, ce jeune Jésuite fut appliqué à l'étude de la Philosophie, & fut ensuite employé pendant sept ans à professer les humanités & la Rhétorique dans differens Colléges de sa Compagnie. Né avec un égal talent pour l'éloquence & pour la Poësie, il excella dans ces deux genres de littérature, & ses premiers essais en vers & en prose furent jugés dignes des plus grands Maîtres. Poëte, Orateur, Grammairien il devint encore un des meilleurs critiques de

fon tems ; auffi poffédoit-il dans le plus haut dégré
toutes les qualités qui fervent à former un critique judicieux & éclairé, un difcernement admirable, un fens
droit, un jugement folide, une exactitude inconcevable, un amour extraordinaire de la vérité, joint à
une infatiguable application au travail.

La réunion de tant d'heureux talens affuroit à l'homme célébre dont nous parlons les plus glorieux fuccès
dans toutes les fciences qu'il embrafferoit ; & en effet,
en eft-il quelqu'une dans laquelle il n'ait excellé. L'é-
clat avec lequel il parut fur les bancs de Théologie lui
mérita d'être appellé à Paris pour y expliquer l'Ecriture
Sainte, emploi que ce fçavant homme a eu la gloire
de remplir pendant près de quarante années confécutives avec une diftinction peu commune.

Mais c'eft par les ouvrages dont cet illuftre Ecrivain
a enrichi le Public que nous devons juger & de l'univerfalité de fon génie, & de l'étendue de fes connoiffances.

Dans fon Traité du ftyle burlefque eft répandue une
critique fine & judicieufe, accompagnée de toutes les
graces du ftyle, le plus noble & le plus coulant. L'Auteur après avoir porté fon jugement fur les plus célébres Ecrivains de l'Antiquité, fait voir qu'il n'eft aucun d'eux, qui fe foit fervi du ftyle burlefque, & que
cette raifon feule fuffit pour que l'on foit en droit de
conclure qu'un pareil ftyle doit être profcrit.

Un autre ouvrage du même Auteur non moins excellent, eft fon Traité de l'Epigramme. Là on trouve
toutes les régles que l'on peut defirer fur ce genre de
Poëfie avec un examen des anciennes épigrammes
Grecques & Latines ; examen qui eft fuivi de quatre
Livres de ces fortes de piéces, toutes de la compofition de ce fçavant Jéfuite.

Le Pere Rapin après avoir dit dans fes réflexions fur
les ouvrages des Poëtes anciens & modernes, que *de
tous les ouvrages de vers que l'Antiquité ait produit, l'Epi-*

gramme eſt le moins conſidérable, ajoute qu'il ne trouve rien à dire de remarquable ſur les faiſeurs d'Epigrammes des ſiécles ſuivans. *C'eſt une eſpece de vers*, continue-t-il, *où l'on réuſſit peu, car c'eſt une eſpece de bonheur que d'y réuſſir. Une epigramme vaut peu de choſe quand elle n'eſt pas admirable, & il eſt ſi rare d'en faire d'admirables, que c'eſt aſſez d'en avoir fait une en ſa vie ; Maynard eſt celui de nos Poëtes François qui a mieux réuſſi en ce genre.*

L'on juge aſſez que ces réflexions ne furent guerres du goût du Pere Vavaſſeur, auſſi les attaqua-t-il vivement dans un ouvrage qu'il intitula, *Remarques ſur les réflexions touchant la Poëtique*, & comme l'Auteur de ces réflexions n'avoit que trop maltraité ſon Confrere, le Pere Vavaſſeur, prit de-là occaſion de ne pas l'épargner, il garda même ſi peu de ménagement, que M, le premier Préſident de Lamoignon, l'ami particulier du Pere Rapin, crut devoir interpoſer ſon autorité pour faire ſupprimer ces remarques.

Les autres ouvrages un peu conſidérables du Pere Vavaſſeur, ſont deux volumes de harangues ſur divers ſujets tant ſacrés que prophanes, un Commentaire ſur Job avec une paraphraſe de ce Livre en vers, le *Theurgicon*, ou quatre Livres des miracles de J. C. auſſi en vers, un Recueil de Poëſies contenant un grand nombre d'Elégies & de Piéces Epiques, une Diſſertation ſur la beauté de J. C. un Livre intitulé, *Cornelius Janſenius Yprenſis ſuſpectus*. Le deſſein de l'Auteur eſt de prouver que Janſénius a abandonné la doctrine de l'Egliſe Romaine pour ſuivre les ſentimens de Calvin ; une lettre ſur le Janſéniſme, & des remarques ſur la langue Latine.

Cet illuſtre écrivain mourut à Paris le 16 Décembre 1681, étant âgé de 76 ans.

PIERRE D'HOZIER.

Pierre d'Hozier Chevalier de l'Ordre de Saint Michel Juge d'Armes de France, Genealogiste des Ecuries de sa Majesté, l'un des Gentils-hommes ordinaires de la Maison du Roy & Conseiller d'Etat merita tant de titres glorieux pour avoir porté au plus haut point de perfection la science des genealogies.

Issu d'une noble & ancienne famille de provence il naquit à Marseille le 10 Juillet 1592 d'Etienne d'Hozier célébre pour la gloire qu'il acquit dans le Bareau & de Françoise de Tellier. Après avoir fait avec succès, une partie des ses études dans sa patrie, il fut destiné à les aller continuer à Paris; mais après une année de sejour dans cette Capitale, la foiblesse de sa vûe l'obligea de retourner en provence. Il y demeura jusqu'à la mort de son Pere arrivée en 1615.

Libre alors de suivre le penchant qui le portoit à embrasser la profession des Armes, il revint à Paris & entra dans la Compagnie des Chevaux-Legers de M. de Crequi-Bernieules occupé alors à faire des rechérches sur la généalogie de sa Maison. Le jeune d'Hozier entrainé par une inclination naturelle vers cette sorte d'étude qui devoit l'occuper toute sa vie, s'offrit à ce Seigneur pour l'aider dans ce travail, où il réussit si bien qu'après quelque mois de recherches il se vit en état de publier la généalogie de cette illustre Maison. Encouragé par le succès qu'eut-ce premier essai, il entreprit de donner les généalogies des principales Maisons du Royaume. Un grand amour de la vérité, un jugement exquis, une ardeur infatiguable pour le

travail étoient accompagnés dans lui d'une mémoire
fi prodigieuse qu'il citoit fur le champ & fans fe tromper, les dates des Contracts, les noms, les furnoms,
& les Armes de chaque famille qu'il avoit une fois étu-
diée, ce qui a fait dire au célébre M. d'Ablancourt en
parlant de cet homme illuftre *qu'il falloit qu'il eut affifté
à tous les mariages & à tous les baptémes de l'univers.* Ce
fut en 1620. qu'à là follicitation de fes amis il fe fit
pourvoir d'une place de l'un des cent Gentils-hommes
de l'ancienne bande de la Maifon de fa Majefté ; pofte
où il ne pouvoit manquer de trouver bien des occafions d'augmenter fes connoiffances. Et en effet les
voyages innombrables qu'il fit pendant qu'il fut attaché à cette compagnie furent pour lui une fource féconde d'heureufes découvertes fur tout ce qui con-
cernoit l'origine & les fucceffions des plus nobles &
des plus anciennes familles de la France ; & ce fut
à l'étude de cette importante partie de l'hiftoire qu'il
fe devoua tout entier & dans laquelle il excella.

Le premier honneur que fon habilté lui procura
fut d'être attaché à Gafton de France Duc d'Orléans
en qualité d'un des Gentils-hommes de fa fuite, &
l'année fuivante fçavoir en 1628. il fut honnoré de
l'ordre de Saint Michel, grace qui fût peu de tems
après accompagnée d'une penfion de douze cens livres. Mais la généreufe magnificence de fon Souverain ne s'en tint pas à ces premiers bienfaits, à l'é-
gard de ce grand homme. De nouveaux traveaux lui
mériterent de nouvelles récompenfes. En 1641. il
fut pourvu de la charge de juge d'Armes de France,
& fut retenu au nombre des Gentils-hommes ordinaires
de la Maifon du Roi & il obtint l'année fuivante une
place parmi les Maîtres d'Hotel ordinaires de fa Majefté.

Confirmé dans tous ces emplois après la mort du
Roi Louis XIII. il fût nommé au commencement du
regne fuivant Généalogifte des Ecuries de fa Majefté

charge qui fut créée en sa faveur, & il fut enfin élevé en 1676. à la dignité de Conseiller d'Etat.

C'est par la réunion de tant de titres glorieux que l'on doit juger de la supériorité du mérite de l'homme célébre dont nous faisons l'Eloge. Deux de ses Fils Louis Roger & Charles héritiers de ses talens remplirent la même carriere que lui & parvinrent aux-mêmes honneurs. On conserve dans la Bibliotheque du Roi en cent cinquante volumes in-folio les Généalogies des principales familles de France avec beaucoup de titres servant de preuve, rangées par ordre Alphabetiques, recueillies par Pierre d'Hozier & par son fils Charles. Recueil qui doit être l'ouvrage d'un siécle, le Pere y ayant travaillé cinquante ans, & le Fils ayant employé un pareil nombre d'années à l'augmenter.

L'homme illustre dont nous venons d'ébaucher le portrait mourut le 1 Décembre 1660. regretté de tout le monde autant pour ses rares talens que pour les admirables qualités de son cœur.

NICOLAS PERROT D'ABLANCOURT.

NICOLAS PERROT D'ABLANCOURT iſſu d'une noble & ancienne famille, qui a tenu un rang illuſtre dans la robe, nâquit à Châlons ſur Marne le 5 Avril de l'année 1609. Son pere qui étoit de la Religion Prétendue Réformée l'envoya faire ſes études à Sedan ſous le célébre Rouſſel, que ſon rare mérite éleva à la dignité d'Ambaſſadeur dont il fit les fonctions auprès de divers Princes, & qui mourut en cette qualité à la Porte. Il cultiva avec tant de ſoins les heureuſes diſpoſitions qu'il découvrit dans le jeune d'Ablancourt, que celui-ci n'avoit encore que treize ans lorſqu'il eut achevé ſes humanités. Rappellé à Châlons par ſes parens, il y étudia la Philoſophie ſous un maître habile, & ne fit pas moins de progrès dans cette ſcience que dans les Belles-Lettres. Deſtiné pour le Barreau il fut enſuite envoyé à Paris où il fit ſon cours de Droit, & fut reçu Avocat à l'âge de dix-huit ans. Son oncle Cyprien Perrot, Conſeiller en la Grande-Chambre, dont il étoit tendrement aimé, le porta à rentrer dans le ſein de l'Egliſe, ce qu'il fit en 1626 par une abjuration ſolemnelle. Peu de tems après il lui prit envie de reprendre la religion qu'il avoit abandonnée; & il étudia pour cet effet pendant près de trois ans ſous un Luthérien Ecoſſois nommé Suárt; mais il tint ſon deſſein ſi ſécret que le Préſident Perrot, ſon couſin, qui le voyoit entiérement livré à l'étude de la Théologie, s'étant imaginé qu'il vouloit embraſſer l'état Eccléſiaſtique, travailloit à lui faire obtenir divers Bénéfices, lorſque M. d'Ablancourt diſparut tout à coup, & vint en Champagne où il abjura la Religion Catholique, & pour ſe

dérober

dérober à la honte dont devoit le couvrir un si subit changement, il passa en Hollande, & de-là en Angleterre, où il vit Mylord Perrot son parent, qui le combla d'amitié, & parut même disposé à le faire son héritier, mais l'espérance d'une opulente fortune ne put l'engager à renoncer à sa Patrie.

De retour à Paris il y fit venir deux de ses neveux, & donna tous ses soins à leur éducation. Il travailloit à sa traduction de Tacite, lorsque la nécessité de veiller sur son bien, qui n'étoit pas considérable, l'obligea de se retirer avec sa sœur à sa terre d'Ablancourt où il est presque toujours demeuré jusqu'à sa mort. S'il fit de tems en tems quelques voyages à Paris, ce ne fut que pour y veiller à l'impression de ses ouvrages. Il eut cependant une occasion bien avantageuse de s'y fixer pour toujours, mais son attachement à la Religion Protestante ne lui permit pas d'en profiter. Voici le fait tel qu'il est rapporté par M. l'Abbé d'Olivet, & tel qu'il se trouve dans une lettre manuscrite de M. Chapelain.

» Quand M. Colbert se fit donner des Mémoires sur » les gens de Lettres vivans en 1662, son principal des- »sein étoit de voir en quel genre chacun pourroit tra- » vailler à la gloire du Roi. Or M. d'Ablancourt fut » jugé le plus propre de tous à bien écrire l'histoire de » ce grand Prince. Il accepta la proposition qui lui en » fut faite par l'ordre de M. Colbert avec une pension » de mille écus ; il alloit venir à Paris, & s'y établir » pour être à portée de recevoir les instructions dont il » auroit besoin. Mais M. Colbert, lorsqu'il en rendit » compte au Roi, ayant dit à Sa Majesté que M. d'A- »blancourt étoit Protestant, tout fut rompu. *Je ne veux* » *point*, dit le Roi, *d'un historien qui soit d'une autre reli-* » *gion que moi.* Ajoûtant néanmoins qu'à l'égard de la » pension, puisque cet Ecrivain avoit du mérite d'ail- » leurs, il entendoit qu'elle lui fût payée. «

La gloire de l'homme illustre dont nous faisons l'éloge, a été d'avoir possédé presque toutes les scien-

ces & toutes les langues dans un égal dégré de perfection ; il s'étoit rendu habile dans la Philofophie, dans
la Théologie, dans l'Hiftoire, & généralement dans
tout ce qui s'appelle Belles-Lettres ; il entendoit de
même parfaitement l'Hébreu, le Grec, le Latin, l'Italien, l'Efpagnol, autant de langues qui paroiffoient lui
être auffi familiéres que fa langue naturelle. Les qualités du cœur répondoient dans lui à celles de l'efprit.
M. Patin dans l'éloge de ce grand homme dit, qu'il
étoit généreux, fincere, indulgent, fobre, modefte,
fans avarice, fans envie, fans ambition, & qu'il aimoit
la vérité fur toutes chofes. Rien ne lui eut été plus
facile que de donner divers ouvrages de fon invention,
où il eut fait également briller & la beauté de fon
génie, & la fécondité de fon imagination ; mais quand
on lui en parloit, il difoit, » qu'il n'étoit ni Prédica-
» teur, ni Avocat pour faire ou des Sermons ou des
» Plaidoyers, que le monde étoit plein de Livres de
» politique, que tous les difcours de morale n'étoient
» que des redites de Plutarque & de Séneque, & que
» pour fa patrie il valoit mieux traduire de bons Livres
» que d'en faire de nouveaux, qui le plus fouvent ne
» difoient rien de nouveau. «

Ce fut-là en effet le genre d'écrire auquel M. d'A-
blancourt s'attacha particuliérement, & dans lequel il
a excellé au point qu'il a mérité d'être confidéré comme le premier Traducteur de fon fiécle. On a d'ouvrages de fon invention que la Préface du Livre du
Pere du Bofc, Cordélier, intitulé l'honnête femme,
un Traité de la bataille des Romains, & un Difcours
fur l'immortalité de l'ame avec fix Lettres à M. Patin.
Ses Traductions font l'Octavius de Minutius Felix,
quatre Oraifons de Ciceron, les Annales de Tacite, les
guerres d'Alexandre par Arrien, la retraite des Dix-
mille de Xenophon, les Commentaires de Céfar, Lucien, l'Hiftoire de Theucidide, les Apopthegmes des
Anciens, & les Stratagémes de Frontin, la Defcription

de l'Afrique traduite de l'Efpagnol de Marmol, &
quelques furnoms Italiens du Pere Narni que M. d'A-
blancourt traduifit à l'âge de vingt ans, lorfqu'il fe deftinoit à prêcher; mais ayant cinq ou fix années après
embraffé de nouveau le Calvinifme, il fit préfent de
ce qu'il avoit traduit au Pere du Bofc fon ami, qui
acheva de traduire les autres fermons du même Auteur.

Peu d'Ecrivains qui ayent été auffi généralement applaudis que le célébre M. d'Ablancourt. M. Richelet
dit que M. d'Ablancourt étoit un des plus excellens
efprits & des meilleurs écrivains de fon fiécle. M. de
Balzac écrivant à M. Chapelain difoit qu'il avoit une
fi haute opinion du françois de ce fçavant Traducteur,
qu'il étoit prêt de parier contre le Docteur Heinfius,
& contre le Jefuite Strada, qu'il vaudroit dans la fuite
beaucoup mieux que le Latin dont ils avoient tant
affecté le ftyle ; le même judicieux Critique dit dans
un autre endroit que la Traduction de Xenophon feroit
incomparable fi M. d'Ablancourt n'y avoit mis une Préface qui eft fi belle qu'elle efface les plus belles chofes
qui lui peuvent être comparées; & que s'il fe pouvoit
faire que M. d'Ablancourt eût vécu du tems du jeune
Cyrus, & que Xenophon vécût aujourd'hui, les Pré-
faces de M. d'Ablancourt mériteroient d'être traduites
par Xenophon. M. de Vaugelas affure que la Traduction de l'Arien n'a rien qui puiffe lui être comparé pour
la pureté & l'élégance du ftyle hiftorique, & il avoue
que c'eft à cette verfion qu'il étoit redevable du changement qu'il avoit fait dans celle de Quinte-Curfe.

Mais on prétend avec raifon que M. d'Ablancourt
auroit pû fe piquer d'un peu de fidélité dans fes Traductions, & il eft vrai qu'il fe donne fouvent la liberté
de quitter & de reprendre, felon qu'il le juge à propos,
les Auteurs qu'il traduit, & qu'il les fait quelquefois
parler en notre langue autrement qu'ils ne penfoient
en la leur; c'eft ce qui a fait dire allégoriquement à

E ij

M. Furetiere, que durant les troubles de la République des Lettres, M. d'Ablancourt conduifoit un corps
d'armée contre Galimathias Général des ennemis de
l'éloquence, que fes troupes étoient magnifiques, qu'il
leur avoit donné des habillemens faits à la mode ; mais
qu'il avoit lui-même taillé & rogné ces habits à fa fantaifie.

C'eft furtout dans la Traduction de Lucien que M.
d'Ablancourt paroît s'être moins affujetti à fuivre fon
auteur ; auffi a-t-on appellé cet ouvrage *le Lucien d'A-
blancourt*. On pourroit prefque dire la même chofe de
la verfion de Tacite dans laquelle notre Traducteur a
fupprimé la plûpart des noms propres ou prénoms des
Romains, ce qui empêche fouvent de pouvoir diftinguer les perfonnes d'une même famille ; il a même re-
tranché quelquefois généralement tous les noms, ne
fubftituant à leur place que quelques appellatifs, comme un Officier, deux Senateurs ; on prétend encore
qu'il ne s'eft pas fait un fcrupule de retrancher bien
des chofes effentielles à l'hiftoire. Tout cela n'a pas
empêché que M. de Godeau n'ait avancé que M. d'A-
blancourt par fa Traduction de Tacite a ôté toutes les
épines qui fe trouvent en très-grand nombre dans cet
Auteur, & que la liberté que les Critiques fcrupuleux
lui reprochent, fert à y porter la lumiere avec la beauté.
Mais M. de Godeau n'a trouvé que bien peu de Sçavans
qui ayent fuivi fon fentiment.

Si l'on convient que M. d'Ablancourt a excellé pour
la beauté, l'élégance & la correction du ftyle, on convient auffi qu'il eut été à fouhaiter qu'il fe fût un peu
plus affujetti à rendre le fens des Auteurs qu'il tra-
duifoit.

Une gravelle cruelle avoit tourmenté ce grand homme pendant plufieurs années. Au mois d'Octobre de
l'année 1664, les douleurs le prirent avec tant de violence, qu'il crut toucher à fa derniere heure, & dans
cette penfée il fit fon Teftament. Ces douleurs cepen-

dant fe calmérent pour quelques jours ; mais elles re-
vinrent après, & ne le quitterent plus. Enfin il mourut
le 17 Novembre de l'année 1668 , âgé de 59 ans.

» Il eſt dit dans le Menagiana que lorſqu'il ſe ſentit
» preſſé de la pierre, maladie dont ſon pere étoit mort,
» il voulut venir à Paris dans le deſſein de ſe faire tailler;
» mais comme c'étoit au mois de Novembre , qui n'eſt
» pas commode pour ces ſortes d'opérations, voyant
» bien qu'il ſeroit obligé d'attendre au Printems , &
» que la dépenſe ſeroit grande, il prit la réſolution
» étrange de s'abſtenir de manger pour voir plutôt finir
» ſes maux. Il avoit commencé à l'exécuter, lorſque
» ſes amis l'ayant preſſé de manger , il ſe laiſſa perſua-
» der, mais il étoit trop tard , & il mourut. «

Mais outre que cette calomnie ſe trouve parfaitement détruite dans les Lettres que M. du Boſc, qui
avoit aſſiſté à la mort de cet homme célébre , écrivit
ſur ce ſujet à M. Conrart , on n'a pour ſe mieux convaincre encore de la fauſſeté de ce bruit, qu'à lire le récit
bien circonſtancié de la mort de M. d'Ablancourt dans
ſa vie écrite par M. Patru. Ce n'eſt pas cependant dans le
ſeul Menagiana qu'il eſt rapporté que M. d'Ablancourt
avança ſes jours , cela ſe trouve encore dans une infinité d'autres Livres. » Mais lorſqu'une fois quelque ſo-
» tiſe a été imprimée , c'en eſt aſſez, comme le remar-
» que M. l'Abbé d'Olivet, pour qu'elle ſoit éternelle-
» ment répetée par de miſerables compilateurs. «

Voici l'épitaphe que M. Tallemant des Reaux conſacra à la mémoire de cet homme célébre.

L'illuſtre d'Ablancourt repoſe en ce tombeau ;
Son génie à ſon ſiécle a ſervi de flambeau :
Dans ſes fameux écrits toute la France admire
Des Grecs & des Romains les précieux tréſors.

    A ſon trépas on ne peut dire ,
Qui perd le plus des vivans ou des morts.

E iij

SAMUEL BOCHART.

SAMUEL BOCHART, Miniſtre de la Religion prétendue Réformée à Caën, iſſu de la noble & ancienne
famille de Bochart Champigni (*a*), fut l'un de ces hommes illuſtres que la ſupériorité de leur mérite a élevé
aü-deſſus des plus grandes louanges. Né à Rouen en
1599, de René Bochart, Miniſtre de cette ville, &
d'Eſther du Moulin, fille du fameux Pierre du Moulin,
Miniſtre de Charenton, il donna dès ſa plus tendre
enfance des preuves marquées d'une ardeur extrème
pour l'étude. Les rapides progrès qu'il y fit, le rendirent l'objet de l'admiration de ſon ſiécle. Agé de treize
ans il célébra par des vers Grecs les louanges de ſon
premier Maître le ſçavant Thomas Dempſter, Ecoſſois,
qui profeſſoit les Belles-Lettres à Paris. Le jeune Bochart brilla encore plus dans ſon cours de Philoſophie,
qu'il fit à Sedan, & dont il ſoutint des Thèſes publiques avec le plus grand éclat (*b*). Envoyé de cette ville
à Saumur pour y étudier en Théologie ſous le célebre
Cameron, il fournit cette nouvelle carriere avec le même ſuccès, & les mêmes marques de diſtinction. Plein
d'eſtime pour ſon maître, l'un des plus habiles Théologiens du dix-ſeptiéme ſiécle, il le ſuivit en Angleterre

(*a*) La famille de Bochart originaire de Bourgogne, déja connue ſous Charles
VII. a donné pluſieurs Conſeillers & deux premiers Préſidens au Parlement de
Paris; Etienne Bochart de la branche de Menillet, eut entre autres enfans,
Marc Bochart Préſident aux Requêtes du Parlement de Paris, & René Bochart
pere du célébre Samuel Bochart.

(*b*) » Ces Théſes, dit M. Bayle, firent beaucoup d'honneur au Soutenant,
» non-ſeulement à cauſe qu'il répondit bien aux argumens, mais auſſi à cauſe
» de certains vers dont il les accompagna, accommodés à la figure d'un cercle
» avec beaucoup d'artifice. «

lorfque les troubles des Guerres Civiles eurent diſſipé l'Académie de Saumur.

Tant de connoiſſances acquiſes ne remplirent qu'imparfaitement le deſir que le jeune Bochart avoit de tout ſçavoir. Etant paſſé en Hollande en 1621, déja habile dans les langues ſçavantes, il ſe livra avec ardeur à l'étude des langues orientales. Thomas Erpen Profeſſeur dans l'Univerſité de Leyde fut ſon maître pour l'Arabe ; & il apprit l'Ethiopien ſous le ſçavant Job Ladolf.

De retour dans ſa Patrie, il dut à la réputation qu'il s'étoit faite par ſon érudition, & par ſa ſageſſe, le choix que l'on fit de lui pour remplir les fonctions de Miniſtre à Caën. La premiere année de ſon Miniſtere fut marquée par une longue diſpute qu'il eut à ſoutenir contre le Pere Veron Jéſuite fameux Controverſiſte : les conférences durerent depuis le 22 Septembre juſqu'au 3 d'Octobre. Une louange que l'on ne peut refuſer au Miniſtre Proteſtant, c'eſt que s'il ne ſortit pas victorieux du combat, il eut du moins la gloire de remporter tout l'avantage que ſon érudition pouvoit lui promettre dans la défenſe d'une mauvaiſe cauſe.

Livré aux fonctions de ſon emploi il s'attacha particuliérement à l'étude de la Genèſe qu'il avoit entrepris d'expliquer dans ſes ſermons. C'eſt à cette étude que nous devons les excellens ouvrages qui ſont ſortis de la plume de ce ſçavant homme ; ſon *Phaleg*, ſon *Chanaan*, & ſon *Hierozoïcon*, ouvrages qui furent le fruit des plus curieuſes & des plus laborieuſes recherches. Les Auteurs les plus anciens & les moins connus, les tréſors les plus cachés des langues Orientales furent les riches ſources où il puiſa l'immenſe érudition qui ſe trouve répandue dans ces Livres. Le *Phaleg* & le *Chanaan* contiennent une exacte deſcription des divers pays que vinrent habiter les peuples qui avoient été employés à la conſtruction de la tour de Babel, & que la confufion des langues obligea de fe difperfer. L'Auteur traite dans le *Hierozoicon* de tous les animaux dont il eſt parlé dans les Livres facrés. Il écrivit auffi fur la fituation du Paradis terreſtre, fur les minéraux, les plantes, & les pierres précieufes, dont il eſt fait mention dans l'Ecriture fainte; autant de Traités qui font malheureufement demeurés imparfaits.

Les Lettres que cet illuſtre Sçavant publia en divers tems ne font pas moins remplies d'érudition que les ouvrages dont nous venons de parler. Dans l'une il traite de l'autorité des Rois, & de l'inſtitution des Evêques & des Prêtres; dans une autre il parle *de la tolérance du Luthéranifme décidée dans le Synode national de Charenton*; & dans une troifiéme adreffée à M. de Segrais, il montre qu'il n'y a point d'apparence qu'Enée foit jamais venu en Italie.

Perfonne n'ignore l'empreffement qu'eut la Reine Chriſtine de Suede pour attirer ce grand homme à fa Cour, & les marques de diſtinction dont elle l'honora. Diſtingué par les qualités de l'efprit, il ne le fut pas moins par celles du cœur. Rien n'égaloit furtout fa droiture & fa probité; auffi ceux qui le connoiffoient, paffoient bientôt de l'eſtime à la confiance. Une mort fubite l'enleva de ce monde le 16 Mai 1667, étant âgé de 68 ans. On dit qu'en difputant contre le célébre M. Huet, depuis Evêque d'Avranches, il perdit tout à coup la parole, & qu'il expira dans la fale même de l'Académie qui s'affembloit alors chez M. de Brieux. Une fille unique à qui il laiffa de grands biens, fut mariée à Pierre le Sueur, Seigneur de Colleville, Confeiller au Parlement de Rouen.

NICOLAS

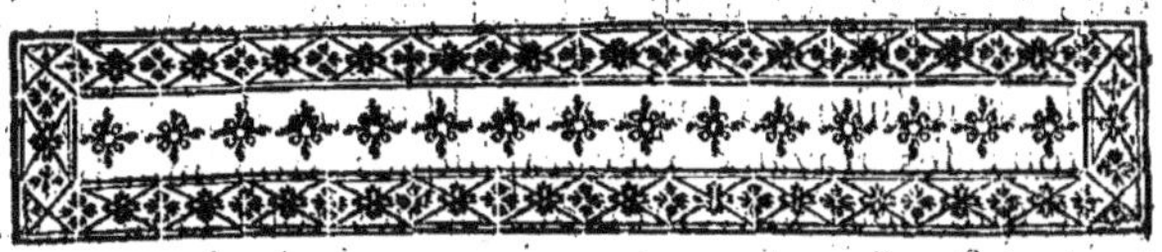

NICOLAS SANSON.

Nicolas Sanson le Prince des Géographes de son
tems né à Abbeville le 10 Décembre de l'année
1600. eut pour Pere Nicolas Sanson, & pour Mére
Marie Thomas, l'un & l'autre d'une bonne & honnête
famille de Picardie. Le jeune Sanson envoyé à Amiens
avec deux de ses freres pour y faire ses études dans
le College des Jésuites, s'appliqua particulierement
à la Géographie, & il y fit de si rapides progrès que
n'étant âgé que de 18 à 19 ans il composa une Carte
de l'Ancienne Gaule en quatre feuilles dont il ne
retarda la publication jusqu'en 1627. que parce que
sa grande jeunesse auroit pu le faire soupçonner de
n'être pas l'Auteur d'un si excellent ouvrage ; & que
l'on n'auroit pas manqué de l'attribuer à son Pere qui
avoit déja publié diverses Cartes de Géographie.

Celle de l'Ancienne Gaule, & qui fut le premier
essai de l'Homme célébre dont nous faisons l'eloge, fut
recüe avec une approbation générale, & fut bientôt
après suivie d'une description géographique de l'Ancienne Grece, d'un Traité de l'Empire Romain accompagné de quinze Cartes, & d'un autre ouvrage intitulé *Britannia* rempli de sçavantes recherches sur
l'Antiquité d'Abbeville.

Cependant de si utiles travaux ne faisoient qu'une
partie des occupations de l'Homme Illustre dont nous
parlons ; honoré du titre d'Ingénieur du Roi, il fut
chargé du soin de veiller à la réparation des fortifications de plusieurs Villes, & fut destiné à accompagner M. de Beljambe son parent, Intendant de Picar-

die , pour regler avec lui les gouvernemens parti-culiers des Places de cette Province.

Nous ne fuivrons pas ce grand homme dans le cours de tous fes travaux Géographiques trop multipliés pour que nous entreprenions de les tous faire con-noître ; & eft-il en effet quelque endroit de la terre fur lequel ne fe foient étendues fes recherches & dont il ne nous ait donné une exacte defcription , accompagnée de fçavans traités hiftoriques. Cinq Cartes Latines de la Gaule : qui font 1°. la Gaule en général ; 2°. en quatre Regions ; 3°. en dix-fept Provinces felon les Romains ; 4°. en plufieurs Peuples , felon Ptolomée ; 5°. par les Itineraires Romains & fe-lon la Table de Peutinger. Autant de Cartes Fran-çoifes , qui font 1°. la France en général ; 2°. par les Diocefes ; 3°. par les Parlemens ; 4°. par les Gou-vernemens généraux ; 5°. par les Généralités. Les Ifles Britanniques , l'Efpagne , l'Allemagne , l'Italie décrites de la même maniere que la France en cinq Cartes Latines & en cinq Cartes Françoifes ; autant d'ou-vrages qui parurent tous la-même année , fçavoir en 1644.

Les autres Ouvrages un peu confidérables de ce Sçavant Géographe font d'excellentes Notes fur la Carte de l'Ancienne Gaule du tems de Céfar , la France en près de Cent-vingt feuilles *in-folio* , le cours du Rhein en neuf Cartes , l'Afie en quatorze , l'A-frique en dix-neuf , l'Amérique en feize ; le tout en-richi de divers traités de Géographie & d'Hiftoire. Ajoûtons à tant d'excellentes productions une Table Géographique , ouvrage d'un travail & d'une érudi-tion immenfe qui ne laiffe rien à défirer pour la par-faite intelligence de tous les Livres facrés tant de l'An-cien que du nouveau Teftament.

Tant de travaux firent à leur Auteur la réputa-tion la plus brillante , & lui concilierent la bienveillan-ce & l'eftime de tout ce qu'il y avoit de perfonnes les plus diftinguées par l'éclat de leur naiffance & de leur rang; les plus grands Seigneurs de la Cour s'empref-ferent à prendre des leçons d'un fi excellent Maître; & il eut-même l'honneur d'en donner à fon Souve-rain qui l'honora du Titre de fon Géographe, & qui joignit à ce titre une penfion de deux mille li-vres.

On rapporte que ce Prince étant allé à Abbeville en 1638. lors du Siége des Villes de l'Artois, la mai-fon de M. Sanfon ayant été choifie pour loger fa Ma-jefté, elle ne voulut pas permettre que l'on touchât à fon cabinet, qui devoit fervir à aggrandir l'apparte-ment du Roi, & qu'elle lui fit même l'honneur de l'appeller dans le Confeil d'Etat pour le confulter; mais cet homme illuftre plus recommandable en-core par fa modeftie que par l'étendue de fes lumieres ne crut pas devoir faire ufage d'un brevet de Con-feiller d'Etat dont fa Majefté venoit de l'honorer, parce qu'il craignoit, difoit-il, de diminuer dans fes en-fans l'amour de l'étude. En 1646 il eut le malheur de perdre l'ainé de fes fils qui n'étant âgé que de vingt-deux ans avoit été honoré du titre de Géo-graphe du Roi (a); deux de fes freres Guillaume & Adrien Sanfon, ont mérité dans la fuite d'être élevés à la même dignité.

Une maladie de langueur caufée par une trop grande application au travail enleva de ce monde l'homme célébre, dont nous venons de parler, le 7

(a) „ Il fut tué aux barricades de Paris en défendant contre la popu-
„ lace, la perfonne de M. le Chancelier Seguïer. Ce jeune homme fça-
„ chant que cet Illuftre Magiftrat étoit comme affiégé dans le petit Hôtel de
„ Luines fur le quai des Auguftins y courut pour le dégager. Il le fit mon-
„ ter dans un carroffe de M. de Belliévre qui paffoit & il le ramenoit
„ chez lui marchant à la porte du Carroffe le piftolet à la main; mais
„ ce brave jeune homme eut la cuiffe caffée d'un coup de moufquet tiré
„ d'une fenêtre à la defcente du Pont neuf du côté de Saint Germain
„ l'Auxerois; & il mourut le lendemain lorfqu'on lui coupa la cuiffe.
„ On a de lui un Traité de l'Europe, un difcours avec des Cartes françoifes
„ & neuf Cartes latines & quelques autres Ouvrages.

Juillet 1667, dans la foixante-feptiéme année de fo
âge. Il fut inhumé dans la Chapelle baffe de faint Sulpice où fon époufe Elifabeth le Moitier, qui mourut
trois ans après lui, fut auffi enterrée.

D E N I S   D E   S A L L O.

DENIS DE SALLO, Seigneur de la Coudraye, iffu
d'une noble & ancienne famille originaire de
Poitou, l'un des Ecrivains du dernier fiécle, qui s'eft
le plus diftingué par une critique fine & judicieufe,
nâquit à Paris en 1626, & fut l'aîné des cinq fils de
Jacques Sallo, Confeiller en la Grand'Chambre du
Parlement.

Il ne parut pas d'abord qu'il fut né avec de grandes
difpofitions pour les fciences. Une difficulté extrême
à apprendre le fuivit jufqu'en Rhétorique. Ce tems fut
l'époque des premiers progrès que le jeune de Sallo fit
dans l'étude. Son efprit commença dès-lors à fe développer de telle forte qu'on le vit en peu de mois paffer
du dernier rang aux premiers, & remporter tous les
prix de fa Claffe. Mêmes fuccès l'accompagnerent dans
fon cours de Philofophie, à la fin duquel il foutint
avec éclat des Thèfes publiques en Grec & en Latin.
L'Ecole du Droit fut pour lui une carriere où il brilla
encore plus ; auffi dans la perfuafion où il étoit qu'un
homme deftiné à la Magiftrature fe doit tout entier à
l'étude des Loix, il ne s'en tint pas aux leçons publiques qu'il recevoit fur les bancs, il en prit encore de
particulieres, & à ces inftructions il joignit une lecture
affidue des meilleurs Auteurs de Droit, foit Civil, foit
Canonique. Le fruit qu'il recueillit d'une fi grande ap-

plication foutenue d'une conception facile, d'un jugement folide, d'un génie vafte & pénétrant, fut qu'elle
lui acquit une merveilleufe facilité pour compofer fur
toutes fortes de matieres de Droit ; & combien d'occafions n'eut-il pas de faire admirer l'étendue de fes
lumieres.

Le Cardinal Chigi, Légat en France, ayant eu quelques difficultés au fujet de la préféance, M. de Sallo
jugé feul capable d'éclaircir en peu de tems cette matiere, reçut ordre du Roi de travailler fur ce fujet, &
moins de huit jours lui fuffirent pour faire paroître un
Traité rempli de l'érudition la plus profonde. Confulté
dans une autre occafion où la Cour étoit partagée fur
le nom que l'on devoit donner à la nouvelle Reine de
France, les uns jugeant qu'elle devoit être appellée
Marie Thérefe d'Autriche, & les autres, *Marie Thérefe
d'Efpagne*, M. de Sallo publia au bout de quinze jours
un Traité des noms où font répandues les plus curieufes & les plus fçavantes recherches. L'habileté de cet
excellent homme ne fe fit pas moins admirer dans le
Traité qu'il compofa quelque tems après fur les fceaux
par ordre de la Cour.

Mais l'ouvrage qui fait le plus d'honneur à l'érudition de ce grand homme, c'eft fon Journal des Sçavans, dont il forma le projet en 1664, & qu'il commença à exécuter l'année fuivante. Peut-être eut-il été
à défirer que l'Auteur fe fut borné à de fimples extraits ;
il n'auroit pas foulevé contre lui une foule d'Ecrivains,
qui ne purent lui pardonner la critique vive & ingénieufe qu'il faifoit de leurs ouvrages, & il faut convenir que le Journalifte s'abandonna un peu trop à fon
humeur naturellement fatyrique. Guipatin & Menage
fe déchaînerent avec violence contre le Journal & fon
Auteur ; le premier parce que M. de Sallo avoit parlé
un peu trop librement d'un Livre de Charles Patin,
intitulé *Introduction à l'hiftoire par la connoiffance des
médailles*, & le fecond à caufe de la Cenfure un peu

forte qui avoit été faite de ses *Aménités du Droit Civil.*
Ce dernier dit dans sa Préface sur les Œuvres de Malherbe, » Que les Gazettes du nouvel Aristarque ne
» sont, pour user des termes de M. Sarazin, que *Bille-*
» *vezées hebdomadaires*, & il ajoute que la dignité de
» Conseiller ne l'auroit pas empêché de se venger des
» railleries que le Sieur *d'Hedouville* (*a*) avoit faites sur
» ses *Aménités du Droit* par d'autres railleries plus fines
» & plus ingénieuses, s'estimant bien fondé en Droit
» par une autorité (tirée de l'Evangile des Payens) qui
» dit *Senatori maledicere non licet, remaledicere jus fasque*
» *est.* «

Mais les Auteurs maltraités ne se contenterent pas
de rendre injure pour injure. Ils s'adresserent aux Puissances, & vinrent à bout de faire supprimer le Journal
trois mois après qu'il eût commencé à paroître ; un
censeur moins caustique, M. l'Abbé Gallois entreprit
l'année suivante la continuation de cet ouvrage pério-
dique. M. de Sallo qui le premier avoit eu la gloire d'en
tracer le plan, recommença à donner plus de tems aux
fonctions de sa Charge de Conseiller, sans cependant
abandonner l'étude des Belles-Lettres, qui furent toujours sa passion chérie.

Sa trop grande application lui causa quelques années
avant sa mort une maladie qui lui fit perdre entiérement l'usage de ses jambes ; & loin de s'en affliger il
disoit en plaisantant que *cette prétendue disgrace étoit pour*
lui une bonne fortune, puisqu'elle le mettoit dans l'heureuse
nécessité de tenir fidelle compagnie à ses Livres. Il avoit
sans cesse auprès de lui des copistes occupés à transcrire ses réflexions & les extraits qu'il faisoit de ses
lectures.

Une si opiniâtre assiduité au travail acheva d'épuiser
sa santé, & l'enleva de ce monde à la fleur de son âge,

(*a*) C'étoit le nom d'un Valet de Chambre de M. de Sallo ; & ce fut sous
ce nom que le Journal fut donné au Public.

n'étant âgé que de quarante-trois ans. Sa mort arriva
en 1669. De son mariage avec Mademoiselle Mesnar-
deau, fille d'un Conseiller en la Grand'Chambre il
eut un fils & quatre filles qui toutes quatre embrasse-
rent la vie Religieuse.

On lit dans le second tome des Lettres de M. Boursault une aventure arrivée à M. de Sallo, qui me paroît
trop singuliere pour ne pas la rapporter ici.

» En 1662 il y eut à Paris, dit M. Boursault, une
» longue & cruelle famine. Un soir des grands jours
» d'été que M. de Sallo venoit de se promener, suivi
» seulement d'un petit laquais, un homme l'aborda,
» lui présenta un pistolet, & lui demanda la bourse ;
» mais en tremblant & en homme qui n'étoit pas ex-
» pert dans le métier qu'il faisoit. Vous vous adressez
» mal, lui dit M. de Sallo, & je ne vous ferai gueres
» riche. Je n'ai que trois pistoles, que je vous donne
» volontiers : il les prit, & s'en alla sans lui rien de-
» mander davantage. Suis adroitement cet homme-là,
» dit M. de Sallo à son laquais, observe le mieux qu'il
» te sera possible où il se retirera, & ne manque pas de
» venir me le dire. Il fit ce que son maître lui comman-
» da, suivit le voleur dans trois ou quatre petites rues,
» & le vit entrer chez un boulanger où il acheta un
» pain de sept ou huit livres, & changea une des pi-
» stoles qu'il avoit. A dix ou douze maisons de-là il
» entra dans une allée, monta à un quatriéme étage,
» & en arrivant chez lui où l'on ne voyoit clair qu'à la
» faveur de la lune, jetta son pain au milieu de la cham-
» bre, & dit en pleurant à sa femme & à ses enfans ;
» mangez, voilà un pain qui me coûte cher, rassasiez-
» vous-en, & ne me tourmentez plus comme vous fai-
» tes ; un jour je serai pendu, & vous en serez la cause.
» Sa femme qui pleuroit, l'ayant appaisé le mieux
» qu'elle put, ramassa le pain, & en donna à quatre
» pauvres enfans qui languissoient de faim. Le laquais
» vint faire à son maître un rapport fidéle de tout ce

» qu'il avoit vû & entendu. Le lendemain dès les cinq
» heures du matin M. de Sallo se fit conduire par son
» laquais chez cet homme. Il s'informa dans le voisi-
» nage ce qu'il étoit ; on lui dit que c'étoit un Cordo-
» nier, bon homme & bien serviable ; mais chargé
» d'une grosse famille & très-pauvre. Il monta ensuite
» chez lui, & heurta à sa porte. Le malheureux la lui
» ayant ouvert, le reconnut pour celui qu'il avoit volé
» le soir précédent. Il se jetta aussi-tôt à ses pieds, lui
» demanda pardon, & le supplia de ne le pas perdre.
» Ne faites point de bruit, lui dit M. de Sallo, je ne
» viens point ici dans ce dessein-là. Vous faites, con-
» tinua-t-il un méchant métier, & pour peu que vous
» le fassiez encore, il pourra vous perdre. Tenez voilà
» trente pistoles que je vous donne, achetez du cuir,
» travaillez & gagnez la vie à vos enfans, & surtout ne
» leur donnez pas d'exemple si mauvais que celui que
» vous avez suivi.

FRANÇOIS

FRANÇOIS LA MOTHE LE VAYER.

FRANÇOIS LA MOTHE LE VAYER, Hiſtoriographe de France, Conſeiller d'Etat, & l'un des
premiers de l'Académie Françoiſe, étoit iſſu d'une
noble & ancienne famille du Mans, fort diſtinguée dans
la Robe. Il naquit à Paris en 1588, il étoit fils de Felix de la Mothe le Vayer, Subſtitut de M. le Procureur
Général du Parlement, qui s'étoit rendu célèbre dans
la République des Lettres, par les ſçavans Ouvrages
qu'il a donnés au Public. Son fils François de la Mothe
hérita de ſa Charge & de ſon goût pour les Sciences.
Ce fut pour ſe livrer tout entier à l'Etude & à la compoſition de ſes Ouvrages, qu'il renonça au Barreau. On
juge aſſez par le nombre prodigieux de ſçavans Ecrits
qu'il nous a laiſſés, qu'ils ont dû dérober tous les momens de ſa vie. M. Perrault dans ſes Eloges Hiſtoriques des Hommes Illuſtres, dit que M. de la Mothe
le Vayer » n'a connu aucune Nation ſur la terre dont
» il n'ait entrepris de ſçavoir le génie, les mœurs &
» les coutumes, qu'il a enfin voulu connoître tout le
» monde entier. Qu'il a vû, & qu'enſuite il nous a
» fait voir qu'il n'y a point de penſée, de ſentiment &
» de coutume ſi étrange & ſi abſurde qu'elle puiſſe
» être, qui ne ſoit tenue & établie dans quelque Pays
» d'une étendue un peu conſidérable.

Le fruit qu'il recueillit de cette ſorte d'étude, fut
qu'elle ſervit à le défaire d'une infinité de préjugés que
l'on tient de la naiſſance & de l'éducation, & qui
croiſſent ordinairement avec l'âge. Mais peut-être auſſi
eût-il été à déſirer qu'il eût fait moins de découver-

tes dans les Sciences. Surpris de l'étrange contrariété d'opinions qui se trouvoit dans les divers Auteurs qu'il parcouroit, il en vint au point de douter de tout ; ce qui lui fit conclure que les Septiques étoient de tous les Philosophes ceux qui raisonnoient le plus sensément. Nous devons cependant ajouter pour la justification de ce grand homme, qu'il ne donna jamais dans ses Ecrits aucune atteinte à la Religion, & que s'il parut soutenir qu'il n'y avoit aucune évidence dans les connoissances humaines, il n'en fût pas pour cela moins convaincu de la certitude des choses révélées, & qui font l'objet de notre foi.

On ne doit pas aussi juger par quelques obscénites répandues dans son *Orasius tubero*, que les mœurs de ce célébre Ecrivain ayent été tant soit peu déréglées. La retraite & l'étude dont il faisoit ses plus cheres délices, sembloient l'avoir rendu insensible aux plaisirs même les plus permis ; il poussoit même si loin l'indifférence en ce point, qu'on ne le regardoit que comme un mysantrope ; c'est ce qui se trouve marqué dans les mêlanges de Vigneul Marville. » Sa » physionomie & sa maniere de s'habiller, nous dit » cet Auteur, faisoient juger à quiconque le voyoit » que c'étoit un homme extraordinaire ; il marchoit » toujours la tête levée, & les yeux attachés aux » enseignes des rues par où il passoit. Avant que l'on » m'apprit qui il étoit, je le prenois pour un Astro- » logue, pour un chercheur de secrets & de pierre » philosophale.

La profonde érudition de cet excellent homme s'étoit déja fait connoître par plusieurs sçavans Ouvrages, lorsqu'il fut reçû à l'Académie le 14 Février 1639.

Le célébre Naudé nous apprend » que quand il » fût question de donner un Précepteur au Roi, on » jetta premierement les yeux sur M. de la Mothe » le Vayer, comme sur celui que le Cardinal de Ri-

» chelieu avoit deftiné à cette charge, tant à caufe
» du beau Livre qu'il avoit fait fur l'éducation de
» M. le Dauphin, qu'eu égard à la réputation qu'il
» s'étoit acquife par beaucoup d'autres compofitions
» Françoifes, d'être le Plutarque de la France ; mais
» la Reine ayant pris la réfolution de ne donner cet
» emploi à aucun homme qui fut marié, il fallut par
» néceffité fonger à un autre.

Mais cette raifon ne valut pas toujours, puifque
comme nous l'apprend M. Peliffon, M. de la Mothe
le Vayer fit pendant une année les fonctions de Précepteur du Roi ; fçavoir, depuis le mois de Mai
1652 ; il eft probable qu'il dût cet honneur aux foins
qu'il prit de l'inftruction de Philippe de France, frere
unique du Roi, Duc d'Anjou alors, & depuis Duc
d'Orleans, dont il avoit été fait Précepteur en
1647.

Le chagrin qu'il eut de perdre un fils tendrement
chéri qu'il avoit eu de fon premier mariage, & qui
à l'âge de trente-cinq ans tenoit déja un rang illuftre
parmi les Sçavans, lui fit naître la penfée de fe remarier, quoiqu'il fut alors âgé de 76 ans ; & ce qui
furprit d'autant plus, c'eft qu'il avoit lui-même vivement déclamé contre le mariage dans plufieurs de
fes Ouvrages ; mais il crut qu'une nouvelle époufe
étoit pour lui une reffource néceffaire dans le défef-
poir que lui caufoit la mort de fon fils. L'attention
qu'il eut fut de prendre une femme dont l'âge put
le dérober à de mauvaifes plaifanteries. Celle qu'il
époufa étoit âgée de quarante ans ; c'étoit la fille de
M. de la Haye jadis Ambaffadeur à Conftantinople,
laquelle felon Guipatin *étoit demeurée pour être Sybille.*

Chevreau nous apprend » que les relations des Pays
» éloignés étoient le divertiffement & le charme de
» M. de la Mothe le Vayer, fur tout dans les dernieres
» années de fa vie ; que comme il avoit la mort fur
» les lévres, M. Bernier fon bon ami étant venu le

» voir , il ne l'eût pas plûtôt reconnu qu'il lui deman-
» da, eh bien ! Quelles nouvelles avez-vous du Grand
» Mogol ; ce furent presque ses dernieres paroles , &
» il rendit peu après l'esprit. « Il mourut en 1672 âgé
de près de 85 ans.

Les Ouvrages les plus considérables de ce célébre
Ecrivain , sont son Instruction de Monseigneur le
Dauphin , la Géographie , la Rhétorique , la Morale ,
l'Œconomique , la Politique , la Logique & la Physique du Prince , un Discours de la contrarieté d'hu-
meurs qui se trouve en certaines Nations , & singu-
lierement entre la Françoise & l'Espagnole ; Jugemens sur les anciens & principaux Historiens Grecs
& Latins , quelques Lettres sur les nouvelles remarques de Vaugelas , des Homélies Académiques , des
Problêmes & des Soliloques septiques. , une Introduction chronologique à l'Histoire de France. Ces
Ouvrages & plusieurs autres dont on trouve le Catalogue détaillé dans l'Histoire de l'Académie , conti-
nuée par M. l'Abbé d'Olivet , forment un Recueil
de quinze volumes *in*-12. Il y a aussi une édition de
ces Ouvrages en trois volumes *in-folio* , mais moins
complette que celle qui est *in*-12.

GABRIEL COSSART.

GABRIEL COSSART, célébre pour avoir excellé non-seulement dans la critique, mais encore dans l'Eloquence & dans la Poëſie, nâquit à Pontoiſe dans le Vexïn François le 2 Novembre 1615, d'une famille noble, qui tenoit dans la Province un rang diſtingué. Les heureuſes diſpoſitions qu'il apporta en naiſſant, furent pour ſes parens un motif de donner une attention particuliere à ſon éducation, & ils eurent la conſolation de voir leurs ſoins ſuivis des plus heureux ſuccès. Le jeune Coſſart autant par la beauté de ſon génie, que par ſon application, brilla dans toutes ſes claſſes. Agé de dix-huit ans il entra dans la Compagnie de Jeſus, où il ſe fit admirer plus encore par ſa piété que par ſes rares talens.

Après avoir enſeigné avec diſtinction les Humanités dans divers Colléges de ſa Compagnie, il fut appliqué à l'étude de la Théologie, ſcience où il ne ſe diſtingua pas moins que dans les Belles-Lettres. Son cours fini, ſes Supérieurs le deſtinerent à profeſſer la Rhétorique dans leur Collége de Louis le Grand, emploi que ce ſçavant Jéſuite remplit pendant ſept années conſécutives avec un éclat que rien n'a pû encore effacer. Ses déux Panégyriques au Roi, ſon action de grace à Arnaud de Bourbon, Prince de Conty, ſes harangues contre les Novateurs, ſont autant de morceaux qui ſeront regardés dans tous les tems comme autant de modéles, & de la diction la plus pure, & de la plus ſublime éloquence.

Les Œuvres poëtiques de ce ſçavant homme ſont marquées au même coin de perfection. Né avec un

G iij

génie propre à prendre toutes sortes de formes, il sçut attraper parfaitement le caractere des différens Auteurs qu'il voulut imiter ; ce qui a fait dire à un de ses confreres, le célébre Pere de la Ruë, que l'on voit cet Ecrivain tantôt grave comme Virgile, tantôt enflé comme Stace, quelquefois négligé comme Horace, & quelquefois coulant comme Ovide.

Cependant quelque talent qu'eut pour la Poësie l'homme illustre dont nous faisons l'éloge, il la cultiva moins par inclination que par rapport à l'instruction de ses disciples ; une étude plus sérieuse & plus utile l'occupa tout entier dès qu'il se vit déchargé de l'emploi de Professeur. Associé d'abord aux travaux du Pere Labbe pour une nouvelle édition des Conciles ; après la mort de ce sçavant Jésuite arrivée en 1667, lorsque l'on imprimoit l'onziéme volume, le Pere Cossart continua seul ce grand ouvrage, qui fut enfin donné au Public en dix-huit volumes infolio en 1672.

L'Auteur toujours plus animé du désir de rendre ses travaux utiles, consacroit tous ses momens à la composition d'un autre ouvrage non moins intéressant, lorsqu'il fut attaqué de la maladie dont il mourut le 18 Septembre 1674, dans la cinquante-neuviéme année de son âge.

Nous renvoyons le Lecteur aux éloges funebres consacrés à la mémoire de ce grand homme, & qui se trouvent à la tête de ses œuvres. Nous ne rapporterons que l'Epitaphe suivante, qui est de la composition du célébre M. Huet.

Qui blandi studiis Cossartus floruit oti
Et tot in exausto pectore clausit opes :
Ille, per humanas, inquit, sat lusimus artes :
Jam divina libet visere terra vale.

ROBERT ARNAULD D'ANDILLY.

ROBERT ARNAULD D'ANDILLY l'un des plus grands
Maitres de la langue Françoise, non moins recommendable par ses exellentes vertus que par la beauté
de son génie & ses rares talens, nâquit à Paris en 1588.
Il eut pour pere le célébre Antoine Arnauld, qui s'est
fait un si grand nom dans le Barreau, & pour mere Catherine Marion, fille de Simon Marion, mort Avocat Général du Parlement de Paris. Issu d'une noble & ancienne famille d'Auvergne, déja distinguée avant la fin du
quinziéme siécle, & féconde en hommes illustres, que
l'on a vû successivement briller avec éclat dans la robe &
dans l'épée, il marcha sur les traces de ses ancêtres, &
réunit en sa personne toutes leurs éminentes qualités.

Destiné pour le monde, il fut de bonne heure produit à la Cour, où il remplit avec distinction les honorables emplois que lui procura la supériorité de son
mérite. Chéri & estimé des Grands, il ne fit point servir
le crédit qu'il avoit auprès d'eux, à l'avancement de sa
fortune, il ne l'employa que pour faire triompher l'é-
quité & la justice. Sa conduite à la Cour fut celle d'un
homme sans cesse occupé à se rappeller que les devoirs
de Chrétien sont les premiers devoirs qu'il ait à remplir. Aussi joignit-il constamment les vertus Chrétiennes à celles de la societé civile, & s'il ne rougit pas des
premieres, il ne tira pas aussi vanité des secondes. Il
n'attendit pas qu'il se fût retiré du monde pour consacrer ses talens à la gloire de son Dieu ; ce fut à la Cour
même qu'il commença à travailler à son excellent poë-

me de la vie de Jefus-Chrift, & à fes Stances fur les plus belles & les plus édifiantes vérités de notre Religion.

Depuis près de huit ans, M. d'Andilly avoit perdu fon illuftre époufe, lorfqu'en 1644 il fe détermina à fe retirer à Port-Royal des Champs, étant alors âgé de cinquante-cinq ans. Ce que M. de Balzac écrit à l'occafion de la mort de cette vertueufe Dame eft trop glorieux à la mémoire de l'homme célèbre dont nous faifons l'éloge, pour ne pas le rapporter ici. » La nou- » velle de la mort de Madame d'Andilly, marque cet illu- » ftre Ecrivain, m'a touché fenfiblement. Je prens part » à tous les bons & mauvais fuccès d'une famille qui » doit être chere à la France, & qui eft née pour la » gloire du nom François ; mais je plains particuliére- » ment notre ami, qui n'ayant jamais eu de paffion » défendue, perd en fa femme toutes fes maîtreffes & » tous fes plaifirs, il eft néanmoins fi fçavant en la » doctrine Chrétienne, & a tant de fçavans de fa race » à l'entour de lui, qu'il n'a pas befoin de la Philofophie » Stoïque, ni d'aucun autre fecours étranger pour fe » défendre contre les attaques de la fortune. Tout rai- » fonne, tout prêche, tout perfuade en cette maifon, » & un Arnaud vaut une douzaine d'Epictete. «

Ce grand homme retiré dans la folitude (*a*) qu'il

(*a*) » M. Arnaud d'Andilly, dit Richélet, fe retira d'abord à Pomponne, Vil- « lage à fept ou huit lieues de Paris, là s'étant détrompé des vanités du monde, » & menant une vie véritablement Chrétienne, il compofa plufieurs ouvrages. » La meilleure de fes Traductions eft celle de Jofeph . . . Un jour que Richelet » l'alla voir à Pomponne, qu'il n'y avoit pas long-tems qu'elle étoit publiée, la » converfation enfuite de quelques difcours tomba fur la maniere dont les Au- » teurs travailloient. Comme il fçavoit que Richelet connoiffoit particuliére- » ment le célèbre d'Ablancourt, il lui demanda combien de fois cet excellent » homme retouchoit chaque ouvrage qu'il donnoit au Public, *fix fois*, répondit » Richelet, *& moi*, lui répliqua M. Arnaud, *J'ai refait dix fois l'Hiftoire de* » *Jofeph*, j'en ai châtié le ftyle avec foin, & l'ai beaucoup plus coupé que celui » de mes autres œuvres . . . Arnauld d'Andilli dans fa retraite après fept ou huit » heures d'étude chaque jour, fe divertiffoit à prendre les plaifirs de la campa- » gne, & furtout à cultiver fes arbres. Il lui venoit de fi beau fruit, qu'il en » envoyoit tous les ans à la Reine Anne d'Autriche, & cette Princeffe les trou-

avoit

choifie, y partagea tous fes momens entre la priere &
l'étude; ce qui paroîtra fans doute étonnant, c'eft qu'a-
près avoir paffé la plus grande partie de fa vie dans
l'exercice des emplois les plus importans, il ait pû par
fon affiduité au travail fuffire à la compofition d'un fi
grand nombre d'excellens ouvrages, qui ne font pas
moins d'honneur à fa piété qu'à fon érudition; & quel
Auteur a jamais écrit avec plus de pureté, plus de nobleffe, plus d'élévation; quelle beauté, quelle délicateffe, quelle merveilleufe fécondité n'admire-t-on pas
dans tous les écrits qui font fortis de la plume de ce
fçavant homme; mais ce qu'il y a de plus eftimable
c'eft la folide piété qui y brille partout; & c'eft ce qui
a fait dire à M. de Balzac que les traductions de M.
d'Andilli ont cet avantage au deffus des autres excellentes traductions du fiécle, qu'elles nous rendent vertueux & Chrétiens en nous inftruifant, & en nous ap-
prenant à parler; *Quel plaifir*, dit-il dans une Lettre
qu'il écrit à M. Conrart, *d'étre mené à la vertu par un*
chemin fi net & fi beau, j'appelle ainfi la pureté de fon ftyle,
& les ornemens de fes paroles, qui élevent les copies au deffus
de leurs originaux. Ses ouvrages en vers portent le même caractere, & font tout à la fois des chefs d'œuvre
de pieté & de Poëfie.

Ce grand homme termina les glorieux travaux qui
ont confacré & rendu célébre fa folitude par fon Hiftoire de l'Ancien Teftament. Il mourut le 27 Septembre 1674, âgé de quatre-vingt-cinq ans & cinq mois.
Il laiffa de fon mariage avec Mademoifelle Catherine
le Fevre de la Borderie, fille de Meffire de la Borderie,
fi célébre par fes Ambaffades en Angleterre, & petite
fille du Chancelier de Sillery, fix filles qui furent toutes Religieufes à Port-Royal, & trois fils, Antoine Arnauld Abbé de Chaumes, lequel après avoir paffé quel-

<hr>

» voit fi à fon goût, que dans le tems elle demandoit qu'on lui en fervit... Ar-
» nauld d'Andilly fervit vingt ans le Roi & l'Etat; on lui donna pour récompenfe
» de fes fervices huit mille livres de penfion, qui furent réduites à fix.

ques années dans le service, se retira auprès de M. l'Evêque d'Angers son oncle ; Simon Arnauld Marquis de Pomponne, l'un des plus grands Ministres de son tems, & Henri Arnauld sieur de Lusanci, qui a toujours vécu dans la solitude.

Nous joindrons ici le Catalogue des Ouvrages de l'homme célébre dont nous venons de parler.

Poëme sur la vie de J. C. avec des Stances sur diverses vérités Chrétiennes.

S. Eucher du mépris du monde.

L'Echelle sainte ou les dégrés pour monter au Ciel composés par saint Jean Climaque.

Instructions Chrétiennes tirées des deux volumes de Lettres de M. de saint Cyran.

La Vie du B. Grégoire Lopez.

Les Vies des saints Peres des Déserts, & de quelques Saintes, écrites par des Peres de l'Eglise, & autres anciens Auteurs Ecclésiastiques.

Les Confessions de saint Augustin.

Les vies de plusieurs Saints illustres de divers siécles.

Joseph des Antiquités Judaiques, & de la Guerre des Juifs contre les Romains.

Oeuvres de sainte Thérese.

Oeuvres du B. Jean d'Aviler Docteur & Prédicateur Espagnol, surnommé l'Apôtre de l'Andaloussie.

Histoire de l'Ancien Testament.

DOMINIQUE BOUHOURS.

DOMINIQUE BOUHOURS, célébre parmi les Ecrivains du dernier siécle, qui ont le plus utilement consacré leurs talens à polir & à perfectionner la langue Françoise, nâquit à Paris en 1628.

Ses premiéres études achevées avec beaucoup de distinction, âgé de seize ans, il entra dans la Compagnie de Jesus, dont il devint bientôt l'un des plus grands ornemens. Destiné après son Noviciat à étudier en Philosophie, il remplit avec éclat cette premiere carriere, & ne se distingua pas moins dans les humanités qu'il professa pendant quatre ans dans le même Collége où il les avoit étudiées. De cruels maux de tête dont il fut alors tourmenté, & qui ne finirent qu'avec sa vie, obligerent ses supérieurs d'interrompre le cours de sa Régence. Appliqué à l'étude de la Théologie, il fit connoître qu'il avoit un génie propre à réussir également dans toutes les sciences. Les Thèses publiques qu'il soutint, (distinction glorieuse qui n'est accordée qu'à ceux d'entre les jeunes Jésuites qui pendant leurs cours ont donné les plus grandes preuves de leur capacité,) firent juger qu'il auroit pû égaler les plus habiles Théologiens de son siécle, & se faire parmi eux le même nom qu'il s'est fait depuis parmi les plus excellens Grammairiens & les plus judicieux Critiques.

Envoyé à Tours pour y professer la Rhétorique il se livra tout entier au penchant qui le portoit à l'étude

H ij

des Belles-Lettres, & s'appliqua particulierement à acquerir une parfaite connoissance de toutes les beautés de la langue Françoise. C'est par les écrits qui sont sortis de la plume de ce sçavant homme, que l'on peut juger des progrès qu'il a faits dans ce genre d'étude. Quelle pureté, quelle noblesse, quelle élegance de style, quelle charmante varieté de tours, quel heureux choix d'expressions, quelle ingénieuse délicatesse de pensées. Seroit-ce pousser la louange trop loin que de dire, que le style d'Ariste & d'Eugene est le meilleur modelle que puissent se proposer ceux qui aspirent à la gloire de bien parler & de bien écrire ; & si la Satyre s'est attachée à décrier cet excellent Ouvrage, dont les éditions ont été multipliées à l'infini, ne pourions-nous pas avancer qu'elle l'auroit épargné s'il n'avoit eu qu'un médiocre succès. Mais avant que de parler des Ouvrages du Sçavant homme dont nous faisons l'éloge, achevons de le faire connoître par l'histoire de sa vie.

Les qualités de son cœur autant que celles de son esprit le firent juger digne de présider à l'éducation des deux jeunes Princes de Longueville. Peut-être suffiroit-il d'apporter pour preuve de la sagesse avec laquelle il remplit cette emploi, la confiance dont l'honnora depuis M. le Duc de Longueville. On sçait que ce grand Prince retiré à Heuse, voulut avoir auprès de lui le Pere Bouhours pour en être assisté à la mort, & rendre entre ses mains le dernier soupir. Rien de plus touchant que la relation de la mort de ce Prince, écrite par le Pere Bouhours, & qui fut son premier essai qu'il publia en 1663.

Environ le même tems la Cour ayant souhaité que l'on envoya à Dunkerque deux Jésuites pour y remplir les fonctions de Missionaires auprès de la garnison, & pour y travailler en même tems de concert avec les Officiers du Roi à rendre les Dunkerquois meilleurs François qu'ils ne l'étoient alors ; le Pere Bouhours

fut choisi pour cette double miſſion , & répondit parfaitement aux intentions de la Cour. Cependant quelqu'occupé qu'il fut de l'exercice de ſon Miniſtere, entraîné par la paſſion qu'il avoit pour les Lettres , il
trouva encore aſſez de tems pour la ſatisfaire , & compoſa dès-lors les admirables entretiens dont nous avons
déja parlé.

M. Colbert enchanté de quelques Lettres que lui
avoit écrites le Pere Bouhours , à qui il avoit demandé
des éclairciſſemens ſur l'état préſent de la Ville de
Dunkerque , ſe détermina à lui confier l'éducation du
jeune Marquis de Segnelai, ſon fils ; ce ſçavant Jéſuite
rappellé à Paris y fit ſa principale occupation de la
compoſition d'un grand nombre d'excellens Oouvrages,
qu'il publia ſucceſſivement , & qui ſeront toujours
eſtimé ſcomme des modelles pour la pureté , l'élegance & la politeſſe du langage , pour la juſteſſe &
la fineſſe des penſées , pour le goût , le diſcernement , l'aménité , & l'agrément qui y regnent partout.

A la relation de la mort de Henri II. Duc de Longueville ſuccéderent deux Lettres , l'une à un Seigneur de la Cour , l'autre à Meſſieurs de Port-Royal ,
pour ſervir de réfutation à celle qu'ils avoient écrite
à M. l'Archevêque d'Embrun. Les autres Ouvrages
du Pere Bouhours ſont la vérité de la Religion Chrétienne traduite de l'Italien ; ſes Doutes & ſes Remarques ſur la langue Françoiſe , ſon Hiſtoire du Grand-
Maître d'Aubuſſon ; les Vies de ſaint Ignace & de ſaint
François Xavier, celle de Madame de Bellefons, une
Lettre ſur le péché Philoſophique , les Dialogues
d'Eudoxe & de Philante ſur la maniere de bien pen-
ſer dans les Ouvrages d'eſprit, une Lettre à une Dame
de Province ſur ces mêmes Dialogues ; les Penſées
Chrétiennes pour tous les jours du mois, remplies des
ſentimens de la plus tendre & la plus ſolide pieté, les

Penſées ingénieuſes des Anciens & des Modèrnes , & celles des Peres de l'Egliſe ; les maximes Chrétiennes ; la Traduction du Nouveau-Teſtament ; l'Eloge d'Olivier Patru ; les Paroles tirées de l'Ecriture pour ſervir de conſolation à ceux qui ſouffrent.

Perſonne à qui ces conſolations ayent été plus néceſſaires qu'au Pere Bouhours, dont toute la vie fut partagée entre un travail aſſidu & les plus vives douleurs, cauſées par de violens maux de tête, qui ne lui laiſſoient que de courts intervalles de ſanté. Mais rien n'égale la patience avec laquelle il ſupporta juſqu'à la fin ces incommodités habituelles. Dans cet état d'infirmité il s'humilioit devant Dieu, & le remercioit de ce qu'il vouloit bien le conduire à lui par la voie des ſouffrances. Ce fut dans de ſi ſaintes diſpoſitions qu'il attendit l'heureux moment qui devoit le faire paſſer à une meilleure vie. Attaqué de la maladie qui l'enleva de ce monde, il vit approcher ſa derniere heure avec une ſainte joie ; & la veille même de ſa mort, il ne put s'empêcher de dire à un de ſes amis qu'il ſe faiſoit un ſcrupule du plaiſir qu'il trouvoit à mourir. Ses vertus l'avoient rendu pendant ſa vie un ſujet d'édification pour ſes freres, il fut à ſa mort l'objet de leur admiration. Plein de confiance en la Divine miſéricorde, il reçut les derniers Sacremens de l'Egliſe avec les plus vifs & les plus tendres ſentimens de pieté, & juſqu'au moment où il expira, il ne ceſſa de s'entretenir avec ſon Dieu par des Oraiſons Jaculatoires, qui ne reſpiroient qu'amour & que componction. Il décéda le 27 du mois de May 1702, dans la ſoixante-quinziéme année de ſon âge.

» Ajoutons pour finir cet éloge, que l'homme cé- » lébre dont nous venons d'ébaucher le portrait, nâ- » quit avec un très-bel eſprit, un très-bon cœur,

» un naturel très-heureux. L'éducation, l'étude des
» Belles-Lettres, le commerce que ſes emplois l'obli-
» gerent d'avoir avec des perſonnes du premier rang,
» tout cela joint aux qualités avec leſquelles il étoit
» né, fit de lui un célébre Ecrivain, un homme poli,
» un parfaitement honnête homme. Mais ce qu'on
» doit eſtimer infiniment plus que tout le reſte, le
» Pere Bouhours fut ſuivant le témoignage de tous
» ceux qui ont vêcu avec lui, un homme très-reli-
» gieux & très-attaché aux devoirs de ſa profeſ-
» ſion. «

CLAUDE-FRANÇOIS MENESTRIER.

CLAUDE-FRANÇOIS MENESTRIER, l'un des plus célébres Auteurs que le dernier siécle ait produit, nâquit à Lyon le 10 Mars 1631. Un esprit vaste & orné des plus belles connoissances, une imagination brillante & féconde, une mémoire qui alloit jusqu'au prodige, une égale facilité à écrire & à parler en public, une infinité de recherches & de découvertes sur les monumens anciens & modernes, un nombre prodigieux d'ouvrages composés sur des matieres singulieres, sur les principes héraldiques, ou l'art du Blazon, sur l'Iconologie, sur la Noblesse, les Tournois, les Carousels, les Médailles, les Décorations publiques, les Entrées des Princes, les Pompes funébres, sur les Balets, les Hierogliphes, les Talismans, sur l'Histoire générale & particuliere; tout cela ensemble lui a mérité le rang distingué qu'il tient parmi ces grands hommes qui ont le plus illustré le regne de Louis **XIV.**

Son ardeur pour la piété lui fit de bonne heure tourner ses vûes vers la retraite. A peine eut-il achevé ses premieres études, qu'il entra dans la Compagnie de Jesus, n'étant âgé que de quinze ans. Destiné après son Noviciat à faire un cours de Philosophie, il remplit cette premiere carriere avec les plus glorieux succès; employé ensuite à professer les Humanités & la Rhétorique dans différens Colléges de sa Compagnie, il donna par tout d'éclatantes preuves de l'universalité de son génie, & de l'étendue de ses connoissances. Outre les langues sçavantes que

ce

ce jeune Jéfuite apprit parfaitement, il fit encore une
étude particuliere des différentes parties qui compofent
l'Hiftoire ancienne & moderne, s'appliqua avec une
ardeur inconcevable à approfondir tout ce qui concerne le Blafon, les Devifes, les Médailles, les Infcriptions, les Décorations, & ce que l'on ne peut
nier, c'eft que c'eft-là un génre fingulier de littérature que ce fçavant homme a fçu porter au plus haut
point de perfection. Auffi fon goût pour tout ce qui
s'appelle Fêtes publiques, Cérémonies éclatantes,
Spectacles, étoit-il fi univerfellement reconnu, que
ce fut fur fes deffeins recherchés de toute part, que
furent exécutées les Fêtes les plus pompeufes qui furent données de fon tems.

Nous avons dit que cet habile Jéfuite joignoit à l'i-
magination la plus vive & la plus féconde, la mémoire la plus merveilleufe ; il en fit une épreuve bien
glorieufe en préfence de la Reine Chriftine de Suede.
Cette Princeffe paffant par Lyon pour aller à Rome,
daigna honorer les Jéfuites d'une vifite, & voulant
fe convaincre par elle-même, fi ce qu'on lui avoit dit
de la prodigieufe mémoire du Pere Meneftrier étoit
vrai, *elle fit prononcer en fa préfence & écrire trois cens mots
les plus bizarres & les plus extraordinaires que l'on pût imaginer. Il les répeta tous d'abord*, dit l'Auteur qui nous
fournit cet extrait, *dans l'ordre qu'ils avoient été écrits ;
& enfuite en tel ordre & en tel arrangement qu'on voulut
les lui propofer.*

Bientôt après l'homme célébre dont nous faifons
l'éloge eut une occafion bien plus glorieufe encore
de faire briller fes talens ; ce fut en préfence du feu
Roi & de toute fa Cour. Ce grand Prince qui honora toujours la Société d'une bienveillance & d'une eftime finguliere, étant venu à Lyon, les Jéfuites pour
procurer quelque divertiffement à Sa Majefté, firent
repréfenter fur le Théâtre de leur Collége une Piéce
dont le Pere Meneftrier avoit été chargé, & qui fut

généralement applaudie. L'invention du Ballet intitulé : *L'Autel de Lyon consacré à Louis Augufte, & placé
dans le Temple de la gloire.* La beauté de la décoration
& généralement tout ce qui peut contribuer à l'agrément ou à la pompe d'un Spectacle se trouva réuni
dans celui qui fut donné à Sa Majefté.

Ce fut avec le même succès & les mêmes applaudiffemens que le Pere Meneftrier exécuta la Fête fuperbe qui fut célébrée à Chambery en 1663, pour le
mariage du Duc de Savoye avec la troifiéme fille de
Gafton de France, Duc d'Orleans.

Ces amufemens au refte qui fervoient à entretenir
le goût que ce fçavant homme avoit pour les Lettres
humaines, ne l'empêchoient pas de donner fa principale occupation à des études plus férieufes ; & quel
progrès en particulier ne fit-il pas dans celle de la
langue facrée & de la Théologie ? En faut-il d'autre
preuve que la gloire qu'il acquit dans le célébre Synode tenu à Die par les Miniftres Proteftans. Choifi par
le Pere de Saint Rigaut fon Profeffeur, pour lui fervir
de fecond dans la difpute, il eut prefque feul tout
l'honneur du triomphe. Par l'étendue de fes connoiffances, par fa facilité à s'exprimer en François, en
Grec & en Latin, il déconcerta fes adverfaires éton-
nés de voir qu'à chaque Thèfe publique qu'ils foutenoient, le jeune Jéfuite fe trouvoit prêt à répondre
dès le lendemain par une autre Thèfe, qui contenoit
les vérités oppofées aux erreurs qu'ils avoient avancées.

Ce fut après cette efpece de Miffion que le Pere
Meneftrier commença une troifiéme année de Noviciat pour fe difpofer, felon l'ufage de fa Compagnie, à
la profeffion folemnelle de fes derniers vœux. Appliqué par fes Supérieurs au miniftere de la parole, après
avoir profeffé une année la Rhétorique à Lyon, il prê-
cha quelque tems en Province, & ce fut par tout avec
un égal fuccès.

Cependant quelque occupé qu'il fût des fonctions de son ministere, il n'abandonna pas pour cela ses études chéries, & il ne se passoit guéres d'années qu'il ne fît part au Public de quelque nouveau fruit de ses veilles. Il s'étoit particulierement attaché à connoître les Généalogies des plus illustres familles de l'Europe. Quelques voyages qu'il fit en Italie, en Allemagne, en Flandres & en Angleterre, furent pour lui une source féconde des plus heureuses découvertes; son habileté à déchifrer tout ce qu'il y a de plus obscur dans les monumens anciens, lui faisoit trouver jusques dans les vîtrages des anciennes Eglises, sur les monumens des particuliers, dans les inscriptions & les ornemens des portes & des places publiques, de quoi éclaircir des faits très-embrouillés, & des vérités peu connues.

De retour en France, il recommença à se consacrer au ministere de la prédication, & ce fut avec tout le zele dont doit être animé un digne Ministre de l'Evangile, que pendant plus de vingt-cinq ans il annonça la parole de Dieu dans les principales Eglises de la Capitale, & dans les Cathédrales les plus considérables du Royaume. Les Habitans de la Campagne furent aussi l'objet du zele de ce grand homme, & l'on peut même dire que les Missions qui avoient pour lui le plus d'attrait, étoient celles qu'il faisoit dans les Bourgs & dans les Villages.

Epuisé par de longs travaux, & hors d'état de vaquer aux pénibles fonctions de l'Apostolat, il consacra tous ses momens à la priere & à l'étude.

Nous ne parlerons pas de tous les ouvrages qui sont sortis de la plume de ce sçavant; on en trouve une liste exacte dans le Journal de Trevoux du mois d'Avril de l'année 1705.

Les principaux de ces ouvrages sont une Histoire civile ou consulaire de la Ville de Lyon, l'Eloge historique de la même Ville, l'Histoire du régne de Louis le Grand par les médailles, divers Traités sur les devises, les Emblêmes, les Médailles, les Tournois, les Décorations, les Carousels, sur le blazon, les armoiries, & sur un grand nombre d'autres semblables matieres.

Mais ce qui met le comble à l'éloge de l'homme célébre dont nous venons de parler, c'est qu'à l'érudition la plus vaste & à la plus variée, c'est qu'aux plus rares talens il joignit les plus excellentes vertus, la piété la plus tendre & la plus exemplaire, l'humilité la plus profonde, la charité la plus ardente, un amour extrême de la pauvreté, une continuelle mortification des sens, une scrupuleuse exactitude à remplir jusqu'aux moindres observances de son état.

Chargé d'années, & plus encore de mérites, il mourut à Paris le 21 Janvier 1705.

FRANÇOIS HEDELIN.

FRANÇOIS HEDELIN, Aumônier & Prédicateur ordinaire du Roi, Abbé d'Aubignac, Diocèfe de Bourges, & de Meimac, Diocèfe de Limoges, né à Paris le 7 Août 1604, eut pour pere le célébre François Hedelin, originaire d'une noble & ancienne famille de Souabe, & pour mere Catherine Paré, fille du fameux Ambroife Paré, premier Chirurgien des Rois Henri II. François II. Charles IX. & Henri III.

François Hedelin, pere de l'homme illuftre dont nous allons faire l'éloge, fut un des fçavans de fon fiécle, qui s'eft le plus diftingué par l'étendue & la varieté de fon érudition; Philofophie, Mathématiques, Jurifprudence, Hiftoire, Poëfie, Belles-Lettres, toutes les Sciences furent de fon reffort; après avoir exercé pendant quelque tems avec éclat la profeffion d'Avocat, il quitta Paris en 1610 pour venir s'établir à Nemours, où il fut pourvû de la Charge de Lieutenant-Général au Bailliage de cette Ville.

Le jeune Hedelin âgé alors de fix ans, dut en quelque façon à fon génie feul tous les progrès qu'il fit dans fes études. » Dès l'âge d'onze ans, dit-il lui-» même, *dans fa quatriéme Differtation, où il continue l'exa-* » *men des ouvrages du Grand Corneille,* que je commençai » d'entendre un peu la langue Latine, je quittai ces » Pédagogues qui enfeignent les principes aux enfans. » & connoiffant que les petites notes qui font dans » les Livres m'apprenoient de meilleurs chofes qu'eux, » je m'attachai feul à la lecture des Auteurs; & cho-» fe affez furprenante, les premiers que je me mis à

» lire furent Horace & Juſtin, par le ſecours deſquels
» & par un travail opiniâtre, j'acquis la connoiſſance
» de cette vieille langue, la facilité de l'écrire & de
» la parler; depuis ce tems, ſi on en excepte la Phi-
» loſophie pour laquelle j'eus durant deux ans un
» Précepteur domeſtique, j'ai étudié de moi-même
» la langue Grecque & l'Italienne, la Rhétorique, la
» Poëſie, la Coſmographie, la Géographie, l'Hiſtoire,
» le Droit & la Théologie, & je défie tout homme
» vivant au monde de m'avoir jamais rien enſeigné
» comme maître, ni de dire que j'aye jamais étudié
» une heure dans aucun Collége de la terre. La fré-
» quentation des Sçavans dont l'entretien me donnoit
» l'ouverture des grandes queſtions avec la connoiſ-
» ſance des bons Livres, & la lecture aſſidue de ceux
» que j'avois en aſſez bon nombre, ont fait tous mes
» Colléges & toute mon inſtruction. Je vous avoue
» que j'en ai peu retenu, & que je ſçai fort peu de
» choſe, & que de ce que j'ignore on en feroit dix
» des plus ſçavans hommes de l'Europe ; mais du
» moins j'eus cet avantage de n'en devoir preſque
» rien qu'à la converſation des Doctes & qu'à mon
» travail, & ſi je ne ſuis pas riche, je n'ai rien em-
» prunté des autres que je ne puiſſe rendre. Quand
» Saint Auguſtin nous aſſure qu'il étoit autodidacte,
» c'eſt-à-dire, inſtruit par lui-même, il parloit fran-
» chement & ſans vanité; ſi je penſe de moi preſque
» de même ſorte, c'eſt avec autant de ſincerité, &
» pour aſſûrer ſeulement que je n'ai point rapporté
» des Colléges, où je n'étudiai jamais, aucune mauvai-
» ſe maniere de parler ni d'écrire, aucuns ſentimens
» déraiſonnables ; aucunes mœurs meſſéantes aux
» perſonnes de bonne naiſſance, ni aucune conduite
» déſagréable aux honnêtes gens ; en un mot, vous
» ne verrez en ma vie ni dans mes ouvrages, aucune
» vicieuſe teinture des Ecoles publiques.

Telle fut l'éducation de l'homme illuſtre dont nous

parlons ; il eut à peine achevé ses premieres études , qu'il donna au Public un sçavant Traité de la nature des Satyres brutes, Monstres & de Démons. Le jeune Auteur explique avec beaucoup d'érudition les allégories des anciens Ecrivains sur les merveilles que les Payens ont attribuées au Dieu Pan ; il fait voir que les Satyres qu'on prétend avoir paru autrefois, n'étoient autre chose que des bêtes brutes , qui comme les Singes avoient quelque chose d'approchant de la figure humaine.

Ce premier essai fut suivi de plusieurs petits ouvrages en vers, écrits avec beaucoup de délicatesse ; les louanges qu'ils mériterent à leur Auteur l'encouragerent à se livrer tout entier au penchant qui le portoit à l'étude des Belles-Lettres ; & ce fut pour leur consacrer tout son tems qu'il se détermina à renoncer à la profession d'Avocat à laquelle il s'étoit d'abord destiné , & qu'il avoit même déja exercée pendant quelque tems à Nemours.

M. Hedelin s'étant décidé pour l'état Ecclésiastique , vint à Paris, où la beauté de son génie le fit bientôt connoître. Peu de tems après son arrivée dans cette Capitale , on lui confia l'éducation du jeune Duc de Fronsac, neveu du Cardinal de Richelieu , emploi qui ne pouvoit manquer d'opérer un prompt changement dans la fortune de celui qui étoit destiné à le remplir. M. Hedelin fut en effet bientôt après nommé à l'Abbaye d'Aubignac , & ensuite à celle de Meimac, & il obtint encore de son illustre éleve , devenu majeur, une pension viagere de 4000 livres. Après la mort prématurée de ce Seigneur , qui fut tué sur mer d'un coup de Canon en 1646 , au Siége d'Orbitello en Italie , à l'âge de 27 ans, M. l'Abbé d'Aubignac continua à jouir de la pension qui lui avoit été assignée sur tous les biens du Duc, mais ce ne fut qu'après avoir eu quelques contestations à essuyer de la part du Prince de Condé , l'héritier de ce Seigneur , & qui avoit épousé sa fœur unique. Venons aux ouvrages qui ont fait un fi grand nom à l'homme célébre dont nous allons continuer l'éloge.

La brieveté que nous nous fommes prefcrite ne nous permet pas d'entrer ici dans le détail de toutes les difputes littéraires que ce fçavant homme eut à foutenir, & qui occafionnerent bien des écrits. Tels font fes difcours pour la juftification de Terence adreffés à M. Menage, fes Differtations en forme de remarques fur différentes pieces du grand Corneille. Paffons à des ouvrages plus confidérables.

Le premier eft, la Pratique du Théâtre, traité qui eft pour les Poëtes dramatiques une fource féconde des plus utiles inftructions. Les Auteurs qui jufqu'alors avoient écrit fur le Drame, n'en avoient enfeigné que la théorie ; ils avoient parlé bien au long de l'excellence de ce Poëme, de fon origine, de fes progrès, de fa définition, de fes efpeces, de l'unité d'action, de la mefure des tems, de la beauté des évenemens, des fentimens, des mœurs, de la diction ; mais c'étoient-là des premieres regles qui pour être réduites en pratique avoient befoin d'être mieux développées. Il y a un art à fçavoir préparer les incidens, à réunir les tems & les lieux, à lier les fcènes, à remplir les intervalles des Actes, & combien d'autres points intéreffans fur lefquels les Anciens ne nous ont laiffé aucun précepte, & c'eft-là une matiere importante que l'admirable Auteur de la pratique du Théâtre a en quelque façon épuifée ; mais il faut convenir qu'il eût été à défirer pour fa gloire qu'il ne fe fût point avifé de vouloir réduire en pratique les regles qu'il avoit prefcrites. Sa Zenobie eut un malheureux fuccès ; ce qui fit dire à M. le Prince, *qu'il fçavoit bon gré à l'Abbé d'Aubignac d'avoir fi bien fuivi les regles d'Ariftote, mais qu'il ne pardonnoit point aux regles d'Ariftote d'avoir fait faire une fi méchante Tragédie à l'Abbé d'Aubignac ;* ce fut là auffi l'unique Piece qu'il donna au Théâtre.

Son

Son ouvrage intitulé : Macraife ou la Reine des Ifles fortunées, Hiftoire allégorique, contenant la philofophie morale des Stoïques fous le voile de plufieurs aventures agréables en forme de Roman, fut reçû du Public, avec des applaudiffemens qui confolerent l'Auteur de la mauvaife réuffite de fa Zenobie. M. Giri après avoir fait en profe un fuperbe éloge de cet ouvrage, le fit encore par ces vers.

> *Ici par d'illuftres efforts,*
> *Des nobles monumens d'une fageffe antique*
> *Répandent les riches tréfors*
> *Qui firent révérer le célébre Poëtique;*
> *Tel eft le fens myfterieux,*
> *Tel le projet ingenieux*
> *De ce docte & galant ouvrage,*
> *D'un Roman il porte le nom,*
> *Mais dans le fond c'eft une image*
> *De la morale de Zenon.*

L'Auteur du Parnaffe réformé n'a pas porté un jugement moins favorable de cet ouvrage. » Vous nous » rendez, marque-t'il dans une lettre qu'il écrit à M. » l'Abbé d'Aubignac, les Stoïciens que nous avions » demi perdus, vous refaites un corps qui étoit à demi » défiguré, & dont nous n'avions plus que des reftes » mal ordonnés; en un mot, vous relévez le portique » qui étoit tombé, & vous lui donnez un luftre qu'il » n'eut jamais; il femble que vous foyez né pour ranimer l'ancienne Grece, & c'eft après avoir rétabli la » fcène des premiers fiécles telle qu'elle étoit du tems » de Plaute & de Sophocle; il n'appartenoit qu'à vous » de chercher la doctrine de Socrate & de Zenon, qui » s'étoit égarée parmi les ruines de l'antiquité.... Que » de Philofophes votre Heroïne va rendre galans, &

» que de galans elle va rendre Philofophes. Les ruelles
» vont devenir le portique , & votre Macraife y rem-
» plira le premier fauteuil ; nos Dames fçauront
» Epictete fans l'avoir lû , & elles trouveront Seneque
» dans leurs alcoves fans l'aller chercher fi loin.

Nous ne devons pas oublier de rapporter ici les vers
que le célébre M. Defpreaux compofa pour être mis à
la tête de cet ingenieux Roman. Les voici.

Laches partifans d'Epicure ,

Qui brulans d'une flamme impure ,

Du portique fameux fuyez l'aufterité ,

Souffrez qu'enfin la raifon vous éclaire :

Ce Roman plein de vérité,

Dans la vertu la plus auftere ,

Vous peut faire aujourd'hui trouver la volupté.

Le dernier ouvrage qui ait fait quelqu'honneur à l'é-
rudition de l'Abbé d'Aubignac , eft fa Differtation fur
l'Illiade , où il prétend prouver qu'il n'y a jamais eu
d'homme nommé Homere qui ait compofé les Poëmes
que nous avons fous les noms d'Illiade & d'Odyffée ,
qui ne font felon l'Auteur qu'une compilation de divers Poëmes ou vieilles Tragédies qui fe chantoient
anciennement dans la Grece , & que par conféquent
ces deux Poëmes tant admirés ne contiennent pas toutes les beautés que leurs Partifans ont prétendu y
trouver.

L'Abbé d'Aubignac plein de zele pour l'avancement
des Lettres , avoit formé une focieté de perfonnes d'efprit qui s'affembloient chez lui toutes les femaines , &
une fois le mois à l'Hôtel de Matignon , où il fe faifoit
un difcours en public ; pour relever l'éclat de cette focieté qui pendant quelque tems fut appellée l'Académie de l'Abbé d'Aubignac ; il entreprit de la faire ériger en Académie Royale fous la protection & fous le

nom de Monseigneur le Dauphin , & pour cet effet i
composa un éloquent discours qu'il eût l'honneur de
présenter à Sa Majesté , mais qui ne produisit pas l'effet
qu'il en espéroit.

Cet illustre Ecrivain mourut à Nemours où il s'étoit
retiré sur la fin de ses jours auprès d'Anne Hedelin
son frere , Lieutenant Général de cette Ville , le 25
Juillet 1676 , étant âgé de 72 ans.

LOUIS MORERI.

Louis Moreri, Docteur en Théologie, si connu
par le grand Ouvrage qui porte son nom , nâquit
à Bargemont petite Ville de Provence dans le Diocèse
de Frejus , le 23 Mars 1643 , de François Moreri & de
Françoise de Bocquy.

Un de ses Ancêtres nommé *Chatranet*, originaire de
Dijon étant venu s'établir en Provence lors des Guerres Civiles qui désolerent la France sous le régne de
Charles IX ; & s'y étant marié, quitta son nom de famille pour prendre celui de *Moreri*, Village dont sa
nouvelle épouse le rendit Seigneur.

L'homme célébre dont nous allons faire l'éloge commença de bonne heure à donner des marques de la facilité de son génie & de son ardeur pour l'étude. Après
avoir appris les premiers élémens de la langue Latine
sous les yeux de ses parens, il fut envoyé à Draguignan
pour y faire ses humanités sous les Peres de la Doctrine Chrétienne , & passa de-là à Aix où il fit sa Réthorique & un cours de Philosophie au Collège des
Jésuites ; autant de carieres qu'il fournit avec les plus
glorieux succès. Il parut encore avec plus d'éclat à
Lyon sur les bancs de Théologie ; & ce fut avec les

plus grands fruits que dès qu'il eût reçu les Ordres sacrés, il fut employé pendant cinq ans à prêcher la controverse dans cette Ville.

Avant que de se consacrer au ministere de la parole, il avoit déja donné au Public divers ouvrages. N'étant âgé que de dix-huit ans, il fit paroître un petit écrit allégorique intitulé *le Pays d'amour*, & il publia la même année un Recueil des plus belles Piéces en vers François, sous le titre de *Doux plaisirs de la Poësie*. De sa plume féconde sortirent depuis d'autres ouvrages plus férieux & plus dignes d'occuper son loisir. Tels furent une traduction Françoise de la perfection Chrétienne de Rodriguès, Jésuite Espagnol, les vies des Saints mises dans une grande pureté de style, les nouvelles Relations, ou Traités de la Religion, du Gouvernement & des Coûtumes des Perses, des Arméniens & des Gaures, composés par le Pere Gabriel de Chinon Capucin. A ce dernier ouvrage qui parut en 1671, succéda deux ans après le grand Dictionnaire historique, où l'Auteur s'étoit proposé de renfermer tout ce qui se lit de plus curieux & de plus intéressant dans l'histoire sacrée & prophane ; dessein trop vaste pour qu'il puisse jamais être exécuté dans toute son étendue, & avec toute l'exactitude que demanderoit un pareil projet. Aussi l'Auteur ne fut pas long-tems sans sentir la difficulté de son entreprise ; persuadé qu'il n'avoit rempli qu'une bien petite partie de son plan, il se dévoua au travail le plus assidu pour revoir & augmenter son ouvrage, dont il prépara une seconde édition, mais qu'il n'eut pas la consolation de voir paroître.

Dès l'année 1674, M. Moreri s'étoit attaché à M. l'Evêque d'Apt qu'il accompagna à Paris l'année suivante. Connu par ses ouvrages, il se vit recherché nonseulement des Sçavans, mais encore des plus grands Prélats du Royaume, qui tenoient leur assemblée à Saint Germain en Laye. Un grand Ministre M. de

Pomponne Sécrétaire d'Etat se fit un plaisir d'attirer ce sçavant homme chez lui, & l'y retint depuis le commencement de l'année 1678, jusqu'à la fin de l'année suivante. M. de Pomponne s'étant alors déterminé à se retirer de la Cour, M. Moreri qui de son côté soupiroit après une vie privée, qui le laissa tout entier à ses Livres, prit de-là occasion de venir s'ensevelir dans la retraite pour donner plus de tems à la continuation de son grand ouvrage ; mais sa santé déja considérablement affoiblie par son application trop assidue au travail, acheva de s'épuiser entiérement ; & il mourut le 10 Juillet de l'année 1680, n'étant âgé que de trentesept ans & trois mois. L'édition du second volume de son Dictionnaire historique fut achevée par les soins de M. de la Paralyre, premier Commis de M. de Pomponne.

Les ouvrages manuscrits de l'homme célébre dont nous venons de parler, sont une Histoire Générale des Conciles, un Traité des Etrennes, la Bibliothéque des plus célébres Ecrivains de Provence, & une Histoire des hommes illustres de la même Province.

DENIS SALVAING.

DENIS SALVAING de Boiſſieu, premier Préſident en la Chambre des Comptes de Grenoble, nâquit le 21 d'Avril de l'année 1600 dans le Château de Vaurey en Dauphiné, de Charles de Salvaing de Boiſſieu, & de Charlote d'Arces.

Fils d'un pere pour qui les Lettres eurent toujours un attrait particulier, & qui avoit acquis une parfaite connoiſſance des langues vivantes & des langues mortes, le jeune Salvaing héritier du même goût & des mêmes talens, ſe ſignala par les mêmes ſuccès. Vienne, Lyon & Paris le virent ſucceſſivement briller dans ſes études. Il eut pour Profeſſeurs de Rhétorique dans cette derniere ville les célébres PP. Petau & Cauſſin Jéſuites, & pour Profeſſeurs de Philoſophie les ſçavans Jean Cecile Frey & Iſaac Habert. A ces études il joignit celle de la langue Grecque, qu'il apprit de deux Grammairiens habiles, Jean & Frederic Morel. Le premier ouvrage qui commença à répandre ſon nom dans le monde ſçavant, fut un excellent Commentaire ſur l'Elegie d'Ovide, intitulée *Ibis*, que M. Salvaing compoſa n'étant encore âgé que de vingt ans.

Ces premieres carieres fournies avec les plus glorieux ſuccès, M. de Boiſſieu deſtiné à la Magiſtrature, revint dans ſa patrie, & alla commencer un cours de Droit dans l'Univerſité de Valence. A peine eut-il été reçu Avocat, que le déſir de ſe perfectionner dans les connoiſſances qu'il avoit déja acquiſes, le ramena à Paris, où il fit une étude particuliere des Mathématiques.

Rappellé au bout d'un an en Dauphiné par des

affaires de famille, il continua à faire de l'étude, & en particulier de la Poëfie un de fes plus doux amufemens. La beauté de fon génie le rendit cher à Louis de Bourbon, Comte de Soiffons, Gouverneur de cette Province, à qui M. de Salvaing fe faifoit un plaifir de communiquer les Piéces de vers qu'il compofoit pour célébrer les louanges d'une jeune perfonne de mérite, pour qui il s'étoit épris de la plus tendre affection, & qu'il n'époufa cependant pas. Une autre paffion l'entraîna peu après; & ce fut celle des Armes. Le Comte de Tallard à qui il déclara le deffein qu'il avoit de fervir, le mit à la tête d'une Compagnie; mais les troupes ayant été licentiées avant la fin de la Campagne, cette circonftance rendit M. de Boiffieu à fa premiere deftination.

Ce fut en 1629, qu'il fut pourvû d'une Charge de Subftitut du Procureur-Général au Parlement de Grenoble, & de cette Charge il paffa peu de tems après à celle de Lieutenant-Général au Baillage de Grefivaudan. Environ ce tems-là il époufa Elifabeth Deagent, fille du Premier Préfident de la Chambre des Comptes du Dauphiné.

L'éclatante réputation que l'homme célébre, dont nous parlons, s'étoit faite, & par fon érudition & par la merveilleufe facilité qu'il avoit à parler en public, lui procura l'honneur d'être deftiné à accompagner en 1633, le Duc de Crequi, nommé Ambaffadeur à la Cour de Rome. M. de Boiffieu chargé de haranguer le Pape Urbain VIII. le fit avec tant de dignité & tant d'éloquence, & en même tems avec tant de zele pour la gloire & les intérêts de fon Souverain, que fon difcours lui mérita les plus glorieux applaudiffemens; & lui concilia l'amitié & l'eftime du Souverain Pontife, qui amateur des fciences & des beaux arts, fe fit un plaifir d'avoir de fréquens entretiens avec l'Orateur François.

Après quatre mois de féjour à Rome M. de Boiffieu

eut ordre, avant que de repasser en France, de se rendre à Venise pour y traiter de quelques affaires importantes, dont l'avoit chargé le Cardinal de Richelieu ; un Brevet de Conseiller d'Etat fut la récompense des heureux succès qu'il eut dans ses négociations, & quelque tems après, sçavoir en 1639, il obtint la Charge de Premier Président de la Chambre des Comptes de Grenoble, par la démission qu'en fit M. Deagent, son beau-pere. Il conserva cette Charge, & la remplit avec beaucoup de distinction jusqu'à la mort de sa seconde femme Elisabeth de Villiers Lasaye, veuve du Baron de saint Leger, dont il n'eut point d'enfans, & qui décéda avant lui.

Inconsolable de cette mort il renonça pour toujours aux affaires, & se retira dans sa terre de Vourey, où il n'eut de commerce qu'avec les Muses. Ce fut-là où il termina sa glorieuse cariere le 10 Avril 1683, âgé de quatre-vingt-trois ans moins onze jours.

On trouve dans le Recueil de ses Œuvres, intitulé *Miscella*, son Commentaire *in Ibim*, quelques Traductions d'Auteurs Grecs, ses Poëmes sur les sept merveilles du Dauphiné, qui sont la Fontaine qui brule la montagne inaccessible, la Tour sans venin, les Cuves de Sassenage, la Fontaine vineuse, la Manne de Briançon & le ruisseau de Barberon.

Nous avons encore du même Auteur la vie de la Comtesse Marguerite, célébre par sa piété dans le XII. ou XIII. siécle. La Généalogie de la maison de Salvaing, l'Histoire de la vie de l'Auteur en vers, un Traité du Plait Seigneurial & de son usage, avec un Traité de l'usage des Fiefs & autres Droits Seigneuriaux en Dauphiné.

CHARLES

CHARLES SPON.

CHARLES SPON, fils d'un riche négociant de Lyon, nâquit dans cette Ville le 25 Décembre 1609. Agé de onze ans, il fut envoyé à Ulm, la Patrie de son grand pere, que les intérêts de son commerce avoient amené en France, & qui s'y étoit établi.

Le jeune Spon fut par son application, & par la vivacité de son génie un objet d'admiration pour ses Maîtres, & un sujet d'émulation pour ses compagnons d'étude. Il se distingua surtout par un rare talent pour la Poësie Latine, où il fit de si rapides progrès, que ses premiers essais furent jugés dignes des plus grands Maîtres.

Envoyé d'Ulm à Paris pour y continuer ses études, il eut en Philosophie les mêmes succès qu'il avoit eu dans ses humanités. Son Maître, le sçavant Rodon Philosophe subtile & zelé partisan des principes d'Epicure rectifiés par le célébre Gassendi, prit un soin particulier de l'instruction du jeune Spon, qui se vit bientôt initié dans tous les secrets de la nouvelle Physique. Son second maître en Philosophie fut Guillaume Mazure Professeur au College de Lizieux.

Physicien habile il parut avec éclat sur les bancs de la Faculté de Médecine, où pendant trois ou quatre ans il reçut des leçons des plus célébres Docteurs de ce tems-là. Tant d'études différentes ne remplirent qu'imparfaitement le désir qu'il avoit de tout apprendre; il s'appliqua encore aux Mathématiques & à l'Astronomie, qu'il apprit du fameux Jean-Baptiste

Morin, fi connu pour avoir donné dans toutes les extravagantes fuperftitions de l'Aftrologie Judiciaire.

Après un féjour de fept à huit ans à Paris, M. Spon déterminé à fe dévouer tout entier à la Médecine, quitta cette ville en 1632, & fe rendit à Montpellier, où ayant oui pendant quelque tems les leçons de Meffieurs de Belleval & Delort, il fe fit recevoir Docteur de la Faculté. Ce fut à Pont de Vefle, petite ville de la Breffe, qu'il commença à pratiquer fa nouvelle profeffion, & après deux ans d'exercice il fe fit aggréger au College des Médecins de Lyon.

Son habileté lui gagna bientôt la confiance de tout ce qu'il y avoit de perfonnes les plus diftinguées dans cette ville, & fa réputation ne fit qu'augmenter chaque jour ; ce fut au grand nom qu'il fe fit par fa capacité qu'il dut le titre de Médecin ordinaire du Roy, dont il fut honoré en 1645.

Son application à fa profeffion ne lui fit pas négliger les Belles-Lettres, & en particulier la Poëfie, dont il fit toujours fon étude chérie. Il publia en 1661 les Prognoftiques d'Hypocrate en vers héroïques, qu'il intitula *Sybilla Medica*, & qu'il dédia à fon ami le célébre Gui-Patin. Il mit en vers Latins *la Myologie* & *les Aphorifmes* d'Hypocrate ; mais des raifons particulieres, ne lui permirent pas de donner ces deux ouvrages au Public.

Nous avons de ce fçavant homme un Appendice Chimique à la pratique de Pereda, la Pharmacopée de Lyon, une édition des Lettres de Sennert ; & celle d'un grand nombre de Livres de Médecine, qui ne s'imprimoient que lorfqu'il les avoit exactement revus.

La mort de cet homme célébre arriva le 21 Février 1684, dans la foixante-quinziéme année de fon âge. Aux qualités de l'efprit fe joignoient dans lui les qualités du cœur les plus eftimables. Une piété folide, un généreux défintereffement, une charité tendre &

compatiſſante, une probité, une candeur qui le rendoient cher à tous ceux qui le connoiſſoient.

Son fils l'illuſtre Jacob Spon, aggrégé au Collége
des Médecins de Lyon, à l'Académie des *Ricovrati* de
Padoue, & à celle de Niſmes, fut l'héritier des vertus
& des talens de ce grand homme. Les principaux ouvrages de ce digne fils ſont,

Recherches des Antiquités de Lyon, *in*-8°. *Lyon*,
1674.

Ignotorum atque obſcurorum Deorum ara, in-8°. Lyon,
1677.

Voyage de Grece & du Levant, 3. *vol. in*-12. *Lyon*,
1677.

Réponſe à la Critique publiée par M. Guillet contre
ces voyages, *in*-12. *Lyon*, 1679.

Hiſtoire de Genève, 2. *vol. in*-12. *Lyon*, 1680, &
1682.

Lettres au Pere de la Chaiſe ſur l'antiquité de la Religion, *in*-12. *imprimée en pluſieurs endroits.*

Recherches curieuſes d'Antiquités, *Lyon*, 1683.

Miſcellanea erudita Antiquitatis, Lyon, 1679; & 1683.

Aphoriſmi novi Hypocratis, Lyon 1683.

Obſervations ſur les fiévres & ſur les fébrifuges,
Lyon, 1681, *&* 1684.

ANTOINE FURETIERE.

ANTOINE FURETIERE, Abbé de Chalivoi, & Prieur de Chuines, né à Paris en 1620, doit tenir un rang distingué parmi les hommes illustres de son siécle pour les excellens ouvrages dont il a enrichi la République des Lettres. La beauté de son génie se développa dès qu'il eut été appliqué à l'étude, & le fit briller dans toutes ses classes. Même éclat, même succès l'accompagnerent dans le cours de ses études de Droit. Après s'être fait recevoir Avocat au Parlement de Paris, il fut pourvû de la Charge de Procureur Fiscal de la Justice de l'Abbaye Royale de saint Germain des Près ; & pendant quelques années il en remplit les fonctions avec une approbation générale, ce qui ne l'empêcha pas de se démettre de cet emploi, qui pour le trop occuper, ne lui permettoit pas de se livrer autant qu'il l'auroit souhaité au penchant qui l'entraînoit vers les Muses. Il se détermina donc à entrer dans l'état Ecclésiastique, & il obtint peu de tems après l'Abbaye de Chalivoi & le Prieuré de Chuines. Cet heureux accroissement de fortune mit le nouvel Abbé en état de se donner tout entier à l'étude.

Encouragé par les applaudissemens que lui mériterent ses premiers essais, il continua à publier divers ouvrages en vers & en prose, qui furent tous reçus favorablement du public. Ses ouvrages sont, son Roman Bourgeois, son Histoire des derniers troubles arrivés au Royaume d'éloquence, cinq Satyres & un

grand nombre de Stances, d'Epîtres, d'Enigmes &
d'Epitaphes.

Mais un ouvrage qui seul suffit pour immortaliser
la gloire de cet illustre Ecrivain, c'est son grand Dictionnaire universel, qui après la mort de l'Auteur fut
imprimé pour la premiere fois en Hollande par les
soins de M. Basnage de Beauval, & dont on a donné
depuis diverses éditions.

Une Note tirée de l'histoire de l'Académie Françoise nous apprendra les démêlés que M. Furetiere
eut avec cette illustre Compagnie où il avoit été reçu
le 15 Mai 1662, & dont il fut exclus le 22 Janvier
1685. Il ne survécut que trois ans à cette humiliante
disgrace, & mourut le 14 Mai 1688, âgé de soixante-
huit ans.

» D'abord pour se mettre à porté de bien juger de ce
» démêlé, dit M. l'Abbé d'Olivet dans son histoire de
» l'Académie, il y a deux choses à sçavoir. La pre-
» miere que l'Académie craignant l'infidélité des copi-
» stes employés à transcrire ses cayers, obtint le 28
» Juin 1674, un Privilege signé en commandement
» par lequel défenses étoient faites de publier aucun
» Dictionnaire François avant que le sien fut mis au jour.
» La seconde que le 28 Août 1684, M. Furetiere qui
» étoit lui-même de l'Académie, surprit un privilége
» du grand Sceau pour l'impression d'un Dictionnaire
» Universel, où suivant le titre qu'il en avoit montré
» à l'Approbateur, il ne faisoit entrer que les termes
» *d'arts & de sciences*, mais où suivant le titre inseré
» dans le Privilége, il faisoit entrer *tous les mots Fran-*
» *çois tant vieux que modernes*, & par conséquent tout
» ce qui devoit composer l'histoire de l'Académie,
» qu'on le soupçonnoit d'avoir pillé.

» Tel étoit le fond du Procès, & voici de quelle ma-
» niere l'Académie se conduisit. Elle dissimula ses soup-
» çons le reste de l'année 1684. Ce ne fut qu'au com-
» mencement de l'année suivante, qu'étant avertie

» qu'on imprimoit actuellement le Dictionnaire de M.
» Furetiere, elle indiqua, lui préſent, une aſſemblée
» extraordinaire, où il feroit interrogé là-deſſus ; il
» ne s'y rendit point.

» Cependant pour donner à l'accuſé tout le tems
» de ſe reconnoître, la Compagnie ne voulut rien
» ſtatuer, qu'auparavant il n'eût été entendu, ou du
» moins averti une ſeconde fois. Elle chargea ſeule-
» ment le Sécrétaire qui étoit M. l'Abbé Regnier,
» d'aller en perſonne chez lui pour lui intimer l'ordre
» de paroître à l'aſſemblée ſuivante. Il y manqua en-
» core.

» On délibéroit ſi on le feroit avertir tout de nou-
» veau lorſque M. de Novion Premier Préſident du
» Parlement, & alors Directeur de l'Académie, fit
» ſçavoir que c'étoit lui-même qui l'avoit empêché
» d'y aſſiſter, parce qu'il ſe flattoit de pouvoir ac-
» commoder l'affaire, en le portant à lui remet-
» tre de bonne grace, & ſon Privilege & ſon Ma-
» nuſcrit.

» M. Furetiere quelques jours après donna effecti-
» vement ſon Privilege & la premiere Lettre de ſon
» Dictionnaire à M. le Premier Préſident, qui pour
» terminer les choſes à l'amiable, propoſa que l'on
» tînt chez lui une conférence, où il prioit la Com-
» pagnie d'envoyer des Commiſſaires. Elle lui en remit
» le choix. Il nomma Meſſieurs de Chaumont, Perault,
» Charpentier & T. Corneille, à qui la Compagnie
» ajouta M. l'Abbé Regnier chargé en qualité de Sé-
» crétaire, de garder les titres & les papiers de l'Aca-
» démie.

» Avant le jour arrêté pour cette conférence on ap-
» prit que déja M. Furetiere avoit fait imprimer des
» eſſais de ſon Dictionnaire, accompagnés d'une épitre
« au Roi, & d'un avertiſſement, où il attaquoit le
» Privilege & même l'honneur de la Compagnie.

» D'abord les Commiſſaires lorſqu'ils furent chez

» M. le Premier Préfident, produifirent le Privilége de
» l'Académie, & firent obferver les claufes qui por-
» toient défenfes expreffes d'imprimer aucun Diction-
» naire François avant que celui de l'Académie fût
» imprimé. . . . . . Ils obligerent enfuite M. Fure-
» tiere à faire lecture de fon Privilege où M. Char-
» pentier, fur l'approbation duquel ce Privilége avoit
» été accordé, fit voir qu'on avoit fubftitué un titre
» tout différent de celui qui avoit été énoncé dans
» fon Approbation ; puifque dans l'Approbation, il
» ne s'agiffoit que d'un Dictionnaire contenant les
» *termes d'arts & de fciences*, au lieu que dans le
» Privilége il s'agiffoit d'un Dictionnaire, conte-
» nant *tous les mots François, tant vieux que moder-*
» *nes.*

» De-là ils en vinrent à l'examen des Cahiers que
» M. Furetiere avoit confiés à M. le Premier Préfident,
» & par la confrontation de plufieurs endroits, mais
» endroits décififs, il fut convaincu d'avoir employé
» la méthode, les définitions, les phrafes de l'Acadé-
» mie, ou fans aucun changement ou avec des chan-
» gemens fi légers, & fi vifiblement affectés qu'ils le
» démafquoient encore mieux.

» Il parut fi déconcerté que les Commiffaires dans
» l'état où ils le voyoient, crurent ne pouvoir fans
» inhumanité le preffer de s'expliquer actuellement,
» & fupplierent M. le Premier Préfident de trouver
» bon qu'à trois jours de-là ils retournaffent tous en-
» femble chez lui.

» Entre ces deux conférences la Compagnie permit
» à Meffieurs Racine, la Fontaine & Defpreaux, amis
» de M. Furetiere dès l'enfance, d'aller le voir au
» nom de tous, pour le difpofer à donner des marques
» de fa foumiffion, & pour tâcher d'adoucir le plus
» qu'ils pourroient la peine que cette humiliation de-
» voit lui faire. Ils trouverent un efprit inacceffible à
» la raifon. Ce n'étoit plus le même homme. La honte

» qu'il avoit effuyée chez M. le Premier Préfident
» s'étoit tournée en fureur.

   » Ainfi la négociation de ces trois illuftres amis fut
» inutile ; la feconde conférence n'opéra rien de plus,
» & M. Furetiere ne fut touché ni des prieres vives &
» preffantes de fes Confreres, ni des remontrances de M.
» le Premier Préfident, qui finit par lui dire, qu'il ne
» pouvoit *ni comme Juge, ni comme Académicien, ni*
» *comme fon ami,* fe difpenfer de le condamner.

   » Il n'y eut donc plus d'autre parti à prendre que
» de procéder contre lui dans les formes . . . . ainfi
» M. Furetiere après avoir été de l'Académie pendant
» vingt-trois ans, en fut exclus le 22 Janvier 1685. «

CHARLES

CHARLES DU CANGE.

CHARLES DU FRESNE, Seigneur du Cange, Tréforier de France en la Généralité d'Amiens, Grammairien, Critique, Hiftorien, & Jurifconfulte célébre, né à Amiens le 18 Décembre 1610, eut pour pere Louis du Frefne, Seigneur de Fredeval, Confeiller, Prévôt Royal de Beauquefne, & pour mere Helene de Rely.

La facilité de fon génie jointe à un goût extrême pour l'étude, le diftingua dès fes plus tendres années. Après avoir fait avec beaucoup de fuccès fes Humanités & fa Philofophie à Amiens dans le Collége des Jéfuites; deftiné par fes parens au Barreau, il fut envoyé à Orleans pour y commencer un Cours de Droit. Le jeune Légifte avide de tout fçavoir, donna dans cette nouvelle carriere d'éclatantes preuves de l'univerfalité de fon génie, & il eut dans cette nouvelle étude les mêmes fuccès qu'il avoit eu dans celle de la Philofophie & des Belles-Lettres.

Son Cours de Droit achevé avec une diftinction peu commune, il vint fe faire recevoir Avocat au Parlement de Paris; quoique fon deffein ne fût pas de s'attacher à cette profeffion, cependant par complaifance pour fa famille il voulut bien s'affujettir à fréquenter le Barreau pendant quelque tems, & il y plaida même plufieurs Caufes avec applaudiffement; mais entraîné par le penchant qui le portoit à une étude plus vafte, il quitta Paris & revint dans fa Patrie, réfolu de confacrer tous fes momens à la lecture; celle qu'il fit fut immenfe, & il n'y eut point d'Art ou de Science qu'elle

n'embraſſât. Non que ce grand homme , dont la modeſtie fut toujours la vertu caracteriſtique,ſongeât à ſe faire
un nom par ſon érudition , mais il vouloit ſe faire une
occupation , & perſuadé qu'il n'y en avoit point qui
convînt mieux à un honnête homme que l'étude , il s'y
livra tout entier ; il s'attacha ſur-tout à acquerir une
parfaite connoiſſance de l'Hiſtoire , & c'eſt-là le genre
de Littérature où il a particulierement excellé. Hiſtoire
Sacrée & Prophane , Hiſtoire Ancienne & Moderne,
Hiſtoire Grecque & Romaine , lui devinrent également
familieres.

La ſolitude où le laiſſa la mort de M. ſon pere arrivée en 1638 , le détermina à ſe marier , & il épouſa le
19 Juillet de la même année Catherine du Bos , fille
d'un Tréſorier de France dans la Généralité d'Amiens ,
& quelques années après M. du Cange fut pourvû
d'une ſemblable Charge dans la même Généralité. Son
application à remplir dignement les fonctions de ce
nouvel emploi , ne diminua rien de ſon ardeur pour
l'étude , & le Public ne fut pas long-tems ſans en recueillir le fruit.

Le premier eſſai de ce célébre Ecrivain fut une nouvelle verſion de l'Hiſtoire de l'Empire de Conſtantinople
ſous les Empereurs François , écrite par Geoffroy de
Villehardouin,& la ſuite de cette même Hiſtoire *juſtifiée
par les Ecrivains du tems , & par pluſieurs Chroniques &
Chartes , & autres pieces non imprimées.*

La premiere partie de cet ouvrage qui fut imprimé
au Louvre en 1657 , contient l'Hiſtoire de la conquête
de Conſtantinople par les François & les Venitiens.

Et la ſeconde partie renferme une Relation exacte
de tout ce que les François & les Latins ont fait de
plus mémorable dans le même Empire.

A cet ouvrage ſucceda un Traité hiſtorique du Chef
de Saint Jean-Baptiſte , où l'Auteur prétend démontrer que la Ville d'Amiens ſa Patrie , eſt la ſeule dépo-
ſitaire de cette reſpectable relique.

La pefte qui défola cette Ville en 1668, mit M. du Cange dans la néceffité de s'en éloigner, & lui fit prendre le parti de venir s'établir à Paris avec toute fa famille. Ce fut la même année qu'il publia fon Hiftoire de Saint Louis par Joinville, enrichie de Differtations non moins curieufes que fçavantes; & deux ans après il donna des Notes & des corrections fur les Hiftoires de Jean Cinname, de Nicephore de Brienne, & d'Anne Comnene, avec un excellent Commentaire de la defcription de l'Eglife de Sainte Sophie, par Paul le Silentiaire.

La réputation que ces fçavans ouvrages firent à leur Auteur, lui mérita d'être choifi par M. Colbert, pour raffembler en un feul corps les divers Ecrivains qui jufqu'alors avoient travaillé fur l'Hiftoire de France; M. du Cange plein de zele pour la gloire de fa Patrie, fe livra avec ardeur à cet important travail; mais l'effai qu'il en publia n'ayant pas été goûté du Miniftre, il abandonna ce projet, & ne s'occupa plus qu'à mettre la derniere main à fon Gloffaire latin, ouvrage d'une érudition immenfe, & qui n'a pû être le fruit que d'une opiniâtre affiduité au travail. L'Auteur ne fe contenta pas d'expliquer les termes de la moyenne & de la baffe latinité, & d'en faire remarquer les divers changemens, il s'attacha encore à inftruire fon Lecteur des mœurs, des Coutumes, des cérémonies qui ont été en ufage depuis le regne de Conftantin; il explique auffi les Dignités, les Offices & les différentes fonctions des charges Eccléfiaftiques, Civiles & Militaires. Critique judicieux & éclairé, il corrige une infinité d'endroits des Auteurs Grecs, Latins, François, Italiens, Efpagnols, Anglois, Allemands, &c. Jurifconfulte profond, il répand du jour fur un grand nombre de queftions dont traite la Jurifprudence moderne; il développe enfin en Hiftorien habile les points les plus curieux & les plus intéreffans de l'Hiftoire d'Occident.

Le Gloffaire Grec du même Auteur ne mérite pas

moins d'éloge; même plan, même exécution, mêmes recherches, même érudition dans l'un & dans l'autre ouvrage; & cependant quelle idée l'Auteur lui-même nous donne-t'il de ces deux excellentes productions. Souvent on lui a entendu dire , *que les autres lisoient les Livres pour en tirer ce qu'il y avoit de bon , mais que pour lui il ne les avoit lûs que pour en prendre tout ce qu'il y avoit de mauvais ; que les autres faisoient leurs réflexions sur les plus belles pensées des Auteurs ; mais que pour lui , il ne s'étoit attaché qu'à de méchans mots ; qu'enfin les autres imitoient les Abeilles,mais que pour lui il avoit contrefait l'Araignée ou la Sangsue.*

Les autres ouvrages de ce célébre Ecrivain sont, une Généalogie des Empereurs de Constantinople , avec une Description de cette Capitale sous le regne des Princes Chrétiens , des Remarques sur les annales de Zonare , & une nouvelle édition de la Chronique Pascale , avec des Notes.

Ce fut par ce dernier ouvrage que l'homme célébre dont nous venons de faire l'éloge, termina sa glorieuse carriere; il mourut le 23 Octobre 1688 , âgé de 78 ans. De son mariage avec Mademoiselle du Bos il laissa deux garçons & deux filles; l'aîné des fils fut pourvû d'une Charge de Trésorier dans la Généralité de Poitiers.

PIERRE HALLE'.

PIERRE HALLE', Docteur en Droit Canon &
Civil, Professeur d'Eloquence dans l'Université
de Paris, Poëte & Interprête du Roi, né à Bayeux le
8 Septembre 1611, d'une honnête famille, a été un
des sçavans du dernier siécle qui se sont le plus distin-
gués par l'étendue & la variété de leur érudition.

Après avoir fait briller la beauté de son génie dans
ses Humanités qu'il fit dans sa Patrie, il fut envoyé à
Caën, où pendant cinq ans il étudia successivement en
Philosophie, en Droit & en Théologie, & dans toutes
ces sciences il fit les plus rapides progrès ; cependant
son application à de si sérieuses études ne l'empêcha
pas de cultiver le goût particulier qu'il avoit pour les
Belles-Lettres. Quelques pieces en vers & en prose
qu'il publia, lui acquirent tant de gloire, que n'étant
âgé que de 24 ans, il fut choisi pour professer la Rhétorique dans l'Université de Caën ; emploi qu'il remplit avec tant d'éclat, qu'après quatre années de Régence tous les suffrages se réunirent en sa faveur pour
le nommer Recteur de la même Université.

Ce fut en cette qualité qu'il eut l'honneur de haranguer à la tête des quatre Facultés M. le Chancelier Seguier, que la Cour avoit envoyé en Normandie pour
y travailler à appaiser des émotions populaires qui cau-
soient d'affreux désordres dans cette Province. La harangue du jeune Recteur fut généralement applaudie,
& elle plut si fort à l'illustre Magistrat à qui elle étoit
adressée, que ce Chef de la Justice, après avoir honoré de sa présence les Thèses publiques que M. Hallé

foutint le 18 Mars 1640, il voulut qu'il reçût de fes mains le Bonnet de Docteur en Droit.

L'année fuivante fut marquée par d'autres diftinctions non moins glorieufes à l'homme célébre dont nous faifons l'éloge ; de nouvelles pieces qu'il fit paroître accrurent fi fort fa réputation, que prefque dans le même tems on lui offrit une Chaire de Profeffeur dans cinq Colléges différens , & quoiqu'abfent il eut l'honneur d'être aggrégé extraordinairement au Corps de l'Univerfité de Paris. Recherché de toute part , il fe décida pour le Collége d'Harcourt, où il enfeigna fucceffivement les Humanités & la Rhétorique avec les plus glorieux fuccès ; cependant il s'en falloit bien que les fonctions de fon emploi l'occupaffent tout entier ; fon amour pour le travail lui rendoit chers tous les momens qu'elles lui laiffoient de libres, & combien d'excellens ouvrages qui furent le fruit de l'ufage qu'il faifoit de fon loifir ; ce fut à la réputation qu'ils lui firent qu'il dut l'honneur d'être inftallé en 1646 Poëte du Roi, & fon Interprête en Langue Grecque & Latine.

Cependant fa trop grande application avoit épuifé fes forces , & il fut obligé pour les rétablir de quitter fa Chaire de Profeffeur ; mais l'étude avoit pour lui trop d'attrait pour qu'il pût fe réfoudre à rompre tout commerce avec les Livres. Il recommença à s'appliquer à la Jurifprudence, ce qu'il fit avec tant d'affiduité & tant de fuccès , que l'habileté qu'il acquit dans cette fcience lui obtint une Chaire de Profeffeur Royal en Droit Canonique. Plein de zele pour l'honneur de cette Faculté, que ne fit-il pas pour lui rendre fon premier luftre , & avec quelle fermeté n'en foutint-il pas les intérêts. Par les foins de ce grand homme furent rétablies les Décretales , les Harangues & les autres actions d'éclat dont on ne connoiffoit plus l'ufage. Ce fut lui qui follicita & qui obtint un Arrêt du Parlement, qui porte que les Licenciés en Droit Canonique feulement , feront reçûs au ferment ; il eut auffi la gloire de procurer la pre-

miere aggrégation fur le modéle de laquelle fut faite la
feconde qui a donné tant d'illuftres Protecteurs à la Faculté de Droit.

Nous avons de ce fçavant homme, outre un Recueil
de Harangues & de pieces de vers, d'excéllentes Infti-
tutions du Droit Canonique, & divers Traités, comme
fur les Conciles, fur l'autorité des Souverains Pontifes,
fur la Regale, fur la fymonie, fur l'ufure, fur les Cen-
fures, fur les Bénéfices Eccléfiaftiques, fur les Mariages, fur les Teftamens, & fur quantité d'autres matieres de Droit.

Cet illuftre Ecrivain que fa piété, fon zele & fes autres vertus ont rendu plus recommendable encore que
fa profonde érudition, mourut le 27 Décembre 1689,
âgé de foixante-dix-huit ans : il fit par fon teftament
une fondation pour célébrer des Meffes à l'ouverture
des leçons de Droit, & la veille de Noël, de Pâques
& de la Pentecôte, & pour faire une diftribution aux
Profeffeurs, aux Docteurs honoraires & aux Aggrégés.

GILLES MENAGE.

GILLES MENAGE, le Varron de son siécle ; Membre de l'Académie de la Crusca de Florence , Jurisconsulte , Historien , Poëte , Critique , Grammairien , Antiquaire , fut par l'universalité de son génie & la varieté de ses connoissances , l'un des plus grands ornemens de la République des Lettres.

Il nâquit à Angers le 15 Août 1613 , & eut pour pere Guillaume Menage , & pour mere Guione Ayraut , sœur du célébre Pierre Ayraut , Lieutenant Criminel de cette Ville. Une grande facilité de génie soutenue d'une mémoire qui tenoit du prodige , & qu'il cultiva toujours avec soin , lui fit faire de rapides progrès dans toutes ses études ; & ce qu'il y a de surprenant , c'est qu'après avoir appris en peu de jours les premiers principes de la Grammaire , il acquit avec le secours des Dictionnaires une parfaite connoissance des Auteurs qu'on lui mit entre les mains.

Ce fut avec le même succès qu'il fit son Cours de Philosophie , & il ne brilla pas moins dans l'étude du Droit. Il nous apprend lui-même (a) qu'il plaida successivement à Angers , à Paris & à Poitiers ; mais quelque talent qu'il eut pour le Barreau , il s'en dégoûta bien-tôt , & renvoya les provisions de la Charge d'Avocat du Roi dont M. son pere s'étoit démis en sa faveur ; ce fut alors qu'il se détermina à embrasser l'E-

(a) En 1632 je fus , dit-il , reçû Avocat à Angers , & j'y plaidai ma premiere Cause contre M. Ayraut mon cousin germain ; je vins à Paris en la même année , & j'y plaidai jusqu'en 1634 , que le Parlement de Paris alla tenir les grands jours à Poitiers , où je plaidai aussi , & c'est ce qui a fait dire à M. Costar , que comme il y avoit des Sergens exploitans par tout le Royaume , j'étois un Avocat plaidant dans tout le Royaume.

tat

tat Eccléſiaſtique, qui devoit lui laiſſer plus de loiſir pour cultiver le penchant qui le portoit à l'étude des Belles-Lettres; peut-être auſſi enviſagea-t'il cet état du côté des avantages qu'il pouvoit s'en promettre pour l'avancement de ſa fortune; ce qu'il y a de certain, c'eſt que l'Egliſe ne fut pas pour lui une mere ingrate. Le jeune Abbé ſe vit bien-tôt pourvû de divers Béné-fices. (*a*)

La réputation qu'il ſe fit par ſon érudition, lui acquit en peu de tems l'amitié & l'eſtime de tout ce qu'il y avoit de perſonnes illuſtres dans la République des Lettres. Un de ſes meilleurs amis le célébre M. Chapelain, de l'Académie Françoiſe, lui procura une place dans la Maiſon de M. le Cardinal de Retz, qui n'étoit encore alors que Coadjuteur de l'Archevêché de Paris. Cependant quelque agrément qu'eût pour M. Menage une re-traite ſi honorable, il la quitta au bout de quelques années (*b*) & vint s'établir dans le Cloître de Notre-Dame. Sa maiſon devint alors une eſpece d'Académie, où s'aſſembloient régulierement un jour de chaque ſe-maine les perſonnes les plus diſtinguées par la beauté de leur génie, & par l'étendue de leurs lumieres; point de génie de littérature qui ne fût familier à l'homme cé-

(*a*) Il obtint entr'autres le Doyenné de Saint Pierre d'Angers que ſon pere avoit poſſedé quelques années depuis la mort de ſa femme, ſans néanmoins quitter ſa Charge d'Avocat du Roi; quelque tems après en vertu d'un Indult que lui avoit accordé un Conſeiller de ſes amis, il obtint par Arrêt du Grand Con-ſeil le Prieuré de Montdidier, qu'il réſigna à M. l'Abbé de la Vieuville, depuis Evêque de Rennes, qui pour l'en récompenſer fit créer en ſa faveur une pen-ſion de 4000 liv. ſur deux Abbayes; il jouiſſoit outre cela d'une penſion viagere de 3000 liv. que lui faiſoit M. de Ferriere, alors Surintendant des Finances, à qui il avoit vendu une Terre de 60000 liv. dont il avoit hérité comme aîné de la famille.

(*b*) La plûpart de ceux qui étoient entrés chez ce Prélat ne lui demeuroient attachés que parce qu'ils ſe figuroient qu'il ſeroit un jour chargé du Gouverne-ment de l'Etat, & qu'alors ils partageroient les premiers emplois du Royaume. M. Menage qui penſoit tout différemment, ſe moqua hautement de leurs pré-tentions, & ſe brouilla irréconciliablement avec eux. Leur méſintelligence alla un jour ſi avant, qu'il reçut de l'un d'eux une injure dont il demanda répara-tion à M. le Cardinal de Retz, ou du moins ſon congé, & il n'obtint que le der-nier.

Tome III.   *N*

lébre dont nous faifons l'éloge ; auffi fe faifoit-il toûjours écouter avec admiration : quelque variées en effet que fuffent les matieres fur lefquelles rouloient les Conférences qui fe tenoient chez lui , il les épuifoit en rapportant fidélement tout ce que les Auteurs Anciens & Modernes avoient écrit fur ces différens fujets.

La réputation de ce fçavant homme répandue dans toute l'Europe , lui attira de toute part les plus glorieufes marques de diftinction. La Reine Chriftine de Suede témoigna un défir extrème de le poffeder dans fes Etats, & l'Académie de la Crufca de Florence charmée de la beauté de fes Poëfies Italiennes, l'affocia à fon illuftre Corps. Chacun fçait que fon ingénieufe Requête des Dictionnaires , fut le feul obftacle qui s'oppofât à fa réception dans l'Académie Françoife dès le tems de fon inftitution , *& c'étoit juftement à caufe de cette piéce ,* dit un jour plaifamment M. de Monmor, Maître des Requêtes , *qu'il falloit condamner M. Menage à être de cette Académie , comme on condamne un homme qui a deshonoré une fille à l'époufer.* M. Perrault nous apprend que lorfque le tems eut en quelque façon effacé le fouvenir de cet ouvrage , M. Menage fe préfenta pour remplir une place vacante, & qu'il n'en fut exclus que par la brigue puiffante qui favorifoit M. Bergeret ; il ne fit plus dès-lors aucune démarche pour être reçû , & pria même fes amis avec plus de chaleur de ne le plus propofer , qu'il ne les avoit priés auparavant de lui donner leurs voix.

Nous devons ajouter que fon humeur un peu trop libre , & malheureufement trop portée à la fatyre , anima contre lui quantité d'illuftres fçavans , qui ne le fervirent pas toujours au gré de fes défirs. Nous ne parlerons pas de l'Epigramme qu'il compofa contre le Comte de Buffy-Rabutin , trop fanglante pour la rapporter ici , & il faut convenir que dans cette occafion M. Menage pouffa un peu trop loin la vengeance. (*a*)

(*a*) Menage , dit le Comte de Buffy dans fon Hiftoire amoureufe des Gau-

Les ouvrages dont cet illuftre fçavant a enrichi la République des Lettres, font en trop grand nombre pour que nous en faffions ici l'extrait ; ainfi nous nous contenterons d'en indiquer les titres, & nous ferons enfuite connoître les divers jugemens qui ont été portés fur les plus confidérables de ces ouvrages. Nous avons de lui fes œuvres mêlées, fes remarques Italiennes fur l'Aminte, fes obfervations & corrections fur Diogene Laerce, fes étymologies Italiennes, fes Amenites de Droit, fes obfervations fur les Poëfies de Malherbe, fes remarques fur la Langue Françoife, fon Hiftoire de Sablé, la Vie de Mathieu Menage, Théologal d'Angers ; celle de Guillaume Menage fon pere, la Vie de Pierre Ayraut, & l'Antibillet.

Le célébre M. Coftar dit que pour confulter les Oracles, il faut s'adreffer aux *Saumaifes* & aux *Menages*, qui font les Gardes-tréfors de l'antiquité, & qui voyent fi clair dans les plus noires ténébres de l'Hiftoire & des

lès, étant devenu amoureux de Madame de Sevigny, & fa naiffance, fon âge & fa figure l'obligeant de cacher fon amour autant qu'il pouvoit, fe trouva un jour chez elle dans le tems qu'elle vouloit fortir pour aller faire quelque emplette, fa Demoifelle n'étant point en état de la fuivre, elle dit à Menage de monter dans fon Carroffe avec elle ; celui-ci badinant en apparence, mais en effet étant fâché, lui dit qu'il lui étoit bien rude de voir qu'elle n'étoit pas contente des rigueurs qu'elle avoit depuis fi long-tems pour lui, mais qu'elle le méprifoit encore au point de croire qu'on ne pouvoit médire de lui & d'elle. *Mettez vous*, lui dit-elle, *mettez-vous dans mon Carroffe*, *fi vous me fâchez j'irai vous voir chez vous.*

Tel fut le fujet du démêlé de M. Menage avec le Comte de Buffy ; ce n'eft pas au refte que le premier voulût que l'on ignorât fa paffion pour Madame de Sevigny, puifqu'il l'a lui-même publiée dans fes Ecrits. Il fut auffi attaché à Mademoifelle de Lavergne, qui fut depuis Madame la Comteffe de la Fayette. Le nom de *Laverna* qui eft la Déeffe des voleurs, qu'il donnoit en latin à cette Dame, joint à la réputation qu'il s'étoit faite de piller un peu les Anciens, donna lieu à l'Epigramme fuivante.

Lefbia nulla tibi eft, nulla eft tibi dicta Corina,
Carmine laudatur Cynthia nulla tuo ;
Sed cum Doctorum compiles fcrinia vatum,
Nil mirum fi fit, culta Laverna tibi.

Fables les plus éloignées, qu'il semble qu'ils ayent été de tous les siécles & de tous les regnes.

M. Pearson, Evêque Anglois, & M. Casaubon, disent que les observations du même Auteur sur Diogene Laerce, sont non-seulement pleines d'érudition, mais qu'elles sont d'une grande exactitude, & d'un prodigieux travail.

M. Menage, dit le Pere Bouhours, a une profonde connoissance des Langues, & il y a lieu de douter si nous avons un homme plus universel, si nous en avons un qui soit tout ensemble comme lui, Grammairien, Poëte, Jurisconsulte, Historien, Philosophe.... Il s'est toute sa vie attaché à la Grammaire, & c'est particulierement dans les étymologies qu'il excelle; il semble avoir l'esprit fait tout exprès pour cette science; il semble même quelquefois inspiré, tant il est heureux à découvrir d'où viennent les mots.

Ses origines de la langue Italienne ont été louées par les Italiens mêmes, & sur-tout par le célébre Dati Florentin, qui parle avec beaucoup d'éloge de cet ouvrage en particulier par rapport à l'élégance de la composition, & à l'exactitude des recherches.

Nous finirons par le jugement que M. Furetiere a porté sur la fameuse Requête des Dictionnaires. Après avoir dit que cet ouvrage est plein de jeux d'esprit, il s'exprime ainsi allégoriquement : *La joute du Cavalier Menage*, dit-il, *fit beaucoup de bruit, car ayant pris l'intérêt de Nicod & de Calepin, à qui il avoit quelque obligation, il se mit en lice, & se présenta au bout de la carriere pour combattre tous venans; il fit alors plusieurs coups de lance, & rompit avec plusieurs des quarante Barons, & il leur donna de si rudes atteintes, qu'encore qu'il n'eût dessein que de faire un jeu & un tournoi, cela passa pour un combat à outrance, & à fer émoulu.*

L'Ecrivain célébre dont nous venons de parler,

mourut le 23 Juillet de l'année 1692, âgé de foixante-dix-neuf ans, & fut inhumé dans l'Eglife de Saint Jean-le-Rond, où on lit une fuperbe Epitaphe, qui fut confacrée à la mémoire de ce grand homme, par le fçavant M. Pinffon, Avocat. En voici le commencement :

Virum officiofum,
Ingenio præftantem,
Memoriâ tenaciffimum,
Scientiâ notum ubicumque,
Græcum non folum vel Latinum ;
Sed & Gallicum, Italicumque fcriptorem politiffimum :
Quæris viator, hîc jacet.

N iij

FRANÇOIS TALLEMANT.

FRANÇOIS TALLEMANT des Reaux, Ab-
bé du Val-Chrétien, Prieur de Saint Irenée de
Lyon, & l'un des Quarante de l'Académie Françoise,
prit naiſſance à la Rochelle vers l'an 1620; après avoir
été Aumônier du Roi pendant vingt-quatre ans, il fut
fait premier Aumônier de Madame la Dauphine. Son
érudition qui conſiſtoit principalement dans la parfaite
connoiſſance qu'il avoit des Langues ſçavantes, & de
pluſieurs Langues vivantes, comme de l'Anglois, de
l'Italien & de l'Eſpagnol, lui obtint une place à l'Académie en 1651.

L'ouvrage qui a fait le plus d'honneur à la capacité
de cet Ecrivain, eſt ſa Traduction de l'Hiſtoire de Veniſe, écrite en Italien par le célébre Nani. M. de la Roque dit qu'on trouve dans cette traduction des beautés
qui ne ſont pas naturelles à la Langue Italienne, par la
maniere avec laquelle M. Tallemant a tourné les expreſſions de ſon Auteur, & ménagé les figures dont les
Italiens ne ſont pas avares, leſquelles, quelque belles
qu'elles ſoient en leur Langue, ſont trop éloignées du
goût François pour pouvoir plaire dans la nôtre.

Mais il s'en faut bien que cet Auteur ait eu le même
ſuccès dans ſa traduction des Vies de Plutarque. Son
deſſein n'étant pas de corriger les fautes qui ſe trouvoient dans la traduction d'Amyot, faute d'avoir bien
entendu ſon Auteur; mais il ſe propoſoit ſeulement de
rendre la lecture de cet ouvrage plus agréable en en retranchant ou en corrigeant tout ce qui s'y trouvoit de
vicieux par rapport au ſtyle un peu ſuranné. Mais, comme le remarque M. l'Abbé d'Olivet, ce qui avoit fait
réuſſir la traduction d'Amyot, c'étoient les graces du

ftyle, & ce qui fit échouer celle de M. l'Abbé Tallemant, ce fut tout le contraire. C'eft auffi le fentiment
du célébre M. Huet, qui dans fes Mémoires s'exprime
ainfi au fujet de cette traduction : *Nec tamen fatis aulæ*
probata eft hæc interpretatio quam ille languente & diffluen-
te oratione veftiebat ; in hujufmodi enim fcriptoribus Hiftori-
cis parum attenditur quam fideliter expreffum fit exemplar ,
cum non fatis fit aurium defiderio.

M. Defpreaux a voulu nous donner le caractere de
cette traduction dans ce vers.

Où le fec Traducteur du François d'Amyot.

Mais M. Broffette dans fes Notes fur cet endroit, nous
apprend que M. l'Abbé Tallemant s'attira cette dure
critique par une fauffe aventure qu'il débita en pleine
Académie contre l'honneur de M. Defpreaux : il y lut
une lettre fuppofée, par laquelle on lui mandoit que le
jour précédent M. Defpreaux étant dans un lieu de débauche derriere l'Hôtel de Condé, qu'il y avoit été
fort maltraité, calomnie dont la fauffeté étoit vifible à
l'égard de tous ceux qui connoiffoient ce fameux Poëte.

Toutes les critiques qui furent faites de l'ouvrage de
M. l'Abbé Tallemant, n'empêcherent pas qu'il ne pré-
tendît avoir donné au Public une traduction qui fatis-
faifoit les fçavans par la fidélité , les ignorans par la
clarté, & les plus polis par l'élégance.

Cet Ecrivain mourut le 6 Mai 1693 , âgé de 73 ans,
étant alors fous-Doyen de l'Académie Françoife.

PHILIPPE GOIBAUD DU BOIS.

PHILIPPE GOIBAUD DU BOIS, reçu à l'Académie le 12 Novembre 1693, nâquit à Poitiers vers l'an 1626. Il fut d'autant plus eftimable qu'il fçut par fon mérite furmonter les obftacles que l'obfcurité de fa naiffance fembloit mettre à fon élévation. Son éducation fe borna à apprendre à jouer du violon, & ce fut avec ce talent qu'il vint à Paris, où il fe fit recevoir Maître à danfer.

Il dut à la réputation qu'il fe fit dans fa profeffion l'honneur qu'il eut d'être choifi pour donner des leçons à Louis Jofeph de Lorraine, Duc de Guife, dont il gagna fi bien l'amitié que ce jeune Prince ne voulut point avoir d'autre Gouverneur.

M. Du Bois âgé alors de trente ans fe mit fous la direction de MM. de Port-Royal pour apprendre le Latin, & il y fit en peu de tems de fi grands progrès, qu'il devint dans la fuite un des meilleurs Traducteurs de fon fiécle.

Il avoit tout fujet de s'applaudir du fuccès qu'avoient eu les foins qu'il avoit pris de l'éducation du jeune Prince, dont l'inftruction lui avoit été confiée, lorfqu'il eut la douleur de le voir mourir n'étant âgé que de vingt & un ans. Se trouvant alors fans occupation, il s'en fit une qui déroba tous fes momens, & ce fut celle de toute fa vie. Le goût qu'il avoit pris pour les plus beaux ouvrages de faint Auguftin & de Ciceron, le détermina à les rendre en notre langue; entreprife qu'il exécuta glorieufement.

Peu

Peu de tems après qu'il l'eut formée, il prit le parti de se marier, & épousa la veuve d'un de ses compatriotes q ue le hazard avoit amené à Paris, mais dont il n'eut point d'enfans.

Ses traductions lui obtinrent en 1693, une place à l'Académie ; mais ce fut-là un honneur auquel il ne survécut pas long-tems. Les fiévres pourprées qui régnoient à Paris en 1694, lui ayant fait prendre le parti de se retirer à Vincennes, il y fut attaqué de cette même maladie, & s'étant fait rapporter chez lui il y mourut le premier Juillet 1694, âgé de soixante-huit ans.

Les Ouvrages qu'il a publiés sont, une Réponse à la Lettre de M. Racine contre M. Nicole. Un Discours sur les pensées de M. Pascal, & un autre sur les preuves des Livres de Moyse.

M. Du Bois a traduit de saint Augustin les deux Livres de la Prédestination des Saints, & du don de la persévérance ; les Livres de la maniere d'enseigner les principes de la Religion Chrétienne avec les Traités de la continence, de la tempérance, de la patience, & contre le mensonge ; les Lettres, les Confessions, les deux Livres de la véritable Religion & des mœurs de l'Eglise Catholique, les Sermons sur le Nouveau Testament avec le Livre de l'esprit & de la lettre.

Cet illustre Sçavant nous a aussi donné la Traduction des Offices de Ciceron, des Livres de l'amitié & de la vieillesse, avec celle des paradoxes.

M. l'Abbé d'Olivet plus en état que personne de juger du mérite de ces sortes d'Ouvrages ; dit » Que » l'élocution de Cicéron ayant souvent désespéré M. » Du Bois, & celle de saint Augustin l'ayant dégouté » plus souvent encore, il s'étoit cru permis de les jetter » dans le même moule, en leur prêtant à l'un & à » l'autre son style personnel. «

BARTHELEMI D'HERBELOT.

BArthelemi d'Herbelot, Sécrétaire & interprete des langues Orientales, Profeſſeur Royal en lan-gue Syriaque, iſſu d'une famille non moins diſtinguée par ſon ancienne nobleſſe que par l'éclat des plus illu-ſtres alliances , nâquit à Paris le quatre Décembre 1625.

Ses études achevées avec tout le ſuccès que pouvoit lui promettre la facilité de ſon génie , ſoutenue d'une application qui ne ſe démentit jamais , il ſe livra tout entier au penchant qui le portoit à apprendre les langues Orientales ; il commença par l'Hébreu, dont il acquit en peu de tems aſſez de connoiſſance pour que rien ne l'arrêtât dans la lecture du texte original des Livres ſacrés ; mêmes ſuccès l'accompagnerent dans l'étude de l'Arabe, de l'Arménien, du Chaldéen & du Syriaque ; mais il ne s'en tint pas à ces premiers pro-grès. Perſuadé que le commerce des Orientaux ſeroit pour lui une ſource féconde d'inſtructions pour l'in-telligence de ces mêmes langues, il ſe détermina à paſſer en Italie , qu'il ſçavoit être le pays de l'Europe le plus fréquenté par les peuples de l'Orient. A peine notre jeune François fut-il arrivé à Rome, qu'il s'y vit recherché par tout ce qu'il y avoit de perſonnes les plus diſtinguées par leur érudition. De ce nombre en particulier furent les célébres *Luc Holſtenius* & *Leo Allatius*, deux des plus ſçavans hommes de leur ſiécle, avec qui M. d'Herbelot contracta l'amitié la plus étroite. Les Cardinaux Barberin & Grimaldi ne fu-rent pas moins empreſſés à lui donner des marques de leur eſtime. On peut ſurtout juger du cas particulier que le dernier faifoit du mérite de ce grand homme par l'honneur qu'il lui fit de le deftiner à aller au devant de la Reine Chriftine de Suede, comme étant l'homme le plus capable d'entretenir cette augufte Princeffe felon fon génie & felon fon goût, qui n'eut jamais que les fciences pour objet.

M. d'Herbelot de retour en fa Patrie y récueillit bientôt le fruit de la réputation qu'il s'étoit faite en Italie, & qui l'avoit précedée en France. M. Fouquet Sur-Intendant des Finances fe fit un plaifir de l'attirer chez lui, & le gratifia d'une penfion confidérable. La difgrace de ce Miniftre n'entraîna point celle de l'homme célébre dont nous faifons l'éloge ; qui diftingué par la fupériorité de fes talens, le fut encore plus, ou du moins fut encore plus recommandable par fon défintéreffement, par fa probité, fa pieté, fa candeur & par toutes les vertus qui forment le caractere de l'honnête homme & du parfait Chrétien.

Une Charge d'interpréte des langues Orientales étant venue à vaquer peu de tems après que fut arrivé la cataftrophe dont nous venons de parler ; M. d'Herbelot fut choifi pour la remplir : & quel homme étoit plus capable que lui d'en exercer dignement les fonctions !

Cependant quelque habile qu'il fe fût rendu dans la connoiffance des langues, le défir de fe perfectionner encore davantage dans ce genre d'étude, le conduifit de nouveau en Italie. Le grand nom qu'il s'y étoit fait ne pouvoit manquer de lui procurer les plus glorieufes marques de diftinction ; mais rien n'égala les honneurs dont le combla le grand Duc de Tofcane. Ce Prince charmé de quelques converfations qu'il eut à Livourne avec M. d'Herbelot, lui fit la grace de lui témoigner, qu'il feroit charmé de le poffeder à Florence. Voici ce que l'on lit à ce fujet dans le Journal des Sçavans du mois de Janvier 1696.

» M. d'Herbelot arriva dans cette ville le 2 Juillet

» 1666, & y fut reçu par le Sécrétaire d'Etat, qui se
» conduisit dans une maison préparée pour son loge-
» ment, où il y avoit six piéces de plein pied, magni-
» fiquement meublées, & où on lui entretint une table
» de quatre couvers, servie avec toute sorte de déli-
» catesse, & un Carrosse aux livrées de son Altesse
» sérénissime. Ces honneurs furent couronnés par un
» présent, dont le choix & la maniere ingénieuse de
» le donner, n'ont pas semblé moins estimables que
» le présent même, quelque magnifique & précieux
» qu'il fût. Une grande Bibliothéque ayant été en ce
» tems-là exposée en vente dans Florence, le grand
» Duc pria M. d'Herbelot de la voir, d'examiner les
» manuscrits en langues Orientales, qui y étoient, de
» mettre à part les meilleurs, & d'en marquer le prix.
» Dès que cela eut été fait, ce généreux Prince les
» acheta, & en fit présent à M. d'Herbelot, comme
» de la chose qui étoit le plus de son goût. «

On juge assez que la France gouvernée alors par un
grand Roi dont les bienfaits attiroient dans ses Etats
tout ce qu'il y a de personnes distinguées dans la République des Lettres, n'eut garde de souffrir qu'un
homme aussi propre à illustrer sa Patrie, en demeurât
éloigné plus long-tems. Rien aussi de plus pressant que
les lettres qui lui furent écrites par le Ministre pour
l'engager à hâter son retour en France ; on l'assuroit
qu'il y recevroit des preuves marquées de l'estime
singuliere dont l'honoroit son Souverain ; & on ne
peut en effet rien ajouter à l'accueil gracieux que lui
fit Sa Majesté. Charmée des entretiens qu'elle eut avec
lui, elle le gratifia d'une pension de quinze cens livres,
& le nomma quelque tems après à une Charge de
Professeur en langue Syriaque.

M. d'Herbelot encouragé par les bienfaits d'un si
grand Roi, travailla à s'en rendre digne par un redoublement d'ardeur pour le travail. Sa Bibliothéque
Orientale, ouvrage immense, dont il avoit formé le

plan en Italie, commença dès-lors à l'occuper tout entier. Il le composa d'abord en Arabe ; & le dessein de
M. Colbert étoit de le faire imprimer au Loûvre ; les
ordres furent donnés pour la fonte des nouveaux caracteres qu'exigeoit cette impression ; mais la mort du
Ministre fit échouer ce projet. L'Auteur animé du
désir de rendre son ouvrage plus utile à sa Patrie, crut
devoir le faire paroître en François, sous le titre de
Bibliothéque Orientale, ou *Dictionnaire universel contenant*
généralement tout ce qui regarde la connoissance des peuples
de l'Orient. Ouvrage, dit un ingénieux Académicien,
qui est pour le commun des gens de Lettres une espece
de nouveau monde, nouvelles histoires, nouvelle
politique, nouvelles mœurs, nouvelle Poësie, en un
mot un nouveau ciel, une nouvelle terre.

Ce sçavant homme avoit projetté de donner sous le
titre d'Antologie un grand nombre de morceaux curieux qui n'avoient pu trouver place dans sa Bibliothéque Orientale, & qui traitoient d'une foule de
faits curieux & intéressans concernant l'histoire des
Turcs, des Arabes & des Persans. Il avoit aussi composé un Dictionnaire en ces trois langues & en Latin ;
mais ces deux derniers ouvrages n'ont pas été donnés
au Public. L'Auteur même n'eut pas la consolation
de voir paroître sa sçavante Bibliothéque Orientale,
dont l'impression ne fut achevée qu'en 1697, & il étoit
mort le 8 Décembre 1695, dans la soixante-dixiéme
année de son âge.

JEAN DE LA BRUYERE.

JEAN DE LA BRUYERE né en 1644, dans un village proche de Dourdan, eut pour pere un fameux Ligueur, qui dans le tems des Barricades se signala parmi ceux de son parti dans la Charge de Lieutenant-Civil de Paris. Son fils Jean de la Bruyere, quelques années après avoir achevé ses études, fut pourvu d'une Charge de Tréforier de France à Caën ; mais il ne l'exerça pas long-tems. Eftimé du célébre M. Boffuet pour la beauté de son génie & l'élégance de son ftyle, il fut placé par ce Prélat auprès de M. le Duc de Bourgogne pour enseigner l'histoire à ce jeune Prince.

Né sans ambition, il paffa sa vie en Philofophe, content d'une penfion de mille écus, dont il jouit jufqu'à la fin de ses jours en qualité d'homme de Lettres ; il ne chercha pas à pouffer plus loin sa fortune. L'étude, le commerce de quelques amis choifis firent ses plus doux plaifirs.

Sa belle traduction des caracteres de Theophrafte lui mérita en 1693 une place à l'Académie ; c'eft par la réponfe que M. Charpentier fit au Difcours que ce nouvel Académicien prononça le jour de sa réception, que l'on pourra juger de l'excellence de l'Ouvrage, dont nous venons de parler.

» L'agréable Satyre, Monfieur, lui dit M. Charpen-
» tier, que vous avez publiée depuis quelques années
» fur les mœurs de notre fiécle, eft un témoignage évi-
» dent de l'excellence de notre langue. Vous nous
» donnez d'abord la Traduction d'un Auteur célébre,
» qui nous a tracé une fidelle image des vices & des

» vertus de l'homme. Le ftyle de votre verfion eft
» noble facile, coulant, & répond bien aux graces de
» l'Auteur, que l'élegance de fon difcours avoit fait
» furnommer le divin parleur. On ne pourra s'em-
» pêcher, Monfieur, de vous admirer l'un & l'autre,
» lui pour avoir fi bien repréfenté les inclinations de la
» nature humaine ; quoiqu'il ne foit pas l'inventeur de
» cette maniere de peindre, dont il avoit trouvé un
» fameux effai dans le fecond Livre de la Rhétorique
» d'Ariftote; vous Monfieur, pour avoir manié le même
» fujet d'une façon toute nouvelle, & pour avoir exprimé
» des caracteres qui ne font pas imités des fiens. Il a
» traité la chofe d'un air plus philofophique, il n'a
» envifagé que l'Univers, vous êtes plus defcendu dans
» le particulier. Vous avez fait vos portraits d'après
» nature, lui n'a fait le fien que fur une idée géné-
» rale. Vos portraits reffemblent à de certaines per-
» fonnes, & fouvent on les devine, & les fiens ne ref-
» femblent qu'à l'homme. Cela eft caufe que fes por-
» traits reffembleront toujours ; mais il eft à craindre
» que les vôtres ne perdent quelque chofe de ce vif &
» de ce brillant qu'on y remarque quand on ne pourra
» plus les comparer à ceux fur qui vous les avez tirés.
» Cependant, Monfieur, il vous fera toujours glorieux
» d'avoir attrapé fi parfaitement les graces de votre
» modelle, que vous laiffiez à douter fi vous ne les avez
» point furpaffé. «

A ce témoignage nous y joindrons celui de M. Ménage. » M. de la Bruyere, dit ce Critique, peut paffer
» parmi nous pour Auteur d'une maniere d'écrire toute
» nouvelle. Perfonne avant lui n'avoit trouvé la force
» & la juftelle d'expreffions qui fe trouvent dans fon
» Livre. Il dit en un mot ce qu'un autre ne dit pas
» auffi parfaitement en fix. Ce qui eft encore de beau
» chez lui, c'eft que nonobftant la hardieffe de fes
» expreffions, il n'y en a point de fauffes, & qui ne
» rendent très-heureufement fa penfée. Ses caracteres

» font un peu chargés, mais ils ne laiffent pas d'être
» naturels. «

Que fi ces Caracteres font moins lûs aujourd'hui
qu'ils ne l'étoient autrefois, il faut s'en prendre en
partie, dit judicieufement M. l'Abbé d'Olivet, à la
malignité du cœur humain. Tant qu'on a cru voir dans
ce Livre les portraits de gens vivans on l'a dévoré
pour fe nourrir du trifte plaifir que donne la fatyre
perfonnelle. Mais à mefure que ces gens-là ont dif-
paru il a ceffé de plaire fi fort par la matiere, & peut-
être auffi que la forme n'a pas fuffi toute feule pour
le fauver. Quoiqu'il foit plein de tours admirables &
d'expreffions heureufes qui n'étoient pas auparavant
dans notre langue.

Cet Ouvrage quelque excellent qu'il foit, n'a pû
échapper à la févére critique de Dom Noël d'Argonne
Chartreux, qui fous le nom de Vigneul Marville a
publié des Mêlanges de Litterature ; mais une réponfe de M. Cofte fit tomber la miférable critique de
ce Cenfeur.

M. de la Bruyere a auffi compofé fur le Quiétifme
quelques difcours qui ont été achevés par M. Dupin.

Cet illuftre Académicien fe trouvant quatre jours
avant fa mort dans une compagnie à Paris, s'apperçut
tout-à-coup qu'il étoit devenu entiérement fourd ;
étant retourné à Verfailles il fut emporté le même
jour par une attaque d'apoplexie, le 10 Mars 1696,
étant âgé de cinquante-deux ans.

M. Boileau fit les quatre vers fuivans pour être mis
au bas du portrait de ce grand homme.

Tout efprit orgueilleux qui s'aime,
Par mes leçons fe voit guéri,
Et dans mon Livre fi chéri,
Apprend à fe haïr foi-même.

MICHEL

MICHEL ANTOINE BAUDRAN.

MICHEL-ANTOINE BAUDRAN, Géographe célébre, Prieur de Rouvres & de Neufmarché, né à Paris le 28 Juillet 1633, eut pour pere Etienne Baudran, Seigneur de la Combe, Conseiller du Roi, premier Subſtitut du Procureur Général de la Cour des Aydes de Paris, Tréſorier de France en la Généralité de Montauban, & Maître des Requêtes de feu ſon Alteſſe Royale Gaſton de France, & pour mere Françoiſe Caule.

Il étoit à peine âgé de 7 ans, qu'il fut envoyé au Collége des Jéſuites pour y commencer ſes études; il les continua juſqu'en Rhétorique, ſans que ſon goût ſe fût encore déclaré pour aucun genre particulier de littérature. La Géographie du Pere Briet ſon Profeſſeur, que l'on imprimoit alors, & dont le jeune Baudran corrigea les épreuves, décida de l'étude qui devoit l'occuper toute ſa vie : ſa paſſion pour cette ſcience ſe fortifia dans les divers voyages qu'il fit dans la ſuite, & dont il tira des lumieres que le ſeul ſecours des Livres n'auroit pû lui donner.

Jeune encore, il s'attacha au Cardinal Antoine Barberin, qui l'emmena à Rome, & le fit entrer avec lui au Conclave, où fut élu Alexandre VII. L'Abbé Baudran remplit encore les fonctions de Conclaviſte du même Cardinal lors de l'élection de Clement IX. & en 1691 il exerça pour la troiſiéme fois le même emploi auprès du Cardinal le Camus, avec qui il demeura à Rome juſqu'à l'élection d'Innocent XII.

Notre habile Géographe ne revint en France qu'après que ſa curioſité l'eut conduit dans tous les endroits

de l'Italie où il efperoit de faire quelque nouvelle découverte. Avide de profiter de toutes les occafions qui
pouvoient fervir à augmenter fes lumieres, il s'étoit fait
un plaifir d'accompagner le Marquis de Dangeau en Allemagne, & deux années après il étoit paffé en Angleterre avec la Ducheffe d'Yorck, qui fut depuis élevée
fur le trône de la Grande Bretagne.

Ce fut au retour de ce dernier voyage que l'Abbé
Baudran publia fon grand Dictionnaire Géographique
latin (*a*) qui parut en 1677 fous le titre fuivant : *Géo-
graphia ordine litterarum difpofita*. Dès l'année 1670 ce
fçavant homme avoit donné le Lexicon géographique
de *Ferarius*, confidérablement augmenté ; ouvrage qui
fut reçu fi favorablement du Public, qu'à peine eut-il
paru en France que l'on en fit de nouvelles éditions à
Padouë, à Bafle & à Genève.

Nous avons encore du même Auteur un Traité de
l'état préfent de l'Eglife Latine, des Notes fur le Livre
de Papire Maffon des Rivieres de France, une Carte
géographique du même Royaume, & une Carte de la
Principauté de Catalogne & du Comté de Rouffillon.

Cet illuftre Ecrivain mourut à Paris le 29 Avril de
l'année 1700, âgé de 66 ans.

(*a*) En 1705 Dom Gelé, Bénédictin, donna ce grand ouvrage traduit en
François ; mais c'eft moins une traduction qu'une corruption du texte latin.

FRANÇOIS CHARPENTIER.

FRANÇOIS CHARPENTIER, mort Doyen de l'A-
cadémie Françoise, & de celle des Inscriptions &
Belles-Lettres, nâquit à Paris le 15 Février 1720. Nous
ajouterons peu de chose à l'éloge qui se trouve de cet
illustre Ecrivain dans le vingt-deuxiéme Journal des
Sçavans pour l'année 1702. Voici ce qui s'y lit.

» Le génie aisé & la vivacité que M. Charpentier fit
» paroître dans ses premieres études, l'avoient fait des-
» tiner au Barreau ; mais quelque talent qu'il eut pour
» réussir dans cette profession, l'amour des Lettres ne
» lui permit pas de s'y engager ; il préféra à une vie tu-
» multueuse & agitée, le repos & le silence du Cabinet ;
» & à l'étude des Loix, la connoissance des Langues
» & des bons Auteurs de l'antiquité.

» M. Colbert étant entré dans le Ministere, & ayant
» conçu le dessein de former à l'imitation de nos voisins,
» une Compagnie pour le commerce des Indes Orien-
» tales, voulut d'abord donner à toute la France
» une idée avantageuse de cet établissement, par un
» discours qu'on publia sur ce sujet, & il fut tellement
» satisfait de M. Charpentier qui l'avoit composé par
» son ordre, qu'il le retint pour être d'une Académie
» qui ne faisoit que de naître, & que l'on a connue de-
» puis sous le nom d'Académie des Inscriptions.

» Les Langues sçavantes que M. Charpentier posse-
» doit parfaitement, la profonde connoissance de l'an-
» tiquité, & cette critique judicieuse & sûre qui étoit le
» fruit de ses veilles, le rendoient très-propre à con-
» courir aux travaux de cette nouvelle Académie, &

» c'eſt une juſtice que tout le monde lui rend, qu'il n'y
» a perſonne de ceux qui la compoſoient, qui ait plus
» contribué que lui aux deſſeins de cette belle ſuite de
» Médailles qu'on a frappées ſur les principaux évene-
» mens du regne de Louis XIV.

» A l'égard du caractere de ſes ouvrages, on peut
» dire en général qu'on y trouve par tout de l'eſprit &
» de l'art, de la force & de l'érudition.

» Il avoit le corps robuſte & ſain, la voix mâle &
» forte, avec un certain air de confiance, & ſi on l'oſe
» dire d'intrépidité ; il étoit naturellement éloquent,
» il parloit avec véhémence, de ſorte que lorſqu'il ſou-
» tenoit un avis, & que ſon feu s'allumoit par la con-
» tradiction, il lui échapoit quelquefois des choſes plus
» belles encore que tout ce qu'il a écrit de plus vif &
» de plus animé.

» Le diſcours qu'il a donné au Public de *l'excellence
» & de l'utilité des exercices Académiques*, découvre aſ-
» ſez quel étoit ſon zele pour ces exercices ; mais ſon
» aſſiduité aux aſſemblées de l'Académie, l'a fait encore
» mieux voir ; il en a toujours ſoutenu la réputation &
» les travaux par ſon exemple, & nul autre Académi-
» cien n'a parlé plus de fois à la tête de ſa Compa-
» gnie.

Ce fut M. Charpentier qui répondit aux diſcours
que Meſſieurs Pavillon, de Toureil, de la Bruyere, &
Monſieur l'Abbé Bignon prononcerent à leurs récep-
tions.

Nous avons de ce célébre Ecrivain les Œuvres de
Xenophon, & la Rhétorique d'Ariſtote, & trois Comédies d'Ariſtophane traduites en François, la Peinture parlante, un Traité de l'excellence de la Langue
Françoiſe, un Panegyrique du Roi ſur la Paix, & le Car-
pentariana ou Remarques d'Hiſtoire, de Morale, de
Critique, d'Erudition & de bons Mots.

Ses ouvrages en vers ſont des Odes, des Sonnets, des
Paraphraſes ſur le Pſeaume 19 & le 50, des Traduc-

tions d'un grand nombre d'Epigrammes de l'Antholo-
gie & de Martial, une Ode & une Eglogue d'environ
300 vers intitulée; Eglogue Royale. C'est de cette derniere piece que M. Despreaux a dit :

> *L'un en style pompeux habillant une Eglogue,*
> *De ses rares vertus te fait un long prologue,*
> *Et mêle en se vantant soi-même à tous propos*
> *Les louanges d'un fat à celles d'un héros.*

Mais comme la haine & l'envie n'échauffoient que
trop souvent la veine de cet impitoyable critique, il s'en
faut bien que l'on souscrive à tous les jugemens qu'il
a portés.

L'illustre M. Charpentier mourut le 22 Avril 1702,
dans la quatre-vingt-troisiéme année de son âge.

JEAN. FOY VAILLANT.

JEAN FOY VAILLANT, l'un des plus célébres Antiquaires du dernier siécle, nâquit à Beauvais le 24 Mai 1632. Le malheur qu'il eut de perdre son pere n'étant encore âgé que de trois ans, fut réparé par le soin extrême qu'un oncle maternel prit de son éducation; ce parent à qui la mort venoit d'enlever un fils unique, voulut que le jeune Vaillant étudiât en Droit, parce qu'il le destinoit à être son successeur dans une Charge de Judicature qu'il possedoit; mais cet oncle étant mort, & ayant fait son neveu héritier de son nom & de la plus grande partie de ses biens; M. Vaillant qui se sentoit peu de goût pour la Jurisprudence renonça au Barreau pour embrasser la profession de Médecin.

S'étant fait recevoir Docteur à l'âge de vingt-quatre ans, il continua ses études de Médecine avec beaucoup d'application, ne soupçonnant pas qu'il alloit bientôt les quitter pour ne jamais plus les reprendre. Un effet du hazard produisit ce changement, Un Fermier des environs de Beauvais ayant trouvé en labourant la terre un petit coffre rempli de médailles antiques, M. Vaillant à qui il les porta pour les lui vendre, les acheta sans avoir dessein d'en faire une étude particuliere; mais son goût & son génie se déclarerent bientôt pour ces précieux monumens de l'antiquité, & sa passion devint si forte, qu'elle ne lui permit plus de les perdre de vûe; il ne fut plus dès-lors question de Médecine, les médailles prirent la place qu'elle avoit occupée. M. Vaillant se livra tout entier à ce nouveau genre d'étude, étant bien persuadé que l'Histoire n'a point de plus grande certitude que celle qu'elle tire de ces monumens.

Un voyage qu'il fit à Paris où il étoit appellé par des affaires domestiques, contribua encore à augmenter sa nouvelle passion.

M. Séguin, Doyen de Saint Germain l'Auxerrois, déja connu alors par les sçavantes Dissertations qu'il avoit publiées sur quelques médailles choisies, admira le génie supérieur du nouvel Antiquaire, & s'empressa de lui procurer la connoissance de Messieurs de Lamoignon, Bignon, de Seve, de Harlai, & de quelques autres illustres sçavans attachés passionnément à l'étude des médailles. Le témoignage qu'ils rendirent à M. Colbert du mérite de M. Vaillant, lui procura l'honneur d'être choisi par ce Ministre pour aller chercher dans l'Italie, dans la Sicile & dans la Grece, des médailles propres à enrichir la suite que feu M. Gaston Duc d'Orleans avoit donnée au Roi. Le fruit de ces voyages fut une si grande quantité de médailles toutes également précieuses, ou par leur rareté, ou par leur antiquité, que le nouveau Cabinet du Roi en fut non-seulement augmenté de moitié ; mais il arriva encore que les Cabinets de divers Particuliers eurent part à l'abondante moisson que M. Vaillant avoit faite.

Ce fut au retour de ces premiers voyages qu'à la priere de plusieurs sçavans, il publia un Catalogue des Médailles les plus considérables, soit par la richesse des types, soit par les lumieres qu'on en peut tirer par rapport à la connoissance de l'Histoire Romaine. Cet ouvrage qui parut pour la premiere fois en 1674 sous le titre de *Numismata Imperatorum Romanorum præstantiora à Julio Cæsare ad postumum & tyrannos*, fut reçu si favorablement du Public & enlevé si promptement, qu'il fut obligé d'en donner une seconde édition, mais augmentée d'un grand nombre de médailles curieuses que M. Vaillant avoit vûes depuis dans les Cabinets des

Princes, ou qu'il avoit ramaſſées dans ſes voyages.
Les heureux ſuccès dont ſes premieres courſes
avoient été ſuivies, engagerent le Miniſtre à lui en faire
faire de nouvelles. Ayant donc reçu ordre de repaſſer
une ſeconde fois la Mer, il partit de Paris au mois
d'Octobre 1674, & vint à Marſeille, où il s'embarqua
avec pluſieurs paſſagers, qui comme lui eſperoient de
ſe trouver à Rome à l'ouverture du grand Jubilé de
l'année Sainte; mais le bâtiment ſur lequel il étoit mon-
té, ayant été pris par un Corſaire, M. Vaillant fut emmené Eſclave à Alger. Comme les François n'étoient
point alors en guerre avec les Algeriens; le Conſul de
France reclama ceux de ſa Nation, mais ce fut inutilement; le Dey d'Alger ne voulut point les relâcher
qu'il n'eût obtenu la liberté de huit Algeriens qui
étoient détenus ſur les Galeres du Roi; ainſi M. Vaillant n'eut permiſſion de retourner en France qu'après
quatre mois & demi de captivité. De toutes les richeſſes
dont on l'avoit dépouillé, on ne lui rendit qu'une ving-
taine de médailles d'or avec leſquelles il s'embarqua ſur
une Frégate qui partoit pour Marſeille. Une ſeconde
fois il faillit à tomber entre les mains des Corſaires; un
bâtiment de Salé s'étant approché à la portée du Canon de la Frégate Marſeilloiſe, alloit s'en rendre maître, lorſqu'un coup de vent l'éloigna heureuſement du
Corſaire, & la jetta ſur les côtes de Catalogne; elle fut
de-là pouſſée entre les ſables qui ſont vers les embou-
chures du Rhône où elle perdit ſes anchres; mais M.
Vaillant fut aſſez heureux pour trouver le moyen de ſe
ſauver, & d'aborder au rivage le plus prochain.

Nous avons oublié de dire que dès qu'il eut apperçu
le ſecond Corſaire dont nous venons de parler, il avoit
avallé les médailles qu'on lui avoit rendues à Alger,
fardeau qui ne pouvoit manquer de l'incommoder extrêmement. Deux Médecins qu'il conſulta n'ayant pû
convenir enſemble du remede qui pourroit le ſoula-
ger, il prit le ſage parti de laiſſer agir la nature, & elle
opera

opéra heureusement ; elle lui avoit rendu plus de la moitié de son dépôt, lorsqu'il arriva à Lyon ; il traita de l'autre moitié avec un curieux de ses amis, à qui il fit une exacte description des médailles qu'il attendoit encore, entr'autres d'un Othon qu'il estimoit beaucoup, & que son ami estimoit encore davantage. Dès le soir même M. Vaillant fut en état de tenir le marché qu'il venoit de conclure.

A peine fut-il de retour à Paris, qu'il reçût des ordres de la Cour pour entreprendre un nouveau voyage ; celui qu'il fit ne fut marqué par aucun accident fâcheux. M. Vaillant poussa ses recherches jusques dans le fond de l'Egypte & de la Perse, & en apporta un nombre prodigieux de médailles plus prétieuses encore & plus rares que celles que lui avoit procurées son premier voyage.

Revenu en France, il publia l'Histoire des Rois de Syrie par leurs médailles. » Cette partie de l'Histoire » ancienne étoit très obscure, & tout ce que l'on en » sçavoit communément étoit, que dix ans après la » mort d'Alexandre le Grand, Seleucus l'un de ses » Lieutenans, avoit fondé le Royaume de Syrie, qui » avoit subsisté pendant l'espace de 250 ans, c'est-à-di-» re, jusqu'au tems où Pompée ayant conquis la Syrie » sur Antiochus l'Asiatique, en fit une Province de » l'Empire Romain. On connoissoit encore quelques-» uns de ces Rois par les Livres des Macchabées, & » par l'Histoire de Joseph ; mais il en restoit beaucoup » d'inconnus, & qui comme le remarque le sçavant M. » de Boze, l'auroient peut-être été toujours, si M. Vail-» lant n'eut réparé le silence des Historiens par l'auto-» rité des médailles.

» Il produisit donc les vingt-sept Rois qui avoient » regné dans la Syrie depuis Seleucus I. jusqu'à An-» tiochus XIII. du nom, que Pompée vainquit ; il prou-» va la succession chronologique de ces Princes par les » époques différentes, dont leurs médailles étoient

» chargées : avec le même fecours il rétablit la plupart
» de leurs furnoms qui étoient corrompus dans nos
» Livres, ou dont on ne fçavoit pas la véritable éty-
» mologie.

» L'obfervation qu'il fit fur l'Ere des Seleucides, eft
» encore d'une fagacité merveilleufe ; les bons Chro-
» nologiftes la rapportoient unanimement à la premie-
» re année de la 117 Olympiade ; mais ils ne s'accor-
» doient point fur le tems de l'année auquel cette épo-
» que avoit commencé ; M. Vaillant la fixa à l'Equi-
» noxe du Printems, parce que Antioche, Capitale de
» la Syrie, marquant fes années fur fes médailles, y re-
» préfente toujours le Soleil dans le figne du Belier.

Cet ouvrage fut fuivi d'un autre plus important encore, & qui ne pouvoit être le fruit que d'un travail immenfe, & de l'érudition la plus vafte & la plus profonde ; ce fut l'explication des médailles de bronze frappées dans les Colonies Romaines pour les Empereurs,
les Imperatrices & les Céfars. » Là fur chaque médaille
» la Géographie ancienne eft éclairée, la fituation des
» Villes eft décrite ; on apprend quels font les Héros
» qui les ont fondées, les grands Hommes à qui elles
» ont donné le jour, les Divinités tutelaires qu'elles ont
» adorées, les Jeux qui les ont rendues célébres, les
» priviléges dont elles ont joui, les différens noms
» qu'elles ont eus, les différentes fortunes qu'elles ont
» éprouvées, & revenant à l'explication particuliere de
» chaque Type, on y trouve une infinité de circonftan-
» ces de la Vie des Empereurs qui touchent par la nou-
» veauté, ou par la jufteffe des applications.

Ce grand ouvrage parut en 1688, fous les aufpices de
M. le Duc du Maine, qui venoit de s'attacher M. Vaillant par une penfion confidérable, & il fut réimprimé
à Amfterdam en 1695.

Le Comte Mezzabarba, célébre Antiquaire, faifoit
efpérer depuis bien des années un Recueil de toutes les
médailles Grecques qui avoient été frappées à l'hon-

neur des Céfars ; ce fut là encore un ouvrage que M. Vaillant entreprit, & qu'il publia fous ce titre en 1698 : *Numifmata Imperatorum Auguftarum & Cæfarum Romanæ ditionis Græcè loquentibus, ex omni modulo percuffa.* Deux ans après il donna une nouvelle édition de cet ouvrage augmentée de plus de 700 médailles, & enrichie d'un grand nombre de notes excellentes.

M. Vaillant donna en 1701 fon Hiftoire métallique des Rois d'Egypte ; ouvrage d'autant plus intéreffant pour les Sçavans, " que les Auteurs nous ont appris " beaucoup plus de chofes des Egyptiens que des Sy- " riens, & par une contrariété dont on ne fçauroit ren- " dre raifon, les médailles des Ptolomées font beau- " coup plus difficiles à diftinguer que celles des Seleu- " cides ; elles ne contiennent aucun furnom, fi on en " excepte ceux d'*Everjette* & de *Philopator*, qu'on ne " trouve pas même autour de l'effigie de ces Princes, " mais feulement au revers de quelque Divinité. Quel- " qu'obfcures cependant qu'elles paroiffent, elles ne le " furent pas pour M. Vaillant ; il y trouva la fucceffion " chronologique des quatorze Rois qui avoient gouver- " né l'Egypte pendant 294 ans ; depuis Ptolomée, fils " de Lagus qui s'en rendit maître après la mort d'Ale- " xandre, jufqu'à la fameufe Cleopatre en qui finirent " la race & le Royaume des Lagides, & ce qui peut fur- " prendre ceux qui ne font pas initiés dans ces myfteres, " ajoute M. de Boze, c'eft que ce fçavant homme dé- " termina par les médailles la durée de plufieurs regnes " que les Auteurs n'avoient pas marqués.

M. Vaillant dédia cet ouvrage au grand Duc de Tof- cane, qui avoit pour lui une eftime particuliere, & qui avoit coutume de lui envoyer toutes les années une ample provifion de vins exquis.

Un autre ouvrage confidérable de cet illuftre Antiquaire, c'eft fon Recueil de médailles de toutes les Familles Romaines, qui fut imprimé en Hollande en 1703.

Au renouvellement de l'Académie des Infcriptions &

Belles-Lettres , M. Vaillant y fut d'abord reçû en qualité d'Affocié , & peu de tems après il obtint la place de
Penfionnaire vacante par la mort de M. Charpentier.

Il avoit été marié deux fois , & par une difpenfe particuliere. du Pape il avoit époufé fucceffivement les
deux fœurs ; difpenfe d'autant plus finguliere , qu'il
avoit eu un enfant de la feconde du vivant de la premiere ; auffi eut-il bien de la peine à l'obtenir. On ne
l'accorda qu'à fes inftances & à fes importunités , & il
fut obligé avant que d'en venir là de travailler pendant
quelque-tems comme un fimple Manœuvre à l'Eglife de
Saint Pierre de Rome.

Il a eu plufieurs enfans , & un fils entr'autres qu'il forma dans le goût des médailles , & qui en 1702 fut reçu à
l'Académie des Belles-Lettres , en qualité d'éleve de
fon pere.

M. Vaillant mourut le 23 Octobre 1706 , d'une appoplexie de fang , étant âgé de 74 ans. Il avoit fait douze voyages à Rome , deux dans le Levant , autant en
Angleterre & en Hollande.

JEAN GALLOIS.

JEAN GALLOIS, ancien Abbé de faint Martin de Cores, reçu à l'Académie Françoife en 1673, fils d'Antoine Gallois, Avocat au Parlement, & de Françoife de Launay, nâquit à Paris le 14 Juin 1632. Peu de genres de Littérature dans lefquels cet illuftre Sçavant ne fe foit exercé. Un tempéramment tout de feu, une imagination vive & féconde, un efprit pénétrant, une prodigieufe paffion pour l'étude, rien enfin ne lui manquoit de tout ce qui pouvoit lui faire acquerir un grand nom dans la République des Lettres. Le defir de tout fçavoir lui fit tout apprendre, Théologie, Hiftoire facrée & prophane; Phyfique, Mathématiques, langues Orientales, & prefque toutes les langues vivantes. Un fi grand fond d'érudition le rendoit plus propre que perfonne à travailler au Journal des Sçavans entrepris & commencé par M. de Salo, le 5 Janvier 1665. Auffi M. Gallois fut-il affocié à ce travail; mais par une trop févere critique il révolta les auteurs contre lui, & il fallut leur laiffer le tems de fe calmer. Il avoit publié fon premier Journal le 30 Mars 1661, & il ne fit paroître le fecond qu'au commencement de l'année fuivante. Comme M. de Salo avoit entiérement abandonné cet Ouvrage dès l'année précédente, M. Gallois en demeura feul chargé, & il remplit feul les fonctions de Journalifte jufqu'en 1674, qu'il quitta ce travail, qui fut alors continué par M. de la Roque.

M. Gallois avoit été reçu l'année précédente à l'Académie Françoife. En 1688. il avoit obtenu une place

dans l'Académie des Sciences, presque encore naiſſante ; & en 1699 il fut mis dans la claſſe des Géome-
tres. La grande facilité qu'il avoit à écrire avec beaucoup de pureté, lui procura l'honneur d'être choiſi pour
mettre en ordre les mémoires de cette Académie, qui
furent donnés au Public en 1693.

Le mérite de cet illuſtre Sçavant lui avoit concilié
l'amitié & l'eſtime de M. Colbert, chez qui il demeura
depuis 1673, juſqu'à la mort de ce Miniſtre, arrivée
en 1683. Le Marquis de Segnelai, ſon fils, continua à
M. Gallois la protection dont feu ſon pere l'avoit honoré. Il le fit nommer à une Chaire de Profeſſeur en
Grec au Collége Royal, & lui obtint une penſion aſſi-
gnée ſur les fonds de ce Collége, dont on lui confia
l'inſpection générale.

Ce qui met le ſceau à la gloire de ce grand homme,
c'eſt ſon généreux déſintéreſſement, c'eſt la charité
ardente qu'il a toujours eu à l'égard des pauvres, en
faveur deſquels il ſe dépouilloit de tout ce qu'il poſſé-
doit. Il s'étoit démis de ſon Abbaye de ſaint Martin de
Cores, à laquelle il avoit été nommé, & ne s'étoit ré-
ſervé qu'une penſion de ſix cens livres, encore ne la
touchoit-il pas, il vouloit qu'elle fut diſtribué aux
pauvres du pays. S'il poſſéda la faveur du Miniſtre, jamais il ne la fit ſervir à ſes propres intérêts ; il ne l'employa que pour ſe rendre utile aux Gens de Lettres,
qui ſe trouvoient peu accommodés des biens de la
fortune.

Tel étoit l'homme célèbre dont nous venons de faire
l'éloge. Sa mort arriva le 7 Avril 1707, dans la ſoixante
& quinziéme année de ſon âge.

FRANÇOIS DE MAUCROIX.

FRANÇOIS de Maucroix, Chanoine de l'Eglise Cathédrale de Rheims, célébre dans la République des Lettres pour le grand nombre d'excellentes traductions dont il a enrichi le Public, nâquit à Noyon le 7 Janvier 1619, de parens qui tenoient un rang confidérable dans cette ville.

Après avoir fait avec fuccès fes études à Paris, deftiné par fes parens au Barreau, il fe fit recevoir Avocat, & plaida plufieurs caufes avec de grands applaudiffemens; mais qui ne furent point capables de l'attacher à une profeffion que fa feule complaifance pour fa famille lui avoit fait embraffer. Auffi ne fut-il pas long-tems fans s'en dégouter. Entraîné par le penchant qui le portoit à l'étude des Belles-Lettres, il en fit fon occupation & fes délices. La Poëfie furtout devint un de fes plus doux amufemens; & c'étoit-là auffi le genre d'écrire qui paroiffoit le mieux s'accorder avec le caractere de fon génie naturellement fin & délicat. Peut être fuffiroit-il pour en juger de rapporter l'épigramme fuivante, que M. de Maucroix adreffa à un de fes amis, qui vouloit l'engager à fe marier.

> Ami, je vois beaucoup de bien
> Dans le parti qu'on me propofe;
> Mais toutefois ne preffons rien.
> Prendre femme eft étrange chofe,
> Il faut y penfer murement:
> Gens fages, en qui je me fie,

M'ont dit que c'est fait prudemment,
Que d'y songer toute sa vie.

Il s'en tint en effet à cette regle de conduite, & se décida bientôt après pour l'état Ecclésiastique, où rien ne devoit troubler le plaisir qu'il goûtoit à converser avec les Muses. Un Canonicat de l'Eglise de Rheims qu'on lui résigna alors, presque dans le même tems, fixa son ambition, & jamais il n'aspira à une plus haute fortune.

Ce fut en vain que ses amis essayerent de le retenir à Paris, il se déroba à leurs empressemens, & se retira à Rheims, d'où il ne sortit plus que pour faire un voyage en Italie, où il fut envoyé par M. Fouquet Sur-Intendant des Finances.

La vie du nouveau Chanoine fut celle d'un homme qui ne connoît point de plaisir plus doux que celui qui est attaché à l'étude. Tout le loisir que lui laissoient les fonctions de son ministere, il le consacra à la composition des excellens ouvrages, dont il a depuis enrichi le Public.

Le premier qu'il fit paroître, sçavoir en 1671, fut une traduction des homélies ou sermons de saint Jean Chrysostome au peuple d'Antioche. » L'habile traduc-
» teur, dit le Journal des Sçavans, n'a rien oublié
» pour exprimer dignement les pensées du plus élo-
» quent de tous les Peres, & pour lui prêter des
» paroles dont la force & la beauté approchassent
» de celles qui le firent autrefois admirer par un des
» auditoires le plus délicat de l'univers. «

A cet ouvrage succéda en 1675, l'histoire du schisme d'Angleterree par Sanderus, mise en François, & deux ans après parurent les vies des Cardinaux Polus & Campege aussi traduites dans la même langue. Un écrivain Protestant dit dans la Préface de l'histoire de la réformation de l'Eglise Anglicane, que Sanderus a une double obligation à M. de Maucroix, premié-

rement

rement celle de l'avoir fort bien traduit, enfuite celle de n'avoir pas expofé au Public en langue vulgaire les fureurs & les emportemens de fon Auteur.

Ce célébre Ecrivain nous a auffi donné la traduction des quatre harangues de Démoftènes contre Philippe, de la quatriéme harangue de Cicéron contre Verrès, & des trois plus beaux dialogues de Platon. ʺ L'Au-ʺ teur, dit un judicieux Critique, y développe les ʺ penfées & les raifonnemens de l'original avec une ʺ force & une clarté merveilleufe, & il les exprime ʺ d'une maniere qui fait entrer dans l'efprit les mêmes ʺ notions, & il fait fentir les mêmes agrémens que ʺ l'on fentoit autrefois dans la Grece, lorfqu'on y lifoit ʺ dans leur langue originale les écrits de ces trois grands ʺ hommes. ʺ

La même pureté, la même élégance de ftyle, & furtout la même fidélité à rendre dans toute leur force les penfées des originaux, que le même Auteur a mis en François, fe font fentir dans les traductions qu'il nous a données des homélies d'Afterius, Evêque d'Amafée, du traité de Lactance de la mort des per-fécuteurs de l'Eglife, de l'inftruction de Quintilien fur la maniere de compofer, d'un ancien dialogue fur les Orateurs, & de quelques endroits des Verrines, des Catilinaires, de l'Oraifon de Cicéron pour Marcellus.

Un autre ouvrage non moins intéreffant que M. de Maucroix entreprit à la priere de M. l'Archevêque de Rheims, fut la traduction de l'Abbrégé chronologi-que de l'Hiftoire Univerfelle du Pere Petau ; ouvrage qui ne laiffe rien à défirer pour la fidélité & pour l'éxactitude avec laquelle il a été rendu en François.

Nous avons dit que l'homme célébre dont nous fai-fons l'éloge, fit dès fes plus tendres années fes délices de la Poëfie, & c'eft auffi dans les piéces de vers qu'il nous a laiffées, & qui ont été inférées en divers re-cueils que la beauté & la délicateffe de fon génie fe font le plus fentir. On y trouve les mêmes charmes de cette naïveté aimable, qui caractérife les ouvrages de fon illuftre ami, le célébre M. de la Fontaine. C'étoit dans les mœurs de ces deux grands hommes même droiture, même fimplicité, même candeur, même généreux penchant à obliger. Cette derniere qualité furtout, fut la vertu diftinctive de l'homme illuftre dont nous parlons. Quoique la fortune dont il jouiffoit ne fut rien moins que brillante, telle qu'elle étoit il fe fit toujours un plaifir de la partager avec ceux de fes amis dont les befoins pouvoient lui être connus.

Ce célébre Ecrivain non moins recommendable par les qualités du cœur que par celles de l'efprit, mourut à Rheims le 9 Avril 1708, dans la quatre-vingt-dixiéme année de fon âge. Le pere Bouhours difoit en parlant de M. de Maucroix, *que fans être de l'Académie, il avoit tout le mérite d'un excellent Académicien.*

NICOLAS AMELOT DE LA HOUSSAYE.

LA vie de l'Ecrivain célébre dont nous allons parler, nous offre peu d'anecdotes intéreſſantes ; tout ce que nous en ſçavons, c'eſt qu'il fut fort mal partagé des biens de la fortune, & que malgré ſon infatigable application au travail, il n'auroit pû ſe dérober à une indigence extrême, ſi ſa triſte ſituation n'avoit intéreſſé en ſa faveur la compaſſion d'un vertueux Eccléſiaſtique, non moins diſtingué par ſon amour pour les Lettres que par l'éclat d'une naiſſance illuſtre. Une autre anecdote que nous apprennent nos mémoires, c'eſt que M. Amelot remplit pendant quelque tems les fonctions de Sécrétaire auprès de M. le Préſident de ſaint André, nommé à l'Ambaſſade de Veniſe, qu'il demeura quelques années dans cette ville où il fit une étude particuliere de la politique, & où il acquit une grande connoiſſance des langues Italienne & Eſpagnole, ce qui le mit en état d'entreprendre la plupart des excellentes traductions dont il a depuis enrichi le Public.

Ce laborieux Ecrivain mourut à Paris le 8 Décembre 1708, dans ſa ſoixante & treiziéme année, étant né à Orléans au mois de Février de l'année 1634, il fut enterré dans le Cimetiere de ſaint Gervais. Ce qui fait le plus grand prix de ſes ouvrages politiques, c'eſt la ſolidité des raiſonnemens, la juſteſſe des réflexions jointe à une exactitude, qui ſe fait preſque par tout ſentir.

Les ouvrages de cet Auteur ſont une relation du Conclave pour l'élection de Clément X ; une Hiſtoire du gouvernement de Veniſe, un ſupplément au même ouvrage avec l'Hiſtoire des Uſcoques, un examen de la liberté originaire de Veniſe ; des Diſcours politiques ſur Tacite ; une traduction de l'Hiſtoire du Concile de Trente de *Frapaolo*, l'homme de Cour traduit de l'Eſpagnol de Baltazar Gracian avec des notes ; le Prince de Nicolas Machiavel, traduit de l'Italien avec des remarques ; une traduction du Traité des Bénéfices de *Frapaolo* ; la Morale de Tacite extraite de ſes annales & hiſtoires ; Tacite avec des notes politiques & hiſtoriques ; des Homélies théologiques & morales traduites de l'Eſpagnol ; les Préliminaires faits entre les Rois de France & tous les Princes de l'Europe depuis le regne de Charles VII ; les Lettres du Cardinal d'Oſſat avec des notes hiſtoriques & politiques ; Réflexions, ſentences & maximes morales, *de M. de la Rochefoucaut*, miſes en nouvel ordre, avec des notes politiques & hiſtoriques ; des Mémoires hiſtoriques, politiques, critiques & littéraires ; une nouvelle édition des Mémoires de M. de la Rochefoucaut avec des notes.

JEAN FRANÇOIS FOY VAILLANT,
le fils.

JEAN-FRANÇOIS FOY VAILLANT, fils de Jean Foy Vaillant, l'un des plus célébres Antiquaires de son siécle, nâquit à Rome où son pere étoit employé par ordre du Roi à la recherche des monumens antiques, le 17 Février 1665. Il n'avoit encore que quatre ans lorsque sa mere l'emmena en France, & le conduisit à Beauvais où presque tous ses parens du côté paternel faisoient leur résidence ordinaire. A l'âge de douze ans il fut envoyé à Paris pour y commencer ses études. Il fit ses humanités & sa philosophie chez les Jésuites, & en recommença un second cours au College de Beauvais, parce que pour être reçu Maître-ès-Arts, il falloit qu'il eût fait sa Philosophie dans quelque College de l'Université.

Son pere commença alors à l'initier dans la connoissance des Médailles, en l'admettant pour spectateur du nouveau travail, dont il étoit chargé, qui étoit de mettre en ordre les Médailles du cabinet du Roi, & d'en faire le catalogue. Ce spectacle accompagné de toutes les leçons qui pouvoient le rendre utile & intéressant, donna au jeune Vaillant du goût pour cette sorte d'étude. Ce goût augmenta encore dans le voyage que son pere lui fit faire avec lui en Angleterre, où le Roi lui avoit ordonné de se rendre pour y acheter des Médailles qui étoient entre les mains de quelques curieux. Parmi les précieux monumens que M. Vaillant, le pere, apporta de cette isle, il se trouva un Pescenius Niger, qui seul en ce genre vaut un Cabinet entier.

R iij

Le fils à son retour commença son cours de Médecine, & fut reçu Docteur Régent de la Faculté de Paris en 1691, n'étant âgé que de vingt-cinq ans. Il avoit composé, lorsqu'il étoit encore sur les Bancs, une dissertation sur la nature & l'usage du Caffé; mais l'ayant communiqué à M. Pechantré, son ami, connu par quelques piéces de Théâtre, cet ouvrage s'égara entre ses mains; & comme ce Poëte étoit un joueur de profession, M. Vaillant se consola en disant, que puisque son ami avoit acquis le droit de tout perdre, il auroit bien dû prévoir que le manuscrit qu'il lui avoit confié ne seroit pas épargné.

M. Vaillant se fit en peu de tems un grand nom dans sa profession; cependant quelqu'occupé qu'il fût; sa passion pour la belle Antiquité lui faisoit trouver bien des momens pour la contenter. Les sçavantes dissertations qu'il lut de tems en tems à l'Académie, lorsqu'il y eût été reçu, firent connoître les grands progrès qu'il avoit fait dans cette science.

A la premiere Assemblée publique tenue après sa réception, sçavoir le 17 Novembre 1702, il fit part à l'Académie d'un Mémoire curieux sur une Médaille d'Achæus, dont on trouve un long extrait dans les Mémoires de Trevoux du mois de Janvier 1703. Cet Achæus, Prince Syrien, avoit acquis de si bonne heure le titre de grand Capitaine, qu'il le jugea à la fleur de son âge un titre inutile, s'il ne le conduisoit à la souveraine puissance. Il se fit donc proclamer Roi dans les provinces dont le grand Antiochus lui avoit confié le gouvernement; & il paroissoit déja affermi sur le trône par des alliances & des conquêtes importantes, lorsqu'il périt par la trahison d'un certain Bolis, Crétois. Antiochus s'étant ligué avec Abale, Roi de Permague, vint assiéger la ville de Sardes où Achæus s'étoit retiré; la ville ayant été prise après un siége de deux ans, Achæus vint se renfermer dans la forteresse. Le traître Bolis en qui il avoit mis toute sa confiance, le livra à Antiochus, lequel fit attacher son corps à un gibet après lui avoir fait couper les extrémités de tous les membres, & ensuite la tête qui fut cousue dans la peau d'un asne.

Une autre dissertation non moins curieuse est celle que M. Vaillant donna quelque tems après sur le revers d'une Médaille de Septime Severe, où étoit représentée la premiere victoire que cet Empereur remporta sur Pescenius Niger. Le lieu du combat désigné par le cours des fleuves, les trophées élevés sur le champ de bataille, les chefs captifs, les statues érigées en l'honneur du vainqueur. M. Vaillant éclaircit & développe tout ce que ce monument antique offroit de plus curieux & de plus intéressant.

Il travailloit à un Traité sur les vœux des Anciens, lorsque la mort lui enleva M. son pere. Ce grand homme avoit entrepris de donner l'explication de certains mots abbrégés ou lettres initiales, qui se trouvent à l'Exergue de presque toutes les Médailles d'or du bas Empire, au moins depuis les enfans du grand Constantin jusqu'à Léon l'Isaurien.

Cet ouvrage qui ne demandoit pas moins de sagacité que d'érudition fut continué & achevé par M. Vaillant le fils.

Le dernier ouvrage par où ce sçavant homme finit sa carriere littéraire fut une curieuse dissertation sur les Dieux Cabires ; on trouve dans cet écrit un détail très-éxact sur tout ce qui regarde l'origine de ces Divinités, leur nombre & leur dénomination, les choses auxquelles elles présidoient ; leurs temples les plus célébres, & les cérémonies particulieres de leur culte.

Ce célébre Antiquaire ne survécut à son pere que de deux ans ; épuisé par une fiévre tierce qui le consumoit depuis long tems, il mourut le 17 Novembre 1709, dans la quarante-troisiéme année de son âge. Sa probité, sa candeur, sa franchise, son désintéressement, la bonté de son cœur lui firent des amis de

tous ceux avec qui il fut en quelque commerce; il eut
si peu d'ambition, que si après la mort de son pere il
rechercha quelques emplois, ce fut avec si peu d'empreſſement, qu'il parut moins les vouloir obtenir qu'é-
viter le reproche de les avoir mépriſés.

MARC ANTOINE OUDINET.

MARC-ANTOINE OUDINET iſſu d'une famille originaire de Cambray, & qui pendant pluſieurs
ſiécles avoit fait profeſſion des armes, nâquit à Rheims
en 1643. Nicolas Oudinet ſon pere, dégouté du ſervice, y avoit renoncé, & étoit venu s'établir en Champagne où il ſe maria.

Le jeune Oudinet fit ſes premieres études au Collége des Jéſuites, & ſe fit admirer par la vivacité de
ſon eſprit ; mais plus encore par la facilité & l'étendue
d'une mémoire ſi prodigieuſe, qu'étant en Rhétorique, ſon Régent l'ayant chargé d'apprendre un livre
de l'Eneïde, il apprit l'Eneïde entiere dans une ſe-
maine ; & pour ôter tout lieu d'en douter, il propoſa
de tirer au ſort le livre que l'on vouloit qu'il récitât,
& il le récita en effet ſans héſiter.

Sa Rhétorique finie, il vint faire ſon cours de Philoſophie & de Droit à Paris, où il ſe fit recevoir Avocat après
cinq ou ſix années d'étude. De retour en ſa province,
il ſe fit en peu de tems par ſon éloquence un ſi grand
nom dans le Barreau, que toutes les affaires de quelque importance lui étoient confiées. Surchargé d'occupations il prit le parti de ſe borner à un petit nombre de cauſes, & il ſe fit une loi de ne défendre que
celles qui lui paroiſſoient les plus juſtes. Par-là il ſe
procura le loiſir qui lui étoit néceſſaire pour ſe perfec-

tionner

tionner dans l'étude des Loix ; il s'y rendit si habile
qu'il fut jugé digne de remplir une chaire de Professeur
en Droit dans l'Université de Rheims.

Nous avons déja dit que M. Rainssant, & M. Oudinet son parent, étoient devenus Médaillistes en même
tems, & par le même hazard, le premier commis à la
garde des Médailles du cabinet du Roi, invita M. Oudinet à venir partager le travail dont il se trouvoit
surchargé ; celui-ci à qui sa profession d'Avocat n'a-
voit pas fait négliger l'étude de la belle Antiquité, se
rendit avec empressement aux invitations de son parent, & mérita quelques années après de lui succéder
dans l'emploi qu'il avoit partagé avec lui.

C'est aux soins & à la sagacité de ce sçavant homme, que l'on doit l'ordre & l'arrangement que l'on
admire dans le précieux cabinet des Médailles de Sa
Majesté, & les découvertes importantes qui ont été
faites dans ce riche trésor. Une augmentation de cinq
cens écus de pension, fut la récompense d'un si grand
travail ; & un jour que Sa Majesté faisoit voir elle-
même son Cabinet au feu Roi d'Angleterre Jacques II,
ce Prince lui ayant demandé, si l'emploi de M. Oudinet n'étoit pas une Charge considérable dans sa maison ;
le Roi lui répondit que ce n'étoit pas une Charge ;
mais qu'en voyant M. Oudinet on jugeoit bien que ce
n'étoit qu'une place qui ne se donnoit qu'au mérite.

M. Oudinet mourut subitement d'une attaque d'apoplexie le 12 Janvier 1712, dans la soixante-huitiéme
année de son âge. Deux ans auparavant il avoit eu
une pareille attaque, & depuis ce tems-là il s'étoit
préparé à la mort avec autant de soin que si chaque
jour de sa vie en eût du être le dernier.

Il avoit été reçu à l'Académie des Inscriptions &
Belles-Lettres en 1701. Lors du renouvellement de
cette Compagnie il lui dédia une dissertation sur les
trois Médailles d'Hermontis, de Mendez & de Jotapé.
On a encore de ce sçavant Antiquaire quelques autres

differtations dont voici l'analyfe telle qu'elle fe trouve dans fon éloge par M. de Boze.

» La premiere roule fur l'origine du nom de *Médaille*,
» chofe affez bizarre qu'entre tant d'Auteurs, qui ont
» écrit fur les Médailles aucun ne fe foit avifé de trai-
» ter à fonds cette queftion préliminaire, & qu'un nom
» généralement reçu dans tous les endroits du monde,
» où la curiofité de ces monumens a été portée, foit
» fi peu connu dans fon origine. Après l'avoir cherché
» avec art chez les Hébreux, chez les Grecs & les La-
» tins, chez les Arabes, chez les Efpagnols & les Ita-
» liens, il la découvre naturellement dans la confor-
» mité de ces deux mots, *métal* & *médaille*, & il la for-
» tifie par les exemples fi fréquens du changement de
» D en T, & de T en D dans toutes les langues.

» Une feconde differtation de M. Oudinet regarde
» les Médailles d'Athenes & de Lacédemone, Répu-
» bliques fameufes qui fe font difputé l'empire de la
» Grece jufqu'à ce qu'elles ayent paffé l'une & l'autre
» fous celui des Romains. Ses premieres réflexions
» tombent fur le culte des deux peuples. Minerve fi
» réverée dans l'Attique eft toujours repréfentée fur
» les Médailles d'Athenes ; Caftor & Pollux paroiffent
» fur tous les revers de celles de Lacédemone. Jupiter
» eft quelque fois affocié à Minerve dans les monnoyes
» des Athéniens. Hercule fe trouve auffi quelquefois
» joint aux Diofcures dans celles de la Lacónie. M.
» Oudinet remarque enfuite que nous avons quantité
» de Médailles d'Athenes en argent ; & que les Lacé-
» démoniens fideles obfervateurs des loix de Licurgue,
» ne nous en ont laiffé qu'en bronze. Que les premiers
» devenus fujets de Rome, ont porté le joug avec
» fierté, & n'ont jamais frappé de monnoies au coin
» des Empereurs, au lieu que les autres plus flateurs
» & plus fenfibles aux bontés de leurs nouveaux Maî-
» tres, n'ont pas héfité à leur donner cette marque
» publique de leur foumiffion ou de leur reconnoif-
» fance.

» Enfin nous avons dans un Ouvrage de M. Oudinet
» des obſervations ſingulieres ſur deux grandes &
» belles agathes, qui avant que de paſſer au Cabinet
» du Roi, avoient été conſervées pendant près de ſept
» cens ans dans une Egliſe célébre, comme de très-
» anciens monumens de notre Religion. La premiere
» qui repréſente Jupiter & Minerve aux deux côtés
» d'un olivier avec une chouette, un ſerpent & quel-
» ques autres animaux en bas dans une eſpece d'exer-
» gue, paſſoit pour la deſcription du Paradis Terreſtre,
» & l'hiſtoire du péché d'Adam. L'attitude & le petit
» manteau de Jupiter, le caſque & la robe à longs plis
» de Minerve, rien n'avoit pû déſiller les yeux dans
» un tems où l'on s'approprioit ſans éxamen les mo-
» numens du Paganiſme, ſurtout quand ils étoient de
» quelque prix. Une pieuſe ignorance avoit achevé de
» conſacrer celui-ci, en écrivant ſur le biſeau de la
» pierre ce verſet du troiſiéme Chapitre de la Genèſe.
» *La femme conſidéra que le fruit de cet arbre étoit bon à*
» *manger, qu'il étoit beau & agréable à la vûe.*

» L'autre agathe qui, ſuivant l'opinion commune,
» repréſentoit ſaint Jean l'Evangéliſte enlevé par un
» aigle, & couronné par un Ange, eſt un monument
» de l'Apothéoſe de Germanicus, que l'on nomme la
» Victoire. Il tient de la main droite un bâton augu-
» ral que le peuple prenoit pour une croſſe, & de la
» gauche il ſoutient une corne d'abondance, que l'on
» diſoit être un ſymbole de l'Evangile prêt à ſe ré-
» pandre ſur toute la terre. «

JACQUES DE TOURREIL.

JACQUES DE TOURREIL, fils de Jacques de Tourreil, Procureur-Général du Parlement de Touloufe, nâquit dans cette ville le 18 Novembre 1656. Un talent particulier pour l'éloquence fe fit remarquer dans lui dès les premieres années de fes études. Lui arrivoit-il d'avoir quelque fujet de fe plaindre de fes camarades ou de fes maîtres, fa jeune plume étoit ordinairement l'inftrument de fes vengeances. Il compofoit contre ceux qui l'avoient offenfé des efpeces de déclamations fouvent affez vives & affez ingénieufes pour n'être pas regardées comme l'ouvrage d'un écolier. Son exemple fut fuivi de quelques-uns de fes compagnons d'étude, & l'émulation forma entre eux une petite Académie, où l'on ne travailloit que fur les fujets qui étoient propofés; M. Parifot célébre Avocat, fe fit un plaifir de préfider aux affemblées de ces jeunes Orateurs, pour juger de leurs débats littéraires, & fut comme le Chancelier de leur nouvelle Académie.

Le jeune de Tourreil, plein de feu & de courage, fut à peine forti du Collége, qu'il follicita vivement fes parens pour qu'ils lui permiffent d'aller à l'armée; » & on ne put le retenir, dit M. de Boze, dans l'éloge » de cet illuftre Académicien, qu'en lui propofant » l'exemple de ces Romains fameux, qui avoient long- » tems brillé dans le Barreau avant que de paroître à » la tête des légions. Charmé d'entrer dans un para- » lelle fi flateur, il fe contenta de fe faire appeller M. » le Chevalier de Tourreil, & demanda à venir à Paris » pour fe perfectionner dans l'étude du Droit & des » Belles-Lettres. «

M. de Fieubet, Conseiller d'Etat, son oncle maternel, fut charmé de le recevoir chez lui, & se fit un plaisir de le produire dans le monde ; M. de Tourreil s'y fit bien-tôt connoître par la beauté de son génie & par ses rares talens ; il n'avoit encore que dix-huit ans, qu'il publia en vers Latins une élégante description de la maison de M. de Fieubet, son parent ; mais c'étoit dans l'éloquence qu'il devoit se faire le plus grand nom. Jeune encore il remporta en 1681, & en 1683, le prix proposé par l'Académie Françoise.

La parfaite connoissance qu'il avoit de la langue Grecque, l'engagea à entreprendre la traduction de quelques harangues de Démosthenes ; & ce fut-là un genre d'écrire dans lequel il excella dans la suite. La version qu'il publia en 1691, de la premiere Philippique, de la premiere, de la deuxieme, & de la troisiéme Clintienne, & du discours sur la paix, lui fit une si grande réputation que M. le Chancelier de Pontchartrain, alors Contrôleur Général, s'empressa de l'attirer chez lui, dans la persuasion que le commerce d'un homme si habile ne pouvoit manquer d'être infiniment utile au jeune Comte de Pontchartrain, que l'on venoit de tirer du College.

M. de Tourreil fut reçu la même année à l'Académie des Inscriptions, & il obtint l'année suivante une place dans l'Académie Françoise.

» En remportant par deux fois le prix de l'éloquence
» au jugement de l'Académie même, lui dit M. Char
» pentier dans la réponse qu'il fit au discours que le
» nouvel Académicien prononça le jour de sa récep
» ception, vous vous en êtes ouverts les portes par
» la douce violence que le mérite fait à l'honneur.
» Votre version Françoise de quelques-unes des plus
» belles harangues de Demosthene, où vous soutenez
» si bien ce style nerveux & cette force de raisonne
» ment, qui s'y sont toujours fait admirer, a brigué
» nos voix pour vous dans cette occasion, & ce sont

» là les brigues où Louis le Grand ne trouvera jamais
» rién à redire ; eh ! que ne doit-on pas attendre à
» l'avenir, de votre érudition & de l'âge florissant où
» vous êtes. «

Quand l'Académie préfenta au Roi fon Dictionnaire,
M. de Tourreil, Directeur alors de cette illuftre Compagnie, fit vingt-huit complimens différens, tous dignes du corps célébre au nom duquel il avoit l'honneur de parler.

Deux ans après que M. de Tourreil eût été reçu à
l'Académïe, il publia fous le titre d'effais de Jurifprudence, un petit nombre de queftions de Droit, dé-
cidées fur des principes inconteftables de la loi naturelle, ou fur l'autorité des plus habiles Jurifconfultes.
Si cet ouvrage que M. de Tourreil avoit compofé pour
l'inftruction de M. le Comte de Pontchartrain, mérita
d'être eftimé pour l'excellence des matieres qui y
étoient traitées avec beaucoup de folidité ; on en
condamna le ftyle qui étoit en effet trop enjoué ; auffi
fuivit-il le confeil de fes amis ; qui lui perfuaderent de
réfondre fes effais, en les faifant paroître fous une
forme qui répondît à la gravité des fujets qu'il avoit à
traiter.

Il fit la même chofe à l'égard de fa traduction de
quelques harangues de Demofthene, qui fut critiquée
comme étant trop ornée, trop fleurie, & trop pom-
peufe. M. de Tourreil qui ne pouvoit difconvenir de la
jufteffe de cette cenfure, donna tous fes foins à corriger les cinq harangues qu'il avoit publiées en 1691,
& y ajouta la traduction des trois dernieres Philippi-
ques, & des harangues fur la Cherfonèfe & fur la
lettre de Philippe. Cette feconde édition qui parut en
1701, fut accompagnée d'une fçavante Préface où M.
de Tourreil retrace le plan de l'ancienne Grece, donne
le plan de fon hiftoire & la vie de Demofthene. Il fe
préparoit à donner une troifiéme édition de ces mêmes
ouvrages, augmentée de la harangue d'Efchine contre

Ctefiphon, lorfqu'il mourut le 11 Octobre 1714, âgé
de cinquante-huit ans. Trois ou quatre ans auparavant, il avoit donné une traduction paraphrafée d'un
écrit Italien de l'Abbé Fatinelli, que M. de Tourreil
donna fous le titre de réflexions fur les cultes & les
fuperftitions Chinoifes. On dit que piqué contre les
Jéfuites pour un extrait malin que les Journaliftes de
Trevoux avoient fait de fa réponfe au difcours que
M. de Rohan avoit prononcé le jour de fa réception à
l'Académie Françoife ; il avoit prêté fa plume à Meffieurs des miffions étrangeres pour la compofition des
Mémoires fur les affaires de la Chine.

Divers éloges confacrés à la mémoire de cet illuftre
Sçavant, fe trouvent à la tête de fes œuvres publiées
en 1721, par M. l'Abbé Maffieu. M. de la Mothe lui
avoit adreffée une Ode qui finit par les deux ftrophes
fuivantes.

Tourreil, c'eft ainfi qu'au Tenare,
De fes airs, le divin Pindare
Charmoit Proferpine & les morts ;
Mais non tu connois trop fa lyre,
Non tout ce que tu viens de lire,
N'eft que l'ombre de fes accords.

O ! que n'ai-je ce goût fublime,
Ce génie ardent qui t'anime,
Ce choix qui brille en tes écrits,
J'aurois dans une Ode immortelle,
Si bien imité mon modelle,
Que tes yeux s'y feroient mépris.

M. de Tourreil a été un de ceux qui a le plus contribué au recueil des Médailles fur les principaux événemens du régne de Louis XIV, donné en 1702. Ce travail lui valut une augmentation confidérable de fa penfion, & trois ans après il obtint le titre de penfionnaire vétéran.

M. de Boze dans l'éloge qu'il a fait de M. de Tourreil, dit, » Qu'il penfoit & aimoit à s'exprimer d'une » façon peu commune, & qu'il y réuffiffoit, qu'il ame-» noit fi finément une penfée, qu'il fauvoit fi adroite-» ment une expreffion, qu'il venoit à bout de faire » paffer avec grace les idées les plus fingulieres, & les » plus hardies métaphores. Les faillies, la promptitude » & la force des reparties ne lui donnoient pas feule-» ment quelque fupériorité ; elles alloient jufqu'à le » rendre redoutable dans les converfations. Zelé par-» tifan de la vérité, il la recherchoit avec obftina-» tion dans les chofes les plus indifférentes. Il vouloit » blâmer impitoyablement ce qui lui paroiffoit bla-» mable, & louer, même en public, & malgré les plus » féveres défenfes, ceux qui méritoient fes éloges. Auffi » pour excufer auprès de lui un défaut, & pour le ré-» parer en quelque forte, il fuffifoit prefque de l'avouer.

ANTOINE

ANTOINE GALLAND.

ANTOINE GALLAND, né à Rollo, petit Bourg de Picardie, en 1648, perdit son pere à l'âge de quatre ans. Sa mere chargée d'une nombreuse famille, & qui se trouvoit malheureusement réduite à vivre du travail de ses mains, obtint par ses intercessions auprès du Principal du Collége de Noyon, & d'un Chanoine de la Cathédrale, qu'ils feroient ensemble les frais de l'éducation de son jeune fils.

Le jeune Galland fut donc envoyé à Noyon pour y continuer ses premieres études; une grande vivacité d'esprit, une mémoire prodigieuse, une application assidue à tous ses devoirs, le rendirent cher à ses Protecteurs; mais il ne profitât pas long-tems de leurs libéralités; il n'avoit encore que treize à quatorze ans lorsqu'il eut le malheur de les perdre : destitué de tout secours pour poursuivre ses études, il se vit obligé de revenir chez sa mere; il avoit fait à la vérité une ample provision de Grec, de Latin, & même d'Hebreu; mais c'étoit là des richesses dont sa mere ne connoissoit gueres le prix, & il n'étoit pas lui-même en état d'en faire alors un grand usage. Il fallut donc qu'il se déterminât à apprendre un métier; mais il s'en dégoûta bientôt; au bout d'un an d'apprentissage il prit le parti de venir à Paris, où il n'avoit pour toute connoissance qu'une vieille parente qui y étoit domestique, & un bon Ecclésiastique qu'il avoit vû quelquefois chez son Chanoine de Noyon.

Son bonheur voulut qu'il réussit au-delà de ses espérances; le sous-Principal du Collége du Plessis à qui on le recommanda, se chargea de lui faire continuer ses

Tome III. T

études, & le plaça enfuite chez le célébre M. Petitpied, Docteur de Sorbonne. Le jeune Galland plein d'ardeur pour le travail, s'appliqua avec un foin extrême à l'étude des Langues Orientales, pour lefquelles il avoit autant de penchant que de difpofition.

De la maifon de M. Petitpied il paffa au Collége Mazarin, où un Profeffeur nommé Gandouin avoit entrepris d'apprendre en fort peu de tems la Langue Latine à quelques enfans de condition qui n'étoient âgés que de trois ou quatre ans ; pour cet effet l'on ne devoit placer auprès d'eux que des gens qui leur parlaffent toujours latin ; M. Galland fut affocié à ce travail, mais il n'en vit pas le fuccès;ayant été deftiné peu de tems après à accompagner M. de Nointel, qui avoit été nommé à l'Ambaffade de Conftantinople ; la merveilleufe facilité qu'il avoit à apprendre toutes fortes de Langues, lui eût bientôt rendu familier le Grec Vulgate par le fréquent commerce qu'il eut avec plufieurs Prélats, qui dépoffedés par les Turcs avoient trouvés un afyle dans l'Hôtel de l'Ambaffadeur de France. M. Galland tira encore d'eux des atteftations en forme fur leur créance touchant l'Euchariftie, ce qui faifoit alors un grand fujet de difpute entre Meffieurs Arnaud & Nicole, & le Miniftre Claude ; cette illuftre fçavant pouffa encore plus loin fes recherches. M. de Nointel s'étant déterminé à vifiter les Echelles du Levant, & tous les endroits les plus confidérables de la Terre-Sainte, M. Galland qu'il emmena avec lui fit pendant le cours de ce voyage une abondante récolte des plus rares antiquités;c'étoient des Infcriptions fingulieres qu'il copioit, des Monumens de toutes fortes qu'il deffinoit, & que fouvent même il enlevoit lorfqu'ils pouvoient fe tranforter aifément ; tels font les marbres précieux dont le Pere de Montfaucon a publié quelques fragmens dans fa *Palæographie*.

Etant revenu à Paris en 1675, il y lia une amitié étroite avec Meffieurs Vaillant, Carcavy & Giraud, cé-

lébres Antiquaires, qui n'eurent pas beaucoup de peine à le déterminer de repasser dans le Levant, pour y
continuer ses recherches : le fruit de ce second voyage
fut un grand nombre de rares médailles qui furent desti-
nées à enrichir le Cabinet du Roi.

En 1679 la Compagnie des Indes Orientales ayant
résolu de faire chercher dans le Levant ce qu'il y avoit
de plus prétieux monumens pour les offrir à M. Colbert ; M. Galland destiné à ces recherches voyagea
pendant dix-huit mois aux dépens de cette Compagnie,
mais comme elle changea alors, M. Colbert continua
d'employer notre habile Médailliste, & après la mort de
ce Ministre, M. le Marquis de Louvois voulut qu'il fit
de nouvelles courses dans le Levant, & pour que ses recherches eussent plus de succès, il lui obtint le titre
d'Antiquaire du Roi.

Après plusieurs années d'absence, M. Galland revint
en France chargé des plus riches dépouilles du Levant,
& ce qu'il estimoit peut-être encore plus, c'étoit la
grande connoissance qu'il avoit acquise du Turc, de
l'Arabe & du Persan, qu'il parloit avec autant de facilité que sa langue naturelle.

En arrivant à Paris il fut associé au travail de M. Thevenot, Garde de la Bibliotheque du Roi ; & après la
mort de ce fameux Voyageur arrivée en 1695, M. Galland travailla conjointement avec M. Herbelot à l'édition de la Bibliotheque Orientale. Ce sçavant étant
mort pendant le cours de l'impression, M. Galland
continua cet excellent ouvrage, & le fit paroître tel que
nous l'avons.

. Il eut aussi beaucoup de part au *Menagiana*, dont le
premier volume parut en 1693, & le second en 1694, &
l'on croit que c'est lui qui a fourni tous les matériaux du
premier volume. De sa plume étoient déja sorties une
Relation de la mort du Sultan Osman, & du couronnement du Sultan Mustapha, traduite du Turc, & un
Recueil de maximes & de bons mots des ouvrages

Orientaux ; ce Livre eſt diviſé en deux parties ; la premiere contient les paroles remarquables des Orientaux, qui font voir la vivacité de leur eſprit, & la droi-
rure de leurs ſentimens ; & la ſeconde leurs maximes
qui montrent les regles qu'ils ſuivoient dans leur conduite.

Après la mort de M. Herbelot, M. Bignon, Premier
Préſident au Grand Conſeil, prit chez lui M. Galland ;
cet illuſtre Magiſtrat étant mort l'année ſuivante, M.
Foucault, Conſeiller d'Etat, & Intendant en Baſſe Normandie, empreſſé d'avoir auprès de lui un ſçavant du
mérite de M. Vaillant, l'attira à Caën, & l'y retint juſqu'en 1706.

Son ſéjour en cette Ville n'empêcha pas que ſon mérite ne lui obtint une place à l'Académie des Inſcriptions
& Belles-Lettres lors du renouvellement de cette Compagnie. Ce fut alors qu'il commença ſon grand Dictionnaire Numiſmatique, qui contient l'explication des
noms, des dignités, des titres d'honneur, & généralement de tous les termes ſinguliers qu'on trouve ſur les
médailles antiques Grecques & Romaines. Il compoſa
auſſi à Caën divers petits ouvrages, comme ſon Traité
de l'origine & du progrès du Caffé, traduit de l'Arabe,
des Lettres touchant l'Hiſtoire des quatre Gordiens
prouvée par les médailles, d'autres Lettres ſur quatre
médailles antiques publiées par le R. P. Chamillart, des
Obſervations ſur les explications de quelques médailles
de Tetricus le pere, & d'autres tirées du Cabinet de
M. de Ballonfeaux ; les mille & une Nuits, contes
Arabes, une Lettre ſur deux médailles de Gratien,
une autre Lettre contenant la découverte d'une médaille antique du Tyran Amandus, une Diſſertation à
l'occaſion de la Lettre latine de M. Morel ſur les médailles Conſulaires, la Deſcription de quelques autres
médailles curieuſes. & des Obſervations ſur une médaille Grecque de Caracalla. La plupart de ces pieces
ont été inſerées dans les Journaux de Trevoux.

M. Galland étant revenu à Paris en 1706, y remplit avec diſtinction les fonctions d'Académicien ; outre qu'il fut toujours juſqu'à ſa mort très-aſſidu aux aſſemblées de l'Académie ; preſque toutes les fois qu'il y paroiſſoit, il avoit à lui faire part de quelque ſçavante découverte. On a de lui dans les Mémoires de cette Compagnie, l'Hiſtoire de la Trompette & de ſes uſages chez les Anciens, un Diſcours ſur quelques anciens Poëtes, & ſur quelques Romans connus, l'explication d'une médaille ſinguliere d'Helêne, d'une médaille Grecque de Neron, d'une médaille d'Auguſte, & d'une médaille Grecque de Marc-Antoine & d'Octavie.

Les ouvrages manuſcrits de ce ſçavant homme ſont, une Relation de ſes voyages, une Deſcription particuliere de la Ville de Conſtantinople, des Additions à la Bibliotheque Orientale de M. Herbelot, un Catalogue raiſonné des Hiſtoriens Turcs, Arabes & Perſans, une Hiſtoire générale des Empereurs Turcs, une Traduction de l'Alcoran, avec des Remarques hiſtóriques, critiques, & des Notes Grammaticales ſur le texte, & une ſuite de la Traduction des mille & une Nuits.

Cet illuſtre Ecrivain mourut le 17 Février 1715, dans la ſoixante-neuviéme année de ſon âge. Il a laiſſé ſes manuſcrits Orientaux à la Bibliotheque du Roi, ſon Dictionnaire Numiſmatique à l'Académie, & ſa Traduction de l'Alcoran à M. Bignon ſon généreux Protecteur, qui avant ſa mort lui avoit fait une penſion viagere.

» Simple dans ſes mœurs & dans ſes manieres com
» me dans ſes ouvrages, il auroit, dit M. de Boze,
» enſeigné toute ſa vie à des enfans les premiers Ele
» mens de la Grammaire, avec le même plaiſir qu'il a
» eu à exercer ſon érudition ſur différentes matieres.

» Homme vrai juſques dans les moindres choſes ; ſa
» droiture & ſa probité alloient au point, que rendant

» compte à ſes Aſſociés de ſa dépenſe dans le Levant;
» il leur comptoit ſeulement un ſol ou deux, quelque-
» fois rien du tout pour des journées, qui par des con-
» jonctures favorables, ou même par des abſtinences
» involontaires, ne lui avoient pas coûté davantage.

JEAN MARIE DE TILLADET.

JEAN-MARIE DE LA MARQUE DE TILLADET, nâquit
au Château de Tilladet en Armagnac, vers l'an
1650 ou 1651; il étoit fils de François de la Marque,
d'une des plus anciennes & des plus illuſtres familles du
Bearn, & d'Angelique Riviere, qui étoit de l'illuſtre
famille de Ribeyra, dont une branche tient un rang
diſtingué en Eſpagne.

Le jeune M. de Tilladet reçut une éducation conforme à l'éclat de ſa naiſſance; après avoir fait ſes Humanités & un Cours de Philoſophie à Auch, ſes parens
l'envoyerent à l'Académie de Touloufe pour y faire ſes
exercices, & il paſſa de là au Service; il ne fit que deux
Campagnes, l'une dans l'arriere-Ban, & l'autre à la tête
d'une Compagnie de Cavalerie

La concluſion de la Paix de Nimegue ayant laiſſé à ce
jeune guerrier la liberté de retourner en ſa Province, il
en profita pour venir remettre un peu d'ordre dans ſes
affaires domeſtiques; mais il les trouva dans un ſi affreux dérangement, que n'ayant pas aſſez de bien
pour continuer le Service, il prit le parti d'y renoncer, & forma même le deſſein de paſſer ſes jours
dans la retraite.

Il ſe détermina donc à vendre la Terre de Tilladet,

l'unique bien qui lui reſtoit, encore cette Terre ſe trou-
voit-elle conſidérablement engagée, & de l'argent que
lui produiſit cette vente, & qu'il plaça à fond perdu, il
ſe fit une rente viagere qui devoit le ſuivre par tout; ſes
affaires étant ainſi réglées, il vint à Paris, où il étoit réſolu de ſe fixer. Peu de tems après y être arrivé, il entra dans la Congrégation des Peres de l'Oratoire, où il
prit les Ordres Sacrés; il lui en coûta peu de reprendre
le cours de ſes études; il s'y livra tout entier, & ce fut
avec tant de ſuccès, qu'après quelques années d'application, ſes Supérieurs le jugerent capable d'enſeigner
ſucceſſivement la Philoſophie & la Théologie, ce qu'il a
fait pendant près de quinze années. Un exercice ſi fati-
guant ayant conſidérablement affoibli ſa ſanté, il ſe retira au Séminaire des bons Enfans, où il ſe fit de la prédication un délaſſement Chrétien, & de l'étude des
Belles-Lettres un amuſement utile.

Lors du renouvellement de l'Académie des Inſcriptions, il y fut reçu en qualité d'Aſſocié, & en 1705 il
ſucceda à M. Pavillon dans ſa place de Penſionnaire. Il
obtint auſſi preſqu'en meme-tems une penſion ſur le
Sceau, comme Examinateur des Livres.

On trouve dans les Mémoires de l'Académie pluſieurs pieces de ſa façon: les plus intéreſſantes & les
plus curieuſes ſont, une Diſſertation ſur les Géans, une
autre au ſujet de quelques endroits de Tacite & de
Velleius Paterculus, où ces deux Auteurs paroiſſent
entierement oppoſés ſur les mêmes faits, une Diſſertation ſur le culte de Jupiter Tonant, un Traité de
l'éducation de la jeuneſſe de parte, des Réflexions
ſur l'Ambaſſade de Philon Juif à Caligula, d'autres
réflexions ſur le caractere de quelques Hiſtoriens, trois
Diſcours, le premier ſur la Majeſté du Sénat Romain,
le ſecond ſur les conditions requiſes par les Loix pour
obtenir à Rome les honneurs du triomphe durant la
République; le dernier ſur les Allocutions ou Harangues militaires des Empereurs, des Recherches ſur la

véritable fignification du mot de *Beneficium* dans les titres de la premiere & de la feconde race de nos Rois, des Réflexions fur les Efclaves François, & d'autres Réflexions fur le devoir des Ambaffadeurs & Mandataires.

L'unique ouvrage qu'il ait voulu fouffrir qu'on imprimât fous fon nom, c'eft un Recueil de Differtations fur diverfes matieres de Religion & de Philologie. Ces Differtations font prefque toutes du fçavant M. Huet, Evêque d'Avranches, & il n'y en a aucune de M. de Tilladet, qui s'eft contenté d'orner ce Recueil d'une affez longue Préface hiftorique, pour faire connoître les pieces qu'il donnoit, & les occafions qui les avoient fait naître.

Lofque l'excellent Livre de la prémotion phyfique, ou de l'action de Dieu fur les créatures parut, M. de Tilladet voulut approfondir ce nouveau fyftême, en faire l'analyfe, & y joindre fes réflexions ; ce travail auquel il fe livra avec trop d'ardeur, acheva de l'épuifer, & il mourut à Verfailles le 15 de Juillet 1715, dans fa foixante-quinziéme année.

Nous n'ajouterons rien au portrait que M. de Boze nous a laiffé des mœurs de cet illuftre Académicien.

» Il étoit généralement eftimé & cheri de fes Con-
» freres pour la douceur & la facilité de fes mœurs,
» pour fon exactitude à remplir fes devoirs, pour l'ex-
» trême modeftie avec laquelle il parloit des chofes
» qu'il fçavoit le mieux, la circonfpection & les mé-
» nagemens qu'il gardoit en donnant les confeils les
» plus utiles, & la fincere docilité avec laquelle il re-
» cevoit jufqu'aux avis les plus indifférens.

» Rien n'égaloit la fimplicité de fes manieres, fa
» droiture, fa bonté, fon dévouement pour fes amis.
» C'eft peu de dire qu'il étoit très-officieux, très-bien-
» faifant ; il faut ajouter qu'au mépris de toute poli-
» tique, il l'étoit à l'excès ; que fur la premiere re-
» commandation on le voyoit en mouvement, qu'il
» ne

» ne craignoit point de quitter ſes affaires pour ren-
» dre le moindre ſervice, ni d'uſer ſon crédit auprès
» des perſonnes les plus reſpeƈables, en l'employant
» pour quiconque lui témoignoit en avoir beſoin.

NICOLAS HENRION.

NICOLAS HENRION, fils d'un honnête Marchand de Troyes en Champagne, nâquit dans
cette Ville le 6 Décembre 1663. Le Pere Gotro ſon oncle, Supérieur général de la Doƈrine Chrétienne, ſe
chargea du ſoin de ſon éducation, & lui fit faire de
grands progrès dans les Sciences; il s'attacha ſur-tout
à lui inſpirer beaucoup de goût pour les Langues Orientales: enchanté des heureuſes diſpoſitions de ſon jeune
parent, il voulut que ſa Congrégation profitât du ſoin
qu'il avoit pris de les cultiver. La volonté de l'oncle
tint lieu de vocation au neveu. Le jeune Henrion âgé
de dix-neuf ans entra chez les Peres de la Doƈrine
Chrétienne.

Son Noviciat fini, il fut employé à régenter d'abord
à Vitry, puis à Noyers, & enſuite à Avallon; il profeſſoit la Philoſophie & l'Hebreu dans cette derniere Ville
lorſqu'il apprit la mort du Pere Gotro ſon oncle. Ce fut
alors qu'il commença à examiner de près ſa vocation.
Le fruit de ſes réflexions fut qu'elles acheverent de le
dégouter d'un état qu'il n'avoit embraſſé que pour avoir
voulu ſuivre trop aveuglément les impreſſions de ſon
parent; ainſi l'amour de la liberté le fit rentrer dans le
monde. Quoiqu'il n'eût d'autre fortune que celle qu'il
pouvoit eſperer de ſes talens, il ne laiſſa pas que de ſe

marier; mais il comptoit sur son industrie, & elle fut
pour lui une heureuse ressource.

Après avoir essayé de plusieurs professions qu'il
croyoit pouvoir lui convenir, il choisit enfin celle d'A-
vocat, & prit le dégré de Docteur en Droit. Quelques
répétitions, un certain nombre de Pensionnaires furent
dans les commencemens le seul fonds qui fournit aux
frais du ménage; encore ce fonds n'auroit-il pû suffire
long-tems, si M. Henrion n'avoit sçu modérer la violente passion qu'il avoit pour les médailles, & pour tout
ce qui s'appelle monumens antiques. Content d'une
propriété passagere, il trouva le secret de mettre à profit
un goût qui ruine tant d'autres curieux; les médailles
qu'il acquéroit il ne les gardoit qu'autant de tems qu'il
lui en falloit pour les étudier, & il étoit ordinairement
ou assez heureux ou assez industrieux pour s'en défaire
avec avantage, ce qui le mettoit en état de s'en procurer de nouvelles dont il faisoit le même usage; c'est ainsi
qu'il multiplioit ses connoissances par le nombre & le
changement de ses acquisitions.

Cependant la réputation qu'il se fit d'un très-habile
connoisseur lui valut en 1701 une place d'éleve dans
l'Académie des Belles-Lettres lors du renouvellement
de cette Compagnie. Il y a souvent lû de longues Dissertations sur différens points de critique ou d'Histoire,
sur-tout par rapport aux médailles; mais comme elles
étoient peu travaillées, & qu'il ne pouvoit se résoudre
à retoucher ce qui étoit une fois sorti de ses mains, on
voit peu de pieces de sa composition dans les Mémoires
de cette Académie.

Dans le Tome troisiéme on trouve de lui l'ébauche
d'un nouveau systême sur les médailles Samaritaines.
M. Henrion prétend contre le sentiment universellement reçu, que toutes les médailles Juives qui portent
en caracteres Samaritains le nom de Simon, ne sont
point de Simon Machabée, à qui Antiochus le Grand
accorda, comme l'Ecriture nous l'apprend, le droit de

battre monnoye ; mais qu'elles font de Simon Barchochebas , dont la révolte fit tant de bruit fous Adrien.
Ce fçavant Antiquaire dit pour prouver fon opinion ,
» que de deux Simons éloignés de trois cens ans l'un de
» l'autre , les monnoyes du dernier devoient naturelle-
» ment s'être plutôt confervées que celles du premier ;
» que nous n'en connoiffons point ni du pere ni des fre-
» res de Simon Machabée , qui felon toutes les appa-
» rences avoient joui du même droit que lui : enfin que
» les années marquées fur toutes les médailles frappées
» au nom de Simon , ne vont que jufqu'à la quatriéme ,
» ce qui a un rapport formel à la durée du regne de Si-
» mon Barchochebas ; au lieu que Simon Machabée
» ayant regné huit ans , fi ces médailles étoient de lui ,
» on trouveroit au moins fur quelques-unes des mar-
» ques de la cinquiéme , de la fixiéme , de la feptiéme
» ou de la huitiéme année.

M. Henrion avoit auffi entrepris un grand ouvrage
fur les poids & les mefures des Anciens , & il avoit dreffé une efpece d'échelle de la différence des tailles humaines depuis la création du monde jufqu'à la naiffance de Jefus-Chrift.

» Dans cette échelle il affigna à Adam 123 pieds 9
» pouces de haut , & à Eve 118 pieds 9 pouces 3 quarts ,
» d'où il établit une regle de proportion entre les tailles
» mafculines & les tailles feminines à raifon de 25 à
» 24 , mais il ravit bientôt à la nature cette majeftueufe
» grandeur. Noé avoit déja 20 pieds de moins qu'A-
» dam ; Abraham n'en avoit plus que 27 à 28 ; Moyfe
» fut réduit à 13 , Hercule à 10 ; Alexandre le Grand
» n'en avoit gueres que 6 ; Jules Céfar n'en avoit pas
» 5 ; & quoiqu'il y ait long-tems , *ajoute l'ingénieux Aca-*
» *démicien qui nous fournit cet extrait* , que les grands hom-
» mes ne fe mefurent plus à la taille ; fi la Providence
» n'avoit daigné fufpendre les fuites d'un fi prodigieux
» abaiffement , à peine oferions-nous aujourd'hui nous
» compter au moins à cet égard entre les plus confidé-
» rables infectes de la terre.   *V ij*

A cette merveilleuse table M. Henrion en joignit une autre des dimensions géographiques des premiers Arpenteurs de l'Univers.

En 1705 il fut nommé à une Chaire de Professeur Royal en Langue Syriaque, & cinq ans après il obtint au concours une place d'Aggregé à la Faculté de Droit. Ces différentes occupations qui ne lui permettoient plus de se rendre assiduement aux assemblées de l'Académie, l'engagerent à solliciter une place de Veteran qu'on ne pût lui refuser.

Il ne profita de ce titre que pour donner plus de tems à la composition de l'immense traité qu'il avoit entrepris sur les poids & les mesures des Anciens ; mais la trop grande ardeur avec laquelle il se livra à ce travail, épuisa entierement ses forces, & lui causa la maladie qui l'enleva de ce monde. Il mourut le 24 Juin 1720, étant âgé de 57 ans.

JEAN FRANÇOIS SIMON.

JEAN-FRANÇOIS SIMON, fils d'un Chirurgien, qui par son habileté s'étoit fait un grand nom dans la pratique de son art, nâquit à Paris en 1654. Ses parens s'étant apperçu de bonne heure des heureuses dispositions qu'il avoit pour les Sciences & pour l'état Eccléfiaftique, lui firent faire avec soin toutes les études convenables à cet état; ses Humanités & sa Philosophie finies, il commença un Cours de Théologie, & en fit ensuite un de Droit Canon, dont il reçût le bonnet de Docteur en 1684.

Tant de Sciences différentes ausquelles il s'étoit appliqué avec succès, le mettoient en état de se produire avec avantage dans le monde sçavant; il se fit connoître, & la réputation qu'il acquit contribua bientôt à l'avancement de sa fortune. M. le Pelletier de Souzi charmé de l'éloge qu'on lui avoit fait du mérite de M. Simon, tâcha par les offres les plus flateuses de l'engager à se charger de l'instruction de M. Pelletier des Forts son fils. Un tel choix fait par l'homme du monde dont l'esprit étoit le plus juste & le plus orné, fait peut-être la plus grande partie de l'éloge de M. Simon; le succès répondit aux espérances que l'on avoit conçûes de son habileté & de ses soins; mais ce ne fut pas le devoir seul qui l'attacha à son jeune éleve, l'inclination s'y joignit encore, parce qu'il trouvoit dans lui les qualités du cœur & de l'esprit les plus aimables.

V iij

Cette éducation finie, M. Pelletier enchanté des
succès qu'elle avoit eu, crut ne pouvoir mieux en témoigner sa reconnoissance à celui à qui il les devoit,
qu'en se l'attachant par un emploi qui le fixât auprès de lui ; il le fit donc son premier Secretaire,
& ne dédaigna pas de le former lui-même aux affaires.

M. Simon s'y rendit si habile, qu'au bout de quelques années il fut en état d'exercer la Commission de
Contrôleur des Fortifications.

Ce nouveau genre d'occupations ne lui fit rien perdre de son amour pour les Belles-Lettres, & elles
firent toujours les plus doux amusemens de sa vie.
Dans son emploi même il trouva de fréquentes occasions de les cultiver avec succès ; les Ingénieurs
François répandus dans les différentes Provinces du
Royaume, & même dans les Pays Etrangers, inté-
ressés à faire leur cours au Ministre de leur Département, se faisoient un plaisir de le servir selon son
goût, en lui envoyant d'exactes relations de toutes
les singularités des lieux où ils étoient, des vestiges
d'antiquité que l'on y remarquoit, & des monumens
qui s'y trouvoient.

Aucun de ces Mémoires instructifs qui ne passât
par les mains de M. Simon, & il étoit ordinairement
chargé d'y faire réponse. Le Ministre l'employoit aussi
communément à travailler aux Inscriptions qui devoient être mises sur les nouvelles portes, & autres
ouvrages que l'on construisoit dans les Villes ou Citadelles des Frontieres, & de la plupart des Colonies. Il étoit encore souvent chargé de faire les devises des jettons de l'ordinaire & de l'extraordinaire
des Guerres ; aussi le feu Roi le nomma-t'il en 1702
entre les sujets dont Sa Majesté augmenta l'Académie des Inscriptions & Belles-Lettres, & en 1705
il fut fait Associé, & successivement Pensionnaire. Les

Mémoires de cette Académie font enrichis de plufieurs fçavantes Differtations de fa façon, & toutes
intéreffantes par les matieres qui y font traitées ; telles
font, celles où il explique le fyftême des Anciens fur
les préfages, & leurs idées fur l'état des ames après
la mort, celles où il traita des jeux de hazard, & des
acclamations en ufage parmi eux, des Temples de
l'ancienne Rome, & de la politeffe de fes Citoyens,
fes obfervations fur l'origine des Saturnales, fur les
azyles, fur l'hofpitalité, fur la mufique des Anciens,
fur les dévouemens des Romains, fur leurs alliances
& leurs traités de Paix.

Parmi les talens de ce fçavant homme, on doit
encore compter celui qu'il avoit de chiffrer & de dé-
chiffrer avec une facilité prodigieufe, & c'étoit là une
fcience qu'il devoit moins à l'étude qu'à une efpece
d'inftinct, & à fa fagacité naturelle.

M. Simon avoit encore acquis une parfaite connoiffance de toutes les beautés & de toutes les délicateffes de la Langue Latine ; on peut en juger par
l'élégante traduction qu'il a laiffée manufcrite d'une
partie de l'Hiftoire métallique des principaux événemens du regne de Louis XIV. La beauté de fon génie fe faifoit encore admirer dans fes Poëfies, il fuffiroit d'en apporter pour preuve fon fameux Cantique de Debora, qu'il avoit traduit en vers Latins &
en vers François, & dont les Mémoires de l'Académie font une honorable mention.

En 1712 la Charge de Garde des Médailles du
Cabinet du Roi, étant venue à vaquer par la mort
de M. Oudinet, M. l'Abbé de Louvois choifit M.
Simon pour la remplir, mais il fallut qu'il quittât le
petit collet, qu'il avoit porté jufques-là fans intérêt
& fans obligation, parce que le Roi ne vouloit point
d'Abbé dans cette place, où il n'y en avoit point encore eu.

La mort de M. l'Abbé de Louvois arrivée en 1719, frappa tellement M. Simon, que quoiqu'il eut joui jusqu'alors d'une parfaite santé, il s'imagina que peut-être étoit-il attaqué de la pierre comme cet Abbé, & dans cette idée il vint à Paris pour se faire sonder ; l'opération qu'il souffrit avec beaucoup de courage, convertit ses soupçons en certitude ; mais le plus grand mal fut que la sonde le blessa ; il se forma un abscès dans la vessie, & la fiévre qui survint l'emporta en peu de jours. Il mourut le 10 Décembre 1720, étant âgé de soixante-cinq ans.

CHARLES

CHARLES CESAR BAUDELOT.

CHARLES CESAR BAUDELOT DE DAIRVAL, fils de Jacques Baudelot, Commiſſaire au Châtelet, & de Marguerite Hallé, ſœur de Louis Hallé, Docteur de Sorbonne & grand Théologien, ſupérieur du ſéminaire de Beauvais, nâquit à Paris le 29 Novembre 1648, après avoir fait une partie de ſes études à Beauvais ſous les yeux de ſon oncle ; il vint les achever à Paris, & on lui donna pour précepteur l'Abbé Danet ſi connu par le Dictionnaire qui porte ſon nom.

M. Baudelot qui s'étoit d'abord deſtiné à la Médecine prit un autre parti après la mort de M. ſon pere, dont les affaires ſe trouvoient malheureuſement furieuſement dérangées ; & c'eſt ce qui engagea ſon fils à faire une étude particuliere du Droit, & à ſe dévouer au Barreau ; il y fit briller ſon éloquence avec tant d'éclat, que M. Bignon ne dédaigna pas de ſe meſurer avec lui dans différentes cauſes d'éclat.

Un procès qui intéreſſoit conſidérablement les affaires de ſa famille ayant été porté à Dijon, il crut ne devoir ſe repoſer que ſur lui ſeul du ſoin d'aller l'inſtruire, ne s'imaginant pas que le voyage qu'il alloit faire dût le métamorphoſer en Antiquaire. Sa curioſité ne fut pas oiſive, & il trouva heureuſement à Dijon de quoi l'occuper agréablement ; les cabinets de M. Pariſot, Procureur général, de M. le Préſident Bouhier, de M. de la Mare, du célébre Abbé Nicaiſe, lui furent ouverts, & il y trouva des tréſors qu'il ne pouvoit ſe laſſer d'admirer. Un autre avantage qu'il tira de ſa

Tome III.   X

ſçavante curioſité , c'eſt qu'elle lui gagna l'eſtime de la plûpart de ſes Juges. M. le Marquis de la Meilleraye , qu'un procès d'une grande importance avoit attiré à Dijon , témoin de l'accueil gracieux que les principaux Magiſtrats faiſoient à M. Baudelot , le pria de ſe charger de ſon affaire ; & pour l'y engager plus efficacement , il lui fit eſpérer un honoraire conſidérable. Ce fut-là en effet l'article le plus ſéduiſant. M. Baudelot deſtina cet honoraire à l'acquiſition d'un petit cabinet de livres de figures & de médailles , qui étoient à vendre à Dijon , & qu'il regarda dès-lors comme le fond de ſa fortune.

De retour à Paris , il ne s'occupa plus que de l'étude des Antiques. Son Livre *de l'utilité des voyages* , qu'il publia en 1686 , & dont l'on a fait depuis différentes éditions dans les pays étrangers , lui fit un grand nom parmi les plus célébres Antiquaires , & lui procura même des Lettres d'aſſociation à l'Académie de *Ricovrati* de Padoue.

» L'Auteur dans cet Ouvrage , dit M. de Boze , borne
» toute l'utilité , dont il parle , à l'avantage qu'un
» homme de Lettres qui voyage , peut tirer de l'inſ
» pection , de l'étude & de la recherche des Antiques
» de tout genre. M. Baudelot ne veut pas qu'il ſe con
» tente d'examiner la grandeur , la magnificence ou la
» force des villes , & de converſer avec les habitans
» pour en connoître la police & les mœurs ; il l'exhorte
» à donner une eſpece de préference aux pierres &
» aux métaux ; il veut qu'il interroge par tout les
» Médailles , les Inſcriptions , les Statues , les Bas-re
» liefs , & qu'il ſe faſſe un plaiſir de croire que c'eſt
» pour ſon inſtruction , que tant de choſes ont miracu
» leuſement échappées à la barbarie des hommes & à
» l'injure du tems. Il traite enſuite chacun de ces ar
» ticles en particulier , & n'oublie rien de ce qui en
» peut relever l'importance , en déterminer l'uſage ,
» l'eſtime & le prix. Par l'un il explique divers en

» droits. d'anciens Auteurs qu'on n'entendoit point,
» par d'autres, il fubftitue des paffages corrompus ou
» mutilés ; tous lui donnent lieu de faire des obferva-
» tions fingulieres. «

Le commerce Littéraire que M. Baudelot entretenoit avec les plus illuftres amateurs de l'Antiquité,
produifit un grand nombre de fçavans écrits, qui roulent tous fur les Médailles, tels font les Lettres qu'il
adreffa à M. Galland, à M. l'Abbé de Vallemont &
aux PP. Jobert & Chamillart Jéfuites. La Lettre à ce
dernier a pour objet quatre Médailles de Mariniana,
de Pofthume, de Pacatianus & de Gallien. Cette lettre
parut en 1697.

M. Baudelot publia l'année fuivante fa fameufe
Differtation fur une pierre gravée du Cabinet de S.
A. R. Madame. Cette pierre qui eft une Amethyfte
Orientale, repréfente une tête couronnée de laurier,
& dont un voile ou large bandeau couvre prefque tout
le vifage. Cet équipage affez ordinaire aux anciens
joueurs de flute, fit reconnoître à M. Baudelot au
travers du voile, la phyfionomie & les traits d'un des
derniers Ptolomées, dont il avoit quelques Médailles,
le pere de la célébre Cléopatre, celui à qui fon inclination pour la flute, fit donner le furnom d'*Auletes*.

On trouve dans cette Differtation une hiftoire fuivie
du régne & des actions de ce Prince, & généralement
tout ce que l'on peut apprendre de plus curieux fur la
Mufique inftrumentale des Anciens, par rapport à la
flute & à fes différens modes, fur la perfection de cet
art, & fur les honneurs décernés à ceux qui y excelloient.

En 1700 parut la Lettre que M. Baudelot adreffe
à M. Lifter, fameux Médecin Anglois, à qui il com-
muniqua la découverte qui s'étoit faite d'une pierre
énorme trouvée dans le corps d'un cheval, mort à
l'âge de trente ans au fervice des Dames Religieufes
d'Argenteuil. Cette Lettre eft femée de réflexions

Phyſiques, & d'une infinité de traits curieux d'hiſtoire naturelle.

L'Abbé **Mezabarba** avoit donné en Latin ſon beau Panégyrique de Louis le Grand ; Ouvrage qui étoit un tiſſu des plus belles légendes des Médailles des Empereurs Romains. L'Auteur en raſſemblant ainſi tout ce que ces monumens offrent de grand & de merveilleux pendant quatre ou cinq ſiécles , faiſoit voir que le Roi avoit réuni en lui cette multitude infinie d'actions , & de caracteres héroïques, qui nous ont donné une ſi haute idée de tant de Princes différens. L'on comprend aſſez qu'il n'y avoit qu'un homme conſommé dans le langage des Médailles, qui pût entreprendre la traduction d'un Ouvrage ſi ingénieux. M. **Baudelot** l'entreprit , & il ſçut faire paſſer dans ſa traduction toutes les graces & toutes les beautés que l'on admiroit dans l'original. Le Roi lui-même en fut frappé ; & récompenſa par un préſent digne de ſa libéralité , l'hommage que venoit de lui rendre l'Auteur Italien ; il ne tint pas à ce dernier que ſon Traducteur ne partageât avec lui les bienfaits du Prince ; mais rien ne pût vaincre ſon déſintéreſſement.

Trois Lettres critiques que M. **Baudelot** donna l'année ſuivante ſur une prétendue Médaille d'Alexandre le Grand, publiée par M. l'Abbé de **Vallemont**, lui attirerent de la part de ce Sçavant des répliques où les injures n'étoient gueres moins prodiguées que les citations. Ces Lettres avoient été datées de Luxembourg, & avoient été adreſſées à M. le Marquis de Danjeau avec qui l'Auteur n'étoit point en liaiſon. M. **Baudelot** avoit même eu l'attention de prendre dans cet Ouvrage le titre d'inconnu en ſe donnant le nom d'*Adele*, autant de précautions qui n'empêcherent pas qu'il ne fut découvert ; & ce fut ſon ſtyle, & la trop grande érudition répandue dans ces Lettres, qui le trahirent. M. l'Abbé de **Vallemont** vivement piqué, ne garda aucun ménagement avec ſon aggreſſeur, & l'atta-

qua jufques dans fa perfonne; mais M. Baudelot trop mo-
déré pour ufer de repréfailles, fe contenta de la premiere
victoire qu'il avoit remportée fur fon adverfaire.

Il y avoit long-tems que fon mérite follicitoit pour
lui une place à l'Académie ; il y fut enfin reçu en
1705. Le premier Ouvrage dont il fit part à la Compagnie, fut une ingénieufe Differtation fur les devoirs,
les louanges, les préfens, les fêtes, les facrifices qui
entroient dans les actions de graces publiques des Anciens ; on trouve dans les Mémoires de cette Académie un grand nombre de piéces de fa façon, dont les
plus confidérables font l'explication d'un endroit du
dixiéme Livre de l'Odyffée, où Homere décrit la demeure des Leftrigons ; l'époque de la nudité des
Athletes dans les jeux de la Grece, des remarques fur
un fceau antique de l'Empereur Gordien III ; la découverte des chars repréfentés fur les médailles Con-
fulaires ; des obfervations fur une Cornaline du cabinet du Roi, qu'on appelle le Cachet de Michel Ange ;
l'explication d'un paffage de Trebellius Pollio fur des
baudriers conftellés ; une differtation fur la guerre des
Athéniens contre les peuples de l'Ifle Atlantique ; des
éclairciffemens fur différentes pierres gravées, qui
portent le nom de Solon, fur les médailles de la famille Cornuficia, & fur quelques autres des premiers
tems de la République Romaine ; l'explication de quelques bas-reliefs trouvés dans les fondations du Chœur
de l'Eglife de Notre-Dame de Paris.

M. Baudelot a auffi traduit pour l'ufage de feu S. A.
R. qui lui avoit confié la garde de fon précieux Cabinet de médailles d'or, les portraits des femmes & des
hommes illuftres, de Fulvius Urfinus, & l'Iconographie
d'Angelocanini.

Un trait que nous allons rapporter d'après M. de
Boze, fuffira pour faire connoître jufqu'à quel point
le grand homme dont nous faifons l'éloge, étoit épris
d'amour pour les refpectables monumens de la belle
Antiquité.   X iij

» M. de Nointel, Ambassadeur à Constantinople en
» avoit fait transporter deux marbres hauts d'environ
» cinq pieds, chargés d'inscriptions, & dont l'un, qui
» avoit plus de deux mille ans, contenoit le nom des
» Officiers & des principaux soldats, que les Athé-
» niens perdirent en une même année dans cinq ex-
» péditions différentes. De M. de Nointel ces marbres
» passerent avec plusieurs autres à M. Thevenot, Garde
» de la Bibliotheque du Roi, qui les plaça dans une
» petite maison de Campagne, qu'il avoit au Village
» d'Issy. Après sa mort M. Baudelot y alla, & trouva
» heureusement ses héritiers de mauvaise humeur con-
» tre ces masses de pierre, qui leur remplissoient toute
» une salle basse. Il leur en proposa le marché, les ac-
» quit enfin, & ne les perdit pas de vûe. Sa joie lui
» prêta ce jour-là des forces d'Athlete pour les charger
» presque seul sur la premiere voiture qu'on trouva,
» & les conduire pas à pas jusqu'au Fauxbourg saint
» Marceau où il demeuroit.

» Il donna la même attention à cette partie de son
» déménagement, quand il vint loger au Fauxbourg
» saint Germain ; mais il en eut bien plus d'inquiétude.

» En attendant qu'il pût les placer dans son appar-
» tement, il les avoit fait ranger de son mieux dans
» la Cour. Cette décoration déplut à une jeune Dame
» qui occupoit le premier étage & le rez de chaussée
» de la même maison. Pour engager M. Baudelot à
» l'en délivrer, elle affecta un jour de faire arrêter des
» boueux qui passoient; & de leur demander combien
» ils vouloient pour emporter tous ces décombres. On
» ne manqua pas de le dire le soir même à M. Baude-
» lot quand il rentra chez lui. Il frémit au récit d'une
» si noire conspiration, & quelque tard qu'il fût, il ne
» se donna point de repos que ces restes infortunés de
» la Grece ne fussent en sureté sous son propre toit.
» Dans la suite on eut beau lui protester que ses mar-
» bres n'avoient couru aucun danger, que la proposi-

» tion de leur enlévement, n'avoit été qu'une feinte,
» ce souvenir allarmoit toujours sa tendresse, & il
» avouoit naturellement à ses amis, qu'il n'entendoit
» point raillerie sur l'article. Ennemi des moindres
» déguisemens, il ne pouvoit assez s'étonner du ridi-
» cule que l'injustice des hommes avoit attaché à l'an-
» cienne simplicité des mœurs, à la franchise des pro-
» cedés & à la naïveté des expressions. «

Il mourut d'une hydropisie de poitrine le 27 Juin
1721, étant âgé de soixante & quatorze ans. Deux
jours avant sa mort, comme il croyoit que sa derniere
heure approchoit, il pria son Confesseur, son Médecin, & deux de ses amis de passer la nuit auprès de lui
pour recevoir ses derniers soupirs ; mais son mal étant
un peu diminué, il parut en quelque façon honteux de
n'être pas mort, & fit à ceux qui l'avoient veillé de
grandes excuses sur ce qu'il étoit encore en vie.

Par son testament il laissa à l'Académie des Inscriptions ce qu'il avoit cheri le plus tendrement, ses livres,
ses médailles, ses bronzes & ses marbres antiques.

ANDRE' DACIER.

ANDRE' DACIER, un des quarante de l'Académie Françoise, Sécrétaire perpétuel de la même Académie, pensionnaire de celle des Inscriptions & Belles-Lettres, & Garde des livres du cabinet du Roi, nâquit à Castres le 6 Avril 1651. Son pere Avocat de la Chambre de l'Edit, & qui étoit un des plus zélés défenseurs de la Religion Prétendue Réformée, s'appliqua avec soin à faire élever son fils dans cette Religion. Il lui fit d'abord commencer ses études au College de Castres, alors composé de Professeurs, partie Catholiques & partie Protestans ; mais la direction de ce College ayant été entiérement abandonnée aux Jésuites, le jeune Dacier en fut tiré pour être envoyé à l'Académie de Puylaurens, d'où il passa à celle de Saumur, où il acheva ses humanités sous le fameux Tanegui le Fevre, qui donnoit alors tous ses soins à former aux Belles-Lettres son illustre fille, la célébre Anne le Fevre, qui par la vaste étendue de son génie & par sa profonde érudition devint dans la suite l'ornement de son siécle. Si M. Dacier ne put lui refuser son admiration & son estime, il put encore moins s'empêcher de prendre pour elle les plus tendres sentimens ; animé par l'exemple de sa jeune maîtresse, il fit comme elle son plaisir de l'étude, & s'y livra avec d'autant plus d'ardeur que c'étoit par-là principalement qu'il pouvoit gagner plus surement l'estime & la tendresse de celle à qui il vouloit plaire. Mais le pere de cette Demoiselle étant mort en 1672, le jeune Dacier fut obligé de retourner chez ses parens, où il ne demeura pas long-tems.

Le

Le defir de s'avancer l'ayant amené à Paris il s'acquit bientôt l'eftime de tous ceux dont la réputation faifoit alors le plus de bruit dans la République des Lettres; mais ce fut-là malheureufement tout le fruit qu'il recueillit de fon voyage ; & il revint dans la maifon paternelle fans avoir rien pû faire pour fa fortune.

Un fecond voyage qu'il fit à Paris peu de tems après, fut pour lui plus heureux. Ses amis ayant parlé avec éloge de fa capacité à M. le Duc de Montaufier, ce Seigneur le choifit pour travailler aux traductions deftinées à l'ufage de M. le Dauphin, & le chargea de commencer par *Pompeius Feftus*. Cet Ouvrage parut en 1681, avec plufieurs belles corrections, & des fupplémens confidérables, accompagnés de notes favantes, mais précifes, & écrites avec une noble fimplicité. La même année M. Dacier donna les œuvres d'Horace en Latin & en François avec des remarques critiques & hiftoriques.

La paffion de ce Sçavant pour l'étude ne lui fit pas oublier les intérêts de fon amour. Plein des mêmes fentimens d'eftime & de tendreffe qu'il avoit conçû pour Mademoifelle le Fevre, dès fa premiere jeuneffe, il époufa cette illuftre fille en 1683. On rapporte, dit M. de Bauval à cette occafion que M. le Duc d'Orleans (*Gafton*) » ayant vu marier ces deux perfonnes peu » favorifées des biens de la fortune, dit affez plaifam- » ment que la faim & la foif fe marioient enfemble , » mais on pouvoit dire de l'union de M. Dacier & de » Mademoifelle le Fevre, que c'étoit l'union du Grec & » du Latin qu'ils poffédoient tous deux en perfection. «

On a fauffement avancé dans le troifiéme tome de la Bibliotheque Germanique, qu'un premier mariage avoit précedé celui-ci , que Mademoifelle le Fevre avoit d'abord époufé un Libraire de Saumur, nommé Jean Lefnier , qui pendant douze ans ou environ imprima plufieurs Ouvrages de Tanegui le Fevre, fon pere ; mais que la mauvaife humeur de fon mari l'ayant obligée de le quitter elle fe retira chez fon pere, au-près de qui elle reprit l'étude des Belles-Lettres qu'elle avoit abandonnée pendant fon mariage. Mais ce font-là des anecdotes évidemment fauffes, & que la malignité feule de ceux qui les ont avancées a pû imaginer. Ce qui eft vrai c'eft que la réputation de Mademoifelle le Fevre fut déchirée par bien d'autres calomnies ; mais ce ne furent que les Proteftans dont elle abandonna le parti, qui s'aviferent de la décrier.

Prefque auffi-tôt après qu'elle eut époufé M. Dacier, elle témoigna à M. le Duc de Montaufier & à M. Boffuet Evêque de Meaux qu'il y avoit longtems qu'elle fongeoit à fe convertir, & qu'elle y étoit plus difpofée que jamais ; elle ajouta que M. Dacier penfoit à peu près comme elle, mais que n'étant pas encore bien convaincu, il vouloit abandonner pour un tems fes études, & confacrer tout fon loifir à s'inftruire par lui-même.

Ce fut en effet dans ce deffein que M. Dacier partit pour Caftres avec fon époufe au commencement de l'année 1684 ; pendant plufieurs années qu'ils y demeurerent, ils ne s'occuperent que des lectures qui pouvoient fervir à éclaircir leurs doutes ; comme ils chercheoient la vérité avec un cœur fincere, elle fe découvrit à eux, & ils firent leur abjuration au mois de Septembre 1685. Le Roi en ayant été informé accorda une penfion de quinze cens livres à M. Dacier, & une autre de cinq cens à fon époufe. Ce qui les détermina à revenir à Paris pour y reprendre leurs travaux littéraires. Les fçavans Ouvrages qu'ils publierent l'un & l'autre ne demeurerent pas fans récompenfe.

En 1695 M. Dacier fut reçu à l'Académie Françoife, & la même année il obtint une place dans celle des Infcriptions & Belles-Lettres. Quelques années après ayant été choifi pour préfenter au Roi l'Hiftoire métallique de ce Prince, à laquelle cet illuftre Sçavant avoit eu la meilleure part, furtout pour ce qui con-

cerne les explications hiftoriques, qui accompagnent
les Médailles. Sa Majefté lui accorda une penfion de
deux mille livres,& peu de tems après, il obtint la charge
de garde des livres du cabinet du Louvre. Sur la fin de
l'année 1717 on lui accorda un brevet de retenue de
dix mille écus fur cette même Charge ; & lorfque par
l'Arrêt du mois d'Août 1720, elle fut réunie à celle
de Bibliotécaire du Roi, il ne fût pas feulement maintenu dans les prérogatives de fon emploi, fa vie durant ; mais par une grace, qui n'avoit pas encore eu
d'exemple, la furvivance en fut accordée à fon époufe.
M. Dacier fut encore honoré en 1713 de la Charge de
Sécrétaire perpétuel de l'Académie Françoife, que
la mort de M. Regnier des Marais venoit de laiffer
vacante.

En 1694 M. Dacier eut le chagrin de perdre un fils
unique, qui à l'âge de dix ans qu'il mourut, méritoit
déja d'être mis au nombre des Sçavans. On pourra en
juger par ce feul trait. Il avoit achevé de lire Hérodote, & comme il avoit une paffion extrême pour la
lecture, il avoit dérobé Polybe, qu'il trouva le moyen
de lire éxactement. Ce vol fut découvert, & un homme d'efprit ayant un jour demandé à cet enfant quel
jugement il faifoit de ces deux hiftoriens, *Herodote*,
répondit-il, *eft un grand enchanteur ; mais Polybe eft un
homme de grand fens.*

Une autre perte qui n'affligea pas moins fenfiblement M. Dacier fut celle d'une fille qui mourut à l'âge
de dix-huit ans, & qui réuniffoit dans elle toutes les
vertus & tous les talens que l'on admiroit dans fon
illuftre mere.

Il ne refta à M. Dacier qu'une feule fille, qui fe fit
religieufe à l'Abbaye de Longchamp.

La mort de Madame Dacier, arrivée en 1720, laiffa
fon illuftre époux dans un état de langueur, qui ne
finit qu'avec fa vie. Cet homme célébre termina fa
glorieufe carriere le 18 Septembre 1722, étant âgé de
71 ans.   *Y ij*

» Il étoit doux, modeſte, ami zelé, extrêmement
» laborieux, & remplaçant à force de ſoins ce qui lui
» manquoit du côté de la facilité. Ses mœurs, ſes ſen-
» timens, tout retraçoit en lui cette ancienne philo-
» ſophie qu'il a tant vantée, mais qui dans lui étoit
» accommodée aux regles & aux principes du Chri-
» ſtianiſme.

» Si d'habiles Théologiens ſe ſont avec raiſon révol-
» tés contre la conformité que ſa prévention pour
» l'antiquité lui a fait trouver entre la Philoſophie
» Platonicienne, & la doctrine des premiers Peres de
» l'Egliſe, entre la ſageſſe du Paganiſme & la morale de
» l'Evangile, il faut cependant l'excuſer, parce qu'il
» avoit fait une étude particuliere de ceux d'entre
» les Payens qui ſe ſont attachés avec le plus de ſuc-
» cès à connoître & à régler le cœur de l'homme, en
» quoi on ne peut aſſez l'eſtimer. Il n'a choiſi que des
» ſujets utiles, il n'a conſacré ſa plume qu'à des ou-
» vrages ſolides, il n'a enrichi la langue Françoiſe que
» de ce que la ſaine antiquité nous a laiſſé de plus
» inſtructif ſur les mœurs. On trouvera même, ſi l'on
» veut lui rendre juſtice, que lorſqu'il rencontre dans
» les Auteurs qu'il traduit des maximes peu conformes
» aux véritables régles de notre religion, il les réfor-
» me, & en fait ſentir le foible par des remarques
» édifiantes. « C'eſt-là une partie de l'éloge que M. de
Boze fait de cet illuſtre Sçavant.

Nous avons de lui, outre ſes remarques ſur Pom-
peïus Feſtus & ſa traduction des œuvres d'Horace, des
notes ſur Longin, qui ont paru dignes à M. Deſpreaux
d'entrer dans toutes les éditions que ce célébre Poëte
a donné de ſes œuvres; il dit que l'Auteur de ces remarques eſt non-ſeulement un homme d'une très-
grande érudition, & d'une critique très-fine, mais
d'une politeſſe d'autant plus eſtimable, qu'elle ac-
compagne rarement un grand ſçavoir. M. Dacier nous
a encore donné les réflexions morales de l'Empereur

Marc Antonin, la Poëtique d'Ariftote, l'Œdipe, &
l'Electrede Sophocle, les œuvres d'Hypocrate, celles
de Platon, le Manuel d'Epictete, cinq traités de Sim-
plicius, la vie de Pythagore, fes fymboles & fes vers
dorés, les vies des hommes illuftres de Plutarque,
tous ouvrages traduits en François avec des remarques, une differtation fur l'origine de la Satyre. Les
Journaliftes des Sçavans difent au fujet de la traduction des vies des hommes illuftres de Plutarque, *Que
M. Dacier étoit fi bien entré dans l'efprit & le caractere
de fon Auteur, qu'il en avoit fi heureufement imité l'arrangement, le tour & les expreffions, que Plutarque lui-même
fe feroit honneur en adoptant les fupplémens joints aux vies
de fes hommes illuftres.* Il avoit auffi fait un commentaire
fur Théocrite ; mais cet ouvrage n'a pas été imprimé,
non plus qu'un petit traité qu'il avoit compofé fur la
religion.

Un autre de fes ouvrages que nous ne devons pas
oublier, a pour titre *S. Anaftafii Sinaitæ Anagogicarum
contemplationum in Hexæmeron Liber XII. hactenus defide-
ratus cum notis & interpretatione Latinâ.*

GUILLAUME MASSIEU.

GUILLAUME MASSIEU, Profeſſeur Royal en Langue Grecque, l'un des Quarante de l'Académie Françoiſe, & Penſionnaire de celle des Inſcriptions & Belles-Lettres, nâquit à Caën le 13 Avril 1665 de parens peu riches, mais recommandables par leur vertu & leur probité.

Le déſir de ſuppléer par ſes talens à ce qui lui manquoit du côté de la fortune, l'engagea de venir à Paris dès qu'il eût achevé ſes Humanités. Il fit ſon cours de Philoſophie au Collége des Jéſuites, & ce fut avec beaucoup de ſuccès. Quelqu'envie qu'il eut eu de ſe pouſſer dans le monde, comme il ſe trouvoit ſans appui, ſans protection & preſque ſans aucune connoiſſance, il comprit qu'il ne lui ſeroit pas facile de s'avancer ; ainſi ſans ſonger à courir après une fortune qui lui paroiſſoit trop incertaine, il fit choix d'un état où il étoit aſſuré de trouver tous les ſecours qui lui ſeroient néceſſaires pour cultiver les heureuſes diſpoſitions qu'il avoit pour les Lettres ; tel fut le motif qui le détermina d'entrer dans la Société.

Après qu'il eut achevé ſes Humanités, ſes Supérieurs l'envoyerent régenter les Humanités à Rennes, d'où ils le rappellerent au bout de ſix ans pour venir faire ſon cours de Théologie à Paris. La pénétration & la juſteſſe de ſon eſprit lui firent faire de ſi grands progrès dans cette ſcience, que ſes Supérieurs voulurent qu'il en fit ſon unique étude, & le deſtinerent à l'enſeigner, prévoyant qu'il deviendroit un jour un des plus profonds Théologiens de ſon ſiécle, & ce fut cette deſtination contraire à la forte paſſion qu'il avoit pour les Belles-

Lettres, qui lui fit abandonner la Société pour rentrer dans le monde.

Sa conftance fut d'abord éprouvée par la plus affreufe de toutes les difgraces, qui eft celle de manquer de tout, & même du plus néceffaire ; mais fon érudition & fes heureux talens lui procurerent enfin d'illuftres amis qui s'intéreíferent efficacement en fa faveur. M. de Sacy de l'Académie Françoife le reçut chez lui , & lui confia l'éducation de fon fils.

L'Abbé Maffieu uniquement occupé de l'inftruction de fon jeune éleve , fit pour lui divers traités de Sphere, de Géographie & d'Hiftoire. M. de Tourreil , l'ami particulier de M. de Sacy devint bien-tôt celui de M. Maffieu. Quelques entretiens qu'il eut avec lui , lui firent juger que ce fçavant Abbé étoit plus en état que perfonne de l'aider à perfectionner fa traduction de Demofthene ; il fut en effet fi content du travail dont il le chargea, qu'en 1705 il le nomma fon éleve à l'Académie des Belles-Lettres, felon l'ufage qui étoit alors établi, mais qui depuis a été aboli. Un fçavant difcours fur la Poëfie que l'Abbé Maffieu prononça le jour de fa réception, & qui fut généralement applaudi, juftifia le choix de celui qui lui procuroit une place à l'Académie ; il en obtint bien-tôt après une d'Affocié , & devint enfin Penfionnaire en 1710.

Nommé la même année à la Chaire de Profeffeur Royal en Langue Grecque, il prononça le jour de fon inftallation un excellent difcours fur les beautés de la Langue dont il alloit donner des préceptes. Ses leçons étoient d'un homme qui poffedoit parfaitement les fujets qu'il traitoit, & qui avoit le rare talent de fçavoir adoucir les rudeffes de la Grammaire, par une netteté d'expreffions, une jufteffe d'efprit, & une variété furprenante de traits d'érudition également enjoués & utiles.

Son illuftre ami le fçavant M. de Tourreil étant mort en 1714, l'Académie Françoife nomma M. l'Abbé Maf-

fieu pour le remplacer. Un fervice important qu'il rendit à la République des Lettres, fut de l'enrichir d'une
nouvelle édition des Harangues de Demofthene, à laquelle M. de Tourreil travailloit depuis long-tems, &
qu'il abandonna en mourant à M. l'Abbé Maffieu, le
chargeant de la retoucher avant que de la donner au
Public. Fidelle à la mémoire de fon ami, il fit paroître
cet ouvrage avec une Préface de fa façon, où brillent de
toutes parts les traits d'une éloquence mâle, une critique qui met le prix aux vrayes beautés, & des fentimens
nobles & élevés dignes de la beauté du génie, & de la
bonté du cœur d'un homme que fes vertus morales &
chrétiennes n'ont pas rendu moins recommandables que
fa profonde érudition & fes rares talens. L'Abbé Maffieu joignit à cette traduction qu'il publia fur la fin de
1721, tout ce qu'il pût ramaffer des autres ouvrages de
M. de Tourreil ; quelques années auparavant il avoit
pris foin d'une nouvelle édition Grecque du Nouveau
Teftament qui fut donnée au Public en 1715.

On trouve dans les Mémoires de l'Académie des Infcriptions plufieurs fçavantes Differtations remplies
de recherches curieufes que M. l'Abbé Maffieu a faites
fur divers fujets, fçavoir fur les Boucliers votifs & fur
les fermens des Anciens, fur les graces, fur les hefperi-
des, fur les gorgones ; fur les jeux ifthmiques, fur le mot
ΙΣΟΨΗΦΟΣ avec un parallele d'Homere & de Platon,
une défenfe de la Poëfie, des réflexions critiques fur
Pindare, & une traduction de quelques Odes Olympi-
ques & de quelques Odes Ifthmiques de ce Poëte Grec.

M. l'Abbé d'Olivet dans fon Recueil intitulé : *Poëta-
rum ex Academia Gallica qui Latine aut Græce fcripferunt
carmina*, a inferé un Poëme de M. l'Abbé Maffieu de
deux cens vers contenant l'éloge du Caffé.

La conftance de cet illuftre fçavant fut mife à de rudes épreuves, mais qui ne fervirent qu'à faire éclater la
patience héroique avec laquelle il les fupporta. Après
avoir été cruellement tourmenté pendant quelques années

nées par de fréquentes attaques de goûte, il lui tomba
fur les yeux deux cataractes qui lui firent perdre entierement la vûe , ce qui ne l'empêcha pas de fe rendre af-
fiduement aux affemblées de l'Académie ; au bout de
trois ans il s'en fit lever une , & quoique l'autre fut prefque auffi parvenue au point de maturité néceffaire pour
faire l'opération , content d'avoir recouvré un œil qui
fuffifoit à fes travaux , il ne pût fe réfoudre à facrifier fix
femaines ou deux mois de tems pour recouvrer le fecond , qu'il tenoit , difoit-il , en réferve , & comme une
reffource contre de nouveaux malheurs.

Délivré d'un mal , il fut bien-tôt après affligé d'un
autre encore bien plus terrible que n'étoit celui dont on
venoit heureufement de le guérir ; il tomba au mois
d'Août de l'année 1722 dans une efpece de paralyfie
qui lui caufa un tremblement de mains épouvantable ;
il eût recours à tous les remedes qui furent jugés néceffaires pour empêcher que cet accident n'eût des fuites
fâcheufes ; mais toutes les précautions qu'il prit furent inutiles , il tomba en apoplexie peu de tems
après , & mourut le 26 Septembre fuivant dans fa cin-
quante-huitiéme année.

On a imprimé après fa mort fon Hiftoire de la Poëfie
Françoife , qui commence depuis fon origine , & qu'il
a pouffée jufqu'à Clement Marot ; il a laiffé une
traduction Françoife de Pindare entierement achevée , mais dont les notes ne font qu'aux deux
tiers.

Ce fçavant Abbé compofa dans fa jeuneffe un
grand nombre de pieces de vers Latin à l'honneur de
Malherbe , de Sarafin , de Bochard , & de quelques
autres perfonnes illuftres de la Ville de Caën fes compatriotes , qu'il prenoit déja alors pour fes modelles.
Il a auffi compofé quelques Poëfies Françoifes , dont
quelques-unes ont été inferées dans divers recueils de
vers choifis.

Monfieur Hardion dans une Ode qu'il lui adreffe ,

                                                    Z

le regarde comme fon guide dans fes ouvrages de Profe & de Poëfie.

> *Mon devoir, ma reconnoiffance ,*
> *Maffieu te confacre ces vers :*
> *Pourrois-je en un lâche filence ,*
> *Etouffer tes bienfaits divers.*
> *C'eft toi dont la vive lumiere*
> *M'ouvrit l'éclatante carriere*
> *Où courut le Chantre Thebaïn ;*
> *Heureux fi fuivant tes maximes*
> *J'euffe pû verfer dans mes rimes*
> *Son enthoufiafme divin.*

LOUIS DE COURCILLON DE DANGEAU.

Louis de Courcillon de Dangeau, Abbé de Fontaine - Daniel & de Clermont , Prieur de Gournay & de Saint Arnoul , nâquit à Paris au mois de Janvier 1643. Sa mere Charlotte des Noues , petite fille du fameux Dupleſſis-Mornay , l'éleva auſſi-bien que ſon frere le Marquis Dangeau dans la Religion Prétendue Réformée ; il la profeſſoit encore lorſqu'en 1667 il alla en Pologne en qualité d'Envoyé extraordinaire ; mais au retour de ſes voyages qui occuperent la plus grande partie de ſa jeuneſſe , & dans leſquelles il a parcouru preſque toute l'Europe , il fit abjuration de ſes erreurs , & embraſſa même l'Etat Eccléſiaſtique ; en 1680 il fut nommé à l'Abbaye de Fontaine-Daniel, & deux années après il obtint celle de Clermont ; il fut auſſi Prieur de Gournay & de Saint Arnoul. Le Pape Clement IX. qui l'avoit connu dans ſon voyage de Pologne , l'avoit nommé ſon Camerier d'honneur , & Innocent XII. lui avoit accordé le même titre,mais il n'alla jamais en Italie prendre poſſeſſion de cette Charge.

En 1671 il fût fait Lecteur du Roi, & en 1682 il obtint une place à l'Académie Françoiſe, il fût auſſi de celle des Ricovrati de Padouë, à laquelle il fût aggrégé en 1698. Mais il avoit lui-même formé dans ſa maiſon une Académie des Sciences , compoſée d'un certain nombre de perſonnes également diſtinguées par leur eſprit & par leur érudition. Il poſſedoit parfaitement le Grec , le Latin , & la plupart des Langues vivantes , ce qui avoit été le fruit de ſes longs voyages. L'on doit dire à la louange de cet illuſtre ſçavant , qu'il n'y a peut-être perſonne qui ait autant aimé les Belles-Lettres que lui , & qui ait autant travaillé pour en rendre l'étude facile & agréable, ne s'étant occupé pendant toute fa vie qu'à imaginer de nouvelles méthodes, qui pour la facilité & la clarté l'emportaſſent ſur les anciennes. On voit dans les eſſais qu'il nous a donnés, un homme poli & exact qui poſſedoit parfaitement ſa Langue, qui n'avoit en vûe que de rendre ſes ouvrages utiles, & qui en un mot étoit capable d'exécuter les plus grands deſſeins.

Ce ſçavant Abbé mourut le premier Janvier 1623, âgé de 80 ans.

Ses principaux ouvrages ſont, quatre Dialogues ſur l'immortalité de l'ame, ſur l'exiſtence de Dieu, ſur la Providence, & ſur la Religion, des Cartes Géographiques, Chronologiques, Généalogiques pour enſeigner la Géographie, l'Hiſtoire, les intérêts des Princes, & le gouvernement des Etats; des Réflexions ſur toutes les parties de la Grammaire, une nouvelle Méthode de Géographie Hiſtorique, les principes du Blaſon, un Jeu hiſtorique des Rois de France, la Liſte des Cardinaux vivans en 1621 : avec des remarques ſur leur âge, le tems de leur promotion au Cardinalat, leurs titres de Cardinaux, leurs Charges, leurs Maiſons, avec un Diſcours préliminaire ſur les Cardinaux en général.

LOUIS BOIVIN.

Louis Boivin, fils de Louis Boivin, célébre Avocat, & de Marie Vattier, sœur du fameux Pierre Vattier, Professeur en Langue Hébraïque, l'un des plus sçavans hommes de son siécle, nâquit à Montreuil d'Argilé dans le Diocèse de Lizieux, le 20 Mars 1640. Un bon vieux Ecclésiastique qui avoit appris à son pere les premiers élémens de la Langue Latine, fut son premier Maître ; mais comme sa capacité ne répondoit pas à son zéle, tout ce qu'il pût faire pour l'instruction de son disciple, fût de le pousser jusqu'en troisiéme ; ainsi il fallut envoyer le jeune Boivin au Collége des Jésuites de Roüen, pour lui faire faire sa Seconde & sa Rhétorique. La beauté de son génie joint à un désir extrême de sçavoir, l'éleva bien-tôt au-dessus de ses compagnons d'étude ; les devoirs ordinaires de sa Classe n'occupoient qu'une bien petite partie de son tems, mais tous les momens qu'ils lui laissoient de libres, il les employoit à composer différentes pieces en vers & en prose ; il en fit quelques-unes sur la mort de sa mere, dont la perte l'affligea si sensiblement, qu'il fit vœu d'en rappeller chaque année le souvenir par quelque piece en son honneur. Ses larmes n'étoient pas encore bien essuyées, que la mort de son pere lui en fit répandre de nouvelles. Il composa à cette occasion une piece qu'il intitula : *Lettre à mon pere & à ma mere dans le Ciel.* Il seroit difficile de rien imaginer de plus affectueux que cette Lettre, nous osons même dire de plus sensé, en ce que l'Auteur l'a chargée de presque toutes les réflexions qui

Z iij

pouvoient naturellement y fervir de réponfe.

M. Boivin devenu orphelin revint à Paris où il avoit déja fait deux voyages ; le premier pour mettre dans la Bibliothéque du Roi le manufcrit de la traduction latiné de toutes les œuvres d'Avicenne , faite par M. Vattier ; le fecond pour y faire fa Philofophie au Collége du Pleffis , fous le célébre Paul Cohade , furnommé le Philofophe fubtil. De la Philofophie il paffa à l'étude de la Théologie , de la Jurifprudence, & même de la Médecine ; & ce qu'il y a de furprenant , c'eft que dans le même tems il s'appliquoit aux belles-Lettres avec autant d'ardeur que fi elles euffent fait fon unique étude ; il avoit fur-tout la fureur de rimer, & malheureufement les vers étoient ce qui lui coutoit le moins. Un jour qu'il crût s'être furpaffé lui-même dans ce genre d'écrire, il vint tranfporté de joye trouver M. Chapelain pour lui montrer la merveilleufe piece que fa veine venoit d'enfanter, ne doutant pas que le juge à qui il s'adreffoit ne lui prodiguât les plus grandes louanges ; mais il fut trompé dans fes efpérances. M. Chapelain reprit dans les vers de M. Boivin une vaine enflure, un brillant faux & obfcur, des tours forcés, enfin tous les mêmes défauts qui caracterifoient fes propres vers, & qu'il n'auroit pas manqué d'appercevoir lui-même , s'il eût été moins difpofé à fe flater ; en revanche il ne flata pas fon ami , après avoir fait une févere critique de fes vers , il finit par lui confeiller de n'en plus faire. Quelle décifion ?

M. Boivin en fut fi vivement touché qu'il en tomba malade ; ce fut pour foulager fa douleur qu'il compofa le Difcours original qu'il intitula : *Flux de mélancolie* , & qui commence ainfi.

Dans l'état où je fuis , il n'y a que Dieu qui puiffe me confoler ; je fuis fi ennuyé du monde, que fi ce chagrin me continue , j'efpere au moins qu'il m'en tirera bien-tôt ; il me femble que j'écris mon teftament. On m'a fait entendre , ajoute-

t'il, *que ce n'étoit pas mon talent de sçavoir faire des vers François, quoiqu'il me semble que je ne sçaurois vivre sans cela. Il n'est pas croyable combien un mot comme celui-là est difficile à digerer à gens de mon humeur... Mon naturel est porté aux vers plus qu'à toute autre chose, & un des plus judicieux hommes de France n'approuve pas que j'en fasse de François; à quoi me serviront ces latins, quand j'y serois un Virgile, puisque l'on en a que faire de deux.*

Voici le portrait qu'il fait de lui-même, qui assurément n'est rien moins que flatté, & l'on peut dire qu'à quelque chose près, il fut pendant le reste de sa vie tel qu'il se dépeint; il étoit alors âgé de vingt-quatre à vingt-cinq ans.

Mon humeur, dit-il, *est sauvage & retirée, fort approchante de celle de l'oyseau de Minerve, franche jusqu'à la rusticité, fiere jusqu'à l'indépendance, flottante & incertaine jusqu'à ne me déterminer à quoique ce soit, entreprenant jusqu'à vouloir tout sçavoir & tout pratiquer; présomptueux jusqu'à faire vertu d'ambition, cachant si peu mes défauts, que souvent j'en fais vanité, & rarement m'imaginai-je qu'ils n'ayent pas quelque chose d'héroique.*

Mais les conseils de M. Chapelain & ceux du Pere Lallemant, Prieur de Sainte Genevieve, ne purent corriger M. Boivin de la manie de faire des vers. Il en composa en particulier pour célébrer l'heureuse arrivée d'un jeune frere qu'il aimoit tendrement, & qu'il avoit fait venir à Paris pour y donner tous ses soins à son éducation. Voici comment il débute.

> *Fier Autan, pere des orages,*
> *Arrête ton vol.*

Un début si pompeux a fait dire à M. de Boze, que celui qui ne liroit que ces premiers vers, les attribueroit à Horace, & les croiroit faits pour Virgile.

Cependant l'érudition de M. Boivin lui avoit fait une

fi brillante réputation, qu'il étoit recherché par tout ce qu'il y avoit de perfonnes illuftres dans les Lettres. M. Bignon devenu Confeiller d'Etat , après avoir brillé pendant vingt ans dans la Charge d'Avocat Général , fe faifoit un plaifir de relire avec lui les endroits choifis des meilleurs Poëtes & Orateurs Grecs & Latins; ce dernier pour s'attacher davantage M. Boivin, prit le parti de le loger chez lui , & lui confia la principale direction des études de Meffieurs fes fils. M. le Pelletier voulut auffi que M. Boivin le cadet vint loger avec fon aîné , qui prenoit un très-grand foin de fon inftruction.

Ce fut chez M. le Pelletier que M. Boivin fit connoif-fance avec le célébre Santeuil. Chaque jour étoit mar-qué par quelque nouvelle fcêne de leur façon, ce qui arrivoit toutes les fois qu'on les mettoit aux prifes. Le fort de M. Boivin étoit la critique,& le foible de M. San-teuil étoit de faire fouvent des fautes de Grammaire & de quantité , & malheureufement fon antagonifte ne lui en paffoit aucune,ce qui le faifoit entrer dans des fureurs d'abord affez amufantes pour les fpectateurs , mais qui auroient bien-tôt paffé à quelque chofe de plus férieux fans la préfence des Magiftrats, qui avoient l'infpection de cette efpece de théâtre.

Lorfque M. le Pelletier entreprit avec M. le Chan-celier le Tellier de faire refleurir l'étude dans la Facul-té de Droit, on fit l'honneur à M. Boivin de le choifir pour annoncer au Public la réforme projettée ; ce qu'il fit par trois Thèfes folemnelles ; il auroit pû s'il l'eût fouhaité être nommé Antéceffeur ; mais comme il s'é-toit fait recevoir Avocat, il s'en tint au Barreau , & re-fufa d'enfeigner le Droit. M. Baudin fut donc choifi pour travailler avec M. le Pelletier le fils fur les principes du Droit Civil.

M. Boivin paffa de chez M. le Pelletier chez M. Bi-gnon , Premier Préfident du Grand Confeil ; mais au bout de dix-huit mois il fe réunit dans une maifon particuliere

ticuliere avec M. fon frere , qui jufques-là étoit demeuré chez M. le Pelletier.

Peu de tems après M. Boivin l'aîné acheta une petite
Terre en Normandie dans le voifinage de Montreuil ,
acquifition qui fut pour lui la fource d'une foule de
procès ruineux ; il en eut un entr'autres contre l'Abbaye de la Trappe , qui ne fût terminé qu'après douze ans de procédure & de follicitations , & qui outre
cela lui coûta plus de douze mille livres de frais ; il
ne s'agiffoit cependant que d'une miférable redevance
de vingt-quatre fols ; mais M. Boivin qui ne vouloit
pas que fon chef de la *Coypeliere* en fût chargé , plaida
à toute outrance pour un fi mince objet ; pour fe
confoler de la perte de fon procès , il difoit *qu'il l'a-*
voit gagné pendant douze ans , & qu'il ne l'avoit perdu
qu'un feul jour.

Son caractere difficile & naturellement opiniâtre ,
ne fe faifoit que trop fentir dans les affemblées particulieres de l'Académie , où il avoit d'abord obtenu
une place d'Eleve , & enfuite une d'Affocié , peu de
tems après la perte de fon Procès ; il vouloit obftiné-
ment que l'on fût de fon fentiment , & le vouloit fouvent avec aigreur , quoique fon cœur défavouât le fiel
apparent de fes expreffions.

Ses pieces imprimées inférées dans les Mémoires de
l'Académie , font une Hiftoire de Qarine & de Stri-
cangée , une Differtation fur un fragment de Dio-
dore de Sicile , l'explication d'un endroit de Denis
d'Halicarnaffe , la Chronologie du même Auteur , une
Traduction chronologique d'un endroit de Cenfo-
rin , l'Epoque de Rome felon Denis d'Halicarnaffe ;
une Differtation fur Jeroboam Jefoz , treiziéme
Roi d'Ifraël , & des Remarques fur l'origine des
Dieux.

Le plus confidérable de fes ouvrages manufcrits ,
font fes notes fur Jofephe , où reftituant le texte cor-

rompu , rétabliſſant la chronologie alterée , comparant ſon Auteur tantôt avec l'Ecriture Sainte , tantôt avec lui-même , il donne par tout des preuves d'une érudition immenſe.

Toujours poſſedé de la fureur de rimer , il avoit compoſé trois Poëmes chronologiques, où ſous le titre de vers Acromonoſtiques , il décrivoit les différens âges du monde & les principaux regnes. On a auſſi trouvé dans ſes papiers une traduction en vers François de la plus grande partie de l'Evangile.

Il mourut le 22 Avril 1724 , dans ſa ſoixante-quinziéme année.

GUILLAUME DE LISLE.

GUILLAUME DE LISLE, premier Géographe du Roi, & Cenfeur Royal, né à Paris le dernier de Férier 1675, eut pour pere le célèbre Claude de Lifle, un des plus habiles Hiftoriographes du dix-feptiéme & du dix-huitiéme fiécle. La réputation de ce grand homme étoit fi bien établie, que tous les jeunes Seigneurs, plufieurs Princes, & feu M. le Duc d'Orleans lui-même qui fe connoiffoit fi bien en hommes, voulurent être fes difciples.

M. de Lifle héritier du génie & des talens de fon pere, fit fous lui fes premieres études. Inftruit par un fi excellent Maître, il ne pouvoit manquer de faire à fon école les plus rapides progrès ; auffi ceux qu'il fit furent-ils tels que n'ayant encore que huit à neuf ans il fe vit en état de dreffer lui-même différentes Cartes fur l'Hiftoire ancienne ; le goût particulier qu'il avoit pour la Géographie, lui a fait tourner toutes fes études de ce côté-là. La gloire qu'il a eu de réformer cette fcience fi utile, & de la pouffer en même-tems à un dégré de perfection affez voifin du dernier terme auquel on puiffe la porter, lui a fait un nom qui durera autant que l'étude de la Géographie.

Heureufement pour M. de Lifle, il vint dans un tems fécond en nouvelles découvertes, & il en profita pour corriger les fautes innombrables qui fourmilloient dans les ouvrages qui l'avoient précédé. Le zéle de la Religion & l'intérêt du commerce avoient conduit dans les Pays les plus éloignés des hommes capables de nous en donner une exacte defcription, & ce fut fur leurs Mémoires que la Géographie fut perfectionnée ;

A a ij

cette science se trouvoit outre cela aidée de l'Astronomie , qui devenue plus parfaite que jamais, lui
fournissoit de nouveau les longitudes par les Satellites
de Jupiter.

Une Mappe-Monde , les Cartes de l'Europe , de
l'Asie , de l'Afrique & de l'Amerique , une Carte de
l'Italie , une de l'Afrique ancienne, depuis Carthage
jusqu'au Détroit, & deux Globes, l'un céleste , l'autre terrestre, dédiés à Son Altesse Royale feu M. le
Duc d'Orleans, que M. de Lisle donna en 1700., n'é-
tant alors âgé que de vingt-cinq ans, furent les premiers fruits qu'il fit paroître de son travail. La Méditerranée, cette Mer qui devoit être si connue, l'a-
voit cependant été si peu , qu'on lui avoit donné jusqu'alors onze cens soixante lieues d'Occident en
Orient, & M. de Lisle trouva qu'elle n'en avoit que
huit cens soixante ; l'Asie fut pareillement racourcie
de cinq cens lieues ; il découvrit aussi que les Géographes s'étoient trompés au sujet de la position de
la Terre d'Yeco , & il donna à cette Terre la véritable place qu'elle devoit occuper dans les Cartes.

On ne put d'abord s'imaginer que M. de Lisle ne
se fût pas lui-même trompé dans ses Observations astronomiques, & on ne put en particulier souffrir qu'il
eut rendu la Méditerranée plus courte d'un quart.
Pour ne laisser aucun doute sur cette matiere , il eût
le courage d'entreprendre de mesurer toute cette Mer
en détail, & par parties, sans employer ces Observations , mais seulement les portulans & les journaux
des Pilotes , tant de routes faites de Cap en Cap en
suivant les terres , que de celles qui traverseroient
d'un bout à l'autre, & tout cela évalué avec toutes
les précautions nécessaires, réduit & mis ensemble ,
s'accordoit à donner à la Méditerranée la même étendue que les Observations astronomiques dont on vouloit se défier.

Peu de tems après que la Mappe-Monde de M. de

Lisle eut été donnée au Public , M. Nolin , Géographe du Roi, en fit paroître un autre qui ne differoit de celle de M. de Lisle , que par les fautes qui avoient été glissées dans la nouvelle Mappe-Monde , ou par ignorance , ou pour déguiser le larcin. Cette affaire fut portée en justice , & le Conseil d'Etat Privé du Roi en ayant pris connoissance , MM. Sauveur & Chevalier , de l'Académie des Sciences , furent nommés pour examiner ces deux Mappes-Monde; sur leur rapport il y eut un Arrêt du Conseil, qui donna droit à M. de Lisle de faire casser les planches de M. Nolin.

De la représentation générale de la terre , M. de Lisle qui vouloit suivre la Géographie dans toutes ses branches , passa à des descriptions particulieres , d'autant plus difficiles , qu'elles exigent que l'on entre dans un plus grand détail , toujours accablant pour un Géographe. Les Cartes particulieres que nous avons de la composition de ce sçavant homme, sont au nombre de quatre-vingt-dix , dont on trouve une liste exacte dans l'Histoire de l'Académie.

La réputation de cet illustre Géographe étoit si universellement répandue , qu'il n'y a guere de Princes Étrangers qui n'ayent tâché de l'attirer dans leurs Etats. Le Duc de Savoye alors Roi de Sicile , fut si satisfait d'une Carte de ce Royaume publiée par M. de Lisle , qu'il lui fit l'honneur de l'en remercier par une lettre qui lui fut remise avec un présent par son Ambassadeur , lequel avoit ordre de faire en même-tems tous ses efforts pour l'engager à venir s'établir à Turin , où il auroit tous les avantages & tous les agrémens qu'il pourroit désirer. Quantité d'autres Puissances lui ont fait les mêmes sollicitations ; mais l'amour de la Patrie l'a toujours emporté chez lui sur l'espérance de la plus brillante fortune. Le Czar l'a souvent honoré de ses visites , & se faisoit un plaisir de lui donner des remarques particulieres sur la Moscovie. Deux des freres de M. de Lisle, tous deux Académiciens Astronomes, ont été appellés à Petersbourg, & s'y sont fait un grand nom. Un autre s'est fort distingué dans l'Histoire dont il a fait sa principale étude.

Ce fut en 1702 que M. de Lisle entra dans l'Académie en qualité d'Eleve du célébre M. Cassini, & il passa ensuite au grade d'Associé, en 1718 il fut honnoré du titre de premier Géographe du Roi, & fut choisi pour montrer la Géographie à ce Prince. Il composa pour son instruction différens ouvrages; une Carte générale du monde, celle de la fameuse retraite des dix mille, une Carte de l'Empire d'Alexandrie, l'Empire des Perses sous Darius, l'Empire Romain dans sa plus grande étendue, la France selon toutes ses différentes divisions, tant sous les Romains que sous les trois races de ses Rois.

Sa Carte de l'Isle de Malte a été son dernier ouvrage, il l'acheva le 25 Janvier 1726 au matin, & étant sorti l'après dînée, il fut frappé dans la rue d'une appoplexie dont il mourut le même jour, n'étant âgé que de cinquante-un ans. Il n'a laissé qu'une fille, qui a été mariée à M. Buache, Eleve de M. de Lisle, & comme lui célébre Géographe, & de l'Académie des Sciences.

LOUIS DE SACY.

LOUIS DE SACY, Avocat au Conseil, & l'un des Quarante de l'Académie Françoise, nâquit à Paris en 1654, issu d'une famille qui a tenu un rang distingué dans la Robbe : il suivit le Barreau, & ne se fit pas moins admirer par son éloquence que par l'étendue de ses lumieres, aussi n'y avoit-il aucune partie du Droit qu'il ne possedât dans un égal dégré de perfection. Ses Factums imprimés quelque-tems avant sa mort, annoncent tout à la fois & un grand Orateur & un habile Jurisconsulte.

A l'étude du Droit il joignit celle des Belles-Lettres, & elles firent pendant toute sa vie ses plus cheres délices. Son traité de l'amitié, celui de la gloire, son élegante traduction des Lettres de Pline, & du panégyrique de Trajan, sont des ouvrages qui assurent à leur Auteur une gloire immortelle.

Les quatre premiers livres de sa traduction des Lettres de Pline, parurent en 1699, & deux ans après M. de Sacy donna la suite entiere des mêmes Lettres. Le grand nom que lui fit cet excellent ouvrage, lui mérita une place dans l'Académie Françoise, où il fut reçû en 1701.

La mort de ce célébre Académicien arriva le 26 Octobre 1727, étant âgé de soixante-treize ans.

JEAN BOIVIN.

JEAN BOIVIN, Garde de la Bibliothéque du Roi, l'un des quarante de l'Académie Françoise, penſionnaire de celle des Inſcriptions & Belles-Lettres, honoraire de celle de la Cruſca, Profeſſeur Royal en langue Grecque nâquit à Montreuil l'Argilé, petite Ville de la haute Normandie, le 28 Mars 1663. Louis Boivin, ſon frere, dont nous venons de faire l'éloge, plus âgé que lui de douze ans, prit un ſoin extrême de ſon éducation, & voulut être ſon premier maître. Le jeune Boivin n'avoit encore que dix ans lorſque ſon frere le fit venir à Paris. Il ſuivit pour lui enſeigner le Grec une méthode aſſez extraordinaire. Il l'enfermoit dans un galetas, & là il lui laiſſoit pour toute compagnie un Homere tout Grec, un Dictionnaire & une Grammaire, & il lui marquoit un certain nombre de vers qu'il étoit obligé de traduire en Latin & en François. Le jeune priſonnier étoit exact à remplir chaque jour ſa tâche, & très-ſouvent il ſe ménageoit quelqu'avance ſur l'ouvrage du lendemain ; quelque petite promenade, que l'on égayoit communément par la lecture de quelque Auteur, ou quelque partie d'échec étoit ordinairement la récompenſe de ſon application ; il réuſſit ſi bien dans le jeu qu'on lui avoit montré que quelque fois il s'émancipoit juſqu'à gagner ſon Maître ; mais celui-ci qui vouloit conſerver toute ſa ſupériorité, ſe faiſoit un plaiſir malin d'attendre que ſon jeune diſciple fut accablé de ſommeil ; alors il lui regagnoit en peu de tems tout ce qu'il avoit perdu.

C'eſt

C'eſt ainſi que s'écoulerent les trois premieres années que M. Boivin le cadet paſſa à Paris.

Nous avons déja dit qu'il demeura enſuite chez M. le Pelletier, & qu'il eut le glorieux avantage d'être élevé avec les fils de cet illuſtre Magiſtrat. Il fit avec eux un cours de Philoſophie au College du Pleſſis, & en ſoutint des thèſes publiques en Grec & en Latin. Il paſſa de-là à l'étude du Droit ; mais il ne s'y attacha que fort ſuperficiellement ; il n'en fut pas de même des meilleurs hiſtoriens, Poëtes & Orateurs Grecs & Latins : il les lut avec tant de goût & tant d'application, qu'il n'y en avoit aucun dont il n'eut pû faire l'analyſe la plus exacte, & la mieux raiſonnée. Sa réputation dans ce genre de littérature devint ſi brillante, qu'il y avoit peu de perſonnes à Paris de quelque nom & de quelque goût, qui ne deſiraſſent de lire ou de revoir avec lui les endroits choiſis de ces mêmes Auteurs. Tels furent en particulier M. Dagueſſeau, mort Chancelier de France, M. l'Abbé Bignon, M. l'Abbé de Louvois. Ce dernier lui donna des marques efficaces de ſon eſtime, en lui aſſignant une penſion conſidérable. Peu de tems après il lui obtint une des places de Garde de la Bibliothéque du Roi, vacante par la mort de M. Clément, arrivée en 1692.

Il procura l'année ſuivante au Public une édition des anciens Mathématiciens Grecs, que M. Thevenot avoit laiſſé imparfaite ; M. Boivin pour l'achever conféra de nouveau le texte des Auteurs avec les manuſcrits, recueillit les variantes de ceux de Jules Africain, dont il éclaircit l'ouvrage par des notes, & mit à la tête du Recueil, en forme de prolégomenes, les divers jugemens que les Sçavans ont porté des ouvrages qu'il contient.

L'année 1702 fut marquée par l'édition d'un Ouvrage de ſa façon, bien plus important encore, & dont il ne partagea la gloire avec perſonne. Ce fut une élégante traduction d'onze livres de l'hiſtoire By-

zantine de Nicephore Gregoras ; avec des notes fçavantes & une préface curieufe fur les autres ouvrages
& fur la vie du même Auteur, tirée de fes propres
écrits.

Mais ce n'étoit pas feulement à fes propres ouvrages
que M. Boivin devoit la grande réputation que fon
érudition lui avoit faite ; il en étoit en partie redevable aux fecours que les plus illuftres Sçavans tiroient
de fes lumieres. Le Pere Mabillon avoue dans fa Diplo-
matique qu'il lui doit l'idée & la perfection de ce grand
ouvrage ; il avoit fourni au célébre Defpréaux des remarques fur le traité du Sublime de Longin. Le Pere
le Quien dit dans la préface qu'il a mife à la tête d'un
ouvrage attribué à faint Jean Damafcene, que c'eft à
M. Boivin qu'il eft redevable de toutes les fingularités
qu'il y rapporte fur le nom & les écrits de Michel Si-
cidités, appellé quelquefois Sicéliotés, & d'autrefois
Glycas. A ces témoignages nous joindrons celui du
célébre M. Rollin, qui dans un de fes livres parle de
M. Boivin en ces termes.

» Il réuniffoit, dit-il, dans un dégré éminent la dé-
» licateffe de la littérature à la profondeur de l'érudi-
» tion. Et je ne fçais fi dans toute l'Europe il y avoit
» un homme qui poffédât plus parfaitement la langue
» Grecque que lui. Mais en même tems il compofoit
» dans les trois langues Françoife, Latine & Grecque
» avec une extrême délicateffe foit en profe, foit en
» vers. Plufieurs habiles Profeffeurs de l'Univerfité ne
» manquoient jamais de lui montrer leur compofition,
» & ils fe trouvoient bien de fa critique également
» modefte & judicieufe. Pour moi, quoiqu'il fût mon
» cadet, je l'ai toujours regardé comme mon Maître
» pour les Belles-Lettres, furtout pour le Grec, & je
» lui dois une partie de ce que je fçais. «

Ce fut en 1705 qu'il obtint une Chaire de Profeffeur
Royal en langue Grecque, trois mois après qu'il eut
été reçu à l'Académie des Belles-Lettres. Toutes fes

leçons roulerent sur l'Iliade & l'Odiffée d'Homere ;
c'étoit alors le fort de la guerre littéraire allumée entre
les partifans des Anciens, & les partifans des Modernes, au fujet du Prince des Poëtes Grecs. M. Boivin
n'eut garde de paroître indifférent dans une querelle
qui intéreffoit fi fort fon Auteur chéri ; il en prit la
défenfe, & publia en 1715 l'Apologie des ouvrages de
ce divin Poëte, & particuliérement du Bouclier d'A-
chile, fur lequel fembloient tomber prefque tous les
traits des modernes.

M. Boivin publia l'année fuivante deux ouvrages que
lui dicta la reconnoiffance ; l'une fut la vie du célébre
M. Pithou, ayeul de M. le Pelletier, & l'autre celle de
M. le Pelletier même.

Le célébre Evêque d'Avranches, M. Huet, étant
mort en 1721, M. Boivin fut jugé feul digne de fuc-
céder à cet illuftre Sçavant dans la place de membre
de l'Académie Françoife. » Comme lui, dit M. de Boze,
» il avoit fçu traduire les anciens fans les dégrader,
» comme lui il avoit fçu les illuftrer par de fçavans
» Commentaires, comme lui encore il avoit dans fes
» heures de loifir compofé en François, en Latin &
» en Grec, des Piéces de vers d'un tour & d'une déli-
» cateffe inimitable. Rien, par exemple, de plus har-
» monieux & de plus tendre, que celle où il introduit
» Anacréon pleurant fur le tombeau de Madame Da-
» cier. Rien de plus galant que celle, où pour confoler
» une beauté de quelques légers outrages de la petite
» vérole, il les décrit comme des excès de la jaloufie,
» du dépit & de la rage impuiffante de Venus. Rien
» de plus ingénieux encore qu'une autre Piece, où
» pour payer quelques parties d'échec qu'il avoit per-
» dues contre la même Dame, il demande à Vulcain
» une médaille où fon héroïne foit repréfentée fous les
» attributs de Minerve armée, tenant d'une main la
» Victoire pouffant fon redoutable javelot, & foulant
» aux pieds le nouveau Palamede, qui avoit ofé luter
» contre les Déeffes. «

B b ij

Quoique M. Boivin ne fe fut pas rendu la langue Italienne auffi familiere que la langue Grecque & Latine, il l'entendoit affez pour en fentir toutes les délicateffes & toutes les beautés ; & c'eft en partie ce qui lui mérita une place dans la célébre Académie de la Crufca.

Sur la fin de l'hyver de l'année 1726, M. Boivin fut attaqué d'une fiévre lente, à laquelle il n'apporta aucun reméde, & on ne put même l'empêcher de faire le Carême avec fa régularité ordinaire ; cependant fes forces s'affoibliffant, il loua un appartement à Chaillot pour y aller refpirer l'air, & y paffer la belle faifon, mais quelque befoin qu'il eut de fe ménager, il fembloit qu'il n'étoit venu dans cette folitude que pour s'y livrer au travail avec plus d'ardeur. Il entreprit la révifion de toutes les leçons qu'il avoit faites au College Royale, & qui formoient une traduction entiere de l'Iliade & de l'Odyffée ; il voulut auffi revoir la traduction qu'il avoit faite de l'Œdipe de Sophocle, & de la Comédie des oifeaux d'Ariftophane. Ce fut en vain qu'on voulut l'arracher à une application fi dangereufe pour fa fanté. La fiévre revint, & à ce mal fe joignirent les accès d'un Afthme violent ; & il mourut enfin le 28 Octobre 1727, âgé de foixante-cinq ans.

De fon mariage avec Mademoifelle Cheron, niéce de la célébre Madame la Hay, plus connue encore fous le nom de Mademoifelle Cheron, il eut fix enfans dont trois lui furvécurent, un garçon & deux filles.

CLAUDE FRANCOIS FRAGUIER.

CLAUDE François ¦FRAGUIER, l'un des quarante de l'Académie Françoise, où il fut reçu en 1708, & membre de celle des Inscriptions & Belles-Lettres, où il obtint une place en 1706, nâquit à Paris d'une famille noble le 28 Aout 1666.

Mis en pension chez les Jésuites il y fit ses premieres études sous le célébre pere la Baune à qui l'on avoit confié l'éducation du jeune Prince Louis de Condé. Les PP. Rapin, de la Rue, Jouvency & Commire se firent aussi un plaisir de cultiver les heureuses dispositions qu'il avoit pour les Lettres ; mais ils firent plus, le jeune Fraguier leur paroissant un sujet propre à briller dans leur ordre, ils lui inspirerent le dessein d'y entrer ; & il y prit en effet l'habit vers la fin du mois d'Août de l'année 1683.

Son Noviciat étant achevé, il fit son cours de Philosophie à Paris, & fut ensuite destiné à aller enseigner les humanités à Caën. La connoissance qu'il y fit avec Messieurs Huet & Segrais, qui voulurent bien le guider dans ses études, ne contribua pas peu à perfectionner son goût ; il s'attacha surtout à bien posséder les meilleurs auteurs Grecs & Latins, & il y réussit si parfaitement, qu'il se rendit ces deux langues aussi familieres qu'elles le seroient à un homme qui auroit vécu autrefois à Athenes & à Rome.

Au bout de quatre années ayant été rappellé à Paris pour y faire son cours de Théologie, il le commença, mais il ne l'acheva pas. La fatigue attachée aux fonc-

B b iij

tions qu'il auroit eu à remplir, s'il fut demeuré dans la societé, le détermina à la quitter pour rentrer dans le monde, étant résolu de consacrer tous ses momens à l'étude.

Sçavant dans le Grec & dans le Latin, il apprit encore l'Anglois, l'Italien & l'Espagnol, mais il s'en falloit bien qu'il sçut toutes les délicatesses de sa langue naturelle, il sentit qu'il avoit besoin de se répandre dans le monde pour y prendre la politesse & l'urbanité qui lui manquoient ; il s'y produisit donc, & ce fut avec avantage. La beauté de son génie, ses rares talens, & plus que tout cela sa candeur, sa droiture, son humeur douce & bienfaisante firent qu'il fut reçu avec plaisir dans les meilleures compagnies. Deux personnes qui tenoient un rang distingué parmi les beaux esprits, Madame la Comtesse de la Fayette, & la célébre Ninon de l'enclos, se chargerent du soin de le former, & il profita si bien de leurs leçons, que poli par le commerce de ces deux Muses, il se fit un style élégant, chatié, mais qui ne tenoit rien de l'affectation.

Cette pureté, & cette élégance de style, parut dans les premiers ouvrages que M. l'Abbé Fraguier donna au Public. Engagé par M. l'Abbé Bignon, qui présidoit au Journal des Sçavans, à partager ce travail ; il donna des extraits, qui furent lûs avec autant d'admiration que de plaisir ; parce que l'on y trouvoit tout à la fois, & la politesse d'un style coulant, & la solidité d'un jugement exquis.

Mais ce travail ne fut pour M. l'Abbé Fraguier qu'un espece de délassement d'une étude plus sérieuse. Son amour pour les œuvres de Platon lui en avoit fait entreprendre la traduction après celles qui avoient été successivement données par Marsile Ficin, & par Jean Serranus. Mais le cruel accident qui lui arriva en 1709, le mit dans la nécessité de discontinuer l'exécution de son projet. Depuis plusieurs jours il consacroit une partie des nuits à travailler sur un Commentaire manuſcrit que le Pere Hardouin avoit cômpoſé ſur le Nouveau Teſtament, lorſqu'il ſentit tout à coup que les muſcles de ſon cou s'étoient relâchés, de façon qu'il ne pouvoit plus ſoutenir ſa tête dans ſa ſituation naturelle ; accident qui ne venoit que de l'imprudence qu'il avoit eu de travailler pendant pluſieurs nuits, étant deshabillé, & laiſſant les fenêtres de ſa chambre un peu entrouvertes. Ce fut en vain qu'il eut recours aux eaux de Vichi, de Bourbon, de Barege & de Balaruc, le mal ne fit qu'augmenter, & ne ceſſa de lui cauſer les douleurs les plus vives & les plus aigues. Mais ſa patience ſupérieure à tous les maux qu'il ſouffroit ne ſe démentit point pendant tout le cours de cette longue & cruelle maladie, qui pendant dix-neuf ans ne lui donna aucun relâche. Une attaque d'apoplexie qui lui ſurvint le 3 May 1728, l'enleva de ce monde dans la ſoixante-deuxiéme année de ſon âge.

Nous avons de lui un Poëme Elégiaque, intitulé *Mopſus*, ou *Schola Platonica de hominis perfectione*, qui renferme ce qu'il y a de plus profond & de plus ſublime dans la morale payenne ; un recueil de Poëſies Latines avec trois diſſertations touchant Socrate ; dans la premiere M. l'Abbé Fraguier explique ce que c'eſt que le Démon de Socrate ; dans la ſeconde il donne ſon ſentiment ſur l'ironie employée par ce Philoſophe, & dans la troiſiéme il le défend contre ceux qui l'accuſoient d'être tombé dans d'infâmes débauches. Outre ces diſſertations on en trouve encore pluſieurs du même Auteur, pleines de recherches & d'érudition dans les Mémoires de l'Académie des Inſcriptions & Belles-Lettres. Dans le ſecond volume on trouve un Mémoire ſur le caractere de Pindare ; une Diſſertation ſur la Cyropédie de Xenophon, une autre ſur l'uſage que Platon fait des Poëtes ; une troiſiéme ſur l'Eclogue ; un diſcours ſur la maniere dont Virgile a imité Homere ; une autre ſur le paſſage de Ciceron, où il eſt parlé du tombeau d'Archimede. Dans la cinquiéme un Mémoire sur la vie Orphique, & un Difcours fur les imprécations des peres contre les enfans, & dans la fixiéme un Difcours, où il prouve qu'il ne peut y avoir de Poëme en profe; un Mémoire fur l'Eglife Grecque & Latine; un Difcours fur la Galerie de Verrès; dans le tome troifiéme, des réflexions fur les dieux d'Homere; dans le quatrieme des recherches fur la vie de Q. Rofcius le Comé dien. M. l'Abbé Fraguier eft encore l'Auteur de la vie de Roger de Piles, qui fe trouve à la tête de l'Abbregé de la Vie des Peintres; mais c'eft fans fondement qu'on lui a attribué la Piece intitulée, *Santolius pœnitens*, elle eft de feu M. Rollin.

JEAN

JEAN-BAPTISTE COUTURE.

CE qu'il y a de moins certain dans la vie de l'homme célébre dont nous allons faire l'éloge, c'eſt
le point de ſa naiſſance. Selon deux Enquêtes faites à
la requête même de M. l'Abbé Couture, & qui ſe trouvent jointes à ſes Lettres de tonſure, & de Maître-
ès-arts, l'une de 1672, & l'autre de 1696, il paroît
qu'il étoit né le 11 Novembre 1651, de Gilles Couture
& de Guillemette Meriel, ſa premiere femme, au ha-
meau de ſaint Aubin, dépendant de la Paroiſſe de Langrune dans le Dioceſe de Bayeux ; qu'il avoit été bap-
tiſé trois jours après ſa naiſſance ; mais que n'y ayant
point alors de Regiſtres en regle, parce que la Cure fut
deſervie par de ſimples Prêtres, qui n'étoient plus dans
le Pays, il n'avoit jamais pû trouver dans ces Regiſtres
la preuve de ſon baptême ; il eſt encore dit dans ces
Enquêtes, que tous les habitans du lieu rendront témoignage qu'ils l'ont vû dès ſon enfance. Ces diſpoſitions ſont confirmées par le témoignage même du
Curé de Langrune, pour le tems depuis lequel il eſt
en poſſeſſion de la Cure, & qui à ſix ſemaines près
remonte juſqu'à la naiſſance de l'enfant, qu'il dit avoir
toujours vû, juſqu'à ce qu'il fut envoyé à Caën pour y
étudier.

Mais ces deux Enquêtes ne paroiſſent gueres s'accorder avec le récit que M. l'Abbé Couture lui-même a
fait mille fois de ſa naiſſance & de ſon éducation. Il a
raconté à une infinité de perſonnes qu'il étoit né ſur
l'océan dans les horreurs d'une tempête, à laquelle ſa

    C c

mere & lui n'avoient échapé que par une espece de miracle, & qu'à l'âge de six ans on l'avoit transporté en
Canada, & délaissé dans une habitation d'Iroquois,
d'où son retour en France tenoit du prodige. Voici
comment il contoit la chose.

» Giles Couture, son pere, étoit un fort matelot
» des environs de Notre-Dame de la Delivrande, fa-
» meux Pelerinage sur la côte de la basse Normandie.
» Il avoit une barque à lui, & portoit tous les ans en
» Angleterre des toiles & autres marchandises sembla-
» bles sur lesquelles il faisoit un gain honnête.

» Dans un de ses voyages plus long que de coûtume,
» sa femme jeune & impatiente d'avoir de ses nouvelles,
» en alla apprendre elle-même. Elle devint grosse, &
» avançant extrêmement dans sa grossesse, sans que
» son mari fut encore en état de repasser en France,
» ni qu'il voulut qu'elle accouchât en Angleterre, il
» l'embarqua sur le bâtiment d'un de ses amis, qui fai-
» soit le même commerce, & lui donna une vieille
» femme pour l'accompagner.

» Ils avoient à peine gagné la haute mer, qu'il
» s'éleva un furieux ouragan, qui en deux fois vingt-
» quatre heures les porta jusqu'au détroit de Gibral-
» tar ; & ce fut au fort d'une si violente agitation que
» la mere du petit Couture le mit au monde. La pre-
» miere terre, où l'on dit qu'il avoit abordé, étoit la
» pointe de sainte Marie en Espagne, à l'embouchure
» de la Baye de Cadix, & on assuroit qu'il y avoit été
» baptisé très-précipitamment ; parce que la guerre
» où l'on étoit avec l'Espagne ne permettoit pas de
» s'arrêter long-tems dans un de ses ports. Rendu enfin
» en Basse Normandie à la maison paternelle, il y fut
» nourri & élevé par sa mere, qu'il perdit à l'âge de
» trois ans. Son pere se remaria, eut des enfans de sa
» seconde femme, & marqua trop de prédilection pour
» celui qu'il avoit eu de la premiere. La belle mere
» profita d'une des absences ordinaires de son mari pour

» se délivrer de cet objet d'inquiétude. Elle avoit un
» frere qui passoit en Amérique pour la seconde fois.
» Elle l'engagea à y mener sécretement le petit Cou-
» ture, & à l'y laisser dans quelque endroit assez in-
» connu, pour qu'on n'entendit jamais parler de lui.
» L'exécution de ce projet leur coûta peu. L'enfant
» déja familier avec tout ce qui alloit à la mer n'eut
» aucune répugnance à s'embarquer. On fit accroire au
» pere qu'il s'étoit noyé en courant imprudemment sur
» le rivage. Et l'oncle arrivé dans un lieu propre à son
» dessein, lui fit boire quelques liqueurs, & le laissa
» endormi sous un feuillage, sans s'embarrasser de ce
» qu'il deviendroit. Comme il étoit d'une figure ai-
» mable, qu'il avoit de la vivacité, de la gentillesse,
» & tout ce qui peut intéresser dans un âge aussi ten-
» dre, ceux auprès de qui le hazard le conduisit
» d'abord, en furent touchés sans doute ; & ce qui
» l'empêcha peut-être encore de sentir une partie de
» sa disgrace, c'est qu'on lui laissa faire tout ce qu'il
» vouloit. Il menoit cette vie depuis près de dix-huit
» mois, lorsque jouant un jour sur les bords du fleuve
» de saint Laurent, il découvrit un vaisseau dont le
» pavillon lui parut le même que celui du vaisseau qui
» l'avoit amené. Il ne douta pas que ce ne fut ou son
» oncle ou son pere qui venoient le reprendre ; il crai-
» gnit seulement de n'en être pas apperçû, & dans cette
» crainte il s'éleve le plus qu'il peut ; il fait des signes,
» il appelle de toute sa force, il excite enfin l'attention
» des navigateurs, & les détermine à envoyer l'esquif.
» Ce vaisseau étoit un vaisseau du Havre, & le mate-
» lot qui amenoit l'esquif, étoit un matelot de Cher-
» bourg, qui fut bien surpris de trouver si loin un en-
» fant abandonné, qui lui parloit bon François, c'est-
» à-dire le François de son propre canton, & qui lui
» demandant des nouvelles de son pere & de ses au-
» tres parens, lui nommoit tous gens de connoissance
» & de son voisinage. Il se fit donc un grand plaisir de

» le mettre à bord, & quand, après avoir fini fa courfe,
» le vaiffeau fut de retour au Havre, & le matelot à
» Cherbourg, Gilles Couture informé de la deftinée
» de fon fils, le vint querir avec empreffement, ne le
» montra chez lui qu'autant qu'il falloit pour confondre
» la malice de fa femme, & le mena tout de fuite à
» Caën à Madame la Marquife de Couvigni, qui l'ho-
» noroit de fa protection, & qui attendrie par le récit
» de l'avanture, retint le petit Couture dans fa maifon,
» où elle en fit prendre un foin particulier jufqu'à l'âge
» de dix à douze ans. «

Telle eft l'hiftoire que M. l'Abbé Couture a dite &
repetée une infinité de fois, & lorfqu'il étoit au College de la Marche, où il a paffé plus de vingt ans, &
lorfqu'il étoit au College Royal où il a profeffé encore
plus long-tems. Au fortir de chez Madame de Couvigni, il vint à Caën faire fes humanités au College des
Jéfuites, & étudia enfuite en Philofophie fous le célébre M. Cailly, Profeffeur à l'Univerfité de la même
Ville. Son cours achevé avec les plus glorieux fuccès
M. de Luc Gentil-homme qui tenoit un rang diftingué
parmi la nobleffe des environs de Caën, choifit M.
Couture alors âgé de vingt ans, pour lui confier l'éducation de fes deux fils, qu'il vouloit faire inftruire fous
fes yeux ; mais ils ne purent profiter long-tems des
leçons de leur nouveau Maître ; M. Couture ayant été
nommé pour remplir la place de Régent de feconde
au Collége des Arts de l'Univerfité de Caën : on lui
propofa peu après un pofte plus avantageux encore ;
la ville de Vernon voulut l'avoir pour Profeffeur de
Rhétorique du College qu'elle venoit d'établir ; &
pour l'enlever plus fûrement à la ville de Caën, elle
offrit au jeune Profeffeur des avantages trop grands,
pour que l'intérêt de fa fortune lui permit de les refufer.

Mais il falloit à fes talens un plus brillant théâtre ;
fa réputation avoit été portée à Paris, & l'Univerfité

de cette Capitale voulut le poſſéder. Le Collége de la
Marche lui offrit la Chaire de Profeſſeur de Rhétorique ; mais comme il avoit été reglé par un Statut de
l'Univerſité de Paris, que ceux qui y profeſſent, doivent néceſſairement y avoir fait leurs études, il fallut
avoir recours à un autre Réglement, qui dans un cas
preſſant permet la voye de cooptation, c'eſt-à-dire le
ſubit paſſage d'une Univerſité à une autre ; & ce fut-là
la voye que l'on employa en faveur de M. Couture ;
diſtinction d'autant plus glorieuſe que juſqu'alors elle
n'avoit encore été accordée à perſonne. Le nouveau
Profeſſeur y fut extrêmemement ſenſible, & rien ne prouve
mieux ſa reconnoiſſance que le zèle extraordinaire qu'il
eut à rendre toujours plus floriſſant le Collége, qui
venoit de témoigner tant d'empreſſement pour ſe
l'attacher.

Les exercices qui ſe faiſoient dans ce College y devinrent plus ſolemnels & plus fréquens, & y attiroient
chaque année un plus grand nombre de penſionnaires
& d'écoliers. Cet accroiſſement qui ne pouvoit ſe faire
qu'au préjudice des autres Colleges, allarma leur ja-
louſie. Le nouveau Profeſſeur de Rhétorique du College de la Marche étoit Normand ; ce titre parut ſuffire
au Collége de Harcourt pour le revendiquer , & pour
donner plus de poids à ſes prétentions, il y joignit les
offres les plus avantageuſes. Il fallut que M. l'Archevêque de Paris, Proviſeur né du Collége de la Marche ,
interpoſât ſon autorité dans cette affaire. Celui de
Harcourt fut obligé de ſe déſiſter de ſes prétentions ;
& celui de la Marche augmenta conſidérablement
l'honoraire de ſon Profeſſeur, en lui accordant de plus,
une indemnité de toutes les penſions qu'il devoit &
devroit dans la ſuite au Principal du College pour raiſon de ſes nourritures. Cette diſcuſſion finit d'une maniere encore plus glorieuſe pour M. Couture ; c'eſt que
l'Univerſité en corps lui fit l'honneur de l'élire pour
ſon Recteur,

C c iij

Sa réputation qui jufqu'alors avoit été comme renfermée dans les bornes du pays Latin, commença à le mettre en liaifon avec tout ce qu'il y avoit de perfonnes à Paris les plus diftinguées dans la Littérature. Connu particuliérement par le rare talent qu'il avoit pour l'éloquence, il eut la gloire d'être fouvent appellé au Palais Royal pour y travailler avec feu M. le Duc d'Orléans fur les principes de la Rhétorique.

Pour faire de ce Sçavant le plus grand éloge, peut-être fuffiroit-il de dire que M. l'Abbé Bignon fut toujours un de fes plus zelés protecteurs. Il lui procura une chaire d'éloquence au College Royal, dont il fut enfuite nommé Infpecteur, une des premieres places d'Affocié à l'Académie des Infcriptions & Belles-Lettres, le titre de Cenfeur Royal avec une penfion fur le Sceau.

Lorfqu'il eut été reçû à l'Académie, Profeffeur de Rhétorique depuis près de vingt-cinq ans au College de la Marche, il en difcontinua les fonctions; mais ce ne fut que pour fe livrer tout entier à celles qu'il avoit à remplir au College Royal. » Une foule d'auditeurs » de tout genre, féculiers & réguliers accouroient pour » entendre fes leçons; des gens avancés en âge, qui » depuis dix ans entiers le fuivoient avec le même » plaifir, de jeunes Rhétoriciens de prefque tous les » Colleges de l'Univerfité, qui fe perfuadoient qu'aller » l'entendre extraordinairement cinq ou fix mois de » fuite, les avançoit & les fortifioit plus que n'auroient » fait trois ou quatre Cours de Rhétorique. On y » voyoit quelque fois, ajoute M. de Boze, des Profef- » feurs mêmes les uns curieux de tranfporter dans leurs » leçons ces traits d'une éloquence & d'une érudition » peu commune, qui brilloient toujours dans les fien- » nes, les autres charmés de prendre de lui ce ton de » maître, qui fouvent n'eft pas la moindre partie de » l'art d'enfeigner. Il diftinguoit fes leçons, il les va- » rioit à l'infini par la maniere dont il fçavoit y en-

„ chaſſer ce qu'il recueilloit à l'Académie de plus ſin-
„ gulier ſur les détails de l'Hiſtoire Grecque & Ro-
„ maine ; & en échange il apportoit à l'Académie ſes
„ réflexions ſur l'art Oratoire des Anciens, ſur les regles
„ de leur prononciation, ſur les différentes formes de
„ leurs plaidoiries & de leurs aſſemblées judiciaires, il
„ ſe plaiſoit ſurtout à y developper quantité de fineſſes
„ de leur langue, que les Grammairiens & les Orateurs
„ modernes n'avoient point connues, & dont cepen-
„ dant pouvoit quelque fois dépendre la perfection des
„ monumens publics. "

Il a rempli les mêmes fonctions & toujours avec le
même ſuccès juſqu'à la fin de ſes jours, ſans que ſon
âge avancé ait pû l'engager à profiter des droits qu'il
avoit acquis par près de cinquante ans d'exercice. Il
mourut le 16 Août 1728, âgé de ſoixante & dix-ſept
ans.

Outre ſa traduction Latine du Traité des Automates
de Feron d'Alexandrie, on a de lui de ſçavantes diſſertations ſur les faſtes & ſur la vie privée des Romains,
ſur leurs véterans, ſur les cérémonies de religion pour
leſquelles ils avoient recours à la Dictature, & enfin
ſur divers endroits de Denys d'Halicarnaſſe, dont il
avoit promis une traduction entiere, mais que ſes infirmités ne lui ont pas permis d'achever.

LOUIS DE LONGUERUE.

LOuis de Longuerue, Abbé de sept Fontaines, Ordre de Prémontré au Diocèse de Rheims, & de saint Jean du Jar, Ordre de saint Augustin au Diocèse de Sens, peut être mis au rang des enfans célébres, qui par leur érudition ont été l'objet de l'admiration de leur siécle. Celui dont nous allons parler avoit à peine atteint sa quatriéme année, que sur le bruit de la renommée qui l'annonçoit comme un prodige, le feu Roi passant par Charleville voulut voir & entendre parler un enfant si extraordinaire ; le jeune de Longuerue présenté à Sa Majesté, fut pour ce grand Prince un sujet d'étonnement par la maniere dont il répondit aux différentes questions littéraires qui lui furent faites, & qui étoient bien au dessus de la portée d'un jeune enfant de son âge. Aussi joignoit-il aux plus heureuses dispositions pour les sciences une si grande avidité d'apprendre, que dès sa plus tendre enfance, il parut n'avoir de gout que pour les livres.

Il nâquit à Charleville en 1652, de Pierre du Four, Seigneur de Longuerue & de Coisel, Gentilhomme de Normandie, Lieutenant pour le Roi au Gouvernement de Charleville en Champagne, & de Montolympe, & de Dame Barbe le Blanc de Clois. Deux Sçavans illustres, M. Richelet & M. d'Ablancourt, parent du jeune de Longuerue, furent ses premiers Maîtres, il profita si bien des leçons de ces deux grands hommes, que n'étant encore âgé que de treize ans, les langues Grecque & Latine, lui étoient devenues aussi familieres que sa langue maternelle ; les progrès qu'il fit dans les langues Orientales, qui lui furent

enseignées

enseignées par M. du Coudrai, ne furent ni moins
surprenans, ni moins rapides. On en jugera par l'anecdote suivante, c'est l'Abbé de Longuerue qui nous
l'apprend. » Etant, dit-il, chez un de mes parens Hu-
» guenot, le Ministre Claude y vint faire une visite ;
» & voyant un petit collet, il se mit à discourir des
» langues Orientales, dont on lui avoit dit apparem-
» ment que je faisois mon étude, (j'étois alors âgé de
» vingt ans). Bientôt je m'apperçus qu'il ne sçavoit ce
» qu'il disoit, je l'entrepris, & le menai si rudement,
» qu'il prit le parti de se jetter sur les complimens,
» & regretta, je crois, la maison de la Maréchale de
» Schomberg, où on l'écoutoit comme un oracle. «

Ce ne fut qu'après avoir acquis une parfaite connoissance des langues sçavantes, que l'Abbé de Longuerue
s'appliqua à l'étude de l'Ecriture sainte & des Peres ;
& quel homme a été plus versé que lui dans l'intelligence du texte sacré ! mais il ne borna pas là ses connoissances ; l'universalité de son génie lui fit embrasser
toutes les sciences ; Théologie, Philosophie ancienne
& moderne, Histoire, Grammaire, Géographie, Chronologie, Antiquités, Belles-Lettres ; il fit surtout une
étude particuliere de l'Histoire, & l'on peut dire qu'il
a en quelque façon approfondi celle de tous les peuples & de tous les siécles ; ajoutons qu'il n'y avoit presque aucune langue en Europe qui lui fût étrangere.

Mais ce qu'on ne peut trop estimer, & ce qui rele-
voit infiniment le prix d'une si vaste érudition, c'est
que l'homme célébre dont nous ébauchons le portrait,
se fit toujours un plaisir de consacrer ses lumieres à
l'instruction de ceux qui le consultoient ; & combien
de Sçavans n'a-t-il pas aidé de ses connoissances & de
ses recherches !

Les ouvrages manuscrits de cet illustre Ecrivain sont
une histoire des Machabées, une Introduction à l'histoire de France avec la chronologie jusqu'à Clotaire II.
& un grand nombre de sçavantes dissertations tant sur

l'hiſtoire Eccléſiaſtique que ſur celles de France, d'Eſpagne, des Arabes, &c.

Ses ouvrages imprimés ſont les Annales des Arſacides
publiées à Straſbourg en 1732, une Diſſertation Latine
ſur Tatien, inſerée dans l'édition de cet Auteur, donnée à Oxford en 1700, des Remarques ſur la vie du
Cardinal Wolſey, qui ſe trouvent dans les Mémoires
de Littérature & d'Hiſtoire, publiés par le P. Deſmo-
lets, & la Deſcription hiſtorique & géographique de
la France ancienne & moderne imprimée à Paris en
1719. (a) La dixiéme & l'onziéme Lettre du voyage
de Normandie, inſerée dans le Mercure de France des
mois d'Avril & de May 1732.

Ce ſçavant Abbé mourut le 22 Novembre de l'année
ſuivante, étant âgé de près de quatre-vingt-un ans.

(a) » Ce Livre, *dit l'Auteur du Supplément du grand Dictionnaire hiſtorique,*
» qui dans ſa premiere deſtination n'avoit été fait que pour l'inſtruction d'un
» des amis de M. l'Abbé de Longuerue, n'avoit pas acquis, quand il fut rendu
» public par le zele trop précipité de M. l'Abbé Beraud, ami de l'Auteur, le
» dégré de perfection, que la réputation de celui-ci ſembloit promettre. Mais
» ce ne fut pas là le principal défaut que l'on y crut trouver. On accuſa l'Auteur
» d'avoir rapporté dans cet ouvrage quantité de faits contre le droit immédiat
» de nos Rois ſur la France Transjurane, & ſur d'autres Provinces. En con-
» ſéquence l'édition de cet ouvrage fut arrêtée au mois d'Août de la même
» année 1719, & l'on n'en permit enſuite la vente qu'après bien des change-
» mens que l'Auteur ne voulut pas adopter. «

PHILIBERT BERNARD MOREAU DE MAUTOUR.

PHILIBERT BERNARD MOREAU DE MAUTOUR, Doyen des Auditeurs de la Chambre des Comptes de Paris, Pensionnaire véteran de l'Académie Royale des Inscriptions & Belles-Lettres, fils d'un Auditeur des Comptes de Dijon, nâquit à Beaune en Bourgogne le 21 Décembre 1654. M. son pere dont l'Abbé Papillon parle avec éloge dans sa Bibliothéque des Auteurs de Bourgogne, s'étoit fait un grand nom dans la République des Lettres. Le même Auteur en parlant du fils, dit qu'il s'est également distingué dans la Poësie, dans l'Histoire & dans la science des monumens antiques. Les graces & la délicatesse de son génie brillent surtout dans les différentes Poësies qu'il a données au Public, & qui se trouvent imprimées dans les Mercures, dans le Journal de Verdun, & dans divers recueils de vers choisis ; jusques dans sa vieillesse il aima à rimer, & ce qu'il y a de plus extraordinaire, c'est que les Piéces de galanterie qu'il composoit alors, avoient tout le feu & toutes les finesses qu'auroient eu celles d'un jeune Poëte que l'amour eut inspiré.

De bonne heure M. de Mautour s'étoit livré au penchant qui le portoit à la Poësie ; & son génie fut presque son seul maître. Il n'avoit encore qu'une légere teinture des regles de la versification qu'il composoit déja de petites Piéces, où les pensées étoient exprimées avec un tour & une finesse charmante.

Après avoir fait ses classes au College des Jésuites à

Dijon, ſes parens qui le deſtinoient à la robe l'envoyerent à Touloufe pour y étudier en Droit. Il vint de-là
à Paris, & s'y maria à l'âge de vingt-fix ans. Peu de
tems après il fut pourvu d'une Charge d'Auditeur des
Comptes, dont il étoit devenu le Doyen pluſieurs
années avant ſa mort.

Un grand nombre de Piéces de vers en tout genre
commença à répandre ſon nom dans le monde, & lui
mérita en 1701 une place d'éleve dans l'Académie des
Inſcriptions & Belles-Lettres; il paſſa à celle d'Aſſocié
en 1705, & en 1712 il fut nommé penſionnaire. Il ne
demanda le titre de véteran que lorſque ſon grand âge
l'eut mis entiérement hors d'état de remplir les fonctions Académiques. Ce fut en 1736, c'eſt-à-dire après
trente-cinq années entieres de zèle & d'aſſiduité. Peut-
être le Lecteur ne ſera-t-il pas fâché de voir ici la
belle Piéce de vers que M. l'Abbé Poncy de Neuville
compoſa ſur ce ſujet, & qu'il adreſſa à ſon ami M. de
Mautour. La voici.

> *Jadis chez les Romains le droit de veterance,*
> *Etoit le prix des vieux guerriers,*
> *Qui par maints longs travaux, & par haute vaillance*
> *Avoient acquis des moiſſons de lauriers.*
> *Tu meritois, Mautour, dans une autre carriere*
> *Le même droit; tu viens de l'obtenir.*
> *La gloire t'y ſuit toute entiere*
> *Avec le même éclat que tu ſçus l'acquerir.*
> *A ta fortune litteraire,*
> *On a vû preſider deux aſtres radieux, (a)*
> *Qui de l'une & de l'autre hemiſphere*

(a) Les Cardinaux de Rohan & de Polignac; le premier préſida lorſque M.
de Mautour obtint la penſion d'Académicien en 1712, & le ſecond lorſqu'on
lui accorda la vétérance en 1736.

Respectés & cheris, dès long-tems ont sur eux,
Attaché les regards, & merité les vœux.
Elle n'est pas moins illustrée
Par cet honorable concours,
Des suffrages unis dans le docte licée,
Par qui ta gloire est assurée ;
Et qui t'assure encore le repos de tes jours.
Jouis tranquillement de ce double avantage,
Et dans ton arriere saison.
Goute les plus doux fruits d'un juste temoignage,
Que dès le printems de ton âge,
Te rendirent Minerve & le Dieu d'Helicon.
Par un heureux accord les alliant ensemble,
Tu sçus peindre à la fois avec amenité,
Les graces & les jeux que le Pinde rassemble,
Et devoiler l'obscure antiquité.
De ton ami sensible à ta felicité,
Qui par zele avec toi partage,
Et tes lauriers & tes succès,
Accepte le sincere hommage,
Et les tendres souhaits :
Il est trop peu connu pour aspirer jamais,
A grossir comme toi les fastes de l'histoire.
Mais il desire avec ardeur,
Que son nom soit gravé dans le fond de ton cœur,
Comme le tien doit l'être au temple de Memoire.

Ce célébre Académicien ne jouit pas long-tems du titre de vétéran. Il mourut une année après l'avoir obtenu le 7 Septembre 1737, dans sa quatre-vingt-troisiéme année.

On peut voir le catalogue de ses Ouvrages dans son

éloge par M. de Boze. La plûpart roulent fur des monumens antiques dont M. de Mautour donne l'explication. Son Ouvrage le plus confidérable eft une traduction de l'Abregé chronologique de l'Hiftoire univerfelle
du Pere Petau, imprimée à Paris en 1709, en cinq
volumes *in-12*.

ANTOINE BANIER.

ANtoine Banier, Clerc du Diocèfe de Clermont en Auvergne, Licencié en Droit, & membre de l'Académie des Infcriptions & Belles-Lettres,
nâquit à Clermont en 1672, d'une famille honnête;
mais peu accommodée des biens de la fortune. Son génie
& fes talens fuppléerent à ce défaut : après avoir fait
avec fuccès fes humanités dans fa Patrie, il vint à
Paris pour y étudier en Philofophie. Son cours achevé,
fes parens hors d'état de fournir aux frais de fon entretien, le rappellerent auprès d'eux ; mais l'Abbé Banier
d'autant plus enchanté du féjour de Paris, qu'il y trouvoit plus de fecours pour fe perfectionner dans les
fciences, prit la réfolution de s'y fixer. Déja connu
par la beauté de fon génie il fut recherché par M. du
Metz, Préfident de la Chambre des Comptes, qui le
pria de fe charger de l'éducation de Meffieurs fes fils.
Les études que l'Abbé Banier leur fit faire donnerent
lieu à fon premier ouvrage, fon *Explication hiftorique
des fables*, & déterminerent en quelque façon l'Auteur
lui-même, à faire de la mithologie l'objet principal
de fes propres études. Ce premier ouvrage annonça
M. l'Abbé Banier comme un Ecrivain plein de goût
& d'érudition, & lui valut en 1714 une place à l'Aca-

démie des Inscriptions & Belles-Lettres. Il donna l'année suivante une seconde édition de son explication des fables, augmentée d'un troisiéme volume. » Jusques-là, dit M. l'Abbé Lenglet dans son Catalogue » des historiens, nous n'avions pas eu d'ouvrage où l'on » eut expliqué avec tant de sçavoir & de discernement » l'origine de toutes les fables anciennes, tout ce qui » s'appelle Mythologie, où l'histoire fabuleuse y est » rapproché des sources, c'est-à-dire de l'histoire pro- » phane. Le goût que M. l'Abbé Banier avoit pris pour » ces sortes de recherches, l'inclination qu'il se sentoit » pour en faire de nouvelles, & la connoissance qu'il » s'étoit mis en état de s'en procurer par l'étude des » langues sçavantes, & de tous les Auteurs anciens & » modernes où il pouvoit puiser, n'ont pas seulement » paru dans son explication historique ; mais encore » dans toutes les Piéces dont il a fait part à l'Acadé- » mie des Belles-Lettres. « Telles sont ses dissertations sur l'origine du culte que les Egyptiens rendoient aux animaux, sur les Déesses meres, sur les Parques, sur les Furies, sur le culte d'Adonis, sur Typhon, sur Bellerophon, sur les voyages de Persée, sur son combat avec Phinée, sur l'origine de la fable des Centaures, sur la distinction de deux Minos, sur les Argonautes, & leur retour de la Colchide, & sur divers autres sujets propres à éclaircir tout ce qu'il y a de plus curieux & de plus intéressant dans la fable, l'étude favorite de M. l'Abbé Banier, & qui l'occupa presque seule pendant toute sa vie ; aussi eut-il la gloire de porter ce genre particulier de Littérature au plus haut point de perfection. Il suffiroit peut-être d'en apporter pour preuves ses derniers ouvrages, sa traduction des Méthamorphoses d'Ovide, & ses fables expliquées par l'histoire, l'un imprimé en 1738, & l'autre en 1740 ; tous les deux remplis de remarques également curieuses & sçavantes. Le huitiéme Livre de sa Mythologie est employé à traiter des jeux des Grecs, c'est-à-dire de ces exercices publics & folemnels, qui faifoient partie de la religion des Anciens, & qui la plupart avoient été inftitués dans les tems héroïques.

On a encore de M. l'Abbé Banier divers autres ouvrages, qui prouvent jufqu'à quel point étoit variée l'érudition de ce célébre Académicien. Le Public lui doit une nouvelle édition des Mèlanges d'hiftoire & de littérature de Vigneul de Marville, des voyages de Paul Lucas & de Corneille le Brun, avec celle de l'hiftoire général des cérémonies, mœurs & coûtumes religieufes de tous les peuples du monde.

M. l'Abbé Banier mourut le 19 de Novembre 1741, âgé de foixante-neuf ans.

ETIENNE

ETIENNE FOURMONT.

LA Vie de cet illuftre fçavant fe trouve imprimée à la tête de fes ouvrages, nous nous contenterons d'en donner ici l'extrait.

ETIENNE FOURMONT de l'Académie Royale des Infcriptions & Belles Lettres, de la Société Royale de Londres, de l'Académie Etrufque de Cortone, Profefſeur en Langue Arabe au Collége Royal, l'un des Secretaires de M. le Duc d'Orleans, nâquit le 23 Juin 1683 à Herbelay, Village à quatre lieues de Paris, au-deſſus de Saint Denis. Son pere y exerçoit en même tems la Chirurgie & la Charge de Procureur Fifcal. Le Curé du lieu fut fon premier Maître, & lui enſeigna les premiers élemens de la Langue Latine.

Devenu orphelin de pere & de mere, M. Jomard un de fes oncles maternels, Chanoine de Saint Merry à Paris, le fit venir dans cette Ville, le retira chez lui, le mit en état de faire des études plus réglées, & l'envoya au Collége Mazarin, où par fon affiduité, fon application, & la rapidité de fes progrès, il fe concilia l'attention de fes Profeſſeurs, & l'eſtime de fes Condifciples. Secondé par fon oncle qui étoit habile dans la Litté-rature Grecque & Latine, M. Fourmont acquit de bonne heure de ces deux Langues une connoiſſance peu ordinaire à fon âge. Il avoit la mémoire fi heureuſe, qu'après avoir appris par cœur toutes les racines Grecques de Port Royal, il les récitoit fouvent en rétrogradant.

N'étant encore qu'Ecolier, il ofa entreprendre un

                                        E e

ouvrage qui ne feroit pas indigne d'un Maître ; ce font fes racines de la Langue Latine mifes en vers François, avec les dérivés au bas des ftances ; ce Livre fut applaudi dès qu'il parut , & on s'en fervit dans plufieurs Colléges.

Au fortir de fa Rhétorique , M. Fourmont entra au Collége des Trente-Trois, où il fit fon cours de Philofophie , & prit le dégré de Maître-ès-Arts. Il paffa enfuite à l'étude de la Théologie , & s'appliqua dès-lors à la connoiffance des Langues Orientales. Nous avons rapporté à l'article de M. l'Abbé Sevin comment M. Fourmont fut obligé de fortir du Collége des Trente-Trois.

S'étant retiré au Collége de Montaigu , il y occupa la chambre qui avoit été celle d'Erafme , ce qui lui rappelloit fans ceffe la mémoire de cet homme fi célébre. Pour toute tapifferie , il couvrit les murs de cette chambre de différentes thèfes fur lefquelles il avoit dreffé de longues liftes des mots des langues aufquelles il s'appliquoit. Il traduifit vers le même tems le Commentaire du Rabin Efra fur l'Eccléfiaftique , & l'accompagna de notes choifies tirées des meilleurs Auteurs Juifs. M. Pinfonnat chargé d'examiner le manufcrit , confeilla à l'Auteur de renoncer à un genre de littérature peu goûté alors ; mais il ne perfuada pas M. Fourmont , qui continua une étude qu'il aimoit , & pour laquelle il avoit de grandes difpofitions , & qui a fait depuis fa gloire principale ; ce fut même par-là en particulier qu'il s'attira l'eftime & l'amitié d'un grand nombre d'illuftres Docteurs de la Maifon de Sorbonne , tels que MM. Salmon , Berthe , Bence & Witaffe ; aux uns il expliquoit les Homélies de Saint Jean Chryfoftôme , de Saint Bafile , & les autres ouvrages des Peres Grecs ; aux autres il enfeignoit les Langues Hébraïques & Syriaques , & M. Sevin affiftoit toujours à ces leçons.

M. Salmon qui étoit occupé alors à former une Bibliothéque de Livres fçavans, fur-tout en Théologie, pria M. Fourmont de l'aider dans cette recherche; M. Fourmont fe prêta volontiers à ce travail, mais à une condition qui fut acceptée, que lui & M. Sevin ne lui remettroient aucun livre, qu'auparavant ils n'en euffent fait la lecture.

Vers le même tems M. Fourmont refufa une Chapelle de Saint Merry que fon oncle lui propofoit, & du Collége de Montaigu ayant paffé à celui de Navarre, où il eut occafion de lier connoiffance avec le fçavant M. Capperonier; celui-ci furpris de trouver une érudition fi profonde dans un jeune homme de vingt-trois ans, parla de lui avec éloge à M. Colleffon, Profeffeur en Droit. Ce fut fur le témoignage de ce dernier, que M. Louvancy, Provifeur du Collége d'Harcourt, invita M. Fourmont à y venir enfeigner les Bourfiers; & dans le même tems M. le Duc d'Antin, dont les enfans étudioient dans ce Collége, le chargea de veiller fur leur éducation.

M. Fourmont occupé de ces foins, mais fe croyant né pour le Barreau, joignit à ces occupations l'étude de la Jurifprudence, & fe fit recevoir Avocat, il n'en exerça pourtant pas la profeffion; M. Colleffon lui confeilla de fe livrer entierement à fes premieres études, & il fuivit fon avis.

M. l'Abbé Bignon qui avoit entrepris un ouvrage dans le goût de la Bibliotheque de Photius, mais plus étendu, & qui dans ce deffein avoit chargé quelques perfonnes de mérite, de recueillir ce qui pouvoit convenir à fon projet, leur affocia M. Fourmont, qui pour mieux fatisfaire à ce nouvel engagement, négligea fes anciens amis, & fe renferma plus que jamais dans fon cabinet. Cette retraite allarma ceux qui jouiffoient auparavant en liberté de fa converfation; on convint de s'affembler au moins chez lui deux jours de chaque femaine, pour y agiter toute forte de fujets de littérature;

ceux qui y affiſtoient y liſoient auſſi leurs propres ouvrages, & pluſieurs de ceux-ci ont été rendus publics ;
tels furent en particulier les deux Lettres que M. Fourmont donna contre quelques endroits du Commentaire
du Pere Dom Calmet ſur la Geneſe, & qui auroient été
ſuivies de pluſieurs autres, ſi l'on n'eut pris occaſion des
deux premieres pour accuſer l'Auteur auprès de M. le
Cardinal de Noailles, d'être au moins ſuſpect dans ſa
foi. M. Fourmont ſe juſtifia par une Lettre qu'il adreſſa
à ſon Eminence qui contenta ce Prélat, & qui acquit à
l'accuſé l'eſtime & la bienveillance de ce Cardinal. M.
le Comte de Tolede, Grand d'Eſpagne, n'en eut pas
moins pour M. Fourmont, tous les jours ce Miniſtre lui
donnoit quelques heures de ſon loiſir pour s'entretenir
avec lui ſur la Littérature Grecque & Latine, & ſur les
Langues Orientales; il voulut même l'attirer en Eſpagne, & n'ayant pû le perſuader, il lui aſſura après ſon
retour à Madrid, une penſion qui a été payée exactement juſqu'à la rupture entre les deux Couronnes en
1719.

En 1713 M. Baudelot de Dairval nomma M. Fourmont ſon Eleve à l'Académie Royale des Inſcriptions
& Belles-Lettres. Deux ans après il eut la Chaire de
Profeſſeur en Langue Arabe au Collége Royal, vacante
par la mort de M. Galland. La même année il paſſa à une
place d'Aſſocié à l'Académie des Belles-Lettres, & après
la mort de M. Pinſſonat, Profeſſeur en Hebreu, il remplit la Chaire pendant les trois mois qui s'écoulerent
juſqu'à la nomination d'un nouveau Profeſſeur : il ex-
pliqua dans cet intervalle les principales difficultés des
Pſeaumes & Cantiques ſacrés, ſans négliger ſes leçons
d'Arabe pour la facilité deſquelles il avoit compoſé une
Grammaire de cette Langue. Son zele pour l'étude de
l'Hebreu ne lui permit pas non plus de voir patiemment
les nouveautés que M. Maſclef, ſçavant Chanoine d'A-
miens, paroiſſoit vouloir introduire dans la Grammaire

Hébraïque; il les combattoit en toute rencontre. M. Pourchat ayant adopté le systême de M. Masclef, & entrepris de le faire valoir par des leçons publiques, M. Fourmont y opposa d'autres leçons qu'il fit au Collége d'Harcourt, & une autre Grammaire Hébraïque dans laquelle il exposa les principes qu'il suivoit contraires à ceux de M. Masclef, & donna des racines Hébraïques en vers François, avec les dérivés au bas des stances.

Comme il avoit un talent singulier pour les ouvrages de cette espece, il fit aussi des remarques sur la Langue Latine & la Langue Turque; il composa une Grammaire de la Langue Persanne, une autre pour la Langue Grecque, à laquelle il joignit un Dictionnaire, & mit en vers François les racines des Langues Arabes & Syriaques.

Il donna aussi ses conjectures sur la Langue de nos premiers peres, entra en 1716 dans la dispute qui s'étoit élevée pour & contre Homere, & sur le mérite des Anciens, travailla en 1720 au recollement des Livres de la Bibliotheque du Roi & du Cabinet des Médailles, & composa divers ouvrages, dont quelques-uns ont été imprimés.

Il étudia aussi la Langue des Chinois, & il a toujours cru qu'il y avoit fait de grands progrès, mais qui lui ont été contestés, quoiqu'on n'ait jamais nié qu'il n'eut acquis de cette Langue une certaine connoissance.

En 1718 la Société Royale de Londres le mit au nombre de ses Membres, & en 1741 celle de Berlin suivit le même exemple. Dès 1740 il avoit eu une attaque d'apoplexie, qui s'étant fixée sur sa langue, lui ôtoit la facilité de la prononciation. Enfin en 1745 il eut une nouvelle attaque qui l'emporta le 18 Décembre dans la soixante-deuxiéme année de son âge. Il mourut dans de grands sentimens de pieté, après avoir reçu les Sacremens qui lui furent administrés par son Pasteur M. le Curé de Saint

Nicolas du Chardonnet. Son corps fut inhumé dans la même Eglise, vis-à-vis le tombeau de M. l'Abbé Bignon son Protecteur. Il n'a point eu d'enfans de deux mariages, le premier contracté en 1711, & le deuxiéme en 1739.

On peut voir le Catalogue de ses ouvrages, en trop grand nombre pour être rapportés ici à la suite de l'abregé de sa vie. Voici l'éloge que M. l'Abbé Garnier a consacré à la mémoire de cet illustre sçavant.

Memoriæ STEPHANI FOURMONTII *Regis Consiliarii*
Bibliothecæ Regiæ Sub-Bibliothecarii ac in Linguis
Orientalibus interpretis,
Regii in Lingua Arabica Professoris,
Regiæ Inscriptionum & Humaniorum Litterarum
Parisiensis Academiæ socii,
Nec-non è Regiis Londinensi atque
Berolinensi societatibus, &c.
Plenis honoribus perennandæ,
Omnium temporum, Linguarum & Scientiarum
Hominem tulit Fourmontium Gallia ;
Optimis artibus imbuit Lutetia,
Acerrimum sui sectatorem,
Ætate puerum Judicii maturitate virum
Ab Ephebis redamavere pierides,
Senem non destituere.
Adolescens vix Orientalium
Apprime jam scius Linguarum
Litteris omnem operam navavit promovendis;
Propriam Laurum illi
In juventute detulit quæque disciplina.
Officiosum nemini secundum charites genuere.
Inter celeberrimos Litteraturæ
Proceres ingenio validus illuxit.
Superbiæ fastu non ductum,

Ambitione non erectum
Sequebatur gloria minime appetita.
Notus in fratrem animi paterni,
Amicos ex animo amavit, inimicos beneficiis vicit,
Non ultus est.
Prodesse non præesse sategit,
Privatam rem servandam
Quam augendam curare maluit.
Extraneorum observantissimus,
Patriam deperiit.
Tantum hominem latere non scivit occulta.
Sedulitas Abbatis Bignonii
Quem appellasse, laudasse est.
Singularem hujus in singulis linguis eruditionem
Regio Serenissimus Princeps Dux Aurelianensis
Favore prosecutus est.
Insignem hunc eruditum
Vigenti gentium linguas callentem
Benevolentia nobilitavit
Russiæ Imperator Petrus magnus,
Cui exposcenti
Chartam Thibitianam explanavit
Fourmontius
Incitante Illustrissimo Abbate Bignonio
Doctorum tutore ipsomet Doctissimo,
Faventibus Eminentissimo Cardinale de Fleury
Et DD. de Maurepas
Ludovico XIV. & Ludovico XV. jubentibus
Linguam Sinarum, quos nunquam convenit
Galliæ, per Galliam Europæ tradidit primus,
Dignitates politicas promeritum
Antiquitatis admiratorem sapientissimum,
Indagatorem sagacissimum,
Cultorem diligentissimum
Veræ Religionis Christianum studiosiorem,
Innumeris cumulavit coronis virtutum

Cætus Fourmontium,
Qui nominis celebritate,
Scriptorum gloriâ mensus orbem,
Nunc amici honoratissimi Abbatis Bignonii
Cineribus sociatur.
Illo nil præstantius à multis retro
Sæculis mundo Deus immisit anno 1683.
Abstulit 18 die Decembri 1745.
Reddidit immortalem in operibus plus centum
Quæ non minus religionis amorem,
Quam Reipublicæ admirationem eliciunt.

HISTOIRE LITTÉRAIRE
DU REGNE
DE LOUIS XIV.

❊❊❊❊❊❊❊❊❊❊❊❊❊❊❊❊❊❊❊❊❊❊❊

ÉLOGES HISTORIQUES
DES DAMES SÇAVANTES.

LIVRE NEUVIÉME.
MARIE JARS DU GOURNAI.

'ILLUSTRE Marie Jars du Gournai, fil-
le de Guillaume de Jars, Seigneur de
Neufvi & de Gournai, & de Jeanne de
Hacqueville, a rendu son nom célébre par
la vaste étendue de son génie & par sa
profonde érudition. Un goût particulier pour les sciences la livra à l'étude dès sa plus tendre enfance, &

Tome *III.*   A

elle y fit de si grands progrès, qu'elle surpassa bientôt en sçavoir les maîtres qu'on lui avoit donné pour l'instruire. Une preuve de la haute réputation qu'elle se fit dans la République des Lettres est le commerce qu'elle entretint avec les plus grands hommes de son siécle, tels que les Cardinaux du Perron, Bentivoglio, Richelieu, Saint François de Sales; M. de la Roche Pozai, Evêque de Poitiers; le célébre M. Godeau, Evêque de Vence; Charles, Duc de Mantoue; le Comte d'Alais, Messieurs Dupin, de Balzac, Mainard, Reinsius & plusieurs autres.

Protectrice des anciens mots de notre langue, elle parut s'intéresser vivement à la disgrace de ceux que Messieurs de l'Académie Françoise proscrivoient. C'est ce qui est rapporté par M. Ménage dans sa Requête des Dictionnaires où il s'exprime ainsi :

> *Ces nobles mots moult, ains, jaçoit*
> *Ores, a donc, maint, ainsi soit,*
> *A, tant, si que, piteux, icelle*
> *Trop, plus, trop mieux, blandire, isuelle*
> *Perça, tollir, illec, ainçois*
> *Comme étant de mauvais François.*

Et le même Académicien ajoute :

> *Bien que telle outrecuidence,*
> *(Soit dit sauf votre révérence)*
> *Fit préjudice aux Supplians,*
> *Vos bons & fidelles Cliens;*
> *Et que du Gournai la Pucelle,*
> *Cette sçavante Demoiselle,*
> *En faveur de l'Antiquité*
> *Eût notre Corps sollicité,*
> *De faire ses plaintes publiques,*
> *Du décrit de ces mots antiques.*
> *Toute fois, &c.*

Mademoifelle de Gournai ayant perdu fon peré dans un âge peu avancé, eut le bonheur d'en retrouver un autre dans la perfonne du célébre Montagne de qui elle fut tendrement chérie. Pafquier nous apprend quelques circonftances affez remarquables de cette efpéce d'adoption : ,, Montagne, dit-il, ayant ,, fait en 1588 un long féjour en la Ville de Paris, ,, la Demoifelle de Jars le vint exprès vifiter pour le ,, connoître de face, de même que la Demoifelle Gour- ,, nai fa mere, & elles le menérent en leur maifon de ,, Gournai où il féjourna trois mois en deux ou trois ,, voyages avec tous les honnêtes accueils que l'on ,, pourroit fouhaiter, & enfin cette vertueufe Demoi- ,, felle avertie de la mort du fieur de Montagne, ,, traverfa prefque toute la France fous la faveur des ,, paffeports, tant par fon propre deffein que par ce- ,, lui de la veuve & de la fille (de Montagne) qui la ,, conviérent d'aller mêler fes pleurs & regrets qui fu- ,, rent infinis avec les leurs.

Les jugemens avantageux que fit Mademoifelle de Gournai des premiers effais de Montagne, donna lieu à cette alliance d'amitié qui fut entre eux, long-tems même avant qu'elle eut vû Montagne, pour qui elle conferva toujours les fentimens de la plus vive reconnoiffance & de la plus parfaite foumiffion. Ce fut pour les lui témoigner, même après fa mort, qu'elle corrigea & fit réimprimer fes Effais qu'elle dédia au Cardinal de Richelieu, qui pour la récompenfer, lui obtint du Roy une penfion confidérable.

On rapporte que fe trouvant un jour avec ce premier Miniftre, qu'elle amufoit affez fouvent par les faillies d'une imagination vive & enjouée, il lui arriva de fe fervir d'un vieux mot, qui ayant fait rire fon Eminence, elle lui dit d'un ton gracieux, *Vous riez, Monfeigneur, tant mieux, je fais un grand bien à la France,* voulant lui témoigner par-là qu'elle fe croyoit heu-

reufe de le rejouir un moment, & de le délaffer de
fes grandes occupations.

Mademoifelle de Gournai pleine de reconnoiffance
pour fon pere d'adoption, le célébre Montagne, dédia
à Madame fa fille, la Vicomteffe de Gamache, un
Livre intitulé, *Le Bouquet de Pinde*. Les autres ouvrages de cette illuftre fçavante ont été publiés après fa
mort, fous le nom de *l'Ombre de Mademoifelle de Gournai*, avec deux autres Tomes intitulés, *Avis de Mademoifelle de Gournai*.

Peu de Sçavantes dont la mémoire ait été honorée
d'autant d'éloges que celle de Mademoifelle de Gournai. Meffieurs François & Charles Ogier, Menage,
Vallois, Patin, la Mothe-le-Vayer, Dominique Bau-
dius, Colletet ont confacré des épitaphes à fon honneur. Nous ne rapporterons que celle que fit ce dernier.
La voici :

> *Si l'on a tant chanté les vertus des Sibilles,*
>
> *Et fait de leurs beaux jours de beaux fiécles tranquiles,*
>
> *Pour montrer leur mérite, & l'heur qu'elles ont eu,*
>
> *Tu remportes, Gournai, cette illuftre avantage,*
>
> *D'égaler en mourant la Sybille en âge.*
>
> *Et d'avoir en vivant furmonté leur vertu.*

On lit dans le Menagiana une particularité fur Marie
de Gournai, trop remarquable pour que nous négligions de la rapporter : » Deux amis de M. le Marquis
» de Racan fçurent qu'il avoit un rendez-vous pour
» voir Mademoifelle de Gournai. Elle étoit de Gafco-
» gne, fort vive, & un peu emportée de fon naturel,
» au refte de l'efprit, & comme telle, elle avoit té-
» moigné en arrivant à Paris une grande impatience
» de voir M. de Racan, qu'elle ne connoiffoit pas en-
» core de vûe. Un de ces Meffieurs prévint d'une heure
» ou deux celle du rendez-vous, & fit dire que c'étoit

» Racan qui demandoit à voir Mademoiselle de Gournai,
« & sous ce nom de Racan il fut accablé de témoi-
» gnages d'amitié & d'estime. Il parla avec beaucoup
» d'éloges à Mademoiselle de Gournai des ouvrages
» qu'elle avoit fait imprimer, & qu'il avoit étudié ex-
» près. Enfin après un quart d'heure de conversation
» il sortit, & laissa Mademoiselle de Gournai fort satis-
» faite d'avoir vû M. de Racan. A peine étoit-il à trois
» pas de chez elle, qu'on vint lui annoncer un autre
» M. de Racan. Elle crut d'abord que c'étoit ce pre-
» mier qui avoit oublié quelque chose à lui dire, &
» qui remontoit. Elle se préparoit à lui faire un com-
» pliment là-dessus, lorsque l'autre entra, & fit le sien;
» Mademoiselle de Gournai ne put s'empêcher de lui
» demander plusieurs fois s'il étoit véritablement M. de
» Racan, & lui raconta ce qui venoit de se passer. Le
» prétendu Racan fut fort fâché de la piéce qu'on lui
» avoit jouée, & jura qu'il s'en vengeroit. Enfin Made-
» moiselle de Gournai fut encore plus contente de
» celui-ci qu'elle n'avoit été de l'autre, parce qu'il la
» loua davantage, aussi passa-t-il chez elle pour le vé-
» ritable Racan, & l'autre pour un Racan de contre-
» bande. Il ne faisoit que de sortir lorsque M. de Racan
» en original, demanda à parler à Mademoiselle de
» Gournai. Si-tôt qu'elle le sçut elle perdit patience,
» *Quoi encore des Racans* ? dit-elle. Néanmoins elle le fit
» entrer. Mademoiselle de Gournai le prit sur un ton
» fort haut, & lui demanda s'il venoit pour l'insulter.
» M. de Racan qui ne s'attendoit pas à une telle ré-
» ception, en fut si étonné qu'il ne put répondre qu'en
» balbutiant. Mademoiselle de Gournai qui étoit fort
» violente, se persuada tout de bon que c'étoit un
» homme envoyé pour la jouer, & défaisant sa pan-
» toufle, elle le chargea à grands coups de mule, &
» l'obligea de se sauver. «

    M. Menage ajoûte qu'il a vû jouer cette scene par

Bois Robert en préfence du Marquis de Racan, & quand on lui demandoit fi cela étoit vrai, *Ouida*, difoit-il, *il en eft quelque chofe.*

Ce que nous venons de dire de l'humeur brufque de cette Demoifelle s'accorde avec la peinture qu'elle a fait elle-même de fes mœurs, & où elle avoue de bonne foi que l'emportement étoit fon défaut caractériftique.

Mademoifelle de Gournai mourut dans un âge fort avancé, ayant près de quatre-vingt ans. Sa mort arriva le 13 Juillet 1645 : elle fut inhumée dans l'Eglife de S. Euftache. Elle laiffa fa bibliotheque à quelques fçavans qu'elle fréquentoit ; mais celui qui en eut la meilleure part fut M. de la *Motthe-le-Vayer*, que Mademoifelle de Gournai avoit établi fon exécuteur Teftamentaire.

CHARLOTTE ROSE DE CAUMONT
de la Force.

L'ILLUSTRE Charlotte Rofe de Caumont de la Force, petite fille du dernier Maréchal de France de ce nom, plus diftinguée encore par la beauté & les agrémens de fon génie que par l'éclat de fa naiffance, a enrichi la République des Lettres de plufieurs beaux Ouvrages en vers & en profe, & qui font tous également bien écrits. Ses ouvrages en profe les plus remarquables font l'Hiftoire fécrete de Marie de Bourgogne, femme de Maximilien d'Autriche, celle de Marguerite de Vallois, la vie de Catherine de Bourbon, Ducheffe de Bar, avec les intrigues des régnes de Henri III. & de Henri IV.

Si les Ouvrages de cette illuftre Scavante fe font lire avec plaifir à caufe de la pureté & de l'élegance du ftile qui y regnent, la lecture de fes Ouvrages en vers ne caufe pas moins d'admiration. On y remarque mille traits d'une imagination vive & brillante, un génie, un feu, une élevation, une force, & généralement toutes les parties qui caractérifent les Ouvrages des grands Poëtes. Le Lecteur en jugera par la Piece fuivante que Mademoifelle de la Force adreffa à Madame la Princeffe de Conti, & qu'elle intitula Château en Efpagne.

Je veux imaginer ce qui ne pourroit être,
　　Sans le plus grand pouvoir des Dieux,
　　Tout ce qui peut partir des Cieux,
De merveilleux, de rare, enfin un fecond être.

Je voudrois élever un palais écarté
Près du séjour pompeux du plus grand Roi du monde,
Je voudrois-là qu'en liberté,
Ce héros vint puiser dans la fécondité
De la sagesse profonde,
Tous ces divins projets, tous ces nobles exploits,
Qui font trembler la terre, & confondent les Rois:
Je veux peindre ce Prince avec des traits de maître,
Qu'il n'ait que le corps d'un mortel,
Mais aussi je veux qu'il soit tel,
Que son premier aspect le fasse reconnoître,
Qu'il soit grand, qu'il soit beau, d'un air majestueux,
Quelquefois fier & toujours gracieux,
Qu'on aye en le voyant un respect incroyable,
Qu'on l'aime en le voyant d'un amour véritable.
Je veux en ce désert qu'une petite Cour
De gens choisis & de mérite,
Rendent cet aimable séjour
Digne du héros qui l'habite,
Surtout qu'une Princesse en fasse l'ornement,
Pleine d'esprit & d'agrément,
Que les yeux éblouis ne puissent voir sans crainte,
Que sa vue adorable annonce ces malheurs,
Qui sont si redoutés par les plus tendres cœurs,
A qui sont interdits l'espérance & la plainte.
Malheureux qui peut voir de si charmans appas,
Plus malheureux encor qui ne les verroit pas;
De toutes les beautés c'est l'unique assemblage.
Les graces de Vénus, les vertus de Pallas
Forment son âge & son visage;
Mais mon esprit ne sçauroit plus aller

Après

Après avoir dépeint deux telles créatures ;
Il fuit, j'ai beau le rappeller,
Il ne voit plus ailleurs que des routes obfcures.
Mon édifice eft élevé,
La ftruĉture en eft fans pareille,
Rien n'eft fi beau, rien n'eft plus achevé.
Heureux qui voit cette merveille.

On trouve encore de plus grandes beautés repandues dans l'admirable Epître que l'illuftre Mademoifelle de la Force adreffa à Madame de Maintenon. Nous n'en rapporterons que quelques vers. Voici comment elle s'exprime en parlant des malheurs qui avoient traverfé la vie de cette incomparable héroïne.

J'admire, j'applaudis aux ordres du deftin,
Qui feule te conduit par un fi beau chemin.
Car enfin, de ce fort maintenant fi propice,
Tu n'as que trop fenti la barbare injuftice,
Et même il t'en fouvient ; fa barbare rigueur
Te fembloit en naiffant deftiner au malheur.
Dans cet âge innocent, le Ciel fut ta défenfe,
Il arma de fecours ta précieufe enfance.
Au berceau même, égale au Fils de Jupiter,
Comme lui tu trouvas des monftres à dompter.
Aux plus hautes vertus tes ayeux t'animérent,
Minerve t'inftruifit, les Graces te formérent,
Le revers qui frappa ton illuftre Maifon,
Ne put en l'ébranlant étonner ta raifon.
De ce trifte climat tu paffas dans un autre,
Un nouveau monde vit la merveille du nôtre ;

Mais un fort fi cruel devoit bientôt changer,
Pouvois-tu refpirer fous un Ciel étranger ;
Tu revis ton pays, & bien qu'en ta patrie
Le fort n'eut point encore épuifé fa furie,
Ton cœur de tant de maux n'etoit point abbattu,
Et dans chaque action marquoit une vertu.
C'eſt par de tels malheurs fupportés fans foibleffe,
Que des ordres du Ciel l'éternelle fageffe,
Eprouvant chaque jour ta conſtance & ton cœur,
Préparoit en fecret ta future grandeur.

Ce fut à l'occaſion de cette belle Epître que M. de Verton adreffa à Mademoifelle de la Force le Quatrain fuivant.

Maintenon dans tout l'Univers
Paffe pour une autre Egerie,
Et la Force par fes beaux vers,
Paffe pour une autre Thalie.

C'eſt fous ce nom de Thalie, que Mademoifelle de la Force, morte en 1666, fut reçûe à l'Académie des *Ricovrati* de Padoue.

MARIE DUPRÉ.

MADEMOISELLE DUPRÉ, Fille d'une sœur de Roland Defmarets, & du célébre Jean Defmarets de Saint-Sorlin, de l'Académie Françoife, naquit à Paris vers le milieu du dix-feptiéme fiécle. Le grand goût qu'elle montra pour la lecture dès l'âge le plus tendre, engagea fon oncle Roland Defmarets à cultiver avec foin les heureufes difpofitions qu'elle avoit pour l'étude des Belles-Lettres. Elle y fit en peu de tems tous les progrès que l'on pouvoit attendre d'une jeune perfonne qui avoit reçu du Ciel un génie facile & aifé, une mémoire heureufe, jointe à une imagination vive & brillante. Après avoir lû une grande partie des meilleurs livres écrits dans notre langue, elle fut appliquée à l'étude du latin qui dans moins de deux ans lui devint auffi familier que fa langue naturelle, & elle ne trouva pas plus de difficulté à apprendre parfaitement la Langue Grecque.

De l'étude des Langues fçavantes, Mademoifelle Dupré paffa fucceffivement à celle de la Réthorique, de la Poëtique & de la Philofophie, non de cette Philofophie de l'école, comme le marque M. Roland Defmarets dans une de fes lettres, heriffée de chicanes & de mauvaifes fubtilités, mais ce fut une Philofophie plus pure, plus polie, plus élégante; la Philofophie enfin de Defcartes dans laquelle notre jeune fçavante fit de fi grands progrès qu'elle mérita d'être appellée la Cartéfienne.

Mais ce ne fut pas là la feule fçience dans laquelle Mademoifelle Dupré excella; elle fe diftingua encore par la grande connoiffance qu'elle eut de toutes les parties qui compofent la belle Littérature, & furtout

de la Poëtique, comme on peut s'en convaincre par la
lecture des belles Pieces de Vers qu'elle adreſſa à Mademoiſelle de la Vigne ſous le titre de Réponſes d'Iris
à Climene, & que le Pere Bouhours a inſérées dans ſon
Recueil de Vers choiſis.

Cette illuſtre ſçavante avoit encore le talent d'écrire
en Proſe avec autant de facilité que de pureté & d'é-
légance ; elle écrivoit même en Italien aſſez correctement. L'Auteur de la nouvelle Pandore dans ſes éloges
des femmes ſçavantes a célébré par le Madrigal ſuivant
le mérite de Mademoiſelle Dupré.

> *Avec mille talens Dupré n'a point d'orgueil,*
> *Son eſprit eſt charmant ; ſa ſcience eſt profonde*
> *Et ſa ſageſſe enfin lui fait voir d'un même œil*
> *Ce qui fait le repos ou le trouble du monde.*

Le ſçavant Jean Varin a auſſi chanté les louanges
de cette incomparable fille dans une Ode en vers latins
qu'il lui adreſſa à l'occaſion de la mort de M. Roland
Deſmarets ſon oncle, où il lui dit entre autres choſes.

> *Gloriæ in partem venies futuræ*
> *Mutuum tanto decus ex magiſtro*
> *Ducis ac reddis, geminatâ uterque*
> *Luce refulget.*
> *Tu pio miros properans labori*
> *Virgo ſucceſſus propriâ docentem*
> *Gloriâ illuſtras, operæque digna*
> *Præmia laudis.*

On ignore le tems de ſa mort.

HENRIETTE DE COLIGNY,
Comtesse de la Suze.

PArmi le grand nombre de Dames illuftres que le
fiécle de Louis XIV. a vû naître, il en eft peu qui
ayent autant été louées que la Comteffe de la Suze. Ses
plus zélés partifans ont été la célébre Mademoifelle de
Scuderi, Mademoifelle Buffet, M. de Lieubet, le P.
Bouhours, M. Titon du Tillet, & M. de Charleval un
des plus beaux efprits de fon fiécle. On attribue au P.
Bouhours les quatre vers fuivans dans lefquels il donne à cette illuftre Dame la nobleffe & la majefté de
Junon, l'efprit & le fçavoir de Minerve, la beauté &
les graces de Venus.

Quæ dea fublimi rapitur per inania curru
An Juno, an Pallas, an Venus ipfa venit.
Si genus infpicias Juno, fi fcripta Minerva,
Si fpectes oculos, mater amoris erit.

Mademoifelle de Scuderi dit dans fon Roman de
Clélie, que Madame la Comteffe de la Suze fait des
Elégies fi belles, fi pleines de paffion, & fi précifément
du caractere qu'elles doivent être, pour être parfaites,
qu'elle furpaffe tous ceux qui l'ont précédée, & qu'elle
furpaffera tous ceux qui la voudront fuivre.

C'eft ce que l'ingénieux M. de Charleval a exprimé
par les vers fuivans.

Comteffe à qui l'amour appris
L'art d'écrire avec tendreffe,
Et qui feule avez tout l'efprit

Des neuf doctes sœurs de la Grece.
Vous consacrez votre loisir
Par des vers dignes de mémoire,
Le Louvre en fait tout son plaisir,
Et le Parnasse en fait sa gloire.
Sapho par son esprit charmant
S'acquit une gloire immortelle,
Mais rien, que le tems seulement,
Ne vous fit aller après elle.

Henriette de Coligny, Comtesse de la Suze, fille de Gaspard de Coligny, Maréchal de France, & Colonel Général d'Infanterie, fut mariée étant encore bien jeune à Thomas Hamilton Comte de Hadington Ecossois, dont elle devint veuve peu de tems après son mariage.

La beauté de cette Dame, l'éclat de sa naissance, sa grande jeunesse, mille qualités aimables réunies dans sa personne lui donnérent bientôt après un second époux qui fut le Comte de la Suze, de l'illustre Maison des Comtes de Champagne.

Ce second mariage fut pour la Comtesse de la Suze une source d'ennuis & de chagrin, & il n'y eut rien qu'elle n'eut à souffrir de la jalousie de son nouvel époux. On croit que ce fut pour l'empêcher d'exécuter la résolution qu'il avoit prise de la mener à une de ses terres, qu'elle se fit Catholique après avoir abjuré la Religion prétendue réformée qu'elle professoit comme son mari, ce qui fit dire à Christine Reine de Suede, que la Comtesse de la Suze s'étoit faite Catholique pour ne voir son mari ni en ce monde ni en l'autre. Mais ce changement de Religion de la part de la Comtesse n'eut pas pour elle les suites heureuses qu'elle s'en promettoit; la jalousie du Comte augmentant chaque jour, cette Dame qui ne pouvoit s'accommoder de la

gêne à laquelle elle étoit affujettie, jugea qu'elle n'a-
voit point d'autre parti à prendre que celui de pour-
fuivre la caffation de fon mariage ; & pour que fon mari n'y mît pas d'oppofition, elle lui offrit vingt-cinq
mille écus, ce qu'il accepta. On dit à ce fujet que la
Comteffe de la Suze avoit perdu cinquante mille écus
dans cette affaire, parce que fi elle avoit encore attendu quelque tems, au lieu de donner vingt-cinq mille
écus à fon mari, elle les auroit reçu de lui, tant il avoit
envie de fe défaire d'elle.

Quoiqu'il en foit, la Comteffe devenue libre par
Arrêt du Parlement, ne s'occupa plus qu'à faire des
vers, à écrire des billets galans & à filer le parfait amour
comme une vraie héroïne de Roman, & il faut remarquer que cette façon précieufe de traiter l'amour étoit
alors affez en ufage chez les Dames mêmes les plus
diftinguées.

Cependant les affaires domeftiques de la Comteffe
de la Suze fe dérangeoient furieufement, & c'étoit là
la chofe du monde à laquelle elle donnoit le moins
d'attention, & qui paroiffoit le moins l'inquietter.
Nous n'en rapporterons qu'une preuve : un Exempt
accompagné de quelques archers vint un jour chez
cette Dame fur les huit heures du matin pour faifir tous
fes meubles. Elle fit entrer l'Exempt étant encore dans
fon lit, & le pria avec inftance de vouloir la laiffer re-
pofer encore deux heures, n'ayant point dormi de la
nuit, ce qui lui fut accordé ; elle fe rendormit jufqu'à
dix heures qu'elle s'habilla pour aller dîner en ville &
paffa enfuite dans fon antichambre, où elle fit de grands
complimens à l'Exempt, & le remercia fort de fon hon-
nêteté, en lui difant tranquillement, *je vous laiffe le Maître, Monfieur*, & elle fortit ainfi de fa maifon.

Les belles Elégies que nous a laiffées Madame la
Comteffe de la Suze feront paffer fa mémoire jufqu'à
la poftérité la plus reculée, comme le remarque Mademoifelle de Scuderi, elles font telles en effet qu'elles

doivent être pour être parfaites, elles se font admirer surtout par le style touchant dont elles sont écrites, & par les sentimens tendres & nobles qui y regnent; cette illustre Dame a aussi composé quelques Odes, une entre autres pour la Reine Christine de Suede. Madame de la Suze mourut à Paris le 10 de Mars de l'année 1673, & fut inhumée dans l'Eglise de Saint Paul. Le célébre Pierre Mignard premier Peintre du Roi fit de cette Dame un beau portrait, au-dessous duquel l'on mit les quatre vers suivans.

> *Nul d'entre les Mortels ne la peut égaler,*
> *Le Maître des neuf Sœurs ne seroit pas son Maître,*
> *Pour faire des Captifs, elle n'a qu'à paroître;*
> *Et pour faire des vers, elle n'a qu'à parler.*

Une partie des Poësies de Madame de la Suze fut imprimée en 1666 avec quelques vers du Comte de Bussi Rabutin, & on les rassembla en deux volumes qui parurent en 1689; toutes ces Poësies avec celles de Mademoiselle de Scuderi, & celles de M. Pellisson se trouvent dans un recueil de quatre volumes *in-12* imprimé à Trevoux en 1725.

MARIE

MARIE ELEONORE DE ROHAN.

MARIE ELEONORE DE ROHAN plus illustre encore par sa piété & ses écrits, que par l'éclat de sa naissance, étoit fille de Hercule Rohan Guemené Duc de Montbazon, Pair & Grand Veneur de France, & de Marie de Bretagne fille de Clotilde de Bretagne, Comte de vertus. Elevée dans un Couvent dès l'âge de sept ans, elle y prit du goût pour la retraite & pour la piété ; ce goût s'augmenta à mesure que sa raison se forma, & lorsqu'elle fut dans un âge à pouvoir faire un choix, elle se décida pour la vie Religieuse. En-vain M. le Duc de Montbazon son pere voulut s'oppo-ser à une vocation si marquée, il ne put refuser son consentement aux prieres & aux larmes d'une fille qu'il chérissoit tendrement. Mademoiselle de Rohan n'ayant plus d'obstacles à surmonter suivit l'attrait qui l'appel-loit au Couvent, & elle entra chez les Religieuses Bé-nédictines de Montargis, & elle y fit profession en 1646.

Dès son Noviciat elle se forma un plan de vie qu'elle suivit constamment sans jamais se permettre aucun adoucissement. Elle n'avoit pas encore vingt-deux ans qu'elle fut nommée Abbesse de la Trinité de Caën ; di-gnité qu'elle n'accepta que parce que l'obéissance qu'elle devoit à ses Supérieurs ne lui permit pas de la refuser. Egalement éloignée des fausses vûes de la pré-somption & des saillies aveugles de l'imprudence, elle conduisit son troupeau avec autant d'humilité & de douceur que de prudence & de sagesse. A toutes ces vertus elle ajouta une fermeté inébranlable dont elle donna d'éclatantes preuves dans mille occasions où elle eut à soutenir les droits de son Abbaye.

Tome III.   C

Sa ſanté s'étant conſidérablement affoiblie par les fréquentes incommodités que lui cauſoit l'air de la Mer, elle ſe détermina à permuter ſon Abbaye pour celle de Malnoue proche Paris, où elle vint s'établir le 13 Novembre de l'année 1664. En changeant de demeure, elle ne changea pas de conduite. Ses vertus la ſuivirent, & elle ſut à Malnoue comme elle l'avoit été à la Trinité & à Montargis un modele de perfection pour les Religieuſes mêmes les plus ferventes. On fit une Enquête exacte de ſa vie & de ſes mœurs, & les atteſtations qui en furent envoyées à Rome, furent trouvées ſi avantageuſes que le Pape touché & édifié, ne put s'empêcher de déclarer publiquement *qu'il y avoit là de quoi canoniſer la jeune Abbeſſe.*

En 1669 Madame de Rohan voulut bien ſe charger du gouvernement de la nouvelle Maiſon des Religieuſes Bénédictines de Notre-Dame de Conſolation du Chaſſe-Midi, mais ce fut ſans abandonner la conduite de ſon Abbaye de Malnoue. Elle dreſſa pour ce nouveau Monaſtere d'excellentes conſtitutions qui ont été imprimées, & qui doivent être regardées comme un parfait Commentaire de la Regle de S. Benoît. Ses occupations continuelles ne l'empêchérent pas de trouver des momens pour cultiver les rares talens de ſon eſprit. Ce fut pendant ces intervalles qu'elle compoſa ſous le titre de Morale de Salomon une paraphraſe ſur les Proverbes, ſur l'Eccléſiaſtique & ſur la Sageſſe, & une autre paraphraſe ſur les Pſeaumes de la Pénitence avec quelques exhortations où l'onction & l'éloquence ſe font également ſentir. Nous avons encore de cette illuſtre Dame pluſieurs Portraits en Vers & en Proſe pleins de délicateſſe & d'agrément. Le ſçavant Evêque d'Avranches M. Huet parle avec éloge dans quelques-uns de ſes ouvrages, de la piété, de l'eſprit & des talens de Madame de Rohan. Elle mourut dans le Couvent du Chaſſe-midi le 8 d'Avril 1681, dans la cinquante-troiſiéme année de ſon âge. L'illuſtre M. Pe-

lisson consacra à la mémoire de cette vertueuse Dame
l'Epitaphe suivante.

Ici repose Très-Haute & Très-Vertueuse Princesse
MARIE-ELEONORE DE ROHAN;
Premierement Abbesse de Caen, puis de Malnoue.
Seconde Fondatrice de ce Prieuré qu'elle redonna à Dieu, &
où elle voulut finir ses jours, plus révérée par ses
grandes qualités que par sa haute Naissance.

Le Sang des Rois trouva en elle une ame Royale.
En sa personne, en son esprit, en toutes ses actions éclata tout
ce qui peut rendre la piété & la vertu plus aimables.

Sa Profession fut son choix & non pas celui de ses parens.
Elle leur fit violence pour ravir le Royaume des Cieux.
Capable de gouverner des Etats autant que de grandes
Communautés,
Elle se réduisit volontairement à une petite pour y servir,
avec le droit d'y commander.
Douce aux autres, sévere à elle-même, ce ne fut
qu'humanité au dehors, austerité au dedans.

Elle joignit à la modestie de son sexe le sçavoir du nôtre.
Au siécle de Louis le Grand, rien ne fut plus poli,
ni plus élevé que ses écrits.
Salomon y vit, y parle, y regne encore, & Salomon
en toute sa gloire.

Les constitutions qu'elle fit pour ce Monastere,
serviront de modele pour tous les autres,
comme si elle n'eût vécu que pour sa sainte postérité.
Le même jour qu'elle acheva son travail,
elle tomba dans une maladie courte & mortelle
& y succomba le 8 d'Avril 1681
en la 53e année de son âge.

C ij

Jusqu'en ses derniers momens, & en la mort même,
bonne, tendre, vive & ardente pour tout
ce qu'elle aimoit
& sur tout pour son Dieu.

Tant que cette Maison aura des Vierges,
épouses d'un seul époux ;
Tant que le monde aura des Chrétiens,
& l'Eglise des Fideles, sa Mémoire
y sera en bénédiction.

Ceux qui l'ont vûe n'y pensent point sans douleur,
& n'en parlent point sans larmes.

Qui que vous soyez, priez pour elle, encore qu'il soit
bien plus vraisemblable que c'est maintenant
à elle, à prier pour nous.
Et ne vous contentez pas de la regretter ou de l'admirer,
mais tâchez de l'imiter & de la suivre.

Sœur Françoise de Longaunay,
Premiere Prieure de cette Maison,
sa plus chére fille, l'autre moitié d'elle-même,
dans l'espérance de la rejoindre bientôt
lui fit élever ce tombeau.

Le moindre & le plus affligé de ses serviteurs eut l'honneur
& le déplaisir de lui faire cette Epitaphe, où il supprima
contre la coutume beaucoup de justes louanges,
& n'ajouta rien à la vérité.

MARIE CATHERINE HORTENSE
de Ville-Dieu.

MARIE Catherine Hortenſe des Jardins, connue ſous le nom de Madame de Ville-Dieu, nâquit à Alençon en 1632. Son pere Prévôt de cette petite Ville, cultiva ſon éducation avec d'autant plus de ſoin qu'il remarquoit dans elle les plus heureuſes diſpoſitions. La jeune Hortenſe ne s'aveugla pas elle-même ſur ſon propre mérite, & ce fut pour le faire valoir, qu'elle vint à Paris à l'âge de dix-neuf à vingt ans. Elle ne fut pas tout-à-fait trompée dans ſes eſpérances. La beauté de ſon génie lui fit un grand nombre d'admirateurs ; mais ce n'en étoit pas aſſez ; née avec autant d'eſprit que d'ambition, elle murmuroit de ſon peu de fortune qui l'empêchoit de pouvoir figurer dans le monde. Heureuſement l'amour lui fit trouver dans la perſonne de M. de Ville-Dieu un époux riche & bienfait, qui ne lui laiſſa rien à déſirer du côté de la fortune ; mais elle ne jouit pas long-tems du ſort heureux qu'il lui faiſoit. La mort le lui enleva après quelques années de mariage.

Madame de Ville-Dieu devenue veuve & inconſolable de la perte qu'elle venoit de faire, ſe retira dans un Couvent où elle prit le voile ; mais elle ne conſomma pas ſon ſacrifice. Sa douleur s'étant un peu calmée elle rentra dans le monde, & épouſa en ſecondes nôces M. de Lachate, qu'elle eut auſſi le malheur d'enterrer peu de tems après qu'il l'eut épouſée. La fatalité qui paroiſſoit attachée à tous les liens qu'elle formoit lui fit perdre encore un troiſiéme mari, qui étoit le Sieur Deſjardins, un de ſes parens, avec qui elle ne vécut pas plus long-tems qu'avec les deux premiers.

Si l'on en croit Bayle, Richelet & quelques autres Auteurs, qui nous ont laissé des Mémoires sur la vie de Madame de Ville-Dieu, cette jeune veuve eut grand soin de se faire dans sa viduité des amusemens conformes aux penchans de son cœur dont la tendresse fut toujours la passion dominante ; & c'est à ce coin que sont marqués la plupart des Ouvrages qui sont sortis de sa plume. Les Mysteres de la plus fine galanterie y sont développés avec tant d'art, que l'on juge assez qu'il n'y avoit qu'une expérience personnelle, qui eût pu apprendre à Madame de Ville-Dieu à en parler si pertinemment. Son style est vif & délicat; mais peut être un peu trop libre. L'on ne peut cependant nier que la République des Lettres n'ait à cette Dame une obligation essentielle, car c'est elle qui a fait perdre le goût de ces longs & volumineux Romans, qui n'avoient point de fin.

Il paroît par quelques Lettres dans lesquelles Madame de Ville-Dieu nous a donné une charmante description de la Haye, qu'elle fit un voyage en Hollande; mais on ne sçait à quel sujet.

Les Ouvrages en prose de Madame de Ville-Dieu, les plus estimés, sont intitulés, les Annales Galantes, les Exilés, les Désordres de l'amour, les Amours des grands hommes, les Favorites, les Galanteries Grenadines ; les Nouvelles Africaines avec les Annales Galantes de la Grece.

On a aussi d'elle Manlius & Nitelis tragédie, le Favori, tragicomédie, un grand nombre de Sonnets, d'Elégies, d'Eclogues, & quelques Piéces mêlées de vers & de prose. Ces divers Ouvrages recueillis en douze volumes ont été plusieurs fois imprimés.

On admire dans toutes ces Piéces un caractere tendre, fin, & délicat ; ce qui a fait dire que cette Dame s'étoit servie d'une des plumes des aîles de l'Amour pour écrire la plus grande partie de ses Ouvrages. Un

des plus beaux efprits de fon fiécle lui adreffa les vers
fuivans.

Plus je relis ce que vous faites,
Plus je connois ce que vous êtes,
Il ne faut que vous mettre en train,
Tout le monde, Iris, vous admire.
Si les Dieux fe mêloient d'écrire,
Ils emprunteroient votre main ;
Vous faites des chofes fi belles,
Si juftes & fi naturelles ;
Que votre ftyle eft fans égal.
Sans ceffe je vous étudie ;
Qui peut être votre copie,
Peut paffer pour un original.

Madame de Ville-Dieu fut reçue à l'Académie de
Ricovrati de Padoue, mais ce qui fait plus d'honneur
au génie & aux talens de cette illuftre fçavante, fut la
gloire qu'elle eut de recevoir fouvent des graces du
Roi ; elle n'en fut pas cependant plus riche, parce que
fon peu d'œconomie ne lui permit jamais de mettre aucun arrangement dans fes affaires. Elle mourut au mois
d'Octobre de l'année 1683 ; âgée de cinquante-un ans.
Elle fut inhumée dans l'Eglife Paroiffiale de Clinche-
Maure, Village à quatre lieues d'Alençon, où elle
avoit un petit bien, & où elle s'étoit retirée quelques
années avant fa mort.

FRANÇOISE BERTAUT DE MOTTEVILLE.

FRANÇOISE Bertaut de Motteville, née vers l'an 1615, fut élevée à la Cour de la Reine Anne d'Autriche, qui honoroit fa mere de fon amitié & de fa confiance. Cette Dame étoit fille de Pierre Bertaut, Ecuyer, Seigneur de Noify, Gentilhomme ordinaire de la Chambre du Roi, & de Louife de Beffin de Mathonville, dont la mere étoit Charlotte de Saldagne de l'illuftre maifon de Saldagne en Efpagne. Madame de Motteville hérita de fon oncle, le célebre Jean Bertaut, Abbé d'Aunai, Evêque de Seès, & premier Aumonier de la Reine Marie de Medicis, mort en 1611, & connu par fes poëfies, du goût qu'elle eut toute fa vie pour les Lettres. La douceur de fes manieres & la beauté de fon génie la rendirent chere à Anne d'Autriche, qui lui fit l'honneur de la garder auprès d'elle. Mais ayant été enveloppée dans la difgrace qui fut commune à toutes les favorites de cette Princeffe, elle fe vit exilée de la Cour avec fa mere, qui l'ayant menée en Normandie, elle époufa peu de tems après Nicolas Langlois, Seigneur de Motteville, premier Préfident de la Chambre des Comptes de Rouen.

Cette Dame ornée de toutes les qualités du corps & de l'efprit qui rendent une jeune perfonne accomplie, fe concilia l'amitié & l'eftime de tout ce qu'il y avoit de perfonnes diftinguées dans la Province où M. de Motteville étoit fort confideré, mais plus encore à caufe de fes vertus & de fon mérite, qu'à caufe du rang qu'il tenoit. Déja avancé en âge lorfqu'il fe maria, il ne jouit pas long-tems du bonheur qu'il avoit eu

d'unir

d'unir son sort à celui d'une Dame infiniment aimable, à qui il n'avoit pû refuser toute sa tendresse. Cet illustre Magistrat mourut au bout de deux ans de mariage.

Madame de Motteville devenüe veuve, ne songeoit qu'à passer ses jours dans la retraite, lorsque le Cardinal de Richelieu étant mort, & la Reine Anne d'Autriche ayant été déclarée Régente, cette Princesse la rappella à la Cour, & la retint toujours auprès d'elle en qualité de Dame employée sur l'état de la maison de la Reine, après la Dame d'honneur, & la Dame d'atour. La reconnoissance dont cette Dame étoit pénetrée pour les bontés dont son illustre bienfaitrice l'honoroit, lui inspira le dessein d'écrire les Mémoires de cette Princesse ; & pour rendre cette histoire plus intéressante & plus fidelle, elle se fit une loi d'écrire réguliérement ce qui se passoit chaque jour de plus remarquable, de même que tout ce qu'elle apprenoit de plus important dans les entretiens particuliers qu'elle avoit avec la Reine ; aussi les Mémoires précieux que cette illustre Dame nous a laissés, se trouvent remplis d'un grand nombre d'anecdotes, autant curieuses qu'instructives. Ces Mémoires renfermés en cinq volumes, ont été imprimés à Amsterdam en 1723.

Madame de Motteville honorée de la confiance de la Reine mere, le fut aussi de celle de la Reine d'Angleterre, Henriette Marie de France, & ce fut elle qui suggéra à cette Princesse l'établissement d'un nouveau Monastere des Religieuses de la Visitation au Village de Chaillot près Paris. Lorsque cet établissement fut fait, Mademoiselle Bertaut, sœur cadette de Madame de Motteville s'y retira, & y fit profession, & Madame de Motteville animée par son exemple, y vint souvent faire des retraites, mais sans prendre aucun engagement. Outre une somme d'argent considérable qu'elle donna à cette Maison, elle lui fit encore une pension viagere,

Tome III.   D

qu'elle paya toujours très-exactement, ainſi elle mérita
à juſte titre la qualité de bienfaitrice de cette Maiſon.

Cette illuſtre Dame mourut à Paris le 29 Décembre
1689, âgée de près de ſoixante & quatorze ans.

LOUISE ANASTASIE DE SERMENT.

CETTE illuſtre Fille née à Grenoble en Dauphiné vers le milieu du dix-ſeptiéme ſiécle, ſe fit un
grand nom dans la République des Lettres par ſon
érudition, & par la ſolidité d'un jugement exquis, qui
lui procura la gloire d'être ſouvent conſultée par les
plus grands Poëtes de ſon tems, & en particulier par
le célebre Quinault.

La pureté & l'élegance de ſon ſtyle ſe faiſoient également admirer dans les Ouvrages qu'elle compoſoit en
vers & en proſe ; mais ce qui la faiſoit conſidérer encore
davantage, étoit la parfaite connoiſſance qu'elle avoit
acquiſe de toutes les beautés de la langue Latine : ce
qui lui avoit donné une grande facilité pour compoſer
dans cette langue qu'elle parloit auſſi correctement,
que ſi c'eût été ſa langue naturelle. Un autre avantage
que Mademoiſelle de Serment tira de cette étude, fut
qu'elle lui ſervit à puiſer dans les Auteurs anciens un
fond d'érudition, qui n'eſt gueres le partage des perſonnes de ſon ſexe ; auſſi fut-elle ſurnommée la Philoſophe, & ce fut ſous ce nom qu'elle fut reçue à l'Académie de *Ricovrati* de Padoue.

La conſtance & la vertu de cette illuſtre fille furent
éprouvées pendant pluſieurs années par un cancer qui
lui rendoit la vie inſupportable ; peu de jours avant de
mourir, la violence des maux qu'elle ſouffroit, lui fit
faire les vers ſuivans.

Bientôt la lumiere des Cieux
Ne paroîtra plus à mes yeux;
Bientôt quitte envers la nature,
J'irai dans une nuit obscure
Me livrer pour jamais aux douceurs du sommeil,
Je ne me verrai plus par un triste réveil,
Exposée à sentir les troubles de la vie.
Mortels, qui commencez ici bas votre cours,
Je ne vous porte point d'envie;
Votre sort ne vaut pas le dernier de mes jours.
Viens, favorable mort, viens briser des liens,
Qui malgré moi m'attachent à la vie;
Frape, seconde mon envie,
Ne point souffrir est le plus grand des biens.
Dans ce long avenir j'entre l'esprit tranquile;
Pourquoi ce dernier pas est-il à redouter?
Du Maître des humains l'éternelle bonté,
Des malheureux mortels est le plus sûr azile.

On a aussi une Epigramme latine qu'elle fit sur le mê-me sujet, & qu'elle finit par ces vers.

Nectare clausa suo,
Dignum tantorum pretium tulit illa laborum.

Mademoiselle de Serment mourut à Paris vers l'an 1692, âgée d'environ cinquante ans. Quelques-uns de ses Ouvrages ont été insérés dans le recueil des piéces Académiques de M. de Vertron.

ANNE DE LA VIGNE.

LA célébre Anne de la Vigne étoit fille de Michel de la Vigne, Médecin de Vernon en Normandie, qui vint s'établir à Paris, où il se distingua beaucoup dans sa profession. L'estime qu'il faisoit de sa fille en comparaison d'un frere qu'elle avoit dont l'esprit étoit fort borné, lui arracha cette plaisanterie, qu'il se plaisoit à répeter souvent. *Quand j'ai fait ma fille, j'ai pensé faire mon fils, & quand j'ai fait mon fils, j'ai pensé faire ma fille.* Et il est vrai que Mademoiselle de la Vigne avoit un génie & des talens qui l'élevoient bien au dessus des personnes de son sexe, & qui l'ont aussi fait regarder comme l'une des plus sçavantes & des plus spirituelles filles de son tems. Née avec un esprit également solide & délicat, elle n'eut pas moins de goût pour les sciences les plus sublimes que pour la belle Littérature. Les progrès qu'elle fit dans l'étude de la Philosophie, nous sont marqués dans la belle piece en vers que lui adressa Mademoiselle Descartes, & qui a pour titre l'ombre de Descartes à Mademoiselle de la Vigne. L'ingénieuse réponse que cette Demoiselle fit à cette piéce, a été inserée dans un recueil de vers choisis, donné par le pere Bouhours.

Mais le talent particulier de Mademoiselle de la Vigne étoit pour la Poësie, & ce fut-là aussi le talent qu'elle cultiva avec le plus de soin, & qui lui acquit une grande réputation. Sa facilité à faire des vers étoit si grande, que le célebre M. Pellisson a dit de cette Demoiselle qu'il sembloit qu'elle eût été nourrie & élevée par les Muses. La belle Ode qu'elle adreſſa à Sa Majeſté, & qui eſt intitulée, *Monſeigneur le Dauphin au Roi,* fut trouvée ſi parfaite, que pour prix d'un ſi bel ouvrage, elle mérita de recevoir une boëte de coco, où étoit une lyre d'or émaillée avec une ode, dont nous ne rapporterons que les deux ſtrophes ſuivantes.

Tes vers ont ce tour auguſte,
Ce tour qu'il faut pour les Rois,
Si beau, ſi grand, & ſi juſte.
Ainſi chantoit autrefois
Celui qui chantoit d'Auguſte
Les vertus & les exploits.
Tel en les voyant paroître,
Crut voir Malherbe renaître.

Reçois donc, ſage Héroïne,
Une lyre qu'Appollon,
Pour ce deſſein te deſtine,
Souvent ſon illuſtre ſon
A ſous une main Divine
Charmé le ſacré vallon,
Trop heureux qu'elle obtienne
De réſonner ſous la tienne.

L'Ode admirable que Mademoiſelle de la Vigne adreſſa à Mademoiſelle de Scuderi pour la féliciter ſur le prix de l'éloquence que cette Demoiſelle avoit remporté à l'Académie Françoiſe, eſt marquée au même coin, c'eſt-à-dire qu'on y trouve la même nobleſſe, le même génie, la même délicateſſe, le même feu que dans celle qui eſt adreſſée au Roi. On a encore de

Mademoiſelle de la Vigne un grand nombre d'autres pieces de Poëſies toutes travaillées dans le même goût.

Cette illuſtre ſçavante que le judicieux M. Ménage n'a pas fait de difficulté de préférer aux anciens & aux modernes (*Madamigella de la Vigna la cui lira emula delle Trombe da Scorno a gli antichi, e invidia à noi*) eut la gloire d'être aſſociée à l'Académie des *Ricovrati* de Padoue. Sa trop grande application à l'étude lui cauſa la maladie dont elle mourut en 1694 à la fleur de ſon âge.

CHARLOTTE SAUMAISE DE CHAZAN,
Comteſſe de Bregy.

L'ILLUSTRE Comteſſe DE BREGY, niéce du ſçavant Claude Saumaiſe, qui en 1645 fut honoré d'un Brevet de Conſeiller d'Etat, naquit à Paris vers l'an 1623. Le célébre Benſerade auſſi bon Juge en eſprit qu'en beauté, nous apprend que cette Dame étoit une des plus belles & des plus ſpirituelles femmes de ſon tems, & c'eſt ce qu'il lui marque galamment dans une lettre en vers qu'il lui adreſſe, & où il s'exprime ainſi.

> *Mon ame incapable de feindre,*
> *Vous connoît aſſez pour vous craindre,*
> *Et le haut Char où je vous voi,*
> *Traîne aſſez d'eſclaves ſans moi.*
> *Si bon qu'il eſt bon ce me ſemble*
> *Que nous n'ayons commerce enſemble*
> *Qu'une fois, & ſur ce papier,*
> *Où je vous rends compte de hier.*

Cette Dame que mille qualités aimables du cœur & de l'esprit distinguoient encore davantage que l'éclat de sa naissance, épousa M. de Flecelles Comte de Bregy, Lieutenant Général des Armées du Roy, Conseiller d'Etat d'épée, Envoyé extraordinaire en Pologne & depuis Ambassadeur en Suede.

Nous avons de Madame la Comtesse de Bregy un Recueil de Lettres & de Poësies qui ont été imprimées à Leyde en 1668. Son esprit orné d'une agréable érudition & ses manieres gracieuses & polies lui firent d'illustres amis, & l'on connoît par ses lettres qu'elle avoit l'honneur d'en écrire jusqu'aux têtes couronnées, comme à la Reine Anne d'Autriche, à la Reine d'Angleterre, à la Reine de Suede; on voit aussi qu'elle en adresse à Monsieur Frere unique du Roi, à Madame la Duchesse de Longueville, à Madame la Comtesse de Soissons. La Reine Anne d'Autriche dont elle étoit une des Dames d'honneur, lui donna une glorieuse marque de distinction en faisant d'elle une mention honorable dans son Testament.

L'esprit & le caractere de cette illustre Dame parurent toujours aimables jusques dans un âge très avancé; elle conserva même sa beauté très long tems; ce qui donna occasion à quelque malin esprit de faire ce couplet de chanson.

Vous avez, belle Bregy,
Plus de Printems que les lys,
Car les lys n'en ont qu'un,
Vous en avez cinquante & bientôt cinquante-un.

Cette Dame mourut à Paris le 3 Avril 1693, âgée de 74 ans; & elle fut inhumée à Saint Gervais, où l'on voit son épitaphe conjointement avec celle de son mari.

MARIE-MAGDELAINE PIOCHE DE LA VERGNE, Comtesse de la Fayette.

CETTE illuftre Dame que fes écrits & la beauté de fon génie ont plus diftinguée encore que la nobleffe de la naiffance & la fplendeur du rang, étoit fille d'Amar, Seigneur de la Vergne, Gouverneur du Havre-de-Grace, Maréchal des Camps & Armées du Roi, & de Marie Penat.

Elle fut mariée en 1656 à François Comte de la Fayette, Seigneur de Nadefet. Sa beauté, fon efprit orné des plus belles connoiffances, la firent regarder comme un des principaux ornemens de la Cour de Louis XIV. Généreufe Protectrice des gens de Lettres, elle faififfoit avec empreffement toutes les occafions qui s'offroient de leur être utile, & les recherchoit même avec avidité. La protection qu'elle leur accordoit étoit une fuite de l'amour qu'elle avoit pour les beaux Arts qu'elle cultivoit elle-même avec foin, & dans lefquels elle réuffit parfaitement; auffi les ouvrages qu'elle nous a donnés l'ont fait confidérer comme une des premieres entre celles de fon fexe qui fe font diftinguées par leur fcience & par leur génie.

Si cette célébre Dame fut la protectrice des Sçavans, elle fut auffi l'objet de leur admiration & le fujet ordinaire de leurs louanges. M. de Cailleres lui a donné une place honorable dans fa Pleïade des Dames illuftres de fon tems. Le fçavant M. Huet ancien Evêque d'Avranches nous a laiffé dans fes ouvrages un grand éloge de cette Dame avec qui il étoit étroitement lié. M. de la Fontaine & l'Abbé Ménage ont auffi été fes Panégyriftes, de même que M. de Segrais qui ayant été obligé

de

de quitter la maison de Madame la Duchesse de Montpensier, dit Mademoiselle, trouva chez Madame la Comtesse de la Fayette une retraite aussi gracieuse qu'honorable. Mais ce qui fait de cette Dame un éloge peu commun, c'est que quoique ses talens joints aux qualités les plus estimables la rendissent digne des plus grandes louanges, elle ne pouvoit cependant les souffrir, & il sembloit qu'elle auroit voulu qu'on eût ignoré qu'elle fut l'Auteur des ingénieuses productions qui sortoient de sa plume. Sa modestie alla même si loin, qu'elle consentit que sa belle Zaïde, ouvrage imprimé tant de fois, & où il regne tant d'esprit & tant de délicatesse, parut sous le nom de M. de Segrais, & il est cependant constant, comme M. de Segrais l'avoüe lui-même dans son *Segresiana*, qu'il n'eut d'autre part à cet ouvrage que celle d'avoir contribué à sa disposition. Ce fut pour relever le mérite de ce même ouvrage, que M. Huet composa son Traité de l'origine des Romans.

La Princesse de Cleves, la Princesse de Montpensier avec des Mémoires de la Cour de France pour les années 1688 & 1689, sont encore d'autres ouvrages de Madame de la Fayette non moins bien écrits que celui dont nous venons de parler.

Cette illustre Dame consacra les dernieres années de sa vie à l'exercice de la plus solide piété. Elle mourut au mois de Mai de l'année 1693.

MARIE L'HERITIER DE VILLANDON.

MADEMOISELLE L'HERITIER fille de Nicolas l'Heritier, Tréforier du Régiment des Gardes Françoifes, Hiftoriographe du Roi, mort au mois d'Août de l'année 1680, naquit à Paris en 16.... Son pere lui tranfmit le talent qu'il avoit de bien écrire. On a de cet illuftre fçavant une traduction du Traité de Grotius, du droit de la paix & de la guerre, un tableau hiftorique des principaux événemens de la Monarchie Françoife, & deux Tragédies, l'une intitulée l'*Hercule furieux*, & l'autre *Clovis* avec un grand nombre d'autres pieces de Poëfies. Mademoifelle l'Héritier pour honorer la mémoire de ce grand homme fit graver fon portrait avec les vers fuivans.

> *Dans fes Vers, dans fa Profe on voyoit mille charmes,*
> *Son courage éclata dans le métier des armes,*
> *Les vertus, le fçavoir ornérent fa valeur,*
> *Et lorfque fon efprit guidé par la candeur*
> *D'un fidelle pinceau lui fit tracer l'Hiftoire*
> *Des Héros qu'il peignit, il partagea la gloire.*

Les ouvrages que nous avons de Mademoifelle l'Héritier, font deux volumes d'Œuvres mêlées en Vers & en Profe, l'Apothéofe de Mademoifelle de Scuderi, l'Hiftoire de Richard Roi d'Angleterre, le Tombeau de M. le Dauphin Duc de Bourgogne, les Caprices du Deftin & la Pompe Dauphine; mais fon ouvrage le plus eftimé eft la belle traduction qu'elle nous a laiffée des Epîtres Héroïques d'Ovide, qui a été imprimée en 1732.

Plusieurs pieces de Poësies de Mademoiselle l'Héritier ont remporté les prix proposés par différentes Académies. L'une de ses plus belles pieces est le Sonnet
suivant qu'elle composa à la gloire du Roi.

De l'Europe liguée accepter le .... cartel.
La vaincre, la calmer, faire trembler le .... More,
Etre craint & cheri plus loin que le .... Bosphore,
Et partout acquérir un honneur .... immortel.

Fier dans le champ de Mars, humble au pied de .... l'Autel,
Détruire des erreurs que le Ciel hait .... abhorre,
Etre juste, prudent, plus intrepide .... encore,
Si vaillant que jamais Conquérant ne fut .... tel.

Triompher en tous lieux par valeur, par .... sagesse,
Sçavoir juger de tout avec .... délicatesse,
Avoir encore le cœur au-dessus de son .... rang,

Faire plus en un jour qu'en trente on n'en peut .... dire,
Eut-on d'Apollon même & la voix & la .... Lyre,
C'est ce que l'Univers voit dans Louis .... le Grand.

Une piece non moins admirable est un autre Sonnet que cette illustre fille fit aussi à la gloire du Roi, &
qui lui fit de même remporter le prix qui avoit été
proposé par l'Académie : voici ce Sonnet.

Dans la route brillante où la gloire te .... guide,
Vingt Souverains jaloux en vain de toutes .... parts,
Elevent contre toi mille orgueilleux .... remparts,
Toujours en ta faveur la victoire .... décide,

E ij

Qui pourroit s'opposer à ta valeur .... rapide?
Surpaſſant en un jour Conſtantins & .... Ceſars,
Agiſſant & tranquille au milieu des ,... haſards,
Rien ne peut ébranler ton courage .... intrépide,

Que tu ſçais bien remplir tes auguſtes .... emplois,
Pere de tes ſujets & Protecteur des .... Loix,
Les flots ont beau gronder, nous bravons les ... tempêtes.

Si tu ſuivois le cours de tes exploits ... divers,
De l'aurore au couchant tu ferois des .... Conquêtes ;
Mais Grand Roi, tu ne veux que calmer .... l'Univers.

Mademoiſelle l'Heritier reçue à l'Académie des *Ri-covrati* de Padoue, mérita encore de tenir un rang ho-norable dans celle des Lanterniſtes de Touloufe.

ANTOINETE DESHOUILLERES.

ANTOINETTE du Liger de Lagarde, née à Paris en 1630, fut mariée en 1651 à Guillaume de la Fond, Seigneur de Bois Guerin, & Deshouilleres, Lieutenant de Roi des Ville & Citadelle de Doublens.

Cette Dame dont le nom seul fait l'éloge, & qui par la beauté de son génie fut un des plus grands ornemens de son siécle, porta l'excellence de la poësie Françoise au plus haut degré de perfection ; & l'on ne peut nier que parmi les plus grands Poëtes de l'un & de l'autre sexe, il n'y en a aucun qui ait mieux réussi qu'elle, sut tout pour l'Idille.

L'élévation & la noblesse des sentimens, la délicatesse & les graces de l'expression, l'harmonie & la disposition des rimes, & généralement enfin toutes les beautés que l'on peut rechercher dans un ouvrage de Poësie, se trouvent réunies dans ceux de Madame Deshouilleres. Pénetrée elle-même des sentimens qu'elle exprimoit, elle faisoit parler son cœur dans ses Écrits ; aussi le langage en étoit-il toujours persuasif, tendre & touchant. Si elle parloit de l'amour elle en faisoit sentir toutes les douceurs ; mais elle n'en cachoit pas aussi les dangers. L'étude qu'elle avoit fait de la nature lui auroit appris à lire dans le cœur de l'homme : & elle en démêloit tous les plis & les replis, & en reconnoissoit toutes les foiblesses. De-là vient la justesse & la solidité des réflexions qui se trouvent repandues dans ceux de ses Ouvrages, où elle traite de l'esprit humain.

Le mérite de cette illustre Sçavante étoit trop universellement reconnu, pour qu'il ne lui donnât pas droit de prétendre aux plus grands honneurs. Reçûe à l'Académie de Ricovrati de Padoue, elle eut encore la gloire d'être affociée à celle d'Arles en 1689. Les qualités de fon cœur non moins estimables que celles de fon efprit, la liérent d'amitié avec les perfonnes les plus diftinguées du Royaume, comme on peut en juger par le commerce de Lettres qu'elle entretint avec Meffieurs les Ducs de la Rochefoucaut, de faint Aignan, de Montaufier, de Nevers de Vivone, le célébre Charpentier, & Monfieur Fléchier, Evêque de Nifmes.

Madame Deshouilleres eut auffi pour amie particuliere Mademoifelle Cheron, illuftre par fes talens pour la Peinture & pour la Poëfie. Celle-ci ayant fait le portrait de fon amie, Madame Deshouilleres compofa à cette occafion une piece admirable fur la vanité de l'homme de vouloir être connu dans la poftérité. Les quatre vers fuivans gravés au bas de ce portrait, nous apprennent, Qu'aux plus rares talens Madame Deshouilleres joignoit encore la figure la plus aimable, & il eft vrai que la nature fembloit avoir pris plaifir à raffembler dans elle toutes les qualités du corps & de l'efprit.

Voici çes vers :

Si Corinthe en beauté fut célébre autrefois ;
Si des vers de Pindare, elle effaça la gloire,
Quel rang doivent tenir au temple de Mémoire
Les vers que tu vas lire, & les traits que tu vois.

Les Oeuvres Poëtiques de Madame Deshouilleres, dont on a fait plufieurs impreffions, confiftent en un grand nombre d'Idyles, d'Eclogues, d'Elegies, d'Odes, de Ballades, de Rondeaux, de Madrigaux & de Chanfons. Elle a auffi compofé une Tragédie intitulée *Genferic*, qu'elle fit repréfenter, & qui fe trouve inferée dans le dernier recueil de fes œuvres.

Cette illuſtre Dame dont la mémoire durera autant
qu'il y aura des amateurs de la Poëſie, mourut à Paris
le 17 Février 1694, dans la cinquante-ſixiéme année
de ſon âge.

MARIE DE SEVIGNE'.

MARIE de Sevigné, fille de Marie de Coulanges,
& de Celſe Benigne de Rabutin, Baron de Chantal, Bourbilly, & chef de la branche aînée de la maiſon de Rabutin, nâquit le 5 de Février 1626.

Le Baron de Chantal, ſon pere, étoit fils de Jeanne
Françoiſe Fremiot, l'illuſtre fondatrice de l'Ordre de
la Viſitation. Il fut tué le 22 Juillet 1627, à la deſcente
des Anglois en l'Iſle de Ré, où il commandoit l'eſca-
dron des Gentilshommes volontaires ; ainſi Marie de
Rabutin, âgée d'un an & quelque mois, demeura ſeule
héritiere des biens de cette branche de Rabutin.

Elle fut mariée à l'âge de dix-huit ans à Henri, Marquis de Sevigné, d'une très ancienne maiſon de Bretagne, Maréchal des Camps & Armées du Roi & Gouverneur de Fougeres. Quoique le Marquis n'ait pas eu
pour cette illuſtre Dame tout l'attachement dont elle
étoit digne, elle n'en fut pas pour cela moins affligée
de ſa mort arrivée en 1651, dans un combat ſingulier,
où il fut tué par le Chevalier d'Albret.

Madame de Sevigné laiſſée veuve avec deux enfans,
un fils & une fille, ramaſſa ſur eux toute ſa tendreſſe,
ce qu'elle fit voir non ſeulement par le ſoin qu'elle prit
de leur éducation ; mais encore par ſon attention à re-
tablir les affaires de la maiſon de Sevigné. En quoi
elle fut aidée des conſeils de l'Abbé de Coulanges, ſon
oncle.

Cette tendre mere eut la confolation de voir fes foins fuivis des plus heureux fuccès. Le Marquis de Sevigné, fon fils, Sous-Lieutenant des Gendarmes Dauphins, & Lieutenant de Roi au Comté Nantois, fe diftingua par toutes les qualités qui caractérifent un Cavalier parfait, & Mademoifelle de Sevigné parut dans le monde avec tous les avantages qui rendent une jeune perfonne accomplie. Le bruit de fa beauté, de fa fageffe & de fon efprit, l'avoit précedée à la Cour lorfque Madame de Sevigné l'y mena en 1663, pour la premiere fois. Peu de tems après y être arrivée elle fut choifie pour repréfenter une bergere dans le Ballet Royal des arts. Voici les vers que l'illuftre Benferade fit à cette occafion.

> *Déja cette beauté fait craindre fa puiffance,*
> *Et pour nous mettre en butte à d'extrémes dangers,*
> *Elle entre juftement dans l'âge où l'on commence*
> *A diftinguer les loups d'avec les bergers.*

Dans une autre Fête que le Roi donna en 1667, Mademoifelle de Sevigné repréfenta un amour déguifé en Nimphe maritime, ce qui donna fujet au même Auteur d'adreffer à cette Demoifelle les vers fuivans.

> *Vous traveftir ainfi c'eft bien être ingénu,*
> *Amour, c'eft comme fi pour n'être pas connu*
> *Avec une innocence extrême*
> *Vous vous déguifiez en vous-même.*
> *Elle a vos traits, vos feux, & votre air engageant,*
> *Et de même que vous fourit en égorgeant;*
> *Enfin qui fit l'un a fait l'autre,*
> *Et jufques à fa mere, elle eft comme la vôtre.*

L'année fuivante Mademoifelle de Sevigné ayant été deftinée à repréfenter Omphale dans le Ballet Royal

de

de la naiſſance de Venus, le même M. Benſerade cé-
lebra les louanges de cette jeune beauté pàr de nouveaux vers.

Blondins accoutumés à faire des conquêtes
Devant ce jeune objet ſi charmant & ſi doux.
  Tous grands héros que vous êtes,
Il ne faut pas laiſſer pourtant de filer doux.
L'ingrate foule aux pieds Hercule & ſa maſſue.
Quelle que ſoit l'offrande, elle n'eſt point reçue :
Elle verroit mourir le plus fidel Amant,
Faute de l'aſſiſter d'un regard ſeulement.
Injuſte procedé, ſotte façon de faire,
Que la pucelle tient de Madame ſa mere,
Et que la bonne Dame au courage inhumain,
Se laſſant auſſi peu d'être belle que ſage
Encore tous les jours applique à ſon uſage.
  Au détriment du genre-humain.

Une fille ſi ſemblable à ſa mere étoit bien propre à
lui inſpirer cette tendreſſe extrême qu'on lui a connue,
& à remplir toute la capacité du cœur le plus ſenſible,
qui fut jamais. » Si vous êtes mon préſervatif, dit Ma-
» dame de Sevigné à ſa fille, je vous ſuis trop obligée,
» & je ne puis trop aimer l'amitié que j'ai pour vous. »
Mademoiſelle de Sevigné fut mariée en 1669 à François Adhémar de Monteil, Comte de Grignan, Chevalier des Ordres du Roi, Lieutenant Géneral au Gouvernement de Provence, & des armées de Sa Majeſté.
Peu de tems après, le ſervice du Roi appella M. de
Grignan en Provence, où il a preſque toujours commandé en l'abſence de M. le Duc de Vendôme, qui
en étoit Gouverneur. Si ce fut pour Madame de Grignan une raiſon indiſpenſable de faire de fréquens

voyages en Provence, ce fut pour Madame de Sevigné la source des plus vives inquiétudes. La douleur d'une telle séparation, & le souvenir d'une fille si aimable & si tendrement cherie, l'occupoient continuellement, & toutes ses pensées ne tournoient que sur les moyens de la revoir, tantôt à Paris où sa fille venoit la trouver, & tantôt en Provence où elle alloit chercher sa fille. C'est cette séparation qui a donné lieu en partie à ce grand nombre de belles lettres si spirituelles & si délicatement écrites que nous avons de Madame de Sevigné. On peut par la seule lecture de ses lettres se mettre à portée de bien juger des véritables beautés d'un stile qui ne peut être décrit que très imparfaitement ; & qui est regardé avec raison comme le modele du genre épistolaire. Voici comment Madame de Sevigné s'exprime elle-même au sujet de son stile. ›› Est-il possible, ›› écrit-elle à sa fille, que mes lettres vous soient agréa- ›› bles au point que vous me le dites ; je ne les sens ›› point telles en sortant de mes mains, je crois qu'elles ›› le deviennent en passant par les vôtres ; enfin c'est un ›› grand bonheur que vous les aimiez ; car de la maniere ›› dont vous en êtes accablée, vous seriez fort à plain- ›› dre si cela étoit autrement. M. de Coulanges étoit ›› bien en peine de sçavoir laquelle de vos Madames y ›› prend goût ; nous trouvons que c'est un bon signe ›› pour elle, car mon stile est si négligé qu'il faut avoir ›› l'esprit naturellement du monde pour pouvoir s'en ›› accommoder. ››

Et il est vrai que c'est ce naturel charmant & inimitable qui fait la plus grande beauté des lettres de cette illustre Dame.

Voici, le beau portrait que Madame de Lafayette, sous le nom d'un inconnu, fit autrefois de Madame de Sevigné l'une de ses meilleures amies.

›› Tous ceux qui se mêlent de peindre les belles, dit ›› cette ingénieuse Dame, s'efforcent de les embellir ›› pour leur plaire, & n'oseroient leur dire un seul de

» leurs défauts. Pour moi, Madame, grace au privilege
» d'inconnu dont je jouis auprès de vous, je m'en vais
» vous peindre bien hardiment, & vous dire vos vérités
» tout à mon aise, sans crainte de m'attirer votre colere.
» Je suis au désespoir de n'en avoir que d'agréables à
» vous conter; car ce me seroit un grand plaisir, si après
» vous avoir reproché mille défauts, je me voyois cet
» hyver aussi bien reçu de vous que mille gens qui
» n'ont fait toute leur vie que de vous importuner de
» louanges. Je ne veux point vous en accabler, m'amu-
» ser à vous dire que votre taille est admirable, que
» votre teint a une beauté & une fleur qui assure que
» vous n'avez que vingt ans, que votre bouche, vos
» dents & vos cheveux sont incomparables; je ne veux
» point vous dire toutes ces choses, votre miroir vous
» le dit assez; mais comme vous ne vous amusez pas à
» lui parler, il ne peut vous dire combien vous êtes ai-
» mable quand vous parlez, & c'est ce que je veux vous
» apprendre. Sachez donc, Madame, si par hazard vous
» ne le sçavez pas, que votre esprit pare & embellit si
» fort votre personne qu'il n'y en a point sur la terre de
» si charmante lorsque vous êtes animée dans une con-
» versation dont la contrainte est bannie. Tout ce que
» vous dites a un tel charme, & vous sied si bien que vos
» paroles attirent les ris & les graces autour de vous, &
» le brillant de votre esprit donne un si grand éclat à
» votre teint & à vos yeux, que quoiqu'il semble que
» l'esprit ne dût toucher que les oreilles, il est pourtant
» certain que le vôtre éblouit les yeux, & que quand
» on vous écoute, on ne voit plus qu'il manque quelque
» chose à la régularité de vos traits, & l'on vous cede la
» beauté du monde la plus achevée. Vous pouvez juger
» que si je vous suis inconnu, vous ne m'êtes pas in-
» connue, & qu'il faut que j'aye eu plus d'une fois l'hon-
» neur de vous voir, & de vous entendre, pour avoir
» démêlé ce qui fait en vous cet agrément, dont tout
» le monde est surpris. Mais je veux encore vous faire

F ij

» voir, Madame, que je ne connois pas moins les qua-
» lités solides, qui sont en vous, que je fais les agréables
» dont on est touché. Votre ame est grande, noble,
» propre à dispenser des trésors & incapable de s'abaisser
» aux soins d'en amasser. Vous êtes sensible à la gloire
» & à l'ambition, & vous ne l'êtes pas moins aux plaisirs.
» Vous paroissez née pour eux, & il paroît qu'ils soient
» faits pour vous ; votre présence augmente les divertis-
» semens, & les divertissemens augmentent votre beauté
» lorsqu'ils vous environnent. Enfin la joie est l'état vé-
» ritable de votre ame, & le chagrin vous est plus con-
» traire qu'à qui que ce soit. Vous êtes naturellement
» tendre & passionnée, mais à la honte de notre sexe,
» cette tendresse vous a toujours été inutile, & vous
» l'avez renfermée dans le vôtre en la donnant à Ma-
» dame de la Fayette. Ha ! Madame, s'il y avoit quel-
» qu'un au monde assez heureux pour que vous ne
» l'eussiez pas trouvé indigne du tresor dont elle jouit,
» & qu'il n'eût pas tout mis en usage pour le posseder,
» il mériteroit de souffrir seul toutes les disgraces à quoi
» l'amour peut soumettre tous ceux qui vivent sous son
» empire. Quel bonheur d'être le maître d'un cœur
» comme le vôtre, dont les sentimens fussent expliqués
» par cet esprit galant que les Dieux vous ont donné.
» Votre cœur, Madame, est sans doute un bien qui ne
» se peut mériter. Jamais il n'y en eut de si génereux,
» si bienfait & si fidelle. Il y a des gens qui vous soup-
» çonnent de ne le pas montrer toujours tel qu'il est,
» mais au contraire vous êtes si accoûtumée à n'y rien
» sentir qui ne vous soit honorable, que même vous y
» laissez voir quelquefois, ce que la prudence vous
» obligeroit de cacher. Vous êtes la plus civile & la plus
» obligeante personne qui ait jamais été, & par un air
» libre & doux qui est dans toutes vos actions, les plus
» simples complimens de bienséance paroissent en vo-
» tre bouche des protestations d'amitié, & tous les gens
» qui sortent d'auprès de vous s'en vont persuadés de

votre estime & de votre bienveillance, sans qu'ils «
puissent se dire à eux mêmes quelle marque vous leur «
avez donné de l'un & de l'autre. Enfin vous avez reçu «
des graces du Ciel, qui n'ont jamais été données qu'à «
vous, & le monde vous est obligé de lui être venu «
montrer mille aimables qualités qui jusqu'ici lui «
avoient été inconnues. Je ne veux point m'embarquer «
à vous les dépeindre toutes, car je romprois le dessein «
que j'ai fait de ne pas vous accabler de louanges, & «
de plus, Madame, pour vous en donner qui fussent «
dignes de vous & dignes de paroître, il faudroit être «
votre amant ; & je n'ai pas l'honneur de l'être.

Ce beau portrait de Madame de Sevigné, quelqu'a-
chevé qu'il paroisse, ne nous trace cependant qu'une
partie du mérite de cette illustre Dame. C'est, comme
nous l'avons dit, par la lecture de ses admirables lettres
que l'on pourra se former une juste idée de la beauté
de son génie & de toutes les qualités de son cœur.

Dans le dernier voyage que Madame de Sevigné fit à
Grignan en 1696, elle se donna tant de mouvemens &
de soins pendant une longue maladie de Madame de
Grignan, qu'elle tomba elle-même malade d'une fiévre
continue, qui l'emporta le quatorziéme jour dans la
soixante & dixiéme année de son âge.

F iij

MAGDELEINE DE SCUDERY.

MAGDELEINE DE SCUDERY, furnommée la Sapho de fon fiecle, iffue d'une famille noble & ancienne originaire du Royaume de Naples, mais établie depuis long tems en Provence, naquit à Apt en 1607. Ayant été menée à Paris dès fa plus tendre jeuneffe, elle y fut élevée avec foin, & elle apprit en peu de tems à écrire parfaitement en Vers & en Profe. L'entrée libre qu'elle avoit à l'Hôtel de Rambouillet lui donna occafion de fe faire connoître des Sçavans qui s'y affembloient, & qui ne purent lui refufer leur admiration.

C'étoit alors le regne des Romans, & Mademoifelle de Scuderi crut devoir fe conformer au gout du fiecle; mais elle fçut donner à ces fortes d'ouvrages un tour, un agrément qui les firent rechercher avec avidité, & qui lui acquirent une grande réputation; & il eft vrai que ces Romans, fi toutesfois on peut les appeller de ce nom, ne doivent être regardés que comme des efpeces de Poëmes épiques & des hiftoires véritables fous des noms cachés. Tels font Artamene ou le Grand Cyrus, où l'on trouve une partie confidérable de la vie de Louis de Bourbon Prince de Condé; & fa Clelie qui renferme quantité de traits qui ont du rapport à tout ce qu'il y avoit alors de perfonnes illuftres en France.

Mais rien ne prouve mieux le mérite de cette illuftre fçavante, que le commerce de Littérature que les plus beaux efprits de fon fiecle fe font empreffés de lier avec elle, & les grands éloges qu'ils ont fait de fon fçavoir & de fes ouvrages. Le P. Bouhours dit dans fes

penſées ingénieuſes, que Mademoiſelle de Scuderi eſt
la Sapho de ſon ſiecle, mais qui ne reſſemble à celle
de la Grece que par l'eſprit, & qu'elle n'a pas moins de
ſçavoir que de vertu.

Scaron dans une longue Epitre qu'il lui adreſſe, lui
parle en ces termes.

O Sapho qui rendez la Seine auſſi célébre
Que le fut autrefois le rivage de l'Hebre,
Sapho de qui le nom vole par l'Univers,
Inimitable en Proſe, inimitable en Vers,
Au degré de mérite où vous êtes venue,
Votre vertu ne peut être aſſez reconnue,
Et le ſiécle envers vous, quelque bien, quelque éclat
Qu'il vous donne jamais, ſera toujours ingrat.

On pourra juger de l'eſtime que le célebre M. Ber-
toulaud faiſoit de Mademoiſelle de Scuderi par les vers
ſuivans qu'il lui adreſſa en lui envoyant une agathe
orientale, où la montagne du Parnaſſe ſe trouvoit gravée naturellement.

Du Parnaſſe fameux, vous voyez la Peinture,
Telle qu'en racourci la forma la nature;
Mais Sapho, quand ſa main ébaucha ce tableau,
Et que votre art brillant d'une gloire immortelle
Nous traceroit ce Mont d'un crayon plus fidelle;
Qui connoît comme vous tous ſes ſentiers divers
Où croiſſent d'Apollon les lauriers les plus verds,
Où les neuf doêtes Sœurs compagnes de vos traces
S'aſſemblent pour vous ſuivre avec toutes les graces,
Et choiſir pour vous ſeule en ces aimables lieux
Les fleurs dont vous parez les Héros & les Dieux.

Cette illuftre fille comptoit encore parmi fes admi-rateurs Conrart, Pelliffon, Ménage, Defcartes, le cé-lebre M. Huet, le Maréchal de Roquelaure, le Duc de Montauzier, Mefdemoifelles de la Vigne, l'Heritier, de Serment, de Razilly & un grand nombre d'autres perfonnes de l'un & de l'autre fexe diftinguées par leur mérite & par leur fçavoir.

Mais on ne s'en tint pas à fon égard à une admira-tion ftérile. Chriftine Reine de Suede l'honora de fon portrait & d'un brevet de penfion, & le Cardinal Ma-zarin lui en donna auffi une par fon Teftament, le Chancelier Boucherat lui en établit une autre fur les Sceaux, & en 1683 Louis XIV. lui en accorda une de deux mille livres.

Tant de bienfaits furent accompagnés des plus grands honneurs, Mademoifelle de Scudery reçue à l'Acadé-mie des Ricovrati de Padoue mérita encore d'être af-fociée à toutes les autres Académies où les perfonnes de fon fexe peuvent être reçues ; mais ce qui lui fit le plus d'honneur fut le prix dont l'Académie Françoife couronna en 1671 le beau difcours qu'elle compofa fur la véritable gloire. M. Boyer de l'Académie a rendu dans les vers fuivans une partie des fublimes penfées renfermées dans ce chef-d'œuvre d'éloquence.

> *Princes, Vainqueurs, Héros, illuftres Conquérans,*
> *Vous êtes appellés à la gloire immortelle,*
> *Mais fans vous éblouir par des titres fi grands,*
> *Songez à difcerner la voix qui vous appelle.*

> *Quelquefois égarés, à l'avanture errans,*
> *Vous fuivez follement une route infidelle,*
> *La gloire vous paroît fous des traits différens,*
> *Gardez-vous d'embraffer fon phantôme pour elle.*

Souvent

Souvent les hauts projets d'un cœur ambitieux,
Les crimes éclatans éblouiſſent les yeux,
Et font de leurs Auteurs honorer la mémoire.

Trompés par de faux jours qui conduiſent nos pas,
Nous penſons rencontrer la véritable gloire.
Mais il n'eſt point de gloire, où la vertu n'eſt pas.

Les ouvrages de Mademoiſelle Scuderi ſont l'illuſtre Baſſa, le Grand Cyrus, Clelie, l'Eſclave Reine, Mathilde d'Aquila, la Promenade de Verſailles & pluſieurs volumes de converſation ſur divers ſujets de morale.

Le beau génie de cette illuſtre ſçavante n'a pas moins éclaté dans ſes vers que dans ſa Proſe, & on a un grand nombre de pieces de Poëſies de ſa façon qui ont été inſérées dans divers recueils de vers choiſis.

Cette célebre fille, la gloire & l'ornement de ſon ſiécle mourut le 2 Juin 1701 âgée de 94 ans. Elle fut inhumée dans l'Egliſe de S. Nicolas des Champs ſa Paroiſſe. Chantée pendant ſa vie par les plus beaux eſprits de ſon tems, elle le fut encore après ſa mort par quantité d'éloges en Vers & en Proſe, dont ſes cendres furent honorées. M. de Verton Hiſtoriographe du Roi lui dreſſa l'Epitaphe ſuivante.

Ad felicem memoriam
MAGDALENÆ DE SCUDERY
Quæ
Pudore, fide, pietate, ingenio nec non animi fortitudine
vix inveniet parem.
Pudore caſto animata floruit ut lilium inter ſpinas
fide inſtigata ſolis inſtar, luce & ardore
amicos recreavit.
Pietate freta aquilæ ſimilis, terrena deſpiciens,

Tome III.   G

cœleſtibus tantum aſpiravit.
Ingenio clara inter muſas emicuit
Gallica Sapho.
Animi fortitudine roborata corporis imbecillitatem
ſuperavit heroina invicta.
In arduis inconcuſſa velut rupes inter fluctus ſtetit.
Chriſtianam in doloribus ſe probavit Amazonem.
Utriuſque ſæculi decus veteri orta ,
heu novo occidit.
Nunquam moritura , ſi aliud ad æternitatem
patuiſſet iter.
Obiit poſtridie Calendas Junias anno ætatis 94.
Chriſti 1701.

On mit ſous ſon portrait qui avoit été gravé par le
célebre Nanteuil, les quatre vers ſuivans.

Si la Grece autrefois fertile en beaux eſprits,
S'applaudiſſoit de voir ſa Sapho ſans pareille,
La France en Scuderi produit une merveille
Qui ne lui fait pas moins d'honneur par ſes écrits.

» Mademoiſelle de Scuderi , dit M. l'Abbé Boſquil=
» lon, avoit raſſemblé en elle ſeule toutes les vertus ,
» tous les talens & tous les différens mérites des deux
» ſexes ; un cœur droit & généreux , une ame grande
» & ferme, un eſprit vaſte & ſolide, capable des plus
» grandes choſes, & qui ſçavoit deſcendre ſans s'avi-
» lir, juſqu'aux plus petites. La douceur , la bonté , la
» modeſtie, la patience , la charité ne lui coutoient
» rien à pratiquer, ſa foi étoit éclairée, mais ſimple &
» docile ; ſa piété ſans faſte & ſans foibleſſe. Elle avoit
» une facilité extrême à réuſſir à tout ce qu'elle entre-
» prenoit ; un goût exquis , une éloquence naturelle,
» une politeſſe charmante, une connoiſſance exacte
» de tous les devoirs qu'elle rempliſſoit ſans peine &

» fans embarras ; un favoir acquis par le feul motif
» d'occuper utilement fon efprit & de perfectionner fa
» raifon, une attention particuliere à le cacher pour
» ne choquer ni l'amour propre des autres, ni les bien-
» féances. Toujours difpofée à faire plaifir, ennemie
» des médifances & des médifans, jufte dans fes choix,
» fure dans fon commerce, fincere, difcrette & judi-
» cieufe ; vraie en tout & toujours égale, elle faifoit
» fouhaiter à tout le monde fa connoiffance & fon ami-
» tié. Incapable de changement comme de foibleffe,
» fes amis n'étoient jamais plus affurés de fon cœur,
» que quand ils étoient malheureux. Elle trouvoit
» alors des reffources infinies pour les fervir, rien ne
» lui paroiffoit difficile ou impoffible, rien ne lui cou-
» toit, autant élevée au-deffus d'elle-même par la bon-
» té de fon cœur, qu'elle étoit au-deffus des autres par
» la grandeur de fon efprit & de fes vûes.

A cet éloge nous joindrons la lettre honorable que
la célebre Académie des Ricovrati de Padoue adreffa
à Mademoifelle de Scuderi, lorfqu'elle l'affocia à fon
illuftre Corps. Cette lettre qui fut écrite par M. Charles Patin, commmence ainfi :

MADEMOISELLE,

*Quand notre Académie vous a choifie pour être de fon
Corps, elle n'a pas prétendu rendre votre mérite plus connu
qu'il ne l'eft déja par vos ouvrages, elle a voulu marquer
qu'elle connoît parfaitement ce mérite fi acquis, & elle n'a
pas moins fongé à fe faire honneur, qu'à honorer vos excellentes qualités.*

Ces ouvrages de Mademoifelle de Scuderi ont été
beaucoup loués par le célebre Abbé Menage. » Il y a
» mille chofes, dit-il, dans les Romans de cette fça-
» vante fille qu'on ne peut trop eftimer. Elle a pris dans
» les anciens tout ce qu'il y a de bon & l'a rendu meil-

» leur, comme ce Prince de la fable qui changeoit tout
» en or. On peut lire ses ouvrages avec beaucoup de
» profit pour peu qu'on ait l'esprit bien fait & qu'on
» cherche dans la lecture de quoi s'instruire. Ceux qui
» en blâment la longueur font voir par ce jugement la
» petitesse de leur esprit ; comme si on devoit méprifer
» Homere & Virgile, parce que leurs livres contien-
» nent plusieurs livres chargés de beaucoup d'épisodes
» & d'incidens qui en reculent nécessairement la con-
» clusion. Il faut avoir bien peu de connoissance pour
» ne pas voir que le Cyrus & la Clelie sont dans le
» genre de Poëme épique. Mademoiselle de Scuderi a
» si bien manié sa matiere & a fait venir à propos tant
» de belles chofes, que rien dans ce genre n'est com-
» parable à ce qu'elle a fait, & à quelques expressions
» & à quelque tours près, mais de peu de conféquence
» qui ont vieilli, le reste durera toujours & plus que
» les critiques qu'on en a faites. Ce qu'on a donné de-
» puis dans ce genre d'écrire est une grande marque
» du mauvais goût de notre tems & du genre médio-
» cre qui les produit, ce ne font que de petites nou-
» velles tout au plus, qui ne font rien concevoir à no-
» tre idée, ni d'utile, ni de majestueux. Ce qu'a fait
» Mademoiselle de Scuderi forme dans notre ame de
» grands sentimens de vertu que ces fortes de pieces
» doivent inspirer.

　　Il s'en faut bien que M. Despreaux penfe si favorablement de ces mêmes ouvrages : Voici ce qu'il en dit
dans fon difcours fur le dialogue intitulé : *Les Héros
de Roman*.

　　» Après avoir fait mention de l'*Aftrée d'Honoré Urfé*,
» il ajoute. Le grand fuccès de ce Roman échauffa si
» bien les beaux efprits d'alors, qu'ils en firent à fon
« imitation quantité de femblables dont il y en avoit
» même de dix & de douze volumes, & ce fut pen-
» dant quelque tems comme une efpece de déborde-
» ment fur le Parnaffe, on vantoit furtout ceux de *Gom-*

» *berville* , de *Calprenede* , de *Defmarets* & de *Scuderi*.
» Mais ces imitateurs s'efforçant mal-à-propos d'en-
» cherir fur l'original , & prétendant annoblir fes ca-
» racteres , tomberent à mon avis dans une très-gran-
» de puerilité ; car au lieu de prendre comme lui pour
» Heros des bergers occupés du feul foin de gagner le
» cœur de leurs maîtreffes , ils prirent pour leur don-
» ner cette étrange occupation non-feulement des Prin-
» ces & des Rois , mais les plus fameux Capitaines de
» l'antiquité , qu'ils peignirent pleins du même efprit
» que ces bergers , ayant à leur exemple fait comme
» une efpece de vœu de ne parler jamais , & de n'en-
» tendre jamais parler que d'amour. De forte qu'au
» lieu que d'Urfé dans fon aftrée , de bergers très-fri-
» voles , avoit fait des Heros de Romans très-confidé-
» rables. Ces Auteurs au-contraire des Heros les plus
» confidérables de l'Hiftoire , firent des bergers très-
» frivoles , & quelquefois même des Bourgeois encore
» plus frivoles que ces bergers ; leurs ouvrages néan-
» moins ne laifferent pas de trouver un Hombre infini
» d'admirateurs , & eurent long tems une fort grande
» vogue.

» Mais ceux qui s'attirerent le plus d'applaudiffe-
» mens , ce fut le *Cyrus* & la *Clelie* de Mademoifelle de
» Scuderi. Cependant , non-feulement elle tomba dans
» la même puerilité , mais elle la pouffa encore à un
» plus grand excès ; fi bien qu'au lieu de reprefenter
» comme elle devoit , dans la perfonne de Cyrus un
» Roi promis par les Prophêtes , tel qu'il eft exprimé
» dans la Bible , ou comme le peint Herodote le plus
» grand Conquerant que l'on eut encore vû , ou enfin
» tel qu'il eft figuré dans Xenophon , qui a fait auffi-
» bien qu'elle un Roman de la vie de ce Prince ; au lieu
» dis-je , d'en faire un modelle de toute perfection , elle
» en compofa un *Artamene* plus fou que tous les *Cela-*
» *dons* & tous les *Sylvandres* , qui n'eft occupé que du
» feul foin de fa *Mandane* , qui ne fait du matin au

» foir que lamenter , gémir & filer le parfait amour.
» Elle a encore fait pis dans fon autre Roman intitulé
» *Clelie* , où elle reprefente tous les Heros de la Répu-
» blique Romaine naiffante , les *Horatius Cocles* , les
» *Manlius Scevola* , les *Clelie* , les *Lucreces* , les *Brutus*
» encore plus amoureux qu'*Artamene* ne s'occupant
» qu'à tracer des Cartes Géographiques d'amour, qu'à
» fe propofer les uns aux autres des queftions & des
» énigmes galantes; en un mot qu'à faire tout ce qui
» paroît le plus oppofé au caractere , à la gravité héroï-
» que de ces premiers Romains. ... Comme j'étois fort
» jeune , ajoute le même Cenfeur , dans le tems que
» tous ces Romans, tant ceux de Mademoifelle de Scu-
» deri , que ceux de la Calprenede & de tous les autres
» faifoient le plus d'éclat ; je les lus , ainfi que les lifoit
» tout le monde avec beaucoup d'admiration , & je les
» regardai comme des chefs d'œuvre de notre langue.
» Mais enfin mes années étant accrues , & la raifon
» m'ayant ouvert les yeux, je reconnus la puérilité de
» ces Ouvrages , fi bien que l'efprit fatyrique commen-
» çant à dominer dans moi, je ne me donnai point de
» repos que je n'euffe fait contre ces Romans un Dia-
» logue à la maniere de *Lucien* , où j'attaquois non-feu-
» lement leur peu de folidité , mais leur affeterie pré-
» cieufe de langage, leurs converfations vagues & fri-
» voles, les portraits avantageux faits à chaque bout
» de champ de perfonnes de très-mediocre beauté , &
» quelquesfois même laides par excès, & tout ce long
» verbiage d'amour qui n'a point de fin. Cependant,
» comme Mademoifelle de Scuderi étoit vivante, je me
» contentai de compofer ce Dialogue dans ma tête, &
» bien loin de le faire imprimer, je gagnai fur moi de
» ne pas l'écrire, & de ne pas le laiffer voir fur le pa-
» pier, ne voulant pas donner ce chagrin à une fille ,
» qui après tout avoit beaucoup de mérite, & qui non-
« obftant la mauvaife morale enfeignée dans ces Ro-
» mans avoit encore plus de probité & d'honneur que
» d'efprit. »

Nous avons déja dit que la beauté du génie de cette illuftre fille a auffi éclaté dans fes Ouvrages en vers. On pourra juger de fon habileté en ce genre par la piéce fuivante, qu'elle compofa fur la naiffance de M. le Duc de Bourgogne.

Venez, heureux enfant, venez à la lumiere,
Vous allez commencer une illuftre carriere,
Et le foleil, qui nait au bord de l'orient,
N'a pas à fa naiffance un éclat fi riant.
Tout brille autour de vous, les jeux, les ris, la gloire
Parent votre berceau comme un char de Victoire :
Mais, ô Royal enfant ; quand on fort des héros
On ne vit pas long-tems dans le fein du repos.
Hatez-vous, que le corps, l'efprit & le courage
Forcent les loix du tems & les regles de l'âge.
Paffez rapidement les frivoles plaifirs ;
Et concevez bientôt d'héroiques defirs ;
Vous pouvez furpaffer tous les Princes du monde,
De vos premiers exploits couvrir la terre & l'onde.
Digne de votre nom être admirée de tous.
Avoir toujours Louis bien au-deffus de vous,
Eclairer tous vos pas, vous fervir de modelle,
Etre du Roi des Rois une image fidelle,
Le bonheur des François, l'ame de fes Etats,
Et l'exemple éternel de tous les Potentats.

Mademoifelle de Scuderi eut pour ami particulier le célébre M. Pelliffon, & M. Menage nous apprend qu'elle ne put s'empêcher de déclarer un jour à M. Pelliffon la paffion qu'elle avoit pour lui par ces vers qu'elle fit fur le champ.

Enfin Alcante, il faut fe rendre,

Votre esprit a charmé le mien,
Je vous fais citoyen du tendre ;
Mais de graces n'en dites rien.

M. Pelliſſon y répondit par d'autres vers qu'il fit auſſi ſur le champ. M. Saraſin & quelques autres beaux eſprits en firent encore ſur le même ſujet, ce qui fit donner à ce jour-là le nom de la journée des Madrigaux.

Les qualités de l'eſprit que l'on admiroit dans tous les deux ont été apparemment la véritable cauſe de l'inclination qu'ils avoient l'un pour l'autre ; ou peutêtre venoit-elle de la parfaite reſſemblance de leurs figures conſiderées du côté de la laideur ; car ſi l'on a dit de M. Peliſſon qu'il abuſoit du privilége que les hommes ont d'être laids, la laideur de Mademoiſelle de Scuderi ſe trouvoit être à peu près dans le même degré, ce qui a donné lieu à M. Deſpreaux de lui adreſſer les vers ſuivans.

La figure de Peliſſon
Eſt une figure effroyable ,
Mais quoique ce vilain garçon
Soit plus laid qu'un ſinge & qu'un diable,
Sapho lui trouve des appas ;
Mais je ne m'en étonne pas,
Chacun aime ſon ſemblable.

Mais cette ſçavante fille avoit tant de qualités eſtimables, qu'elle ſe conſoloit aiſément de ce que la nature l'avoit ſi mal partagée du côté de la beauté ; c'eſt à quoi elle fait alluſion dans les jolis vers qu'elle compoſa ſur ſon portrait que le célebre Nanteuil avoit tiré en paſtel.

Nanteuil en faiſant mon image ,
A de ſon art divin ſignalé le pouvoir.
Je hais mes yeux dans un miroir ;
Je les aime dans ſon ouvrage.

CAMUS

CAMUS DE MESLONS.

L'ILLUSTRE Madame Camus de Meslons de l'Académie des Ricovrati de Padoüe, femme d'un Conseiller d'Etat, s'est rendue célebre par la beauté de son génie, & par le talent particulier qu'elle avoit pour la Poësie Françoise. Deux de ses Pieces, son Epître à Uranie, & son Epitaphe de M. le Duc de Saint Aignan, ont mérité de trouver place dans le recueil de vers choisis, publiés par le sçavant Pere Bouhours.

La facilité que cette Dame avoit d'écrire également en vers & en prose avec autant de pureté que d'élégance, est marquée par le quatrain suivant, que lui adressa un Poëte célebre de son tems.

Sans doute qu'Apollon vous a prêté sa lyre.
Peut-on mieux réussir dans des sujets divers,
Peut-on mieux s'exprimer en prose ainsi qu'en vers ;
Aussi plus on vous lit & plus l'on vous admire.

Le zele qui animoit cette illustre Sçavante pour la gloire de Sa Majesté, lui fit célébrer les louanges de ce grand Roi par un grand nombre de piéces de vers. Voici comment cette Dame s'exprime dans une lettre qu'elle adresse à Sa Majesté.

Grand Roi, la justice & la gloire,
Toujours auprès de toi remplissent leur devoir
Par la valeur, par la victoire.

Tome III.   H

Elles font éclater ton suprême pouvoir.
Ce que tu fais ne sçauroit se comprendre,
César, Annibal, Alexandre,
Et mille autres héros auroient été surpris
De voir que Louis seul dompte tant d'ennemis,
Et qu'il fasse tant de conquêtes.
Cependant lorsque l'hydre avec toutes ses têtes,
Tremble à l'aspect de tes guériers;
Que toute l'Espagne s'étonne
De la prise de Barcelonne,
Que Vendôme à Madrid peut cueillir des lauriers,
Ton magnanime cœur fait cesser l'épouvante,
En donnant une paix charmante:
Et ta noble maniere en augmente le prix:
Faisant voir à toute la terre,
Que tu n'as soutenu la guerre,
Que pour rendre aux vaincus ce que tu leur a pris.

Il ne regne pas moins de force, moins de génie &
moins d'élevation dans le beau portrait en vers que
Madame le Camus fit de ce même Prince, & dont Sa
Majesté fut si satisfaite que cette Dame eut l'honneur
de recevoir des mains de ce grand Roi son portrait en
peinture.

Ce fut au sujet de ce portrait que M. De Vertron
adressa à Madame le Camus les vers suivans.

Pour faire que mes vers servissent de bordure
A cet admirable portrait,
Il faudroit que je fusse ou Quinaut ou Voiture,
Ou bien la Muse qui l'a fait.

Au mérite des plus rares talens, à la splendeur d'un

rang diftingué, & à l'éclat d'un nom illuftre Madame le Camus joignoit encore une modeftie finguliere. En voici un trait affez remarquable. M. de Vertron ayant demandé à cette Dame l'empreinte de fes armes, qu'il vouloit faire graver, elle lui répondit en ces termes. *Je vous envoye*, lui écrit-elle, *l'empreinte que vous avez defirée des armes de M. le Camus & des miennes. En vérité, Monfieur, c'eft d'aujourd'hui que j'y fais attention, ne me fouciant que du mérite préfent, & ne voulant jamais m'autorifer de celui des morts. Je tiens cela trop indigne, & pour dire le vrai, c'eft le bon cœur & l'honnéte homme, qui fait fa généalogie, & je compte pour rien le refte.*

La mort de cette illuftre Dame arriva vers le commencement du XVIII. fiécle ; mais on ne fçait précifément en quelle année.

MARIE DE RAZILLY.

MARIE de Razilly, issue d'une des plus nobles & des plus anciennes familles de la Province de Touraine; mais plus distinguée encore par la beauté de son génie que par l'éclat de sa naissance, mérita de tenir une place honorable parmi les Dames illustres du XVII. siécle. Un gout marqué l'attacha de bonne heure à la Poésie, & elle en fit son unique étude. La beauté de ses vers qu'elle composoit presque toujours sur des sujets héroïques, lui fit donner le nom de Calliope. Une de ses plus belles Piéces en ce genre est le Sonnet suivant qu'elle fit sur la prise de Luxembourg.

> *Quel éclatant retour, quelle heureuse journée,*
> *Ramenent triomphant l'invincible Louis ;*
> *L'Europe retentit par ses faits inouis,*
> *Et craint de succomber dessous sa destinée.*
> *Luxembourg si long-tems à sa perte obstinée,*
> *Vient de subir le joug de l'Empire des Lis,*
> *Et Gênes dans ses murs par le feu démolis ;*
> *Voit contre un tel couroux sa puissance bornée.*
> *Rome ne vit jamais un plus pompeux retour,*
> *Une double victoire embellit ce grand jour,*
> *Mais surtout le vainqueur charme par sa présence.*
> *Il plait même aux vaincus qu'il a mis sous ses loix,*
> *Et ces peuples conquis disent tous d'une voix,*
> *Que si l'on craint son bras, l'on aime sa clémence.*

Les plus glorieuses conquêtes de ce grand Roi ont été de même célebrées en vers par cette illustre sçavante, & dans toutes les Pieces qu'elle a composées en ce genre, l'on admire une noblesse, une élévation qui répond à la grandeur des sujets qu'elle traitoit; Mademoiselle l'Héritier qui avoit pour elle une estime singuliere lui dédia son Apothéose de Mademoiselle de Scuderi, en lui adressant les vers suivans.

Fille sçavante, fille illustre,
En qui mille vertus, mille talens heureux,
D'un beau nom, & d'un sang fameux,
Tirent encore un nouveau lustre.
Razilli qui brillez en tout
De lumiere & de bon gout,
Pourrez-vous donner à ma Muse
Une solide attention.

Mais si Mademoiselle de Razilly avoit été partagée des plus précieux dons de la nature, il s'en faloit bien que la fortune lui eut été aussi favorable; & ce fut la triste situation de ses affaires qui la mit dans la necessité d'avoir recours aux bontés du Roi, à qui elle fut présentée par le Duc de Noailles; le parent de cette Demoiselle. Son Placet au Roi, & qui contient plus de 120 vers, fut précedé d'une Requête en prose, où elle expose de la maniere du monde la plus touchante sa malheureuse destinée.

„ Je viens, Sire, dit-elle dans cette Requête, me
„ jetter aux pieds de Votre Majesté, sçachant qu'elle
„ ne consulte dans les graces qu'elle fait tous les jours,
„ que sa seule justice & sa seule bonté. Je lui ai fait
„ mes très-humbles prieres en vers pour lui rendre mon
„ placet plus agréable, & pour adoucir la douleur que
„ je sens de me voir obligée par mon malheur de l'im-

H iij

» portuner. Je suis donc contrainte de lui dire, que feu
» mon pere, aîné de la famille de Razilly, & tous mes
» freres, sont morts dans le service, & que mon frere
» aîné, qui avoit l'honneur d'être Maréchal de Camp,
» & Lieutenant Géneral dans ses Armées, ayant achevé
» de dépenser à son service tout le bien de la maison,
» je ne puis plus avoir d'autre recours qu'à sa seule
» bonté, continuant de prier Dieu qu'il la veuille con-
» server.

Mademoiselle de Razilly obtint de Sa Majesté une
pension de deux mille livres, recompense dont son
mérite la rendoit digne, quand son état, & les grands
services rendus par sa famille n'eussent pas été des motifs suffisans pour la lui accorder.

Les Ouvrages de cette illustre fille, morte à Paris
l'an 1707, âgée de 83 ans, ont été inserés dans un recueil de Piéces choisies imprimées à Cologne en 1667.

CATHERINE DES CARTES.

MADEMOISELLE Defcartes, fille de René Defcartes, Confeiller au Parlement de Bretagne, & de Marguerite Cochan de Cokander, foutint avec éclat la gloire qu'elle avoit d'être niece du célebre Defcartes, & ce fut à cette occafion que l'on dit que l'efprit de ce grand homme étoit tombé en quenouille.

Née avec un génie univerfel, elle s'attacha avec fuccès à l'étude de toutes les fciences, & il y en a peu où elle n'excellât. La Philofophie furtout, l'Eloquence & la Poefie lui devinrent familieres. La fimple lecture de quelques-unes de fes Pieces de vers, inferées dans le recueil donné par le Pere Bouhours, fuffira pour faire juger du talent fingulier que cette illuftre fille avoit pour la Poefie. C'eft en particulier dans les deux Pieces, dont l'une eft intitulée, *l'Ombre de Defcartes*, & l'autre, *la Relation de la mort de ce grand Philofophe*, que l'on trouve de plus grandes beautés; il y regne un tour d'expreffions, une délicateffe de penfées & de fentimens, une harmonie, une cadence de vers inimitable. La premiere de ces Pieces eft adreffée à Mademoifelle de la Vigne, avec qui Mademoifelle Defcartes étoit liée de l'amitié la plus étroite.

Cette Demoifelle avoit auffi pour amie particuliere la célebre Mademoifelle de Scuderi pour qui elle fit les jolis vers fuivans au fujet d'une fauvette qui revenoit tous les printems auprès des fenêtres de l'appartement de cette Demoifelle, qui avoit vue fur des jardins.

Voici mon compliment:
Pour la plus belle des Fauvettes,

Quand elle revient où vous êtes.
Ah! m'écriai-je alors avec étonnement;
N'en déplaise à mon oncle, (a)
Elle a du sentiment.

Ces vers donnérent occasion à M. de Vertron d'a-
dreffer à Mademoifelle Defcartes le Madrigal fuivant.

Si votre oncle vivoit, loin d'avoir du dépit,
De vous ouir vanter la Reine des Fauvettes,
Il diroit comme moi, qu'elle eft ce que vous êtes,
Toute pleine d'efprit.

La Réponfe que Mademoifelle de Scuderi fit à Mademoifelle Defcartes fur le même fujet n'eft pas moins
ingénieufe. Elle eft intitulée Sapho à l'illuftre Cartéfie;
nous n'en rapporterons que les deux derniers quatrains.

Après cela , Cartefie ,
Pour vous parler franchement,
Il m'entre en la fantaifie
De vous gronder tendrement.
De ma Fauvette fidelle
Vous avez tous les apas ,
Vous chantez auffi bien qu'elle ;
Mais vousne revenez pas.

Le célebre M. Flechier, Evêque de Nifmes, étoit
auffi pénetré d'une eftime finguliere pour cette illuftre
fçavante, comme on le peut voir par une de fes Lettres, datée du 15 Janvier 1705, adreffée à Madame de
Marbeuf. *A l'égard de Mademoifelle Defcartes , dit ce*
grand Prélat; *fon nom, fon efprit, fa vertu, la mettent à*
couvert de tout oubli, & toutes les fois que je me fouviens

(*a*) Chacun fçait que M. Defcartes regardoit les animaux comme de pures machines.

d'avoir

d'avoir été en Bretagne, je songe que je l'y ai vûe, & que vous y étiez.

Mademoiselle Defcartes mourut à Rennes vers l'an 1706.

ELISABETH SOPHIE CHERON.

ELISABETH Sophie Cheron a mérité de tenir un rang diftingué parmi les plus illuftres artiftes de fon fiécle. Née à Paris le troifiéme d'Octobre de l'année mil fix cent quarante-huit ; elle cultiva dès l'âge le plus tendre le talent extraordinaire qu'elle avoit pour la peinture, & elle reçut les premieres leçons de cet art de Henri Cheron, fon pere, Peintre en émail. Elle commença à fe faire connoître par d'excellens portraits, dont la parfaite reffemblance étoit la moindre partie ; elle réufliffoit également bien dans l'hiftoire ; mais fon talent particulier étoit de fçavoir deffiner d'après les pierres gravées, avec une pureté de contour & une élegance admirable.

Mademoifelle Cheron élevée dans la profeffion & dans la Religion de fon pere, qui étoit Calvinifte, fut menée à l'âge de quatorze ans à l'Abbaye de Jouare par fa mere Anne le Febvre, femme recommendable par fes vertus, & furtout par fon zele pour la Religion Catholique qu'elle profeffoit. La jeune Cheron fit le portrait de l'Abbeffe de Jouare, & de quelques Demoifelles penfionnaires dans cette maifon. Ce voyage fut en quelque façon la caufe de fa converfion. Comme elle cherchoit de bonne foi à s'inftruire, elle ne fut pas long-tems fans découvrir la verité. Après une année de retraite, qu'elle paffa dans la Communauté de Madame de Miramion, elle fit abjuration entre les mains du

Tome III.   I

vertueux Ecclésiastique qui avoit pris soin de son instruction. Son changement de Religion sembla redoubler son ardeur pour la pieté ; remplie d'une bonté
compatissante pour les malheureux , elle se faisoit un
devoir de les soulager dans leurs besoins autant que sa
petite fortune pouvoit le lui permettre. Si rien n'égala
la tendresse & le respect qu'elle conserva toujours pour
ses parens ; sincere & fidelle amie, elle ne manqua jamais à aucun de ceux qu'elle avoit jugés dignes de son
estime.

Ce fut en 1672 que Mademoiselle Cheron fut présentée à l'Academie par M. le Brun, l'un de ses plus
sinceres admirateurs, & elle eut la gloire d'y être reçûe
avec une approbation générale accompagnée de toutes
les marques de distinctions les plus flateuses. Voici ce
qui est rapporté au sujet de sa réception dans l'Extrait
des Registres de cet illustre corps. *Du onzième jour de
Juin de l'an 1672, l'Académie extraordinairement assemblée, M. le Brun a presenté deux tableaux de portraits faits
par Demoiselle Elisabeth Cheron, lesquels ont tellement satisfait la Compagnie , qu'elle a estimé cet Ouvrage très-rare,
excédant même la force ordinaire de son sexe, & a résolu de
lui donner la qualité d'Académicienne, & a ordonné de lui
donner les Lettres nécessaires.*

A une parfaite connoissance du dessein, & de toutes
les parties qui ont du rapport à la Peinture , Mademoiselle Cheron joignoit un grand goût pour la Poësie,
& elle en fit ses plus chers delices. Pour mieux entrer
dans le sens des Pseaumes & Cantiques qu'elle vouloit
traduire, elle fit une longue étude de la langue Hébraïque. En 1693 on imprima à Paris un essai des
Pseaumes & des Cantiques mis en vers François par
cette illustre sçavante, & enrichis de figures gravées
par Louis Cheron son frere. On a aussi d'elle une belle
traduction en vers François de l'Ode Latine de l'Abbé
Boutard, contenant une description de Trianon, avec
un Poëme héroïque en trois chants, intitulé les cerises

renverſées ; & enfin un Livre à deſſiner, compoſé des têtes tirées des plus beaux ouvrages de Raphael.

Tant de beaux ouvrages qui furent jugés dignes des éloges des plus grands Maitres méritérent à Mademoiſelle Cheron une place honorable dans l'Académie des *Ricovrati* de Padoue, où elle fut reçue en 1699, ſous le nom de la Muſe *Erato*. Mais ce qui lui fut encore plus glorieux c'eſt la penſion dont elle fut gratifiée par Louis XIV. dont les bienfaits étoient tout à la fois & la ré-compenſe & la preuve la plus certaine d'un mérite diſtingué.

Les heureuſes diſpoſitions que Mademoiſelle Cheron avoit pour la Peinture & pour la Poëſie, étoient accompagnées d'un gout ſingulier pour la Muſique. Peu de perſonnes qui jouaſſent du Luth avec plus de délicateſſe qu'elle, & elle inſpira le même goût à ſes deux niéces qui étoient ſes éleves.

Cette illuſtre ſçavante ſe maria dans un âge deja un peu avancé à M. le Hay ingénieur du Roi. Elle mourut le 3 de Septembre 1711, avec tous les ſentimens de pieté qu'on pouvoit attendre d'une perſonne, qui comptoit pour rien tous les talens de l'eſprit au prix des vertus chrétiennes.

On voit au bas d'un des portraits de Mademoiſelle Cheron les quatre vers ſuivans, faits par l'Abbé Boſquillon.

> *De deux talens exquis l'aſſemblage nouveau,*
> *Rendra toujours Cheron l'ornement de la France,*
> *Rien ne peut de ſa plume égaler l'excellence;*
> *Que les graces de ſon pinceau.*

CATHERINE BERNARD.

MADEMOISELLE Bernard née à Rouen vers le milieu du dix-septiéme siécle a mérité par les beaux ouvrages qui sont sortis de sa plume, de tenir un rang honorable parmi les femmes sçavantes, qui ont illustré le Regne de Louis XIV. Le desir de cultiver avec succès l'heureux talent qu'elle avoit pour les Belles-Lettres, lui fit prendre la résolution de venir à Paris, où elle ne fut pas long-tems sans se faire connoître, & elle fut bientôt en liaison avec les plus beaux esprits de son tems; elle se concilia en particulier l'estime de l'illustre M. de Fontenelle, qui se fit d'abord un plaisir de l'aider du secours de ses lumieres pour la composition de ses Ouvrages.

Les leçons d'un si grand Maître mirent Mademoiselle Bernard en état de donner au Théatre François deux Comédies, l'une intitulée *Brutus*, & l'autre *Leodamie*, qui toutes deux furent reçues avec applaudissement du Public. Encouragée par de si heureux succès, elle résolut de continuer le même genre de travail; mais elle en fut détournée par Madame la Chanceliere de Pontchartrain, dont elle étoit tendrement aimée, & de qui elle recevoit même une pension. Mademoiselle Bernard poussa encore plus loin le scrupule. La délicatesse de sa conscience lui fit sacrifier dans les dernieres années de sa vie un grand nombre de Pieces en vers, dont on lui offroit une somme considérable; Pieces qu'elle avoit composées dans un âge plus jeune, & où elle avoit laissé des expressions & des sentimens, qu'elle condamnoit elle-même, parce qu'ils ne lui paroiſſoient pas aſſez conformes à la pureté de la morale Chrétienne.

Mademoiſelle Bernard, en renonçant de travailler pour le Théatre, n'en ſuivit pas pour cela avec moins d'ardeur le talent qui la portoit à la Poëſie, & elle eut la gloire de remporter pluſieurs fois le prix propoſé par Meſſieurs de l'Académie Françoiſe. L'on trouve les Piéces de cette illuſtre fille dans les recueils de cette Académie de 1691, 1693, & de 1697. Mademoiſelle Bernard remporta auſſi trois fois les prix de l'Académie des Jeux Floraux de Touloulſe ; triomphes poëtiques, qui furent célebrés par les vers ſuivans.

> *Que de gloire & d'honneur pour l'illuſtre Bernard*
> *De voir ſon front orné d'une triple couronne.*
> *L'intérêt, la faveur, l'amour & le hazard,*
> *A nulle de ces trois n'ont part.*
> *Dans le ſacré valon Apollon ſeul les donne,*
> *A quiconque excelle en ſon art.*

Mais ce ne fut pas dans les ſeules Académies de France que le mérite de Mademoiſelle Bernard fut connu & recompenſé, celle des Ricovrati de Padoue, où elle fut reçue avec diſtinction, ne rendit pas moins de juſtice à ſes rares talens.

On trouve l'éloge de cette illuſtre Demoiſelle dans les Ouvrages de pluſieurs ſçavans de ſon tems, dont elle s'étoit concilié l'eſtime, & avec qui elle entretenoit un commerce de Littérature. Le Pere Buffier Jéſuite, a inferé à la fin de ſa Grammaire Françoiſe une fable très-ingénieuſe de la façon de Mademoiſelle Bernard ; & le Pere Bouhours a fait imprimer dans ſon recueil de vers choiſis, le beau placet par lequel cette Demoiſelle demande au Roi de lui faire toucher les deux cens écus de penſion qu'il lui faiſoit. Voici ce beau Placet.

> *SIRE, deux cens écus sont-ils si néceffaires*
> *Au bonheur de l'Etat, au bien de vos affaires,*
> *Que sans ma penfion vous ne puiffiez dompter*
> *Les foibles alliés & du Rhin & du Tage.*
>
> *A vos armes, grand Roi, s'ils peuvent réfifter,*
> *Si pour vaincre l'effort de leur injufte rage,*
> *Il falloit ces deux cens écus,*
> *Je ne les demanderois plus.*
>
> *Ne pouvant au combat pour vous perdre la vie,*
> *Je voudrois me creufer un illuftre tombeau,*
> *Et fouffrant une mort d'un genre tout nouveau*
> *Mourir de faim pour la Patrie.*
>
> *Sire, fans ce fecours tout fuivra votre loi,*
> *Et vous pouvez en croire Appollon fur fa foi.*
> *Le fort n'a point pour vous démenti fes oracles.*
> *Ah! puifqu'il vous promet miracles fur miracles,*
> *Faites-moi vivre, & voir tout ce que je prévoi.*

Mademoifelle Bernard étoit auffi liée d'une amitié étroite avec le célebre Pere de la Ruë, à qui elle adreffa les beaux vers fuivans au fujet de l'éloquent difcours que ce fçavant Jéfuite avoit prononcé fur la mort de M. le Duc de Luxembourg.

> *Tu rends les morts immortels,*
> *En traçant leurs vertus aux pieds de nos Autels,*
> *Contre l'abri des tems tu fournis un afyle.*
> *Si le grand Alexandre encor voyoit le jour,*
> *Il ne pleureroit point fur le tombeau d'Achille,*
> *Mais fur celui de Luxembourg.*

Les Pieces en vers de Mademoifelle Bernard ont été inferées dans différens recueils de Poëfie, comme ceux qu'elle adreffe à Madame la Chanceliere, d'autres à Madame la Princeffe de Conti, premiere Douairiere,

une Lettre en vers où elle fait le portrait de Madame de Maintenon, l'Epitaphe de Madame d'Heudi-
court; une imitation du Pseaume *Laudate Dominum
de cœlis.*

Nous avons aussi de cette illustre sçavante deux
Ouvrages en prose, qu'elle a publiés sous le nom de
Nouvelles, l'une intitulée *Eleonore d'Yvrée,* & l'autre *le
Comte d'Amboise.*

Mademoiselle Bernard mourut à Paris en 1712, &
fut inhumée à Saint Paul.

MARIE DE LOUVENCOUR.

MARIE de Louvencour, née à Paris au mois
d'Octobre de l'année 1680, tiroit son origine
d'une noble & ancienne famille, qui s'étoit fort distinguée dans les armes & dans la robe. L'éducation que cette
Demoiselle reçut, fut conforme à sa naissance, & aux
vues que ses parens avoient sur elle; comme ils la destinoient pour le monde ils n'oubliérent rien de tout ce
qui pouvoit contribuer à perfectionner les heureuses
dispositions que l'on remarquoit dans elle. Une belle
voix, un grand gout pour la Musique, une facilité merveilleuse à jouer de toutes sortes d'instrumens, furent
autant de talens qu'elle cultiva avec soin; mais son
penchant particulier fut pour la Poësie, & elle en fit un
de ses plus nobles amusemens. Le zele qui l'animoit
pour la gloire d'un grand Roi, l'objet de l'admiration
de l'univers entier, lui dicta un grand nombre de
Pieces de vers qu'elle consacra à sa memoire. De tous
ces beaux morceaux de Poësie, dont la plupart ont été
inserés dans le recueil des discours académiques de M.

de Vertron , nous ne rapporterons que le Sonnet suivant.

Grand Roi , qui fais voler ton nom par tout le monde ,
Qui porte tes exploits jusqu'au de-là des mers ;
Et qui sûr de donner de la crainte ou des fers ,
N'entreprends jamais rien que le Ciel ne seconde.

En graces en bienfaits ta clémence féconde ,
Toujours aux malheureux rend tes trésors ouverts ,
Et les lieux que par tout tes lauriers ont couverts ;
Se trouvent pour jamais dans une paix profonde.

Enfin vainqueur sans trouble , & tenant dans tes mains
La balance du monde & le sort des humains ,
Aux ennemis des Dieux tu déclares la guerre.

Et mettant par tes soins l'hérésie aux abois ,
Tu laisses , grand Monarque , un exemple à la terre
Du zele , qui surtout doit animer les Rois.

Ce fut à l'occasion de ces vers que M. de Vertron
adressa à Mademoiselle de Louvencour le Quatrain
suivant.

L'esprit de Louvencour est rempli de justesse
Dans tout ce qu'elle écrit de notre auguste Roi ;
C'est le plus grand ornement du Permesse ,
Apollon seul en vers peut lui faire la loi.

Dans les Entretiens de morale dédiés au Roi par
Mademoiselle de Scuderi, on trouve quelques Pieces
de Poësie de Mademoiselle de Lauvencour. Les Ouvrages

vrages qui lui ont fait le plus d'honneur, & où elle a
fait le plus briller la beauté de son génie, sont plusieurs
Cantates qui ont été mises en Musique par les plus
grands Maîtres. Les plus estimées sont Ariane, Cephale
& l'Aurore; Zephire & Flore, Psiché, l'Amour piquée
par une abeille, Medée, Alphée & Arethuse, Lean-
dre & Hero, la Musette, Pigmalion avec Pyrame &
Tysbé.

Mais ce ne fut pas par les seuls talens de l'esprit que
Mademoiselle de Louvencour se rendit recommendable.
Sa douceur, sa modestie, qui sembloit relever l'éclat
de sa beauté, la noblesse & l'élevation de ses sentimens, son genereux penchant à obliger, lui gagnerent l'amitié & l'estime de tous ceux avec qui elle fut
en quelque liaison. Cette illustre fille mourut au mois
de Novembre de l'année 1712, n'étant âgée que de
trente-deux ans.

LOUISE GENEVIEVE GILLOT
De Sainctonge.

LOUISE Genevieve Gillot de Sainctonge, fille de
Pierre Gillot, Sieur de Beaucour & de Genevieve
Gomés, connue par divers Ouvrages, entr'autres par
l'Ariofte moderne, nâquit à Paris en 1650 ; fille d'une
mere fçavante, elle hérita de son goût pour les Belles-
Lettres, & elle en fit de bonne heure une étude particuliere. Son mariage avec M. de Sainctonge, Avocat
au Parlement, homme diftingué par fon érudition &
par fon mérite, loin de rallentir fon application à l'étude, ne fervit qu'à l'augmenter ; & les leçons qu'elle
reçut de fon mari, ne contribuérent pas peu aux progrès qu'elle fit dans la belle Littérature.

Elle fe diftingua furtout par la pureté & l'élegance
de fon ftyle, & par le beau feu qui brille dans fes Poëfies, qui ont été raffemblées en deux volumes, &
qui ont été imprimées à Dijon en 1714. Ces Pieces de Poëfies font des Epîtres, des Eclogues, des
Chanfons, des Idyles, deux Comédies, dont l'une eft
intitulée *Grifelde*, ou *la Princeffe de Saluces*, & l'autre
l'Intrigue des Concerts, un Ballet qui a pour titre, *le
charme des faifons*, & une Paftorale héroïque fous le
nom de *Diane & d'Endimion*.

Cette Dame a auffi donné deux Tragédies pour le
Théâtre de l'Opéra, qui ont été mifes en Mufique,
celle de *Didon* repréfentée en 1693, & celle de *Circé*,
qui parut l'année fuivante. Autant d'Ouvrages qui
prouvent que cette illuftre fçavante réuffiffoit également bien en toute forte de genre de Poëfie. Au talent qu'elle avoit pour cet art, elle joignoit encore

celui d'écrire parfaitement en Profe, comme on peut en juger par la belle hiftoire qu'elle nous a laiffée de Dom Antoine de Portugal.

La célebre Madame de Sainctonge mourut à Paris le 24 Mars de l'année 1718, âgée de foixante-huit ans. Elle fut inhumée dans l'Eglife de Saint Louis dans l'Ifle, fa Paroiffe.

THERESE DESHOUILLERES.

MADEMOISELLE Deshouilleres, fille de l'illuftre fçavante, dont nous avons fait l'éloge, nâquit à Paris en 1663. Héritiere des talens de fa mere, elle fe fit comme elle admirer par les agrémens & la beauté de fon génie, plus encore que par les charmes répandus fur fa perfonne. Dès l'âge le plus tendre elle cultiva avec foin le talent qu'elle avoit pour la Poëfie; les progrès qu'elle y fit, lui obtinrent une place honorable dans l'Académie des Ricovrati de Padoue. Mais une marque de diftinction plus glorieufe encore pour cette Demoifelle fut l'honneur qu'elle eut de remporter en 1687, le prix de Poëfies propofé par Meffieurs de l'Académie Françoife. Une politeffe aimable jointe à un mérite diftingué, lui gagna l'eftime d'un grand nombre de perfonnes illuftres par leur doctrine, ou par l'éclat de leur naiffance. Tels furent les Ducs de Montaufier, de Saint Agnan & de Nevers, Meffieurs Menage, de la Monnoye & Benferade. Ce fut ce dernier qui commença à faire connoître le mérite naiffant de Mademoifelle Deshouilleres par le Sonnet fuivant, qu'il confacra à fa louange.

Fille d'une merveille, & merveille elle-même,
Deshouilleres va joindre à fes charmes divers

Les charmes du Parnasse, & déja des beaux vers
Les moindres dans sa bouche ont une grace extrème.

Son esprit, son génie est d'un ordre suprême,
Et sa gloire fera le tour de l'Univers;
Les secrets d'Apollon lui seront-ils couverts,
Une Muse est sa mere, une autre Muse l'aime.

Je sçais bien que je vais d'un soin laborieux,
Et l'instruire & la voir; mais qu'entreprends-je ô Dieux!
C'étoit un simple jeu, ce devient une affaire.

Ingrate, quand je veux vous apprendre à rimer,
Loin de m'en sçavoir gré, que venez-vous de faire.
Hélas vous m'avez fait ressouvenir d'aimer.

Les Œuvres diverses de Mademoiselle Deshouilleres ont été inserées dans le recueil de celles de Madame sa mere. Cette illustre fille mourut le 29 Août 1718, âgée d'environ cinquante-cinq ans, d'un espece de Cancer sous le sein, maladie qui avoit emporté Madame sa mere au même âge. Sa mémoire a été honorée par les éloges de plusieurs Poëtes célebres. Nous ne rapporterons que celui qui a été fait par M. Maureau de Montour de l'Académie des Inscriptions & Belles-Lettres.

Déshouilleres n'est plus, cette digne héritiere
D'une illustre & sçavante mere,
Au même âge, & comme elle a vû finir ses jours,
Un mal presque incurable en a borné le cours.

Onze luſtres au plus ont borné ſa cariere.
Autrefois dans mes vers ou tendres ou galans,
Je vantai ſes apas, & ſes rares talens :
Mais ſans avoir recours aux louanges prophanes ;
Ce n'eſt qu'un encens pur que je dois à ſes manes.
Pénetré de ſon triſte ſort,
Des ſentimens Chrétiens qu'elle eut juſqu'à la mort ;
J'oublie alors les dons que lui fit la nature,
Nobleſſe, eſprit, douceur, graces, vivacité ;
Et tout ce qui n'eſt plus, qu'un ombre, une figure ;
Quand on penſe à l'éternité.
Dieu ſeul fut ſon objet, de ſon amour épriſe,
On la vit nuit & jour & ſouffrante & ſoumiſe,
Par la ſeule douleur le corps fut abbatu,
L'ame à la voix du Ciel, fut ſoumiſe & fidelle.
Muſes, ne louons plus, n'admirons plus en elle
Que ſa conſtance & ſa vertu.

ANNE LEFEVRE DACIER.

ANNE Lefevre Dacier, fille de Tanegui le Fevre un des plus fçavans hommes du dix-feptiéme fiécle a immortalifé fon nom par un grand nombre d'excellens ouvrages marqués au coin de la plus profonde érudition. Et l'on ne peut nier qu'elle n'ait furpaffé les plus célébres critiques de fon tems. En 1683 elle époufa M. Dacier Garde des Livres du Cabinet du Roi, & Secretaire perpétuel de l'Académie Françoife.

Deux années après fon mariage elle abjura les erreurs de la Religion prétendue réformée dans laquelle elle avoit été élevée.

Cette illuftre fçavante dut au hafard feul le bonheur qu'elle eut d'être appliqué à l'étude des Lettres. Attentive aux leçons que fon pere donnoit à un fils qu'il élevoit avec beaucoup de foin, elle fçut fi bien en profiter, que devenue plus habile que fon frere, elle fe faifoit un plaifir de lui fuggerer ce qu'il devoit répondre aux queftions peut-être un peu trop difficiles qu'on lui faifoit & qu'il ne comprenoit pas. M. le Fevre s'en étant apperçu, réfolut de tirer parti d'une fi heureufe découverte, & dès ce moment il commença à étendre fes foins fur Mademoifelle fa fille qui n'étoit alors âgée que d'onze ans. La pénétration de fon efprit aidée d'une mémoire prodigieufe lui fit apprendre en peu de tems l'Italien, le Latin & le Grec, & elle acquit une parfaite connoiffance de tous les meilleurs Auteurs qui ont écrit en ces différentes Langues. Son application proportionnée au goût extraordinaire qu'elle avoit pour les Belles-Lettres fut fuivie des plus rapides progrès; en moins de deux ou trois ans, elle n'eut plus de le-

çons à prendre de son pere, & elle eut même la gloire
de s'en voir consultée pour les divers ouvrages qu'il
composoit.

Mademoiselle le Fevre étoit encore bien jeune lorsqu'elle publia en 1674 sa belle édition de Callimaque,
enrichie de sçavantes remarques ; & ce fut là le premier
ouvrage qui commença à établir sa réputation. Elle
donna ensuite des Commentaires sur plusieurs Auteurs
pour l'usage de Monseigneur le Dauphin, sur *Florus* en
1674, sur *Aurelius Victor* en 1681, sur *Eutrope* en 1683,
sur *dictis Cretensis* en 1684.

A la tête de la traduction de l'*Amphitrion*, du *Rudens*
& de l'*Epidicus* trois Comédies de Plaute, Madame Dacier a mis une sçavante dissertation sur la Poësie dra-
matique & le Théâtre des anciens ; les œuvres de Platon avec la vie de ce Philosophe, les Poësies d'Anacreon & de Sapho, les Comédies de Terence, le Plu-
tus & les nuées d'Aristophane, les réflexions morales
de l'Empereur Marc-Aurele sont autant d'ouvrages
dont l'illustre Madame Dacier nous a laissé d'excellentes traductions. Mais celle qui lui a acquis une gloire
immortelle est sa merveilleuse traduction des deux
Poëmes d'Homere dont elle donna l'Iliade en 1711.
La perte d'une fille unique qui faisoit ses délices & sa
consolation retarda son travail sur l'Odissée. Cette
perte lui fut d'autant plus sensible que la mort lui avoit
déja enlevé un fils, qui dans un âge encore tendre,
étoit regardé comme un prodige de science & d'érudition.

En 1714. Madame Dacier publia son beau traité
pour la défense d'Homere qu'elle intitula des causes de
la corruption du goût, & en 1716 elle donna l'Odissée
qui fut de près suivie d'une autre défense d'Homere,
sous le titre d'Homere défendu contre l'apologie du
R. P. Hardouin. C'est dans cet ouvrage surtout où l'on
voit éclater la force & la solidité de l'esprit le plus vaste, jointe à la plus noble éloquence & à l'érudition la
plus profonde.

Il paroît difficile à comprendre que Madame **Dacier** ait pû suffire à la composition de ce grand nombre de beaux ouvrages dont nous venons de parler, ce qui ne pouvoit être le fruit que d'un génie universel accompagné d'une application extraordinaire à l'étude. Ces ouvrages tous écrits avec autant de force que de légereté & de délicatesse justifient les éloges dont cette illustre Dame a été honorée par les plus sçavans hommes de son siécle.

Le célebre Abbé Ménage en lui dédiant son histoire des Dames Philosophes, la qualifie du titre de la femme la plus sçavante & la plus éloquente qui soit, & qu'il y ait jamais eu. *Mulierum Philosopharum historiam cum scribere mihi visum est, eam tibi Anna Febra Daceria fœminarum quot sunt, quot fuere doctissima, eloquentissima, dissertissima inscribere mihi visum est.*

M. Baillet met Madame Dacier au nombre des plus illustres Critiques & Grammairiens, & la regarde comme la seule Dame qui se soit appliquée à une sçience aussi épineuse que celle de la critique.

M. de la Mothe qui a eu des disputes assez vives avec cette illustre sçavante sur les Poëmes d'Homere a prononcé en génereux adversaire son éloge funebre à l'Académie Françoise, où il dit que cette Dame célebre qui est présentement sur le Parnasse, voit clairement si c'est elle ou lui qui se sont trompés dans leurs sentimens au sujet d'Homere.

Les sçavantes productions de Madame Dacier répandirent sa réputation dans les pays étrangers & lui obtinrent une place honorable dans l'Académie des *Ricovrati* de Padoue; & ce fut aussi à ses ouvrages qu'elle dut la gloire qu'elle eut de recevoir de Christine Reine de Suede les plus glorieuses marques d'une estime singuliere.

Mais ce qui fait de cette Dame le plus grand éloge, c'est qu'elle joignoit aux plus rares talens une modestie sans égale. Bien éloignée de vouloir profiter de l'a-

vantage

vantage que fon érudition pouvoit lui donner fur la plupart des perfonnes avec qui elle s'entretenoit ; elle évitoit au-contraire de parler de fçiences dans les converfations , de façon que l'on ne découvroit dans elle qu'une femme ordinaire , & qui fembloit n'avoir d'autre mérite que celui de garder exactement toutes les bienféances de fon fexe.

Nous ne devons pas oublier un trait qui fait trop d'honneur à la modeftie de cette illuftre Dame pour ne pas le rapporter ici. Un Gentilhomme Allemand l'étant venu voir, & l'ayant prié en prenant congé d'elle de vouloir bien mettre fon nom avec une Sentence fur un livre qu'il lui préfenta, Madame Dacier ayant pris ce livre, où elle lut les noms des plus fçavans hommes de l'Europe, répondit à ce Gentilhomme qu'il ne lui convenoit nullement de mettre fon nom parmi ceux de tant de perfonnes illuftres ; mais fe voyant enfin obligée de ceder aux preffantes inftances de cet étranger, elle prit une plume & mit fon nom avec ce vers de Sophocle.

γυναικείν ἡ σιγὴ φέρει κόσμον.

C'eft-à-dire , le filence eft l'ornement des femmes.

L'incomparable Madame Dacier honorée depuis long tems d'une penfion du Roi, fe préparoit à donner les traductions des Tragédies de Sophocle & d'Euripide , lorfque la mort l'enleva trop tôt de ce monde. Sincerement attachée à la Religion Catholique depuis fa converfion , elle mourut le 16 Août 1720, dans de grands fentimens de piété en fa 68e. année.

Comme elle étoit fille & femme de deux hommes des plus illuftres dans la République des Lettres, un Poëte anonyme fit à fa louange le beau diftique fuivant.

Docto nupta viro , docto prognata parente,
Non minor Anna viro , non minor Anna patre.

Tome III.   L

ANTOINETTE DE SALVAN DE SALIES.

LA célébre Antoinette de Salvan de Salies, née à Albi en 1638, fut mariée à Antoine de Fontvielle, Seigneur de Salies, & Viguier d'Alby, dont elle demeura veuve peu d'années après son mariage. Les Partis avantageux qui lui furent offerts, joints aux pressantes instances que lui firent ses parens pour l'engager à se remarier, ne purent l'y déterminer. Charmée de pouvoir se servir de la précieuse liberté que lui laissoit son état de veuve, pour se donner toute entiere à l'étude des sciences & des Belles-Lettres, elle les cultiva avec soin, & fit de leur étude ses plus cheres délices. Il lui fut d'autant plus facile d'y faire de grands progrès, qu'à beaucoup de pénétration & de délicatesse d'esprit, elle joignoit la Mémoire la plus heureuse & l'imagination la plus vive, & la plus brillante, mais qui fut toujours réglée par un jugement exquis.

Le goût particulier que cette Dame avoit pour toute sorte de genre de sciences, l'engagea à tenir chez elle des assemblées reglées, où elle se faisoit un plaisir d'admettre toutes les personnes de l'un & de l'autre sexe, qui avoient quelque littérature, & bientôt après elle en forma une societé, à qui elle donna le titre de societé de Chevalier & Chevalieres de la bonne foi ; & comme fondatrice de ce nouvel Ordre, elle en dressa elle-même les Statuts en 1704. Le premier en marque le caractere, & il est exprimé ainsi :

> *Une amitié tendre & sincere,*
> *Plus douce mille fois que l'amoureuse loi,*
> *Doit être le lien, l'aimable caractere*
> *Des Chevaliers de bonne foi.*

En 1684 Madame de Salies fut proclamée associée de l'illustre Académie des Ricovrati de Padoue, & elle en reçut des Lettres de félicitation d'un grand nombre de sçavans, entre autres du célebre Charles Patin, de M. & de Madame Dacier & de M. de Verton. Ce dernier a inseré dans sa nouvelle Pandore plusieurs Piéces de vers à l'honneur de Madame de Salies : à l'occasion d'une belle Epître que cette illustre sçavante avoit adressée à Madame de Maintenon, M. de Verton fit les vers suivans.

> *La docte Salies se présente à Verton,*
> *Quand pour des vers il cherche une Muse Divine,*
> *Et lorsque pour modele, il cherche une héroïne,*
> *La vertu lui présente aussi-tôt Maintenon.*

Une partie des Lettres & des Poësies de Madame de Salies, se trouvent inserées dans les femmes illustres du siécle de Louis le Grand par M. de Verton. Cette Dame a aussi composé l'histoire de la Comtesse d'Issembourg, Ouvrage dont le grand nombre de traductions, qui ont été faites en différentes langues, prouvent assez le prix.

Madame de Salies a encore donné au Public des réflexions Chrétiennes avec des paraphrases en vers sur les Pseaumes de la Pénitence & divers Ouvrages de Littérature.

Cette illustre sçavante mourut à Alby le 17 Juin de l'année 1730, étant âgée de quatre-vingt douze ans. On consacra à sa mémoire un magnifique Epitaphe, qui finit en marquant, que les Muses, les Graces, les Amours, & toutes les personnes de mérite ont pleuré sa mort ; & que sa réputation brillera dans tous les siécles.

L ij

D. O. M.
& piis manibus
ANTONIÆ DE SALVAN,
Relicta Antonii de Fontevielle
Domini de Saliez
in civitate & tractu Albiensi,
Regis Vicarii ;
illustriorum sui saculi fœminarum
facilè æmula,
morum simplicitate commendatissima,
In omni modo scribendi genere peritissima,
Venustioribus animi dotibus ornatissima
dulci patriæ suæ decori,
quam aluerunt meri lepores
cui & Patavina gens suos inter palæstritas
locum adscripsit ;
quæque longæva quamvis, & Nestoreos penè assecuta annos,
immatura tamen videtur rapta funere ;
at non moritur, cujus fama in ævum florebit.
Ejus obitum lugent Camenæ,
deflent Veneres, cupidinesque ;
mœrentur omnes boni.
Fato cessit nonagenaria major die 14 Junii anni 1730.

LOUISE MARIE BOIS DE LA PIERRE.

LOUISE Marie Bois de la Pierre de Lanfernat, Dame de Courteilles le Guerin, du Teil, de Chamoteux, & de plusieurs autres terres situées en Normandie, nâquit au Château de Courteilles le 4 Décembre 1663. Ses parens qui l'avoient élevée dans la Religion prétendue Réformée, étant rentrés dans le sein de l'Eglise, elle suivit leur exemple, & donna depuis d'éclatantes preuves d'une conversion sincere.

Elle avoit épousé François de l'Osmone, Seigneur de Bois la Pierre, Exempt des Gardes du Corps & Chevalier de Saint Louis, qui fut tué en 1709 à la bataille de Malplaquet. Madame Bois de la Pierre fut en vain sollicitée par sa famille de passer à de secondes nôces, fidelle à la mémoire d'un mari qu'elle avoit tendrement aimée, elle prit le parti de passer le reste de ses jours dans le veuvage, résolue de ne plus s'occuper que de la priere & de l'étude.

A un esprit solide, capable des choses les plus relevées, & rempli de toutes les lumieres que peut donner une longue application, elle joignoit un talent particulier pour la Poësie qu'elle avoit cultivé de sa plus tendre jeunesse. Elle écrivoit aussi en prose avec une facilité, une élegance & une pureté, qui auroit pû faire honneur au style des meilleurs Ecrivains. Mais ce qui prouve l'étendue de ses lumieres & l'estime générale que l'on en faisoit, c'est que les Auteurs les plus célébres de son siécle, avec qui elle étoit en relation, s'en rapportoient communément à ses décisions sur le prix de leurs ouvrages. Elle en a elle-même composé plusieurs écrits avec autant d'élegance que de solidité, témoin.

L iij

ſon hiſtoire du Monaſtere de Chaiſe-Dieu, ſon hiſtoire Généalogique de l'ancienne Maiſon de l'Aigle, qui eſt la tige de celle de Lanfernat ; ſes Mémoires pour ſervir à l'hiſtoire de Normandie, remplis de quantité d'Anecdotes curieuſes, qui concernent les Comtes d'Evreux, les Ducs d'Alençon, les Comtes de Mortain, de Mortaigne, de Ponthieu, de Breteuil.

On trouve encore dans les monumens de la Monarchie Françoiſe, publiés par le ſçavant Pere de Montfaucon, & dans l'hiſtoire Généalogique de la Maiſon Royale de France, compoſée par le P. Simplicien, divers morceaux d'une érudition profonde, que cette illuſtre Dame avoit communiqués à ces deux célebres Auteurs.

Ce qui met le comble à ſon éloge, c'eſt que les qualités du cœur répondoient dans elle à celles de l'eſprit ; une généreuſe compaſſion envers les pauvres, une pieté tendre & ſolide envers Dieu, une ſcrupuleuſe exactitude à remplir tous les devoirs de ſon état, étoient ſes vertus caractériſtiques. Sa patience fut éprouvée par une longue maladie qu'elle ſouffrit avec tout le courage d'une héroïne Chrétienne. Elle mourut le 14 Septembre 1730, dans la ſoixante-ſixiéme année de ſon âge.

ANNE THEERSE DE LAMBERT.

ANNE Thérèse, Marquise de Lambert, l'ornement de son sexe & de son siécle, nâquit à Paris en 1647, d'Etienne Marguenat, Seigneur de Courcelles, Maître ordinaire de la Chambre des Comptes, mort le 22 Mai 1650, & de Monique Passart décedée le 21 Juillet 1692, qui avoit épousé en secondes nôces François le Coigneux, Seigneur de la Roche-Turpin & de Bachaumont, si connu par le voyage écrit en vers & en Prose, qui a paru sous son nom, & sous celui du célébre Chapelle.

M. de Bachaumont, qui au talent d'écrire avec autant de pureté que d'élegance, joignoit toute la finesse & tout l'agrément de l'esprit le plus délicat & le plus orné, prit plaisir à cultiver avec soin les heureuses dispositions qu'il remarqua dans sa belle fille encore enfant, de bonne heure il la produisit dans les meilleures compagnies, & elle y parut avec avantage. La politesse de ses manieres, la douceur de ses mœurs, la beauté de son génie, la solidité de son jugement, déja formé dans un âge où la raison est à peine connue, la firent considerer comme la personne de son sexe la plus accomplie. Son goût naturellement délicat acheva de se perfectionner par la lecture assidue des Livres qui étoient les mieux écrits, & qui à l'agrément du style joignoient l'utilité de l'instruction. Aux extraits qu'elle faisoit de tout ce qui l'avoit la plus frappée dans ses lectures, elle mêloit ses propres réflexions qui étoient ordinairement l'expression des sentimens de son cœur. Accoûtumée à réfléchir dès ses plus tendres années,

elle s'en fit une habitude , & pour ainsi dire une occupation, qui ne finit qu'avec sa vie.

Ce fut le 22 Février de l'année 1666, que Mademoiselle de Marguenat fut mariée à Henri de Lambert,
Marquis de Saint Bris en Auxerrois, Baron de Chitry
& d'Augi, alors Capitaine au Régiment Royal, & depuis Mestre de Camp d'un Régiment de Cavalerie,
fait Brigadier en 1674, Maréchal de Camp le 25 de
Février 1677, Commendant de Fribourg en Brisgaw
au mois de Novembre suivant; Lieutenant-Général
des Armées du Roi au mois de Juillet 1682, & enfin
Gouverneur & Lieutenant-Général des Ville & Duché de Luxembourg, au mois de Juin 1689. Un fils (a)
& trois filles, dont deux moururent en bas âge furent
le fruit de ce mariage.

La Marquise de Lambert devenue veuve en 1686,
eut à soutenir de longs & cruels Procès, où il s'agissoit
de toute sa fortune ; mais qu'elle conduisit avec autant
de capacité que si les affaires eussent été son unique
talent. Le gain de ces Procès l'ayant rendue maîtresse
d'un bien assez considérable qu'elle pouvoit regarder
comme une espece de conquête, qu'elle ne devoit
qu'à ses soins, elle établit dans Paris une maison qui
devint bientôt le rendez-vous de tout ce qu'il y avoit
de personnes les plus distinguées par la délicatesse de
leur esprit ; » C'étoit la seule, à un petit nombre d'ex-
» ceptions près, qui se fut préservée de la maladie Epi-
» démique du jeu, la seule où l'on se trouvât pour se
» parler raisonnablement, & même avec esprit selon
les

(a) Le fils fut Henri François de Lambert, Marquis de saint Bris, qui fut
fait Lieutenant-Général & Gouverneur d'Auxerre en 1720, & qui en 1725
épousa Angélique de Larlan de Rochefort, veuve du Marquis de Lœmaria,
mort Lieutenant-Général des Armées du Roi en 1709.

La fille appellée Marie Therese, fut mariée en 1703 à Louis de Beaupoil,
Comte de Saint Aulaire, Lieutenant-Colonel du Régiment d'Enguien, tué au
combat de Rhamensheim en 1709. Leur fille unique épousa en 1725, Anne
Pierre d'Harcourt, Marquis de Bevron.

»les occasions. Aussi ceux qui avoient leurs raisons
»pour trouver mauvais qu'il y eut encore de la con-
»versation quelque part , ne manquoient pas de lan-
» cer souvent des traits malins contre la maison de
» Madame de Lambert ; & Madame de Lambert elle-
» même très-délicate sur les discours , & sur l'opinion
» du Public, craignoit quelquefois de donner trop à
» son gout. Elle avoit soin de se rassurer en faisant ré-
» flexion, que dans cette maison si accusée d'esprit,
» elle y faisoit une dépense très-noble, & y recevoit
» beaucoup plus de gens du monde & de condition,
» que de gens illustres dans les Lettres. »

Mais si elle ne craignoit rien plus que de se voir
érigée en bel esprit, que l'on juge combien le titre seul
d'Auteur devoit la faire trembler ; une Dame de condition être connue pour faire des Livres, quelle honte,
quelle infamie ; cependant ce fut en vain que la Marquise de Lambert prit les plus grandes précautions
pour échapper à une si humiliante disgrace. Son Ouvrage intitulé , *Avis d'une mere à son fils & à sa fille*,
qu'elle n'avoit confié à un ami particulier que sous les
sermens les plus forts, qu'on lui fit de la fidélité la plus
exacte , fut rendue public. Et il en parut en peu de
tems plusieurs éditions ; l'on en fit même une traduction
en Anglois. Un autre Ouvrage qui a pour titre *Méta-*
physique d'amour, ou nouvelles réflexions sur les femmes eut le même sort.» Une raison particuliere (dit
» l'Editeur dans son Epître adressée à Madame la Com-
» tesse de Saint Aulaire fille de Madame la Marquise
» de Lambert , m'a engagé à vous dédier cet Ouvrage.
» C'est pour vous prier très-humblement de m'obte-
» nir de Madame la Marquise le pardon que je la sup-
» plie de m'accorder d'avoir publié ces réflexions. L'in-
» terêt public a prevalu chez moi, & je ne doute pas
» qu'elle ne convienne que cet interêt doit l'emporter
» sur des considérations particulieres.»

Tome III. M

Après cette Préface est une Lettre de Madame de Lambert à M. de Saint Hyacinthe, où elle lui marque que le Manuscrit sur les femmes a été si defiguré, qu'on ne sçait pas ce que c'est. » Je n'ai jamais pensé, continue-t-elle, qu'à être ignorée, & à demeurer » dans le néant où les hommes ont voulu nous ré- » duire. Renvoyée à moi-même, j'ai pensé à tirer de » moi seule toute ma force, mes appuis & mes amu- » semens. Les avis que l'on avoit fait imprimer, je les « avois faits pour moi avant que de les faire passer à » mes enfans. J'ai cru qu'il falloit songer à ma propre » réformation avant que de songer à celle des autres. » Je suis très-fâchée que ces amusemens de mon loisir » ayent été connus par l'infidelité d'un ami, (*feu M.* » *l'Abbé Choisy*) à qui je les avois confiés. Vous voulez- » bien M. que je vous charge de faire mes remercie- » mens au Traducteur. Quoique je sois fâchée que » cela soit connu, je ne puis m'empêcher de lui sçavoir » bon gré du cas qu'il paroît faire d'un si médiocre » Ouvrage. Il dit dans sa Préface que ce que j'ai » écrit sur les femmes est mon Apologie. Je n'ai ja- » mais eu besoin d'en faire. Il m'accuse d'avoir l'ame » tendre & sensible, je ne m'en défens pas ; il ne » s'agit plus que de sçavoir l'usage que j'en ai sçu » faire. »

Madame la Marquise de Lambert fut plus heureuse dans les mesures qu'elle prit pour empêcher qu'un autre Ouvrage qui lui avoit été secretement enlevé, ne fût rendu public. Elle le retira de chez le Libraire, & ne balança pas à lui payer à tel prix qu'il voulut, l'édition qu'il venoit de faire de cet Ouvrage.

Nous avons encore de cet illustre Dame un Traité de l'amitié, & un autre de la vieillesse, un Dialogue entre Alexandre & Diogene sur l'égalité des biens, des réflexions sur le goût & sur les richesses, & trois

Difcours, le premier, fur le fentiment d'une Dame qui croyoit que l'amour convenoit aux femmes lors même qu'elles n'étoient plus jeunes. Le fecond, fur la délicateffe d'efprit & de fentiment : & le troifieme fur la différence qu'il y a de la réputation à la confidération.

Dans ces divers écrits, de même que dans ceux dont nous avons deja parlé, c'eft par tout même pureté, même élegance, même beauté de ftyle, même jufteffe de réflexions, même delicateffe, même élevation de fentimens.

Mais ce ne fut pas feulement par les qualités de l'efprit que l'illuftre Dame dont nous faifons l'éloge, fut un objet d'admiration pour tous ceux qui la connurent; les qualités de l'ame les plus rares ne la rendirent pas moins recommendable. Ferme dans la pourfuite de fes entreprifes, néceffaires ou vertueufes, il n'y avoit point d'obftacles qui pût l'arrêter, & il n'y en avoit point qu'elle ne furmontât, Empreffée à fervir fes amis, elle les obligeoit fans attendre leurs prieres, ni l'expofition fouvent humiliante de leurs befoins; une bonne action à faire, même en faveur des perfonnes indifférentes, la tentoit toujours vivement, & il falloit que les circonftances fuffent bien contraires fi elles n'y fuccomboient pas. Quelques mauvais fuccès de fes generofités ne l'avoient pas corrigée, & elle étoit toujours également prête à faire le bien. Un grand fond de religion lui fit fup-

(*a*) On a donné à Paris en 1748 un Volume *in-12*, qui réunit divers Opufcules de Madame la Marquife de Lambert, qui avoient déja paru, & plufieurs autres qui étoient demeurés manufcrits. On y trouve outre les ouvrages dont nous avons parlé, Pfiché en *Grec*, ame, & diverfes Lettres. L'Editeur a enrichi ce Recueil d'un Abregé de la vie de Madame de Lambert. Il eft bon de fçavoir que la *Femme Hermite* Nouvelle Nouvelle, qui a été inferée dans ce Recueil n'eft point de Madame la Marquife de Lambert. Monfieur de la Bruere dans fon Livre intitulé, *Caprices d'imagination* ou *Lettres fur différens fujets*, examine dans la Lettre fixieme les réflexions de Madame de Lambert fur l'amitié.

porter avec une patience héroïque & vrayment Chrétienne les longues & cruelles infirmités dont elle fut
accablée dans les dernieres années de sa vie. Généralement regrettée , elle mourut le 11 Juillet 1733,
étant âgée de près de 86 ans.

DISCOURS

SUR

LES PROGRÈS

DE L'ARCHITECTURE

SOUS LE REGNE

DE LOUIS XIV.

L E peuple Juif apprit des Egyptiens l'art de bâtir avec goût, & la Grece civilisée à l'école des Egyptiens, puisa chez eux les leçons, qui pendant une longue suite d'années, la rendirent supérieure dans les arts & dans les sciences, à toutes les autres nations. Les Romains profitant à leur tour de la science des Grecs, se mirent en état de leur disputer le prix, & parvinrent à les surpasser. Cossutius citoyen Romain fut appellé en Grece par le roi Antiochus, pour bâtir le superbe temple de Jupiter

Mémoires extraits d'un Discours communiqué à l'auteur par M. Mansart, Architecte du roi, & Membre de son académie d'architecture. Les notes ont été fournies en partie par M. de Beausire le cadet, Architecte du roi, & Membre de son académie d'architecture.

Tome III. Liv. X. Pag. 92.

Olympien, le plus beau & le plus riche ornement de la ville d'Athenes.

Mais tel est le sort de l'Architecture; si la gloire & la puissance des empires est ordinairement la mesure de son élévation & de son accroissement; si elle fait de nouveaux progrès, à mesure qu'ils deviennent plus florissans, elle s'affoiblit au contraire, & n'est plus reconnoissable dans leur décadence. On l'a vûe passer de l'Egypte à la Grece, & de la Grece aux Romains. Le barbarisme succeda à l'élégance & au choix des ordres (a), dès que Rome, en cessant de donner des loix, fut contrainte d'en recevoir. Les ravages des Visigots dans le Ve siécle, abolirent les plus superbes monumens de l'antiquité; ce fut alors qu'un mélange connu sous le nom d'ordre gothique, qui se ressen-

(a) Ces ordres sont, le *Toscan*, le *Dorique*, l'*Ionique*, le *Corinthien* & le *Composite*. L'ordre *Toscan* est le plus simple & le plus dépourvu d'ornement; il est même si grossier, qu'on le met rarement en usage, si ce n'est pour quelque bâtiment rustique, ou pour quelque grand édifice, comme un amphithéâtre, ou autres ouvrages qui doivent être fort solides. L'ordre *Dorique* qui est solide, quoique moins grossier, a la frise ornée de triglyphes & de métopes. Les triglyphes sont des ornemens composés de trois bandes ou regles, séparées par des canelures. Les métopes sont des têtes de bœufs, des bassins, ou des vases placés entre les triglyphes. L'ordre *Ionique*, plus délié, a le chapiteau à volutes, qui sont des ornemens recourbés en lignes spirales, & la corniche est ornée de modillons, ou piéces saillantes de figures quarrées. L'ordre *Corinthien* qui est beaucoup plus riche que les précedens, a le chapiteau à feuilles ou panaches, & des volutes au tour. L'ordre *Composite*, participe de l'Ionique & du Corinthien; mais il est encore plus orné que le Corinthien, n'ayant néanmoins que quatre volutes. Il fut ajouté aux autres par les Romains, apres qu'Auguste eut donné la paix à l'Univers. Lorsqu'on se sert de plusieurs ordres dans un édifice, ils sont disposés de telle maniere, que le plus délicat est posé sur le plus fort & le plus solide; ainsi sur le Dorique on met l'Ionique, sur l'Ionique le Corinthien, & sur le Corinthien le Composite. Outre ces cinq ordres, quelques Architectes en mettent encore deux, sçavoir l'ordre des *Cariatydes*, qui n'est différent de l'Ionique, qu'en ce que l'on met des figures de femmes au lieu de colonnes, & l'ordre *Persique* qui est l'ordre Dorique, avec des figures de Perses, ayant les mains liées comme des captifs, en place de colonnes.

toit du beau qu'on avoit quitté, & du goût grossier apporté par les peuples du Nord, prit la place de la belle architecture. Dans les siècles suivans, l'architecture devint si grossiere, que l'on n'avoit presque plus aucune idée du dessein qui en fait toute la beauté. Charlemagne n'oublia rien pour rendre à l'architecture son premier lustre, & l'on vit les François seconder avec zele les intentions de leur souverain ; Hugues Capet (b) & son fils Robert (c), eurent pour cet art le même goût. On passa cependant d'une extrèmité à l'autre ; l'ancienne architecture, jusqu'alors extrèmement massive & pesante, fut portée à un excès tout opposé. Les Architectes qui avoient quelques connoissances de la Sculpture, sembloient ne faire consister la perfection de leur art, que dans la délicatesse & dans la multitude des ornemens dont ils surchargeoient leurs ouvrages ; le regne de S. Louis nous offre cependant deux édifices, considérés encore aujourd'hui comme des chefs-d'œuvres de l'art : la Sainte-Chapelle de Paris, & celle de Vincennes, bâties sur les desseins du célebre Pierre de Montereau, le plus sçavant Architecte de son siècle.

Enfin le regne de François I rendit à l'architecture une partie de sa premiere splendeur, & elle continua de se perfectionner sous Henri II son successeur. Jean Bullant, Philibert de Lorme, & les autres célebres Architectes qui parurent sous ces deux regnes, s'attacherent d'abord à corriger ce qui paroissoit le plus opposé à la beauté & à la justesse de leur art ; & par-là ils inspirerent le goût du noble & du beau : leur exemple enseigna à ceux qui les suivirent, qu'on pouvoit y arriver, & c'en fut assez. La nation féconde en génies, que le médiocre ne peut contenter, ramena insensiblement l'architecture à son excellence. Quel grand nom ne se firent pas plusieurs célebres Architectes de ce tems-là ! Leur patrie ne fut pas le seul théâtre où ils firent éclater la supériorité de leurs

(b) Sous ce prince fut commencé vers l'an 985, l'église de Notre-Dame de Paris, achevée en 1250.

(c) Ce prince érigea un oratoire, dans l'endroit où est actuellement la Sainte-Chapelle du Palais.

talens. Ce fut fur les deffeins du fameux Louis de Foix Parifien, que fut bâti le magnifique palais de l'Efcurial ; & ce qui fait peut-être encore plus d'honneur à l'habileté de nos Archi-tectes François, c'eft qu'environ le même tems, quelques-uns d'eux firent à Rome des chefs-d'œuvres admirés par les Ita-liens mêmes, & dignes en effet d'être propofés pour modéles aux plus grands maîtres.

Depuis la fin du regne de Henri II, jufqu'à celui de Henri IV, l'Architecture, loin de faire quelques progrès, parut retomber dans l'état d'abbaiffement où elle étoit avant François I. Sous Henri IV, fous la régence de Marie de Médicis, & fous Louis XIII, parurent quelques Architectes, dont la ca-pacité éclata dans divers édifices, dignes d'être avoüés par les plus grands maîtres.

Le Pont neuf (d), le chef-d'œuvre du célèbre du Cerceau, le vieux Louvre (e), les Thuileries (f), la Place-Royale (g),

(d) Le famedi dernier Mai 1578, fut pofée en préfence du roi Heni III, la premiere pierre de la premiere pile du côté des Auguftins ; ce pont comparable à tout ce que l'Architecture peut imaginer de plus achevé, ne fut fini que fous Henri IV en 1604. Le cheval de bronze fait à Flo-rence par ordre du grand duc de Tofcane, & fondu par Jean de Bolo-gne, fut pofé en 1635 fous le regne de Louis XIII, la figure du roi fut faite par Franville de Cambrai.

(e) Il fut commencé par le roi Louis VI qui régnoit en 1108, & en 1214 il fut rebâti par Philippe-Augufte, qui fit conftruire la tour defti-née à renfermer les prifonniers d'Etat. En 1364, le roi Charles V fit augmenter confidérablement le vieux Louvre. La tour bâtie fous Philip-pe-Augufte, fut démolie par ordre de François I ; ce prince fit com-mencer la grande Salle, laquelle fut achevée en 1548 fous Henri II. Le cé-lebre P. Lefcot, abbé de Clagny, dont les deffeins furent préférés à ceux du fameux Sébaftien Serlio, l'un des plus habiles Architectes de fon fié-cle, eut la meilleure part aux bâtimens qui furent ajoutés ; les connoif-feurs conviennent, que ce qui refte de cet abbé dans la cour du vieux Louvre, peut être propofé comme un modéle de la plus fuperbe architec-ture, telle eft en particulier la face du bâtiment, où l'Académie Fran-çoife tient fes affemblées. Sous Henri IV, fut bâtie la galerie qui donne fur le jardin de l'Infante ; & fous le même regne, l'on commença la grande galerie qui va jufqu'aux Thuileries : le grand veftibule du Louvre fut bâti fous Louis XIII par Jacques le Mercier.

le Palais du Luxembourg, le superbe portail de S. Gervais (h), autant de morceaux dignes d'une considération particuliere.

Mais nous allons voir enfin l'architecture parvenüe au plus haut point de perfection, épuiser tous ses trésors, & s'élever en quelque façon au-dessus d'elle-même, pour illustrer le regne d'un grand Roi, qui pendant toute sa vie, se fit honneur du titre glorieux de protecteur des arts & des sciences; & que ne fit-il pas en particulier pour hâter les progrès de l'architecture? de quels honneurs, de quelles graces, de quels bienfaits ne combla-t-il pas les grands hommes qui excellerent dans cet art? combien ne leur fournit-il pas d'occasions d'exercer la supériorité de leurs talens? & en effet depuis l'établissement de la monarchie, la France a-t-elle vu plus d'édifices, & des édifices plus somptueux s'élever, que sous le regne de ce grand roi? combien de monumens de sa magnificence répandus, je ne dis pas seulement dans la capitale; mais dans une infinité de villes du royaume? combien d'arcenaux, de forts, de citadelles, de havres, de ports, de canaux construits, ou pour la sûreté de l'Etat, ou pour la facilité du commerce? A cette multitude innombrable d'admirables productions de l'architecture militaire? joignons celles de l'architecture civile; la postérité pourra-t-elle croire qu'elles ayent été l'ouvrage d'un seul regne; Et quel sera son étonnement, lorsqu'elle apprendra que pendant ce même regne,

(f) Ce superbe palais fut commencé en 1564 par la reine Catherine de Médicis, Jean Bullant & Philibert de Lorme en furent les Architectes; le dernier donna le dessein de l'escalier, qui est un des plus admirables chefs-d'œuvres de la belle architecture. Henri IV acheva ce palais, & la magnificence de Louis XIV le perfectionna.

(g) A l'endroit où est cette Place, il y avoit autrefois un magnifique palais, appellé le palais des Tournelles, bâti par Charles V, dit le Sage; ce fut-là où se fit en 1393, la fameuse mascarade des Ardens. Cette Place ornée de trente-six pavillons de même symétrie, fut commencée par Henri IV, & achevée en 1612; au milieu est la figure équestre de Louis XIII, qui fut posée le 27 Septembre 1639. Ricciarelli Daniel dal Voltera, éleve de Baltazar de Sienne, fit le cheval de bronze par ordre de la reine Catherine de Médicis, après la mort de Henri II. Ce Voltera mourut vers l'an 1566, âgé de cinquante-sept ans.

(h) Ce Palais & ce Portail, furent bâtis sous la régence de Marie de Médicis, sur les desseins du célebre Jacques de Brosse.

la France attaquée par l'Europe entiere liguée contre elle, ne quittoit les armes que pour être bientôt après obligée de les reprendre ? Mais ainsi pensoit le grand roi qui la gouvernoit, & à qui la monarchie doit son plus beau lustre ; persuadé que la protection qu'il accordoit aux arts & aux sciences, n'illus- troit pas moins son regne, que les continuelles victoires qu'il remportoit sur ses ennemis, il donna constamment ses soins à la faire fleurir dans ses états ; de-là tant de glorieux éta- blissemens qui n'avoient pour objet que les progrès des arts & des lettres. Sous ce prince fut formée une académie d'Architec- ture, composée de tout ce qu'il y avoit d'hommes les plus habiles dans cet art : cette illustre compagnie, tient comme en dépôt la théorie des anciens, leurs connoissances, & leur goût d'ar- chitecture ; les modernes y ont porté les découvertes qu'ils ont faites, l'invention de différentes parties des ordres, la fécon- dité des ornemens, & les regles pour l'harmonie & la bien- séance dans la pratique ; on y voit ce qu'il faut prendre dans l'une, & rectifier dans l'autre : les conférences dans les assem- blées, favorisent, déterminent & maintiennent le bon goût.

Sous ce prince, dont la prévoyante attention s'étendoit sur tout ce qui pouvoit assurer la durée des établissemens que lui fai- soit former son zele à accroître les progrès des arts, fut encore établie à Rome une autre académie d'architecture, destinée à l'instruction des jeunes éleves, dans qui l'on découvroit, & de plus heureuses dispositions, & de plus merveilleux talens pour réussir dans leur art, & pour devenir un jour de grands maîtres.

La magnificence du feu roi s'étendit encore plus loin ; Sa Ma- jesté voulut que des sçavans parcourussent l'Italie, l'Egypte, la Syrie, la Grece, & tous les autres lieux où se trouvent les plus précieux monumens de l'antiquité, & dont les desseins fu- rent apportés en France.

C'est encore au zele de ce prince, pour l'avancement des arts, que nous devons la superbe édition de l'Architecture de Vitruve, traduite en françois par le célebre M. Perrault, ou- vrage qui sera dans tous les siécles, une source féconde d'ins- tructions pour les plus grands maîtres.

Dans quel détail n'aurions-nous pas à entrer, si nous vou-

lions parler ici de ce nombre infini d'édifices somptueux, où brille avec tant d'éclat la magnificence de ce grand Roi, & où l'architecture semble avoir épuisé tout ce qu'elle a de plus noble & de plus pompeux. Ces superbes portes (i) où se trouvent réünies toutes les beautés des arcs de triomphes ; ces places ornées avec autant de magnificence que de goût ; le Louvre (k),

(*i*) La Porte de S. Antoine & celle de S. Denis ont été construites sur les desseins du célebre M. Blondel de l'académie des sciences, directeur de celle d'architecture, maréchal de camp des armées du roi. La premiere de ces Portes fut achevée en 1672. L'on a conservé l'ancienne Porte qui avoit servi d'arc de triomphe à l'entrée du roi Henri II, & depuis à celle de la reine. La voûte de cette ancienne Porte, est d'un trait si beau, que les Architectes en ont conservé le nom de voussure ou arrierevoussure de S. Antoine ; les deux côtés ajoutés à cette Porte, forment un tout parfait. Dans la porte de S. Denis, construite aussi par M. Blondel, on admire une proportion si exacte de toutes les parties, que cette Porte peut passer pour un chef-d'œuvre de l'art en ce genre ; les ornemens sont copiés sur ceux de l'antique, tels que sont ceux que l'on remarque dans la colonne Trajane, dans la colonne Rostrale qui se voit encore au Capisole, & dans les fameuses obélisques d'Egypte. Il faut observer que l'Architecte a été contraint par M. les Prevôt des Marchands & Echevins, de former deux petites portes dans les piédestaux, ce qui paroît diminuer la force du massif nécessaire aux pyramides ; mais de plus il y a été autorisé par la colonne Trajane, & par le soûbassement de la pyramide de Polyphile, dans lesquelles l'on a pratiqué de pareilles Portes.

La Place de Louis le Grand, autrefois appellée la Place de Vendôme, construite sur les desseins de Jules-Hardouin Mansard, sur-intendant des bâtimens, la Place des Victoires, où le duc de la Feüillade fit ériger en 1686 une superbe statuë de bronze doré à l'honneur de Louis XIV. Ce bel ouvrage est de Martin Des-Jardins.

(*k*) Louis XIV, pour donner à ce superbe palais sa derniere perfection, voulut avoir des desseins des meilleurs Architectes de l'Europe. L'ouvrage est à trois rangs de colonnes Corinthiennes & Composites ; & ce qui lui donne une beauté extraordinaire, c'est que le comble du bâtiment est en terrasse. La façade qui est un chef-d'œuvre d'architecture, est soutenüe de colonnes Corinthiennes hors d'œuvre, & le fronton est composé seulement de deux pierres d'une merveilleuse grandeur, qui ont chacune cinquante pieds de longueur.

Verſailles (l) , *Meudon* (m) , *S. Germain* (n) , *Marly* (o) , *Trianon* (p) , *autant de merveilles qui annonceront aux ſiécles futurs, la puiſſance du grand roi à qui la France doit tous ces embelliſſemens ; & que ne fit pas en particulier ce prince, pour que la capitale de ſes Etats devint la plus ſuperbe ville de l'Univers ? L'Obſervatoire* (q) , *les Invalides* (r) , *le Val-de-Grace* (s) *& divers autres édifices, ou ſacrés, ou profanes, non moins merveilleux, combien d'objets d'admiration pour les étrangers ?*

(l) Ce Château le plus magnifique qui ſoit en Europe, fut commencé en 1661, & eut en 1682 toute ſa perfection.

(m) Cette Maiſon fut bâtie pour le cardinal de Lorraine, par Philibert de Lorme ſous Henri II. Mrs Servien & de Louvois l'ont ſucceſſivement embellie. M. de Louvois bâtit le château neuf qu'on voit auprès de l'ancien. Louis XIV l'acquit de Madame de Louvois.

(n) Charles V fit bâtir ce Château, qui a été ſucceſſivement embelli par pluſieurs de nos rois, & en particulier par Louis XIV.

(o) Ce Château admirable, ſur-tout pour la magnificence de ſes jardins, & pour la beauté de ſa ſituation, fut bâti ſur les deſſeins du célebre Manſart.

(p) Ce Palais, dont la ſtructure & les ornemens ſont d'un goût admirable, a été conſtruit ſur les deſſeins de Jules-Hardouin Manſart.

(q) Jules-Hardouin Manſart a été l'Architecte de cet édifice, bâti par ordre du feu roi, pour y faire des obſervations aſtronomiques.

(r) Cet immenſe édifice fut bâti ſur les deſſeins du célebre Liberat Bruant, & l'égliſe fut conſtruite par Jules-Hardouin Manſart.

(s) Cette égliſe qui peut paſſer pour une baſilique, pour la magnificence de ſes bâtimens, fut commencée en 1645, ſur les deſſeins du grand Manſart, & achevée en 1665 par Gabriel le Duc. Les peintures du dôme ſont de l'illuſtre Mignard, & les principales ſculptures ſont de Michel Anguier.

HISTOIRE LITTÉRAIRE
DU REGNE
DE LOUIS XIV.

ÉLOGES HISTORIQUES
DES ARCHITECTES CELEBRES.

LIVRE DIXIÉME.
FRANÇOIS MANSART.

'HOMME célebre dont nous allons faire l'éloge doit la naissance à une famille qui depuis plusieurs siécles a trop illustré les beaux Arts pour que nous n'entreprenions pas de faire connoître les grands hommes qu'elle a produits.

Cette famille originaire de Rome, mais établie en France depuis près de huit cens ans, a rempli successivement & presque sans aucune interruption les emplois d'Architectes, de Peintres & de Sculpteurs de nos Rois. Nous trouvons sous le Regne d'Hugues Capet, environ l'an 989, un nommé *Michaelo Manfarto, Cavaliero Romano*, qui travailla par Ordre du Roi à la construction de la Cathédrale de Noyon, & qui fut chargé par le même Prince de la direction des Bâtimens de diverses Abbayes.

Ce Michel, le premier de la famille des Manfarts, qui ait paru en France, eut trois fils & deux filles. Les deux aînés qui avoient tous les talens néceffaires pour réuffir & pour exceller dans l'Architecture furent envoyés à Rome où ils demeurerent sept ans. Leur frere cadet embraffa la vie monaftique. Rappellés en France par la mort de leur pere, ils y fignalerent leur capacité par plufieurs beaux ouvrages; mais l'aîné ne furvêcut que deux ans à fon pere. Le puîné qui réuffiffoit également bien dans les Sçiences & dans les Arts, eut l'honneur d'être choifi pour enfeigner les Mathématiques au Roi Robert, fils de Hugues Capet; & il fut le feul Architecte de ce Prince & fon Ingenieur. Ce fut par fes ordres qu'il conftruifit une fuperbe Maifon à Melun, qu'il travailla à divers bâtimens pour des Monafteres & des Abbayes. Ces ouvrages fe font remarquer par tous les ornemens qui caractérifent le goût gothique qui étoit alors le goût à la mode.

Cet illuftre Artifte avoit époufé en premieres nôces une Dame de la Cour de la Reine, & il fe maria enfuite à la veuve d'un Magiftrat. Il mourut fous le Regne de Henri I. dans la foixante-dix-feptiéme année de fon âge, laiffant deux enfans qu'il eut de fa premiere femme.

L'aîné fut envoyé par Ordre du Roi en Lorraine, où il bâtit un magnifique Palais pour Godefroi le pieux Duc de Lorraine; de retour en France, le Roi donna ordre de faire travailler au Prieuré de Saint Martin, qui fut commencé fur fes deffeins, mais la mort qui le surprit ne lui permit pas de mettre la derniere main à ce grand ouvrage : il ne laissa point d'enfans.

Son frere qui étoit consideré comme un des meilleurs Peintres & un des plus fameux Sculpteurs de son tems, voulut qu'un fils unique qu'il avoit, apprit l'Architecture ; il l'étudia en effet, & ce fut avec tant de succès qu'en 1113 il mérita d'être nommé premier Architecte du Roi Louis VI. dit le Gros ; mais ce fut là un titre d'honneur dont il ne jouit pas long tems, la mort l'ayant enlevé en 1117.

Il laissa deux enfans l'un nommé Antoine, & l'autre Jean-Pierre. Ce dernier prit le parti d'aller en Allemagne, où il s'établit après y avoir signalé sa capacité par la construction de divers beaux Palais. Le célebre Jean-Pierre Mansart fut la tige d'une branche qui ne se rendit pas moins illustre en Allemagne que celle qui étoit demeurée en France. Un des descendans de ce grand homme après avoir laissé d'éternels monumens de son habileté à Florence, à Milan & à Turin dont il a bâti le Palais, revint à Paris sous le nom de Pierre-François, ainsi que nous le dirons bientôt.

Antoine, le frere aîné de Pierre qui étoit allé s'établir en Allemagne, bâtit un Château pour Lucine fille de Guy de Montlehery, mariée à Louis VI. & lorsque Sa Majesté épousa Adelaïde fille de Humbert, Comte de Savoye, il fut envoyé dans les Etats de ce Prince pour y travailler à divers beaux Edifices. A son retour de Savoye Antoine Mansart étant tombé dangereusement malade, il obtint qu'un de ses fils appellé Charles fut nommé pour lui succeder dans la Charge d'Architecte du Roi ; mais ce Charles mourut sous le Regne de Louis VII. sans avoir eu occasion de faire briller ses talens.

De trois fils qu'il laissa, un embrassa le parti des armes & se signala par sa valeur & son courage, un autre ne se distingua pas moins dans la Sculpture, & le troisiéme qui étudia l'Architecture se fit encore un plus grand nom dans sa profession. Nommé Architecte du Roi, il fut envoyé en Poitou, où il mourut en 1226, sous le Regne de Saint Louis.

Un fils unique qu'il laissa, appellé Jacques, âgé de vingt ans, bâtit un College à Paris, & fut choisi en 1245 par la Reine Blanche pour construire un Palais. Il mourut en 1297.

Son fils appellé du même nom travailla par Ordre de Philippe-le-Bel à la construction de plusieurs Edifices Sacrés.

Il ne laissa qu'un fils qui fut marié à une de ses parentes, fille d'un Juge-Mage, dont il eut sept enfans.

Un d'eux fut honoré en 1367 du titre de premier Architecte de Charles V. dit le Sage, & mourut en 1375, après avoir bâti le superbe Château de la Beauté, situé sur la Riviere de Marne.

Un de ses freres eut trois enfans, dont l'un appellé Antoine, surnommé le célebre, fut fait premier Architecte de Charles VI. dit le Bien-aimé. En 1391, il bâtit un Château en Bourgogne appellé le Château-Fort, qui fut démoli par Ordre du Duc d'Orleans. Cet Antoine mort en 1457 s'étoit marié à une de ses cousines dont il n'eut que deux filles.

L'une de ces deux filles épousa un de ses cousins qui excelloit également dans la Sculpture & dans l'Architecture, il prit le nom de Mansart, & fut un des premiers Architectes de François I. Il mourut en 1525, & ne laissa point de posterité. Ainsi fut éteinte la race des Mansarts en France, jusqu'à ce que Pierre-François un des descendans de ce Jean-Pierre dont nous avons parlé, & qui étoit allé s'établir en Allemagne, vint de Turin à Paris, où il fit admirer sa capacité dans la construction de divers beaux Edifices.

Pierre-François Mansart n'eut que deux filles & un fils appellé François, né à Paris en 1698, qui a merité le nom de Grand, & qui a été le plus célebre & le plus habile Architecte de son siecle. Il étoit encore bien

jeune

jeune lorfqu'il eut le malheur de perdre fon pere, qui
en mourant confia le foin de fon éducation à fon beau-
frere.

Celui-ci qui exerçoit le même Art & qui y excelloit
fe fit un plaifir d'en apprendre les premiers élémens au
jeune François Manfart dans qui il découvroit toutes
les difpofitions néceffaires pour réuffir dans fa profeffion ; un génie vafte, des penfées grandes & nobles,
un goût exquis, joint à une imagination vive & féconde. L'union de tant d'heureux talens affuroit au jeune
Manfart les plus rapides progrès ; auffi ne tarda-t-il pas
à donner d'éclatantes preuves de fa capacité, qui fe
faifoit également remarquer & dans le deffein général
d'un Edifice & dans le choix des profils de tous les
membres d'Architecture qu'il y employoit.

Les ouvrages de cet habile Artifte font trop multipliés pour que nous puiffions les faire tous connoître.
Ainfi nous nous contenterons d'en indiquer quelques-
uns des plus confiderables ; tels que le Portail de l'E-
glife des Feuillans de la rue St. Honoré, les Châteaux
de Berni, de Baleroi & de Blerancour, une partie de
celui de Choify-fur-Seine, & de celui de l'ancien Petit-
Bourg, le nouveau Château de Blois, une partie des
dedans de Richelieu & de Coulomiers, les dehors du
Château & des Jardins de Gêvres en Brie, & la plus
grande partie de celui de Frefne où il y a une chapelle
faite fur le modele de l'Eglife du Val-de-Grace, & qui
peut paffer pour un chef-d'œuvre d'architecture.

Le fuperbe Château de Maifons, l'Hôtel de la Vril-
liere, l'Hôtel d'Albret, celui de Jars, l'Eglife des filles
de Sainte Marie dans la rue St. Antoine, une partie de
l'Hôtel de Conti, l'Hôtel de Bouillon, le Portail des
Minimes de la Place Royal, l'Hôtel de Carnavalet ont
auffi été bâtis fous la conduite & fur les deffeins de ce
grand homme. L'Eglife du Val-de-Grace jufqu'à la
grande corniche du dedans eft encore un ouvrage de
l'illuftre Manfart ; & s'il n'eut pas la gloire de mettre la

derniere main à ce superbe Edifice , c'eſt que l'on fit entendre à la Reine mere qu'il faudroit des ſommes immenſes ſi l'on entreprenoit de l'achever en ſuivant le même deſſein ſur lequel il avoit été commencé ; en-vain ſollicita-t-on M. Manſart d'imaginer un plan moins couteux ; trop jaloux de ſa gloire pour ſouffrir qu'un ouvrage qui ne ſeroit pas parfait, pût lui être attribué , il voulut s'en tenir à ſon premier deſſein , & ce fut pour cette raiſon que l'on chargea d'autres Architectes du ſoin d'achever ce qu'il avoit commencé.

C'eſt à la capacité de ce grand homme que l'on doit l'invention de cette ſorte de couverture que l'on nom-me manſarde , où en briſant les toits on augmente l'eſ-pace qu'ils renferment , & on trouve par-là le moyen d'y pratiquer des logemens également commodes & agréables.

Cet homme célebre avoit ſi fort à cœur la perfection de ſon art, que ſouvent il lui arrivoit de corriger ou de refaire entierement les ouvrages mêmes qui paroiſ-ſoient être les plus achevés , parce que le beau ceſſoit de lui plaire dès qu'il ſe preſentoit quelque choſe de plus beau à ſon eſprit ; & comme ſon imagination étoit vive & féconde , & qu'elle lui fourniſſoit à chaque inſ-tant de nouvelles penſées , il s'en falloit bien qu'il s'en tint toujours aux premieres idées où il s'étoit d'abord arrêté ; auſſi dans tous les ouvrages qu'il entreprenoit, il ſe réſervoit toujours la liberté d'y faire tous les chan-gemens qu'il jugeroit les plus convenables ; & c'eſt peut-être là la ſeule raiſon qui a empêché que la prin-cipale façade du Louvre n'ait été bâtie ſous la conduite de cet illuſtre Artiſte. Car on ſçait qu'avant que M. Colbert envoya à Rome pour avoir des deſſeins des meilleurs Architectes , il manda M. Manſart, & le pria d'apporter ceux qu'il avoit fait pour le Louvre. Cet excellent homme étant venu trouver le Miniſtre , lui fit voir pluſieurs deſſeins, qui tous étoient d'une beau-té & d'une magnificence achevée ; mais il n'y en avoit aucun qui fut fini & arrêté ; il y avoit partout deux ou trois penſées différentes à choiſir, l'intention du Miniſtre étoit que M. Manſart fit lui-même le choix de celles qui lui paroîtroient les plus belles, qu'il les mit au net, & que l'on put enſuite travailler ſur le plan qui auroit été arrêté ſans y rien changer ; mais M. Manſart ayant témoigné au Miniſtre qu'il ne pourroit jamais ſe réſoudre à ſe lier ainſi les mains, & que pour ſe rendre plus digne de l'honneur que Sa Majeſté lui deſtinoit, il vouloit ſe conſerver le pouvoir de toujours mieux faire. M. Colbert prit le parti de faire venir de Rome le Cavalier Bernin à qui il confia la conduite de l'ouvrage dont M. Manſart n'avoit voulu ſe charger qu'aux conditions que nous venons de rapporter.

Ce grand homme mourut au mois de Septembre de l'année 1666, âgé de 97 ans. Comme il n'avoit point été marié, il inſtitua pour ſes Légataires univerſels deux de ſes neveux, fils de ſes deux ſœurs, l'un nommé de Liſle & l'autre Hardouin, & il leur laiſſa à chacun trois cent mille livres de bien, mais ce fut à condition qu'ils joindroient ſon nom au leur, & qu'ils porteroient ſes armes & ſa livrée.

CLAUDE PERRAULT.

LE célebre CLAUDE PERRAULT de l'Académie Royale des Sçiences, né à Paris en 1613, a été l'un des Sçavans de son siecle qui s'est le plus distingué par la superiorité de ses talens & par la vaste étendue de son génie, qui a fait que ce grand homme a également excellé dans les Arts & dans les Sçiences; & ce qui augmente sa gloire, c'est que son génie seul lui a tenu lieu de Maître presque pour tous les Arts ausquels il s'est appliqué. L'Architecture, la Peinture, la Sculpture, la Musique, les Hydrauliques, les Machines, l'Anatomie, la Physique, la Médecine étoient des connoissances qui lui étoient comme naturelles; mais l'Art qu'il porta au plus haut degré de perfection & dans lequel il se fit un plus grand nom fut l'Architecture. Les superbes & magnifiques ouvrages qui ont été bâtis sur ses desseins seront des monumens éternels de sa capacité; l'on ne peut en effet disconvenir que la seule façade du Louvre ne suffise pour immortaliser la gloire de ce grand homme.

M. Colbert qui vouloit que ce somptueux Edifice répondît par sa magnificence à celle du Grand Roi qui le faisoit construire, en avoit demandé le plan aux plus célebres Architectes de France & d'Italie, & il avoit même fait venir de Rome le fameux Cavalier Bernin, afin que cet illustre Artiste fit exécuter lui-même sous ses yeux le plan qu'il avoit tracé & qui avoit été trouvé admirable; mais qui cessa de paroître tel dès qu'il eût été comparé avec celui qui fut présenté par M. Perrault. Ainsi ce dernier dessein fut préferé; mais toute la difficulté étoit de sçavoir si l'exécution en étoit posfible ; ce Periftille , ces Portiques majeftueux dont les colonnes portent des Architraves de douze pieds de long & des platfonds quarrés d'une pareille largeur, paroiffoient être autant de morceaux plus propres à faire l'ornement d'un tableau , qu'à fervir de modelle pour le frontifpice d'un Palais véritable ; ce deffein fi hardi a été cependant parfaitement exécuté , fans qu'u-ne feule pierre de ce large platfond, tout plat & fufpen-du pour ainfi dire en l'air, fe foit démentie.

C'eft encore fur les deffeins de ce grand homme que l'on a bâti l'Obfervatoire , ouvrage d'autant plus mer-veilleux que fans le fecours d'aucun inftrument de Ma-thématique , il peut par la forme feule qui lui a été donné , fervir à la plupart des obfervations aftronomi-ques.

Le célebre M. Perrault ne fit pas paroître moins de capacité & moins de génie dans l'excellent modelle du grand arc de triomphe à la Porte de St. Antoine , dont une partie a été conftruite fur fes deffeins.

Ces trois ouvrages dont la beauté égale tout ce que l'Architecture ancienne a pû imaginer de plus riche & de plus fomptueux , affurent à leur auteur une gloire qui ne finira jamais.

Il étoit encore refervé à ce grand homme d'influer par fa fcience dans tous les ouvrages d'Architecture que l'on feroit dans la fuite ; c'eft en effet fur fes leçons que fe font formés les plus célebres Architectes qui lui ont fuccedé. La belle traduction de Vitruve qu'il leur a laiffée , & qu'il compofa par ordre de M. Colbert , eft un ouvrage qui feul fuffit pour l'inftruction des plus grands Maîtres , & ce qui rend cet ouvrage plus parfait que tous ceux qui avoient paru jufqu'alors fur la même matiere , c'eft qu'ou ils avoient été compofés par des Sçavans qui n'étoient point Architectes , ou par des Ar-chitectes qui n'étoient pas fçavans ; & c'étoient là deux qualités qui fe trouvoient heureufement réunies dans M. Perrault. Aucune des parties dont il eft parlé dans l'ouvrage de Vitruve qu'il ne posſedât parfaitement. Ce grand homme avoit encore le talent de deſſiner avec une propreté & une correction merveilleuſe toutes ſortes de morceaux d'Architecture , & c'eſt ce que l'on peut remarquer dans les deſſeins qu'il a faits de ſa main & ſur leſquels ont été gravées toutes les planches de ſon Vitruve , qui quoique d'une beauté raviſſante ſont cependant moins exactes, moins correctes & moins finies que ſes deſſeins.

Le deſir que cet excellent homme avoit de ſe rendre utile à la poſterité , objet qu'il ſe propoſa toujours dans tous ſes ouvrages , lui fit entreprendre en faveur de ceux qui commencent à étudier l'Architecture , un abregé du même Vitruve. Ce fut dans la même vûe qu'il compoſa un autre livre intitulé : *Ordonnances des cinq eſpeces de colonnes ſelon la méthode des anciens*. On trouve dans cet admirable ouvrage les véritables proportions que doivent avoir les cinq ordres d'Architecture , en s'éloignant également des extrêmités où quelques Architectes les ont portées , & en les rendant commenſurables les unes aux autres ſans aucune fraction des parties du module.

Mais les talens de ce grand homme n'étoient point comme nous l'avons déja dit, bornés à un ſeul Art. Grand Architecte , il étoit encore excellent Phyſicien. Deſtiné à être un des premiers qui compoſerent l'Académie Royale des Sçiences, dès qu'elle fut établie, on le choiſit pour travailler ſur les matieres de Phyſique. Le premier ouvrage qu'il publia en ce genre furent des Mémoires pour ſervir à l'hiſtoire naturelle des animaux, ouvrage qui fut imprimé au Louvre en 1676, & que le ſçavant M. Perrault compoſa d'après les diſſections qui furent faites dans l'Académie. Ces Mémoires furent ſuivis de quatre volumes d'eſſais de Phyſique auxquels le public fit l'accueil le plus favorable & tel que le méritoit tout ce qui ſortoit de la plume de cet illuſtre ſçavant. Nous avons encore de lui un recueil de diverfes machines, que fon amour pour l'utilité du bien public lui fit inventer. Les plus fingulieres de ces machines, & en même tems les plus utiles font celles que M. Perrault imagina pour élever de grands fardeaux, fans qu'ils fuffent expofés au frottement.

Ce grand homme excella encore dans la Médecine, & l'on peut dire que ce fut là fa profeffion favorite, & qui avoit pour lui le plus d'attrait; mais furchargé du travail qui l'occupoit à l'Académie, dès qu'il eut été reçu dans cet illuftre Corps, il n'exerça plus cette profeffion qu'en faveur de fes parens & amis & pour le foulagement des pauvres.

Cet illuftre fçavant mourut le 9 Octobre de l'année 1688, âgé de 75 ans. Quelques jours avant fon décès il avoit affifté à la diffection d'un Chameau mort apparemment de quelque maladie contagieufe; car tous ceux qui furent prefens à cette operation tomberent dangereufement malades; mais M. Perrault, ou d'un temperamment plus foible, ou d'un âge plus avancé que les autres ne put réfifter à la force du venin. Dès qu'il fut mort, la Faculté de Médecine fit demander le portrait de ce grand homme à fes héritiers pour le placer dans la falle de fes Affemblées parmi ceux des Fernels, des Akakias, des Riolans, des Guenaults & des autres célebres Médecins. Voici dans quels termes honorables cette déliberation fe trouve écrite dans le regiftre de la Faculté. *Die 6 Novemb. anno 1692 depicta tabella M. Claudii Perrault ad me Decanum H. M. miffa ab illuftriffimo fratre ipfius, & dono data fcholæ noftræ appenfa fuit in fcholis noftris fuperioribus. Hic vir doctor Medicus Parifienfis fuit, fcholæ noftræ Lumen ac Sidus merito poteft appellari. Varia funt in lucem ab eo emiffa opera Phyfica, quibus nihil eft pictius, aut elegantius, aut verofimilius. Vitruvium gallice reddidit & illuftravit. Mathematicarum difciplinarum laude, Pictura, Architectura, Muficaque fuit inter cæteros ævi noftri præftantiffimos viros præftantiffimus. Dum Cameli putrefcentis vifcera curiofius indagat, scrutaturque scapello, tetrâ quâdam aurâ afflatus, mox è vivis ereptus est. Sicut tanti viri memoria vivet apud doctos quosque. Sic apud nos collegas ipsius perpetua esse debet.*

AUGUSTIN CHARLES DAVILER

CHARLES Augustin d'Aviler, issu d'une famille originaire de Loraine, mais établie depuis long-tems à Paris, prit naissance dans cette ville en 1653. Le goût particulier qu'il avoit pour l'Architecture se manifesta de bonne heure, & dès sa premiere jeunesse il en fit son unique étude. Les rapides progrès dont son application fut suivie, lui procurerent l'avantage d'être envoyé à l'Académie de Rome avec la qualité de pensionnaire de Sa Majesté.

Il eut pour compagnon de voyage Jean-François Vaillant, célebre Antiquaire, & Antoine Desgodets, qui s'est si fort distingué par son exactitude à mesurer les édifices antiques de Rome. Ces trois hommes célebres qu'un vif desir de se perfectionner dans leur art, conduisoit en Italie, n'y arriverent qu'après avoir essuyé la plus étrange de toutes les infortunes. Leur malheur voulut que la Felouque sur laquelle ils étoient montés, fut attaquée & prise par des Corsaires Algeriens, qui mirent aux fers tout l'Equipage. Louis XIV. en ayant été informé eut la bonté de s'intéresser pour Daviler & pour ses deux autres compagnons d'infortune; ce ne fut cependant qu'au bout de seize mois qu'ils recouvrerent leur liberté, ayant été échangés contre des Turcs qui avoient été pris par les François.

L'esclavage de M. d'Aviler ne lui avoit rien fait perdre du gout & de l'ardeur qu'il avoit pour la perfection de son art. Quelque intéressé qu'il fut à ne pas faire
connoître

connoître sa capacité parmi des gens à qui ses talens pouvoient être utiles, & qui pour cette raison se montreroient plus difficiles à le relâcher, il ne put cependant se résoudre à demeurer dans l'inaction, & son habileté lui procura bien des occasions de contenter le goût qu'il avoit pour le travail. Entre autres Ouvrages qu'il fit, il traça le plan d'une superbe Mosquée, qui fut construite à Tunis sur son dessein, & dont l'Architecture est d'un très-bon goût.

M. Daviler devenu libre se hâta de se rendre à Rome, où pendant cinq ans, il se fit une étude assidue de tout ce qui pouvoit contribuer à son avancement dans sa profession ; il s'appliqua surtout à mesurer avec une exactitude extrême, les beaux édifices anciens & modernes dont Rome est ornée. De retour à Paris il y continua encore pendant quelque tems ses études en particulier, étant résolu de ne joindre la pratique à la théorie de son art, que lorsqu'il en auroit acquis une parfaite connoissance, mais M. Mansart premier Architecte du Roi, connoissoit trop le mérite de ce jeune artiste pour négliger de l'occuper: l'ayant donc reçu au nombre de ceux qui travailloient sous lui au Bureau d'Architecture, il ne tarda pas à lui confier les ouvrages les plus difficiles, & celui-ci se rendit digne par son application d'occuper une des premieres places dans ce Bureau ; de façon qu'il ne se faisoit aucun dessein pour les bâtimens du Roi, qui ne passât par ses mains.

Les grandes lumieres qu'il acquit le mirent en état de composer un cours d'Architecture, qui renfermât tout ce qu'il est nécessaire de sçavoir pour se procurer une notion complette de cet art. Son premier dessein avoit été de donner seulement l'Ouvrage de Vignole, plus correct qu'il n'avoit encore paru. Mais s'étant apperçu que les discours, qui accompagnent ses figures, étoient trop succincts, & que pour rendre l'ouvrage plus intelligible & plus de pratique, il étoit nécessaire

Tome III.   O

d'y joindre de nouvelles obfervations, il les fit en for-me de Commentaire. Il s'étendit infenfiblement fur toutes les parties de l'Architecture ; il embraffa tout ce qui regarde la décoration & la conftruction, & fon travail s'accrut tellement entre fes mains, qu'il devint un cours d'Architecture complet. L'on a toujours ad-miré la méthode qui y regne, & ce fut pour y en met-tre davantage, & pour ne pas être obligé de couper à tout moment fon difcours par des explications indif-penfables des termes d'Architecture, qu'il réfolut d'en faire un volume feparé ; il les y rangea tous fuivant l'ordre alphabétique , & les diftinctions qu'il en donna, furent trouvées fi claires & fi juftes, que nos meilleurs Dictionnaires de la langue Françoife ont cru pouvoir les adopter. Avant fon cours d'Architecture M. Daviler s'étoit déja fait connoître par une traduction du VI. Livre de l'Architecture de Scamozzi, qui contient les Ordres.

Cependant M. Daviler devenu trop habile pour vou-loir continuer de travailler en fecond, ce qui l'empê-choit de faire connoître toute l'étendue de fes talens, profita avec empreffement de l'occafion qui lui fut offerte d'aller à Montpellier, pour y travailler à une porte magnifique en forme d'arc de triomphe, que cette ville vouloit élever à la gloire de Louis XIV. Le céle-bre M. d'Orbai avoit fourni les deffeins de cette porte, & M. Daviler fut chargé de les exécuter. Il partit en 1691, & l'année fuivante l'arc fe trouva entierement achevé ; cet ouvrage fut jugé fi parfait que M. de Bafville pour lors Intendant de Languedoc, fe fit toujours depuis un mérite de produire M. Daviler, qui en effet fit depuis ce tems-là un grand nombre d'ouvrages à Befiers, à Carcaffonne, à Nifmes, à Montpellier, à Touloufe, où il bâtit pour M. Colbert, Archevêque de cette ville, fon Palais Archiepifcopal. Ces travaux & plufieurs autres en differens endroits du Languedoc, engagerent les Etats à créer en faveur de ce grand homme, un

titre d'Architecte de la Province au commencement de
l'année 1693. Cette marque de distinction détermina
M. Daviler à se fixer pour toujours en Languedoc. Il
se maria à Montpellier où il s'établit ; mais à peine
commençoit-il à jouir du fruit de ses travaux, qu'il y
mourut en 1700, n'étant âgé que de 47 ans.

CHARLES PERRAULT.

CHARLES Perrault, Contrôleur Géneral des Bâtimens de France, l'un des quarante de l'Académie Françoise, & l'un des premiers membres de celle
des Inscriptions & Belles-Lettres, nâquit à Paris en
1627, de Pierre Perrault, Avocat au Parlement. Dès
sa plus tendre jeunesse il se distingua comme le celebre
Claude Perrault, son frere aîné, par un goût marqué
pour les arts & pour les sciences, dont il fut toujours
le zelé protecteur aussi bien que de tous ceux qui les
cultivoient.

Le premier Ouvrage qui commença à établir sa réputation, fut un Dialogue de l'amour & de l'amitié,
qui fut suivi de deux Odes, l'une sur la paix des Py-
rennées & l'autre sur le mariage du Roi. La beauté de
son génie, son habileté, & plus que tout cela sa probité soutenue d'un grand fond d'équité, lui meriterent
la confiance & l'estime de M. Colbert, qui le choisit
d'abord pour premier Commis de la Surintendance des
bâtimens de France, & le fit ensuite passer à la charge
de Contrôleur-Géneral des mêmes bâtimens.

M. Perault ne se servit du crédit que lui donnoit cet
important emploi que pour faire fleurir les arts & les
sciences. La Peinture, la Sculpture, l'Architecture,
la Physique, l'Eloquence, la Poësie, tout fut soutenu,
animé & récompensé par ses soins. Conformement à

la paſſion extrême qu'il connoiſſoit dans le Miniſtre pour la grandeur de ſon Maître & la gloire de la Nation ; il s'appliqua à dreſſer des Mémoires ſur leſquels furent formées les Académies de Peinture & d'Architecture , & il eut l'honneur d'entrer des premiers dans celle des Sciences & dans celle des Inſcriptions. L'Académie Françoiſe où il avoit été reçu le 23 Novembre 1671 , dut à ſon crédit l'honneur qu'elle eut d'être logée dans le Louvre après la mort du Chancelier Seguier. Ce fut encore M. Perrault qui engagea le Miniſtre à inſpirer au Roi le deſſein de fournir à tous les Academiciens une diſtribution honorable , chaque jour qu'ils s'aſſembleroient, moins pour les inviter & les déterminer à l'aſſiduité , qui juſqu'alors avoit été gratuite, que pour régler le tems & la durée de leur travail.

M. Perrault déchargé de ſon emploi de Contrôleur Géneral des Bâtimens après la mort de M. Colbert ſe dévoua tout entier aux Muſes. On le vit au gré d'une imagination féconde tantôt enjoué , tantôt ſerieux, s'exercer à divers genres de Poëſies. Dès 1668 il avoit donné le Poëme de la Peinture, il donna depuis celui de S. Paulin , & celui du Labyrinte de Verſailles adreſſé à M. de la Quintinie , Directeur des Jardins potagers du Roi. Ils furent ſuivis du Poëme de la création du monde de Griſelidis , du triomphe de ſainte Genevieve , de l'Apologie des femmes , & d'une Epître à M. de Fontenelle , intitulée *le Génie*. L'on doit dire à la gloire de cet illuſtre Académicien , que jamais Poëte ne fouilla ſi avant dans la nature, & ne fit des peintures plus vives & plus naturelles, même des choſes qui paroiſſoient les plus ingrates.

Le Siécle de Louis XIV. Poëme qu'il publia au commencement de l'année 1687, l'engagea dans une diſpute Littéraire, qui fut pouſſée aſſez loin. Il y faiſoit voir que ſous le regne de ce grand Roi, les arts & les ſciences avoient été portés à un ſi haut point, qu'il s'y

étoit fait beaucoup de chofes bien plus excellentes
que plufieurs de celles qui avoient été faites par les
Anciens. Les amateurs de l'Antiquité pleins de reconnoiffance pour ceux chez qui ils avoient puifé ces
beautés immortelles que l'on apperçoit dans leurs ouvrages regarderent cette opinion comme un paradoxe
contre lequel ils fe fouleverent. M. Perrault pour foutenir ce qu'il avoit avancé, donna quatre tomes de
paralleles des Anciens & des modernes; où fans prétendre rien perdre de la véneration qui eft due aux
Anciens pour avoir excellé dans les arts & dans les
fciences, il marquoit quantité de fautes, de négligen-
ces, de petiteffes mêmes qui étoient échappées à ces
grands hommes; mais il les imputoit uniquement au
peu de politeffe des fiécles où ils avoient vécu qui ne
leur avoit pas permis de mieux faire, d'un autre côté
il mettoit dans tout leur jour les plus beaux endroits
de nos modernes, & marquoit par-là que s'ils étoient
inférieurs par quelques endroits, à ces grands modéles
du beau & du vrai, ils les égaloient & leur étoient
même fupérieurs en beaucoup d'autres. Ceux de nos
modernes que M. Perrault élevoit le plus ne laifferent
pas que d'écrire vivement contre lui, & enfin il facrifia
une partie de fon parallele à l'amour de la paix, & il
s'arrêta tout court, *Pour éteindre*, dit-il, *une guerre civile,*
dont la République des Lettres commençoit d'être agitée, &
pour ne pas fe brouiller plus long-tems avec des hommes d'un
fi grand mérite que ceux qu'il avoit pour adverfaires, &
dont l'amitié ne pouvoit s'acheter trop cher.

Il entreprit depuis les éloges hiftoriques d'une partie
des grands hommes qui avoient paru dans le XVII.
fiécle, & il en donna deux volumes, l'un en 1697, &
l'autre en 1700, avec leur portrait au naturel. Enfin
après avoir été jufqu'aux derniers momens de fa vie
toujours laborieux & appliqué, toujours fimple & modefte, fidele ami, & effentiellement honnête homme,
il mourut à Paris le 17 May 1705, âgé de foixante &
dix ans.

JULES HARDOUIN MANSART.

JULES Hardouin Manſart, Conſeiller du Roi en ſes Conſeils, Chevalier de l'Ordre de ſaint Michel, Comte de Sagone, Baron de Jouy, Seigneur de Neuilly, d'Augy-ſur-Bois, de Château ſur Allier, de Veurdre & autres lieux, ſurintendant & ordonnateur général des Bâtimens, Jardins, Arts & Manufactures de Sa Majeſté, nâquit à Paris l'an 1645 : héritier des talens & des biens du célebre François Manſart, ſon oncle, il marcha ſur les traces de ce grand homme, & mérita comme lui, de tenir le premier rang parmi les plus habiles Architectes de ſon ſiécle. De bonne heure il joignit la pratique à la Théorie de ſon art ; & voulut paſſer par tous les degrés qui pouvoient lui en faire acquerir la perfection. La premiere preuve qu'il donna de ſa capacité lui fraya le chemin à tous les honneurs auxquels ſon mérite l'éleva dans la ſuite.

Louis XIV. étant venu voir les Bâtimens qui de-voient orner la Place Vendôme, le hazard voulut que ce Prince jettât les yeux ſur le jeune Manſart, qui étoit alors occupé à tailler une pierre. La figure gracieuſe de ce jeune homme, ſon heureuſe phyſionomie, & plus que tout cela la vivacité & l'adreſſe avec laquelle il travailloit, fixerent les regards de ce grand Roi, qui après avoir conſideré attentivement ce jeune homme, lui parla avec bonté, dès qu'il eut appris que c'étoit le neveu du célebre François Manſart. Sa Majeſté ayant en même tems demandé qu'on lui traçât la figure d'un morceau particulier d'Architecture ; le jeune Manſart voyant que l'Architecte à qui le Roi s'étoit adreſſé ne lui obéiſſoit pas aſſez promptement, traça lui-même cette figure avec un crayon, & l'effaça presque aussi-tôt par la crainte qu'il eut d'exciter l'envie de ses compagnons, & peut-être la jalousie du Maître sous lequel il travailloit : ce trait d'habileté & de politique, qui n'étoit point échappé à la vûe perçante de Louis XIV. prévint ce Prince en faveur du jeune Mansart, qui eut la consolation de voir qu'il avoit eu le bonheur d'entrer dans la pensée du Roi, Sa Majesté ayant elle-même tracé sur le sable avec sa canne la même figure.

Cette avanture eut pour Monsieur Mansart les suites les plus heureuses, son pere qui étoit premier Peintre du cabinet du Roi, ayant été informé de ce qui venoit de se passer, eut l'honneur de présenter son fils au Roi, & lui demanda en même tems qu'il lui fût permis de se présenter au concours qui devoit se faire pour la construction du Château de Clagny. Cette permission lui ayant été accordée, M. Mansart qui n'étoit alors âgé que de vingt-deux ans, fit divers desseins qu'il remit à M. le Marquis de Villacerf. Le jour étant venu où le concours devoit se faire, Sa Majesté voulut examiner elle-même les plans qui avoient été présentés, mais surprise de ne pas trouver parmi ces desseins ceux qui avoient été remis par M. Mansart, elle en demanda des nouvelles à son Surintendant des Bâtimens, qui répondit au Roi, qu'on ne lui avoit point présenté d'autres plans. Le Roi qui vouloit être informé de la verité, & qui ne pouvoit l'apprendre que de la bouche du jeune Mansart, ordonna qu'on le fît venir. Ayant eu l'honneur de se présenter à Sa Majesté, il rappella au Ministre, le jour & l'heure où il lui avoit remis trois plans differens, & designa même le carton où ils avoient été mis, sur quoi Louis XIV. donna ordre à deux Huissiers d'aller prendre ce même carton, & de le lui apporter. La conclusion fut que M. de Villacerf ne travailla point ce jour-là avec le Roi, & que les plans de M. Mansart furent agréés. Peu de jours

après il eut ordre de commencer à travailler au superbe
Château de Clagny, qui fut achevé en peu de tems ;
mais comme on lui avoit ordonné de ne rien changer
au plan sur lequel il devoit travailler, il arriva que la
cour de ce Château se trouva malheureusement trop
petite ; Louis XIV. s'en étant apperçu ne put s'empêcher d'en témoigner son mécontentement. M. Mansart desesperé qu'on lui attribuât une faute dont il
n'étoit pas responsable, resolut à quelque prix que ce
fût de la réparer, ce qu'il fit si heureusement & en si
peu de tems, qu'en moins de quinze jours le Château
de Clagny eut changé de face. Louis XIV. temoin de
ce changement, fit l'honneur à M. Mansart de lui serrer
la main, & de dire hautement, *Qu'il n'y avoit qu'un
Mansart qui fût capable de faire un ouvrage si achevé.* La
capacité de cet illustre Artiste fut recompensée par une
pension de douze mille livres, dont Sa Majesté le gratifia ; il avoit deja été honoré d'un Brevet d'Architecte
des Bâtimens du Roi. Il est dit dans ce Brevet, expedié
le 22 Novembre de l'année 1675, *Qu'à cause de la
suffisance & de la capacité que le sieur Mansart s'est acquise,
tant dans la théorie que dans la pratique de l'Architecture,
Sa Majesté desirant le gratifier, l'a nommé pour un de ses
Architectes, qui doivent composer l'Académie de cet art, établie à Paris.*

Au titre d'Architecte du Roi, fut joint peu après
celui d'Intendant des bâtimens de Sa Majesté ; & ensuite celui d'Inspecteur géneral des mêmes bâtimens.
Voulant vous donner, dit le Roi, dans le Brevet que Sa
Majesté fit expedier à M. Mansart pour cette derniere
Commission, *des marques de la satisfaction que nous avons
des services que vous avez rendus dans nos bâtimens en la
charge d'Intendant, nous avons fait choix de vous pour y
servir en qualité d'Inspecteur général.*

De nouveaux services de la part de cet homme illustre
lui mériterent de nouvelles marques de distinction. Il
est dit dans les Lettres de Noblesse qu'il obtint en 1683,

qu'elles

lui font accordées, *tant parce que l'inclination & l'habi-*
leté dans les beaux arts est une vertu héréditaire de sa fa-
mille, son pere s'étant acquis une expérience singuliere dans
la peinture, qu'en consideration de ce que ledit Jules Man-
sart s'est rendu recommendable à la posterité par les superbes
ouvrages qu'il à achevés au Château de Versailles, dans les
autres maisons Royales, à Clagny, & à la Chapelle de
l'Hôtel des Invalides, qui seront des monumens éternels de
la plus sçavante Architecture, & le feront toujours regarder
comme le digne successeur du nom & de la réputation de
François Mansart, son oncle, dont la mémoire est célebre
par de fameux & magnifiques édifices qu'il a construits dans
le Royaume.

Sa Majesté toujours plus satisfaite des preuves éclatantes que l'illustre Mansart donnoit chaque jour de
sa capacicé & de ses talens extraordinaires, le nomma
Chevalier de saint Michel en 1693, & elle lui fit l'honneur de lui écrire à ce sujet la lettre suivante.

Monsieur Mansart, ayant résolu avec les Princes Com-
mandeurs, & Officiers de mes Ordres, de vous associer à celui
de saint Michel, même de vous permettre par une grace par-
ticuliere de porter la Croix dudit Ordre, attachée sur l'esto-
mac avec un ruban couleur de bleu céleste, semblable à celui
que portent Messieurs les Commandeurs de l'Ordre du saint
Esprit, pour, par cette marque d'honneur & de distinction,
faire connoître la satisfaction que j'ai de vos bons & agréables
services, j'ai bien voulu vous faire cette Lettre pour vous en
donner avis, & vous dire que vous ayez à vous rendre près
de mon Cousin, le Duc de Beauvilliers, Commandeur de mes
Ordres, & chef de mon Conseil Royal, afin de recevoir de lui
ledit Ordre.

Si Sa Majesté sembloit prendre plaisir à repandre
chaque jour de nouveaux bienfaits sur le grand homme dont nous faisons l'éloge ; le zele de M. Mansart
pour la gloire de Sa Majesté sembloit prendre chaque
jour de nouvelles forces ; il vouloit que tous les ou-

Tome III. P.

vrages qu'il faifoit par les ordres de ce Prince, fuffent autant de merveilles qui éternifaffent la memoire de la magnificence de ce grand Roi ; auffi s'il n'eft point de Monarque qui ait laiffé après lui plus de monumens, & des monumens plus fuperbes de fa puiffance, que Louis XIV. l'on doit auffi avouer qu'il n'y eut jamais d'Architecte, qui ait donné plus de preuves & des preuves plus glorieufes de fa capacité & de la vafte étendue de fon genie, que l'homme célebre dont nous parlons. Ce qui eft vrai, c'eft que la pofterité aura peine à croire que la vie de ce grand homme ait pû fuffire aux travaux immenfes auxquels il a été employé par Ordre du Roi.

La Place Vendôme, celle des Victoires, l'Eglife Paroiffiale de Notre-Dame de Verfailles, les Jardins & le Château de Marly, le Bâtiment neuf de Meudon, Trianon, Chambord, le Château neuf de faint Germain, la Menagerie, l'Orangerie, les Ecuries, le Château de Verfailles, font autant de morceaux où fe trouvent réunies toutes les beautés & toutes les richeffes de la plus fuperbe Architecture ; & eft-il un feul de ces morceaux qui ne fuffife pour immortalifer la gloire du plus grand homme.

Il manquoit au Château de Verfailles un ornement que la nature & le tems fembloient pouvoir feul lui prêter, & cet ornement fut pour l'illuftre Manfart l'ouvrage d'une feule nuit. Louis XIV. ayant paru defirer qu'il y eut une avenue plantée d'arbres en face du Château, du côté qui conduit au grand canal, le long du Tapis verd ; M. Manfart qui trouva toujours dans la fecondité de fon genie des reffources inépuifables, & à qui tout devenoit poffible, lorfqu'il s'agiffoit de contenter le grand Roi qu'il avoit l'honneur de fervir, entreprit de fatisfaire Sa Majefté, & il y réuffit ; l'avenue que ce Prince defiroit, fe trouva plantée à fon reveil, & parut, pour ainfi dire, fortie des mains des Fées, fans que l'on fe fut apperçue du travail que cet ouvrage avoit couté. Louis XIV. saisi d'étonnement à la vûe d'un pareil prodige, qui paroissoit tenir de l'enchantement, combla de louanges M. Mansart, & l'honora peu de tems après d'une marque de distinction, qui seul dût faire juger de l'estime singuliere que ce Prince faisoit des grands hommes, qui ne doivent leur élévation qu'à leur seul mérite.

Ce grand Roi se promenant un jour dans l'avenue dont nous venons de parler, ayant la main appuyée sur l'épaule de M. Mansart, lui fit la grace de lui ordonner de se couvrir, pour qu'il ne fut pas incommodé du soleil ; & comme ce Prince à qui rien n'échappoit, s'apperçut d'un étonnement marqué sur le visage des Seigneurs, qui l'accompagnoient ; *Messieurs*, leur dit-il, en se tournant de leur côté ; *c'est ici un homme que je dois conserver ; je puis dans un quart d'heure faire vingt Ducs & Pairs ; & dans bien des siécles, je ne pourrois faire un Mansart.*

Voici une autre marque non moins glorieuse de la bonté & de l'estime de ce grand Roi pour l'homme incomparable dont nous écrivons la vie. Monsieur Mansart ayant mis la derniere main à l'Eglise des Invalides, Louis XIV. qui vouloit examiner avec attention toutes les beautés de ce superbe édifice, s'y rendit un jour, & pour qu'il ne fut pas interrompu dans l'examen qu'il vouloit faire, il ordonna qu'on ne laissât entrer personne dans cette Eglise ; il en avoit déja parcouru une partie, lorsqu'ayant détourné la tête il apperçut une Dame avec deux ou trois enfans proprement mis ; surpris de ce que l'on n'eut pas ponctuellement exécuté ses ordres, il voulut sçavoir qui étoit cette Dame ; ce grand Roi dont la bonté égaloit toutes ses autres vertus, ayant appris que c'étoit Madame Mansart avec sa famille, retourna sur ses pas, & s'étant approché de cette Dame, il lui fit l'honneur de lui présenter son gant ; & de lui dire en la prenant par la main, *Venez, Madame, venez partager la gloire de votre époux, cette*

Eglife, comme tous fes autres ouvrages, eft un chef d'œuvre que je ne puis me laffer d'admirer.

Nous ferions infinis fi nous voulions rapporter quantité d'autres traits pareils qui honorent peut-être encore plus la mémoire de Louis XIV. que celle du célébre Manfart.

La réputation de ce grand homme, répandue dans toutes les cours de l'Europe, lui procura l'honneur d'être appellé en Efpagne, en Piémont, en Lorraine, & en bien d'autres lieux, où il a laiffé d'éternels monumens de fa capacité dans les fuperbes Palais qui ont été élevés fur fes deffeins & fous fa direction ; mais ce n'étoit pas les feuls talens de cet excellent homme, qui le rendoient infiniment eftimable. Plus zelé pour la gloire de fon Roi que pour fes propres intérêts, il vouloit que l'on fçut par tout qu'il fe devoit tout entier au maître qu'il avoit l'honneur de fervir, & qui étoit affez génereux, & affez puiffant pour ne laiffer rien à défirer à ceux qui travailloient par fes ordres. C'eft ce que M. Manfart fit entendre au Duc de Loraine, pour qui il avoit bâti le magnifique Château de Luneville. Ce Prince pour lui témoigner combien il étoit content de fes fervices, voulut lui faire préfent d'une croix de diamans d'un très-grand prix, & d'un attelage de fix chevaux Napolitains ; mais ce fut inutilement que Monfieur le Duc de Lorraine fit au généreux Manfart les plus vives inftances pour l'engager à accepter ce riche préfent. *Vous fçavez, grand Prince*, lui répondit-il, *que c'eft par les ordres du Roi mon maître que j'ai été envoyé ici, & que c'eft avec fa permiffion que j'ai eu l'honneur de travailler pour votre Alteffe ; mon maître eft trop riche pour ne pas pouvoir me récompenfer ; & il eft trop génereux pour ne pas le faire d'une maniere qui réponde à fa libéralité & à fa magnificence.* Une fi noble façon de penfer redoubla l'eftime que le Duc de Loraine avoit conçue pour M. Manfart ; & il en fit l'éloge dans une Lettre qu'il écrivit au Roi, à qui il adreffa en

même tems le présent que Monsieur Manſart n'avoit
point voulu accepter ; mais qu'il ne put refuſer des
mains de Sa Majeſté. Louis XIV. l'ayant fait venir
& lui ayant témoigné combien il étoit charmé de
ſon procedé, il lui dit qu'il vouloit le voir le lendemain dans ſa calèche, & qu'il lui ordonnoit d'y faire
atteler les ſix chevaux dont le Duc de Loraine lui avoit
fait preſent. *Ne manquez pas*, ajouta Sa Majeſté avec
cet air de bonté qui lui gagnoit tous les cœurs, *de vous
trouver au Mail à trois heures, c'eſt le tems où je m'y ren-
drai.*

Ce Grand Roi ſe trouva en effet le lendemain au
rendez-vous à l'heure marquée, & ayant apperçu M.
Manſart qui étoit deſcendu de ſa calèche dès qu'il
avoit vû paroître les Gens du Roi, il lui ordonna d'y
remonter, & il ne lui laiſſa la liberté de ſe retirer que
lorſqu'il lui eut fait faire pluſieurs tours de promenade
en préſence de toute ſa Cour.

A cet honneur paſſager Louis XIV. en ajouta un
autre plus durable qui éleva M. Manſart à la plus haute dignité où ſon mérite pût lui donner droit d'aſpirer.
Le Marquis de Villacerf ayant demandé à ſe retirer,
parce que ſon grand âge & ſes infirmités ne lui permettoient plus de faire les fonctions de Sur-Intendant des
Bâtimens, M. Manſart fut nommé pour le remplacer
dans cette importante Charge. Voici dans quels termes
honorables étoit conçu le Brevet qu'il reçut à ce ſujet
& qui fut expedié le 7 Janvier de l'année 1699. *Le ſieur
Colbert Marquis de Villacerf nous ayant ſupplié à cauſe de
ſon grand âge & de ſes infirmités de le décharger de l'exercice & fonction de la Charge de Sur-Intendant de nos bâtimens, nous avons fait choix de vous pour exercer ladite
Charge, parce que vous avez donné des marques ſuffiſantes
de la connoiſſance parfaite que vous avez dès votre jeuneſſe
dans les Arts, & de l'expérience que vous vous êtes acquiſe
dans l'Architecture par le grand nombre de beaux ouvrages
que vous avez conduits par nos Ordres dans nos Châteaux*

& Jardins de Versailles, Trianon, Marly, Saint Germain & Chambord, & à l'Hôtel Royal des Invalides, & autres ouvrages célébres dans lesquels tout ce qui a été fait avec le plus de perfection tant en Architecture, qu'aux canaux, fontaines, aqueducs, piedestaux, vases & ornemens de marbre & de bronze a été exécuté sur vos desseins; ce qui vous a rendu le plus capable & le plus intelligent de tous ceux que nous avons employés pour nos Bâtimens, ce qui vous a fait rechercher pour tout ce qui a été entrepris de plus grand en ce genre dans notre Royaume, & nous nous sommes persuadés que vous qui avez la méme capacité, & la fidélité & affection que nous pouvons desirer pour l'œconomie & administration des fonds que nous destinons à nos bâtimens, ensorte que nous espérons trouver en vous toutes les qualités nécessaires aux fonctions de cette Charge.

A ces causes, &c.

M. Mansart élevé à ce Poste éminent qui lui fournissoit chaque jour de nouvelles occasions de faire briller la beauté de son génie, & la superiorité de ses talens, trouva à la Cour des ennemis, qui jaloux de la confiance dont Sa Majesté l'honoroit, employerent contre lui tout ce que l'envie a de plus noir pour ruiner & pour perdre ce grand homme dans l'esprit du Roi. On commença d'abord par essayer de lui dérober toutes les occasions qu'il auroit pû avoir de donner de nouvelles preuves de sa capacité; & pour cet effet on fit entendre à Louis XIV. que les fonds se trouvant malheureusement épuisés par les longues guerres que l'Etat avoit eu à soutenir, il n'étoit plus possible de fournir aux dépenses qu'exigeoit la continuation des bâtimens que l'on avoit commencé, & qu'il étoit par conséquent nécessaire de les suspendre.

Ces remontrances faites à Louis XIV. produisirent sur son esprit l'effet qu'en esperoient les ennemis de M. Mansart. Quelque forte envie qu'eut ce Prince de ne pas laisser imparfaits de superbes Edifices qui devoient éterniser la mémoire de son Regne, son amour

pour ſes Sujets pour qui il eut toujours toute la tendreſſe d'un véritable pere l'emporta dans ſon cœur ſur
les interêts de ſa propre gloire. Ayant fait venir M.
Manſart, il lui dit que les circonſtances de la guerre le
mettant dans la néceſſité de faire diſcontinuer généralement tous les bâtimens auſquels on travailloit par
ſes Ordres, il falloit néceſſairement attendre un tems
plus favorable pour les reprendre. M. Manſart qui ne
s'attendoit pas à un pareil ordre, mais qui démêla aiſément la main d'où partoit le coup qui lui étoit porté,
eut aſſez d'adreſſe pour le parer; il repreſenta au Roi
que quand même l'Etat ſeroit épuiſé, la politique vouloit que l'on en dérobât la connoiſſance aux ennemis
de la France; *mais Sire*, ajouta-t-il, *je n'ai point encore
rendu compte des fonds deſtinés pour les bâtimens de Votre
Majeſté, & heureuſement il s'en faut de beaucoup que ces
fonds ſoient épuiſés; je puis même me charger de continuer
à faire travailler encore long tems aux ouvrages qui ſont
commencés, ſans que je ſois obligé d'avoir recours à votre
Sur-Intendant des finances.* Louis XIV. qui ne s'étoit
déterminé qu'avec peine à ſuſpendre des ouvrages qui
devoient publier dans tous les ſiecles ſa magnificence
& ſa grandeur, charmé qu'on put les continuer, donna
pour cet effet de nouveaux ordres à ſon Sur-Intendant
des Bâtimens dans qui il avoit mis toute ſa confiance.

Il étoit cependant vrai que les fonds qui lui avoient
été confiés ſe trouvoient preſque entierement épuiſés;
mais par ſon credit il ſuppléa à ce défaut, & il ſe vit
bientôt en état de faire toutes les avances qu'exigeoit
la continuation des ouvrages dont il étoit chargé.

Les ennemis de ce grand homme toujours plus jaloux de ſa gloire n'en devinrent que plus animés à ſa
perte. Voici un nouveau trait de leur malignité.

On ſçavoit que M. Manſart n'étoit pas exempt de
foibleſſes, la maîtreſſe qu'il entretenoit étoit connue,
& ce fut d'elle qu'on ſe ſervit pour le perdre; mais l'artifice de ſes ennemis n'eut pas à beaucoup près le ſuc-

cès qu'ils s'en promettoient. Un d'eux que nous ne nommerons pas ayant appris que l'on devoit délivrer le lendemain à M. Manſart une ordonnance de cinquante mille livres, réſolut de la lui faire enlever & de la remettre enſuite entre les mains du Roi. Malheureuſement pour M. Manſart la Dame avec qui il avoit lié un commerce de galanterie ne ſe trouva que trop diſpoſée à entrer dans le complot formé contre lui; cette femme ſéduite par les liberalités que lui fit celui qui avoit conjuré la perte de ſon amant, & plus encore par l'eſpérance de la grande récompenſe qu'il lui promit, convint de faire tout ce qu'il exigea d'elle, & il ne lui fut que trop facile de réuſſir. M. Manſart étant venu la voir le même jour, elle trouva le ſecret de lui dérober ſans qu'il s'en apperçut l'ordonnance qu'il avoit reçue, & dès qu'il fut hors de chez elle, elle alla ellemême la remettre entre les mains du perfide qui devoit la récompenſer.

L'uſage que ce fourbe fit de cette piece fut de la porter ſur le champ au Roi à qui il dit que c'étoit là un des preſens ordinaires que M. Manſart faiſoit à ſes Maîtreſſes; que par là on pouvoit juger combien les fonds de Sa Majeſté avoient dû dépérir entre les mains d'un homme accoutumé de ſacrifier à ſes plaiſirs de pareilles ſommes. Quoique tout parut dépoſer dans cette occaſion contre M. Manſart, Louis XIV. cependant qui rarement ſe trompoit dans le choix qu'il faiſoit des perſonnes qu'il honoroit de ſa confiance, eut de la peine à croire qu'il fût coupable du déreglement dont on l'accuſoit, & ce fut de ſa propre bouche qu'il voulut ſçavoir la vérité du fait.

M. Manſart cependant qui s'étoit apperçu de la perte qu'il avoit faite, mais qui étoit bien éloigné de laiſſer tomber les ſoupçons ſur ſa perfide Maîtreſſe, étoit dans des inquiétudes mortelles; elles redoublerent lorſque l'on vint lui dire que le Roi avoit à lui parler: *Je vous aime*, lui dit ce Prince, *& je ne veux point vous perdre,*

je

je veux sçavoir vos affaires du cœur, ne me cachez point la vérité ; j'exige de vous une confession sincere. M. Manfart jugeant par ce début que Sa Majesté étoit informée d'une partie de ses avantures, lui fit un aveu entier de tout ce qui lui étoit arrivé pendant la journée, & son récit fut accompagné d'un air de candeur & de sincerité qui déposa en faveur de son innocence. Louis XIV. qui ne pouvoit douter que le fourbe qui lui avoit remis l'ordonnance dont nous avons parlé , ne fût celui-là même qui l'avoit fait enlever à M. Manfart, crut que pour le punir de la maniere la plus sensible , il suffiroit qu'il fût témoin des nouvelles marques de bonté dont ce grand Roi vouloit honorer son Sur-Intendant des Bâtimens. Le triomphe de M. Manfart fut complet, non-seulement Sa Majesté lui rendit en présence de toute sa Cour l'ordonnance qui lui avoit été prise , mais elle lui en fit encore expédier une autre de pareille valeur, en ajoutant *que c'étoit là une récompense qu'elle lui accordoit pour la continuation de son zele & pour sa fidélité dans son service.*

Louis XIV. ne borna pas là ses bontés. Peu de tems après il fit présent à M. Manfart devenu Comte de Sagone de huit pieces de canon de bronze pour les placer dans l'avant-cour de son Château,& sur lesquelles il lui permit de faire mettre ses armes.

Si les bornes que nous nous sommes prescrites nous permettoient d'entrer dans un plus grand détail , nous pourrions rapporter ici mille autres traits non moins glorieux à la mémoire du grand homme dont nous n'avons fait qu'ébaucher l'éloge. Son dernier ouvrage fut la Chapelle de Versailles ; mais il n'eut pas la consolation d'y mettre la derniere main ayant été enlevé par une mort subite le 14 May de l'année 1708 dans la soixante-troisiéme année de son âge. Il venoit de quitter le Roi & s'étoit retiré chez lui, où il ne fut pas plutôt entré qu'il demanda qu'on lui apportât un verre d'eau. A peine l'eut-il bû qu'il tomba sans sentiment

Tome III.   Q

& fans vie, & peu d'heures après fon corps fe trouva tout couvert de taches livides, ce qui fit foupçonner que ce grand homme avoit été l'infortunée victime de la jaloufe fureur de fes ennemis.

Deux enfans furent le fruit de fon mariage, une fille & un garçon. La fille a été mariée à Meffire Claude le Bos de Montargis, Marquis du Bouchet, Commandeur des Ordres du Roi, & Garde de fon Tréfor Royal. Le fils eft Meffire Jacques Hardouin Manfart Comte de Sagonne, qui a été Confeiller au Parlement, puis Maître des Requêtes, enfuite Intendant dans le Bourbonnois. Il a époufé en premieres nôces Magdelaine Bernard morte fans enfans, & en fecondes nôces Magdelaine du Gueny de Ginet dont il a eu deux fils, dont l'aîné eft Architecte des Bâtimens, & le fecond Architecte du Roi & de fon Académie, qui a conftruit les Bâtimens des Dames Religieufes de Saint Chaumont, l'Abbaye Royale de Prouille en Languedoc, l'Eglife Royale de Saint Louis de Verfailles & plufieurs autres fuperbes Edifices.

ANTOINE DESGODETS.

ANTOINE DESGODETS célebre par les fçavans Traités d'Architecture qu'il nous a laiffés, & par les
honneurs auxquels il a merité d'être élevé, naquit à
Paris au mois de Novembre de l'année 1653. Le grand
goût qu'il avoit pour le deffein s'étant manifefté dès fa
plus tendre jeuneffe, fes parens le mirent de bonne
heure fous la conduite d'un Maître habile qui cultiva
avec fuccès les heureufes difpofitions qu'il découvrit
dans fon éleve. Le jeune Defgodets s'étant perfectionné dans le deffein, fon pere le plaça chez un Architecte
qui quoiqu'eftimé pour fa capacité, fe vit bientôt furpaffé par fon nouveau difciple.

M. Colbert informé du mérite de ce jeune artifte le
fit nommer vers le mois de Septembre de l'année 1674,
pour être envoyé à Rome en qualité de Penfionnaire
de Sa Majefté. Defgodets eut pour compagnon de
voyage le célebre Daviler & Jean-Foi Vaillant fameux
antiquaire. Ces trois grands hommes avoient à peine
perdu de vûe les côtes de Provence, que la Felouque
fur laquelle ils étoient montés, fe vit attaquée & prife
peu de momens après par des Corfaires Algeriens.

M. Defgodets conduit à Alger n'y demeura efclave
que feize mois, & il fut délivré le 22 Février de l'année 1676. Louis XIV. ayant commandé que l'on donnât en échange pour fa liberté & celle de fes deux
compagnons vingt-trois Turcs qui avoient été pris par
des Armateurs François.

Le tems que ce grand homme avoit perdu durant fa
captivité fut abondamment réparé par l'ardeur avec
laquelle il fe livra à l'étude dès qu'il fut arrivé à Rome.

Q ij

Comme il n'y avoit aucune partie de son art dans laquelle il ne voulût exceller, il n'y en eut aucune aussi qu'il ne tâchât d'approfondir, & l'on peut dire à sa gloire qu'il les a possedées toutes parfaitement. Pendant les trois années qu'il demeura en Italie, il mesura avec la plus grande exactitude tous les Edifices antiques de Rome, & il en composa un beau volume *in-folio* qui en 1682 a été imprimé à Paris avec des figures.

En 1678, M. Desgodets revint en France, & il s'y maria au mois de May de l'année suivante. Les éclatantes preuves qu'il donna de sa capacité lui mériterent d'être nommé en 1680 Contrôleur des Bâtimens du Roi à Chambord, & en 1694 il obtint la même Charge pour le département de Paris. Ce nouvel emploi qui procuroit à cet illustre artiste de fréquentes occasions de faire briller ses talens sous les yeux du Ministre, fut pour lui la source de tous les honneurs dont son mérite fut récompensé dans la suite. En 1699 il reçut le brevet d'Architecte du Roi, & fut en même tems gratifié d'une pension de deux mille livres. Le célebre M. de la Hire étant mort en 1719, M. Desgodets fut nommé pour lui succéder en qualité de Professeur d'Architecture ; Charge que ce grand homme a rempli jusqu'à la fin de ses jours avec un applaudissement universel.

Un Traité des ordres d'Architecture qu'il a eu l'honneur de présenter à Sa Majesté Louis XV. Un Traité de l'ordre François, un des Dômes, un autre sur la coupe des pierres, un écrit sur quelques articles de la Coutume de Paris, qui regardent les Bâtimens, seront des monumens éternels de la capacité de ce sçavant homme. Il travailloit à un traité de la construction des Eglises & autres Edifices publics, lorsqu'il mourut subitement le 20 Mai 1728 dans la soixante & quinziéme année de son âge.

FRANÇOIS ROMAIN.

FRANÇOIS Romain, célébre pour avoir tenu un rang diſtingué parmi les plus habiles Architectes de ſon tems, nâquit à Gand en 1646. De bonne heure ſon goût ſe tourna vers l'Architecture, & il dut le progrès qu'il y fit, bien plus à ſon propre génie qu'aux leçons qu'il reçut de cet art. Animé du déſir d'aſſurer ſon ſalut, il n'héſita pas de lui ſacrifier les avantages temporels que lui promettoit ſon habileté s'il fût reſté dans le monde. Agé d'environ vingt-huit ans il ſe conſacra à Dieu dans l'Ordre de ſaint Dominique, prit l'habit, & fit profeſſion dans le Couvent de Maëſtrich.

Ce fut dans cette Ville que le frere Romain commença à donner d'éclatantes preuves de ſa capacité. Choiſi en 1684 par les Etats Généraux de Hollande pour travailler à la conſtruction du Pont de Maëſtrich, il entreprit ce grand Ouvrage, & l'acheva avec tant de perfection, qu'une penſion conſidérable que lui firent les Etats, fut la récompenſe de ſon habileté & de ſes ſoins.

L'année ſuivante fournit au frere Romain une occaſion plus brillante encore de ſignaler la ſupériorité de ſes talens. Des difficultés extrêmes, & qui paroiſſoient inſurmontables, retardoient depuis quelque tems la conſtruction du ſuperbe Pont de pierre que le feu Roi vouloit faire bâtir au lieu & place de celui de bois, nommé le Pont Rouge. Sa Majeſté informée de la capacité du frere Romain, donna ſes ordres pour le faire venir en France. L'habile Architecte après avoir murement examiné tous les obstacles qui avoient jusqu'alors effrayé les plus grands maîtres, se chargea de les lever, & il eut la gloire d'y réussir. Il trouva surtout le moyen d'évacuer l'abondance prodigieuse des eaux que donnoient quantité de sources multipliées, & ne négligea rien pour l'entiere solidité d'un édifice exposé à la fureur des débordemens, & à la rapidité d'un grand fleuve, lequel étant en cet endroit plus profond, & son lit plus étroit qu'ailleurs, y coule avec plus de violence. Tout ce prodigieux ouvrage est soutenu de quatre piles & de deux culées, qui forment cinq arches, dont les ceintres d'un trait, & hardi & correct, ne laissent rien à desirer pour la beauté & la perfection.

L'heureuse exécution d'une entreprise si difficile, procura au frere Romain l'honneur d'être nommé pour les Commissions les plus importantes ; d'abord dans quelques Provinces, & ensuite dans presque toute l'étendue du Royaume. Récompensé par des pensions considerables, qui lui furent continuées jusqu'à la mort, il obtint encore une charge d'Inspecteur des Ponts & Chaussées du Royaume, & d'Architecte du Domaine du Roi. Il est dit dans les Lettres Patentes expédiées par ordre du Roi le 11 Octobre 1695. *Que Sa Majesté étant informée de la capacité du Frere Romain par la conduite & inspection qu'il a eue du Pont Royal, par le compte qu'il a rendu de plusieurs autres ouvrages, tant de la Généralité de Paris, que de quelques autres Généralités & Provinces du Royaume, dont il a depuis fait les visites & dressé les Plans & Devis, Sa Majesté a commis & commet ledit Frere Romain pour faire des visites & constructions à neuf ou entretenement des Ponts, Chemins.*

Mais ce ne seroit rendre au mérite de ce célébre Artiste qu'une partie de la justice qui lui est dûe, si après avoir reconnu en lui un grand Architecte, on omettoit son principal caractere d'homme véritablement Religieux. » S'il se rendit recommendable par son habileté,

» est-il dit dans la Lettre circulaire, qui annonçoit la
» nouvelle de sa mort aux divers Couvens de son Or-
» dre, il ne le fut pas moins par sa sagesse, son humi-
» lité, sa modestie & les autres vertus Religieuses qui
» sembloient être nées avec lui, & qui l'ont accompa-
» gné par tout; exposé par ses emplois au dehors, il
» s'y conduisit toujours non-seulement sans reproche,
» mais encore avec tant de circonspection & de retenue,
» que chacun en a été édifié.

» Le commerce du monde presque toujours conta-
» gieux, ne fit sur lui aucune mauvaise impression; il
» sçut se faire aimer & estimer au dehors comme au
» dedans, en conservant par tout un caractere reli-
» gieux, sans se prévaloir ni de ses talens, ni des avan-
» tages qu'ils pouvoient lui procurer. L'amitié & l'esti-
» me qu'avoit pour lui feu M. le Chancelier de Pont-
» chartrain, alloit au de-là de tout ce qu'on en peut
» dire, il lui donnoit sa confiance, & auroit voulu
» l'avoir toujours auprès de lui. Mais le frere Romain
» après s'être acquitté de ce qu'exigeoit la recon-
» noissance de tant de bonté de la part d'un si grand
» Ministre, n'avoit pas de plus grand plaisir que d'être
» dans le Couvent, & de vivre parmi ses freres, qu'il
» charmoit par la douceur de son naturel & les effu-
» sions de sa charité. Il en avoit tant pour les pauvres,
» qu'il ne pouvoit s'empêcher, lorsqu'il touchoit ses
» pensions, de solliciter auprès de ses Supérieurs la
» permission de leur faire l'aumône. Il a vécu de la sorte,
» jusqu'à ce qu'obligé de s'aliter par une fluxion de
» poitrine, qui jointe au grand nombre de ses années,
» lui annonçoit la dissolution de son corps, il ne s'oc-
» cupa plus que du soin de son ame; il reçut dès le
» commencement de sa maladie les Sacremens de l'E-
» glise avec la plus vive foi & la piété la plus exem-
» plaire, & depuis, jusqu'au dernier moment de sa vie,
» il se montra toujours très-soumis & très-résigné aux
» ordres de Dieu, s'offrant à lui comme une victime

» de pénitence, implorant sa miséricorde par l'inter-
» cession de la sainte Vierge pour laquelle il avoit une
» singuliere dévotion. » Chargé de mérite il termina
sa glorieuse carriere le 7 Janvier 1735, âgé de 89 ans,
dont il avoit passé plus de soixante en religion, & cinquante à Paris dans la maison du Noviciat, Fauxbourg
saint Germain.

Les Religieuses de Saint Dominique du Monastere
de la ville de Menin, dont la sœur du frere Romain
fut la premiere Supérieure, lui sont redevables des
Lettres-Patentes de leur établissement ; & de plusieurs
secours qu'elles en ont reçûs.

Titulus sepulchri
V. F. FRANCISCI ROMAIN *Ordinis FF.*
Prædicatorum ,
Qui fractis superbæ Sequanæ fluctibus arcuatæ molis,
Pontem Regium Parisiis prope Luparam ,
arte mirabili constructum anno D. *MDCLXXXV.*
à fundamentis erexit,
jacet hic.
Frater Franciscus Romain Gandavus ,
natus anno R. S. M. DCXLVI.
Conventûs Trajectensis ad Mosam
Ordinis
FF. Prædicatorum alumnus,
Dominii Regalis Architectus ,
necnon Pontium , aggerumque
conductor
in Generalitate Parisiensi effectus ,
ac per totam ferè Galliam delegatus.
Denatus Lutetiæ Parisiorum ,
die VII. Januarii anni M. DCCXXXV.
ora viator,
ut virum religiosum professione
conversum ,

prudentia

prudentia & moribus conspicuum,
dulicis Ministris
acceptissimum,
quem tot præclaris Architecturæ
monumentis
celebrem
terra & Pontus ubique commendant :
ætherea sedes suscipiant
gloriosum
Amen.
Luge ævi nostri opificum decus,
illiusque non immemor jactura
tuam prævide,
abi,
& resipisce.
Sodali charissimo mærens posuit
F. Matthæus Texte.

Tome III.   R

ROBERT DE COTTE.

ROBERT DE COTTE Ecuyer, Conseiller du Roi en ses Conseils, Chevalier d'un des Ordres de Sa Majesté, Intendant & Ordonateur Général des Bâtimens, Jardins, arts & manufactures Royales, nâquit à Paris le 14 Janvier de l'année 1657.

Cette homme célébre marcha sur les traces de l'illustre Fremin de Cotte son ayeul, qui fut blessé au fameux siége de la Rochelle, où il servit en qualité d'Ingénieur, & où il donna des marques signalées de sa capacité & de son courage. Il fut Architecte ordinaire du Roi sous le Regne de Louis XIII.

Si l'on doit juger du mérite des grands hommes, qui ont excellé dans quelque art par la beauté des ouvrages qu'ils ont laissé à la posterité ; nous ne craindrons pas d'en trop dire, en avançant qu'il en est peu qui ayent autant travaillé, & qui l'ayent fait avec autant de gloire & de succès que l'homme incomparable dont nous écrivons la vie. Né avec toutes les dispositions qui pouvoient le faire réussir dans la profession qu'il avoit embrassée, il s'y livra tout entier ; & jusqu'à la fin de sa vie, il n'eut de goût que pour ce qui pouvoit le conduire à la perfection de cet art. Il lui fut d'autant plus facile d'y arriver, qu'il réunissoit dans lui les plus heureux talens, un génie vaste, une imagination féconde, un jugement solide, un gout exquis ; & ces riches talens il les cultiva constamment par une ardeur infatigable pour le travail ; aussi mérita-t-il d'être élevé à tous les honneurs auxquels sa grande capacité lui donnoit droit d'aspirer.

Nommé Architecte ordinaire du Roi, le premer

Mars de l'année 1699, il eut la gloire d'être fait la même année Directeur de l'Académie Royale d'Architecture; & fut peu après élu vice protecteur de celle de Peinture & de Sculpture. La place de premier Architecte du Roi étant venue à vaquer par la mort du célébre Jules Hardouin Mansart, l'illustre M. de Cotte, seul digne de succéder à ce grand homme, fut choisi le 10 Juin 1708, pour le remplacer dans cette importante Charge, aussi bien que dans celle d'Intendant & Ordonnateur Général des Bâtimens, Jardins, arts & manufactures Royales.

Tant de titres glorieux qui étoient la récompense de la capacité de ce grand homme, furent pour lui un motif de redoublement de zele pour le service de Sa Majesté. Chargé de travailler par ses ordres aux ouvrages les plus considérables, il a laissé dans tous des monumens qui publieront dans tous les siécles, & l'habileté de leur Auteur, & la magnificence du grand Roi qu'il avoit l'honneur de servir.

La Chapelle du Château de Versailles, & les Salons, le Péristille de Trianon avec ses dépendances, le vœu de Louis XIII. à Notre-Dame de Paris, les anciens bâtimens de l'Abbaye Royale de saint Denis, la fontaine qui est en face du Palais Royal, grand nombre de jardins dans les Maisons Royales, avec des fontaines embellies d'ornemens d'Architecture & de Sculpture en marbre & en bronze, & quantité d'autres superbes morceaux, ont été exécutés sur les desseins de ce grand maître. Il a aussi travaillé aux bâtimens de la Place Vendôme, de même qu'à la continuation de ceux de l'Eglise Royale des Invalides.

C'est lui encore qui a fait exécuter le beau Portail de saint Roch, celui des Peres de la Charité, & un grand nombre de Palais, & de superbes Hôtels répandus à Paris & dans les environs.

Le mérite & les rares talens de cet homme célébre, connu dans tout le Royaume, lui fournirent l'occasion

de laisser dans plusieurs Provinces de glorieux monumens de sa capacité, tels que sont la place de Bellecour
à Lyon ; le Palais Episcopal de Verdun, le Château de
Frescati, maison de Campagne de M. l'Evêque de
Metz, le Palais Episcopal de Strasbourg, & quantité
de magnifiques morceaux qui font le principal ornement de celui de Saverne.

Mais la France ne fut pas le seul théatre où ce grand
homme fit briller sa capacité. Sa réputation répandue
bien au loin hors du Royaume, le fit rechercher par
plusieurs Princes étrangers, qui lui confierent la direction de divers beaux édifices. C'est sur ses desseins,
& sous sa conduite qu'ont été bâtis le Château de Po-
pelsdorf pour l'Electeur de Cologne, un grand Palais
pour l'Electeur de Baviere, le Château de Wurtz-
bourg pour l'Evêque de ce lieu, un magnifique Palais
pour le Comte de Hanau, & quantité d'autres édifices
publics élevés en différens Royaumes, & qui ont im-
mortalisé la gloire de cet homme célébre.

Il déceda le 15 Juillet de l'année 1735, dans la
soixante & dixhuitiéme année de son âge.

JACQUES GABRIEL.

S'IL est peu d'Artistes qui ayent laissé plus de monumens de leur capacité que l'homme célebre dont nous allons parler, il en est peu aussi dont les services & les rares talens ayent été plus glorieusement récompensés.

Jacques Gabriel Ecuyer, Seigneur de Bernay, Mezieres & autres lieux, Conseiller du Roi, Inspecteur Général de ses Bâtimens, Jardins, Arts & Manufactures, premier Architecte & premier Ingénieur des Ponts & Chaussées du Royaume, Chevalier de l'Ordre de S. Michel, naquit à Paris le 6 Avril 1667 de Jacques Gabriel & de Marie de Lisle niéce du célebre Mansart le restaurateur, ou pour mieux dire, l'inventeur de la belle Architecture.

Jacques Gabriel pere de l'homme illustre dont nous allons faire l'éloge, fut honoré du titre d'Architecte du Roi, & il est dit dans les Lettres d'annoblissement qui furent depuis accordées à son fils, que le pere avoit travaillé pendant vingt-six ans avec distinction en qualité d'Architecte de Sa Majesté. Ses ouvrages les plus considérables sont le Bâtiment de Choisy & le Pont Royal dont il fut l'Architecte, mais il n'eut pas la consolation d'y mettre la derniere main, la mort l'ayant enlevé de ce monde en 1686. Son fils, digne éleve de l'illustre Jules Hardouin Mansart son cousin, continua ce superbe Edifice, & le finit en 1688, conjointement avec le fameux Frere Romain Dominicain.

Dès l'année 1687, M. Gabriel avoit été pourvû de la Charge de Contrôleur Général des Bâtimens, Jardins, Arts & Manufactures du Royaume ; distinction d'autant plus glorieuse pour celui qui en fut honoré, qu'à gé feulement de vingt ans, il fallut qu'il obtînt une difpenfe de près de cinq années pour remplir cette importante Charge ; & ce trait feul ne fuffit-il pas pour juger du grand nom que cet homme illuftre s'étoit fait par fon habileté.

Cependant quelque verfé qu'il fût dans fon art, le defir d'acquérir de nouvelles connoiffances lui fit faifir avec avidité l'occafion qui fe préfenta en 1689 de faire le voyage d'Italie avec Meffieurs le Blanc & de Côte. Le jeune Architecte François fut à peine arrivé à Rome qu'il s'y livra avec ardeur à l'étude des plus précieux monumens de l'Antiquité. Nul dans les divers ordres d'Architecture qui échappât à fes recherches. Il profita auffi des lumieres des plus grands Maîtres dont il eut bientôt gagné l'eftime.

M. Gabriel de retour dans fa patrie après deux ans de féjour à Rome, eut de fréquentes occafions de fignaler fa capacité. Précédé par la réputation qu'il venoit de fe faire en Italie, il fut à peine revenu en France qu'on lui confia la direction générale de tous les Edifices qui furent fucceffivement ordonnés pour la décoration des Maifons Royales de Verfailles, Marly, Meudon, Chambord ; travaux qui furent glorieufement exécutés fous les ordres de Meffieurs les Marquis de Louvois, Villacerf, Manfart & du Duc d'Antin Sur-Intendans des Bâtimens de Sa Majefté.

L'on ne doit pas au refte s'attendre que nous entrions ici dans le détail des ouvrages immenfes qui ont été entrepris & achevés fous la direction de l'homme illuftre dont nous faifons l'éloge ; & eft-il quelque Province du Royaume où il n'ait laiffé de glorieux monumens de la fupériorité de fes talens.

Une fuperbe Chauffée d'une lieue de longueur qui traverfe la Loire, les Ponts de Blois, de la Guillotiere à Lyon, de Poiffy, de Charenton, de Saint Maur, de Pontoife, de l'Ifle-Adam, de Saint Maxan, de Beaumont. La Place de Nantes, celle de Bourdeaux, (*a*) l'Hôtel-de-Ville, la Cour du Préfidial & la Tour de l'Horloge de Rennes, les bâtimens de l'Ifle Feydot, la Maifon de Ville de Dijon, la falle & la Chapelle des Etats, les projets de l'Abbaye de Grammont dans le Limoufin, ceux du Portail des Cathédrales d'Orleans (*b*) & de la Rochelle avec les devis; le Collége de Navarre, les décorations intérieures du Palais de Bourbon, exécuté fur les deffeins d'un Architecte Italien, le projet de l'égout de Paris, le devis qui a fervi à fon exécution, & mille autres ouvrages qu'il feroit trop long de détailler, ont immortalifé la gloire de leur auteur.

Les plus grands bienfaits, les plus glorieufes marques de diftinction furent la récompenfe de tant de travaux. C'eft dans les termes les plus honorables que font conçues les Lettres d'annobliffement accordées en 1709 à cet illuftre Artifte. Il y eft dit que c'eft en confideration de la grande capacité & de l'expérience du fieur Gabriel dans l'Architecture, & de fon application dont il a donné plufieurs preuves par les fuperbes Edifices qui l'ont rendu recommandable, & pour récompenfe de fes fervices & de ceux de fon pere, & de fes oncle & coufin les célébres François Manfart & Jules Hardouin Manfart, *lefquels fe font fi glorieufement diftingués*, dit Sa Majefté elle-même, *que la délicateffe du goût & l'habileté dans les plus beaux Arts paroiffent héréditaires dans cette famille.*

Une marque de diftinction non moins glorieufe dont fut honoré M. Gabriel en 1716, fut la confirmation de

---

ces mêmes Lettres. Sa Majeſté ayant révoqué par l'Edit du mois d'Août 1715 toutes les Lettres d'annobliſſement accordées depuis le premier Janvier 1689, de quelque façon qu'elles euſſent été obtenues, M. Gabriel fut par une grace ſpéciale excepté de cette Loi générale. Il eſt nommé dans ces nouvelles Lettres Architecte ordinaire de Sa Majeſté, titre dont il avoit été honoré depuis l'année 1709.

De nouveaux ſervices mériterent à ce grand homme de nouveaux bienfaits; & s'il eſt peu d'années de ſa vie qui n'ayent été marquées par quelque nouveau monument de ſon habileté; peu d'années auſſi de ſa vie où ſes glorieux travaux ne lui ayent obtenu quelque nouvelle récompenſe.

Honoré en 1716 d'un Brevet de premier Ingénieur des Ponts & Chauſſées du Royaume, il fut deux années après choiſi pour être un des Architectes de la premiere claſſe de l'Académie Royale d'Architecture, & au mois d'Août de l'année 1722, il fut reçu Chevalier de l'Ordre de Saint Michel. La conſtruction du ſuperbe Pont de Blois achevé en 1728, mérita à ſon auteur une penſion de 2000 liv. il eſt dit dans le Brevet expédié à ce ſujet, que *la légereté de la ſtructure de ce Pont jointe à ſa ſolidité le font regarder comme un des plus beaux Edifices qui ait été fait depuis pluſieurs ſiécles & méritent l'approbation de tous les connoiſſeurs.*

L'habileté de cet homme illuſtre fut enfin récompenſée en 1734 par le titre de premier Architecte, & trois années après, ſçavoir en 1737, il obtint un Brevet d'Inſpecteur général des Bâtimens de Sa Majeſté.

C'eſt dans ce poſte éminent que la ſuperiorité des talens de l'homme célébre dont nous venons de parler a paru avec le plus d'éclat; combien d'ouvrages qui éterniſeront le ſouvenir de ſon habileté & de ſon dévouement au ſervice de ſon Souverain.

M. Gabriel mourut le 14 Avril 1742, il avoit épouſé en premieres nôces Mademoiſelle de l'Epine dont

il

il n'eut qu'une fille, & vers l'an 1698, il épousa Mademoiselle Bevier, dont il eut plusieurs enfans : l'aîné de tous est M. Gabriel, qui héritier des talens de son Pere, remplit aujourd'hui avec distinction les Charges de premier Architecte, & d'Inspecteur Général des Bâtimens de Sa Majesté.

LOUIS LE VAU, FRANÇOIS D'ORBAY, PIERRE LE MUET, LE PAUTRE, BULLET.

NOus aurions donné plus d'étendue aux éloges des grands hommes, dont nous allons parler dans ce Chapitre, si les recherches éxactes que nous avons faites pour nous procurer des Mémoires circonstanciés qui nous instruisent de leurs vies, avoient eu plus de succès ; ainsi nous sommes obligés de nous contenter de faire connoître ces hommes célèbres par quelques-uns de leurs ouvrages les plus considérables.

L'illustre Louis le Vau, premier Architecte du Roi, eut la direction des bâtimens du Louvre depuis l'année 1653, jusqu'en 1670. Ce fut aussi sur ses desseins que l'on éleva une partie des bâtimens des Thuilleries, & que la superbe porte de l'entrée du Louvre fut bâtie. Ce grand homme signala aussi sa capacité dans la construction des deux grands corps de bâtimens qui sont du côté du Parc de Vincennes.

Quoique sa charge de premier Architecte du Roi parut suffire pour l'occuper tout entier, vû le grand nombre de magnifiques édifices dont il fut chargé par ordre de Sa Majesté, il ne laissa pas que de prendre la direction de plusieurs autres bâtimens, qui furent élevés sur ses desseins & sous sa conduite, tels que

Tome III.   S l'Hôtel de M. Colbert, Sécrétaire d'Etat, la grande maison de Meſſieurs Lambert & Heſſelin dans l'Iſle, l'Hôtel de Lione, le ſuperbe Château de Vau-le-Vicomte, & divers autres édifices qu'il ſeroit trop long de parcourir.

Un génie vaſte, une grande ardeur pour le travail, une facilité merveilleuſe dans l'exécution, mirent ce grand homme en état d'entreprendre & d'achever ſeul les ouvrages immenſes dont nous venons de parler. Cet homme célébre mourut en 1670.

François Dorbay le digne éleve de l'illuſtre Louis Levau, conſtruiſit ſur ſes deſſeins l'Egliſe & le College des quatre Nations, l'Egliſe des Prémontrés de la Croix Rouge, & divers autres ouvrages au Louvre & aux Thuilleries. Il mourut en 1697.

Pierre le Muet, Conſeiller, Ingénieur & Architecte du Roi, iſſu d'une ancienne famille de Bourgogne, nâquit à Dijon le 7 Octobre de l'année 1591. Après avoir étudié avec ſuccès les Belles-Lettres, il ſe livra tout entier au gout qu'il avoit pour l'Architecture, & il ne ſe diſtingua pas moins dans l'un que dans l'autre. Il a laiſſé d'éclatantes preuves de ſon habileté dans les fortifications en Picardie, où il fut employé par le Cardinal de Richelieu. Ce même talent le rendit auſſi utile à Louis XIII. qu'il eut l'honneur de ſervir aux Siéges de pluſieurs Places importantes. La parfaite connoiſſance qu'il eut de l'Architecture, lui mérita d'être choiſi par la Reine Anne d'Autriche pour achever la ſomptueuſe Egliſe du Val de Grace ; c'eſt auſſi ſur les deſſeins du célébre Pierre le Muet, qu'ont été bâti le grand Hôtel de Luynes, l'Hôtel de l'Aigle & celui de Beauvilliers. Mais ce qui a immortaliſé la gloire de ce grand homme, ce ſont les ſçavans ouvrages qu'il nous a laiſſés, & qui ont répandu ſa réputation dans tous les lieux où l'on connoît l'art de bien bâtir. Le premier Livre qu'il publia eſt un traité des cinq Ordres d'Architecture, dont ſe ſont ſervis les anciens, traduit de Palladio, &

augmenté de nouvelles inventions. Le second dédié au Roi, & intitulé la maniere de bien bâtir, renferme plusieurs plans & élevations des plus beaux bâtimens & édifices de France ; le troisiéme enfin, contient les régles des cinq Ordres d'Architecture de Vignole, augmentées & réduites de grand en petit. Cet illustre sçavant mourut à Paris le 28 Septembre 1669, dans la soixante & dix-huitiéme année de son âge.

Le célébre le Pautre, Architecte de son Altesse Royale, Monseigneur le Duc d'Orléans, frere du Roi a fait bâtir sur ses desseins le Port-Royal du Fauxbourg saint Jacques, l'Hôtel de Beauvais, la belle maison de saint Ouyn, & plusieurs autres édifices considérables.

C'est sur les desseins de M. Bullet, Architecte de la Ville de Paris, qu'ont été construites les superbes Portes de saint Bernard, de saint Denis, & de saint Martin, de même que l'Hôtel de M. Pelletier, Intendant des Finances, & la nouvelle Eglise des Jacobins Fauxbourg saint Germain.

JEAN DE LA QUINTINIE.

JEAN de la Quintinie, Directeur de tous les Jardins fruitiers & potagers du Roi, mérite de tenir un rang d'autant plus honorable parmi les grands hommes, qui ont illuftré le regne de Louis XIV. que l'art dans lequel il a excellé, lui doit en quelque façon, la perfection à laquelle il a été porté.

Cet excellent homme né près de Poitiers, en l'année 1626, fut deftiné par fes parens à une profeffion bien différente de celle pour laquelle la nature fembloit l'avoir formée. Après avoir fait fes études d'humanités & fon cours de Philofophie, il prit quelques leçons de Droit, & vint enfuite à Paris dans le deffein de s'y faire recevoir Avocat. Une éloquence naturelle accompagnée des autres talens qui forment les grands Orateurs, le fit briller dans le Bareau, & lui concilia l'eftime des premiers Magiftrats.

La réputation de ce jeune Orateur, répandue dans tout Paris, fit naître à M. Tamboneau, Préfident en la Chambre des Comptes, l'envie de le voir & de le connoître. Quelques entretiens qu'il eut avec lui ayant achevé de le prévenir en fa faveur, cet illuftre Magiftrat, qui n'avoit qu'un fils fur qui il ramaffoit toute fa tendreffe, fit à M. de la Quintinie les offres les plus avantageufes pour l'engager à fe charger de la conduite de ce jeune enfant. M. de la Quintinie qui fe trouvoit malheureufement affez mal partagé du côté de la fortune, ne fit aucune difficulté d'accepter le parti qu'on lui propofoit. Quoiqu'il fît fa principale occupation du foin qu'il devoit à l'éducation de fon jeune éleve,

cependant comme son emploi lui laissoit bien des momens de libres, il les consacra tous à l'étude de l'Agriculture pour laquelle il avoit la plus forte inclination.
Columelle, Varon, Virgile, & généralement tous les
autres Auteurs, anciens & modernes, qui ont écrit sur
cette matiere, furent les sources dans lesquelles ce
grand homme puisa ce fond de science, qui l'a mis
en état de porter au plus haut degré de perfection l'art
dans lequel il a excellé.

L'avantage qu'eut M. de la Quintinie d'accompagner son jeune éleve en Italie, lui procura de nouvelles lumieres. Aucun des beaux jardins de Rome &
des environs, qui ne lui offrît quelque objet digne
d'attention, & sur lequel il ne fît de sçavantes & utiles
observations.

Il ne manquoit plus à M. de la Quintinie que de
joindre la pratique à la théorie ; & c'est ce qu'il fit dès
qu'il fut de retour en France ; M. Tamboneau qui
ne cherchoit que les occasions de l'obliger, se fit un
plaisir de lui abandonner le jardin de sa maison en lui
permettant d'y faire tous les arrangemens qu'il jugeroit
les plus convenables.

M. de la Quintinie commença par faire un nombre
infini d'expériences, d'où il tira plus de lumieres encore
qu'il n'en avoit tiré de toutes les études qu'il avoit
faites: résolu de connoître les merveilleuses opérations
de la nature dans la production des racines, il planta
dans un même jour plusieurs arbres de la même espece;
& les arracha ensuite l'un après l'autre de huit jours
en huit jours. Cette expérience lui découvrit qu'un
arbre transplanté ne reçoit point de nourriture par les
racines qu'on lui a laissées, qui se séchent & se moi-
sissent ordinairement ; mais que tout le suc nourricier
qu'il tire, lui vient uniquement des nouvelles racines
qu'il a poussées depuis qu'il a été transplanté.

C'est encore aux expériences de ce grand homme
que nous devons l'art de tailler les arbres, de façon

qu'on les force en quelque forte à donner du fruit, &
même à le répandre également fur toutes les branches;
ce qui fe fait en en retranchant les groffes ; où tout
arbre fruitier par une efpece d'inclination naturelle
qu'il a à ne travailler que pour fa propre utilité, porte
ordinairement toute fa feve ; & c'eft par ce retranche-
ment des groffes branches, qu'un arbre eft comme forcé
de nourrir des branches plus foibles, qui auparavant
fans nourriture commencent à porter du fruit en abondance, dès qu'elles reçoivent une égale portion du fuc
nourricier, qui leur eft néceffaire.

Mais ce n'eft gueres que par la lecture de l'excellent
Livre que M. de la Quintinie nous a laiffé, & qu'il a
intitulé *Inftructions pour les Jardins fruitiers & potagers*,
que nous pourrons nous former une jufte idée de la capacité de cet homme célébre. Aux découvertes qu'ont
fait les Anciens qui ont traité de l'agriculture, il en a
ajouté une infinité d'autres d'autant plus utiles & plus
fûres, qu'il n'en eft aucune qui ne foit fondée fur des
expériences fouvent réïterées par cet illuftre Artifte.

Le Prince de Condé, ce héros, qui à l'exemple de
plufieurs grands hommes de l'Antiquité, fe faifoit un
noble amufement du foin de l'Agriculture, voulut que
M. de la Quintinie lui donnât des leçons de cet art ;
& ne dédaigna pas de s'entretenir familierement avec
lui. Le Roi d'Angleterre lui fit auffi fouvent le même
honneur dans deux voyages que le célébre M. de la
Quintinie fit dans ce Royaume, & il ne tint pas à ce
Prince que notre illuftre Artifte ne fe fixât à Londres
où Sa Majefté Britannique voulut le retenir par une
penfion confidérable ; mais quelques avantageufes que
fuffent les offres qu'on lui faifoit, il fut affez généreux
pour leur préferer la gloire de confacrer fes talens au
fervice de fa patrie ; ce qui ne l'a pas empêché d'entretenir jufqu'à fa mort un commerce de Lettres avec divers Seigneurs Anglois, qui lui demandoient des inftructions fur le jardinage. Celles qu'il leur donna ont

été rendues publiques par le foin que l'on a eu de raffembler & de faire imprimer à Londres les lettres qu'il
a écrites à ces Seigneurs.

M. de la Quintinie de retour en France y fut libé-
ralement récompenfé du facrifice qu'il avoit fait en
Angleterre ; Louis XIV. ce grand Roi, qui fçut toujours fi bien démêler le vrai mérite, & qui pour fa
propre gloire fe crut toujours intéreffé à répandre fes
bienfaits fur les grands hommes qui fe diftinguoient
par quelque talent particulier, créa en faveur de M.
de la Quintinie une Charge de Directeur Général de
tous les Jardins fruitiers & potagers de toutes les maifons Royales.

Le premier exercice que M. de la Quintinie fit de fa
nouvelle Charge, fut de faire augmenter confidérablement l'ancien potager de Verfailles ; & il en prit un
foin fi particulier, que Louis XIV. charmé de la beauté
& de l'excellence des fruits & des légumes que ce
jardin produifit, ordonna que l'on travaillât au nouveau
potager que l'on voit aujourd'hui à Verfailles.

Monfieur de la Quintinie plein de zèle pour le fervice du grand Roi à qui il avoit l'honneur d'être attaché perfonnellement, donna tous fes foins à l'embelliffement des autres Jardins des maifons Royales, &
l'on peut dire qu'il en fut en quelque façon le Créa-
teur.

Ce grand homme chargé de gloire & d'années mourut en ...... Quelques jours après fa mort, le Roi eut
la bonté de dire à fa veuve qu'il perdoit beaucoup
auffi bien qu'elle, & qu'il n'efpéroit pas que perfonne
pût jamais réparer cette perte.

ANDRE' LE NOTRE.

LE célébre ANDRE' LE NOTRE que l'on peut regarder comme l'inventeur de l'Art dans lequel il a excellé, a été un des plus grands hommes du dix-feptiéme fiécle. Chevalier de l'Ordre du Roi, Contrôleur des Bâtimens de Sa Majefté, & Deffinateur de fes Jardins; il dut au talent extraordinaire qu'il avoit pour l'agriculture tous les honneurs auxquels il fut élevé. Héritier des talens de fon pere à qui il fuccéda dans l'emploi d'Intendant des Jardins des Thuilleries, il fut comme lui attaché à la Maifon du Roi.

Ce grand homme dut à M. Fouquet Sur-Intendant des Finances le bonheur qu'il eut de faire connoître fa capacité & fes talens. Ce Miniftre voulant orner de fuperbes Jardins fon magnifique Château de Vau-le-Vicomte, choifit pour l'exécution de fon projet le célébre André le Notre, qui charmé de trouver une occafion fi favorable de fignaler fon habileté, employa toutes les richeffes de fon art pour que les jardins qu'il devoit faire répondiffent par leur beauté à la magnificence de l'Edifice qu'ils devoient orner. Ce fut alors que l'on vit pour la premiere fois des portiques, des treillages, des berceaux, des grottes, des cabinets, des labyrinthes & tous les autres embelliffemens que l'on admire dans les jardins des Princes.

Louis XIV. informé du mérite de notre illuftre Artifte, & ayant vû de fes yeux les beaux ouvrages qui venoient d'être exécutés fur fes deffeins, lui confia la direction de tous les Jardins de fes Maifons Royales, & lui ordonna de travailler à Verfailles, à Trianon, à Saint Germain où il fit la fameufe terraffe que l'on y

voit

voit encore aujourd'hui avec admiration. M. le Notre fit auſſi par ordre du Roi les délicieux Jardins qui ſe voyent à Clagny en face du grand étang ; c'eſt encore ce grand homme qui a fait à Fontainebleau le beau parterre du Tibre, & qui a donné les deſſeins des ſuperbes canaux qui ornent ce lieu champêtre.

M. le Notre eut auſſi l'honneur d'être choiſi par Monſeigneur le Duc d'Orleans frere du Roi, pour travailler à Saint Cloud, & il fit par ordre de M. le Prince de Condé les beaux Jardins de Chantilli. Ce célebre Artiſte ne travailla pas avec moins de gloire & moins de ſuccès à Villers-Cotterets, à Meudon, à Chaillot, à Livry, à Sceaux, & dans une infinité d'autres endroits où il a laiſſé d'éternels monumens de ſa capacité.

Cependant quelque parfait qu'il fut dans ſon art, animé du deſir de s'y perfectionner toujours plus, il demanda au Roi la permiſſion de faire le voyage d'Italie, s'imaginant que cette belle partie de l'Europe lui offriroit des modelles ſur leſquels il pourroit former ſon goût ; mais il fut trompé dans ſes eſpérances. Etant arrivé en Italie en 1678, il ne trouva rien dans les plus beaux jardins de Rome qui ne fut au-deſſous de ce qu'il avoit lui-même exécuté en France.

Tout le fruit que M. le Notre recueillit de ſon voyage fut d'avoir lié une étroite amitié avec le fameux Cavalier Bernin, & d'avoir eu une longue audience du Pape Innocent XI. qui ſur l'éloge qu'on lui fit des rares talens de notre illuſtre Artiſte François, témoigna qu'il ſeroit charmé de le voir. M. le Notre s'étant préſenté devant Sa Sainteté en fut parfaitement bien reçu ; mais ce qui le charma le plus fut qu'Innocent XI. s'étendit beaucoup ſur les louanges de Louis XIV. ce qui fit tant de plaiſir au célebre le Notre, qui avec tout l'Univers ne voyoit aucun Prince qui pût être comparé au grand Maître qu'il ſervoit, que tranſporté de joie, il s'écria en s'adreſſant au Pape, » non je n'ai plus rien » à deſirer, j'ai vû les deux plus grands hommes du

Tome III.   T

» monde, votre Sainteté & le Roi mon Maître. Il y a » une grande différence, reprit le Pape, le Roi eſt un » grand Prince victorieux, & moi je ſuis un pauvre » Prêtre ſerviteur des ſerviteurs de Dieu ». M. le Notre enchanté de cette réponſe oublia qui la lui faiſoit, & frappant ſur l'épaule du Pape, il lui répondit à ſon tour. » Mon Révérend Pere, vous vous portez bien, & » vous enterrerez tout le Sacré Collége ». Le Pape qui entendoit le François n'ayant pû s'empêcher de rire du prognoſtique, M. le Notre toujours plus ravi de la bonté & de l'eſtime ſinguliere que Sa Sainteté témoignoit pour le Roi, ſe jetta avec tranſport au col du Pape & l'embraſſa.

La familiarité au reſte que ce célébre Artiſte prenoit dans cette occaſion ne ſurprendra point ceux qui ſçauront que c'étoit aſſez ſa coutume d'embraſſer indifféremment tous ceux qui publioient les louanges du Roi ſon Maître, & il embraſſoit même ce grand Roi toutes les fois que ce Prince venoit de la campagne.

Le retour de ce grand homme en France fut marqué par quantité de ſuperbes ouvrages dont il embellit les jardins de pluſieurs Maiſons Royales. Il fit entre autres le magnifique boſquet de la ſalle du bal, & augmenta conſidérablement les Jardins de Trianon.

M. le Notre âgé de près de quatre-vingt ans ne voulut plus s'occuper que du ſoin de ſon ſalut, & il demanda pour cet effet au Roi la permiſſion de ſe retirer ; ce Prince la lui accorda, mais ce fut à condition que M. le Notre ſe préſenteroit de tems en tems devant Sa Majeſté.

Nous ne paſſerons pas ſous ſilence un trait trop glorieux à la mémoire de ce grand homme pour ne pas le rapporter ici. Dans une des dernieres viſites qu'il eut l'honneur de rendre à Louis XIV. ayant trouvé ce Prince dans les Jardins de Marly, Sa Majeſté monta dans ſa Chaiſe couverte traînée par des Suiſſes, & voulut que M. le Notre prît place dans une autre Chaiſe à peu

près semblable. Ce vénérable vieillard pénétré de reconnoissance & d'admiration pour les glorieuses marques de bonté dont Sa Majesté l'honoroit, se voyant à
côté du Roi & remarquant M. Mansart Sur-Intendant
des Bâtimens qui marchoit à pied, s'écria les larmes
aux yeux. » Sire, en vérité, mon bon-homme de pere
» ouvriroit de grands yeux, s'il me voyoit dans un char
» auprès du plus grand Roi de la terre. Il faut avouer
» que Votre Majesté traite bien son Mâçon & son Jar-
» dinier.

Voici un autre trait qui ne fait pas moins d'honneur
à ce grand homme. Louis XIV. lui ayant accordé en
1675 des Lettres de noblesse & la Croix de Saint Michel, voulut lui donner des armes; mais il répondit
qu'il avoit les siennes qui étoient trois Limaçons couronnés d'une pomme de choux. » Sire, ajouta-t-il,
» pourrois-je oublier ma bêche, combien doit-elle m'ê-
» tre chere; n'est-ce pas à elle que je dois les bontés
» dont Votre Majesté m'honore.

Cet excellent homme né avec un génie universel
pour tous les beaux arts réussissoit également bien dans
tous. Il avoit surtout un talent particulier pour la peinture, & l'on a de lui plusieurs beaux morceaux en ce
genre, qui ornent le Cabinet du Roi.

Cet illustre Artiste mourut à Paris dans un âge très-
avancé, & fut enterré à Saint Roch dans la Chapelle
qu'il y avoit fondée.

JACQUES DE SOLEISEL.

S'Il n'eſt point de pays où l'art du manége ait été porté à un plus haut point de perfection qu'en France, on ne peut nier qu'elle n'en ait l'obligation au grand homme dont nous allons faire l'éloge.

Jacques de Soleiſel, iſſu d'une noble & ancienne famille du Foreſt, étoit fils de Mathieu de Soleiſel, officier des Gendarmes Ecoſſois. Il naquît en l'année 1617, dans une des terres de ſon pere, appellée Leclapier, proche de la ville de Saint-Etienne. L'éducation qu'il reçut fut conforme à ſa naiſſance. Après avoir fait ſes humanités au Collége des Jéſuites de Lyon, il commença ſes exercices & les fit avec d'autant plus de ſuccès, qu'il avoit les plus heureuſes diſpoſitions pour y réuſſir, ſurtout dans le manége. Monſieur de Memon fut ſon premier maître en cet art, & il ſe mit enſuite à l'Ecole de M. de Buades, Ecuyer de M. le Duc de Longueville, qu'il accompagna à Munſter; ce fut là où M. de Soleiſel eut occaſion de faire de grands progrès dans la profeſſion pour laquelle il avoit une inclination extraordinaire. Les frequentes conférences qu'il eut avec pluſieurs hommes habiles qui excelloient dans la connoiſſance des différentes maladies des chevaux, lui acquirent toutes les lumieres qu'il pouvoit deſirer ſur cette importante matiere.

Monſieur de Soleiſel étant de retour en France, & s'étant retiré dans ſa Province, il s'attacha un grand nombre de jeunes Gentilshommes, à qui il ſe fit un plaiſir d'apprendre les exercices du manége, & qui, formés à ſon Ecole, devinrent d'excellens Ecuyers.

La réputation de cét excellent homme s'étant repandue dans tout le Royaume, le célebre Bernardi qui connoiſſoit toute l'étendue de ſon mérite, lui manda qu'il venoit d'établir une Académie à Paris ; & le conjura en même tems avec la plus vive inſtance de venir l'aider dans ſon nouvel Emploi. M. de Soleiſel ſe rendit aux invitations du fameux Bernardi ; & ces deux grands hommes eurent la gloire de former une Académie qui fut conſidérée comme l'Ecole de toute l'Europe où la jeune Nobleſſe pouvoit faire de plus grands progrès. On lui apprenoit non-ſeulement à bien dreſſer un cheval ; mais on s'appliquoit encore à lui faire connoître les propriétés de cet animal, ſes perfections, ſes défauts, ſes maladies, & les remedes qu'il y faut apporter ; comment on doit le nourrir ; & les différentes manieres de l'emboucher, de le manier, & généralement tout ce qui peut ſervir à le rendre ſouple & obéiſſant au moindre deſir de celui qui le monte.

M. de Soleiſel, que le ſeul motif de l'utilité publique animoit dans toutes ſes actions, voulut que la poſtérité profitât des grandes connoiſſances qu'il avoit acquiſes ſur tout ce qui concerne les différentes maladies des chevaux, & les divers remedes que l'on doit employer pour les guérir : & ce fut dans cette vûe qu'il compoſa ſon excellent Livre, intitulé le *Parfait Maréchal* ; ouvrage qui a été reçu avec une approbation générale ; ouvrage dont on a fait une infinité d'éditions, & qui a mérité d'être traduit dans toutes les Langues de l'Europe. Pour faire l'éloge de ce Livre il ſuffira de dire que dès qu'il parut on commença d'oublier ceux qui traitoient de la même matiere.

On a auſſi de ce grand homme quelques autres ouvrages non moins utiles ; ſçavoir, le *Maréchal Méthodique* ſous le nom ſuppoſé de M. *de la Bleſſée*, Ecuyer de M. l'Electeur de Baviere, & un Dictionnaire de tous les termes de la Cavalerie, & des mémoires très-inſ-

tructifs fur l'embouchure des chevaux. Ce grand homme a fait encore des additions très confidérables au
Livre qui traite du manége , publié par le Duc de Neuf-
caftel. M. de Soleifel ayant trouvé que la méthode
que ce Seigneur a enfeignée pour dreffer les chevaux
étoit la plus courte & la plus fure , il abandonna l'ancienne méthode pour fuivre celle-ci.

Cet excellent homme , célebre par le talent particulier qu'il avoit pour fa profeffion, s'eft encore diftingué par l'amour qu'il a eu pour les fciences & les beaux
Arts , & par fon ardeur à les cultiver ; à une connoiffance parfaite de la mufique, il joignit le talent de
peindre avec beaucoup de génie & de gout. Les qualités de l'efprit étoient accompagnées dans lui des qualités du cœur les plus eftimables, fage , prudent , généreux , naturellement porté à obliger , plein d'honneur & de probité ; il a mérité que l'on ait dit de lui ,
qu'il auroit encore mieux fait *le Livre du parfait honnéte homme que celui du parfait Maréchal* ; également
cheri & refpecté de fes jeunes Eleves, qui le regardoient comme leur pere ; il n'alloit nulle part qu'il ne
fe vit accompagné d'un grand nombre de jeunes Gentilshommes qui étoient d'autant plus empreffés à lui
faire leur cour que tout ce qu'il leur difoit étoit pour
eux une fource de nouvelles inftructions.

Cet homme illuftre fut enlevé par une mort fubite,
le dernier jour de Janvier 1680 , dans la foixante uniéme année de fon âge.

DISCOURS

SUR LES PROGRÈS

DE LA PEINTURE,

SOUS LE REGNE DE LOUIS XIV.

L en a été de la peinture comme de tous les autres Arts, languissans dans un siécle on les a vû se renouveller dans un autre, disparoître & se remontrer dans un état tantôt plus ou moins parfait.

Vers le milieu du treiziéme siécle, la Peinture parut faire quelques efforts pour recouvrer une partie de son premier lustre. Des Peintres Grecs attirés à Florence par les liberalités du Sénat y travaillerent avec bien plus de zele que de succès, & il est vrai qu'ils étoient peu propres à former de sçavans éleves; médiocres Artistes eux-mêmes, ils ne pouvoient donner que de bien foibles idées de la perfection de leur art. Ci-

Mémoires communiqués par M. Desportes Peintre ordinaire du Roi, & son Conseiller dans l'Académie de Peinture.

Tome III. Livre XI. Page 151.

*mabué (a) cependant & le Giotto (b) acquirent quelque ré-
putation dans leur profession ; le premier mourut en 1300,
& le second en 1336.*

*La fin du quinziéme siécle fut l'époque du renouvellement
de la peinture en Italie ; ce fut alors que l'on vit paroître de
sublimes génies nés pour rendre à cet art sa premiere splendeur. Les Leonard de Vinci, (c) les Raphael, (d) les Michel-
Ange (e) dont le goût s'étoit formé par l'étude des antiques,
s'éleverent rapidement à un haut degré de perfection. Ce n'est
pas cependant que ces grands hommes excellassent également
dans toutes les parties de leur Art. Il faut même convenir
qu'ils n'ont eu qu'une bien légere connoissance du coloris ;
quoique cette partie eût été déja fort perfectionnée par l'E-
cole Vénitienne.*

(a) Ce Peintre issu d'une noble famille de Florence, se fit un si grand nom
que Charles I. Roi de Naples passant par la Toscane, lui fit l'honneur de l'aller voir, & ne put refuser son admiration aux ouvrages de cet habile Artiste.
Il peignoit à fresque & à détrempe, la Peinture à huile n'ayant pas encore été
inventée.

(b) Le Giotto Disciple de Cimabué, né dans un Bourg près de Florence,
acquit tant de gloire que les Florentins lui éleverent une statue de marbre.
L'ouvrage qui lui a fait le plus d'honneur est son grand tableau de mosaïque
qui représente la barque de S. Pierre agitée par la tempête.

(c) Leonard de Vinci issu d'une noble famille de la Toscane apporta en naissant les plus heureuses dispositions pour exceller dans tous les arts. Il s'appliqua
particulierement à la Peinture & s'y fit un très-grand nom. Peu d'Artistes qui
ayent mieux réussi que lui dans l'expression des passions. Sa jalousie contre Michel-Ange le détermina à passer en France, où François I. lui fit l'accueil le
plus gracieux. On rapporte que ce Prince l'étant allé voir dans sa derniere maladie, Leonard se leva sur son séant pour remercier Sa Majesté, & que le Roi
l'embrassant pour le faire remettre dans son lit, ce Peintre expira entre ses bras.
Il mourut en 1520, étant âgé de 75 ans.

(d) Raphael né à Urbin en 1483, eut pour pere un Peintre fort médiocre &
pour Maître Pierre Perugin. Une débauche outrée l'enleva à la fleur de son âge.
Il mourut en 1520 dans sa trente-septiéme année. Ses plus beaux ouvrages
sont l'Ecole d'Athènes & la dispute du Saint Sacrement. Le Poussin a dit de Raphael qu'il étoit un Ange comparé aux Peintres modernes, & qu'il étoit un âne
comparé aux antiques, ce qui ne signifie ou ne doit du moins signifier autre
chose sinon que l'antique étoit autant au-dessus de Raphael, que Raphael étoit
au-dessus des autres Peintres.

(e) Michel-Ange Bonaroli issu de l'ancienne Maison des Comtes deCanosses,
Sculpteur & Architecte non moins habile que Peintre excellent, naquit en
1474 dans le Château de Chiusi près d'Arezzo en Toscane. Il mourut à Rome
en 1574, âgé de 90 ans.

La France avoit aussi alors ses Peintres, mais dont les talens étoient bornés à sçavoir peindre sur le verre ; on ne se formera pas sans doute une bien haute idée de leur capacité, si l'on en juge par les tapisseries faites sur leurs desseins, & qui se voyent encore aujourd'hui dans nos Eglises.

Le Regne de François I. auquel il faut remonter pour trouver le renouvellement de la Peinture en France, nous offre un grand nombre de Peintres qui furent employés à travailler sous Maître Roux (f) & le Primatice (g) que ce Prince fit venir dans ses Etats vers l'an 1528 pour embellir le Château de Fontainebleau des riches Peintures qui en font un des plus beaux ornemens.

Jannet, Corneille de Lyon, du Moutier & Jean Cousin (h) furent parmi nos Artistes François (i) ceux qui sçurent le mieux profiter des leçons des deux Peintres Italiens ; le dernier sur tout Mathématicien habile & Sculpteur excellent a laissé des ouvrages qui méritent encore aujourd'hui l'admiration des connoisseurs. De ce nombre sont le tombeau de l'Amiral Chabot qui se voit dans l'Eglise des Célestins de

---

(f) Maître Roux, né à Florence, obtint de François I. une pension considérable & un Canonicat de la Sainte Chapelle. On peut juger de son habileté par la Gallerie de Fontainebleau qui est de sa main.

(g) François Primatice né à Boulogne de parens nobles, fut envoyé à Mantoue, où pendant six ans il étudia le dessein sous Jules Romain. Attiré en France par les liberalités de François I. il fut pourvû de la Charge d'Intendant des Bâtimens après la mort de Maître Roux, & il acheva en peu de tems la Gallerie de Fontainebleau que ce Peintre avoit commencée. Dans les ouvrages qu'il y fit de peinture & de stuc, il se servit de Roger de Bologne, de Prosper Fontana, de Jean-Baptiste Bagnacavallo, & sur tout de Nicolas de Modene, dont l'habileté surpassoit celle des autres. Le Primatice obtint du Roi l'Abbaye de S. Martin de Troyes. Il mourut dans un âge fort avancé.

(h) Jean Cousin naquit à Souci près de Sens, & fut un des Peintres de son tems qui se fit le plus grand nom, sur tout pour son habileté dans le dessein. Il s'est cependant plus attaché à peindre sur le verre qu'à faire des tableaux. Nous avons de lui de fort bons traités sur la Géometrie & sur la Perspective. On ignore le tems de sa mort ; tout ce que l'on sçait, c'est qu'il mourut fort âgé & qu'il vivoit encore en 1589.

(i) Ces Peintres François étoient Simon le Roi, Charles & Thomas Dorigny, Louis, François & Jean Lerambert, Charles Charmoi, Jean & Guillaume Rondelet, Germain Munier, Jean Dubreuil, Guillaume Hocq, Eustache Dubois, Antoine Fantose, Bunel, Michel Rochetet, Jean Samson, & Girard Michel.

*Paris, un tableau du Jugement univerſel, placé dans la Sa-
criſtie des Minimes du Bois de Vincennes.*

*Après la mort du Primatice, du Breuil & Bunel furent
chargés des ouvrages de Peinture les plus conſidérables. Le
premier peignit à Fontainebleau quatorze Tableaux à freſ-
que dans la Chambre des Poëles, & il fit avec Bunel la petite gallerie du Louvre, qui fut brulée en 1660.*

*Après la mort de François I. la Peinture comme tous les
autres Arts ne firent plus que languir. Les Regnes de Henri
II. de François II. de Charles IX. & de Henri III. ne
nous offrent aucun Peintre qui ait mérité quelque conſidéra-
tion. Sous Henri IV. parut Friminet qui rapporta d'Italie
le bon goût de la Peinture. La Chapelle de Fontainebleau
peinte en partie de ſa main, lui mérita d'être honoré de l'Ordre de S. Michel.*

*Jacques Blanchart (k) & Simon (l) Vouet illuſtrerent
par leur capacité le Regne de Louis XIII. & on leur dut en
partie les grands progrès que la Peinture fit depuis ſous les
Regnes ſuivans. De l'Ecole du ſecond on vit ſortir les le
Brun, les Mignart, les le Sueur, les Dufreſnoy, & quantité
d'autres célébres Artiſtes qui ont immortaliſé la gloire de leur
nom.*

(k) Nicolas Boleri ſon oncle ; Peintre médiocre fut ſon premier Maitre, mais
il ne le fut pas long tems. Le jeune Blanchart âgé de vingt ans entreprit le
voyage d'Italie & ne revint en France qu'après avoir fait de longues études ſous
les plus habiles Maîtres de l'Ecole de Rome & de celle de Veniſe. Le coloris a
été la partie dans laquelle il a excellé. Son plus beau tableau eſt la deſcente du
Saint Eſprit, l'un des plus riches morceaux qui ſe voyent à l'Egliſe de Notre-
Dame. Cet illuſtre Artiſte mourut en 1638, âgé de 38 ans.

(l) Simon Vouet né à Paris en 1582, Prince de l'Académie de Saint Luc, &
premier Peintre du Roi Louis XIII. après un ſéjour de quatorze ans à Rome,
fut rappellé en France par ordre de ce Prince vers l'an 1627, & fut choiſi pour
apprendre le deſſein à Sa Majeſté. Les ouvrages de ce Peintre, dit M. de Pilles,
» étoient agréables par comparaiſon à ceux qui juſqu'à lui avoient été faits en
» France ; mais ils tomboient tous en ce qu'on appelle maniere, tant pour le
» deſſein que pour le coloris ; le plus grand mérite de ſes ouvrages vient de ſes
» platfonds, qui ont donné à ſes diſciples l'idée d'en faire de plus beaux que
» tout ce que les François avoient fait juſques là. La France, ajoute ce judicieux
» critique, a obligation à Vouet d'avoir détruit une maniere fadé & barbare qui
» y regnoit, & d'avoir commencé d'y introduire le bon goût. Ce Peintre mourut en 1641, âgé de 59 ans.

L'Académie Royale de Peinture & de Sculpture dont le plan avoit été formé sous Louis XIII. mais qui pendant un tems avoit été extrémement négligée, prit une forme nouvelle dès les premieres années du Regne glorieux dont nous écrivons l'Histoire. Deux Protecteurs illustres de cette Ecole Académique, le Cardinal Mazarin & le Chancelier Seguier donnerent tous leurs soins à son accroissement; mais ce fut sous le Ministere du grand Colbert & sous la direction du célébre le Brun, que cette Compagnie fut le plus illustrée, & de quels bienfaits ne fut-elle pas comblée par le feu Roi? Quel Monarque porta plus loin la magnificence que ce grand Prince? Ne se fait-elle pas encore aujourd'hui admirer dans les sages établissemens que lui fit former son zele pour l'avancement des Arts & des Sciences? des prix destinés à être la récompense des jeunes éleves qui se signaloient par de plus heureux talens; une Ecole fondée à Rome pour leur instruction; de nouveaux Professeurs en Géometrie, en Perspective & en Anatomie établis à Paris; les pensions des principaux Membres de l'Académie considérablement augmentées; des gratifications fréquentes & toujours dignes de la magnificence du Grand Roi qui les accordoit; les titres les plus honorables, les plus glorieuses marques de distinction assurés en quelque façon à ceux d'entre les Académiciens qui s'étoient fait le plus grand nom dans leur profession; & que sçais-je, combien d'autres motifs d'encouragement? Serons-nous après cela surpris que la Peinture, de même que les autres Arts ayent fait les plus grands progrès sous un Roi qui sembloit n'être occupé que du soin de les faire fleurir dans ses Etats? Ce n'étoit pas au reste sur ses sujets seuls que ses bienfaits se répandoient, combien d'excellens Artistes attirés en France par ses liberalités? & combien d'occasions ne leur fournissoit-il pas d'exercer leurs talens? & c'est là une des principales causes des merveilleux progrès que fit la Peinture; car ce sont les grandes occasions qui développent & qui perfectionnent les talens des grands Artistes. Or ces occasions ne furent-elles pas multipliées à l'infini? Aussi combien de chefs-d'œuvre de l'Art ne nous ont-elles pas procurés? La superbe Eglise des

Invalides, le Val-de-Grace, le Louvre, le Palais Royal, le Luxembourg, Versailles, Saint-Germain, Trianon, Marly, Meudon, ne doivent-ils pas leurs plus riches ornemens à la Peinture? Et ce qui augmente la gloire de nos Peintres François, c'est qu'il n'y a aucune partie de leur Art où ils n'ayent excellé. Fable, Histoire, Portraits, Païsages, Fleurs, Animaux, Médailles, Ornemens d'Architecture, ils ont laissé dans tous ces genres des modéles qui seront d'éternels monumens de la supériorité de leur génie & de leurs talens. Ce seroit ici le lieu de faire connoître l'excellence des ouvrages de ces grands Hommes; mais c'est là une matiere qui se trouve amplement traitée dans les Eloges Historiques que nous offrons au Lecteur.

HISTOIRE LITTÉRAIRE
DU ·REGNE
DE LOUIS XIV.

ÉLOGES HISTORIQUES
DES PEINTRES CELEBRES.

LIVRE ONZIÉME·
EUSTACHE LE SUEUR.

E grand Peintre, l'émule du fameux Char-
les le Brun, & l'un des douze qui, les pre-
miers, jetterent les fondemens de l'Académie Royale de Peinture, nâquit à Paris
l'an 1617. Disciple de Vouet, il peignit
dans sa maniere huit grands tableaux du songe de Po-
liphile. Il se maria à l'âge de vingt-trois ans, & peu de

tems après il commença à peindre le petit cloître des Chartreux de Paris, où il repréſenta, en vingt deux tableaux, l'hiſtoire de Saint Bruno. Cet ouvrage, qui fut achevé en trois ans, fait encore aujourd'hui l'objet de l'admiration de tous les connoiſſeurs; & ce qui fait le plus d'honneur à cet illuſtre Artiſte, c'eſt qu'avec le ſeul ſecours des modéles que la France lui fourniſſoit, il ait pu, par la ſeule force de ſon génie, pouſſer auſſi loin qu'il l'a fait, la perfection de la peinture & le goût de l'antique.

Il inventoit avec facilité, & rempliſſoit avec autant de grace que de dignité, tous les ſujets qu'il traitoit; peu de Peintres qui ayent exprimé les actions avec plus de bienſéance, qui ayent donné à leurs figures des mouvemens plus naturels, & qui ayent fait paroître dans leurs ouvrages un raiſonnement plus ſage, & une conduite plus judicieuſe.

L'ouvrage qui procura le plus de gloire à ce grand maître & qui acheva d'établir ſa réputation, ſont les bains du Préſident Lambert, & le cabinet des muſes avec celui de l'amour.

On rapporte à ce ſujet, que des Italiens qui viſitoient la galerie peinte par M. le Brun, & qui ſe trouve dans la même maiſon, ne purent s'empêcher de dire, en parlant de ſa galerie, & en la comparant avec le ſalon des bains *Queſto e una coglioneria, m'a quello hà del' maeſtro Italiano;* ajoutant que c'étoit dommage que ces deux morceaux ne fuſſent pas de la même main : paroles qu'ils prononcerent en préſence de M. le Brun lui-même, qu'ils ne connoiſſoient pas. M. le Sueur avoit été reçu à l'Académie de Saint Luc, avant l'établiſſement de l'Académie Royale; & il avoit donné pour ſon tableau de reception, Saint Paul qui prêche à Ephéſe. Voici dans quels termes le célebre Felibien parle de ce précieux morceau. *La diſpoſition*, dit-il, *en eſt grande & noble; les attitudes des figures aiſées & naturelles, les airs de tête tous différens & pleins de majeſté; les draperies*

ſimples

simples mais bien disposées; les plis faciles mais bien étendus; les lumieres repandues si judicieusement sur tous les corps, que l'on ne voit dans tout l'ouvrage aucune confusion. Saint Paul qui est la principale figure, paroît avec un air majestueux & plein de ce zéle divin dont il étoit rempli; les Juifs & les Gentils qui sont autour de lui l'écoutent avec étonnement; pendant que quelques-uns de ses Disciples imposent les mains, font des aumônes & travaillent à la conversion des peuples. On voit de ces nouveaux Chrétiens prosternés & dans une posture humble & pénitente. Il y a un homme qui semble écrire avec soin ce qu'il entend prêcher, & un autre qui paroit lui expliquer les mysteres annoncés par le Docteur des nations. Ces Sçavans, dont il est parlé dans les Actes, qui avoient exercé des arts curieux, apportent leurs livres & les brûlent devant tout le peuple.

Le même Auteur ne parle pas avec moins d'éloge des autres ouvrages de notre illustre Peintre, à qui il ne manqua qu'une plus longue vie pour devenir le plus fameux artiste de son siécle. Mais sa trop grande passion pour un Art dans lequel il vouloit exceller, avança la fin de ses jours. Il mourut au mois de Mai de l'année 1655, âgé seulement de trente-huit ans; il fut inhumé dans l'Eglise de Saint Etienne-du-Mont sa Paroisse.

On raconte que M. le Brun étant venu voir M. le Sueur dans les derniers momens de sa vie, il dit en s'en allant *que la mort alloit lui tirer une grosse épine du pied.* Eloge d'autant plus glorieux pour l'homme célebre dont nous venons de parler, qu'il n'y avoit que la force seule de la vérité qui pût arracher un aveu si ingenu à son compétiteur.

NICOLAS POUSSIN.

NICOLAS Pouſſin, iſſu de parens nobles ; mais peu accomodés des biens de la fortune, prit naiſſance à Andeli en Normandie au mois de Juin de l'an 1599. Il fut d'abord deſtiné à l'étude des Belles-Lettres ; mais ſon penchant pour la Peinture ne tarda pas à ſe manifeſter par le plaiſir qu'il prenoit à deſſiner toutes les différentes figures qui s'offroient à ſon imagination. Un goût ſi marqué détermina ſes parens à le retirer du Collège pour le mettre ſous la conduite de quelque habile Peintre, & Varin fut le premier Maître qu'on lui donna.

La haute idée que le jeune Pouſſin ſe forma de la perfection de la Peinture, lui fit juger qu'il devoit chercher un maître plus ſçavant que n'étoit celui qu'on lui avoit donné. S'étant donc ſécrétement échappé de la maiſon de ſes parens, il vint à Paris où ſon bonheur voulut qu'il rencontrât un jeune Seigneur de Poitou, qui le reçut chez lui, & qui fut aſſez généreux pour ne le laiſſer manquer d'aucun des ſecours qui pouvoient lui être néceſſaires pour ſe perfectionner dans ſon art.

Le Pouſſin reçut quelques leçons de deux Maîtres qu'il quitta bientôt ; parce qu'il ne fut pas long-tems ſans s'appercevoir de leur incapacité. Il travailla enſuite au Louvre, où il copia les plus belles eſtampes de Raphaël & de Jules Romain ; ſon aſſiduité à un travail ſi utile lui fit faire de ſi grands progrès, qu'il ſçut donner aux excellentes copies qui ſortoient de ſes mains, toutes les beautés que l'on admiroit dans les originaux.

Cependant son généreux bienfaiteur obligé de retourner en Poitou, emmena le Poussin avec lui, étant résolu de le faire travailler à différentes peintures dont il vouloit orner son Château; mais ce fut-là un voyage que notre Peintre fit inutilement; la mere du jeune Seigneur qu'il accompagnoit n'ayant pas voulu entrer dans les vues de son fils.

Le retour de Poussin à Paris fut suivi d'une maladie qui le mit dans la nécessité d'aller respirer l'air natal; mais ses forces ne furent pas plutôt rétablies qu'il revint dans cette capitale, & en y arrivant les Jésuites qui célébroient la Canonisation de S. Ignace & de S. François Xavier, choisirent le Poussin pour lui faire faire six grands tableaux à détrempe.

Ce fut environ ce tems-là que notre Peintre fit connoissance avec le célébre Cavalier Marin, l'un des plus excellens Poëtes que l'Italie ait vû naître. L'avantage que le Poussin tira d'une connoissance si utile, fut qu'il apprit du Marin à enrichir ses compositions de divers ornemens de la Poësie; & il sçut depuis les employer à propos dans tous les tableaux qui en étoient susceptibles.

Le Marin rappellé à Rome par ses affaires, voulut y mener le Poussin; mais retenu à Paris par quelques ouvrages qu'il y devoit finir, il ne lui fut pas possible d'entreprendre ce voyage, qu'il fit cependant peu de tems après.

Il arriva à Rome en 1629, étant alors âgé de trente ans. Le plaisir qu'eut le Poussin de retrouver dans le Cavalier Marin un ami sincere & généreux, ne fut pas de longue durée. Ce Cavalier après avoir procuré au Poussin la protection du Cardinal Barberin, neveu du Pape Urbain VIII. fut obligé de partir pour Naple où, il mourut peu de tems après; & ce qui mit le comble à l'infortune de notre malheureux Peintre, fut que son nouveau protecteur se disposoit à partir pour ses légations.

V ij

Le Pouſſin ſe trouvant à Rome ſans connoiſſance & ſans eſpoir d'aucun ſecours, n'eut point d'autre parti à prendre que de ſe livrer tout entier au travail, mais comme il s'étoit fait une maniere de peindre bien différente de celle qui étoit alors à la mode, ſes ouvrages qu'il étoit obligé de donner à vil prix, fourniſſoient à peine à ſa ſubſiſtance; moins occupé du deſir de s'enrichir que de celui de devenir toujours plus habile dans ſon art, il ſe conſola de ſon peu de fortune, par le plaiſir qu'il avoit de puiſer chaque jour de nouvelles connoiſſances dans l'étude des Antiques qu'il prenoit ſoin de modéler avec une application extraordinaire; auſſi réuſſi-t-il mieux qu'aucun Peintre de ſon tems, à faire paſſer dans ſes ouvrages toutes les beautés, l'élégance, le grand goût, la nobleſſe, le bon air, la fierté des têtes, & généralement tout ce qu'il y a de plus raviſſant dans les reſpectables monumens de l'ancienne Sculpture. A l'étude de l'Antique, le Pouſſin joignit encore celle de la Géométrie, de la Perſpective, de l'Architecture, de l'Anatomie, & de toutes les autres ſciences qui ont quelque rapport avec la Peinture.

Le retour du Cardinal Barberin à Rome procura au Pouſſin un grand nombre d'occaſions de ſignaler ſa capacité; ce fut par ordre de ſon Eminence qu'il fit le beau tableau de *Germanicus*, & que dans un autre il repréſenta la priſe de Jeruſalem par l'Empereur Titus.

Le Chevalier *del Pozzo*, lié d'une étroite amitié avec notre Peintre, & qui connoiſſoit tout le prix des beaux ouvrages qui ſortoient de ſon pinceau, voulut en avoir pluſieurs de ſa façon, dont les principaux ſont un ſaint Jean qui baptiſe dans le déſert, & les ſept Sacremens, exécutés avec toute la nobleſſe, toute la force qu'un Peintre habile puiſſe prêter aux plus grands ſujets.

Ces excellens tableaux qui furent envoyés en France avec pluſieurs autres, parmi leſquels ſe trouvoient quatre bacanales pour le Cardinal de Richelieu, & un triomphe de Neptune, qui paroiſſoit dans ſon char

tiré par quatre chevaux Marins, & accompagné d'une
suite de Tritons & de Néréïdes, mériterent au célébre
Poussin l'honneur de recevoir de Sa Majesté la lettre
suivante, trop glorieuse à la mémoire de ce grand homme, pour ne pas être rapportée ici. Cette Lettre étoit
conçue en ces termes.

Cher & bien-amé, nous ayant été fait rapport par aucun
de nos plus dévoués serviteurs de l'estime que vous vous étes
acquise, & du rang que vous tenez parmi les plus fameux &
les plus excellens Peintres de toute l'Italie, & désirant à
l'imitation de nos prédecesseurs, contribuer autant qu'il nous
sera possible à l'ornement & décoration de nos maisons Roya-
les, en appellant auprès de nous ceux qui excellent dans les
arts, & dont la suffisance se fait remarquer dans les lieux,
où ils semblent les plus chéris; nous vous faisons cette lettre
pour vous dire que nous vous avons choisi & retenu pour un
de nos Peintres ordinaires, & que nous voulons doresnavant
vous employer en cette qualité; à cet effet notre intention est
que la présente reçue, vous ayez à vous disposer à venir par
deça, où les services que vous nous rendrez seront aussi con-
siderés, que vos œuvres & votre mérite le sont dans les lieux où
vous êtes, en donnant ordre au sieur de Noyers, Conseiller en
notre Conseil d'Etat, Sécretaire de nos Commandemens, &
Sur-Intendant de nos bâtimens, de vous faire plus particulie-
rement entendre le cas que nous faisons de vous, & le bien &
avantage que nous avons résolu de vous faire. Nous n'ajou-
terons rien à la Présente, que pour prier Dieu qu'il vous ait
en sa sainte garde. Donné à Fontainebleau le 15 Janvier
1639.

Quelque honorables que fussent pour le Poussin de
si glorieuses marques de distinction, ce ne fut pas sans
peine qu'il se détermina à quitter Rome; il fallut même
que M. de Chantelou, Maître d'Hôtel de Sa Majesté,
hatât le voyage qu'il devoit faire en Italie pour en ra-
mener notre Peintre.

M. Le Poussin à son arrivée en France fut nommé

premier Peintre du Roi avec une penſion de mille écus,
& un logement meublé au Château des Thuileries. Sa
Majeſté lui ordonna de faire deux grands tableaux,
l'un pour la Chapelle de ſaint Germain en Laye, &
l'autre pour celle de Fontainebleau ; & il fut chargé
enſuite de peindre la grande Galerie du Louvre, où il
ſe propoſoit de repréſenter les travaux d'Hercule ; mais
la ſupériorité de ſon mérite, jointe aux graces dont il
étoit chaque jour comblé, lui avoit ſuſcité des ennemis jaloux de ſa gloire, qui troublerent ſon repos au
point que pour ſe dérober à leurs perſécutions, il forma ſécretement le deſſein de retourner en Italie, ſous
prétexte d'y mettre ordre à ſes affaires, & de faire venir
ſa femme en France. Il partit donc vers la fin de Septembre de l'année 1642, & arriva à Rome le 5 Novembre de la même année. Il ne fut pas long-tems ſans
apprendre la mort du Cardinal de Richelieu, qui cinq
mois après fut ſuivie de celle du Roi, & comme M. de
Noyers ne tarda pas à ſe retirer de la Cour; ces chan-
gemens inopinés rompirent les meſures que M. Pouſſin
auroit pû prendre pour s'établir en France. Mais il faut
ajouter que la tranquillité dont il jouiſſoit à Rome,
étoit trop de ſon goût, pour qu'il put ſe réſoudre de la
ſacrifier à l'eſpérance de la plus brillante fortune. Ainſi
il ne penſa plus qu'à s'occuper tout entier de ſon travail, & il s'y livra avec d'autant plus d'ardeur que Louis
XIV. lui fit la grace de lui conſerver le titre de ſon premier Peintre avec les mêmes apointemens qu'il avoit
en France.

On peut voir dans Felibien une deſcription exacte
de tous les merveilleux tableaux qui ſont ſortis du
pinceau de ce grand Maître.

Excellent deſſinateur, grand hiſtorien, grand poëte,
ſage compoſiteur, grand payſagiſte, perſonne n'a mieux
exprimé que lui les différentes affections de l'ame, &
les divers effets de la nature. Il ſurpaſſa les plus fameux
Peintres & les plus habiles Sculpteurs de l'Antiquité,

qu'il fe propofa d'imiter, en ce que l'on voit dans fes ouvrages toutes les belles expreffions, qui ne fe rencontrent que dans différens Maîtres. S'il a mis quelque fois dans fes tableaux des figures entieres, & telles qu'elles font dans les reftes antiques, il n'a fait en cela qu'imiter les plus fçavans Peintres ; & il a même fur eux cet avantage, qu'ils n'ont point entendu comme lui à difpofer leurs figures dans les regles de la perfpective linéale, & de celles de l'air, ni enrichi leurs tableaux de payfages & d'événemens, qui fervent non-feulement à orner un fujet ; mais qui inftruifent encore de différentes particularités intéreffantes néceffaires à l'hiftoire.

Si l'on vouloit marquer quelque différence entre Raphaël & Pouffin, dit l'Auteur que nous avons déja cité ; on pourroit dire que Raphaël avoit reçu du Ciel fon fçavoir & les graces de fon pinceau, & que le Pouffin tenoit de la force de fon génie & de fes grandes études fes belles connoiffances, & tout ce qu'il poffédoit de merveilleux dans fon art.

Ce grand homme après avoir fourni une illuftre cariere, mourut le 19 Novembre de l'année 1665, âgé de foixante & onze ans & cinq mois. Il fut inhumé dans l'Eglife de S. Laurent, *in Lucina*, fa Paroiffe.

Il avoit époufé une Romaine, fœur du Gafpre, fameux payfagifte ; & ne l'avoit prife que par une pure reconnoiffance des charitables fervices qu'il en avoit reçûs dans une grande maladie pendant qu'il logeoit chez fon pere. Il n'en eut point d'enfans ; mais il vécut toujours avec elle dans une parfaite union.

Le défintéreffement du Pouffin ne lui permit pas d'acquerir de grandes richeffes, content du prix médiocre qu'il mettoit lui-même à fes tableaux, & qu'il écrivoit ordinairement derriere la toile, il ne vouloit rien recevoir de plus, étant bien éloigné de fonger à profiter de l'empreffement avec lequel fes ouvrages étoient recherchés.

Né fans fafte & fans ambition, il mena toujours une vie fort retirée, n'ayant pas même un valet pour le fervir. Un jour le Prélat Maffini, qui depuis a été Cardinal, étant allé lui rendre vifite, & le plaifir de fa converfation l'ayant arrêté jufqu'à la nuit, comme il voulut s'en aller, & qu'il n'y avoit que le Pouffin qui le reconduifoit avec une lampe à la main, M. Maffini ne put s'empêcher de lui dire. *Je vous plains beaucoup M. Pouffin de n'avoir pas feulement un valet, & moi*, répondit le Pouffin, *je vous plains beaucoup plus, Monfeigneur, d'en avoir un fi grand nombre.*

Quantité d'illuftres fçavans travaillerent à immortalifer la gloire de ce grand homme par des Epitaphes, nous n'en rapporterons que deux. La premiere eft du célébre Bellori, & la feconde eft du fçavant Abbé Nicaife, l'ami particulier du Pouffin.

Parce piis lacrymis, vivit Puffinus in urna,
vivere qui dederat, nefcius ipfe mori;
hic tamen ipfe filet ; fi vis audire loquentem
mirum eft in tabulis, vivit & eloquitur.
Nicolao Puffino Gallo,
Pictori fuæ ætatis primario,
qui artem
dum pertinaci ftudio profequitur
brevi affecutus, poftea vicit.
Naturam
dum linearum compendio contrahit,
feipfà majorem expreffit.
Tamdem
dùm novâ Optices induftriâ
ordini lucique reftituit,
fe ipfà fecit illuftriorem.
Illam
Græcis Italifque imitari
foli Puffino fuperare datum.

CHARLES

CHARLES-ALPHONSE DU FRESNOY.

DU FRESNOY, fils d'un célébre Apoticaire de Paris, prit naissance dans cette Ville l'an 1611. Ses parens qui le destinoient à la Medecine donnerent tous leurs soins à lui bien faire faire ses études ; il fit d'abord de grands progrès dans les Lettres, & se distingua surtout par le génie particulier qu'il avoit pour la Poésie, & qui auroit pû le rendre un des plus grands Poëtes de son siécle, si une passion encore plus forte ne l'eût attaché à la Peinture. Ce fut en vain que ses parens qui n'avoient pas à beaucoup près la même idée que lui de cet Art, userent à son égard des plus rudes traitemens pour le détourner d'une étude qui n'étoit pas de leur goût. Leur fils n'en fut que plus ardent à se livrer tout entier à la Peinture. Perrier & Vouet furent ses guides pendant deux ans, & au bout de ce tems là il fit le voyage d'Italie où il arriva en 1634.

Les deux premieres années que M. du Fresnoy passa à Rome furent pour lui deux années d'un jeûne bien austere. Abandonné de ses parens qui ne pouvoient lui pardonner l'opiniâtre résistance qu'il avoit opposé à leur volonté & qui ne lui fournissoient aucun secours, sans ami, sans connoissance, il se trouvoit dans la situation la plus triste ; moins inquiet cependant de cet état fâcheux qu'occupé de ses études de Peinture qu'il continuoit avec ardeur. Comme il possédoit parfaitement la Géometrie & qu'il avoit un goût extraordinaire pour l'Architecture, il commença par peindre la plupart des plus beaux monumens antiques qui sont aux environs de Rome ; mais comme il operoit fort lentement, ce qui venoit de ce qu'il s'étoit toujours bien

X

moins appliqué à la pratique qu'à la théorie de fon art, fon travail pouvoit à peine fournir à fa fubfiftance.

Il y avoit deux ans que M. du Fresnoy étoit en Italie, lorfque M. Mignart avec qui il avoit lié une étroite amitié à l'école de Vouet arriva à Rome. Ces deux amis logerent enfemble, & tout fut commun entre eux. Animés du même defir d'exceller dans leur art, ils s'y appliquerent avec une égale ardeur. Les antiques, les plus beaux morceaux de Raphael & des autres grands Maîtres furent le principal objet de leur étude ; ils s'affujettirent même à aller tous les foirs dans les Académies deffiner d'après le modelle. Le Cardinal de Lyon qui faifoit un cas particulier de la capacité de ces deux célébres Artiftes, les choifit pour copier tous les beaux tableaux du Palais Farnefe.

M. Mignard étoit plus praticien, mais fon ami mieux inftruit des préceptes & plus fçavant dans l'Hiftoire & dans la Poëfie, acquit toute la perfection de la théorie de la Peinture. Ces deux grands hommes fe communiquoient réciproquement leurs penfées & leurs obfervations. Du Fresnoy fourniffoit à Mignart les fublimes penfées dont la lecture des Poëtes avoit rempli fon efprit ; & celui-ci lui apprenoit à peindre plus vîte. On les appelloit à Rome les *inféparables*.

A mefure que l'homme illuftre dont nous parlons avançoit dans la connoiffance de fon art, il faifoit des remarques qu'il écrivoit en vers latins, & ce furent ces remarques qui fervirent de canevas à l'excellent poëme latin qu'il compofa & qui fut le fruit des plus profondes méditations & des plus fçavantes recherches ; & que l'Auteur n'acheva qu'après avoir confulté les plus grands Maîtres, & généralement tous ceux dont il put emprunter quelque lumiere.

Le Carache fut le modele que cet Artifte se propofa pour le deffein, & Titien pour le coloris ; il donnoit la préférence à ce dernier fur tous les autres Peintres, parce qu'il le regardoit comme le plus parfait imitareur de la nature; aussi se fit-il un plaisir de copier avec un soin extrême tous les beaux tableaux qui sont sortis du pinceau de ce grand Maître.

A l'étude que M. du Fresnoy s'étoit faite de l'histoire de la Poésie & de la Peinture, il joignit encore celle de la Langue Grecque dont il acquit une parfaite connoissance, & l'on peut dire que cet homme célébre s'est plus distingué encore par son érudition que par ses ouvrages de Peinture.

Après un séjour de près de vingt ans à Rome, il vint à Venise où il s'arrêta dix-huit mois, & où il fit pour Marc *Paruta* noble Vénitien deux beaux tableaux, dont l'un est une Vierge demie-figure, & l'autre une Venus couchée.

Les ouvrages que fit M. du Fresnoy à son retour en France sont en petit nombre, parce qu'outre, comme nous l'avons déja dit, qu'il operoit fort lentement, il s'est toujours bien plus occupé de la Poésie que de la Peinture. Un ami chez qui il vint loger en arrivant à Paris, l'occupa à peindre un petit cabinet. Il fit aussi quelques tableaux d'Autel, & peignit un platfond au Château de Rinci & quatre païsages à un platfond à l'Hôtel d'Armenonville. Mais si le peu de tableaux qu'il a fait ne suffisent pas pour éterniser sa mémoire, son poëme sur la Peinture fera vivre son nom autant de tems que cet art sera en quelque estime dans le monde. En 1666 M. Mignard fit imprimer cet ouvrage avec le texte latin seul, & en 1684 M. de Pilles donna ce même Poëme avec une traduction Françoise & des remarques dont l'on fit trois éditions dans la même année. *Si ce n'étoit pas une espece de témérité*, dit judicieusement l'Abbé de Monville dans la vie de Pierre Mignard, *d'opposer un ouvrage moderne aux chefs-d'œuvre du siécle d'Auguste; on pourroit dire que ce Poëme peut entrer en comparaison avec celui d'Horace sur l'art poétique; ce sont deux grands Maîtres qui ont puisé dans la même source, l'un & l'autre ont étudié la nature dans ce qu'elle a de plus parfait;*

*l'un & l'autre donnent des leçons si sures, que les négliger,
c'est s'égarer.*

Le célébre du Fresnoy s'étoit depuis quelque tems
retiré chez son frere dans le village de Villers-le-Bel à
quatre lieues de Paris, & il se disposoit à faire paroître l'ouvrage dont nous venons de parler avec des notes, lorsqu'il fut surpris d'une attaque d'apoplexie, qui
le laissa paralytique le reste de ses jours. Ce grand homme mourut en 1665, âgé de cinquante-quatre ans.

NICOLAS MIGNARD.

NIcolas MIGNARD d'Avignon, ainsi appellé à
cause du long séjour qu'il fit en cette Ville, où
il se maria, naquit à Troyes en Champagne vers l'an
1608. Né avec un penchant particulier pour la Peinture, il n'avoit pas encore douze ans qu'il apprit les
premiers élémens de cet Art sous le plus habile Peintre de Troyes, & bientôt après, il fut envoyé à Fontainebleau, où il dessina avec beaucoup d'application
les plus beaux tableaux dont cette Maison Royale est
ornée. Après avoir donné quelques années à cette premiere étude, il se rendit à Lyon où il fit quelques ouvrages, & de-là il passa à Avignon, résolu de ne s'y arrêter que peu de tems; mais s'y étant fait connoître par
quelques beaux morceaux de Peinture, il ne put se
refuser aux pressantes instances que lui fit l'un des principaux Seigneurs de cette Ville pour l'engager à peindre la Gallerie d'une superbe Maison qu'il venoit de
faire achever. M. Mignard se prêta avec d'autant plus
de facilité au desir de ce Seigneur, qu'il étoit devenu
amoureux d'une jeune personne dont il n'auroit pû se
séparer qu'à regret; & ce fut pour se rendre plus digne

d'elle qu'il tâcha de se surpasser dans le grand ouvrage qu'il avoit entrepris. L'amour qui conduisoit son pinceau fit qu'il réussit parfaitement dans une longue suite de beaux tableaux, il representa avec des graces infinies toutes les galantes avantures de Theagene & de Cariclée.

Notre Peintre venoit de mettre la derniere main à ce superbe ouvrage, lorsque le Cardinal de Lyon passa à Avignon. M. de Montréal pour qui notre Peintre travailloit se fit un plaisir de le présenter à son Eminence, & il lui en parla avec tant d'éloge qu'il n'eut pas de peine à l'engager de le recevoir à sa suite pour le mener à Rome.

Comme il n'y avoit que le desir seul que M. Mignard avoit de se perfectionner dans son art, qui pût le déterminer à entreprendre ce voyage, les parens de sa jeune Maîtresse n'eurent garde de s'y opposer; pendant deux ans qu'il demeura à Rome, ce fut avec un empressement extraordinaire qu'il tâcha de dérober, si l'on peut ainsi parler, l'art & la science qu'il admiroit dans tous les beaux ouvrages qui s'offroient à ses yeux.

Rappellé à Avignon par les tendres liens qu'il y avoit formés, il n'y revint qu'après avoir puisé en Italie les lumieres qui lui manquoient pour exceller dans sa profession. Trop amoureux pour laisser traîner les choses en longueur, il ne fut pas plutôt de retour en Provence, qu'il épousa la jeune personne qui depuis long-tems captivoit toute sa tendresse.

Il y avoit déja près de vingt ans qu'il étoit établi à Avignon, lorsque le Roi qui alloit épouser l'Infante d'Espagne, passa dans cette Ville en 1659. Le Cardinal Mazarin qui avoit été Vice-Légat du Comtat, & qui avoit toujours eu pour notre Peintre une estime particuliere, voulut avoir une seconde fois son portrait de sa main. Ce portrait fut trouvé si ressemblant par Leurs Majestés, qu'elles résolurent de faire venir Mr. Mignard à Paris dès qu'elles y seroient de retour. Il recut en effet ordre peu de tems après de fe rendre à la Cour qui étoit à Fontainebleau. Le premier ouvrage par où il débuta fut le Portrait du Roi , & il exprima fi bien l'air de grandeur & de majefté qui a toujours été gravé fur le front de ce Monarque , qu'il eut ordre de faire de ce même portrait plufieurs copies qui furent envoyées dans les Cours étrangeres.

M. Mignart fut récompenfé de fon travail par le glorieux choix que Sa Majefté fit de lui pour peindre au Palais des Thuilleries. Entre les beaux ouvrages qu'il y fit , on admire furtout Apollon qui répand des couronnes de laurier fur les trois Mufes , de la Poëfie , de la Peinture & de la Mufique , & le même Dieu affis qui reçoit une lyre de la main de Minerve , avec l'hiftoire de Niobé & le châtiment de Marfyas.

Le Roi enchanté de la beauté de ces Peintures , laiffa encore tomber fon choix fur M. Mignard pour lui faire peindre fa grande chambre de parade ; il en fit en effet les deffeins , & déja il fe préparoit à les exécuter , lorfque fa trop grande application le fit tomber dans la maladie dont il mourut l'an 1668. Son corps fut inhumé dans l'Eglife des Petits-Auguftins du Fauxbourg Saint Germain , & l'Académie Royale de Peinture dont il étoit alors Recteur , lui fit faire un Service folemnel.

Nicolas Mignard , dit Felibien , dans l'éloge qu'il en a fait , inventoit facilement & peignoit avec grace , comme il n'avoit pas un génie propre à exprimer de fortes paffions , il s'abftenoit de reprefenter des actions violentes. Il paroiffoit toujours doux & moderé dans fes tableaux , où il n'y a rien qui ne foit correct & agréable , & quoique l'on n'y voye pas un caractere véhément qui jette le trouble dans l'ame , & qu'il y ait même dans les actions de fes figures plus de tranquillité qu'il ne faut pour émouvoir puiffamment les efprits ; toutesfois les nobles expreffions , les beaux airs de têtes & l'excellence de fon pinceau touchent les yeux avec tant de douceur, qu'on se trouve aussi-tôt emporté par les graces différentes, dont ses ouvrages sont remplis.

SEBASTIEN BOURDON.

SEBASTIEN BOURDON né à Montpellier l'an 1616, acquit quelque réputation par des compositions extraordinaires, par la force & la vivacité des expressions, & par de beaux paysages, qui étoit la partie dans laquelle il excelloit.

Son pere, qui peignoit sur verre, lui apprit les premiers élemens de son Art; & un de ses oncles l'ayant emmené à Paris, le plaça chez un Peintre médiocre, que le jeune Bourdon se proposa d'abord pour modéle; mais ce ne fut pas pour long-tems. Un goût naturel lui fit sentir qu'il s'en falloit bien que le maître qu'on lui avoit donné fut en état de lui faire faire de grands progrès dans la Peinture; ainsi il le quitta & vint à Bourdeaux, n'étant encore âgé que de quatorze ans. Sa grande jeunesse n'empêcha pas qu'on ne le choisit pour peindre à fresque la voûte d'un magnifique Château; mais le bonheur qui l'avoit accompagné à Bordeaux, ne le suivit pas à Toulouse. Désesperé de ne point y trouver d'occupation, il prit le parti de s'engager dans les Troupes. Heureusement pour lui que le Capitaine qui l'avoit enrollé étoit né avec quelque goût pour la Peinture, & enchanté des desseins que Bourdon lui présenta, il fut assez généreux pour lui rendre la liberté.

Notre Peintre en profita pour venir à Rome où il commença à se faire connoître par des corps-de-garde,

& par de petites figures qui imitoient parfaitement celles du Bamboche ; il fe difpofoit à travailler à de plus grands Ouvrages , lorfqu'un Peintre nommé de Rieux avec qui il avoit eu quelque différent , l'ayant menacé de le dénoncer au Saint Office , comme hérétique , le malheureux Bourdon faifi de frayeur , crut ne pouvoir trouver de feureté que dans une prompte fuite.

De retour en France , il y époufa la fœur de Duvernier , Peintre en mignature fort eftimé à la Cour , qui fe fit un plaifir d'aider fon nouveau beau-frere du fecours de fes lumieres & de lui procurer de l'ouvrage ; les Sciences & les Beaux - Arts étant venus à languir pendant les troubles des guerres civiles , M. Bourdon qui ne fe trouvoit plus occupé à Paris , fe détermina à paffer en Suede où la Reine Chriftine attiroit auprès d'elle le plus qu'elle pouvoit de Sçavans illuftres & d'habiles Artiftes.

Monfieur Bourdon fut reçu favorablement de cette grande Reine ; & elle lui fit l'honneur de le nommer fon premier Peintre. Il commença par faire les deffeins de la pompe funébre du Grand Guftave II, pere de cette Princeffe. Cet Ouvrage fut fuivi des portraits de la Reine, du Prince Charles Guftave , fon coufin , & de ceux de tous les Généraux d'Armée du Royaume. Mais la Reine Chriftine ayant embraffé la Religion Catholique , après avoir renoncé au Trône , notre Peintre repaffa en France , où la paix avoit ramené le goût des Arts & des Sciences ; auffi M. Bourdon y trouva-t-il bien des occafions d'exercer fon peinceau.

Ses Ouvrages les plus eftimés font le Tableau d'Albinus , qui rencontrant à pied les Veftales chargées des vafes facrés , fait defcendre fa famille de fon char pour y faire monter ces Vierges fugitives ; le tableau où eft repréfenté Salomon qui facrifie aux Idoles ; la Femme adultére , le crucifiement de faint Pierre avec le marty-re de faint André. Mais le chef-d'œuvre de ce célé-

bre

bre Peintre, eſt l'hiſtoire de Phaéton repréſentée dans la galerie de l'Hôtel de Bretonvilliers ; Ouvrage autant admirable par la fraîcheur & la vivacité des couleurs que par la beauté des figures qui rempliſſent la voûte.

M. Bourdon fut l'un des douze anciens qui, en 1648, commencerent l'établiſſement de l'Académie Royale de Peinture ; & il mérita d'en être ſeul Recteur. Il venoit d'achever le platfond d'une chambre de l'appartement bas des Thuilleries, lorſqu'il tomba malade de la maladie dont il mourut, en 1671, âgé d'environ ſoixante ans.

Ce Peintre joignoit à un génie extrémement fecond beaucoup de feu & d'imagination ; il étoit avec cela grand coloriſte ; mais ſoit qu'il n'eût pas aſſez étudié la nature, ſoit qu'il ne ſe fût pas fait un fond aſſez grand des parties néceſſaires à ſon Art, il ne donnoit pas toujours à ſes Ouvrages toute la perfection qu'ils pouvoient avoir.

PHILIPPE CHAMPAGNE ET JEAN-BAPTISTE CHAMPAGNE.

PHILIPPE CHAMPAGNE né à Bruxelles le 16 Mai de l'an 1602 , montra dès sa plus tendre enfance que la nature le deſtinoit à être un jour un grand Peintre. Le plaiſir extrême qu'il paroiſſoit prendre à copier tout ce qui tomboit d'eſtampes ſous ſes mains , fut pour ſes parens un motif de ſeconder l'heureuſe inclination que ce jeune enfant avoit pour la Peinture. N'étant encore âgé que de douze ans , il en apprit les premiers principes , & paſſa ſucceſſivement chez pluſieurs Maîtres , mais d'une capacité médiocre, ſous leſquels il étudia la figure , & il apprit enſuite le payſage ſous le célébre Fouquiere ; mais l'on peut dire que la nature fut toujours le plus grand maître de cet habile Artiſte ; ce fut à l'étude aſſidue qu'il en fit, qu'il du les grands progrès qu'il fit dans ſa profeſſion ; le deſir de s'y perfectionner lui fit entreprendre le voyage d'Italie à l'âge de dix-neuf ans ; mais ſon intention étoit de s'arrêter quelque tems en France.

Arrivé à Paris , le hazard voulut qu'il ſe trouvât logé avec le célébre Pouſſin , qui demeuroit au Collége de Laon. Cette heureuſe rencontre donna occaſion à l'étroite amitié qui lia dans la ſuite ces deux grands hommes. Ils furent l'un & l'autre employés par Ducheſne, premier Peintre de la Reine , & qui , en cette qualité , ſe trouvoit chargé de la direction de tous les ouvrages de peinture du Palais du Luxembourg. Le Pouſſin peignit quelques morceaux dans les lambris , & Champagne fut deſtiné à faire quelques tableaux dans l'appartement de la Reine ; cette Princeſſe loua avec tant d'éloge ce dernier travail , que Ducheſne ne put s'empêcher d'en témoigner de la jaloufie, & ce fut là la raifon qui engagea notre Artifte Flamand, qui aimoit la paix, à retourner dans fa patrie, pour y revoir un frere qu'il aimoit tendrement. Son deffein étoit de ne demeurer que quelques mois à Bruxelles, & de paffer de-là en Italie par l'Allemagne; mais à peine fut-il de retour en Flandre, que l'Abbé de Saint-Ambroife, Sur-Intendant des Bâtimens, l'informa, par une lettre, de la mort de Duchefne, dont la place de premier Peintre de la Reine lui avoit été accordée, avec une penfion de douze cens livres, & un logement au Luxembourg.

M. Champagne, rappellé en France avec de fi glorieufes marques de diftinction, revint à Paris en 1628, & peu de tems après il y époufa la fille de Duchefne. Senfible aux bontés dont la Reine l'honoroit, il s'efforca d'en mériter la continuation par un redoublement d'ardeur pour le travail. Les premiers Ouvrages qu'il fit par ordre de cette Princeffe, furent fix beaux Tableaux que l'on voit dans l'Eglife des Carmelites du Fauxbourg Saint Jacques; on admire furtout un crucifix, peint dans la voûte, qui mérite d'être confidéré comme un chef-d'œuvre de perfpective.

La capacité de ce grand homme ne fe fignala pas moins dans les ouvrages qu'il fit, par ordre du Cardinal de Richelieu, à la petite galerie du Palais Royal, de même que dans ceux dont il orna les Châteaux de Richelieu & de Bois-le-Vicomte. Son Eminence, pour s'attacher perfonnellement cet illuftre Artifte, lui fit les offres les plus avantageufes; mais le genereux Champagne ne voulut point quitter le fervice de la Reine, quoiqu'il fût bien affuré que celui du Cardinal auroit pu lui frayer le chemin à la plus haute fortune. On rapporte à ce fujet que le Valet-de-chambre de ce Premier Miniftre ayant témoigné à notre Peintre Flamand, qu'il pouvoit hardiment demander tout ce qu'il fouhaiteroit, & que rien ne lui feroit refufé; celui-ci répondit que fi M. le Cardinal pouvoit le rendre plus habile Peintre qu'il n'étoit, ce feroit là la chofe du monde qu'il ambitionneroit avec le plus d'ardeur , mais que comme cela n'étoit pas poffible , il ne défiroit de fon Eminence que l'honneur de fes bonnes graces. Cette réponfe, qui fut rapportée au Cardinal, loin de l'aigrir, ne fervit qu'à accroître l'eftime dont il avoit toujours honoré le célébre Champagne.

Cet excellent homme , plus laborieux qu'aucun autre Artifte de fon fiécle, nous a laiffé un nombre infini d'ouvrages tous très-eftimés. Nous n'indiquerons que les plus remarquables , tels que le tableau des Chevaliers du Saint-Efprit, dans le chœur des Grands Auguftins ; le vœu de Louis XIII. à genoux devant la Chapelle de la Vierge, à Notre Dame ; la Naiffance de la Vierge ; fa Préfentation au Temple ; fon Mariage ; l'Annonciation ; fon Couronnement : grands Tableaux qui ornent le Chapitre de la même Eglife ; la Vifitation ; les Nôces de Cana & la mort de la Vierge , dans l'Eglife de Sainte Geneviéve des Ardens ; divers fujets de la vie de Saint Bruno , dans l'appartement de la Reine , au Val-de-Grace ; trois beaux Tableaux dans l'Eglife de Saint Gervais, qui ont été exécutés pour des tapifferies ; une fuite en Egypte & un Ange Gardien, dans l'Eglife des Incurables ; une Magdeleine ; la Vierge & Saint Jean aux pieds d'un Crucifix ; une Réfurrection à côté , & une priere au Jardin chez les Religieufes du Calvaire.

La beauté du génie de ce grand homme a encore brillé dans quantité de portraits qui font fortis de fon peinceau , & qui fe font admirer par la plus parfaite reffemblance. Ses plus beaux ouvrages en ce genre, font les portraits du Roi , de la Reine & de Monfeigneur le Dauphin , avec celui du Cardinal de Richelieu.

Mais l'ouvrage qui a acquis le plus de gloire à ce grand homme , c'eft le platfond du Roi à Vincennes , où Louis XIV. eft peint fous la figure de Jupiter.

Dans un voyage que cet habile Artiste fit à Bruxelles pour y voir sa famille , il eut occasion d'y donner des
marques de sa capacité , dans le magnifique Tableau
qu'il fit pour l'Archiduc Leopold ; le sujet de ce riche
morceau est Adam & Eve , grands comme nature , qui
pleurent la mort d'Abel.

Ce fut au retour de ce voyage , que le célèbre Champagne fut élu Professeur de l'Académie , & ensuite Recteur. Il avoit eu l'honneur d'être un des premiers Membres de cet illustre Corps , & avoit donné , pour son
Tableau de reception , un Saint Philippe en méditation.

En 1644 il fut choisi pour peindre le dôme de la
Sorbonne où il représenta une gloire d'Anges avec les
quatre peres de l'Eglise latine. Ayant perdu , environ
ce tems-là , sa femme & un fils unique sur qui il avoit
ramassé toute sa tendresse , il fit venir de Bruxelles un
des enfans de son frere nommé Jean-Baptiste , qu'il
éleva avec beaucoup de soin , & à qui il transmit
ses heureux talens.

Ce grand homme jouissoit depuis bien des années
de la réputation d'un des plus habiles Artistes de son
siécle , & l'on ne doutoit pas qu'il ne dût bien-tôt être
honoré du titre de premier Peintre du Roi ; mais ce
fut là une place que M. le Brun , qui revenoit d'Italie ,
emporta par sa réputation & sa capacité , & peut-être
aussi par le crédit de ses protecteurs : quoi qu'il en soit ,
l'humble Champagne , né sans ambition & dont la
grande ame ne connut jamais de passions que celles
qui animent à la vertu , ne témoigna aucune jalousie
de cette préférence , & il continua de se livrer à l'étude
de son Art avec la même ardeur.

Il travailloit , aux Thuilleries , à l'appartement destiné pour Monseigneur le Dauphin , & il avoit commencé à y peindre l'éducation d'Achille ; mais il ne
put l'achever , ayant été surpris d'une maladie violente

qui l'enleva en 1674 dans la foixante & douziéme année de fon âgé.

La piété de ce grand homme, fa probité, fon défintéreffement, fa tendre charité envers les pauvres, étoient des vertus qui l'illuftroient encore plus que fes rares talens. Jamais la délicateffe de fa confcience ne lui permit de peindre aucun objet qui eût pu tant foit peu fouiller fon imagination ; il pouffa le fcrupule jufqu'à refufer à M. Poncet, Confeiller en la Cour des Aydes, qui étoit un de fes meilleurs amis, de travailler, un Dimanche, au portrait de fa fille, qui devoit le lendemain faire profeffion aux Carmelites de la rue Chapon.

Jean-Baptifte Champagne, né à Bruxelles en 1643, neveu & Eleve du célébre Philippe Champagne, fuivit la maniere de fon oncle, & ne fe propofa point d'autre modéle. On voit quelques-uns de fes ouvrages dans l'appartement bas des Thuilleries. Il mourut en 1688, âgé d'environ quarante-trois ans, étant Profeffeur de l'Académie Royale de Peinture & de Sculpture.

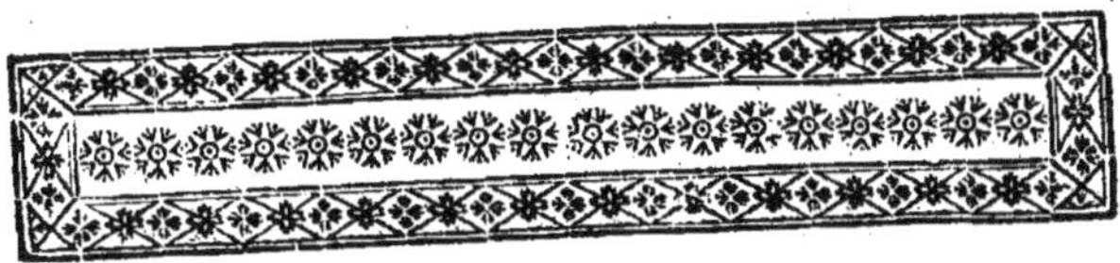

NICOLAS LOIR.

NICOLAS LOIR, un des plus grands coloristes de l'Ecole Françoise, étoit fils d'un riche Orfévre de Paris, où il prit naissance en 1628. Après avoir été pendant quelque tems à l'école de Bourdon, il passa à Rome en 1647 & il n'en revint qu'après s'être rempli l'esprit des images de tout ce que la Peinture & la Sculpture ont produit de plus parfait. Ce qui contribua le plus aux grands progrès qu'il fit dans son Art, fut une mémoire si heureuse, qu'il lui suffisoit d'avoir considéré bien attentivement un tableau, pour pouvoir en faire une esquisse, où il observoit jusqu'aux couleurs & aux moindres teintes.

Ce Peintre ne s'attacha jamais à aucune maniere particuliére ; il eut cependant toujours beaucoup de goût pour les ouvrages du Poussin, & pendant tout le tems qu'il fut à Rome, il ne pouvoit se lasser d'aller, avec M. Felibien, contempler ceux qui étoient chez le Cavalier *Del Pozzo*.

Il disposoit agréablement ses figures, faisoit un bon choix du plan de son tableau, dessinoit correctement, & on ne voyoit rien dans ses ouvrages qui n'annonçât le génie & le goût d'un habile Maître ; mais il étoit surtout inimitable dans son coloris.

De retour à Paris, il eut l'honneur d'être choisi par Sa Majesté pour peindre divers platfonds dans le Palais des Thuilleries & dans le Château de Versailles. Il fit dans la salle des Gardes, quatre tableaux de blanc & de noir, dans lesquels on voit une marche d'armée, une bataille, un triomphe, & un sacrifice. Aux quatre coins de la voûte, font quatre bas reliefs de bronze où font repréfentées, fous quatre figures de femmes, la force, la fidélité, la prudence, & la valeur.

Dans l'Anti-chambre de l'appartement du Roi, M. Loir a peint l'Hiftoire allégorique de Louis XIV. Ce que l'on admire le plus dans ce fuperbe ouvrage, c'eft le platfond qui paroît véritablement percé, mais avec tant d'art, qu'il femble que le jour entre par cette feinte ouverture. L'on voit, comme dans une fource de lumiere, le Soleil affis fur fon char, qui paroît s'élever fur l'horifon, & qui commence à repandre fes rayons de toutes parts.

Avant que M. Loir travaillât à ces grands ouvrages, il avoit déja été reçu Académicien, & avoit donné pour fon tableau de reception, le progrès de la Peinture & de la Sculpture, fous le Regne de Louis XIV; &, peu de tems après, l'Académie le nomma Profeffeur & enfuite Adjoint à Recteur.

La facilité avec laquelle cet habile Peintre travailloit, étoit fi grande qu'étant un jour avec quelques Peintres de fes amis qui foutenoient qu'on ne pouvoit guères traiter un fujet d'hiftoire que de deux ou trois manieres différentes; il gagea qu'il feroit en un jour douze Saintes Familles fi variées, qu'il n'y auroit pas une feule figure qui reffemblât à une autre. Il le fit en effet & réuffit parfaitement.

Mais ce qui mettoit le comble au mérite de ce grand homme, c'eft qu'il étoit plus eftimable encore par fes vertus, que par fon génie & fes talens. Né avec un cœur compatiffant & généreux, il fembloit qu'il n'y eût point de plaifir pour lui plus fenfible, que celui d'en faire aux autres. Sa douceur, fa politeffe, & plus encore fa modeftie, lui avoient concilié la bienveillance & l'eftime de tous ceux qui le connoiffoient.

Il mourut en 1679, étant âgé de cinquante-cinq ans.

CHARLES

CHARLES LE BRUN.

CHARLES LE BRUN, l'un des plus grands Peintres que la France ait produit, prit naiſſance à Paris, l'an 1619. Son penchant pour la Peinture ſe manifeſta dès ſa plus tendre enfance ; il n'avoit pas encore trois ans, qu'il ſe plaiſoit déja à deſſiner ſur le plancher les differentes figures qui l'amuſoient le plus. A l'âge de douze ans, il en ſçut aſſez pour faire un beau portrait de ſon ayeul ; & trois ans après il fit deux tableaux qui lui meriterent les applaudiſſemens des plus habiles Peintres de ce tems-là.

L'un repréſentoit un Hercule qui aſſommoit les chevaux de Diomede, & dans l'autre étoit repreſenté le même héros en habit de ſacrificateur. Ces deux tableaux furent le premier fruit des progrès que fit M. le Brun à l'école de Vouet, regardé alors comme le Raphaël de la France.

Le Chancelier Seguier, qui s'étoit apperçû avec étonnement de l'application extraordinaire avec laquelle le jeune le Brun deſſinoit auprès de ſon Pere, qui depuis quelque tems étoit occupé à quelque ouvrage de ſculpture dans le jardin de l'Hôtel de ce Miniſtre, ſe prévint en ſa faveur, & réſolut de travailler efficacement à ſon avancement. Pour cet effet, il le plaça chez Voüet; & de-là il l'envoya à Fontainebleau, où après avoir demeuré quelque tems, ſon généreux protecteur le fit paſſer en Italie, & il l'y retint pendant ſix ans par une groſſe penſion.

M. le Brun conſacra tous les momens d'un tems ſi précieux à l'étude des antiques, & à celle de tous les beaux ouvrages que Rome offroit en foule à fes regards curieux.

De retour à Paris il expofa en public divers tableaux, qui donnerent la plus haute idée des grands progrès qu'il avoit fait en Italie. On admira furtout fon ferpent d'airain, qui eft dans le Couvent des Religieux de Pic-pus, le crucifiement de faint André, & Moyfe qui frappe le Rocher ; autant de morceaux qui faifoient connoître la fupériorité des talens de cet habile Pein-tre, & la vafte étendue de fon génie.

Bientôt après il travailla à deux grands ouvrages, qui donnerent un nouvel éclat à fa réputation. Ces deux ouvrages font, la magnifique Galerie du Préfident Lambert & le beau platfond du Seminaire de faint Sulpice.

M. Fouquet Surintendant des Finances, qui con-noiffoit toute la capacité de cet habile artifte, jugea qu'il n'y avoit perfonne qui pût mieux que lui exécuter tous les beaux ouvrages dont il vouloit orner fon ma-gnifique Château de Vau-le-Vicomte. Auffi lui fit-il les conditions les plus avantageufes pour fe l'atta-cher ; car outre une penfion de douze mille livres, qu'il lui affura, il le combla encore de plus grands bienfaits.

Si la difgrace de ce Miniftre fit perdre à M. le Brun un protecteur puiffant, il eut le bonheur d'en retrou-ver un autre, non moins zelé dans la perfonne de fon fucceffeur. Le nouveau Surintendant des Finances, (M. Colbert) qui fouhaitoit ardemment que fon Maî-tre, qu'il regardoit comme le plus grand Prince de fon fiécle, eut à fon fervice les plus grands hommes de fon tems, fit nommer M. le Brun premier Peintre du Roi & Directeur général des Manufactures des Go-belins ; & Sa Majefté lui fit encore l'honneur de l'an-noblir, & de le créer Chevalier de l'Ordre de faint Michel.

Tant de marques glorieufes de diftinction furent

pour M. le Brun un nouveau motif d'encouragement. Plein du même zèle qui animoit également & le Roi & son Ministre pour faire fleurir les beaux arts, il ne s'occupa que de ce qui pouvoit servir à affermir les fondemens de l'Académie Royale de Peinture, & à lui donner quelque nouveau lustre. Ce fut en conséquence des Mémoires qu'il présenta que l'on assura de plus grands revenus à cette célébre Académie, que l'on y établit de nouveaux Statuts, & que l'on augmenta le nombre des Professeurs.

Ce fut aussi sur les Mémoires de M. le Brun que Sa Majesté se détermina à établir à Rome une nouvelle Académie, où seroient envoyés les jeunes Peintres François qui paroîtroient avoir le plus de disposition pour les arts, & dont les ouvrages auroient mérité d'être couronnés par l'Académie.

M. le Brun avoit été nommé Directeur, Chancelier & Recteur de cette illustre Ecole ; lorsque quelque rems après il fut honoré du titre de Prince de l'Académie de saint Luc à Rome ; dignité d'autant plus glorieuse pour ce célébre artiste, que sa qualité d'étranger sembloit lui ôter l'espérance d'y prétendre. Mais regardé, même en Italie, comme le premier Peintre de son siécle, y avoit-il quelque dignité à laquelle la supériorité de son mérite ne lui donnât droit d'aspirer ?

Les chefs-d'œuvre de ce grand Maître, & qui seuls suffisent pour faire passer sa mémoire à la postérité la plus reculée, sont les cinq grands morceaux de l'histoire d'Alexandre. On peut espérer, dit l'Auteur des vies des hommes illustres du dernier siécle, que quelque soit la prévention où l'on est pour tout ce qui vient d'Italie, & le peu d'estime que les François font des ouvrages de leur siécle, on leur rendra la justice qui leur est dûe, lorsque le tems y aura ajoûté la beauté, & si cela se peut dire, le vernis qu'il donne toujours aux excellens tableaux.

Z ij

Le tems en effet, n'a fervi qu'à rehauffer le prix des ouvrages du célébre le Brun. Ses batailles d'Alexandre feront regardées dans tous les fiécles comme des modéles de tout ce que la Peinture a de plus parfait.

D'autres ouvrages de ce même Peintre, non moins recommendables par leur beauté, font la Chapelle & le Pavillon de l'aurore, qu'il peignit à Sceaux dans le Château de M. Colbert ; le grand efcallier & la grande galerie de Verfailles, ouvrage admirable, qui repréfente d'une maniere ingénieufe & allégorique l'hiftoire de Louis XIV. depuis que ce grand Roi eut pris luimême la conduite de fes Etats jufqu'à la paix de Nimégue. M. le Brun avoit un beau génie, l'efprit pénétrant & le jugement folide. Il inventoit facilement, mais avec réflexion. Ses fujets étoient exprimés ingénieufement, & avec une vivacité qui n'avoit rien de l'emportement. Cet habile artifte étoit univerfel pour tous les genres de Peintures, à la réferve du Payfage. Son pinceau étoit léger & coulant ; & il joignoit une facilité extraordinaire à une extrême exactitude. C'eft aux Maîtres de l'art à juger, fi le reproche qu'on lui fait de n'avoir pas affez varié fes figures & fes airs de tête, eft bien fondé.

Nous avons de ce grand homme deux beaux traités, l'un fur la phifionomie, & l'autre fur les caracteres des paffions, deux ouvrages qui furent lûs dans les Conférences de l'Académie, & qui mériterent à leur auteur les plus grands applaudiffemens. Cet excellent homme mourut fans laiffer de poftérité l'an 1690, âgé de près de foixante & onze ans. Il fut enterré à faint Nicolas du Chardonnet dans une Chapelle qu'il avoit acquife, & où fa veuve lui fit ériger un magnifique Maufolée.

Nous ajouterons à l'éloge que nous venons de faire de ce célébre Peintre les beaux vers qui furent com-

poſés au ſujet des ſuperbes peintures de la Chapelle
de Verſailles & de celle de Seaux.

Qu'on peigne mille objets dans un même tableau,
Que de l'ombre & du jour la ſçavante impoſture,
Faſſe approcher de nous ou fuir une figure,
Et raſſemble en un point le Ciel, la terre & l'eau :
Le Brun porte plus loin le pouvoir du pinceau ;
Sçavans, ne dites plus qu'imiter la nature
Eſt le dernier effort de la doête Peinture :
Plus d'honneur attendoit cet Appelle nouveau ;
Il découvre le cœur, il rend l'ame viſible,
De la Divinité fait un être ſenſible ;
Repreſente la Grace, à la gloire il atteint ;
Ce que l'œil ne peut voir, ſon adreſſe l'exprime ;
Comme Paul il s'éleve au Ciel le plus ſublime,
Il voit ce qu'il y vit, il fait plus, il le peint.

ANTOINE FRANÇOIS VANDERMEULEN.

ANTOINE François Vandermeulen iſſu d'une des plus nobles familles de Bruxelles, prit naiſſance en cette ville l'an 1634. A l'étude des Belles-Lettres il joignit celle de la Peinture, à laquelle il ſe livra enſuite tout entier, & dans laquelle il fit de grands progrès. Il excelloit ſurtout dans les payſages qu'il enrichiſſoit ordinairement de ſujets de guerre.

La réputation de ce jeune artiſte ne tarda pas à ſe répandre dans les pays étrangers. M. Colbert le généreux protecteur des beaux arts, s'empreſſa d'attirer en France le Peintre Flamand; charmé de la beauté de quelques ouvrages qu'il lui avoit commandés, il le fit venir à Paris, & lui obtint un logement aux Gobelins avec une penſion de deux mille livres. Ce furent-là les premieres marques que M. Vandermeulen reçut de la liberalité du grand Roi à la gloire duquel il devoit conſacrer ſon pinceau.

Les rapides conquêtes de Louis XIV. ouvrirent un vaſte champ au génie & aux talens de cet illuſtre Peintre. Il eut l'honneur de ſuivre Sa Majeſté, & de deſſiner ſous ſes yeux les différentes marches de l'armée, les campemens, les haltes, les fourages, le plan des villes que l'on aſſiégeoit, les aſſauts, les batailles, les eſcarmouches, & généralement tout ce qui avoit quelque rapport à la guerre.

On a de ce grand Maître dans les appartemens du Château de Marli, les priſes de Luxembourg, de Dinan, de Douai, de Maëſtrikt, de Valenciennes, de Lille, de Cambrai, de Tournai, d'Oudenarde, de

Dole, de Courtrai, de Naeerden, de Leuve, de Charleroi, de Salins, de Joux, d'Ypres, de Condé & de Befançon avec trois batailles & quatre conquêtes peintes fur les murs du grand efcalier de Verfailles, & qui repréfentent les prifes de Valenciennes, de Cambrai, de faint Omer, & la bataille de Mont-Caffel.

La nature étoit le feul guide de ce grand maître, & il en fit fa continuelle étude ; auffi rien de plus parfait que les tableaux qu'il nous a laiffés. L'art & la vérité s'y trouvent réunis dans le plus haut degré.

M. Vandermulen étant devenu veuf, époufa la niéce de Charles le Brun, premier Peintre du Roi, avec qui il étoit étroitement lié, & qui faifoit une eftime finguliere de fes talens ; cette alliance fut pour M. Vandermeulen un accroiffement de fortune, chaque jour étoit marqué par de nouveaux bienfaits qu'il recevoit de la liberalité du Roi ; mais il n'en jouit pas long-tems. Quelques chagrins domeftiques altérerent fa fanté, & le firent tomber dans une maladie de langueur, dont il mourut en 1690, âgé de cinquante-fix ans. Il fut inhumé dans l'Eglife de faint Hyppolyte, fa Paroiffe.

PIERRE MIGNART.

LE célebre PIERRE MIGNART premier Peintre du Roi prit naiſſance à Troyes en Champagne au mois de Novembre de l'année 1610. Sa famille originaire d'Angleterre étoit venue s'établir en France, & elle eut la gloire de s'y diſtinguer par une fidélité inviolable pour nos Rois durant les troubles de la Ligue.

Pierre More pere de notre illuſtre Peintre avoit embraſſé le parti des armes, & ſervit dans l'Armée Royale en qualité d'Officier avec ſix de ſes freres, qui à une taille avantageuſe joignoient une figure aimable. Henri IV. charmé de leur bonne mine, dit un jour qu'ils ſe préſentérent devant lui, *vraimennt ce ne ſont pas là des Mores, ce ſont des Mignards*; nom qui reſta depuis à toute la famille.

Après vingt-quatre ans de ſervice, M. Mignard revint à Troyes où il ne s'occupa plus que de l'éducation de ſes enfans. Nicolas qui étoit l'aîné ſuivit le goût qui le portoit à la Peinture & il fit de grands progrès dans cet art. Le cadet appellé Pierre fut d'abord deſtiné à l'étude de la Medecine. Mais né Peintre comme ſon frere, il n'avoit pas encore onze ans qu'il commença à deſſiner divers portraits qui furent trouvés très-reſſemblans & pleins de feu. Il fit à douze ans un tableau qui repreſentoit toute la famille du Medecin chez qui on l'avoit placé, & ce tableau fut jugé ſi parfait, que le pere de notre jeune Peintre pour ſeconder de ſi heureuſes diſpoſitions qui ſembloient préſager les plus heureux ſuccès, envoya ſon fils à Bourges pour y apprendre ſous un nommé Boucher les premiers élémens de la Peinture.

Le

Le jeune Mignart au bout d'un an revint à Troyes, où il s'appliqua à dessiner sous François Gentil habile Sculpteur. Il fut ensuite envoyé à Fontainebleau, & ce fut là où il fit pendant deux ans une étude particuliere des antiques & des belles Peintures du Primatice, de Maître Roux, de Nicolo & de Freminet.

Etant retourné à Troyes pour la seconde fois, le Maréchal de Vitry le choisit pour peindre la Chapelle de son Château de Coubert en Brie. M. Mignart eut le bonheur de réussir si parfaitement dans cet ouvrage, que le Maréchal lui fit la grace de l'emmener avec lui à Paris, & de le mettre sous la conduite de Vouet premier Peintre du Roi. Il ne fut pas long tems sans devenir aussi habile que son Maître ; aussi Vouet qui connoissoit mieux que personne la superiorité des talens de son jeune éleve, auroit bien voulu en faire son gendre. Mais celui-ci refusa un établissement qui en le fixant à Paris, lui auroit ôté les moyens de se perfectionner dans un Art où il vouloit exceller.

Epris de la beauté des tableaux que le Maréchal de Crequy avoit apporté d'Italie au retour de son Ambassade d'obédience en 1634, notre Peintre jugea que ce n'étoit qu'à Rome qu'il pouvoit trouver la source des grandes lumieres qu'il vouloit acquérir. Il ne songea donc qu'à précipiter son départ pour l'Italie, & il arriva à Rome en 1636 sous le Pontificat d'Urbain VIII.

Il trouva en cette Ville le fameux du Fresnoy avec qui il avoit lié une étroite amitié dans l'école de Vouet. Ces deux amis se livrerent avec une même ardeur à l'étude d'un art pour lequel ils avoient une égale passion. Leur commune occupation fut pendant long tems de dessiner d'après les statues & les bas-reliefs antiques les plus estimés. Le but de M. Mignart étoit de se former un goût de dessein composé de ce qu'il y a de plus excellent dans Raphael, dans Michel & dans Annibal Carrache, & il eut la gloire d'y réussir parfaitement.

Son ami du Fresnoy qui composoit alors son beau

 A a

Poëme fur la Peinture, fe faifoit un plaifir de lui lire quelque Ode d'Anacreon ou d'Horace, quelque morceau de l'Iliade, de l'Odiffée ou de l'Enéide, & il lui faifoit faire quelquefois jufqu'à cinq ou fix efquiffes différentes fur le même fujet. Le fruit que M. Mignart tira de ces excellentes leçons, fut que l'invention lui devint extrêmement facile.

Celui-ci de fon côté apprenoit à fon ami à manier le pinceau, & il vint à bout de le corriger de la lenteur exceffive avec laquelle il travailloit. C'eft ainfi que ces deux grands hommes fembloient n'être occupés que du foin de fe rendre de mutuels fervices. *L'amitié qu'ils avoient l'un pour l'autre*, nous dit Felibien qui les avoit connu en Italie, *étoit exempte de toute forte d'envie, ils n'avoient rien de fecret ni de particulier. Les biens de l'efprit comme ceux de la fortune leur étoient communs. Chacun faifoit part à fon compagnon des connoiffances qu'il acquéroit dans fon art, & ils n'étoient jamais plus contens l'un & l'autre que quand ils pouvoient s'obliger mutuellement.*

Cependant les ouvrages de M. Mignart lui firent une fi grande réputation, que le Pape lui-même voulut le voir, & après l'avoir reçu avec bonté, il lui ordonna de faire fon portrait, & c'étoit là furtout la partie dans laquelle notre Peintre excelloit. Il épioit, pour ainfi dire, les graces fugitives qui dépendent des différens mouvemens de l'ame, & fçavoit les peindre en fixant fur le vifage jufqu'au fentiment qui les fait naître ; auffi les Cardinaux & les plus grands Seigneurs de Rome fouhaiterent d'avoir leurs portraits de fa main.

Le Cardinal Dupleffis frere du Cardinal de Richelieu étant venu à Rome choifit notre Peintre pour lui faire copier la Gallerie Farnefe peinte par le célébre Annibal Carrache ; & l'on peut dire qu'il fçut faire paffer dans cette admirable copie tout le feu & toutes les beautés que l'on admiroit dans l'original.

Le defir de fe perfectionner toujours plus dans fon

art l'engagea à se rendre aux pressantes instances de son ami du Fresnoy qui s'étoit retiré à Venise, & qui l'invitoit à venir l'y joindre pour y prendre ensemble les véritables principes du bon coloris. Il ne se rendit à Venise qu'après avoir fait copier par un de ses éleves tout ce qui se trouvoit de plus excellent à Lorette, à Fano, à Rimini & à Boulogne, où l'Albane le retint six semaines.

M. Mignart après avoir été comblé d'honneurs & de presens par tous les Princes dans les Etats desquels il passa, arriva à Venise où il se donna tout entier à l'étude de cette partie de son art dans laquelle l'Ecole Vénitienne l'emporte sur toutes les autres.

Les deux amis se séparerent après avoir passé huit mois ensemble à Venise. M. du Fresnoy reprit la route de France, & M. Mignart retourna à Rome où il ne fut pas plutôt arrivé qu'il fut appellé au Vatican pour y faire le portrait d'Alexandre VII. qui venoit d'être élû Pape. Les tableaux de notre illustre Peintre lui acquirent une si grande réputation que tout ce qui sortoit de son pinceau étoit recherché avec avidité par les plus habiles connoisseurs.

Sur la fin de l'année 1656, M. Mignart épousa Anne Avolara fille d'un Architecte Romain. Peu de tems après son mariage il reçut des Lettres par lesquelles M. de Lionne lui ordonnoit de la part du Roi de se rendre à Paris, & l'assuroit de toute la protection du premier Ministre. M. Mignart ayant achevé les principaux ouvrages qu'il avoit promis avant qu'il eût reçu les ordres de la Cour, partit de Rome où il avoit demeuré près de vingt-deux ans. Il reçut à Lyon de nouveaux ordres de se rendre en diligence à Fontainebleau. Dès qu'il y fut arrivé, le Cardinal Mazarin le présenta au Roi & à la Reine Mere, dont il fit les portraits ainsi que ceux de toute la Cour. Quelque tems après il fut choisi par la Reine Mere pour peindre la coupe du Val-de-Grace, ouvrage qui est le plus grand morceau de Peinture à Frefque qui foit en Europe, & qui feul fuffiroit pour immortalifer la gloire de notre illuftre Peintre.

Ce fut après avoir achevé le Val-de-Grace que M. Mignart fe rendit à Avignon, où il étoit attendu avec impatience par fa femme qui y étoit venue de Rome, & qu'il ramena à Paris au mois de Septembre de l'année 1664.

Il apprit à fon retour que M. le Brun avoit été nommé premier Peintre du Roi. Soit qu'il crût que cette place lui fût dûe, foit qu'il eût de juftes fujets de fe plaindre de M. le Brun qui ne pouvoit le fouffrir, jamais on ne put le refoudre à travailler fous lui en fecond ; & il préfera l'Académie de Saint Luc à l'Académie Royale, parce que fon compétiteur en avoit été fait Chancelier & Recteur en 1655. M. Colbert tenta inutilement de réconcilier ces deux célébres Artiftes ; il fit même dire à M. Mignart que s'il perfiftoit dans fa défobéiffance on le feroit fortir du Royaume. *Le Roi eft le Maître*, repondit-il à celui qui étoit allé lui parler de la part du Miniftre ; *s'il m'ordonne de quitter le Royaume, je fuis prêt de lui obéir, je partirai fur le champ. Voyez vous, Monfieur, avec ces cinq doigts, il n'y a point de pays en Europe où je ne fois plus confideré, & où je ne faffe une plus grande fortune qu'en France.*

Le parti que prit le Miniftre à qui cette réponfe fut rapportée, fut de laiffer cet Artifte au public ; ce qu'il y a de vrai, c'eft que l'avidité avec laquelle fes ouvrages furent recherchés étoit bien capable de le dédommager de la préférence dont il fe plaignoit.

Le talent fingulier de ce grand homme étoit de fçavoir fi bien prendre les différens goûts des plus grands Maîtres, qu'il étoit difficile même aux plus habiles connoiffeurs en Peinture de ne pas s'y tromper. Nous n'en rapporterons qu'un exemple : Un Brocanteur de Paris annonça par fon ordre qu'il lui étoit arrivé d'Italie une fameufe Magdelaine du Guide. Les curieux s'emprefferent de la venir voir, & elle fut vendue deux mille livres, quelque tems après on dit à l'acheteur qu'il avoit été trompé, & que le tableau étoit de Mignart. Le curieux l'alla trouver, M. Mignart s'en défendit & ajouta que M. le Brun en pouvoit juger mieux qu'un autre, on leur donna à dîner, & M. le Brun affura après un long examen que cette Magdeleine étoit du Guide. Alors M. Mignart déclara qu'il étoit l'Auteur de cet ouvrage, & que fous les cheveux de la Magdeleine il y avoit la barette d'un Cardinal, & en même tems avec un pinceau détrempé d'huile, il frotta les cheveux & l'on découvrit la calotte.

Le chef-d'œuvre de ce grand Peintre eft la Gallerie & le grand Sallon de Saint Cloud qu'il acheva en moins de quatre ans. Pendant tout le tems que dura fon travail, le Duc d'Orleans lui fit fouvent la grace de l'honorer de fes vifites. Le Sallon n'étoit pas encore achevé lorfque Monfieur impatient de voir d'en bas ce qui étoit fait, donna ordre qu'on ôtât une partie des planches de l'échaffaut. M. Mignart qui travailloit alors, fut obligé de defcendre ; mais comme il fe preffoit & qu'il avoit les mains embarraffées, il tomba de très-haut.

Le Prince donna la main au bleffé qui perdoit beaucoup de fang ; & pendant fix femaines qu'il fut à fe rétablir, Monfieur ne ceffa de lui donner les marques de bonté les plus flateufes.

Il recommençoit à travailler lorfque le Roi vint exprès à Saint Cloud pour en examiner les Peintures. Auffitôt que Sa Majefté l'apperçut : *Mignart*, lui dit ce grand Roi, *mon frere a pû vous rapporter combien j'ai pris de part à votre accident, & combien de fois je lui ai demandé de vos nouvelles.*

Ce Prince après avoir confideré avec beaucoup d'attention les beautés de la Gallerie & du Sallon ne put s'empêcher de dire à Madame. *Je fouhaite fort que les Peintures de ma Gallerie de Verfailles répondent à la beauté de celles-ci.*

M. de Louvois ayant fuccedé à M. Colbert dans la Charge de Sur-Intendant des Bâtimens, ce Miniftre qui aimoit M. Mignart, le choifit pour peindre le Sallon de Monfeigneur, & la petite Gallerie de Verfailles avec les Sallons qui en dépendent. La récompenfe de tant de beaux ouvrages fut que Sa Majefté qui en connoiffoit tout le prix, annoblit M. Mignart en 1687, & qu'après la mort de M. le Brun, laquelle arriva en 1690, Elle lui donna les Charges de fon premier Peintre, de Directeur & Chancelier de fon Académie Royale de Peinture & de Sculpture, & de Directeur des Manufactures des Gobelins.

Le premier morceau que M. Mignart fit pour le Roi depuis la mort de M. le Brun, fut une Samaritaine, & le fecond eft un Chrift tenant un rofeau. Il fit enfuite pour la dixiéme fois le Portrait de Sa Majefté. Vous me trouvez vieilli, dit ce grand Roi à fon Peintre qui le regardoit avec une extrême attention; *Sire il eft vrai*, répondit Mignart, *que je vois quelques campagnes de plus tracées fur le vifage de Votre Majefté.*

Quoiqu'accablé fous le poids des années il ne relâcha jamais rien de fon ardeur infatigable pour le travail; *auffi regardoit-il les pareffeux comme des hommes morts.* A l'âge de près de quatre-vingt-cinq ans, il eut encore le courage d'entreprendre le tableau de la Famille Royale d'Angleterre qu'il commença à Saint Germain en Laye; mais l'air y étant trop vif pour un homme de fon âge, & dont la poitrine commençoit à être attaquée; ce tableau fut continué à Verfailles dans la chambre du Roi, & rapporté enfuite à Paris chez M. Mignart, & leurs Majeftés Britanniques firent l'honneur à ce Peintre de venir chez lui pour faire donner la dernicre main à leurs Portraits.

Peu de tems après, M. Mignart tomba dangereufement malade, & demeura pendant un mois comme fufpendu entre la vie & la mort. Philofophe Chrétien, il envifagea fans frayeur l'approche de fa derniere heure.

Plein de religion & de piété, il demanda lui-même qu'on lui adminiſtrât les derniers Sacremens & les reçut avec une dévotion exemplaire. Les Medecins qui le voyoient lui ayant témoigné que le danger n'étoit pas preſſant, il ne leur répondit rien ; mais ayant fait appeller ſa fille, auſſitôt qu'ils furent ſortis. *Ces gens-ci ſe trompent*, lui dit-il, *ceci ira plus vîte qu'ils ne croyent ; je me ſens bien, demain à midi je ne ſerai plus en vie ; commençons, ma fille, par me faire recevoir l'Extrême-Onction, quand les Medecins reviendront, ils ne me retrouveront plus.*

Il expira en effet le lendemain treiziéme Mai de l'année 1695, âgé de quatre-vingt-quatre ans ſix mois & quelques jours. Sa Majeſté fit elle-même l'éloge de cet homme illuſtre, en déclarant publiquement *qu'Elle ne vouloit plus de premier Peintre, & que les deux grands hommes qui avoient eu ſucceſſivement cette Charge, ne pouvoient être remplacés.*

Il laiſſa en mourant quatre enfans, trois fils & une fille ; Charles, Pierre, Rodolphe & Catherine. Charles l'aîné Gentilhomme de Monſieur frere unique du Roi, eſt mort ſans enfans ; Pierre entra dans l'Ordre des Mathurins ; Rodolphe le cadet eſt vivant & a laiſſé poſterité. Catherine ſa fille chérie épouſa en 1696 Jules de Pas, Comte de Feuquieres, Lieutenant Général au Gouvernement, Province & Evêché de Toul.

Les plus habiles connoiſſeurs s'accordent tous à rendre cette juſtice à cet illuſtre Artiſte, qu'il étoit extrêmement gracieux dans ſes deſſeins, dans les attitudes nobles & aiſées qu'il donnoit à ſes figures, & dans la fraîcheur agréable de ſon coloris ; mais ce qui fait ſon plus bel éloge, c'eſt qu'il peignoit également bien en grand & en petit ; ce qui ſe rencontre rarement dans les plus grands Maîtres.

Le mérite de cet homme illuſtre ne ſe bornoit pas aux talens de ſa profeſſion, il y joignoit encore les qualités du cœur & de l'eſprit les plus eſtimables. La droi-

ture & la probité furent ſes vertus caractériſtiques ; ami
ſincere & généreux, non-ſeulement il ne manqua jamais à aucun de ceux avec qui il avoit eu quelque liaiſon ; mais il ſe fit toujours un plaiſir délicat de les prévenir par tous les bons offices qu'il pouvoit leur rendre. Ayant appris à ſon retour de Rome qu'une perſonne qui lui avoit été chere avant ſon départ, n'étoit pas
dans une ſituation heureuſe, ce fut pour lui une conſolation d'adoucir ſa deſtinée ; & tant que cette perſonne vécut, il lui donna des ſecours conſidérables dans
une Province éloignée où elle s'étoit retirée.

Il compta parmi ſes amis les plus illuſtres Sçavans de
ſon ſiécle. Comme il avoit fait de Santeuil un portrait
où le génie de ce célébre Poëte étoit peint tout entier,
le Poëte s'acquitta en Poëte de l'obligation qu'il avoit
au Peintre. Il donna la deviſe qui devoit être gravée
au revers de la Médaille de M. Mignart. Le corps eſt
un miroir, & l'ame *ſtupuit natura æquari*.

Ces mots qui renferment l'éloge le plus ſublime &
en même tems le plus juſtement dû à l'habileté du
grand Mignard, furent paraphraſés dans les ſuivans par
le P. Meneſtrier,

> *Je ſçais par le ſecret d'un art ingénieux*
> *Remplir & l'eſprit & les yeux*
> *De toutes les beautés que l'Univers étale.*
> *Je plais à tous également,*
> *Et la nature avoue avec étonnement*
> *Si je ne la ſurpaſſe, au moins que je l'égale.*

Un autre ſçavant illuſtre, ami de notre Peintre compoſa à l'occaſion du dernier portrait que M. Mignart
fit du Roi, les vers ſuivans :

> *Oui, votre art, je l'avoue, eſt au-deſſus du mien,*
> *J'ai loué mille fois notre invincible Maître ;*

Mais

Mais, vous, en deux portraits vous les faites connoître ;
L'on voit aifément dans le fien
Sa bonté, fon cœur magnanime ;
Dans (a) l'autre on voit fon goût à placer fon eftime.
Ah ! Mignard, que vous louez bien.

(*a*) Portrait de Madame de Maintenon.

ANDRE' FELIBIEN.

ANDRE' FELIBIEN, Ecuyer, Sieur des Avaux & de Javerei, Hiftoriographe du Roi & de fes bâtimens, naquit à Chartres en 1619. L'excellent ouvrage que ce grand homme a compofé pour éternifer la mémoire des hommes illuftres, qui fe font diftingués dans la Peinture, mérite bien que nous tâchions de lui rendre les mêmes honneurs, qu'il a lui-même rendu aux Peintres fameux, dont il nous a laiffé les éloges hiftoriques.

Envoyé à Paris pour y faire fes études, les rapides progrès qu'il y fit dans les Belles-Lettres lui procurerent la connoiffance, & lui concilierent en même tems l'eftime des plus beaux efprits de fon tems. Les premiers ouvrages par où il commença à fe faire un nom dans la République des Lettres, furent une paraphrafe fur les lamentations de Jéremie, une autre du Cantique des trois enfans dans la fournaife ; & une troifiéme fur le *Miferere*, ou le Pfeaume cinquantiéme. Ces trois écrits réunis en un volume parurent à Paris en 1646.

Le Marquis de Fontenai-Mareuil ayant été nommé

Tome III. Bb

Ambaſſadeur extraordinaire de S. M. T. C. auprès d'Innocent X. M. Félibien fut deſtiné à l'accompagner avec le titre de Sécrétaire d'Ambaſſade. Le ſéjour qu'il fit à Rome, lui fournit l'occaſion de contenter le goût qu'il avoit pour les beaux arts, & en particulier pour la Peinture. Tous les momens de libres que lui laiſſoient les fonctions de ſon emploi, il les conſacroit à l'étude des plus beaux monumens antiques, répandus dans les vignes & dans les Palais de Rome : & pour tirer de cette étude un plus grand fruit, il y joignit le ſecours des leçons qu'il reçut des plus fameux Peintres, qui étoient alors à Rome, tels que le Chevalier Lanfranc, Pierre de Cortonne, & le célébre Pouſſin.

M. Félibien ſe lia avec ce dernier d'une amitié très-étroite ; & l'on peut dire que ce fut principalement aux préceptes qu'il reçut de cet illuſtre artiſte que M. Félibien dut les grands progrès qu'il fit dans la Peinture. *J'avois toujours la liberté de le voir peindre*, dit M. Félibien, en parlant de ſon ami, *& c'étoit pour lors, que joignant la pratique aux enſeignemens, il me faiſoit remarquer en travaillant, & par une ſenſible démonſtration, la vérité des choſes qu'il m'apprenoit par ſes diſcours.*

M. Félibien travailla auſſi ſous les yeux du célébre Pouſſin, & commença pluſieurs tableaux ; mais que les grandes affaires qui l'occupoient, ne lui permirent pas d'achever.

De retour en France il donna en 1650, une traduction de la relation de ce qui s'étoit paſſé en Eſpagne à la diſgrace du Comte Duc d'Olivarès. Son livre de l'origine de la Peinture parut en 1660, & en 1666. Il donna la premiere partie de ſes entretiens ſur la vie & ſur les ouvrages des plus excellens Peintres ; ce qu'il continua juſqu'en 1688, qu'il en donna la cinquiéme & derniere partie. Il avoit publié quelques années auparavant, ſçavoir en 1669, les conférences de l'Académie Royale de Peinture.

Les autres ouvrages les plus conſidérables de cet

illuftre fçavant, & qui furent le fruit de fon ardeur infatigable pour le travail, font fes principes de l'Architecture, de la Sculpture, de la Peinture & des autres arts qui en dépendent ; le fonge de Philomate, un dialogue entre la Poëfie & la Peinture, qui fe difputent la gloire de célébrer les grandes actions de Louis XIV. Une traduction de la vie du Pape Pie V. avec un abregé de celle du célébre Louis Grenade.

Cet excellent homme non moins recommendable par les qualités du cœur & de l'efprit que par fon fçavoir, fut particuliérement eftimé de M. de Louvois, qui en confidération de fon zele & de fes talens, lui procura en divers tems plufieurs graces de Sa Majefté. En 1666, il fut nommé hiftoriographe du Roi & de fes bâtimens ; en 1673 il obtint un logement au Palais Brion, & Sa Majefté lui accorda la garde de fes Antiques ; il fut auffi l'un des huit Académiciens que M. de Louvois affembla au Louvre, & qui compofoient alors l'Académie Royale des Infcriptions, & des Médailles frappées pour le Roi, & établies dès l'an 1663 par M. Colbert.

La mort de ce grand homme arriva le 11 de Juin de l'année 1695. Le célébre Santeuil confacra à la mémoire de M. Félibien les vers fuivans, pour être mis fur fon tombeau.

Non docti artifices, non hoc pofuere fepulchrum.
Artibus egregiis debitus ille labor.
Arduum opus pictura memor fibi jure popofcit.
Vivere nempe illi, quæ peritura dedit.
Invidiam fibi fecit ; at omnes fœdere facto,
Artes conjunctâ compofuere manu.

Voici la traduction de cette Epitaphe en vers François.

Des sçavans ouvriers ce n'est point-là l'ouvrage ;
Il n'appartient qu'aux arts de bâtir son tombeau.
La Peinture prétend à ce grand avantage,
Tenant de ses écrits ce qu'elle a de plus beau.
Aussitôt tous les arts jaloux de cette gloire,
Consacrent à l'envi leurs mains à sa mémoire.

JOSEPH PAROCEL.

CE Peintre né à Brignoles en Provence, l'an 1648, étoit demeuré orphelin à l'âge de douze ans ; son pere Barthelemi Parocel, issu d'une famille distinguée de la ville de Montbrisson en Forêt, avoit d'abord été destiné à l'état Ecclésiastique ; mais entraîné par le penchant qui le portoit à la Peinture, il se livra tout entier à l'étude de cet art ; le dessein d'y exceller lui fit entreprendre le voyage d'Italie ; mais ayant rencontré dans sa route un Grand d'Espagne, à qui il eut le bonheur de plaire, ce Seigneur l'emmena avec lui à Madrid, où il le retint quelques années.

Le jeune Parocel, résolu de continuer son voyage, s'embarqua sur un vaisseau, qui fut pris par des Corsaires, & mené à Alger. Mais le Consul de la Nation Françoise s'étant interessé pour le Capitaine de ce vaisseau, il fut assez puissant pour lui faire rendre la liberté, de même qu'au Peintre François, qui se vit enfin en état de contenter le desir qui l'appelloit à Rome depuis long-tems.

Après y avoir demeuré quelques années il prit le

parti de venir rejoindre fon ami le Capitaine, dont il époufa la fille ; ce mariage le fixa à Brignoles, le féjour de fon beaupere, & il y mourut en 1660, laiffant trois enfans, qui tous trois s'attachérent à l'étude de la Peinture.

Jofeph le plus jeune après avoir appris les premiers élemens de cet art de fon frere Louis, vint à Paris, dans l'efpérance que fon affiduité au travail pourroit lui fournir les fecours qu'il ne pouvoit fe promettre de fa famille ; il ne fut pas trompé dans fon attente. Ses talens lui conciliérent l'eftime des plus grands Peintres, qui tous à l'envi s'emprefferent de contribuer à l'avancement d'un jeune homme, dans qui ils découvroient les plus heureufes difpofitions.

Après un féjour de quatre ans à Paris, le jeune Parocel fe rendit à Rome dans le deffein d'y faire une étude particuliere des Antiques. Arrivé en Italie, il fut affez heureux pour fe lier d'une étroite amitié avec Jacques Courtois, furnommé le Bourguignon, Peintre, qui s'étoit fait un grand nom par le talent particulier qu'il avoit à peindre des batailles ; & ce fut-là un genre de Peinture dans lequel M. Parocel excella lui-même dans la fuite ; il ne réuffit pas moins bien dans le coloris, dont l'étude qu'il en fit à Venife lui découvrit toutes les beautés.

Huit ans s'étoient déja écoulés depuis qu'il étoit en Italie, & il ne fongeoit à rien moins qu'à retourner en France, lorfqu'une fâcheufe aventure l'obligea de hâter fon départ de Rome. Attaqué par fept à huit affaffins, qui avoient été apoftés par des hommes jaloux de fon mérite, il ne dut qu'à fon intrépidité & à fa valeur, le bonheur qu'il eut d'échaper à la fureur de ces fcélerats. Il revint donc en France ; & réfolu de s'y fixer, il s'y maria fix mois après y être de retour. Déja connu par fes ouvrages avant même qu'il allât en Italie, il ne lui fut pas bien difficile d'obtenir une place à l'Académie. Il y fut reçû avec diftinction, & il dut au beau tableau qu'il donna pour fa réception, dont le fujet étoit une bataille qui s'étoit donnée près de Maëſtricht, l'honneur qu'il eut d'être nommé Conſeiller.

Il peignit quelque tems après par ordre du Marquis de Louvois, l'un des quatre réfeĉtoires de l'Hôtel des Invalides. Quelques conquêtes de Louis le Grand qu'il repréſenta, furent ſi ben exécutées, que le Miniſtre, qui en fut enchanté, voulut que le même Peintre travaillât à pluſieurs ſujets de batailles, deſtinés à orner le Château de Verſailles.

Ces excellens ouvrages auroient mérité à M. Parocel les plus grandes récompenſes, ſi la mort ne lui avoit enlevé ſon proteĉteur. M. Manſart ayant été nommé pour remplacer M. de Louvois dans la Charge de Sur-Intendant des Bâtimens, M. Parocel lui préſenta le paſſage du Rhin, qui lui avoit été ordonné pour le ſalon de Marly, ainſi que quatre deſſus de porte ; mais non-ſeulement il négligea de faire ſa cour à ce nouveau Sur-Intendant, il le ménagea outre cela ſi peu, que déſeſpérant d'être payé de pluſieurs ouvrages qu'il avoit faits dans ſa maiſon, il le fit aſſigner, condamner par corps, & fit arrêter ſon carroſſe. La vengeance que le Sur-Intendant tira d'un pareil procédé fut, que le paſſage du Rhin fut mis à l'écart ; mais Louis XIV. étant venu à Marli, demanda à voir ce tableau, & ordonna qu'il fût placé dans la Chambre du Conſeil à Verſailles. Ce grand Prince fit venir Parocel, & après lui avoir fait l'honneur de le louer beaucoup, il lui commanda encore les tableaux qui ornent la ſale où le Roi mange à Verſailles, & cinq autres tableaux, dont l'une préſente la foire de Bezon ; & les quatre parties du monde ſont les ſujets des quatre autres.

Si cet habile artiſte réuniſſoit dans lui toutes les parties qui font les grands Peintres, ſes qualités du cœur & de l'eſprit prêtoient encore un nouveau luſtre à ſes rares talens. Une pieté ſolide, une charité tendre & compatiſſante envers les pauvres, une droiture, une fincérité, une candeur, qui le rendoient ennemi de tout ce qui s'appelle feinte & diffimulation, étoient fes vertus caractériftiques.

Une attaque d'apoplexie enleva ce grand homme l'an 1704, étant âgé d'environ cinquante fept ans.

NOEL COYPEL.

NOEL COYPEL, fils de Guyon Coypel, Cadet de Normandie, prit naiffance à Paris en 1629. Il n'avoit pas encore douze ans que fon pere l'envoya à Orléans pour y apprendre les premiers principes de la Peinture fous Poncet, l'un des anciens éleves de Vouet. Ce Peintre accablé d'infirmités, & furtout fort incommodé de la goute, qui ne lui permettoit pas de vaquer à fes affaires, ne craignit pas d'en confier le foin à fon nouveau difciple dans qui il avoit remarqué beaucoup de jugement; mais le jeune Coypel, qui ne defiroit rien plus ardemment que de faire chaque jour de nouveaux progrès dans fa profeffion, & qui pour réparer le tems qu'il perdoit pendant le jour, employoit la plus grande partie des nuits à deffiner, ne put fouffrir long-tems que fon maître le détournât continuellement de fon travail par les commiffions dont il le chargeoit; ainfi il prit le parti de le quitter, & de venir à Paris, ayant à peine atteint fa quatorziéme année.

Le hafard voulut qu'en arrivant dans cette ville, il entrât dans l'Eglife des Jacobins de la rue faint Honoré; où un Peintre, nommé Quillerier peignoit la Chapelle de faint Hyacinthe. L'attention extraordinaire avec laquelle le jeune Coypel confideroit l'ouvrage auquel on travailloit, fit foupçonner à Quillerier que ce jeune

homme avoit quelque connoiſſance de la Peinture , &
dans cette penſée il lui préſenta un pinceau. Celui-
ci s'en ſervit avec tant de grace , & fit quelque choſe
de ſi achevé , que Quillerier ſe fit un plaiſir de l'occuper.

Notre jeune Peintre fut quelque tems après employé
par Charles Errard , qui ſe trouvoit chargé de tous les
ouvrages de Peinture qui ſe faiſoient au Louvre ; &
comme il faiſoit donner à ce jeune homme une payé
auſſi forte qu'aux autres Peintres qui travailloient avec
lui , le Sur-Intendant des bâtimens en paroiſſant ſur-
pris , & en ayant demandé la raiſon , Errard lui répondit , *Qu'il ne falloit pas payer ſelon l'âge , mais ſelon le
mérite.*

M. Coypel ne ceſſa deſlors de travailler pour le Roi ;
& la réputation qu'il acquit , lui fit trouver un parti
avantageux. En 1660 il épouſa Magdelaine Heraut ,
fille d'un Peintre de ce nom. Cette femme joignoit à
beaucoup de vertu un talent particulier pour la Peinture. Elle excelloit ſurtout dans les portraits , & a laiſſé
de fort belles copies d'après Raphaël.

Un an avant ſon mariage M. Coypel avoit été reçu
Académicien ; & en 1664 il fut élû Profeſſeur. Son tableau de réception fut le meurtre d'Abel par Caïn. Un
autre tableau qu'il donna quelque tems après , & qui
fut reçu avec un applaudiſſement univerſel , fut un
ſaint Jacques le Majeur , qui convertit un Gentil en
allant au ſupplice.

La réputation de ce célébre artiſte , répandue par
toute la France , lui mérita d'être choiſi par le Parlement de Rennes pour peindre la grande Chambre d'Audience du Palais. Ouvrage en neuf grands morceaux ,
où ſont repréſentées la juſtice & la religion accompagnées des autres vertus.

Mais les ouvrages les plus renommés de ce grand
Peintre , & qui ont immortaliſé ſa gloire , ſont ceux
qu'il a faits pour le Roi. Chargé de la direction des
ouvrages

ouvrages de Peinture de l'appartement du Roi aux Thuilleries, il fit presque seul tous les beaux morceaux dont cet appartement est orné. On voit au Palais-Royal le Platfond de la salle des Gardes, le lever du soleil peint de sa main; de même que le grand cabinet du Roi & le platfond de la salle des machines des Thuilleries. Il fut aussi choisi pour peindre le platfond des petits appartemens du Château de Versailles, sans parler d'un grand nombre de superbes tableaux que l'on voit de lui au vieux Louvre.

Le Roi toujours attentif à récompenser le mérite des grands hommes, qui illustroient son regne, donna à M. Coypel en 1672, un logement aux galeries du Louvre, & lui fit en même tems l'honneur de le nommer directeur de l'Académie de Rome.

Notre Peintre emmena avec lui en Italie Antoine Coypel, son fils unique; Charles Herault, son beau-frere, & Peintre de l'Académie pour le paysage, avec Charles Poërion, son parent & son éleve. Le nouveau Directeur plein de zele pour la gloire de sa Nation, commença en arrivant à Rome par loger l'Académie dans un grand Palais, où il fit mettre les armes de France; il donna ensuite ses soins à faire modéler les plus belles statues de Rome, pour en orner le salon où l'on dessinoit d'après l'Antique.

Notre Peintre François ne fut pas long-tems à Rome sans y donner des preuves éclatantes de sa capacité. Chargé par le Ministre de travailler à quatre grands tableaux destinés pour le cabinet du Conseil du Roi, à Versailles, il se surpassa dans l'exécution de cet ouvrage. Ces tableaux furent exposés à la *Rotonde*, & furent admirés des plus habiles connoisseurs.

L'homme illustre dont nous faisons l'éloge, plus estimable encore par les qualités de son cœur que par ses rares talens, se fit un certain nombre d'amis choisis, parmi lesquels le Cavalier Bernin, & l'illustre Carlo Maratti tenoient le premier rang.

Tome III. Gg

M. Coypel après trois années de séjour à Rome , où l'on avoit voulu le faire Prince de l'Académie de faint Luc , honneur que quelques raifons particulieres l'empêcherent d'accepter , revint en France avec fon fils , qui avoit fi bien profité des leçons qu'il lui avoit données , qu'à l'âge de douze ans & demi , il fut honoré d'une penfion du Roi pour un deffein d'invention qu'il avoit fait ; & qui avoit été couronné par l'Académie de faint Luc.

M. Colbert fenfible à l'honneur que notre illuftre Peintre avoit fait à la Nation Françoife pendant fon féjour à Rome , le reçut avec mille marques de bonté , & lui fit continuer les ouvrages qu'il avoit commencés pour le Roi.

M. Coypel fit prefque en même tems deux pertes qui lui furent également fenfibles. La mort venoit de lui enlever une époufe , qui méritoit toute fa tendreffe ; lorfqu'il eut à pleurer avec toute la France M. Colbert, le généreux protecteur des arts & des fciences.

Meffieurs de Louvois & de Villacert , Sur-Intendans des bâtimens , faifoient trop de cas des talens de cet habile artifte , pour qu'ils ne fongeaffent pas à les employer. Il fut chargé de plufieurs deffeins pour les tapifferies des Gobelins ; & fut encore choifi pour travailler à de nouveaux tableaux pour le Roi.

Il venoit d'être élu Recteur de l'Académie lorfqu'il contracta de fecondes nôces ; & prefque dans le même tems le Roi lui fit l'honneur de lui donner une penfion de mille écus , & de le nommer Directeur de l'Académie après la mort de M. Mignart.

Plein de reconnoiffance pour les bienfaits dont Sa Majefté venoit de le combler , il fe livra à fon travail avec une nouvelle ardeur. Quoique dans un âge avancé , il entreprit pour l'Eglife des Invalides deux grands morceaux à frefque , qui font au-deffus de l'Autel , & qui repréfentent l'un l'Affomption de la Vierge , & l'autre fon couronnement. Les grandes fatigues d'un ſi pénible ouvrage lui cauſerent une longue maladie dont il mourut en 1707, âgé de ſoixante-dix-neuf ans, la veille de Noel, le jour même de ſa naiſſance.

ROGER DE PILES.

ROGER DE PILES Conſeiller honoraire de l'Académie Royale de Peinture, iſſu d'une famille noble du Nivernois, prit naiſſance à Clamecy l'an 1635. Après avoir fait ſes premieres études en partie à Nevers & en partie à Auxerre, il vint faire ſon cours de Philoſophie à Paris, où il étudia auſſi trois ans la Théologie dans les Ecoles de Sorbonne. Son application à des études ſi ſérieuſes ne fut pas capable de lui rien faire perdre du goût naturel qu'il avoit pour la Peinture. Le célebre Frere Luc Récollet, excellent Deſſinateur lui donna les premieres leçons de cet Art.

En 1662. M. Amelot Maître des Requêtes & ancien Préſident du Parlement confia à M. de Piles l'éducation de ſon fils qui n'étoit alors âgé que de ſept ans. Les progrès & l'application de cet illuſtre éleve répondirent à la capacité du Maître qu'on lui avoit donné, & ſous lequel il fit tout le cours de ſes études.

Au commencement de l'année 1673, M. Amelot qui avoit alors dix-huit ans, fit le voyage d'Italie, & M. de Piles fut deſtiné à l'y accompagner. Ce voyage qui fut de quatorze mois procura à M. de Piles l'avantage de voir à Rome & dans les principales Villes de l'Italie tout ce que la Peinture & la Sculpture antique ont de plus rare & de plus précieux.

De retour en France il ſe livra tout entier à la pratique d'un art dont il venoit d'étudier la théorie. Les plus grands Maîtres & les plus habiles connoiſſeurs en

C c ij

Peinture ne purent lui refuſer les applaudiſſemens qui étoient dûs à ſa capacité & à ſes talens.

M. Amelot ayant été nommé en 1682 Ambaſſadeur du Roi à Veniſe, il engagea M. de Piles à l'accompagner en qualité de Secretaire de l'Ambaſſade.

Après trois ans de ſéjour à Veniſe, M. de Piles reçut ordre de M. de Louvois de paſſer en Allemagne pour y voir les riches cabinets que l'on diſoit y être en grand nombre, & ſurtout à Gratzaſin, d'y acheter des tableaux pour le Roi. M. de Piles fut auſſi chargé par M. Amelot de paſſer à Vienne, où le Marquis de Chiverny étoit alors Envoyé extraordinaire du Roi, & de s'y informer exactement de la ſituation des affaires ; commiſſion d'autant plus glorieuſe pour M. de Piles, qu'elle prouvoit l'eſtime particuliere que l'on faiſoit de ſon diſcernement & de ſa capacité.

M. de Piles étant revenu à Paris & y ayant rendu compte au Miniſtre des commiſſions dont il s'étoit acquitté avec ſuccès, partit en 1685 pour Liſbonne, où il accompagna M. Amelot en la même qualité qu'il avoit eue auprès de lui à Veniſe ; il le ſuivit encore dans l'Ambaſſade de Suiſſe en 1689, & il eut l'honneur d'y ſigner le Traité de neutralité que M. Amelot avoit conclu avec les Cantons, & fut chargé de le porter à Sa Majeſté.

En 1692 M. de Piles eut une nouvelle occaſion de ſignaler le zele qui l'animoit pour la gloire & les intérêts de l'Etat. Il fut envoyé en Hollande pour y demeurer *incognito* ſur les prétextes que lui fourniſſoit ſa réputation parmi les curieux en Peinture, & en effet pour agir de concert avec ceux qui n'avoient en vûe que de hâter la concluſion de la paix ; mais ſur le ſoupçon que l'on eut du véritable but de ſa miſſion, il fut arrêté par ordre de l'Etat & retenu Priſonnier à la Haye pendant deux ans. Le peuple qui étoit las de la guerre ayant appris que M. de Piles n'étoit en priſon que pour avoir voulu travailler à la paix, ſe mit en devoir de le délivrer ; & ce fut pour cette raison qu'on le transféra au Château de Louvestein, où on le retint jusqu'à la paix de Riswich. Ce fut dans sa prison que ce grand homme composa son abregé de la vie des Peintres : une pension que le Roi lui fit fut la récompense de ses services & de son zele.

Son grand âge & ses infirmités ne l'empêcherent pas de faire en 1705 le voyage d'Espagne, où M. Amelot étoit envoyé en qualité d'Ambassadeur extraordinaire ; mais ses forces ne répondirent pas à son zele, & il fut obligé de revenir en France la même année. Depuis ce voyage il vêcut encore quatre ans & mourut le 5 d'Avril 1709, âgé de soixante & quatorze ans.

Les ouvrages qu'il a publiés sont un abregé d'Anatomie accommodé aux Arts de Peinture & de Sculpture ; quelques conversations sur la connoissance de la peinture, & sur le jugement qu'on doit faire des tableaux ; une dissertation sur les ouvrages des plus fameux Peintres ; les premiers élémens de la peinture pratique ; l'art de peinture de du Fresnoy traduit en François & enrichi de remarques ; un abregé de la vie des Peintres avec un dialogue sur le coloris, & un cours de peinture par principes.

CHARLES DE LA FOSSE.

CE Peintre né à Paris en 1640, eut pour pere Antoine de la Fosse Joyaillier, & pour oncle le célebre de la Fosse Poëte tragique. Formé à l'Ecole du fameux Charles le Brun, il fit sous ce grand Maître de si rapides progrès, qu'étant encore bien jeune il mérita d'être honoré du titre de Pensionnaire du Roi, & fut envoyé à Rome en cette qualité.

Le jeune de la Fosse arrivé en Italie, y fit une étude particuliere de la correction du dessein. Les beaux ouvrages du Titien & de Paul Veronese furent les modéles qu'il se proposa; après avoir puisé dans l'Ecole Romaine toutes les belles connoissances qui devoient le rendre un jour un des plus grands Peintres de son siécle, il passa à celle de Venise résolu de ne rien oublier pour se perfectionner dans la science du coloris; son application secondée des plus heureuses dispositions, fut suivie des plus grands succès.

Les premiers ouvrages qui sortirent de son pinceau à son retour en France, furent quatre tableaux qu'il fit par ordre du Roi pour les appartemens des Thuilleries, & il peignit ensuite à Fresque la Chapelle du mariage dans l'Eglise de Saint Eustache, avec le chœur & le Dôme de l'Eglise des Religieuses de l'Assomption.

Tant de beaux ouvrages qui publioient la capacité de cet illustre Peintre, lui procurerent en 1693 l'honneur qu'il eut d'être reçu à l'Académie, & l'enlevement de Proserpine qu'il donna pour son tableau de réception, lui mérita d'être nommé Professeur de cette même Académie, dont il devint ensuite Directeur, & enfin Recteur.

Mais ce ne fut pas seulement en France que notre Peintre eut occasion de faire briller ses talens. Sa réputation avoit été portée en Angleterre, où il fut appellé par Milord Montaigu, qui dans le dessein où il étoit de faire peindre le superbe Hôtel qu'il avoit à Londres, destina M. de la Fosse à ce grand ouvrage.

Ce Seigneur eut tout sujet de s'applaudir du choix qu'il avoit fait. M. de la Fosse peignit dans deux grands platfonds l'apothéose d'Isis & l'Assemblée des Dieux ; & ces deux morceaux furent considerés comme des chefs-d'œuvres de l'art. Le Roi Guillaume III. qui vint les voir en parut si charmé qu'il fit au Peintre François les offres les plus avantageuses pour le fixer en Angleterre ; mais M. de la Fosse protegé par M. Mansart Sur-Intendant des Bâtimens, & qui lui faisoit espérer qu'on le nommeroit premier Peintre du Roi, ne songea qu'à hâter son retour en France.

Le Sur-Intendant chez qui il logea en arrivant à Paris, le chargea de faire les esquisses du Dôme des Invalides, & de tous les sujets qui devoient orner ce superbe Edifice.

M. de la Fosse eut ordre ensuite de peindre un plafond à Versailles, & de faire divers tableaux pour Marly, pour Trianon, & pour le Palais du Luxembourg. M. Mansard son protecteur lui avoit destiné la nouvelle Chapelle de Versailles dont il avoit déja peint toutes les esquisses ; mais après la mort de M. Mansart, ces ouvrages furent partagés entre Jouvenet, Coypel, & les deux Boullongnes ; M. de la Fosse eut pour son partage cette partie de la voute qui est au-dessus du Maître-Autel, où il peignit la Résurrection du Sauveur. Une pension de mille écus fut la récompense de quantité de beaux ouvrages que cet habile Peintre avoit fait pour le Roi. Il mourut à Paris en 1716, âgé de soixante-seize ans.

JEAN JOUVENET.

JEAN JOUVENET né à Rouen en 1644, eut pour premier Maître Laurent Jouvenet fon pere, Peintre de cette Ville. A l'âge de dix-fept ans il vint à Paris où il ne voulut prendre de leçons que de la nature feule dont il fit fon unique étude.

Un tableau du Mai qu'il fit en 1673 & qui repréfentoit la guérifon du paralytique, commença à établir fa réputation. Charles le Brun premier Peintre du Roi, qui connoiffoit tout le mérite de ce jeune Artifte, fe fit un plaifir de le préfenter deux ans après à l'Académie où il fut reçu avec mille marques glorieufes de diftinction ; auffi les méritoit-il pour l'excellent tableau qu'il donna le jour de fa réception, & qui fait encore aujourd'hui un des principaux ornemens de la Salle de l'Académie. Dans ce tableau où eft repréfentée Efther devant Affuerus, l'on remarque une fierté de deffein, une compofition & une entente de couleur que l'on ne peut fe laffer d'admirer. M. Jouvenet dut à quelques autres ouvrages dans lefquels on reconnoît la belle maniere du Pouffin, l'honneur qu'on lui fit de le nommer Profeffeur & enfuite Directeur, & enfin Recteur perpétuel de l'Académie.

Nous avons dit que ce grand Peintre faifoit de la nature fa principale étude ; en voici une preuve bien marquée. Notre Peintre avant que de commencer un tableau dont le fujet devoit être la pêche miraculeufe de Saint Pierre, fit un voyage exprès à Dieppe pour y examiner la manœuvre des pêcheurs, & y deffiner d'après nature des filets, des poiffons, des coquillages, & généralement tout ce qui pouvoit fervir à embellir le

fujet

fujet qu'il vouloit traiter ; aussi ce tableau fut-il trouvé si parfait que Louis XIV. se l'étant fait apporter à Trianon, en parut si charmé, qu'il ordonna que ce même dessein fût exécuté aux Gobelins ; & il accorda au Peintre une pension de douze cens livres.

Environ le même tems M. Jouvenet dont la réputation prenoit chaque jour de nouveaux accroissemens, fut appellé à Rennes pour y peindre le platfond de la Chambre du Conseil du Parlement.

De retour à Paris, il fut choisi pour peindre à fresque les douze Apôtres qui ornent la coupe de l'Eglise des Invalides, & en 1707 on l'associa à Messieurs de la Fosse, Coypel & aux deux Boullongnes pour peindre la Chapelle de Versailles. Une augmentation de pension fut la récompense de ses nouveaux ouvrages.

Ce grand Artiste étant tombé paralytique du côté droit en 1713, eut inutilement recours aux eaux de Bourbon, qu'il avoit pris avec succès vingt ans auparavant. Son infirmité ne l'empêcha pas de continuer à travailler avec la même ardeur ; & ce qui paroîtra étonnant, c'est que quoiqu'il ne pût se servir que de la main gauche, les ouvrages qui sortoient de son pinceau n'en étoient pas pour cela moins achevés, comme on peut en juger par le platfond de la seconde Chambre des Enquêtes du Parlement de Rouen, & par le *Magnificat* qu'il peignit pour l'Eglise de Notre-Dame de Paris. M. Jouvenet venoit d'achever ce dernier ouvrage, & il n'étoit pas même encore en place, lorsque la mort enleva ce grand Peintre à l'âge de soixante-treize ans. Sa mort arriva en 1717.

Un esprit vif & enjoué, une conversation aimable, une humeur toujours égale, jointe à un grand fond de droiture & de probité, faisoient que sa compagnie étoit recherchée de tout le monde. Sur ce qu'on lui disoit un jour qu'un de ses confreres qui avoit fait un médiocre tableau placé proche du sien, alléguoit pour excuse que Jouvenet avoit retouché son tableau depuis

Tome III.   D d

qu'il avoit vû son ouvrage, il répondit : *c'est vraiment lui qui a retouché le mien en plaçant le sien à côté.*

Dans le Procès qu'il eut avec les Religieux de l'Abbaye de Saint Martin qui ne vouloient pas recevoir les tableaux qu'ils lui avoient commandés, parce qu'il leur avoit promis de traiter la vie de Saint Benoît, il dit en présence des Juges devant qui l'affaire se plaida, qu'il avoit dessiné sur une grande toile la vie de ce Saint, & que cela ne pouvoit pas réussir en Peinture. *Que vouliez-vous, dit-il, que je fisse dans une grande composition de trente sacs de charbon, tels que ceux que vous portez.* Le Peintre eut les rieurs de son côté, & gagna sa cause.

JEAN-BAPTISTE SANTERRE.

JEAN-BAPTISTE SANTERRE né à Magni, ville du Vexin-François, fut élevé à Paris, où il eut pour premier Maître un Peintre d'une médiocre capacité, appellé le Maire ; s'étant lui-même apperçu du peu de progrès qu'il faisoit à son école, il se plaça chez le célébre Louis de Boullongne, qui cultiva avec succès les heureux talens de son nouvel éleve.

Le jeune Santerre devenu capable de travailler par lui-même, commença par faire quantité de morceaux de caprice, comme des têtes & des demi-figures qu'il représentoit sous l'allégorie de la Fable, des Arts ou de quelque action naturelle, & ce fut-là un genre de travail dans lequel il excella. Entre un grand nombre de tableaux de cette espece qui sont sortis de son pinceau, on admire surtout une liseuse & une dessineuse à la chandelle, une voilée, une coupeuse de choux, une tireuse de rideau, une dormeuse, une pélerine, une coquette, une menaceuse, une donneuse de billet, un chasseur, un escrimeur, un ramoneur, autant de morceaux qui se font admirer par la vérité des attitudes, par l'éclat des teintes, & par la vivacité des carnations.

On rapporte de ce célébre Artiste, que pour rendre ses couleurs plus durables, il avoit coutume, lorsqu'il marchoit dans les rues, d'examiner avec attention les enseignes des boutiques, pour distinguer les couleurs qui résistoient le plus long tems aux injures de l'air, & que c'étoit par-là qu'il jugeoit de celles qu'il devoit employer.

D d ij

A l'étude que ce grand homme avoit faite de l'Anatomie & de la perspective, il joignit encore celle de la nature qui fut toujours le principal objet de ses observations. Ce qui est exprimé dans le madrigal suivant que lui adressa un Poëte de ses amis.

D'un pinceau merveilleux, à la belle nature,
Santerre ajoute encore de nouvelles beautés ;
Et tous les yeux sont enchantés
Par les graces de sa peinture.

Ce fameux Peintre habile dans les portraits a aussi fait admirer la délicatesse de son pinceau dans les sujets d'histoire. On a de lui une descente de Croix, Adam & Eve en pied, une famille représentée sous les cinq sens, une Suzanne avec les deux vieillards qui est le morceau qu'il donna pour son tableau de réception à l'Académie.

La capacité de ce grand homme fut récompensée par une pension & un logement au Louvre que le Roi lui accorda. Les ouvrages que Sa Majesté a de ce fameux Peintre sont le portrait de Madame la Dauphine, celui de M. le Duc d'Orléans avec une Magdeleine & une sainte Thérèse en méditation.

BON DE BOULLONGNE, LOUIS DE BOULLONGNE.

NOus ne féparerons pas les éloges de ces deux illuftres Artiftes, qui diftingués l'un & l'autre par les mêmes talens, fe font rendus également célébres dans leur profeffion. L'on vit briller dans tous les deux même élévation de génie, même élégance, même légéreté de pinceau, même nobleffe d'expreffion, même correction de deffein, même ardeur infatigable pour le travail. Tous les deux mériterent d'être comparés aux plus fameux Peintres de l'école de Lombardie ; l'un fut appellé le Guide, & l'autre le Dominiquin de fon fiécle.

Louis de Boullongne, Peintre du Roi, & l'un des premiers Profeffeurs de l'Académie Royale de Peinture, mort à Paris en 1674, fut le pere de ces deux grands hommes, & ce fut à fon école qu'ils commencerent à former leur gout fur celui de la belle antiquité. On voit de cet habile Maître trois fuperbes tableaux dans l'Eglife de Notre-Dame, l'un eft le miracle de S. Paul operé à Ephèfe, l'autre fon martyre, & le troifiéme repréfente S. Simeon.

Bon de Boullongne né à Paris en 1649, eut dès fes plus tendres années un gout marqué pour la profeffion dans laquelle il devoit exceller un jour ; & ce qui facilita les premiers progrès qu'il y fit, fut que fans fortir de la maifon paternelle, il y trouva tous les fecours qu'il pouvoit défirer pour fe perfectionner dans l'art auquel il s'étoit deftiné. Le premier ouvrage par où il commença à fe faire avantageufement connoître, fut un faint Jean en demi figure, que le Miniftre trouva fi parfait que dès le même moment il nomma le jeune de Boullongne pour aller à Rome en qualité de penfionnaire de Sa Majefté, & voulut que le tableau qui lui avoit été préfenté, fût réfervé pour orner la fale de l'Académie. Les plus heureufes difpofitions jointes à un défir extrême d'apprendre, accompagnerent ce jeune éleve en Italie. Bientôt fon mérite l'y fit connoître, & lui gagna l'amitié des plus grands maîtres. Les beaux tableaux du Guide & du Dominiquin mériterent toute fon admiration; il en fit fa principale étude, & ils furent depuis fes modéles cheris. Nous verrons jufqu'à quel dégré de perfection ce grand homme fçut porter l'imitation; ce n'eft pas en trop dire, que d'avancer, qu'il a été dans fon art un nouveau Protée, qu'il a faifi indifféremment tous les gouts, & qu'il fe les eft rendu propres au point de tromper les plus habiles connoiffeurs, nous en rapporterons bientôt des exemples convaincans.

Ce n'en fut pas affez pour notre jeune Peintre François de l'étude qu'il avoit faite à Rome, le défir de fa perfection le fit paffer de cette école à celle de Lombardie, & ce fut-là que les excellentes copies qu'il fit des inimitables tableaux du Correge & du Carache, acheverent de former fon goût.

Cet habile Artifte ne revint en France qu'après avoir puifé dans les différentes écoles de l'Italie toutes les riches connoiffances qui avoient quelque rapport à la perfection de fa profeffion. A peine fut-il rendu à fa patrie, qu'il y obtint une place dans l'Académie Royale de Peinture, & peu de tems après il mérita d'être nommé Profeffeur. Son tableau de réception fut le combat d'Hercule contre les Centaures & les Lapithes.

Eftimé finguliérement de M. le Brun pour fa capacité & fes talens, il fut deftiné à travailler à l'embelliffement du grand efcalier du Château de Verfailles; & cet ouvrage lui valut une penfion dont il fut gratifié par le feu Roi, qui plein d'amour pour les beaux arts, sembloit n'être occupé que du soin de les faire fleurir dans ses Etats; & combien d'éternels monumens n'y a-t-il pas laissé de sa magnificence & de son goût? Ouvrages, qui en immortalisant la gloire de ce grand Prince, immortalisent en même tems celle des hommes illustres qui ont travaillé par ses ordres.

Les autres ouvrages que M. de Boullongne fit pour le Roi sont les Chapelles de saint Jerôme & de saint Ambroise dans l'Eglise des Invalides, neuf petits platfonds qui représentent les Apôtres grouppés avec plusieurs Anges, & un concert de ces esprits bienheureux dans la Chapelle de Versailles. Nous ne parlerons pas des autres chefs-d'œuvre de ce célébre Artiste, répandus dans diverses Eglises de Paris, & dans plusieurs maisons particuliéres de cette Capitale.

Non moins habile dans le dessein que dans la composition & le coloris, il excelloit encore, comme nous l'avons dit, dans l'art d'imiter si parfaitement les anciens Maîtres, qu'il n'étoit presque pas possible de ne pas s'y méprendre : en voici une preuve bien marquée.

Un tableau de sa façon, peint dans le goût du Guide, ayant été emballé, puis présenté à son Altesse Royale, Monsieur, frere unique du Roi, comme venant de Rome; ce Prince voulut que son premier Peintre, M. Mignard, examinât ce tableau, & qu'il décidât du prix. Celui-ci après l'avoir bien considéré, & en avoir relevé toutes les beautés, jugea qu'il étoit véritablement du Guide. Le tableau fut en effet acheté; & on lui fit l'honneur de le placer dans l'appartement du Prince à côté d'un tableau de Raphaël.

Si ce célébre Artiste s'est fait un si grand nom parmi les Peintres de son tems, il le doit autant à son ardeur infatigable pour le travail, qu'aux rares talens dont la nature l'avoit doué; les paresseux, étoient selon lui, des hommes morts, & c'est ce qu'il répetoit souvent à ses disciples, qu'il prenoit soin lui-même d'aller éveiller.

Eh ! vous ne jouiſſez, leur diſoit-il, *que de la moitié de la vie ! Vous dormez tandis qu'il y a plus de quatre heures que le ſoleil eſt levé pour moi.* Et en effet, ſa coutume étoit de ſouper à ſix heures, de ſe coucher à ſept, & de ſe lever réguliérement à quatre heures du matin. Sans compter que ſouvent il lui arrivoit de conſacrer au travail la meilleure partie des nuits, habitude qu'il avoit contractée dès ſa jeuneſſe, de même que M. ſon frere ; ils étudioient l'un & l'autre à la lueur d'une lampe , & ſouvent leur mere les ſurprenoit au milieu de la nuit, le cràyon à la main ; pour le leur faire quitter & les obliger de prendre du repos , il falloit qu'elle éteignît elle-même la foible lumière qui les éclairoit.

Tel fut l'homme célébre dont je viens d'ébaucher l'éloge ; infiniment recommendable par ſes rares talens, il ne l'étoit pas moins par les qualités du cœur. Bonté , droiture , probité , déſintéreſſement , penchant naturel à obliger ; on trouvoit dans lui toutes les vertus qui forment le caractere de l'honnête homme. Plein de zèle pour l'avancement de ſes éleves, il ſacrifioit à leur inſtruction la plus grande partie de ſon tems ; il les aidoit de ſes conſeils , leur faiſoit part de ſes deſſeins , s'intéreſſoit à leur fortune , & ne leur refuſoit aucun des ſecours qui pouvoient y contribuer.

Au reſte ſon application continuelle au travail ne prenoit rien ſur ſon humeur toujours égale , & naturellement enjouée. Nous n'en rapporterons qu'un ſeul trait. L'Auteur du Mercure Galant s'étant fort mal à propos égayé à parler mal des Peintres, des Sculpteurs, & des Poëtes ; M. de Boullongne intéreſſé à les venger, fit graver une planche pour l'Almanach de 1694, où l'imprudent journaliſte étoit repréſenté ſous la figure de Mercure cruellement étrillé par les deux Déeſſes qui préſident à la Peinture & à la Sculpture ; l'on voyoit dans la même planche la Poëſie, qui pour ſe préparer à recommencer étoit occupée à lier une poignée de

verges

verges ; & au deſſous de la figure de Mercure on liſoit cette inſcription. *Ah ! ah ! Galant, vous raiſonnez en ignorant.*

Nous ſerions infinis ſi nous voulions rapporter bien d'autres ſaillies non moins ingénieuſes , qui prenoient leur ſource dans l'imagination vive & féconde de l'homme illuſtre dont nous venons de parler. Une mort inopinée cauſée par un catarre , l'enleva de ce monde en 1717 , dans la ſoixante-huitiéme année de ſon âge. De ſon mariage avec Mademoiſelle Lourdet il eut deux fils , dont l'un embraſſa le parti des armes , & l'autre ſuivit le barreau. Mais tous les deux moururent à la fleur de leur âge.

Nous ne devons pas oublier de dire que M. de Boullongne eut deux ſœurs , qui diſtinguées par un égal talent pour les beaux arts , mériterent d'être reçues avec diſtinction dans l'Académie Royale de Peinture. On voit ſur la porte d'une ſalle de l'appartement de la Reine un excellent tableau de leur façon , où ſont repréſentées pluſieurs figures grouppées , & dont le fond eſt une ſuperbe Architecture.

LOUIS DE BOULLONGNE.

LOUIS DE BOULLONGNE , premier Peintre du Roi, Chevalier de l'Ordre de ſaint Michel, Aſſocié de l'Académie des Belles-Lettres , & Directeur de celle de Peinture ; dut tant de titres glorieux à la ſupériorité des plus rares talens , & aux travaux immenſes qui en furent le fruit. Eleve d'un pere habile dans ſon art, & qui de bonne heure prit un ſoin extrême de cultiver les merveilleuſes diſpoſitions de ce ſecond fils , il fit ſous un ſi excellent maître les plus rapides progrès. S'il ſurpaſſa les jeunes Peintres de ſon âge par la réunion d'un plus grand nombre d'heureux talens, dès ſes plus tendres années, il les ſurpaſſa auſſi par une plus grande application au travail. Agé de dix-huit ans, il remporta les prix propoſés par M. Colbert, & que ce généreux protecteur des arts & des ſciences ſe plaiſoit à diſtribuer lui-même, pour exciter l'émulation des jeunes éleves de l'Académie.

Envoyé à Rome la même année que ſon frere aîné en revenoit, ſçavoir en 1675, il y fut à peine arrivé que ſe livrant à l'étude avec une nouvelle ardeur, il en fit ſes plus cheres délices. Les ouvrages des plus grands Maîtres l'occuperent tout entier, & il en fit des copies qui retraçoient toutes les beautés des originaux, témoins celles qu'il envoya en France, & ſur leſquelles furent exécutées par ordre du Roi pluſieurs riches tentures de tapiſſeries. On admire ſurtout dans ces copies l'Ecole d'Athenes du célébre Raphaël, la diſpute du ſaint Sacrement, & divers autres morceaux, qui font un des plus grands ornemens des ſalles du Vatican.

Notre jeune Peintre ne s'en tint pas à l'étude des Maîtres fameux, qui ont le plus illuſtré l'Ecole Romaine, & dont les ouvrages lui avoient acquis une parfaite connoiſſance de la correction du deſſein. Il viſita ſucceſſivement les Ecoles de Lombardie & de Veniſe pour y étudier les ſublimes beautés du coloris.

De retour en France où il avoit été précédé par les admirables copies dont nous avons parlé, il ſe vit bientôt recherché de tous les amateurs, & malgré la facilité de ſon pinceau, ſoutenue d'un amour extrême pour le travail, à peine put-il ſuffire aux occupations que ſa grande habileté lui attiroit de toute part. Il illuſtroit trop ſa profeſſion pour que l'Académie ne fût pas empreſſée à récompenſer le mérite de ce célébre Artiſte. Elle ſe l'aſſocia en 1681, peu de mois après ſon retour d'Italie. Le zele du nouvel Académicien pour la gloire de ſon Souverain, décida du ſujet de ſon tableau de réception. Pour célébrer l'heureuſe paix que le feu Roi venoit de donner à l'Europe, M. de Boullongne repréfenta Augufte, qui fait fermer le temple de Janus, morceau digne du pinceau des plus grands Maîtres.

D'autres ouvrages non moins achevés, qui fe fuccéderent de près les uns aux autres, firent à leur auteur une réputation, qui lui procura d'éclatantes occafions de fignaler fon habileté. Choifi pour travailler à la décoration des Maifons Royales, il débuta par un fuperbe tableau, qui fe voit dans le falon du Château de Marli, & où eft repréfenté l'été, fous la figure de Cerès environnée d'une troupe de jeunes enfans, occupés à moiffonner. Les graces infinies répandues dans ce tableau, la force & la délicateffe qui s'y font fentir, plurent fi fort à Sa Majefté, qu'après avoir gratifié le Peintre d'une penfion, elle voulut qu'il continuât à confacrer fes talens à l'embelliffement des autres Maifons Royales, & lui ordonna de nouveaux travaux.

M. de Boullongne épuifa toutes les richeffes de fon art pour répondre aux défirs d'un grand Roi, dont la générofité à récompenfer le vrai mérite égaloit fon difcernement à le diftinguer. La beauté de fon pinceau fe fit admirer dans les divers tableaux qu'il fit fucceffivement par ordre de Sa Majefté pour l'ornement des Maifons Royales.

Mais pour fe former une jufte idée de l'élévation du génie de cet excellent homme, il faut le chercher dans les grands fujets qu'il a eu à traiter. C'eft-là où il fe montra fupérieur à lui-même. La fuperbe Chapelle de faint Auguftin dans l'Eglife des Invalides eft de ce nombre. Là il femble avoir emprunté le pinceau du fameux Dominiquin. Mêmes caracteres de têtes, même force, même fraîcheur de coloris, même nobleffe d'expreffion, même correction de deffein, même élévation de penfées. Un autre chef-d'œuvre de cet illuftre Artifte eft la Chapelle de la Vierge à Verfailles. L'annonciation qui forme le tableau de l'Autel, laiffe voir dans la mere de Dieu le merveilleux accord de la plus fublime

élévation avec la plus profonde humilité ; & l'Affomption repréfentée au platfond, offre aux yeux l'éblouif-
fant éclat de la majefté, & fait en même tems fentir à
l'ame une vive impreffion de la béatitude.

Nous n'entrerons pas dans le détail des autres ouvrages de ce grand Maître, tous marqués au coin d'une
touche non moins hardie qu'ingénieufe. Le Centenier,
la Samaritaine, une fuite en Egypte, la Purification
dans l'Eglife de Notre-Dame ; l'Hémoroïffe aux Chartreux, une Vierge, un faint Jean, le baptême de faint
Auguftin, fon ordination, dans le réfectoire des Peres
des Victoires, font autant de morceaux d'un fini, qui
ne laiffent rien à défirer.

Les premieres places, les plus glorieufes marques
de diftinction ne pouvoient manquer d'être la récompenfe de tant d'heureux travaux. En 1722 M. de Boullongne choifi par Sa Majefté pour deffiner les médailles
& les devifes de l'Académie des Infcriptions fut fait
Chevalier de l'Ordre de faint Michel, & fut affocié la
même année à l'Académie des Belles-Lettres. Deux
années après le Roi l'honora du titre de fon premier
Peintre, & lui accorda en même tems des Lettres de
Nobleffe pour lui & pour fa poftérité.

L'Académie Royale de Peinture ne fut pas moins
empreffée à rendre juftice au mérite de ce grand homme. Elle le nomma Directeur, place qu'il a remplie avec
diftinction jufqu'à la fin de fa vie.

Tant de titres glorieux dûs à l'éminence de fes talens
ne fervirent qu'à augmenter fon zèle pour la gloire de
fa profeffion ; & que ne fit-il pas pour exciter l'émulation des jeunes éleves de l'Académie, & pour les engager à former leur goût fur celui des grands Maîtres
de l'art ! Tel étoit le but de la plûpart de fes difcours
Académiques. » Il ne ceffoit de répeter que rien n'étoit
» plus dangereux pour les jeunes étudians que le goût
» des Grotefques & des Bambochades, qui les éloi-
» gnoient de pouvoir traiter dignement l'hiftoire facrée

» & prophane, on y fuit, il eft vrai, la nature, ajoutoit-
» il, mais une nature outrée, comique, théatrale, ha-
» billée chimériquement, qui s'éloigne des grands plis,
» des belles productions de l'Antique & de cette no-
» bleffe d'expreffions qui répond aux grands fujets de
» l'hiftoire & de la fable. Il n'y avoit, felon lui, que les
» habiles gens, dont le goût étoit formé, qui puffent
» tirer quelque avantage de l'ingénieufe invention de
» ces fortes de tableaux. «

Un cœur droit, un efprit facile & liant, des mœurs
douces & réglées, une tranquillité d'ame inaltérable,
un grand fond de pieté & de religion, des fentimens
nobles & élevés, des manieres gracieufes & polies rele-
voient dans lui l'éclat de fes rares talens.

L'émulation qui régna toujours entre les deux freres,
& qui fembloit contribuer à ferrer plus étroitement les
liens du fang qui les uniffoit, un heureux combat de
mérite les conduifit l'un & l'autre à ce haut dégré de
célébrité où ils font parvenus. Tous les deux finirent
leurs jours par une mort caufée par le même accident.
Le cadet comme l'aîné fut fuffoqué par un catarre. Sa
mort arriva au mois de Novembre 1733, étant âgé de
près de quatre-vingt ans. Il fut inhumé dans l'Eglife de
S. Euftache, fa Paroiffe. Il avoit époufé en 1688 Mademoifelle Bacquet, & il en a eu quatre enfans, dont
l'aîné eft Confeiller d'Etat ordinaire, Intendant des
finances & des ordres de Sa Majefté. Le fecond fils eft
mort Receveur Général des Finances ; une des filles
eft religieufe, & l'autre a été mariée à M. Richard
Receveur Général des Finances.

ANTOINE COYPEL.

ANTOINE COYPEL, premier Peintre du Roi, naquit à Paris en 1661. Il n'avoit encore qu'onze ans lorsque Noël Coypel son pere fut nommé par le Roi pour être Directeur de l'Académie de Rome. M. Colbert, qui avoit remarqué dans ce jeune homme d'heureuses dispositions pour la Peinture, conseilla à son pere de le mener avec lui en Italie.

Notre Peintre se livra à l'étude avec une ardeur que l'on ne pouvoit guères attendre d'un jeune homme de son âge. Il s'attacha sur-tout à bien étudier les ouvrages de Raphaël, de Michel-Ange, d'Annibal Carrache, & les plus belles statues antiques. Les progrès qu'il fit dans ses études répondirent à sa grande application, & furent un sujet d'étonnement, même pour les plus grands Maîtres. Le Chevalier Bernin & le célébre *Carlo Maratti* furent du nombre de ses admirateurs.

Après trois années de séjour à Rome, le jeune Coypel s'arrêta dans la Lombardie pour y étudier les divers chefs-d'œuvre du Correge, du Titien & du Paul Veronese; enfin il revint en France, & fit connoître au Public, par plusieurs grands ouvrages, les fruits qu'il avoit tirés de l'étude qu'il venoit de faire en Italie. Il peignit, à l'âge de dix-neuf ans, le tableau que les Orfévres avoient coutume de présenter tous les ans, à l'Eglise de Notre-Dame de Paris, le premier jour de Mai. L'année suivante, il fit trois grands morceaux pour l'Eglise du Monastere des Religieuses de l'Assomption de la rue Saint Honoré; un tableau pour les Chartreux, & peu de tems après un platfond à Choisy.

Tant de beaux ouvrages acquirent une si grande réputation à leur Auteur, que, quoique jeune encore, il mérita d'être honoré du titre de Premier Peintre de Philippe de France, Duc d'Orléans, frere unique du Roi; & en 1681, il fut reçu à l'Académie. Il prit pour sujet de son Tableau de réception, Louis XIV. qui repose dans le sein de la gloire, après la paix de Nimégue.

Toujours plus animé du désir d'exceller dans son Art, il consacroit tous ses momens au travail, & ne laissoit paroître aucun tableau de sa main qui ne fût achevé. Il peignit la voute de la Chapelle de Versailles, & fut depuis occupé à une suite de grands tableaux des principaux sujets de l'Ecriture Sainte, tel qu'Athalie, le sacrifice de Jephté, Susanne accusée, le jugement de Salomon, Esther, Tobie, Jacob, Laban, &c. L'Académie de Peinture l'élut Directeur en 1714, & l'année suivante il fut nommé premier Peintre du Roi, & annobli par Sa Majesté.

La vivacité de son esprit & son amour pour l'étude, engagerent M. le Duc d'Orléans, devenu Régent du Royaume, à lui accorder la protection dont il l'a toujours honoré, & pour lui en donner des marques, il le nomma son premier Peintre, & le choisit pour peindre la nouvelle Gallerie du Palais-Royal, où M. Coypel représenta quatorze sujets de l'Eneïde. Son Altesse Royale fut si satisfaite du travail de son premier Peintre, que pour l'en récompenser elle lui fit présent d'un carrosse & d'une pension de quinze cens livres.

De tous les honneurs dont ce grand homme fut comblé, & dont il n'étoit redevable qu'à ses rares talens, il n'y en eut point qui lui fût plus sensible que celui qu'il eut d'être choisi pour continuer les desseins des médailles de l'histoire de Louis XIV, & la gloire qu'il eut d'être destiné à donner des leçons de Peinture à M. le Duc d'Orléans, auquel il dédia vingt discours remplis de préceptes fur la Peinture, confirmés par des exemples, & furtout par ceux des plus fameux Peintres.

Notre illuftre Peintre encouragé par les glorieufes marques de diftinction que fon mérite lui procuroit de toute part, venoit d'entreprendre une nouvelle fuite de grands tableaux des plus beaux fujets de l'Iliade, lorfque l'épuifement dans lequel l'avoient jetté fes prodigieufes études, & le chagrin de la mort de fa femme, le firent tomber dans une langueur qui le conduifit à une fin auffi chrétienne que fa vie avoit été laborieufe, le 7 Janvier 1722, dans la foixante & uniéme année de fon âge. Il fut inhumé à Saint Germain l'Auxerrois.

Les ouvrages que ce grand homme a fait pour le Roi, font la voute de la Chapelle de Verfailles, & dans les appartemens, l'hiftoire de Rebecca, & la fable d'Apollon avec Daphné ; dans le Palais de Trianon, Zéphyre & Flore ; dans la Ménagerie, la naiffance de Venus, dans le Château de Marly, Zéphyre & Flore figurés par le Printems ; & Efther & Affuérus, dans la Gallerie d'Apollon à Paris.

JACQUES

JACQUES CARREY.

JACQUES CARREY, né à Troyes en Champagne au mois de Janvier de l'année 1646, a été un des plus célébres Peintres de son siécle. N'étant encore âgé que de six à sept ans, il fit paroître tant de goût & de penchant pour le dessein, que ses parens, qui l'avoient d'abord destiné à une autre profession, lui permirent enfin de suivre son inclination, & le mirent en même tems en état de la cultiver avec succès.

Le jeune Carrey fut successivement placé chez dif-férens maîtres, sous lesquels il fit quelques progrès, mais qui ne répondoient point à ceux qu'il auroit pu faire, si la capacité de ceux qui étoient chargés de son instruction n'eût pas été autant bornée qu'elle l'étoit, & ce fut pour cette raison qu'il vint de bonne heure à Paris pour s'y procurer les secours que la Province ne pouvoit lui fournir.

Le célébre M. le Brun, à qui il s'attacha, donna tous ses soins à son instruction, & s'appliqua surtout à le perfectionner dans le dessein. Son jeune Eleve réussit si parfaitement dans cette principale partie de la Peinture, que M. de Nointel ayant été nommé à l'Ambassade de Constantinople, & voulant emme-ner avec lui un Dessinateur habile, M. le Brun, à qui ce Seigneur s'étoit adressé pour lui choisir un sujet, lui présenta M. Carrey, déja connu par plusieurs ex-cellens ouvrages qui étoient sortis de son pinceau.

Sa joie fut entiere lorsqu'il apprit sa destination ; & quel voyage auroit-on pu lui proposer qui s'accor-dât mieux avec ses desirs! L'avantage inestimable qu'il se proposoit de tirer de celui qu'il alloit entreprendre, c'étoit de puiser dans les précieux débris de l'ancienne Grece , la connoissance de toutes les beautés & de toutes les finesses de l'Art auquel il s'étoit dévoué tout entier.

A peine fut-il arrivé à Constantinople, qu'il commenca à y signaler sa capacité, dans un magnifique tableau, qui fait encore aujourd'hui l'admiration des plus habiles connoisseurs. Dans ce tableau , l'un des plus riches ornemens du Château de Bercy , est représentée l'Audience du nouvel Ambassadeur de France chez le Grand-Visir.

Les différens voyages que M. de Nointel fit à Athenes ,, dans les Isles de l'Archipel, à Jérusalem , & dans les autres lieux Saints de la Palestine, furent pour M. Carrey une occasion favorable de satisfaire pleinement l'extrême passion qu'il avoit toujours eue , de se livrer tout entier à l'étude de la belle Antiquité. Il ne se contenta pas d'examiner avec attention les respectables monumens que lui offroient les différens endroits par où il passoit ; il les dessina presque tous , & ce fut avec tant d'exactitude , que les seules façades & les bas-reliefs de l'Areopole d'Athenes , l'occuperent plus de deux mois entiers. A Jérusalem , il peignit deux superbes tableaux, dont l'un représente l'entrée de M. de Nointel dans la Ville Sainte ; & l'autre , la cérémonie du feu sacré que les Grecs schismatiques font dans l'Eglise du Saint Sepulcre.

M. Carrey , après s'être ainsi perfectionné pendant plusieurs années dans l'étude de l'Antique , revint en France avec M. de Nointel ; mais c'étoit dans l'espérance de retourner bien-tôt à Constantinople , où il avoit laissé tout ce qu'il avoit de plus cher , ses desseins , qui étoient pour lui le plus riche trésor ; il n'en profita cependant pas. Retenu en France par les pressantes sollicitations de M. le Brun , qui résolut de l'associer à ses travaux ; le coffre qu'il avoit laissé à Constantinople fut perdu , n'ayant pas été possible de le retirer d'entre les mains de ceux à qui il l'avoit confié. Si cette perte l'affligea fenfiblement, il en fut en quelque façon confolé par les recompenfes dont il fut honoré. Outre une penfion confidérable, il obtint encore un appartement à Verfailles & un autre aux Gobelins.

Ce fut fur les deffeins de cet habile homme, que furent éxécutés les morceaux les plus curieux du Cabinet du Roi, de même qu'un grand nombre d'ornemens de Sculpture, & quantité de fuperbes pieces d'Orfevrerie; il fut auffi employé à travailler à la Gallerie de Verfailles & aux autres ouvrages qui demandoient le plus de capacité & de génie, dans ceux qui en étoient chargés par ordre de Sa Majefté.

Après la mort du célébre M. le Brun, arrivée en 1690, M. Carrey, fon illuftre Eleve, inconfolable de cette perte, prit le parti de fe retirer à Troyes où il a paffé le refte de fes jours, & où il a laiffé un grand nombre d'excellens ouvrages, dont le plus confidérable eft la vie de Saint Pantaleon, en fix grands tableaux.

Cet habile Artifte eft mort le 18 Février 1726, dans fa quatre-vingtiéme année.

FRANÇOIS DE TROY.

FRANÇOIS DE TROY, né à Toulouse au mois de Février de l'année 1645 , apprit les premiers élemens de la Peinture sous Nicolas de Troy son pere, Peintre de l'Hôtel de Ville de Toulouse. Ayant été envoyé à Paris à l'âge de dix-sept ans , il y fut placé chez le célébre Nicolas Loir , Adjoint - Recteur de l'Académie Royale de Peinture & de Sculpture.

Le jeune de Troy, formé à l'école de ce grand maître , commença à faire connoître les progrès qu'il y avoit faits par divers tableaux à l'huile d'un excellent goût & qui furent trouvés admirables pour l'harmomie du coloris. La réputation qu'il se fit par ses premiers ouvrages , lui procura , en 1674, l'honneur d'être reçu à l'Académie , en qualité de Peintre d'histoire ; & dans la suite il devint Professeur , puis adjoint à Recteur , & enfin Directeur de cet illustre Corps. Son tableau de reception fut un Mercure qui coupe la tête d'Argus.

En 1669 , M. de Troy épousa Jeanne Cotelle , fille d'un Peintre de ce nom, qui quoique distingué dans sa profession ne s'y est pas rendu aussi célébre que le grand homme dont nous faisons l'éloge. La beauté de son génie éclata paticuliérement dans plusieurs grandes compositions de tableaux, où sont représentées les occupations héroïques de Louis XIV , dans sa jeunesse. La capacité de ce grand homme ne se fit pas moins admirer dans les autres sujets d'histoire qu'il eut à traiter ; mais ce fut là une partie qu'il abandonna après la mort du fameux Claude Lefevre , sous lequel il avoit appris le portrait.

Le goût particulier que M. de Troy avoit pour ce genre de travail, & dans lequel il excelloit, lui fit entreprendre une infinité de portraits, qui sont tous très estimés ; mais surtout ceux des Dames, qu'il peignoit ordinairement sous la figure de quelque Divinité payenne, & toujours son pinceau leur prêtoit de nouvelles graces, sans cependant altérer leurs traits. Ce fut au talent qu'il eut pour ces sortes d'ouvrages, qu'il dut le choix que l'on fit de lui pour l'envoyer en Baviere, où il devoit peindre Madame la Dauphine. Le beau portrait qu'il fit de cette Princesse & qu'il rapporta en France fut l'objet de l'admiration de toute la Cour, & mérita à M. de Troy l'honneur de peindre toute la Famille Royale.

Entre les tableaux historiques qui sont sortis du pinceau de ce grand homme, un dés plus estimés est celui qu'il fit pour M. le Duc du Maine, & où cet illustre Artiste a représenté le repas que Didon donne à Enée, pendant lequel ce Héros raconte ses aventures. Ce qu'il y a de plus admirable dans cet excellent morceau, c'est la grace, la décence, la convenance avec laquelle tous les personnages sont disposés.

Le dernier ouvrage de cet illustre Artiste, est une maîtresse d'école au milieu d'une troupe d'écolieres jeunes, jolies, proprement vêtues, & dans des attitudes où le vrai, l'ingenu & le naturel charment les yeux, l'esprit & le cœur. Ce tableau qui est dans le goût Flamand, & qui passe pour un chef-d'œuvre en ce genre, fut achevé quelques jours avant que M. de Troy fût attaqué de la maladie dont il mourut le 1 de Mai 1730, âgé de plus de 85 ans.

L'on peut dire, à la gloire de ce grand homme, que son dessein a toute l'exactitude & toute la grace de l'Ecole Romaine, & que son coloris admirable, par le grand goût des couleurs, & par toute la force de l'Ecole de Lombardie, est encore plus remarquable par le suave & le vrai des tableaux Flamans les plus recherchés.

NICOLAS BERTIN.

NICOLAS BERTIN, né à Paris en 1667, étoit fils d'un Sculpteur, qu'il perdit à l'âge de quatre ans. Son frere, aussi Sculpteur du Roi, prit soin de son éducation, & lui ayant donné les premieres leçons du dessein, il le mit successivement chez Messieurs Varansal, Jouvenet, & Boullongne l'aîné.

Le jeune Bertin, formé par des maîtres habiles, profita si bien de leurs leçons, qu'à l'âge de dix-huit ans il remporta le premier prix de Peinture; &, quelque tems après, M. de Louvois, Sur-Intendant des Bâtimens, lui fit la grace de l'envoyer à Rome en qualité de Pensionnaire du Roi.

Ce Peintre avoit déja demeuré quatre ans en Italie, où il s'étoit sérieusement appliqué à tout ce qui pouvoit lui faire acquérir la perfection de son Art, lorsqu'une intrigue, dont il n'avoit pu prévoir les suites, le mit dans la nécessité de hâter son retour en France. Une physionomie heureuse & prévenante, un tour d'esprit agréable, une imagination vive & enjouée, jointe à un grand air de jeunesse, lui avoit gagné les bonnes graces d'une Dame Romaine; il ne songeoit qu'à profiter de sa bonne fortune, lorsque cette intrigue éclata, de façon que ce jeune François n'eut point d'autre parti à prendre que celui d'une prompte fuite.

Quelques amateurs de la Peinture le retinrent à Lyon pendant quelque tems; & les beaux tableaux qu'il fit furent les premiers fondemens de la grande réputation qu'il s'est acquise.

Son arrivée à Paris fut marquée par l'honneur qu'il

eut d'être reçu à l'Académie en 1705. Hercule qui délivre Prométhée fut le sujet de son tableau de reception. On le nomma Profeſſeur, & enſuite Adjoint à Recteur.

Une autre deſtination plus glorieuſe encore à notre Peintre, fut le choix que M. le Duc d'Antin fit de lui pour l'envoyer en Italie en qualité de Directeur de l'Académie que Sa Majeſté entretient à Rome ; mais ce fut là un honneur que M. Bertin ne crut pas devoir accepter ; encore effrayé des perils auſquels il s'étoit dérobé, il ne penſa pas que l'intérêt de ſa ſureté lui permît de retourner dans une ville où l'intrigue qu'il avoit eue lui laiſſoit tout à craindre pour ſa vie ; ainſi renonçant à l'Italie, il ne ſongea plus qu'à faire valoir ſes talens en France.

Les beaux tableaux qu'il fit par ordre du Roi pour diverſes Maiſons Royales, & en particulier pour Trianon & pour la Menagerie, répandirent bien loin la gloire de ſon nom ; & de là vint l'avidité avec laquelle ſes ouvrages furent recherchés par les Etrangers. Les Electeurs de Mayence & de Baviere ornerent leurs Cabinets des plus beaux tableaux de ce grand maître ; & ce dernier lui fit les offres les plus avantageuſes pour l'attirer à Munich ; mais content de ſa fortune, rien ne put l'engager à abandonner le ſéjour de Paris.

Cet habile Artiſte fut attaqué d'une goutte remontée, en l'année 1736, & mourut à Paris dans le célibat, à l'âge de ſoixante-neuf ans.

FRANÇOIS DESPORTES.

CE Peintre, né en 1661 à Champigneul en Champagne dans le Diocéfe de Rheims, dut le grand nom qu'il s'eſt fait dans la Peinture, au talent merveilleux qu'il avoit pour peindre les animaux. A l'âge de douze ans, il fut envoyé à Paris & fut placé chez un Peintre Flamand appellé Nicaſius, qui étant mort peu de tems après, ne put donner que de très legeres idées de ſon Art à ſon Eleve.

Le jeune Deſportes y ſupplea par ſon application, & par l'uſage qu'il fit de ſes talens. Il s'attacha d'abord à deſſiner la figure d'après l'antique & le naturel, & il eſt aiſé de remarquer les progrès qu'il y fit, dans les portraits ſortis de ſon pinceau, dans ſes chaſſes, & dans les vaſes & les bas-reliefs qu'il faiſoit entrer dans ſes compoſitions.

Il ſe livra d'abord à toutes ſortes d'ouvrages pour les autres Peintres, pour les Entrepreneurs dans les platfonds & les décorations de Théatre. Lié d'une étroite amitié avec Claude Audran, neveu du fameux Graveur de ce nom, il travailla avec lui au Château d'Anet, pour M. le Duc de Vendôme, & pour M. le Grand-Prieur ſon frere, au village de Clichy près Paris, à l'Hôtel de Bouillon & ailleurs, entr'autres à la Ménagerie de Verſailles. Il compoſoit & plaçoit à ſon gré & avec art, dans ſes groteſques, toutes ſortes d'animaux. On y voyoit partout un génie aiſé, fécond & enjoué, avec des expreſſions pleines d'eſprit & de naïveté,

Le

Le defir de faire briller le talent qu'il avoit pour la partie de la Peinture qu'il avoit embraffée, l'ayant porté à entreprendre le voyage de Pologne, depuis fon mariage, contracté en 1692, il y fit les portraits du Roi Jean Sobieski, de la Reine, celui du Cardinal d'Arquien, pere de cette Reine, des Princes, Princeffes & des Grands Seigneurs de cette Cour.

Après deux ans de féjour à la Cour de Pologne, Jean Sobieski étant mort, Louis XIV. fit revenir M. Defportes, qui, en 1699, fut reçu à l'Académie de Peinture & de Sculpture. Son tableau de reception, où il s'eft peint lui-même en chaffeur avec des chiens & du gibier, eft regardé par cette Compagnie comme un des plus beaux qui décorent la falle de fes affemblées. La même année, le Roi lui accorda une penfion, & enfuite un logement aux Galleries du Louvre.

En 1702, M. Defportes peignit deux belles chiennes de chaffe du Roi en arrêt fur un faifan & des perdrix, dans un beau fond de payfage. Il peignit enfuite toutes celles que Sa Majefté a eues, & pour cette raifon il alloit par fes ordres à toutes fes chaffes, pour deffiner fur les lieux les différentes attitudes. Ces tableaux font au Château de Marly ; en 1705 il fit pour M. le Dauphin, cinq beaux tableaux de chaffe, & plufieurs retours de chaffe qui furent placés à Meudon. Il eut ordre enfuite de travailler à deux grands tableaux pour le Roi, où il repréfenta les différentes faifons de l'année, caractérifées par les fleurs, les fruits, le gibier, &c.

Le même motif qui avoit fait paffer cet illuftre Peintre à la Cour de Pologne, l'engagea à folliciter un congé de fix mois, pour accompagner le Duc d'Aumont qui avoit été nommé Ambaffadeur en Angleterre, où M. Defportes fe fit admirer autant par les beaux ouvrages qu'il porta à Londres, que par ceux

Tome III. Gg

aufquels il eut occafion de travailler durant fon féjour dans cette Capitale.

Son retour en France fut marqué par l'ordre qu'il reçut de faire de nouveaux tableaux pour l'embelliffement des Maifons Royales. Mais ce qui feul fuffiroit pour donner la plus haute idée des talens & de la capacité de ce célébre Artifte, c'eft l'eftime finguliére qu'en faifoit fon Alteffe Royale le feu Duc d'Orleans, Régent du Royaume : ce grand Prince, non moins diftingué par la fupériorité de fes lumiéres, que par la vafte étendue de fon génie, & qui en particulier connoiffoit mieux que perfonne toute la perfection de la peinture, eut fouvent recours aux études & au pinceau de M. Defportes ; il voulut avoir de fa main, pour fon étude particuliére, trois tableaux que l'on voit encore au Palais Royal.

En 1735, lorfqu'on voulut renouveller aux Gobelins la magnifique tenture de tapifferie des Indes, M. Defportes, qui avoit autrefois retouché les originaux de Venus, depuis hors d'état de fervir, fit, par ordre du Roi, huit grands tableaux dans le même goût, mais plus riches, mieux ornés & d'une compofition entiérement nouvelle ; & pendant le cours de cet ouvrage, il fit encore cinq tableaux pour le Roi à Compiegne, repréfentant les plus beaux chiens de la Meute du Roi.

Outre plufieurs gratifications que Sa Majefté lui accorda, elle lui donna en 1741 une penfion de huit cens livres, fur le Tréfor-Royal. Cet illuftre Peintre mourut le 20 Avril 1743, âgé de 82 ans dans le logement que le Roi lui avoit donné aux Galleries du Louvre. Malgré le grand nombre d'études qu'il avoit faites, il confultoit fans ceffe la nature, qui lui fourniffoit toujours de nouvelles idées. Il n'avoit point de maniere, & il diverfifioit fa touche felon les différens objets ; il peignoit fouvent au premier coup,

& il avoit l'art de fixer les couleurs les plus changean-
tes ; personne n'a mieux entendu que lui les couleurs
locales , la perspective aerienne , l'harmonie & l'effet
du tout ensemble ; & , en général , on peut dire qu'une
grande vérité accompagnée d'un beau choix & d'une
grande intelligence , a toujours caractérisé tous ses
ouvrages.

HIACHINTE RIGAUD.

HYACHINTE RIGAUD le *Vandych* de la France,
nâcquit à Perpignan le 25 Juillet de l'an 1663.
Mathias Rigaud son pere , & un oncle , Peintres l'un &
l'autre, lui inspirerent du gout pour leur profession. Aux
heureuses dispositions qu'il avoit reçu en naissant,
étoit joint un tempéramment assez fort pour soutenir
les fatigues d'une longue & constante étude de la
nature , qu'il se fit toute sa vie une loi inviolable
d'imiter.

Ayant perdu son pere à l'âge de huit ans , sa mere
l'envoya à l'âge de quatorze à Montpellier pour y étudier sous Perzet & Verdier Peintres d'une médiocre
capacité ; le disciple ne tarda pas à surpasser ses maîtres,
& ses talens commencerent à éclater à Lyon , après
quatre ans d'étude à Montpellier.

En 1681 il vint à Paris , & remporta l'année suivante le premier prix de Peinture proposé par l'Académie , où il fut reçu en 1700 en qualité de Peintre d'histoire ; & il présenta pour sa réception un tableau du
crucifiement , orné de plusieurs figures.

Quoiqu'il ait fait peu de tableaux historiques , c'eut
été cependant-là une partie dans laquelle il auroit ex-

cellé, s'il avoit continué de s'y appliquer ; mais le talent qu'il eut dès sa jeunesse pour la parfaite ressemblance dans les portraits ; & la réputation qu'il s'acquit en ce genre, l'ayant surchargé d'occupations, il fut obligé d'abandonner l'histoire, sans avoir presque jamais pû la reprendre.

Le fameux Vandeych fut le modelle qu'il se proposa dans le portrait. Il sçut répandre dans ses composi-tions, cette grandeur & cette magnificence, qui cara-ctérisent la majesté des Rois & la dignité des grands, dont il a été le Peintre par prédilection. Comme il avoit l'ame noble & les sentimens élevés, & que toute sa personne & ses manieres avoient un air de distin-ction, de même ses tableaux portent un caractere de noblesse qui leur est propre. Son amour pour la vérité sembloit souffrir, lorsqu'il avoit quelque portrait de Dame à faire. *Si je les fais ; disoit-il, telles qu'elles font, elles ne se trouveront pas assez belles, & si je les flate trop elles ne ressembleront pas.*

Son amour pour une mere qu'il aimoit tendrement, lui fit faire le voyage de Roussillon en 1693. Il fit plu-sieurs portraits de sa mere, & fit exécuter par le fameux Coizevox, son buste en marbre ; & Drevet fut choisi pour le graver.

En 1697, M. le Prince de Conti appellé par les Po-lonois même, à la couronne de Pologne, se fit peindre avant de partir, par ce célébre Artiste, & environ le même tems M. le Duc de saint Simon le mena à l'Ab-baye de la Trape pour y peindre M. Bouthilier de Rancé, l'illustre réformateur de cette Abbaye. Ce qui fut exécuté en quatre jours. On a du même Peintre les portraits de Desjardins célébre Sculpteur, du fameux Girardon, de MM. Bossuet, Boilleau Despreaux, la Fontaine, Santeuil, & de plusieurs autres grands hom-mes, de Monsieur & du Duc de Chartres, son fils, de-puis Duc d'Orléans & Régent du Royaume, & de

quantité d'autres Princes & Princesses. Ce qui fit nommer ce grand homme le Peintre de la Cour. Le portrait de Monseigneur devant Philisbourg, fut si bien
reçû, que Louis XIV. choisit en 1700, M. Rigaud pour
peindre Philipe V. son petit fils, avant que ce Prince
alla prendre possession du Royaume d'Espagne ; & l'année suivante il peignit Louis XIV. même.

En 1704 M. le Duc de Mantoue fit l'honneur à notre
Peintre de le visiter, & lui commanda son portrait, &
pareillement celui de la Princesse son épouse. On connoît du même pinceau les portraits de Jacques Roi
d'Angleterre, des Cardinaux de Bouillon, de Rohan,
de Polignac, de Madame de Nemours, de M. le Duc
d'Antin, du Prince Royal du Danemarc, depuis Roi, du
Prince Electoral de Saxe, aujourd'hui Roi de Pologne,
& de beaucoup d'autres, dont le détail seroit trop long.

En 1709, la Ville de Perpignan, qui jouit d'un privilege spécial, qui lui a été accordé en 1449, par les
Rois & Reines de Castille & d'Aragon, qui est de nommer tous les ans un noble, aggrégea M. Rigaud au
corps de ses nobles citoyens ; Louis XIV. & Louis le
Bienaimé ont confirmé ces Lettres de Noblesse, & il y
a un Arrêt du 3 Novembre 1723, dont voici les termes.
*Maintenu dans la noblesse à lui confirmée, tant en considé-
ration de la réputation qu'il s'étoit acquise dans son art, que
pour avoir eu l'honneur de peindre la Maison Royale jusqu'à
la quatriéme génération.*

Au commencement du regne de Louis XV. le Duc
d'Orléans, Régent, le choisit pour aller peindre Sa Majesté à Vincennes, de la même grandeur que Louis
XIV. La derniere fois qu'il eut l'honneur de peindre le
Roi, il fut annobli de nouveau ; & en 1727, il fut fait
Chevalier de l'Ordre de saint Michel avec une pension
de mille livres.

L'Académie qui l'avoit nommé depuis long-tems
Professeur, le fit ensuite Recteur & Directeur, place

qu'il a dignement remplie, en travaillant à rédiger les Statuts de l'Académie.

M. Rigaud eut le malheur de perdre son Epouse en 1742. La douleur que lui causa une perte si sensible, ne contribua pas peu à hâter la fin de ses jours. Ce grand homme mourut le 29 Décembre de l'an 1743, à l'âge de quatre-vingt ans. Il n'a point laissé de postérité.

DISCOURS

SUR LES PROGRÉS

DE LA GRAVURE,

SOUS LE REGNE DE LOUIS XIV.

E ne fut que sous le regne de François I. que la Gravure commença à être connue en France ; encore n'eut-on alors qu'une bien légere idée de cet art. Des Peintres Italiens que ce Prince, le restaurateur des Lettres, avoit attirés dans ses Etats, communiquerent à nos Artistes François différentes estampes qu'ils avoient gravées d'après les desseins de quelques autres Peintres Italiens, leurs contemporains ; mais il faut avouer que ces Piéces gravées trop négligemment, étoient peu propres à faire naître du goût pour un pareil genre de travail ; à peine laissoient-elles entrevoir les avantages que l'on pouvoit tirer de la Gravure amenée à sa perfection.

Les troubles qui pendant plusieurs régnes désolerent la France, replongerent malheureusement les arts dans le triste

Mémoires communiqués à l'Auteur par M. Mariette, Membre honoraire de l'Académie Royale de Peinture & de Sculpture.
Tome III. Livre XII. Page 240.

état d'où ils avoient été tirés par François I. Si la nécessité d'avoir des Graveurs, en produisit quelques-uns sous le regne de Henri IV. ce ne furent que de médiocres Artistes, dont les ouvrages ne peuvent être regardés que comme les foibles essais d'un art qui étoit encore dans son enfance.

Sous le regne suivant la Gravure commença à prendre une meilleure forme; l'Italie, l'Allemagne, les Pays-Bas offrirent à nos Artistes des chefs-d'œuvre qui exciterent leur émulation, & qui devinrent leurs modéles. On les vit dès-lors animés du désir de leur perfection, s'arracher du sein de leur patrie pour aller puiser dans les Pays étrangers, chez les grands Maîtres de l'art, les lumieres qui leur manquoient pour exceller dans leur profession. Michel Laone, Claude Mellan, Daret, Carle Audran, Gregoire Huret, furent les premiers qui parurent avec éclat; & qui eurent la gloire de répandre en France le bon goût de la Gravure. Ces grands hommes non moins excellens dans la pratique de la Gravure que dans celle du dessein, ne gravoient gueres qu'au burin, qui pour lors étoit seul jugé propre à représenter des figures d'une certaine étendue; la gravure à l'eau forte étant réservée pour les plus petits objets; & en effet la pointe dont on se sert dans cette opération, est bien plus utilement, & plus heureusement employée que le burin pour les bien exprimer.

Jacques Callot Lorrain, & Etienne della Bella Florentin, mais qui tous deux furent pendant long-tems attachés au service de la France, porterent cette derniere maniere de graver au plus haut point de perfection; ce fut en imitant ces deux grands Maîtres, que le fameux Sebastien le Clerc sçut se perfectionner dans le même genre de travail; & quel Artiste y a mieux réussi que lui? Quelle capacité ne remarque-t-on pas dans ce grand nombre de petits morceaux qu'il a gravés de son invention, & qui tous se distinguent par un goût de composition, où la noblesse & la correction brillent également?

Mais quelque vif que fut le penchant qui portoit cet homme célébre à se dévouer tout entier à l'exercice de sa profession, l'on peut dire que les grands progrès qu'il y fit doivent être principalement attribués aux bienfaits, & aux marques de distinc-

sion dont il fut honoré par un grand Roi, qui fortement persuadé que la gloire de son regne dépendoit en partie de la gloire
qu'il accorderoit aux arts & aux sciences, n'oublia rien pour
les faire fleurir dans ses Etats; aussi combien d'étrangers dis-
tingués par la supériorité de leurs talens, attirés en France
par les libéralités de ce Prince? & pour ne parler que des Artistes célébres, qui ont excellé dans la Gravure, la Flandre ne
nous a-t-elle pas donné les Pitau, les Vanschuppen, les Edelinck, & bien d'autres qui oublierent leur patrie pour devenir
François? De leur burin sortirent quantité de chefs-d'œuvre,
qui seront dans tous les tems des modéles pour les plus grands
Maîtres. Ce n'est pas au reste que nous manquassions alors de
Graveurs excellens; nous avions les Poilly, Nanteuil, Masson, Baudet, Vallet, Picart le Romain, Rousselet, Chateau,
& combien d'autres qu'il seroit trop long de nommer. Mais
quelque multipliés qu'ils fussent, à peine pouvoient-ils suffire à
l'exécution des travaux dont ils étoient chargés. C'étoit alors
le regne de la Gravure; le Roi lui-même avoit besoin d'un grand
nombre d'Artistes habiles qui excellassent dans cet art; depuis
que par le conseil de M. Colbert il avoit conçu le beau projet de
faire connoître par le moyen des Estampes tout ce que son cabinet renfermoit de rare en tableaux, en sculpture, & en tout
genre de curiosités. Ce Prince vouloit aussi éterniser les actions
mémorables de son regne, & présenter aux étrangers les superbes édifices qu'il faisoit construire.

Ce qui mérite le plus de considération dans ce Recueil, que
la mort du Ministre illustre qui en avoit formé le plan a laissé
imparfait, ce sont les batailles d'Alexandre gravées par le
célébre Gerard Audrand, d'après les tableaux de M. le Brun;
& il faut convenir que ces magnifiques estampes effacent tout
ce qui s'est fait, & peut-être ce qui se fera jamais en Gravure.
Mais ce qui prouve bien la supériorité du génie de cet excellent homme, c'est que pour imiter les touches du pinceau, &
rendre parfaitement toutes les gradations & les tons du clair
obscur, il a sçu imaginer une façon d'opérer inconnue aux
Artistes qui l'avoient précedé, & qu'il employa avec tant de
succès, que cette maniere est presque la seule aujourd'hui dont

on faſſe uſage. Elle conſiſte à préparer la planche à l'eau-forte, & à ajouter enſuite avec le burin le travail qui eſt né-ceſſaire, pour qu'elle faſſe tout l'effet que l'on peut en eſpérer; & c'eſt ainſi que notre admirable Artiſte a exécuté, outre les grands morceaux dont nous venons de parler, quantité de belles eſtampes, d'après le Pouſſin, le Brun & Mignard. La juſteſſe du deſſein, & c'eſt ce qui fera toujours le principal mérite d'un Graveur habile, fut la partie caractériſtique dans laquelle ce grand homme excella; & qui ne ſçait, que c'eſt ce rare talent qui a mérité à l'illuſtre Claudine Bouzonnet Stella une des premieres places entre les meilleurs Graveurs de ſon tems? Qui a mieux ſçu que cette admirable fille rendre toute la force du deſſein, & toutes les beautés des caracteres qui ſe font remarquer dans les tableaux du Pouſſin, & qu'elle a gra-vés d'après ce grand Maître? Sa gravure il eſt vrai ne brille pas par une extrême propreté; mais quel fond de ſcience n'y admire-t-on pas? Diſons de même que ſi la Gravure du célébre Audrand n'a pas toujours cette douceur que donne ſeul le bu-rin, elle eſt cependant ineſtimable pour la parfaite harmonie qui s'y fait partout ſentir.

C'eſt en marchant ſur les traces de ce grand homme, c'eſt en profitant de ſes ſçavantes leçons, que Benoît & Jean Au-dran, ſes neveux, ont fait tant de beaux ouvrages, qui ont eu de ſi glorieux ſuccès; c'eſt auſſi en ſe le propoſant pour mo-déle que l'illuſtre Simoneau eſt devenu un de nos meilleurs Graveurs; & quelle autre preuve faut-il de la capacité de ces trois illuſtres Artiſtes, que l'honneur qu'ils eurent d'être deſti-nés à graver tous les ſujets des Médailles de l'hiſtoire de Louis le Grand? ouvrage qui dans ſon genre doit être conſideré, comme un des chefs-d'œuvre de l'art.

Un autre Graveur qui a tenu un rang diſtingué parmi les plus illuſtres Artiſtes du ſiécle de Louis XIV. c'eſt le célébre Bernard Picart, fils d'Etienne Picart ſurnommé le Romain. Peu méritent de lui être comparés pour la fécondité du génie; auſſi c'eſt preſque toujours d'après les deſſeins de ſon invention, qu'il a travaillé. Retiré en Hollande où le deſir d'exercer li-brement la religion Proteſtante qu'il avoit embraſſée, l'avoit conduit, il y exerça ses talens avec les mêmes succès qu'il avoit eu en France.

Ce qui n'a pas peu contribué, ou plutôt ce qui a infiniment servi à l'avancement de la Gravure dans ce Royaume, c'est l'établissement qui fut fait d'une école à Rome où étoient envoyés les jeunes gens, qui sembloient avoir les plus heureuses dispositions pour les arts. Les Peintres & les Sculpteurs ne furent pas les seuls qui profiterent des avantages attachés à un si utile établissement. Les Graveurs admis comme eux dans l'Académie Royale de Peinture & de Sculpture, eurent des éleves qui furent envoyés à la même école; & sans doute eut-il été à désirer que l'on eût continué à leur fournir les mêmes secours pour se perfectionner dans un art où il est si glorieux, & en même tems si difficile d'exceller?

Une justice que l'on ne refusera point à nos Graveurs François, c'est que l'on ne peut disconvenir qu'il n'y a aucune partie du dessein, où ils ne se soient signalés par la supériorité de leur génie & de leurs talens; & en effet quels Artistes ont sçu mieux que Sylvestre & les Perelle, attraper l'art de rendre dans leurs estampes les beautés naïves & les charmantes varietés que nous offrent les plus rians paysages? Robert, Vauquier, Baptiste n'ont-ils pas excellé pour les fleurs & les animaux? Quel homme plus universel que le célébre le Pautre pour l'Architecture & pour tous les ornemens qui en dépendent? Mais il faut avouer que c'est principalement dans la gravure des portraits que la capacité de nos Artistes François a principalement éclaté; & nous osons dire, que nous pouvons hardiment opposer aux étrangers, des Maîtres en ce genre, à qui ils ne pourront refuser leur admiration. Parmi ces grands hommes tient le premier rang, le célébre Nanteuil, qui avec le seul secours du noir & du blanc que fournit la gravure, fit sentir dans les portraits la différence qui se trouve entre la chair, les étoffes, le linge, le poil & toutes les autres choses que la couleur croyoit être seule en droit de faire remarquer. Un autre Artiste habile dans ce genre de travail fut le célébre Antoine Masson, qui de simple armurier devint presque en un moment un Graveur excellent. Un si subit changement fut

l'ouvrage de la nature, ce fut elle qui inspira ce grand hom-
me, & comment n'auroit-il pas réussi à en exprimer parfai-
tement toutes les parties? Gerard Edelinck plus pur dans sa
coupe de burin, mit dans la gravure de ses beaux portraits une
couleur agréable & argentine, que l'on peut dire n'avoir ap-
partenue qu'à lui seul. Nicolas Pitau auroit sans doute porté
aussi loin cette partie de la Gravure, si une trop grande appli-
cation au travail n'avoit abbregé ses jours; mais pour ne par-
ler que des Graveurs en portraits les plus récens; quel éloge ne
méritent pas les Drevet pere & fils? Ces grands hommes ne se
sont-ils pas immortalisés par les riches portraits qu'ils ont fait
d'après le célébre Rigault? Abraham Bosse & François Chau-
veau ont tenu une place honorable parmi les Graveurs à l'eau
forte, qui ont gravé de genie. Le premier aussi bon Géometre
qu'Artiste excellent, a sçu donner à l'eau forte toute la per-
fection dont elle étoit susceptible; & ce qui fait un honneur in-
fini à l'habileté de ce grand homme, c'est d'avoir réussi à
exécuter avec la seule pointe quelques planches que l'on ne
pourroit que difficilement distinguer des pieces gravées au burin.
Le second distingué par une riche fécondité de génie, avoit
pour l'invention une facilité extraordinaire. Né dans un siécle
où le goût des Romans dominoit, son génie sembloit être fait
pour en représenter les merveilleux événemens, & mettre dans
ces représentations le même intérêt que dans les narrations.
Mais nous ne craindrons pas d'avouer que sans doute il eût été
à souhaiter, que cet excellent Maître se fût attaché à carac-
tériser ses ouvrages par une plus grande propreté; & c'est-là
surtout la partie dans laquelle le fameux le Clerc a excellé.
L'admirable sagesse de ses compositions, le choix noble de ses
atitudes, le bel agencement de ses draperies ne feroient qu'une
bien foible impression sur le spectateur, s'il n'avoit sçu joindre
à toutes ces parties l'exécution la plus séduisante.

Le célebre Mellan se distingua par une façon particuliere
d'opérer, dont l'invention est une des plus glorieuses preuves de
la supériorité du génie de ce grand homme; ce qu'il y a de plus
merveilleux dans ses productions, c'est qu'aulieu que les au-
tres Graveurs ont recours à plusieurs tailles croisées les unes

ſur les autres pour repréſenter les effets des ombres & des de-
mies teintes, & donner le relief aux objets, il n'a preſque
jamais employé qu'une ſeule taille ; qui tantôt élargie, tantôt
déliée, & toujours à propos, met autant d'expreſſions dans
ſes Gravures, & y fait même entrer plus de légéreté que s'il
eût entaſſé travail ſur travail.

Le talent caractériſtique du célébre Silveſtre fut d'exceller
dans la repréſentation des vûes de Villes & de Palais ; talent
qui fut le fruit des voyages que cet habile Artiſte fit en Italie,
& où il avoit puiſé un goût parfait pour ce genre de travail,
auſſi mérita-t-il d'être choiſi par le feu Roi pour repréſenter
les vûes de ſes Palais & de ſes Jardins, & celles des Villes qui
tomboient chaque jour ſous la puiſſance de ce grand Prince,
dont les armes victorieuſes ont porté ſi loin la gloire du nom
François ; & lorſque Sa Majeſté eut conçu le deſſein de former le beau Recueil dont nous avons parlé, notre Artiſte l'enrichit d'un grand nombre de ſuperbes morceaux ; travail qui
lui obtint le titre glorieux de Maître à deſſiner de Monſeigneur
le Dauphin, & enſuite des trois Princes ſes enfans ; car telle
étoit la haute idée que Louis XIV. eut du deſſein, qu'il crut
qu'il devoit faire une partie eſſentielle de la bonne éducation.

Si le régne de ce grand Roi fut celui des arts & des ſciences,
la Gravure ne contribua pas peu à illuſtrer les uns & les autres. N'eſt-ce pas elle qui nous a procuré la ſuperbe édition de
l'Architecture de Vitruve donnée par le célébre M. Perrault ;
& dans laquelle brille la magnificence de ce Prince par le grand
nombre de ſuperbes eſtampes dont cette édition eſt ornée? Ce fut
encore par les ordres de Sa Majeſté que le fameux Deſgodets
alla à Rome pour y deſſiner les anciens édifices qui font le plus
précieux ornement de cette Capitale du monde Chrétien ; & ce
ſont les deſſeins de cet habile Artiſte, qui gravés aux dépens
du Roi par les meilleurs Maîtres, font encore aujourd'hui l'admiration des étrangers. Une ſuite nombreuſe de plantes gravées & deſſinées par Nicolas Robert, & par Louis de Châtillon,
des animaux rares accompagnés de diſſections anatomiques,
gravés par le Clerc ; la méchanique de tous les inſtrumens propres à tous les arts & à tous les métiers, une infinité d'autres

objets importans entrerent dans les vues du Monarque, & il en fit faire des planches, qui furent présentées à son Académie des Sciences pour les faire valoir par de sçavantes & utiles observations; & c'est ce qu'on attend des soins de cette illustre Compagnie.

Le malheur des guerres n'interrompit que trop souvent les glorieux projets que ce grand Roi ne cessoit de former pour l'avancement des arts & des sciences, & la Gravure en particulier ne se ressentit que trop de cette interruption; alors même cependant les amateurs de cet art s'empressoient à faire exécuter les plus superbes morceaux. Témoins les belles estampes gravées d'après les tableaux de Rubens, qui ornent la galerie du Palais du Luxembourg; & où sont représentées les actions de Marie de Medicis; Benoît & Jean Audrand, Gaspar du Change, Charles Simmoneau, Bernard Picart & plusieurs autres célébres Artistes partagerent la gloire d'un si beau travail. C'est encore au burin de ces grands hommes que nous devons les magnifiques estampes gravées d'après les plus beaux tableaux des plus illustres Peintres de notre école.

HISTOIRE LITTÉRAIRE
DU REGNE
DE LOUIS XIV.

ÉLOGES HISTORIQUES

DES GRAVEURS CELEBRES, DES ORPHEVRES ET DES MONETAIRES.

LIVRE DOUZIÉME.

JEAN VARIN.

EAN VARIN, Conseiller honoraire de l'Académie Royale de Peinture & Sculpture, Sécrétaire du Roi, Intendant des bâtimens de Sa Majesté, & Conducteur général des Monnoyes de France, a illustré par sa capacité & ses talens les régnes de Louis XIII. & de Louis XIV.

Ce grand Artiste né à Liege, étoit fils de Pierre Varin, Sieur de Blanchard, Gentilhomme du Comte de
Rochefort, Prince du saint Empire. A l'âge d'onze ans
le jeune Varin fut placé auprés de ce Prince pour être
son page ; le goût extraordinaire qu'il avoit pour le
deſſein lui fit faire en peu de tems de grands progrès
dans cet art ; & il ne devint pas moins habile dans la
Gravure & dans la Sculpture. La richeſſe d'une imagination vive & féconde lui fit auſſi inventer pluſieurs
machines très-ingénieuſes pour monnoyer les Médailles qu'il avoit gravées ; & ce fut à ce talent particulier qu'il dut la grande fortune où il parvint dans la ſuite.

Sa réputation s'étant répandue dans les pays étrangers, il fut appellé en France pour y exercer ſes talens,
ce qu'il fit avec tant de ſuccès, qu'il obtint bientôt la
charge de Garde général des Monnoyes de France. Ce
fut en ce tems-là qu'il fit le ſceau de l'Académie Françoiſe, qui repréſente le Cardinal de Richelieu, mais
qui eſt ſi reſſemblant, & travaillé avec tant d'art que
cet ouvrage ſera toujours regardé comme un véritable
chef d'œuvre.

Le Roi Louis XIII. ayant réſolu de faire la conver-
ſion générale de toutes les eſpeces légeres d'or & d'argent répandues dans toute l'étendue de ſon Royaume,
M. Varin fut choiſi par Sa Majeſté pour avoir la conduite de cette réforme, & ſurtout pour faire les poin-
çons, & les quarrés de toutes les monnoyes ; & le Roi
pour récompenſer le mérite de ce grand homme créa
pour lui deux Charges, l'une de Conducteur général
des monnoyes, l'autre de Graveur général des poin-
çons pour ces monnoyes.

M. Varin réuſſit ſi parfaitement dans ce genre de
travail, que pluſieurs pieces de monnoyes fabriquées
ſous ſa direction, ont méritées d'avoir place dans les
cabinets de pluſieurs curieux ; & il eſt vrai qu'elles égalent en beauté les Antiques les plus eſtimées. Cet habile Graveur ne fit pas paroître moins de capacité, &

moins

moins de génie dans les monnoyes qui furent faites pendant la minorité de Louis XIV.

On a aussi de la main de ce grand homme toutes les médailles qui concernent l'histoire du regne de Louis XIII. celles de la Reine Anne d'Autriche, son épouse, aussi bien que celles du Roi après sa minorité, pour la cérémonie de son Sacre, & pour divers autres ornemens de son regne.

Ce fut encore ce célébre Artiste, qui grava les médailles que l'on a placées dans les fondemens du frontispice du Louvre, de l'Observatoire & de l'Eglise du Val-de-Grace, aussi bien que celles de Monsieur, frere unique du Roy, du Prince de Conti, du Cardinal Mazarin, de la Reine de Suede, & de M. Colbert, & d'un grand nombre d'autres hommes illustres.

Mais ce ne fut pas dans la gravure seule que ce grand homme se distingua; son habileté parut encore dans la Sculpture. Louis XIV. en marbre qui se voit dans les grands appartemens de Versailles, & qui fut son coup d'essai, la figure de Sa Majesté aussi en marbre, de sept à huit pieds de haut; un autre buste de Sa Majesté en bronze, avec celui du Cardinal de Richelieu en or, du poids de cinquante cinq louis, seront des monumens éternels de sa capacité.

Cet habile Artiste, qui aux plus rares talens joignoit une ardeur infatiguable pour le travail, étoit occupé à l'histoire métallique du Roi, lorsqu'il tomba malade de la maladie dont il mourut au mois d'Août de l'année 1672, âgé de 68 ans.

FRANCOIS CHAUVEAU.

FRANÇOIS CHAUVEAU eut la gloire de réunir dans lui toutes les parties qui forment tout à la fois un habile Graveur, un sçavant Deffinateur, & un grand Peintre. Né à Paris l'an ..... il fut mis dans un âge encore tendre sous la conduite de Laurent Lahire Peintre de quelque réputation, dont il grava les ouvrages au Burin ; mais la vivacité de son imagination ne lui permit pas de s'accommoder long tems de cette maniere lente de travailler. Il commença donc à graver à l'eau forte, & il ne grava guères que des sujets de son invention ; & dans tous ces sujets qui sont multipliés à l'infini, on remarque un feu, une force, une vivacité d'expreffions, une variété, une fécondité de génie, & généralement toutes les parties qui caractérifent les plus grands Maîtres. Il excelloit furtout dans l'abondance & le tour ingénieux du deffein, de même que dans la belle ordonnance des figures.

La réputation de fa capacité étoit fi bien établie, que des Peintres mêmes qui avoient quelque nom, s'adreffoient fecrettement à lui pour lui demander des tableaux de deffein qu'ils exécutoient enfuite & qu'ils donnoient au public comme des fujets de leur invention. Il étoit d'autant plus facile à cet excellent homme de les contenter, qu'il s'étoit fait une habitude lorfqu'on lui propofoit quelque ouvrage, de prendre une ardoife fur laquelle il deffinoit la penfée qu'on lui avoit propofée en autant de façons différentes qu'on le fouhaitoit, jufqu'à ce que l'on fut content, ou qu'il le fut lui-même ; mais fouvent il lui arrivoit de corriger ce qui au jugement des plus habiles connoiffeurs, auroit pû paſſer pour un deſſein achevé.

Nous avons des mains de cet habile Artiſte, qui au génie le plus fécond & à l'imagination la plus vive, & tout à la fois la mieux reglée, joignoit une application continuelle au travail, plus de trois mille pieces toutes marquées au coin de la correction la plus exacte & de la plus grande propreté.

Les plus conſidérables de ces pieces ſont la principale quadrille du magnifique Carouſel de Louis XIV. les Métamorphoſes de Benſerade, un grand nombre de ſujets tirés des fables de la Fontaine, les délices de l'eſprit, la Jeruſalem du Taſſe, une ſuite d'hiſtoires de l'Ancien Teſtament, celle de la Pucelle d'Orleans, une partie de la vie de Saint Bruno peinte par le Sueur dans le Cloître des Chartreux de Paris.

Ce grand homme avoit commencé depuis quelques années à travailler à une ſuite des plus beaux ſujets tirés de l'Hiſtoire Grecque & Romaine, ce qui auroit formé un recueil immenſe ; mais une maladie de langueur cauſée par ſa trop grande aſſiduité au travail, enleva ce grand homme l'an 1674, lorſqu'il ſe préparoit à mettre la derniere main à cet important ouvrage.

CLAUDE BALLIN.

CLAUDE BALLIN l'un des plus célébres artiftes de fon fiécle, né à Paris l'an 1615, étoit fils d'un riche Orfévre dont il embraffa la profeffion, & dans laquelle il s'eft fait un grand nom ; l'on peut même dire qu'il n'eft perfonne qui ait pouffé plus loin que lui la perfection de fon art, & qu'il nous refte peu de chofes des anciens & des modernes qu'on puiffe comparer à fes ouvrages ; un difcernement exquis lui faifoit faifir tout ce qu'il y avoit de plus merveilleux & de plus frappant dans l'antique, & la fécondité de fon riche génie lui faifoit inventer mille beautés & mille graces nouvelles qui ne fe trouvoient point dans les chefs-d'œuvres même qu'il fe propofoit pour modèle.

Le deffein fut fa premiere étude, & il copia avec un foin extrême tout ce que le pinceau du célébre Pouf-fin avoit produit de plus beau. Mais pour mêler la pratique à la théorie, il s'exerça en même tems à divers ouvrages d'Orféverie, genre de travail dans lequel il fe rendit fi habile, que n'étant encore âgé que de dix-neuf ans, il fit quatre grands baffins d'argent de foixante marcs chacun d'un travail fi rare & fi merveilleux que toutes les richeffes & toutes les beautés de l'art paroiffoient y avoir été épuifées. Dans ces baffins étoient reprefentés les quatre âges du monde, & ces fujets qui fourniffent d'eux-mêmes les plus belles idées étoient accompagnés de tous les ornemens dont ils étoient fufceptibles. Le Cardinal de Richelieu les ayant achetés, après qu'ils eurent été dorés, il voulut avoir de la main du même artifte quatre vafes à l'antique du même deffein que les baffins pour les accompagner. Sarrasin excellent Sculpteur de ce tems là, étonné qu'un artiste aussi jeune que M. Ballin l'étoit alors, eût pû faire de pareils chefs-d'œuvres, se fit un plaisir d'employer ses talens. Il lui fit ciseler plusieurs bas-reliefs d'argent, entr'autres les songes de Pharaon qui sont d'une beauté ravissante.

La réputation de cet homme célébre établie par tant de beaux ouvrages, lui mérita l'honneur de faire la premiere épée & le premier hausse-col que Louis XIV. ait porté, & le Chef de Saint Remy que Sa Majesté donna à l'Eglise de Reims à la cérémonie de son Sacre. Peu de tems après il fit pour la Reine Mere Anne d'Autriche un miroir d'or de quarante marcs d'or; il fut encore chargé par M. Colbert de faire pour le Roi des tables, des guéridons de huit à neuf pieds de haut, de grands vases pour mettre des orangers, des flambeaux, des miroirs, & divers autres ouvrages dont la richesse & le bon goût suffiroient seuls pour donner la plus haute idée de la magnificence du grand Roi pour qui ils étoient faits. Ces beaux morceaux qui auroient été un monument éternel de la gloire de la Nation Françoise, & qu'elle auroit pû opposer à l'antiquité la plus sçavante dans les beaux arts, ne subsistent plus ayant été fondus pour fournir aux frais de la guerre, mais on en a heureusement conservé les desseins.

On voit encore dans plusieurs Eglises de Paris de même qu'à Saint Denis & à Pontoise divers ouvrages du même artiste, tous d'une beauté, d'une élégance & d'un goût qui ravissent l'admiration des plus habiles connoisseurs.

Après la mort du sieur Varin, Louis XIV. pour récompenser le mérite & les talens de l'illustre Ballin, lui donna la direction du Balancier des Médailles & des Jettons; ce grand homme mourut le 22 Janvier de l'année 1678, âgé de soixante-trois ans.

ROBERT NANTEUIL.

ROBERT NANTEUIL aussi illustre par son pastel que les plus grands Peintres l'ont été par leurs pinceaux, nâquit à Rheims en 1630. Son pere Marchand de cette Ville, quoique peu accommodé des biens de la fortune, n'épargna aucune dépense pour l'éducation du jeune Robert, & prit surtout un grand soin de lui faire faire ses études sous d'habiles Maîtres.

La forte inclination & l'heureux talent qu'il eut pour les beaux arts se manifesterent dès son enfance, & il les cultiva avec succès. Il n'avoit pas encore achevé son cours de Philosophie, qu'il dessina & grava lui-même la these qu'il soutint.

A peine eut-il fini ses études, que trop jeune encore pour porter ses vûes dans l'avenir il s'engagea dans les liens du mariage ; il ne fut pas long-tems sans s'appercevoir que ses talens, sur lesquels il avoit peut être un peu trop compté, ne lui seroient pas d'une grande utilité en Province, & qu'il ne devoit pas espérer d'en tirer les secours qui lui manquoient pour le soutien de sa famille ; il se détermina donc d'abandonner sa femme, & de venir seul à Paris, où l'espérance d'une fortune brillante le fit voler.

Arrivé dans cette grande ville, il eut besoin dans les commencemens d'avoir recours à quelque subtilité qui le tirât d'intrigue, & heureusement celle qu'il employa lui réussit.

Ayant vû plusieurs jeunes Abbés à la porte d'une auberge proche de la Sorbonne, il demanda à la maitresse de cette auberge, si un Ecclésiastique de la ville de Rheims ne logeoit point chez elle, que malheureusement, il en avoit oublié le nom, mais qu'elle pourroit aisément le reconnoître par le portrait qu'il en avoit ; & là dessus il lui montra un portrait parfaitement bien dessiné, & qui avoit tout l'air d'être fort ressemblant. Les Abbés qui l'avoient écouté jetterent les yeux sur ce portrait, & en parurent charmés au point qu'ils ne pouvoient se lasser de l'admirer. M. Nanteuil qui avoit bien prévu l'effet que produiroit la vûe de ce portrait, qui étoit véritablement un morceau achevé, proposa à ces Abbés de se faire peindre, ce qu'ils accepterent d'autant plus volontiers, que pour ne pas les effrayer, il leur dit qu'il vouloit bien se contenter d'un prix très-modique ; mais il ne s'en tint pas long-tems au premier prix qu'il avoit fixé ; il se vit bientôt si fort occupé, que ceux qui voulurent avoir leurs portraits de sa main, furent obligés de les payer chérement.

De si heureux commencemens firent prendre à M. Nanteuil la résolution de se fixer à Paris, & ce fut dans ce dessein qu'il retourna à Rheims pour y prendre sa femme qu'il y avoit laissée, & qui, sur le récit qu'il lui fit, fut très-empressée à le suivre. Ce célèbre Artiste ne fut point trompé dans ses espérances ; de retour à Paris, où il s'attacha particuliérement à faire des portraits en pastel, & à les graver, il se fit en peu de tems un fort grand nom. Mais ce qui acheva d'établir sa réputation, fut un portrait du Roi qu'il fit en pastel, & qu'il grava ensuite dans toute sa grandeur ; ce qui n'avoit pas encore été exécuté par aucun Graveur. Sa Majesté en fut si satisfaite, qu'outre cent Louis d'or qu'elle fit d'abord donner à Nanteuil, elle créa encore pour lui une Charge de Dessinateur & Graveur de son Cabinet avec des appointemens de mille livres, & lui en fit expédier des Lettres-Patentes très-honorables.

Ce portrait, le plus bel ouvrage qui ait peut-être

jamais été fait en ce genre, & qui seul suffit pour immortaliser la gloire du célébre de Nanteuil, fut suivi de plusieurs autres, où il ne fit pas paroître moins de capacité & moins de génie; il grava de la même maniere & dans le même goût le portrait de la Reine mere, celui du Cardinal Mazarin, qui le retint aussi pour son Dessinateur & son Graveur, celui du Duc d'Orléans, du Maréchal de Turenne, & de quelques autres grands hommes. L'éloge que le célébre Carlo Dati fait de ces beaux ouvrages est trop glorieux à la mémoire de l'illustre Nanteuil pour ne pas le rapporter. *Ces paroles d'Appollonius*, dit ce sçavant Florentin dans sa vie de *Zueuxis*, *m'appellent à contempler avec étonnement l'artifice des estampes de nos Graveurs modernes, où toutes choses sont si naïvement représentées, la qualité des étoffes, la couleur de la carnation, la barbe, les cheveux, & cette poudre légere, qui se met dessus, & ce qui est de plus important, l'âge, l'air & la vive ressemblance de la personne; bien qu'on y employe autre chose que le noir de l'encre & le blanc du papier, qui ne font pas seulement le clair & l'obscur, mais l'office de toutes les couleurs. Tout cela se voit, & s'admire plus qu'en quelqu'autre ouvrage, dans les excellens portraits de l'illustre Nanteuil.*

Ces portraits forment un recueil de deux cens quarante estampes, où les personnes les plus qualifiées de l'Etat, sont représentées de la maniere la plus noble & la plus naturelle. Mais ce ne fut pas la France seule que notre illustre Artiste enrichit de ses ouvrages; sa réputation répandue dans les pays étrangers, fit naître au grand Duc de Toscane l'envie d'avoir son portrait, fait de la main du célébre Nanteuil, & ce portrait en pastel fut placé dans la galerie où étoient rassemblées ceux des plus grands Maîtres en Gravûre & en Peinture.

Au talent extraordinaire que M. Nanteuil avoit pour la gravure, il joignoit encore un gout particulier pour

la

la Poësie ; on pourra en juger par les vers suivans, qu'il récita à Louis XIV. pour lui demander du tems sur un nouveau portrait qu'il entreprenoit.

Après les actions qui vous couvrent de gloire.
　　　Après tant de faits éclatans,
Il me faudroit, grand Roi ; donner un peu de tems
Pour rendre votre image égale à votre histoire ;
On verroit dans les traits de Votre Majesté,
Une grandeur parfaite unie à la bonté ;
Ce souris si charmant ; cet air si magnanime,
Ces mouvemens causés par un esprit sublime,
Et tout ce qui compose , & fait voir à la fois
Dans un homme, un grand homme, & le plus grand des Rois :
Mais pourquoi dans mes vers achever votre image,
Tant d'écrivains sur moi n'ont-ils pas l'avantage,
Quand nul autre Graveur par sa dextérité
Ne peut vous consacrer à la postérité.
Je puis bien me vanter, brûlant d'un zele extrême,
　　　Je sçais mon art & j'aime.
Ainsi dans cet ouvrage on pourra voir un jour,
Ce que peuvent ensemble, & l'adresse & l'amour.
Excusez ce transport, & pardonnez-moi, Sire,
Ce qu'un sujet fidelle a bien osé vous dire.

Mais ce qui fait de cet homme illustre le plus grand éloge, ce sont les qualités de son cœur. Plein d'une tendresse extrême pour un pere qu'il sçavoit être dans une situation assez triste, il n'attendit pas que sa fortune fut bien établie pour le presser de venir la partager avec lui. Dès que ses affaires furent un peu arrangées, il en donna avis à son Pere, en le conjurant de se rendre à Paris, où il se promettoit de lui faire couler des jours heureux. Informé du jour de son arrivée il

Tome III.　　　　　　　　　　　　　I i

alla au devant ; & pour lui faire plus d'honneur, & le
furprendre en même tems plus agréablement ; il eut
foin de fe parer de fes plus beaux habits, la bonté de
fon cœur lui fit répandre bien des larmes en embraf-
fant ce pere tendrement chéri, & ceux qui étoient dans
la même voiture, témoins des vives & touchantes ca-
reffes dont il l'accabloit, ne purent retenir les leurs.
Depuis ce moment ce généreux fils ne goûta jamais de
plaifir plus fenfible, que celui qu'il avoit de pouvoir à
chaque inftant prévenir les defirs de fon pere, ce qu'il
continua jufqu'au jour fatal que la mort l'enleva d'entre fes bras.

Cette pieté ne demeura pas fans récompenfe, quoique M. Nanteuil eût toujours affez aimé le plaifir, il
n'avoit cependant jamais donné dans aucun excès ;
mais fa religion parut fe réveiller vers les dernieres
années de fa vie, & il fembloit que la grace agiffoit
fenfiblement dans fon cœur, rien de plus pathétique
& de plus touchant que les difcours édifians qu'elle lui
infpiroit, & l'on ne pouvoit douter qu'il ne fût lui-
même bien pénétré des fentimens, qu'il exprimoit avec
tant de force & d'onction, qu'il les faifoit paffer dans le
cœur de ceux qui l'écoutoient.

Cet homme célébre, autant diftingué par fes vertus
que par fes admirables talens, mourut à Paris le 18
Décembre 1678, âgé de quarante-huit ans.

CLAVDE MELAN.

CLAUDE MELAN l'un des plus célébres Graveurs de son tems naquit à Abbeville l'an 1601. Son pere pour lors Receveur du Domaine dans cette Ville n'eut rien de plus à cœur que de seconder par une bonne éducation les heureuses dispositions qu'il découvroit dans son fils. S'étant apperçu du goût particulier qu'il avoit pour le dessein, il l'envoya à Paris lorsqu'il n'étoit encore âgé que de onze ans pour y apprendre à l'école de Vouet les premiers élémens de cet Art.

Le jeune Melan ne consultant que son penchant, se livra tout entier au plaisir qu'il avoit de graver au burin ; & il se fit dans ce genre de travail une maniere toute particuliere : au lieu que les Graveurs ordinaires ont presque autant de tailles différentes qu'ils ont de différens objets à représenter, notre jeune artiste imitoit indifféremment tous les objets qu'il représentoit avec de simples traits mis auprès les uns des autres sans jamais les croiser, se contentant de les faire ou plus forts ou plus foibles, selon que le demandoient les parties, les couleurs, les jours & les ombres des figures qu'il avoit à représenter ; & c'est là une maniere particuliere de graver qu'il a sçu pousser au plus haut point de perfection.

Mais ses talens ne se bornoient pas là, il avoit nonseulement le don de graver avec beaucoup de grace & d'élégance les plus beaux tableaux des plus excellens Maîtres ; mais il étoit aussi l'auteur & l'ouvrier de la plupart des desseins qu'il gravoit.

Notre jeune artiste poussé du desir de se perfection-

ner dans son art, entreprit en 1617 le voyage d'Italie.
A peine fut-il arrivé à Rome, qu'il eut diverses occafions d'y faire briller ses talens ; parmi le grand nombre
d'ouvrages excellens qui fortirent de fon burin, on remarque particulierement une partie de la gallerie Juf-
tinienne, le beau portrait de Juftinien, & celui du Pape Clement VIII.

La grande réputation que ces admirables morceaux
firent à notre illuftre Artifte lui mérita les offres avantageufes que lui fit Charles II. Roi d'Angleterre pour
l'attirer dans fes Etats ; mais l'amour de la patrie l'emporta dans le cœur de cet excellent homme fur l'efpérance de la fortune la plus brillante.

Après un long féjour à Rome, il revint à Paris où il
fe maria en 1654. Les ouvrages qu'il fit en France ne
furent pas recherchés avec moins d'avidité que ceux
qu'il avoit fait en Italie. Louis XIV. pour récompenfer le mérite de cet illuftre Artifte, lui donna un logement au Louvre, après l'avoir nommé fon Peintre &
Graveur ordinaire, & il fut choifi pour repréfenter les
Figures antiques & les Buftes du Cabinet de Sa Majefté. Il eut la gloire de réuffir parfaitement dans ces
fortes d'ouvrages, qui n'étant que d'une couleur, s'ac-
commodoient très-bien de l'uniformité de fa gravûre,
laquelle n'étant pas croifée, confervoit une blancheur
très-convenable au marbre qu'elle repréfentoit. Il avoit
encore ce rare avantage que les chofes qu'il gravoit
avoient plus de feu, plus de vie & plus de liberté que
le deffein même qu'il imitoit.

Le nombre des ouvrages qui font fortis du burin de
ce grand homme eft infini, comme on peut le voir
par le catalogue qui s'en trouve dans Florent-le-Comte;
mais de tous fes ouvrages le plus eftimé, c'eft une tête de Jefus-Chrift deffinée & ombrée avec fa Couronne d'Epines ; & le fang qui ruiffelle de tous côtés d'un
feul & unique trait, qui commençant par le bout du
nez, & allant toujours en tournant, forme très-exac-

tement tout ce qui eſt repréſenté dans cette Eſtampe, par la ſeule différente épaiſſeur de ce trait, qui ſelon qu'il eſt plus ou moins gros, fait des yeux, un nez, une bouche, des joues, des cheveux, du ſang & des épines; le tout ſi bien repréſenté & avec de ſi grandes marques de douleur & d'affliction, que l'on ſe ſent attendri à la ſeule vûe de cette belle Eſtampe, qui doit être regardée comme un chef-d'œuvre de l'art.

Cet illuſtre artiſte mourut à Paris le 9 Septembre de l'année 1688, âgé de quatre-vingt huit ans. Son corps fut inhumé dans l'Egliſe de Saint Germain l'Auxerrois.

FRANÇOIS POILLY.

FRANÇOIS POILLY né à Abbeville en 1622, étoit fils d'un Orfévre distingué dans sa profession, qu'il exerçoit avec d'autant plus de succès qu'il avoit une parfaite connoissance du dessein. Charmé de découvrir dans son fils d'heureuses dispositions pour cet art, il lui en apprit les premiers élémens, & il l'envoya ensuite à Paris, où il le mit sous la conduite de Pierre Daret Graveur.

Une grande facilité de génie jointe à beaucoup d'application de la part du jeune Poilly le rendit habile en peu de tems. Au bout de trois ans il se vit en état de donner des ouvrages qui commencerent à établir sa réputation. Entre les beaux morceaux qui sortirent alors de son burin, on admire surtout la superbe vision d'Ezechiel, d'après Raphael, une sainte Famille dans un paysage d'après Stella, & plusieurs grands sujets d'après M. le Brun.

Quoique ces ouvrages eussent pû être avoués par les plus grands Maîtres, M. Poilly ne se cacha pas qu'il s'en falloit de beaucoup qu'ils eussent toute la perfection qu'on auroit pû leur donner. Plus les lumieres de ce grand homme étoient étendues, plus elles lui faisoient sentir celles qui lui manquoient, & ce fut le desir d'en acquérir de nouvelles qui lui fit entreprendre le voyage d'Italie.

Ce célébre Artiste ne fut pas plutôt arrivé à Rome, qu'il se livra tout entier à l'étude de l'antique. L'envie qu'il avoit de se perfectionner dans son art lui fit rechercher avec avidité tous les anciens monumens de Sculpture & d'Architecture qui font un des plus précieux ornemens de Rome & de ses environs, & il desfina les plus considérables avec un soin extrême; cette étude n'occupoit cependant pas tous ses momens, il employoit une partie de son tems à graver, & pendant les sept années qu'il demeura à Rome, il donna au public un grand nombre de planches, qui toutes furent reçues avec applaudissement; entr'autres un Saint Charles qui communie les malades, trois Vierges d'après le célébre Mignard, une grande obélisque d'après le Cavalier Bernin, & divers sujets d'histoire d'après Petre de Cortonne, Cirus Ferus, & plusieurs autres grands Maîtres.

Cet habile Artiste étant revenu à Paris en 1656, s'y vit recherché de tous les connoisseurs; & malgré la facilité merveilleuse avec laquelle il travailloit, à peine pouvoit-il suffire aux occupations dont il étoit chargé; outre un grand nombre d'excellens portraits qu'il grava d'après les plus fameux Peintres, il fit encore quantité de sujets d'histoire d'après M. le Brun, Romanelle & Bourdon.

Les œuvres de ce grand homme sont composés de plus de quatre cens morceaux qui éterniseront la mémoire de cet illustre Artiste. Sa trop grande application au travail fut suivie de plusieurs infirmités qui avancerent la fin de ses jours; il mourut au mois de Mars de l'année 1693, âgé de 69 ans.

Il eut un frere cadet appellé Nicolas qui s'est aussi fait un grand nom dans la gravûre. Il est mort en 1696, âgé de 70 ans.

GERARD AUDRAN.

LE célébre GERARD AUDRAN, Conseiller de l'Académie Royale de Peinture, & Pensionnaire du Roi, naquît à Lyon en 1639; il étoit issu d'une ancienne famille originaire de Paris. Adam Audran, Maître Paumier dans cette Ville, eut pour fils Louis Audran, l'un des principaux Officiers de la Louveterie sous Henri IV, qui souvent prenoit plaisir à jouer à la paume avec lui, & c'étoit là véritablement un exercice dans lequel le jeune Audran faisoit paroître tant d'adresse, que toute la Cour accouroit pour le voir jouer.

Ce Louis Audran eut deux fils, Charles & Claude, qui nés avec un égal penchant pour la Gravure, s'y appliquerent également & y firent l'un & l'autre de très grands progrès.

Charles ou Karles, animé du desir d'exceller dans son art, alla passer quelques annés en Italie. Pendant tout le tems qu'il fut à Rome, il s'occupa avec un soin extrême à dessiner & à graver d'après les plus grands maîtres, & il eut la gloire de les imiter si parfaitement, que les excellentes copies qu'il faisoit de leurs ouvrages furent souvent prises pour des originaux. De retour à Paris où il avoit été précédé par la réputation qu'il s'étoit faite à Rome, il se vit recherché de tous les connoisseurs & surchargé de tant d'occupations, qu'à peine pouvoit-il y suffire malgré son assiduité au travail; il est vrai aussi que tout ce qui sortoit de son burin étoit gravé avec une propreté, une correction, & une netteté que l'on ne pouvoit se lasser d'admirer; mais ce qui le rendoit inimitable étoit son

adresse

adreſſe à ſe ſervir de burins à lozanges très-étroits, &
preſque comme des canifs qui, mordant plus profondément dans le cuivre, faiſoient qu'on tiroit quatre
à cinq mille Eſtampes de chaque planche, toutes très-
noires & parfaitement belles. Pluſieurs des ouvrages
de ce grand homme ont été confondus avec ceux de
ſon frere Claude, parce que les uns & les autres étoient
marqués par un C; & ce fut pour les diſtinguer que
Charles ou Karles mit un K au lieu d'un C. Cet illuſtre Artiſte mourut à Paris en 1674, âgé de 80 ans,
n'ayant point été marié; mais Claude Audran ſon frere cadet ſe maria à Lyon, où il épouſa Elie Fretolat
dont il eut cinq enfans, Germain, Nicolas, André,
Gerard & Claude Audran. Leur pere, Claude Audran,
mourut en 1676 âgé de 79 ans.

Germain, l'aîné de ſes fils, vint à Paris & y eut pour
maître le célébre Charles Audran ſon oncle. Etant
retourné à Lyon, il y épouſa, en 1654, Jeanne Ciceron, & mourut en 1711 âgé de 98 ans, Adjoint à Profeſſeur de l'Académie établie dans cette Ville. Il laiſſa
de ſon mariage, Claude, Gabriel, Benoît, Jean &
Louis Audran. Benoît & Jean, & Pierre Drevet, qui
tous trois ſe ſont fait un grand nom dans la gravure,
furent ſes Eleves.

Le célébre Gerard, fils de Claude & frere cadet de
Germain, montra, dès ſa plus tendre jeuneſſe, autant
de diſpoſition que de goût pour l'art auquel la nature
ſembloit l'avoir deſtiné. Après avoir appris les premiers élemens du deſſein ſous ſon pere, ſous Germain
ſon frere & ſous Perrier, Peintre de l'Académie Royale; lui, & ſon frere Claude Audran mort garçon à
Paris, Profeſſeur de l'Académie, vinrent à Paris pour
ſe perfectionner dans leur art; ils n'y furent pas long-
tems ſans s'y diſtinguer, & ils mériterent l'un & l'autre, d'être logés aux Gobelins.

M. le Brun, premier Peintre du Roi, zelé pour
l'avancement de tous les jeunes gens qui ſe diſtin-

guoient par d'heureux talens, fe fit un mérite de produire le jeune Gerard Audran , & de l'occuper. Le
triomphe & la bataille de Conftantin fut le premier
ouvrage qu'il lui fit graver ; Gerard réuffit d'autant
mieux , qu'il avoit acquis de plus grandes lumieres ,
par l'étude qu'il s'étoit faite de deffiner & de peindre
d'après la nature , qui fut toujours fon principal objet.
Il grava auffi le martyre de Saint Etienne , le baptême des Pharifiens , & le Pyrrhus d'après le célébre
Pouffin.

Quelqu'habile qu'il fe fût rendu dans fa Profeffion , il
ne laiffa pas d'entreprendre en 1666 , le voyage de Rome ;
& , pendant trois ans qu'il y demeura , il s'y occupa à
graver les plus beaux ouvrages du Dominiquin , ceux
de Raphael & des plus grands maîtres , & entr'autres
un beau platfond en trois planches d'après le Cortonne,
qu'il dédia à M. Colbert ; plufieurs belles planches
qu'il fit , furtout celles des portraits de Clement IX ,
du neveu de ce Pontife & de M. de Sorbieres , établirent fi bien fa réputation , que Louis XIV , informé de la grande capacité de cet habile Artifte , ordonna qu'on le fît revenir inceffamment d'Italie.

Un ordre fi glorieux lui fit hâter fon départ de
Rome , & il ne fut pas plutôt de retour à Paris , que
Sa Majefté lui fit graver la bataille d'Alexandre , & il
grava enfuite un grand nombre d'autres planches d'a-
près les deffeins du Pouffin , de Mignart , & des autres
grands Maîtres. Les platfonds des Anges , de Vau le
Vicomte , des Bijoux & du Val-de-Grace , ont été gravés par ce grand homme.

Cet illuftre Artifte , le plus grand deffinateur de tous
ceux qui l'ont précédé , a été le premier qui ait ofé
entreprendre des planches auffi grandes que le font
celles qu'il nous a laiffées ; & ce qui met le comble à
fa gloire , c'eft qu'il les ait faites avec autant de facilité que d'intelligence & de correction. Cet excellent
homme , confidéré des Grands , aimé & eftimé de tous

les Sçavans de son siécle, mourut à Paris au mois de Juillet 1703, en sa soixante-uniéme année, Conseiller de l'Académie Royale de Peinture, & Pensionnaire du Roi. Quelque tems après qu'il se fut retiré aux Gobelins, il se maria à Mademoiselle Licharie, dont il n'eut point d'enfans. Benoît & Jean ses neveux, furent les éleves de ce grand homme, & tous les deux se sont fait un grand nom dans leur art.

Le premier, fils cadet de Germain, né à Lyon en 1661, après avoir appris sous son pere le dessein, & la gravure, vint à Paris où il se perfectionna dans ces deux Arts, sous la conduite du célébre Gerard son oncle. Nous avons de lui un grand nombre de superbes planches qu'il a faites d'après les desseins du Poussin, de le Sueur, de le Brun, de l'Albane, de Mignard & de l'histoire métallique de Louis XIV, autant d'ouvrages où l'on admire les mêmes beautés qui caractérisent les ouvrages de l'illustre Gerard. Benoît Audran est mort au mois d'Octobre de l'année 1721, âgé de soixante ans, étant Conseiller de l'Académie Royale de Peinture, & Pensionnaire du Roi.

Louis Audran, un autre fils de Germain Audran, a aussi rendu son nom célébre par son génie & sa capacité accompagnée d'une ardeur infatigable pour le travail; Peintre & Dessinateur du Roi, il a laissé un grand nombre d'excellens ouvrages marqués au coin du génie le plus riche & le plus fécond. Ces ouvrages se voyent dans les Maisons Royales, dans plusieurs palais, & dans différentes maisons de particuliers, à Versailles, à la Ménagerie, à Meudon, à Sceaux, au Château d'Anet, à l'hôtel de Toulouse, au Temple, à Gros-Bois, à l'hôtel de Bouillon, à l'hôtel d'Antin, à l'hôtel de Verue, chez Messieurs de Moras, la Faye, &c. Cet grand Artiste, non moins estimable par les qualités du cœur & de l'esprit, que recommandable par ses talens, est mort concierge du Palais du Luxembourg, le 27 Mai 1734 âgé de 76 ans.

Claude Audran son frere fut aussi Peintre du Roi, & Professeur en son Académie. Il est mort sans postérité. Parmi une grande quantité de beaux ouvrages qui sont sortis de son pinceau, on admire surtout les douze mois de l'année, qu'on voit en estampes, avec les Divinités qui y président & leurs attributs, éxécutés en tapisseries pour le Roi. La description que nous joignons ici de ces excellens morceaux, suffira pour donner la plus haute idée du génie & de la capacité de leur Auteur.

JANVIER, sous la protection de JUNON :
Signe du Verseau.

Junon, ornée de son Diadême, tenant son sceptre, qui la désigne Reine du Ciel & des Richesses, est assise sur des nuées, sous le pavillon d'un Temple, l'oiseau de son char à côté d'elle & un cornet rempli de pierreries & de médailles. Ce Temple est surmonté des vents & d'un Paon rouant, au-dessus duquel est placé le signe de ce mois (*le Verseau*) ; plus bas différens sceptres sortent de deux autres cornets, accompagnés des instrumens à vent qui sont les attributs de cette Déesse. Les festons legers de plumes, sont des ornemens de cette piéce, au-dessus desquels sont deux Oyes particulierement dédiées à cette Divinité.

FEVRIER, NEPTUNE : *les Poissons.*

Le Dieu des Eaux, tenant en main son trident, est debout sous une grotte formée de cascades, surmontée de filets & autres instrumens propres à la pêche, & du signe de ce mois (*les Poissons*) ; au dessous de la grotte sont représentés les chevaux du char de Neptune, & plus bas un navire avec ses agrès. On a mis dans cet ouvrage un melange d'oiseaux marins, de poissons, de branches de corail & toutes sortes de riches coquillages pour attributs.

MARS, MARS & MINERVE : *Signe du Belier.*

Lè Dieu de la Guerre èft affis fur un corcelet le pied
fur un cafque fous un pavillon foutenu par deux colonnes belliques , ornées de drapeaux. Le vautour placé
aux côtés du pavillon , le loup & le chien que l'on
voit au-deffous de la figure , font des animaux deftinés aux facrifices de cette Divinité. Les couronnes
triomphales, palliffaires, murales , le chêne & le laurier dont on couronnoit les vainqueurs, de même que
les trophées d'armes & tous les feux , font les attributs
de la guerre.

AVRIL , VENUS : *Signe du Taureau.*

La Déeffe des Amours tient en main la pomme d'or.
Elle eft affife fur un nuage avec Cupidon fous un berceau de treillage , compofé de myrthes & de fleurs ;
plus bas eft une fontaine foutenue par deux Dauphins,
& un Cigne nageant dans fon baffin , autour duquel
font les pigeons de fon char. Les feftons de rofes qui
font au-deffus du berceau font enrichis des trophées
de l'amour. Les moineaux que l'on voit à côté étoient
dédiés à cette Déeffe.

MAI, APOLLON : *Signe des Jumeaux.*

Apollon eft fous un berceau foutenu de cyprès en-
tourés de lauriers. Ce berceau eft couronné de fon trepied , & du ferpent Python ; à côté font la lyre de ce
Dieu & la flute de Marfias, dont il fut vainqueur ; les
trophées d'inftrumens que l'on voit au deffous de la figure & les finges qui en jouent, marquent l'empire de
cette Divinité fur la Mufique comme fur la Poëfie ;
les couronnes en font les récompenfes ; les corbeaux,
l'un blanc & l'autre noir, repréfentés au deffus du berceau , à côté du figne de ce mois , étoient confacrés à
Apollon.

JUIN, MERCURE : *Signe de l'Ecreviſſe.*

Ce Dieu de l'Eloquence, des Sciences & des Arts, tenant en main ſon caducée, eſt repréſenté ſous un pavillon porté ſur un nuage ; au-deſſus ſont la Sphére, le Globe & les inſtrumens du jeu de la Paume, attributs qui lui conviennent ; la houlette, les ciſeaux, la bourſe que l'on voit au deſſous, font connoître qu'il étoit le Dieu des bergers & des larrons ; les balots & les feſtons de rubans, qu'il préſide au commerce. Le coq & le bouc étoient conſacrés à cette Divinité.

JUILLET, JUPITER : *Signe du Lion.*

Le Roi du Ciel & le maître des Dieux, armé de ſa foudre, eſt ſoutenu par ſon aigle ſur un nuage ſous un pavillon dans un Temple au-deſſus duquel eſt ſon égide. Une couronne & deux ſceptres en ſautoir, déſignent ſa puiſſance ſouveraine. L'autel & les parfums marquent qu'on lui rendoit les plus grands honneurs. On lui ſacrifioit le taureau blanc à cornes dorées, repréſenté au-deſſous de l'autel. Les cornes d'abondance qui couvrent l'autel, les mouches à miel & le cheſne, placés autour de l'égide, lui étoient conſacrés.

AOUST, CERE'S : *Signe de la Vierge.*

La Divinité qui préſide aux Moiſſons, eſt déſignée par ſon habit blanc, ſon flambeau, ſa gerbe, ſa faucille. Au-deſſous ſont les dragons de ſon char. La charrue, le joug, le fléau, & tous les inſtrumens qui ſervent au labourage, ſont du nombre de ſes attributs, de même que les épis, les pavots, & autres fleurs dont on faiſoit des couronnes à cette Déeſſe.

SEPTEMBRE , VULCAIN : *Signe de la Balance.*

Le Dieu du Feu & des Forgerons est assis sur un enclume, sous un pavillon soutenu de deux colonnes, chargées des instrumens qui servent à la forge : plus bas est la Salemandre qu'on croit se nourrir dans le feu, & des Cyclopes figurés par trois Singes qui forgent la foudre de Jupiter. Les casques, cuirasses, bombes, mortiers & autres instrumens d'Artillerie, distribués dans différens endroits de cette piéce, marquent les attributs de cette Divinité.

OCTOBRE, MINERVE & MARS : *Signe du Scorpion.*

Minerve, Déesse des Sciences & des Arts, tenant d'une main son égide, & de l'autre sa lance, est sous un Temple soutenu de javelots, & enrichi de branches & de couronnes d'olivier qui lui étoient dédiées ; le dôme est composé du travail d'Arachné, sa rivale ; aux deux côtés sont les oiseaux qui lui étoient consacrés : les instrumens qui servent à la tapisserie, à laquelle cette Déesse présidoit, sont distribués de maniere, dans cette piéce, qu'ils en font presque tout l'ornement.

NOVEMBRE , DIANE : *Signe du Sagittaire.*

La Déesse de la chasse & de la pêche, habillée à la legere avec son diadême en forme de croissant, tenant d'une main un javelot, & de l'autre menant un Levrier, paroît en action de marcher. La biche & le chien lui étoient dédiés. Les ceintures que les filles d'Athênes lui offroient, les oiseaux, les arcs, les flèches, le carquois, les filets propres à la chasse & à la pêche, sont les ornemens de cette piéce, & les attributs ordinaires de cette Déesse.

DECEMBRE , VESTA : *Signe du Capricorne.*

Vefta , Déeſſe de la Terre , portant d'une main le feu , qui lui étoit conſacré , de l'autre une corne d'abondance , ornée d'un diadême figuré par des tours , eſt repréſentée aſſiſe ſur une chaiſe , un tambour à ſes pieds , ſous un Temple de figure ronde , orné de feſtons au-deſſus duquel on voit une femme tenant un enfant ſur ſes genoux : on offroit à cette Déeſſe les premices des enfans & de tous les fruits : l'ours & le lion étoient les animaux du char de Cybele , que les Poëtes ont dit être la même Divinité.

Ces beaux morceaux, dont nous ne venons de tracer qu'un bien leger crayon , ont été gravés par le célébre Jean Audran , Graveur & Penſionnaire du Roi, établi aux Gobelins , & qui eſt le ſeul qui reſte de tous les illuſtres Artiſtes de ſon nom.

GERARD

GERARD EDELINCK.

GERARD EDELINCK, né à Anvers en 1641, a été un des plus illuftres Artiftes de fon fiécle. Les figures, l'hiftoire, le portrait étoient des parties qu'il poffédoit parfaitement, & dans lefquelles il réuffiffoit également bien.

Deftiné par fes parens à l'étude des Belles-Lettres, il s'y appliqua pendant quelques années ; mais entraîné par le penchant particulier qui le portoit au deffein, il voulut en apprendre les premiers principes, & il n'eut bientôt plus de goût que pour cet art. Son pere dont il étoit tendrement cheri, ne lui refufa aucun des fecours qui pouvoient contribuer à fon avancement, dans la profeffion à laquelle la nature fembloit l'avoir deftiné.

Le jeune Edelinck fut mis fous la conduite d'un maître habile, appellé Gal, qui charmé du génie & des heureux talens, qu'il ne fut pas long-tems à découvrir dans fon nouvel éleve, prit un foin particulier de fon inftruction ; & ce jeune homme de fon côté répondit aux leçons de fon maître par une fi forte application, & par une fi grande affiduité au travail, qu'au bout de quelques années il n'eut plus befoin du fecours de fes préceptes. Les fciences & les beaux arts fleuriffoient en France fous le regne d'un grand Roi, qui en fut toujours le généreux protecteur, & qui par fes libéralités & fes bienfaits attiroit dans fes Etats les hommes de l'Europe les plus diftingués par leurs talens, & par leur mérite. Et ce fut-là le motif qui engagea le jeune Edelinck à venir dans ce royaume dans l'affurance d'y trouver tous les fecours qu'il pouvoit défirer. Pour fe perfectionner dans fon art : arrivé à Paris il fe mit à l'école du célébre François Poilly, l'un des plus célébres Graveurs de fon fiécle, & qui étoit furtout renommé pour la pureté & la correction de fon burin ; mais ce n'en fut pas affez pour notre artifte Flamand d'imiter fon nouveau maître dans ces deux parties effentielles ; il tâcha encore de fe former une maniere qui réunit toutes les beautés particulieres qui caractérifent les différens ouvrages des plus habiles Artiftes. M. Edelinck excella principalement dans l'art de diftinguer les draperies & les couleurs mêmes, & elles fe trouvent en effet fort bien défignées dans tous les ouvrages qui font fortis de fon burin. Ce grand homme fe diftingua encore par le talent particulier qu'il eut de fçavoir peindre particuliérement fur le cuivre.

Un faint Jerôme en petit, gravé d'après le grand Champagne, qu'il préfenta à M. le Brun, lui mérita de la part de cet habile connoiffeur les plus grands applaudiffemens ; mais M. le Brun ne s'en tint pas à de fimples louanges. L'eftime qu'il faifoit des talens & de la grande capacité de M. Edelinck, l'engagea à le choifir pour graver le precieux tableau de la fainte famille, & celui d'Alexandre vifitant la famille de Darius, deux morceaux de la premiere réputation, l'un de Raphaël, & le fecond de M. le Brun, qui fe trouvent dans le cabinet du Roi. Le célébre Edelinck fe furpaffa dans les eftampes qu'il exécuta d'après ces tableaux, & il en fit deux chefs-d'œuvre. L'on y admire de même que dans tous les autres ouvrages de ce grand homme, une pureté de burin, une fonte, & une couleur brillante, qui font les deux parties de fon art qu'il poffédoit éminemment, & dans une fupériorité d'autant plus grande, qu'elles lui étoient naturelles.

Un autre ouvrage non moins admirable de cet excellent Artifte, eft la belle eftampe où eft repréfenté un fonge de la Reine. Cette Princeffe ayant vû, ou ayant cru voir pendant le fommeil un Chrift entouré d'une troupe d'Anges, qui se prosternoient devant lui, M. le Brun fit de ce songe un magnifique tableau, que M. Edelinck grava, & il réussit si parfaitement dans cette estampe, qu'elle fait encore aujourd'hui un des principaux ornemens des cabinets de divers curieux. Il en est de même des plus belles statues de Versailles que M. Edelinck grava par ordre de M. Colbert, & qui seront des monumens éternels du génie & de la capacité de ce grand homme.

Son mérite étoit trop universellement reconnu pour qu'il ne lui donnât pas droit de prétendre aux plus glorieuses marques de distinction. S'étant présenté à l'Académie Royale de Peinture & de Sculpture en 1677, non-seulement il y fut reçu avec un applaudissement universel, mais il eut encore la gloire d'être fait conseiller dans la même séance. Honneur singulier, d'autant plus flateur pour le célébre M. Edelinck, qu'il est peu d'Artistes, même parmi les plus illustres, qui en ayent obtenu un pareil.

Cet excellent homme, admirable par la supériorité de ses talens, l'étoit encore par la facilité merveilleuse avec laquelle il travailloit ; & c'est ce qui lui a fait produire le grand nombre de Planches qu'on a de lui, parmi lesquelles les excellens portraits d'une infinité de personnes illustres de son siécle, qu'il a gravés, tels que ceux de Messieurs d'Hosier, Leonard, Desjardins, tiennent un des premiers rangs.

On a encore de la main de cet illustre Artiste plusieurs grandes thèses, dont les plus estimées, & qui méritent d'être considérées comme des chefs-d'œuvre, sont celles de M. Colbert, de M. de Louvois, du Roi à cheval, de la paix, celle du triomphe de l'Eglise sous la protection du Roi & plusieurs morceaux particuliers, un saint Charles, une Madeleine renonçant aux vanités du monde d'après M. le Brun, dans laquelle on ne sçait ce qui doit l'emporter ou de la bonté de la gravure, ou de la noblesse de l'invention, & la finesse de l'expreſſion ; ce beau tableau ſe voit aux Carmélites de Paris. M. Edelinck a encore gravé d'après le même Peintre un ſaint Louis & pluſieurs autres morceaux conſidérables.

M. Edelinck avoit déja été honoré de pluſieurs bien-faits du Roi, lorſqu'il obtint un logement aux Gobe-lins, ſous le Miniſtere de M. de Villacerf. Ce fut-là qu'il grava la famille de Darius d'après le célébre Mignard. Morceau qui ne s'étant pas trouvé fini au jour du décès de ce grand homme, fut cedé à l'illuſtre M. Drevet, qui y mit la derniere main. Un grand nombre de médailles frappées à l'honneur de Louis XIV. ſont encore ſorties du burin du célébre Edelinck. Ce grand homme, toujours livré au travail, même pendant les dernieres années de ſa vie, s'occupoit à graver quelques ſtatues de Verſailles, lorſqu'il tomba malade de la maladie dont il mourut en 1707, âgé de 66 ans. Il fut enterré à ſaint Hyppolyte, paroiſſe de l'Hôtel Royal des Gobelins. M. Edelinck avoit un frere cadet, nommé Jean, qui comme lui gravoit au burin, & même avec ſuccès, mais qui mourut dans un âge peu avancé.

SEBASTIEN LE CLERC.

SEBASTIEN LE CLERC l'un des plus grands Artiftes qui ayent illuftré le Regne de Louis XIV. naquit à Metz le 26 Septembre de l'année 1637. Son grand pere étoit un Gentilhomme Lorrain, qui vers l'an 1580 fut Sécretaire de la Princeffe de Tarente. Le malheur qu'il eut d'embraffer les nouvelles opinions de Calvin, le mit dans la néceffité de s'exiler de fon pays où les Proteftans étoient recherchés ; s'étant retiré à Metz, il n'oublia rien pour pervertir fa femme & fes enfans ; mais n'ayant pû y réuffir, il les abandonna.

Le plus jeune de ces enfans nommé Laurent le Clerc fut placé chez un Orfévre, & il excella dans fa profeffion. Il mourut à Metz en 1695, âgé de cent cinq ans.

Son fils Sebaftien le Clerc apprit de lui à deffiner ; & dès fa plus tendre jeuneffe, il commença à donner d'éclatantes preuves du talent extraordinaire qu'il avoit pour l'art auquel on le deftinoit.

A l'âge de huit ans, dans un deffein fait à la plume, il repréfenta un enfant nud couché & dormant fur le dos, les deux mains fur la poitrine, vû en racourci de côté par les pieds, & qui a environ un pouce & demi de proportion ; ouvrage que l'on ne fçauroit voir fans admiration.

Le génie de cet Artifte étoit trop vafte pour qu'il fe bornât à une feule fçience ; il s'appliqua à l'étude de la Géometrie, de la perfpective, de la fortification & de l'Architecture, & il n'y fit pas moins de progrès que dans la gravûre & dans le deffein. En 1660 il fut choi-

LI iij

ſi pour être Ingénieur , Géometre de M. le Maréchal de la Ferté ; & ce fut par ſon ordre qu'il leva les plans des principales places du pays Meſſin & du Verdunois. Celui de Marſal dont le Roi penſoit à démolir les fortifications , ayant été envoyé à la Cour ſous le nom d'un autre Ingénieur , M. le Clerc fut ſi piqué de l'injuſtice qu'on lui faiſoit qu'il abandonna ſon emploi d'Ingénieur.

Etant venu à Paris en 1665 , M. le Brun qui reconnut dans ce jeune Artiſte un talent extraordinaire pour le deſſein & la gravûre , lui conſeilla de s'y livrer tout entier ; & ce fut là le parti que M. le Clerc embraſſa.

En 1668 il fit imprimer ſa petite Géometrie-pratique qui conſiſtoit en quatre-vingt petits païſages ornés de divers morceaux d'Architecture , deſſinés & gravés avec une force & une correction que les plus grands Maîtres ne purent s'empêcher d'admirer.

Cet ouvrage qui fut reçu avec l'approbation générale de tous les amateurs des beaux Arts , mérita à M. le Clerc la protection dont M. Colbert commença dèslors à l'honorer. Ce Miniſtre pour l'attacher au ſervice du Roi , & afin qu'il ne travaillât que pour Sa Majeſté, lui fit donner un logement aux Gobelins avec une penſion de ſix cens écus ; & il le chargea en même tems d'apprendre le deſſein & les Mathématiques à M. de Blainville reçu en ſurvivance pour être Sur-Intendant des Bâtimens.

La grande réputation que ſe fit M. le Clerc par les excellentes pieces qui ſortoient inceſſamment de ſon burin , engagea Meſſieurs de l'Académie de peinture & de Sculpture à le choiſir en 1672 pour graver la repréſentation du Mauſolée que l'Académie avoit fait dreſſer dans l'Egliſe des Peres de l'Oratoire de la rue Saint Honoré , pour le Service de M. le Chancelier Seguier. Cette magnifique Eſtampe ayant été préſentée à l'Académie par M. le Brun , elle ſe félicita de pouvoir aggreger M. le Clerc à ſon illuſtre Corps , & pour lui

témoigner l'eſtime particuliere qu'elle faiſoit de ſa capacité & de ſes talens, elle le reçut en qualité de Profeſſeur en Géometrie & en Perſpective, & elle joignit à
ce titre une penſion de cent écus.

M. le Clerc une année après ſa réception à l'Académie, ſe maria & épouſa une des filles de M. Vander
Kerchove, Teinturier ordinaire du Roi aux Gobelins.
Au bout de quelques années de mariage, il renonça à
la penſion de dix-huit cens livres que le Roi lui faiſoit,
parce qu'il eſpéroit que maître de ſon tems, & travaillant à ſon choix, il trouveroit dans les ouvrages qu'il
feroit pour le public des reſſources plus conſidérables
pour le ſoutien de ſa famille naiſſante qu'il prévoyoit
devoir être nombreuſe, & il ne fut pas trompé dans ſes
conjectures ; car il ſe vit pere de dix-huit enfans, dont
huit moururent avant lui.

En 1676 il grava la belle Eſtampe qui repréſente
l'arc de triomphe qui étoit à l'extrémité du Fauxbourg
Saint Antoine, & trois années après il donna au public ſon petit diſcours ſur le point de vûe, & il fit paroître, environ le même tems, la repréſentation des machines qui avoient ſervi à conduire & enſuite à placer
les deux pierres énormes qui couvrent le fronton de la
façade du Louvre.

M. le Marquis de Louvois ayant ſuccedé à M. Colbert dans la Charge de Sur-Intendant des Bâtimens,
M. le Clerc fut choiſi par ce Miniſtre pour faire les deſſeins des Médailles de l'Hiſtoire de Louis le Grand, &
pour en conduire les Graveurs.

C'eſt dans ces excellens morceaux & dans beaucoup
d'autres ſemblables qui ſont admirés par tous les connoiſſeurs, que l'on apperçoit les grands talens de M. le
Clerc ; une imagination vive & brillante, mais toujours
bien reglée, & qui ne ſort jamais du caractere de la
belle nature, une fécondité ſurprenante jointe à une
facilité extrême à diverſifier toujours les ſujets mêmes
d'ailleurs aſſez ſemblables ; un deſſein très correct des

expreſſions nobles & élégantes, une belle exécution; traitant également bien tout ce que la nature a d'objets viſibles, le Ciel & les nuages, les lointains & les montagnes, le gazon, les rochers, les plantes, les animaux, l'Architecture, les ornemens, &c. Il ne réuſſiſſoit pas moins bien dans la repréſentation de l'antique; pour s'en convaincre, il n'y a qu'à conſidérer les ſujets où il a fait entrer des Chaldéens, des Grecs & des Romains; il ſemble que par une eſpece d'enchantement, on eſt tranſporté dans Babylone, dans Athenes & dans l'ancienne Rome, tant il a été habile à repréſenter dans les perſonnages qui paroiſſent dans ſes deſſeins le caractere & le goût antique; enfin nous pourrions ajouter d'après l'Auteur de l'éloge hiſtorique de cet illuſtre Artiſte, que le ſeul mérite qui manque à ſes ouvrages, c'eſt de n'avoir pas deux mille ans d'antiquité; c'eſt-à-dire, de n'avoir pas été faits en Grece ou en Italie depuis le tems d'Alexandre le Grand, & avant le malheureux ſiécle, où ſe fit l'invaſion des Goths, qui par leur fureur & par leur ignorance firent périr tous les beaux Arts.

L'infatigable aſſiduité avec laquelle M. le Clerc a travaillé pendant plus de ſoixante ans, lui a auſſi donné lieu de produire différens ouvrages d'eſprit dont la compoſition lui ſervoit comme de délaſſement. Outre ſa Géometrie pratique & ſon diſcours ſur le point de vûe dont nous avons parlé, il a encore fait paroître un grand Traité de Géometrie, un nouveau ſyſtême du monde, un ſyſtême de la viſion, & un Traité d'Architecture.

Une autre eſpece de récréation pour M. le Clerc, étoit de travailler à faire diverſes machines pour la démonſtration de différentes vérités mathématiques & phyſiques.

L'on ne doit pas s'attendre que nous faſſions ici une énumération détaillée de tous les ouvrages de gravûre ou de deſſein dont ce grand homme a enrichi le public.

blic. Il nous fuffira de dire que les pieces qu'il a gravées & qui font prefque toutes de fon invention , font
au nombre de près de trois milles , & que le nombre
des deffeins qu'il a faits eft plus grand de plus du double.

Les plus confiderables de ces ouvrages , outre ceux
dont nous avons déja parlé , font la Paffion de Notre-
Seigneur en trente-fix planches , la multiplication des
pains , l'Académie des Sciences & des beaux Arts,
l'Hiftoire de Charles V. Duc de Lorraine , l'entrée
triomphante d'Alexandre dans Babylone , le paffage de
la Mer Rouge , la defcente de Notre - Seigneur aux
lymbes , le grand Concile & le Saint Auguftin prêchant,
l'Apothéofe d'Ifis , une Pfiché en quatre pieces , les
glorieufes conquêtes de Louis le Grand , les caracteres
des paffions , &c.

Le célébre Auteur d'un nombre fi prodigieux d'excellens ouvrages fut comblé de tous les honneurs qui
étoient dûs à fes merveilleux talens. Après la mort de
M. Mellan arrivée en 1690 , il fut nommé Graveur &
Deffinateur du Cabinet du Roi , avec une penfion de
quatre cens livres , & peu de tems après il fut défigné
par M. de Villacerf , pour lors Sur-Intendant des Bâtimens , pour être un des quatre Profeffeurs qui devoient
tour à tour pofer le modéle & corriger les deffeins des
étudians. En 1700 Philippe-Antoine Gualterio , pour
lors Nonce en France & depuis Cardinal , qui eftimoit
fingulierement M. le Clerc , le fit Chevalier Romain ,
fuivant le pouvoir qu'il en avoit reçu de Notre Saint
Pere le Pape Clement XI.

En 1714 , environ fix mois avant que M. le Clerc fut
attaqué de la maladie dont il mourut , il difcontinua
tous les ouvrages qui avoient quelque rapport au deffein & à la gravûre ; mais il ne ceffa point pour cela de
travailler , puifque ce fut dans ce tems là qu'il fit imprimer fon fçavant Traité d'Architecture , dont il corrigea lui-même les épreuves.

Tome III.   M m

Enfin ce grand homme qui avoit joint aux rares talens dont la nature l'avoit avantagé, une piété vraiment chrétienne, mourut au commencement de sa foixante-dix-huitiéme année le 25 Octobre 1714. Son corps fut inhumé dans l'Eglife de Saint Hyppolite fa Paroiffe.

CHARLES SIMMONEAU.

LE célébre CHARLES SIMMONEAU Graveur ordinaire du Cabinet du Roi, né à Orleans vers l'an 1639, étoit fils de François Simmoneau, Chef des Fourriers de Sa Majefté, iffu d'une noble & ancienne famille; il fut dès fon enfance deftiné pour les armes; mais le malheur qu'il eut de fe rompre une jambe à la chaffé, le mit dans la néceffité d'embraffer une autre profeffion. Ses parens ayant confulté fon génie & s'étant apperçu du talent particulier qu'il avoit pour le deffein, l'envoyerent à Paris où ils le mirent à l'Ecole du fameux Noël Coypel l'un des plus grands Peintres de fon tems.

Le jeune Simmoneau apprit fous cet habile Maître non feulement à deffiner parfaitement, mais encore à peindre avec autant de génie que de goût. A ces deux talens il en voulut joindre un troifiéme dans lequel il s'eft exercé dans la fuite avec les plus glorieux fuccès. Auffi bon Peintre que grand Deffinateur, il devint encore un Graveur excellent. Ce jeune Artifte n'eut pas demeuré trois ans à l'école de Chateau, Graveur ordinaire du Roi, que les ouvrages qui fortirent de fon burin, furent jugés plus parfaits que ceux de fon Maître.

L'hiftoire, les figures, le portrait furent des parties que cet illuftre Artifte poffeda dans un égal degré de perfection; dans les sujets qu'il représentoit en grand, comme dans ceux qu'il représentoit en petit; regnoit même beauté de génie, même élévation de caractere, même vérité d'expressions, même délicatesse de pinceau, même fécondité d'imagination.

Entre un grand nombre de portraits parfaitement ressemblans que ce grand homme a gravés d'après M. Rigaud, & plusieurs autres Maîtres célébres, on admire surtout celui de Madame la Duchesse Douairiere d'Orleans, avec ceux de Messieurs Menage & de l'Abbé Anselme. Ce dernier qui est en petit, mérite d'être consideré comme un chef-d'œuvre de l'art.

La capacité de ce célébre Artiste n'a pas moins éclaté dans un nombre prodigieux de sujets d'histoires qu'il a exécutés d'après l'Albane, d'après le Carrache, & d'après quantité d'autres Peintres illustres.

La Samaritaine, l'entrée de J. C. à Jerusalem, piece nouvellement dédiée à M. d'Argouges Lieutenant Civil, quelques-unes des plus belles Estampes qui ornent la gallerie du Luxembourg, la Conquête de la Franche-Comté par Louis XIV. font des morceaux trop connus & trop universellement applaudis pour que nous entreprenions d'en faire l'éloge.

Cet illustre Artiste nous a encore laissé d'éclatans monumens de la beauté de son génie & de la richesse de son imagination dans un grand nombre de superbes vignettes qui font de sa composition; mais le genre de travail dans lequel il s'est le plus distingué, & qui a fait le plus d'honneur à ses rares talens, ce font les belles Médailles qu'il a gravées pour servir à l'Histoire métallique du Regne de Louis le Grand.

Voici un trait trop glorieux à la mémoire de l'homme célebre dont nous faisons l'éloge, pour que nous négligions de le rapporter. Le fameux Pierre Alexiowitz Empereur de Russie étant venu en France, plein d'estime pour la capacité de l'illustre Simmoneau dont on lui avoit fait l'éloge, voulut avoir quelques ouvrages des mains de ce grand homme, & il travailla en effet par ordre de ce Prince à divers morceaux dont les sujets étoient des batailles.

Cet excellent homme un des plus illustres membres de l'Académie Royale de Peinture & de Sculpture, mourut à Paris le 22 Mars de l'année 1728, âgé de près de quatre-vingt-neuf ans. On conserve encore avec soin le beau portrait du grand Mansart que M. Simmoneau donna pour son tableau de réception.

PIERRE DREVET.

PIERRE DREVET né à Lyon en 1663, a été un des Artistes de son siécle qui s'est le plus distingué par la beauté & la délicatesse de son burin. Devenu orphelin dans un âge encore tendre, il fut mis chez Germain Audran pour y apprendre le dessein. Il avoit déja fait de grands progrès dans cet Art, lorsqu'âgé de vingt-un ans il vint à Paris, où il n'eut point d'autre Maître que son génie. Rien n'égale l'ardeur avec laquelle ce grand homme se livra au travail. Continuellement occupé à graver & à dessiner, il acquit par l'exercice une facilité d'autant plus grande, qu'il n'y avoit aucune partie de son Art qu'il ne possédât parfaitement. L'histoire, le portrait lui étoient également familiers.

Les premiers ouvrages par où cet excellent homme fit connoître sa capacité furent les portraits de Messieurs Titon & Keler. Ces deux morceaux qui sont d'une égale beauté procurerent au célebre Drevet l'honneur de graver le portrait de Louis le Grand en pied d'après M. Rigault; cette Estampe la plus belle qui se soit faite en ce genre est regardée par tous les connoiſſeurs comme un chef-d'œuvre de l'art, auſſi-bien que le portrait de Louis XV, gravé par le même Artiſte. Un logement aux Galleries du Louvre fut la récompenſe de ce ſecond ouvrage.

Les merveilleuſes productions qui ſortoient chaque jour du burin de ce grand homme, lui mériterent l'honneur d'être reçu avec diſtinction à l'Académie Royale de Peinture & de Sculpture, & M. Drevet donna pour ſon tableau de réception le beau portrait de M. de Côte premier Architecte du Roi, & Vice-protecteur de cette Académie.

Peu de Cours de l'Europe où la gloire de cet illuſtre Artiſte n'ait été portée. Le Roi d'Angleterre, ceux de Suede, de Pologne & d'Eſpagne voulurent avoir leurs portraits gravés de ſa main; il fit auſſi ceux du Prince de Conti, du Maréchal de Villars, & de la Ducheſſe de Némours. Ce dernier morceau fut trouvé ſi parfait & ſi achevé, que Louis XIV. après en avoir bien examiné toutes les beautés & après avoir dit hautement qu'il n'étoit pas poſſible que l'Art produisît rien de plus reſſemblant, il ordonna au celebre Drevet de faire une ſeconde fois ſon portrait.

L'hiſtoire étoit un autre genre de travail dans lequel cet excellent homme ne faiſoit pas paroître moins de capacité & moins de génie. Son Annonciation, ſon ſacrifice d'Abraham d'après Coypel, & la famille de Darius qu'il a gravée d'après le celebre Mignart, ſont des morceaux qui immortaliſeront la gloire de cet illuſtre Artiſte. Il eſt mort le 9 Août de l'année 1738, âgé de ſoixante-quinze ans.

BERNARD PICART.

BERNARD PICART nâquit à Paris le 11 de Juin de l'année 1673. Son pere Etienne Picart, dit le Romain, avoit été reçu membre de l'Académie Royale de Peinture & Sculpture en 1664, & il en devint Doyen en 1705. Il quitta Paris en 1710, pour aller s'établir à Amsterdam, où il mourut le 12 Novembre 1721, âgé de quatre-vingt-dix ans.

Son fils Bernard Picart, héritier des talens de son pere, apprit de lui les principes du deſſein, & les premiers élemens de la gravure. Formé à l'école d'un ſi grand maître, il y fit de ſi rapides progrès, qu'à l'âge de douze ans il commença déja à eſquiſſer ſes ſujets, en concurrence du célébre Benoît Audran, qui demeuroit chez ſon pere.

Le jeune Picart ayant été envoyé en 1689, à l'Académie de Peinture pour y apprendre le deſſein d'après nature, eut pour maître le fameux Sebaſtien le Clerc, qui lui enſeigna l'Architecture & la Perſpective. Il profita ſi bien des leçons de ce grand homme que deux ans après il remporta le prix de l'Académie, qu'il reçut des mains de l'illuſtre Charles le Brun.

Ce n'en fut pas aſſez pour cet Artiſte de toutes les études qu'il avoit déja faites. Né avec un génie univerſel, & avec un goût marqué pour tous les beaux arts, il voulut ſe perfectionner dans tous ; & ce fut dans cette vûe qu'il cultiva l'amitié des plus habiles Peintres de ce tems-là ; tels étoient Meſſieurs le Sueur, la Foſſe, Jouvenet, Roger de Piles, qui tous s'empreſſerent à aider le jeune Picart du ſecours de leurs

lumieres. Il eut auffi une liaifon étroite avec Vanfchup-
pen, Graveur habile, avec qui il s'appliqua à deffiner
des figures d'Anatomie d'après nature, chez M. Delitre
fameux Anatomifte.

Une fi grande application de la part de notre jeune
Artifte, ne pouvoit manquer d'être fuivie des plus
heureux fuccès dans fon art ; auffi rien de plus achevé
que les ouvrages qui font fortis du burin de ce grand
homme. Après avoir gravé les Bergers d'Arcadie d'a-
près le Pouffin, & quelques petites Académies d'après
le Brun, le Sueur, & d'autres habiles Peintres de ce
tems-là, il grava en 1693 l'hermaphrodite du célébre
Pouffin, & ce fut-là la premiere piéce qu'il jugea digne
de paroître fous fon nom. Peu de tems après il donna
au public deux beaux morceaux du tombeau du Cardinal de Richelieu, qui eft dans l'Eglife de la maifon
de Sorbonne. Ces deux pieces furent comme les fondemens de la réputation que M. Picart s'eft faite d'un des
plus célébres Graveurs de fon fiécle.

La France commençoit à lui rendre la juftice qui
étoit due à fa capacité, & à fes talens, lorfque fon
amour filial le rappella en Hollande où fes parens
étoient établis. Etant donc partis de Paris fur la fin de
Septembre de l'année 1696, il fe rendit à Anvers, où
il fut arrêté pendant quelques mois par les preffantes
invitations de fes amis. Le féjour qu'il fit dans cette
ville lui fournit plufieurs occafions de faire briller fes
talens ; il eut la gloire de remporter le prix du deffein
propofé par l'Académie des beaux arts ; & pour témoigner au jeune Picart l'eftime finguliere qu'elle faifoit de
fa capacité, elle le préfenta elle-même à l'Electeur de
Cologne comme le plus grand Deffinateur qu'elle eut
alors. M. Picart ne fit pas un long féjour en Hollande,
fa mere y étant morte peu de tems après qu'il y fut
arrivé, il revint à Paris au mois de Décembre de l'année
1698, & s'y maria le 23 Avril de l'année 1702, avec
Claudine Proft, dont il devint veuf peu de tems après.

Si ce grand homme quitta la France, ce n'eſt pas qu'il n'y reçut toutes les marques de diſtinction qui étoient dûes à ſon mérite ; mais ayant embraſſé la religion prétendue réformée deux ans après ſon veuvage, le déſir de l'exercer librement, lui fit prendre la réſolution de venir s'établir en Hollande, où il ſe rendit en 1710. Après avoir ſéjourné une année à la Haye, il paſſa à Amſterdam où il ſe maria en 1712, avec Anne Vincent fille d'un Hollandois, Marchand de papier.

La retraite de cet Artiſte en Hollande ne l'empêcha pas de travailler pour ſa patrie ; & l'on peut dire qu'il ne s'eſt gueres imprimé de livres ſuſceptibles de figures, où il n'y en ait quelqu'une de ſon génie ; auſſi étoit-il regardé comme le plus habile Artiſte de ſon ſiécle. Il excelloit en effet dans la belle invention, & la belle ordonnance des ſujets qu'il avoit à traiter, dans l'exactitude & la correction du deſſein, & principalement dans la délicateſſe & la propreté de la gravure des petites pieces, comme ſes épithalames, ſes vignettes, ſes culs de lampes, ſes titres de livres.

Mais pour ſe former la plus haute idée du mérite de cet excellent homme, il n'y a qu'à jetter les yeux ſur le nombre prodigieux de ſuperbes eſtampes dont il a orné le grand ouvrage, où ſont repréſentées les cérémonies religieuſes de tous les peuples du monde. La capacité de ce grand homme n'a pas moins éclaté dans le beau recueil qu'il nous a laiſſé de pluſieurs eſtampes qu'il a gravées d'une maniere légere & approchante du deſſein, en imitant les différens goûts pictoreſques de pluſieurs ſçavans Maîtres, qui n'ont gravé qu'à l'eau forte, comme le Guide, Carlomarat, Rembrant. Ce fut pour M. Picart un plaiſir bien flateur de voir que quelques-unes de ces eſtampes fuſſent vendues publiquement, pour être des Maîtres qu'il avoit imités.

Diſtingué par ſes talens il ne le fut pas moins par les qualités de ſon cœur. Uniquement occupé de ſon étude & de ſes devoirs, bon ami, bon citoyen, bon pere de famille

Famille il fçut fe concilier l'amitié & l'eftime de tous ceux avec qui il eut quelque liaifon.

Une longue & douloureufe maladie enleva ce grand homme le huitiéme Mai de l'année 1733 , étant âgé de foixante ans.

PIERRE ET THOMAS GERMAIN,
pere & fils.

NOus ne féparerons pas les vies de ces deux grands hommes, qui doués des mêmes talens, fe font rendus également célébres dans leur profeffion. On admira dans l'un & dans l'autre même beauté de génie, même folidité de jugement, même fécondité d'imagination, même pureté, même délicateffe de goût, même ardeur pour le travail ; auffi tout ce qui eft forti des mains de ces deux illuftres Artiftes eft marqué au même coin de perfection.

Pierre Germain , fils d'un orfevre habile , non moins diftingué par fes vertus que par fes talens, nâquit à Paris en 1647 ; le goût qu'il eut pour la profeffion de fon pere fe manifefta dès fa plus tendre enfance ; & il fit dans cet art des progrès d'autant plus rapides qu'il avoit les plus heureufes difpofitions pour y réuffir ; animé du défir d'exceller dans la profeffion qu'il avoit embraffée, il ne négligea aucune des parties qui y avoient quelque rapport. Le deffein , la gravure furent l'objet de fes premieres études ; & ce furent-là deux arts dans lefquels il s'exerça dans la fuite avec les plus glorieux fuccès.

Ce célébre Artifte ayant fait connoître fa capacité par divers ouvrages, qui lui mériterent les plus grands applaudiffemens , M. Colbert lui fit l'honneur de le choifir pour faire la couverture des livres précieux , où

font écrites les glorieufes conquêtes de Louis XIV.
M. Germain charmé que le Miniftre lui eut offert une
fi belle occafion de fignaler fes talens, épuifa toutes les
richeffes & toutes les beautés de fon art pour faire un
ouvrage qui répondît à la magnificence du grand Roi
pour lequel il étoit deftiné. Cet ouvrage en or, mais
dont la matiere fait le moindre prix, repréfente Louis
XIV. ayant la main droite appuyée fur un bouclier, &
la gauche fur une maffue; dans le milieu s'éleve une
colonne, & fur les côtés font deux palmiers aux branches defquels de petits amours attachent des guirlandes
de fleurs, & divers trophées d'armes; aux pieds du Roi
font des efclaves à genoux, qui femblent implorer la
clémence de ce Prince; mais ce n'eft-là qu'une partie
des ornemens dont ce magnifique ouvrage eft enrichi.
ouvrage qui offre aux yeux de trop grandes beautés
pour que nous puiffions en donner une defcription
bien éxacte. Le contentement qu'eut le Miniftre fut
marqué par les bienfaits dont il récompenfa l'habileté
de l'illuftre Germain, outre une gratification confidérable qu'il lui obtint de Sa Majefté, il lui fit encore
donner un logement aux Galeries du Louvre.

Ce premier travail procura à M. Germain la gloire
d'être choifi pour exécuter généralement tous les ouvrages, qui demandoient le plus de capacité & de talens. En 1680 il eut ordre de travailler à plufieurs riches morceaux deftinés à orner la grande galerie. Ce
grand homme toujours animé du défir de fe furpaffer
lui-même dans chaque nouvel ouvrage qui fortoit de
fes mains, fit entrer dans les nouveaux morceaux dont
il avoit été chargé, des beautés qui furent l'objet de
l'admiration des plus habiles Maîtres.

La grande capacité de cet excellent homme parut
encore avec éclat dans les belles Médailles, qui fortirent de fon burin, & où font repréfentées les conquêtes les plus mémorables de Louis XIV. de même que
dans différens jettons, où cet habile Artifte grava avec
autant de génie que de correction, les plus glo-

rieux événemens du regne de ce grand Roi.

Cet illuftre Artifte auffi prodigue de fa fanté qu'éco-
nome de fon tems, dont il confacroit tous les momens
au travail, mourut en 1684, n'étant âgé que de trente-
fept ans. Plus fenfible à la gloire qu'à l'intérêt, il n'avoit
que trop négligé de profiter des occafions qu'il avoit
eues d'enrichir fa famille, qui au jour de fon décès fe
trouvoit compofée de fept enfans, dont l'aîné appellé
Thomas avoit à peine onze ans, étant né le 15 Août
1673.

THOMAS GERMAIN.

Thomas Germain héritier des talens de fon pere, eut
comme lui dès fon enfance un goût marqué pour les
beaux arts, & comme lui il les cultiva avec une ardeur
extrême. La protection dont M. de Louvois avoit honoré le célébre Pierre Germain, lui fit étendre fes
bontés fur le jeune Thomas. La premiere chofe qu'il
fit en fa faveur, fut de lui deftiner le même logement
qui avoit été accordé à feu fon pere ; mais en attendant que ce jeune enfant fut en âge de travailler pour
le Roi, il fut réglé que fon oncle qui devoit prendre
foin de fon éducation, feroit logé avec lui aux galeries
du Louvre. Le jeune Thomas ne jouit que pendant
fix mois du bonheur qu'il avoit eu de retrouver un fecond pere dans la perfonne de ce cher oncle, dont il
étoit tendrement aimé. Ce fut pour M. de Louvois un
motif de redoubler fes foins pour le jeune Germain,
il n'étoit âgé que de treize à quatorze ans, lorfque ce
Miniftre l'envoya en Italie avec le Sous-Directeur de
l'Académie établie à Rome par Sa Majefté ; mais à
peine fut-il arrivé dans cette capitale qu'il eut le mortel chagrin d'apprendre que la mort venoit de lui enlever fon généreux protecteur. Inconfolable de cette
perte qui le jettoit dans la plus malheureufe de toutes
les fituations, fe trouvant dans un pays étranger fans
fecours, fans appui, fans protection, il n'eut point
d'autre parti à prendre que celui de fe réfoudre à fe

mettre en apprentiſſage chez quelque orfévre. A l'attention qu'il eut de ſe choiſir un maître habile, il en joignoit une autre, qui étoit un effet du vif déſir qu'il avoit
de ſe perfectionner dans ſa profeſſion. Il exigea, & obtint de ſon maître qu'on lui laiſſeroit chaque jour quelques heures de tems pour deſſiner, ſon ardeur à profiter de ces précieux momens, le mit bientôt en état de
donner d'éclatantes preuves des progrès qu'il avoit faits
dans cet art. Quelques deſſeins qu'il préſenta dans un
concours qui ſe faiſoit à Rome pour la Chapelle des
Jéſuites, furent trouvés ſi finis & ſi achevés, & d'une
ſi noble compoſition, qu'ils mériterent d'être préférés
à un grand nombre d'autres deſſeins, qui étoient l'ouvrage des plus habiles Artiſtes.

Un ſaint Ignace en argent, plus grand que nature,
divers beaux morceaux d'Orfévrerie & de Sculpture que
M. Germain fit pour les Jéſuites, l'occuperent pendant
ſix années. La capacité de cet excellent homme ſe
ſignala encore dans pluſieurs grands baſſins ornés de
bas reliefs, de médaillons & de trophées deſtinés à repréſenter une partie de l'hiſtoire de la vie de C. Grand
Duc de Toſcane. Ces riches morceaux ſe voyent encore
aujourd'hui avec admiration dans le Palais de Florence, où ils ſont conſidérés comme des chefs-d'œuvre de
l'art.

Il y avoit déja près de treize ans que l'excellent homme dont nous faiſons l'éloge, travailloit à Rome avec
la réputation d'un des plus habiles Artiſtes de ſon ſiécle,
lorſqu'invité par les preſſantes inſtances de ſa mere,
qui le rappelloit auprès d'elle, il ſe détermina enfin à
revenir en France ; mais retenu dans pluſieurs villes,
où le bruit de ſa réputation l'avoit précedé, ſon retour
à Paris fut encore differé de trois ans.

Le génie de ce grand homme, que l'on peut dire
avoir été univerſel, lui fit entreprendre à Livourne la
conſtruction d'une ſuperbe Egliſe, qui fut bâtie ſur ſes
deſſeins & ſous ſa conduite. Lyon, Marſeille & plu-

sieurs autres grandes villes par où il passa, eurent des preuves de sa capacité dans les beaux ouvrages qu'il y laissa de sa composition.

Mais c'est à Paris où les rares talens de ce grand homme devoient briller dans tout leur éclat : y étant arrivé en 1706 , il eut ordre peu de mois après de faire pour la Chapelle de Fontainebleau un encensoir, qu'il eut l'honneur de présenter lui-même à Sa Majesté , & dont ce grand Roi parut entierement satisfait : il eut même la bonté de dire au Sieur Germain , après avoir beaucoup admiré le beau morceau qu'il lui offroit, *Qu'il se souvenoit encore avec plaisir du mérite de son pere.*

L'année 1708 présenta à notre illustre Artiste une occasion de signaler son habileté dans un nouveau genre de travail; Louis XIV. ayant choisi l'Eglise de Notre-Dame pour y accomplir les vœux que Louis XIII. avoit faits , M. Germain présenta un dessein qui fut accepté & exécuté malgré les vives oppositions du corps des Sculpteurs, qui jaloux du mérite de ce grand homme , se plaignirent de ce qu'il voulût se mêler d'un ouvrage qui paroissoit ne pas être du ressort de sa profession ; mais leurs plaintes ne furent pas écoutées. La capacité de M. Germain & la beauté de son génie se firent admirer dans les superbes trophées qu'il employa pour orner un des pilliers du chœur.

Le détail des ouvrages que ce célébre Artiste a fait pour un grand nombre de curieux est infini, mais sans nous y arrêter nous ne parlerons que de ceux qui ont répandu sa gloire dans la plupart des Cours de l'Europe. Nous allons voir chaque année de la vie de ce grand homme , marquée par quelques-uns de ses chefs-d'œuvre.

En 1722 M. le Duc d'Orléans, Régent du Royaume, ce grand Prince dont le génie universel s'étendoit à toutes les sciences, & qui connoissoit si parfaitement toute la perfection des beaux arts, plein d'estime pour les rares talens de l'illustre Germain, le choisit pour faire le merveilleux ouvrage dont Louis le Bien-aimé devoit faire préfent à l'Eglife de Reims le jour de fon Sacre. Cet ouvrage eft un foleil de vermeil de trois pieds huit pouces de haut ; la tige eft une colonne de nuées d'où fortent des rayons qui environnent la fainte Hoftie, laquelle eft accompagnée d'une gloire de Cherubins, & furmontée d'une colombe. Cette colonne étoit pofée fur un pied d'Architecture, qui fe termine par les attributs des quatre Evangéliftes. Le foleil repofe fur un fol décoré avec autant de goût que de magnificence ; fur cette bafe font deux Anges à genoux, dont l'un, qui eft l'Ange Gabriel, offre à Dieu l'épée du Prince qu'il tient à la main, & l'autre qui eft l'Ange tutélaire de la France, préfente au Seigneur la couronne de ce Monarque.

La réputation de l'illuftre Germain, répandue dans toutes les Cours de l'Europe, fit qu'il n'y en eut prefque aucune qui ne recherchât avec avidité les ouvrages de cet incomparable Artifte. En 1723 il eut ordre de faire la toilette du Roi de Portugal, & en 1725 il fit celle de la Reine ; deux ouvrages dans lefquels les beautés de l'art fe font plus admirer encore que la richeffe de la matiere.

Il ne fit pas éclater moins de génie, moins de capacité, & moins de goût dans la toilette de la Princeffe du Brefil, & dans celle de la Reine d'Efpagne aujourd'hui régnante, qui fortirent des mains de ce grand homme en 1727, & en 1728. Les formes, les contours, les ornemens, les attributs, font d'une beauté & d'une richeffe que rien n'égale.

Entre un grand nombre de pieces de vaiffelle en or, qu'il fit pour le Roi en 1730, on admire furtout une magnifique écuelle percée fur un plateau oval, d'un merveilleux contour, dont les bouts fe terminent par des palmes qu'accompagnent les armes du Roi, & par des canneaux placés autour. Sur ce plateau font répandues des écreviffes avec les différentes légumes qui compofent un bouillon de fanté; & pour mieux imiter le naturel, on a repréfenté ces riches ornemens fous les différentes couleurs qui leur conviennent; du milieu du plateau s'éleve un corps d'Architecture, entrelaffé de Lauriers, qui forment une efpece de couronne fur laquelle pofe l'écuelle qui eft unie avec de riches oreillons; le couvercle de ce fuperbe morceau eft orné de canneaux, de lis & d'armes en relief.

Les beaux ouvrages que M. Germain avoit faits pour les Cours d'Efpagne & de Portugal, lui procurerent l'honneur de travailler pour le Roi & la Reine des deux Siciles. En 1732 il fit la toilette de ce Prince, & il eut ordre de faire l'année fuivante celle de la Reine avec un néceffaire accompagné de deux cadenats, & de deux couverts d'or. Nous ne donnerons pas la defcription de ces admirables morceaux; c'eft affez en faire l'éloge que de dire qu'ils fortoient des mains d'un Artifte qui poffédoit toute la perfection de fon art, & qui ne croyoit pas bien faire, lorfqu'il pouvoit faire mieux.

La gloire de ce grand homme répandue dans toutes les Cours des Princes Chrétiens, fut encore porté dans celles des Princes infidélles. En 1742 il eut l'honneur d'être choifi pour travailler aux magnifiques préfens que Sa Majefté très-Chrétienne envoya au grand Seigneur. M. Germain que le feul défir de la gloire animoit dans fes ouvrages, épuifa toutes les richeffes de fon art, pour répondre par la beauté de fon travail à la haute eftime que Sa Majefté faifoit de fa capacité & de fes talens. Une table d'argent avec les pieds de même métal, douze belles foucoupes, une grande cuvette ovale avec un double fond orné d'un riche reperfure, un grand vafe, & un fuperbe pot à hoil, furent les morceaux auxquels ce grand homme eut ordre de travailler, & qu'il exécuta avec un art inimitable.

Différens ouvrages que M. Germain fut chargé de

faire pour la Cour de Portugal, occuperent cet habile Artiste pendant les années 1744 & 1745. Les plus confidérables de ces ouvrages, font fix couronnes d'or & fept grands chandéliers de vermeil, avec une croix de même métal, du poids de douze cens marcs.

Un autre ouvrage, non moins admirable, & non moins riche, eft la toilette de Madame la Dauphine, que ce même Artifte fit en 1747.

Le dernier ouvrage de ce grand homme, & qui feul fuffit pour éternifer fa mémoire, font les deux magnifiques Girandoles d'or qu'il a faites pour le Roi en 1748. Ces girandoles font compofées d'un arbre, qui fort d'un enroulement pofé fur un fol, foutenu de quatre rouleaux. Sur la plate-forme eft une riche mofaïque de fleurs de lis, & de-là fortent des enroulemens qui forment des cartels, où font repréfentées les armes du Roi avec les colliers de fes ordres. De ce même enroulement s'éleve un arbre, ou tourbillon de feuilles, où l'on voit quatre petits amours occupés à attacher une guirlande de lauriers qu'ils entrelaffent dans les branches, tandis qu'ils arrangent les mêmes branches pour qu'elles puiffent recevoir les foleils qui portent les lumieres.

Ce grand homme, l'objet de l'admiration de toutes les Cours de l'Europe, & de tous les amateurs des beaux arts, avoit à peine mis la derniere main au fuperbe ouvrage, dont nous venons de parler, lorfqu'il fut attaqué de la maladie dont il mourut le 15 Août de l'année 1748, âgé de foixante & quinze ans. Grand Deffinateur, Sculpteur excellent; il fut encore trèsbon Architecte; outre la belle Eglife, qui fut bâtie à Livourne fur fes deffeins, ce fut encore fous fa conduite que celle de faint Louis du Louvre fut conftruite. On fera fans doute furpris que la vie de ce grand homme ait pu fuffire à ce nombre infini d'ouvrages, dont nous avons parlé; mais on le fera bien davantage lorfqu'on fçaura qu'il ne laiffoit rien paroître, qui ne fut

de

de fa compofition, & qui n'eût été deffiné, modelé, &
cifelé de fa main.

Le bruit de fa mort ayant été porté à Lifbonne, le
Roi de Portugal ordonna qu'on lui fit un fervice folemn-
nel, & voulut que tous les Artiftes de la ville y affiftaf-
fent. Témoignage glorieux de l'eftime finguliere que
ce grand Roi faifoit de la capacité de cet incomparable
Artifte.

GASPARD DU CHANGE.

GASPARD DU CHANGE, Graveur du Roi, Confeiller
de l'Académie Royale de Peinture & Sculpture,
eft né à Paris le 9 Avril 1662. Il n'avoit encore que quatre
ans lorfque la mort lui enleva fon pere. Sa mere chargée d'une nombreufe famille, & qui fe voyoit hors
d'état de continuer feule le même commerce que fon
mari avoit exercé, prit le parti de venir demeurer,
avec tous fes enfans, chez Jacques Langlois fon pere,
Libraire & Imprimeur du Roi. Cette tendre mere n'oublia rien pour donner à fes enfans une éducation qui
pût dans la fuite leur tenir lieu de richeffes ; les aînés
furent deftinés à l'étude des Belles-Lettres, & le jeune Gafpard fut auffi mis au Collége ; mais il en fut retiré bientôt après parce que fon grand pere jugea qu'il
convenoit mieux de lui faire apprendre un talent ; ainfi
le jeune du Change, qui n'étoit alors âgé que d'onze
à douze ans, fut placé chez un graveur, mais dont la
capacité étoit malheureufement trop bornée pour
qu'elle le mit en état de faire de bons éleves ; outre
qu'il négligeoit entiérement l'inftruction de ceux que
l'on mettoit fous fa conduite, ne les occupant guères

Tome III. O o

ordinairement qu'aux affaires de son ménage ; & c'étoit presque là le seul travail qu'il exigeoit d'eux. Le jeune du Change ne fut pas plus privilégié que les autres. Animé cependant du desir de se perfectionner dans l'art auquel il avoit été destiné, & qui avoit pour lui un attrait particulier, il ne perdoit aucun des momens que lui laissoient les affaires domestiques ausquelles son maître l'employoit ; mais il falloit qu'il travaillât en secret.

Lui étant un jour arrivé de se retirer dans un cabinet où il gravoit sur une bande de cuivre qui avoit été coupée d'une grande piéce ; son maître étant survenu & l'ayant surpris dans cette occupation , il se saisit brutalement de cette bande & en frappa rudement son jeune éleve ; mais il fut lui-même puni de sa brutalité , par une profonde plaie qu'il se fit à la main , & qui le laissa pendant long tems hors d'état de s'en servir. Cette aventure procura au jeune du Change l'avantage d'être placé chez M. Vallet , maître bien différent de celui dont nous venons de parler. Le soin extrême avec lequel il s'appliqua à cultiver les heureuses dispositions de son nouvel éleve , fut suivi des plus rapides succès , & ils furent tels qu'au bout de quelques années M. du Change n'eut plus de leçons à prendre de son nouveau maître.

Les premiers ouvrages par où ce célébre Artiste s'est fait connoître, sont un petit tableau d'après M. Bertin dont le sujet est la métamorphose de Clytie en Tournesol ; une Venus couchée avec des amours autour d'elle ; une Diane aux bains ; le sacrifice de Jephté ; Tobie qui rend la vue à son pere ; la ceinture de Venus : autant de piéces gravées d'après M. Antoine Coypel. Deux grands tableaux que l'on voit encore aujourd'hui avec admiration à Saint Martin des Champs , dont l'un représente le festin du Pharisien , & l'autre les Marchands chassés du Temple , sont aussi de la main du célébre M. du Change.

Les preuves éclatantes qu'il avoit données de sa capacité , lui méritérent une place dans l'Académie Royale de Peinture & de Sculpture. Rien de plus ressemblant & de plus achevé que les deux beaux portraits , l'un de M. de la Fosse & l'autre de M. Girardon , que ce grand homme donna pour son tableau de reception.

Le titre d'Académicien fut pour lui un motif de ne rien laisser sortir de son burin qui ne fut digne d'être avoué par les Membres de cet illustre corps. Associé au fameux Bernard Picart, à Gerard Audran & aux autres habiles Artistes renommés par la beauté & la délicatesse de leur burin , il grava , conjointement avec eux , les superbes estampes qui ornent la Gallerie du Luxembourg , & il eut pour son partage la naissance de la Reine , le débarquement de cette Princesse , la ville de Lyon qui va au-devant d'elle , l'apothéose de Henri IV , & la paix confirmée dans le Ciel.

Nous serions infinis si nous voulions entrer dans le détail de toutes les belles piéces qui ont acquis au célébre M. du Change la grande réputation dont il jouit. Un Solon qui donne des loix à la Gréce , plusieurs morceaux pour le frere du Roi , les quatre Monarchies du monde , la résurrection du fils de la veuve de Naïm , une Vierge de douleur gravée pour l'Espagne , font autant de morceaux que les plus habiles connoisseurs ne pourront jamais se lasser d'admirer.

M. du Change conserve encore dans un âge très-avancé toute la force , toute la beauté & toute la richesse de ce genie fecond , qui l'a rendu si habile dans son art. En 1744 , sa piété lui fit graver les principaux mystéres de notre sainte Religion, représentés sous les symboles des trois Vertus Théologales ; le mystére de la Trinité , celui de l'Incarnation & celui de la Redemption, avec une explication de ces trois belles Planches, dédiées à M. de Vintimille , Archevêque de Paris. Ses deux derniers ouvrages font un Christ au to beau , dédié à M. d'Argouges Lieutenant-Civil , & un Enfant Jeſus au berceau d'après M. Coypel premier Peintre du Roi , que M. du Change a gravés en 1746 dans ſa quatre-vingt ſeptiéme année. Ce grand homme , âgé de près de quatre-vingt-dix ans , n'eſt pas moins recommandable par ſa modeſtie , ſa doctrine , ſa probité , & par toutes les autres vertus qui caractériſent l'honnête homme , que par ſa capacité & ſes rares talens.

DISCOURS
SUR LES PROGRÈS
DE LA SCULPTURE,
SOUS LE REGNE DE LOUIS XIV.

NOUS aurions à remonter aux premiers âges du monde si nous voulions trouver l'origine de la Sculpture. Les statues de Laban que Rachel enleva ; le Veau d'or dressé dans le désert par les Israëlites, sont des preuves incontestables de l'antiquité de cet Art. On peut juger des progrès qu'il fit en Asie, en Grece & en Italie, par le grand nombre de superbes monumens antiques qui nous restent encore, & qui seront l'objet de l'admiration de tous les siécles.

Mais la Sculpture eut enfin la même destinée que les au-

Mémoires communiqués par M. d'Argenville Maître des Comptes, par M. l'Epicié Secretaire perpétuel de l'Académie Royale de Peinture & de Sculpture & par M. de Vigny de l'Académie Royale d'Architecture & de la Société de Londres.

Tome III. *Livre* XIII. *page* 292.

tres Arts ; elle ne se ressentit que trop de la barbarie des Nations qui, après avoir ravagé les plus belles Provinces de l'Europe, y répandirent leur mauvais goût. Les regards bienfaisans de l'illustre Laurent de Médicis, surnommé le pere des Muses, ranimerent les Arts en Italie & les y firent fleurir.

François I. plus zélé encore pour leur avancement, par ses libéralités, attira dans ses Etats les plus grands Maîtres ; de ce nombre furent, comme nous l'avons déja dit dans notre Discours sur la Peinture, Maître Roux & le Primatice, Sculpteurs non moins habiles que Peintres excellens. Le dernier envoyé à Rome par ordre de ce Prince, en rapporta cent vingt-quatre statues avec un grand nombre de bustes, & y fit mouler les bas reliefs de la Colonne Trajane, les statues de Venus, de Laocoon, de Commode, du Tibre, du Nil, de la Cléopâtre, du Belvedere, & quantité d'autres belles Antiques, dont les modéles servirent à faire de pareilles statues en bronze. L'étude de ces chefs-d'œuvre de l'Art, forma en France d'excellens Sculpteurs. Les Gougeon, les Barthelemi, les Pillon, signalerent leur capacité par des ouvrages admirés encore aujourd'hui comme des modéles ; ouvrages qui ont consacré à l'immortalité les noms de leurs auteurs. Tels sont les Nayades de la superbe Fontaine des Innocens, les bas-reliefs de la Porte de Saint Antoine, ceux de l'Hôtel de Carnavallet, Saint Eloy dans la Chapelle des Orfevres, un Saint François dans le Cloître des Grands Augustins, les trois graces dans l'Eglise des Celestins, les figures & les bas-reliefs d'une Chapelle dans l'Eglise de la Couture Sainte Catherine, & quantité de riches morceaux qui font un des plus beaux ornemens du vieux Louvre & du Château de Fontainebleau.

Sous le Regne de Henri II. la Sculpture continua d'être cultivée avec succès par les mêmes maîtres ; mais enfin les troubles qui, sous les regnes suivans, désolerent la France, replongerent malheureusement les Beaux Arts dans les ténébres d'où ils avoient été tirés ; le siécle de Louis XIV. leur rendit leur premiere splendeur & les vit marcher à grands *pas vers la perfection. Et que ne fit pas la magnificence de ce grand Roi, pour hâter & faciliter leurs progrès? Combien d'Etrangers illuſtres, renommés pour le grand nom qu'ils s'étoient fait dans leur profeſſion, attirés en France par les libéralités de ce Prince, & qui s'y établirent; les Le Febvre, les Desjardins, les Vanobſtal, les Marſy, les Tuby? Les Académies de Peinture & de Sculpture établies à Rome & à Paris furent comme une pepiniere de grands hommes, dont les travaux ſeront d'éternels monumens & de leur capacité, & de la magnificence d'un Prince qui ne ceſſoit de leur fournir d'éclatantes occaſions de ſignaler la ſupériorité de leurs talens; quelle prodigieuſe quantité des plus ſuperbes morceaux repandue dans tant de Maiſons Royales, les Thuileries (a), le Louvre (b), Verſailles (c), Trianon (d), Marly (e)? Si nous entrons dans nos Egliſes (f) n'y trouve-*

(*a*) Parmi le grand nombre de morceaux précieux qui ornent ce ſuperbe Jardin, on admire ſur tout un grouppe de fleuve repréſentant la Seine & la Marne, la ſtatue pédeſtre de Jules Céſar, un chaſſeur, & deux ſtatues qui ſont de ſuite au bord de la terraſſe: ces cinq figures ſont de M. Couſtou. Enée qui porte ſon pere Anchiſe, par Le Pautre.

(*b*) Les figures colloſſales qui ornent un des dômes du Louvre ſont du célébre Saraſin.

(*c*) Du ciſeau du même Artiſte eſt ſorti le fameux grouppe, compoſé d'une chevre & de deux enfans qui ſe voit à Verſailles. Michel Anguier à fait l'Amphitrite: une ſtatue en marbre de Louis XIV, & une figure qui repréſente le ſoir ſont de Desjardins. M. Puget a éxécuté Perſée & Androméde, & le fameux Milon Crotoniate déchiré par un Lion; le ſuperbe trophée de Minerve, le buſte de Louis XIV, une partie conſidérable des trophées qui décorent la grande galerie ſont de M. Coyſevox, qui a auſſi éxécuté pluſieurs beaux ouvrages répandus dans les jardins. On voit dans le Parc un grouppe de deux Satyres, un autre grouppe d'un joueur de Baſque & d'un petit Satyre, une figure qui repréſente le Poëme ſatyrique & la Déeſſe Flore, de la compoſition de M. Buiſter. Le grouppe d'une Bacchante avec un enfant qui joue des caſtagnettes, deux Sphinx, un Satyre qui danſe, un autre qui tient ſon menton, une danſeuſe, deux grouppes d'enfans par M. Lerembert. Le baſſin de Latone & quantité d'autres beaux ouvrages par les Marſy. Le Cocher du Cirque, Venus, Adonis, Zéphire & Flore, & Hercule par le Comte; Un Roi des Daces en marbre, un Flegmatique, Diogene, Socrate par Leſpagnandel; Nous ne venons de rapporter que quelques-uns des principaux ouvrages des plus grands maîtres. Pour l'ornement du même Château, M. Girardon a auſſi éxécuté pluſieurs morceaux excellens ſur ſes propres modéles ou ſur ceux de M. le Brun, en particulier les Bains d'Apollon & l'enlevement de Proſerpine.

(*d*) Le même Artiſte a fait pluſieurs morceaux qui ſont le plus bel ornement de Trianon.

(*e*) Le Salon de ce Château doit ſes plus grandes beautés au ciſeau de M. Couſtou.

rons-nous pas les mêmes sujets d'admiration ? L'Art de nos habiles Sculpteurs ne semble-t'il pas de même s'être épuisé dans les superbes ornemens dont font décorées nos places publiques (g) ?

Mais la France n'est pas le seul théâtre où les Artistes (h) célébres, qui ont tant illustré le regne de Louis XIV, ayent fait briller leur profonde capacité ; celle du fameux Sarafin (i) se fit admirer à Rome ; le célébre Puget (k) a laissé à Gènes & à Mantoue de glorieux monumens de l'excellence de son Art ; & l'on conserve avec soin dans plusieurs Cours de l'Europe d'excellens morceaux sortis des mains de l'illustre Coysevox (l).

(ƒ) Le magnifique tombeau de Henri de Bourbon Prince de Condé, dans l'Eglise des Jésuites de la Maison Professe ; le Tombeau du Cardinal de Berulle dans l'Eglise des Carmelites du Fauxbourg S. Jacques, par Sarafin. Le Mausolée du même Cardinal dans l'Eglise des PP. de l'Oratoire ; l'Autel du Val-de-Grace & la Créche, par François Anguier. L'Obélisque du Duc de Longueville, & le Tombeau du Duc de Rohan dans l'Eglise des Célestins ; le Tombeau de M. de Souvré dans l'Eglise de S. Jean de Latran, par Michel Anguier. Le Tombeau du Cardinal de Richelieu dans l'Eglise de Sorbonne, par le célébre Girardon. Les plus beaux morceaux de Sculpture qui ornent l'Eglise des Invalides ; le Mausolée du Maréchal de Crequi dans l'Eglise des Dominicains de la rue S. Honoré ; une Vierge assise au pied de la Croix, tenant le Christ mort sur ses genoux dans l'Eglise de Notre-Dame, par M. Couftou. Le Tombeau du Cardinal de la Rochefoucaud dans une des Chapelles de Sainte Généviéve-du-Mont, par M. Buifter. Une Résurrection dans l'Eglise de S. Laurent, par Gilles Guerin.

(g) La statue équestre de Louis le Grand dans la Place Vendôme, par Girardon. Celle du même Prince dans la Place des Victoires, par Desjardins.

(h) Aux Sculpteurs célébres, dont on trouvera les éloges historiques dans le Livre suivant, il faut joindre Théodon, Flamand, le Hongre, Magnier, le Lorrain, Fremin, du Mont, Vancleve, le Gros & plusieurs autres, sur lesquels les recherches que nous avons faites n'ont pu nous procurer aucun Mémoire. Le dernier, Pierre le Gros, fils d'un Sculpteur ordinaire du Roi & né à Paris en 1666, se fit admirer à Rome par plusieurs excellens Ouvrages dignes de l'admiration des plus grands Maîtres. Il mourut en 1719 âgé de 54 ans.

(i) Il fit pour le Cardinal Aldobrandin, neveu du Pape Clement VIII, un Atlas & un Polyphême, comparables aux plus belles figures antiques.

(k) Un Saint Sebaftien, l'illustre Alexandre Evêque de Sauli qui se voit dans l'Eglise de Carignan ; & pour une autre Eglise, une Vierge en marbre grande comme nature ; un autre ouvrage non moins estimé, est un bas-relief en marbre pour une Assomption que fit M. Puget pour le Duc de Mantoue.

(l) Ce sont plusieurs têtes d'Empereurs, de grands Capitaines, d'Orateurs & de Philosophes, copiées d'après l'Antique.

HISTOIRE LITTÉRAIRE
DU REGNE
DE LOUIS XIV.

ÉLOGES HISTORIQUES
DES SCULPTEURS CELEBRES.

LIVRE TREIZIÉME.

JACQVES SARASIN.

E grand homme dont nous allons faire l'éloge, doit être regardé comme le restaurateur de la Sculpture en France, d'où ce bel Art paroissoit avoir été banni par les guerres civiles qui désolerent ce florissant Royaume pendant une longue suite d'années. Ce fut à son école que se formerent les Angleviers, les Des-

jardins, les Girardons, & plufieurs autres célébres Sculpteurs, qui par leurs excellens ouvrages ont illuftré le glorieux Régne du plus grand Roi de fon fiécle.

Jacques Sarafin, iffu d'une ancienne famille de Picardie, prit naiffance à Noyon en l'année 1598. Elevé à Paris dès fa plus tendre enfance, il y cultiva de bonne heure l'heureux talent qu'il avoit pour les beaux arts, & il fe rendit affez habile dans le modéle & dans le deffein ; mais il manquoit à ce jeune Artifte un maître dont la capacité pût le mettre en état de faire de plus grands progrès, & c'étoit là malheureufement un avantage qu'il ne pouvoit fe promettre de trouver en France où la Sculpture & les autres beaux Arts paroiffoient entierement négligés ; & ce fut pour cette raifon que le jeune Sarafin fe détermina à paffer en Italie, où il étoit affuré de trouver les fecours que fa patrie ne pouvoit lui fournir.

Etant arrivé à Rome il s'y livra à l'étude avec une ardeur proportionnée au defir extrême qu'il avoit d'exceller dans un Art pour lequel il avoit une inclination extraordinaire. S'étant mis fous la conduite des plus habiles maîtres, il profita fi bien de leurs leçons, qu'il fe vit bientôt en état de travailler par lui-même ; mais il ne commença à joindre la Pratique à la Théorie, que lorfqu'il eût deffiné & modelé tous les plus beaux morceaux de Sculpture qui fe trouvent repandus à Rome & dans les environs. Le fruit qu'il retira d'une fi grande application, fut que les prémiers ouvrages qui fortirent de fes mains mériterent d'être comparés à ceux des plus grands maîtres ; comme l'étude affidue qu'il faifoit d'après l'antique, lui donnoit chaque jour de nouvelles lumiéres ; on remarquoit auffi chaque jour dans les ouvrages de ce grand homme quelque nouveau dégré de perfection. Ce ne fut qu'après qu'il eût donné bien des preuves éclatantes de fa capacité, que le Cardinal Aldobrandin, neveu du Pape

Clement VIII , jetta les yeux fur lui pour le faire travailler aux fuperbes morceaux de Sculpture qui ornent la magnifique maifon que cette Eminence poffedoit à Frefcati.

Les deux piéces les plus confidérables que fit l'illuftre Sarafin, font un Atlas & un Polypherme qui jettent une prodigieufe quantité d'eau en forme de girandole. C'eft affez faire l'éloge de ces deux excellens morceaux que de dire qu'ils font encore aujourd'hui regardés avec admiration quoique environnés de toute part d'un grand nombre de figures antiques, dont on ne les diftingue que parce qu'on les trouve plus parfaites.

Nous ferions infinis fi nous voulions entrer dans le détail de tous les ouvrages que cet illuftre Artifte a fait à Rome pendant les dix-huit années confécutives qu'il y a demeuré. Précédé par le bruit de fa réputation , il fut arrêté à Lyon par les preffantes inftances que lui firent les Chartreux de cette Ville , pour l'engager à travailler à un Saint Bruno & à un Saint Jean-Baptifte : deux morceaux qui font d'une beauté raviffante.

Le célébre Sarafin de retour à Paris n'y fut pas long-tems fans s'y voir chaque jour chargé de quelques nouvelles occupations que lui procuroit la haute idée que l'on avoit de fa capacité. Les premiers ouvrages par où il débuta, furent une figure de Sainte Anne , & une de Saint Louis , deftinées à orner l'Eglife de Notre-Dame ; & des Anges de Stuc, qu'il fit pour le Maître-Autel de Saint Nicolas des Champs. Cet illuftre Artifte , que le Marquis d'Esfiat Sur-Intendant des finances eftimoit finguliérement à caufe de fes rares talens , fut choifi par ce Miniftre pour travailler à un grand nombre de figures qui fe voyent dans la Chapelle & dans la magnifique Gallerie du Château de Chilly.

Ces fuperbes morceaux acheverent d'établir la réputation de leur Auteur. Peu de tems après qu'il les eut achevé, il fit , par ordre de M. Defnoyers Sur-Intendant des Bâtimens , les figures colloffales qui ornent un des dômes du Louvre du côté de la cour. Ce travail fut trouvé si parfait qu'il valut à M. Sarasin une pension considérable avec un logement aux Galleries du Louvre.

Ce grand homme, encouragé par des récompenses si flateuses, tâcha de se surpasser dans le riche ouvrage qu'il fit par ordre de la Reine Anne d'Autriche. Cette Princesse se trouvant enceinte de son premier enfant, qui fut Louis le Grand, commanda à Sarasin de faire jetter en fonte un Ange d'argent de trois pieds & demi de haut, tenant entre ses mains un enfant aussi fondu d'or, qui devoit représenter le Dauphin que la Reine attendoit & dont elle accoucha heureusement. Ce magnifique groupe de figures fut porté à Lorette, conformément au vœu que la Reine avoit fait pendant sa grossesse.

Mais pour se former une juste idée de la capacité de ce grand homme, il n'y a qu'à jetter un coup d'œil sur les merveilleux ouvrages qui se voyent dans l'Eglise des Jésuites de la Maison Professe ; & l'on conviendra que ce sont les deux plus beaux morceaux de Sculpture qu'il y ait en France. D'un côté l'on voit deux Anges suspendus en l'air qui tiennent chacun d'une main un cœur de vermeil dans lequel est enfermé le cœur de Louis XIII ; & de l'autre côté est le magnifique tombeau de Henri de Bourbon Prince de Condé. Ce mausolée est orné de quatre grandes figures de bronze qui représentent la Justice, la Diligence, la Piété, & une Minerve pour marquer l'amour que ce Prince avoit pour les Beaux Arts ; dans les bas-reliefs des piedestaux de la balustrade de l'Autel, sont représentées des batailles avec tous les ornemens dont ces grands sujets sont susceptibles.

Un autre ouvrage dans le même genre de travail, est le tombeau du Cardinal de Berule qui se voit dans l'Eglise des Carmelites du Fauxbourg Saint Jacques : ouvrage de Sculpture où l'illustre Sarasin a fait entrer des beautés inimitables.   Cet

Cet habile Artiste nous a encore laiffé de grandes preuves de fa capacité dans deux beaux Crucifixs, l'un d'or & l'autre d'argent ; & deux Anges de ftuc, portant les armes du Roi, qui ornent la Chapelle de Saint Germain en Laye.

Nous ne devons pas oublier de parler de ce fuperbe groupe, compofé d'une chevre & de deux enfans, qui tiennent un des premiers rangs entre les plus beaux morceaux de Sculpture qui fe voyent à Verfailles.

A la gloire qu'eut cet Artiste d'être confidéré comme un des plus grands Sculpteurs de fon fiécle, il ajouta celle d'exceller encore dans la Peinture, & il eft vrai qu'à l'exemple du fameux Michel-Ange, cet excellent homme s'eft également diftingué & par la délicateffe de fon cifeau & par celle de fon pinceau. Entre quantité d'excellens morceaux de peinture qu'il a laiffés, on admire furtout un tableau de la Sainte Famille qui fe voit aux Minimes de la Place Royale, & un Crucifix accompagné de la Vierge, de Saint Jean, & de la Magdeleine qui eft au Palais dans une des Chambres des Enquêtes.

Ce grand homme eft mort le 4 Décembre 1660, âgé de 68 ans, étant Recteur de l'Académie Royale de Peinture & de Sculpture.

FRANCOIS & MICHEL ANGUIER, Freres.

FRANÇOIS & MICHEL ANGUIER tous deux illuſtres dans le même Art, naquirent à Eu dans la Paroiſſe de Saint Jean. Nés avec les mêmes diſpoſitions, ils les cultiverent avec une égale ardeur, & ce fut dès leur plus tendre enfance; on les voyoit occupés pendant des journées entieres à travailler à de petites figures de pierre & de bois qu'ils ébauchoient avec leurs couteaux, & c'étoit là une occupation qui avoit pour eux l'agrément des jeux les plus amuſans.

Leur pere qui étoit un Menuiſier habile, mais peu accommodé des biens de la fortune ne put contribuer que foiblement à leur avancement. Heureuſement un riche Bourgeois de la ville d'Eu ſuppléa à ſon défaut. Amateur des beaux Arts il fut aſſez généreux pour vouloir faire les frais que devoit lui couter l'éducation de deux jeunes enfans dans qui il découvroit les plus heureux talens. Cet honnête-homme ayant pris chez lui les deux Anguier, il commença par leur donner un Maître qui leur apprit les premiers élémens de la Sculpture & du deſſein. Après les avoir gardé pendant quelques années dans ſa maiſon, il les envoya à Paris où il les plaça chez un Artiſte habile ſous lequel les deux freres firent des progrès d'autant plus rapides, qu'ils ſentoient plus vivement de quelle importance il étoit pour eux de réuſſir dans un Art qui devoit leur tenir lieu de richeſſes.

Ces deux illuſtres freres animés d'un égal deſir de ſe perfectionner dans leur profeſſion, entreprirent enſemble le voyage d'Italie, & dès qu'ils furent arrivés à Rome, & pendant tout le tems qu'ils y demeurerent, ce fut de la part de l'un & de l'autre même étude, même application, même progrès.

De retour en France où leurs ouvrages furent recherchés avec avidité, ils s'y virent en peu de tems deftinés à travailler aux plus grands morceaux de Sculpture. François Anguier frere aîné de Michel fut choifi pour faire le Maufolée du Cardinal de Berule, qui fe voit dans l'Eglife des Peres de l'Oratoire de la rue Saint Honoré, celui du célébre M. de Thou qui eft dans une des Chapelles de l'Eglife de Saint André, & celui des Ducs de Montmorency érigé à Moulins, morceaux qui égalent en magnificence & en beauté les plus fuperbes ouvrages de l'ancienne Sculpture. Du cifeau du même Artifte font encore fortis l'Autel du Val de-Grace & la Crêche, le grand Crucifix de marbre, qui tient lieu de tableau au Maître-Autel de l'Eglife de la Sorbonne, & les belles ftatues d'après les antiques qui étoient à Saint Mandé.

Le célébre Michel Anguier non moins diftingué que fon frere par la beauté de fon génie, nous a laiffé d'éternels monumens de fa capacité dans la magnifique amphitrite qui fait un des grands ornemens du Parc de Verfailles, dans les figures qui décorent le Portail du Val-de-Grace, dans le beau tombeau de M. de Souvré élevé dans l'Eglife de Saint Jean de Latran, dans les deux belles figures de la Porte de Saint Antoine, & dans les riches ornemens & bas-reliefs qui fe voyent à la Porte de Saint Denis.

L'Obelifque du Duc de Longueville, & le tombeau du Duc de Rohan placé dans l'Eglife des Céleftins font auffi des ouvrages de ces deux grands hommes. L'aîné mourut le 8 Août de l'année 1669, & le cadet le 11 Juillet 1686. Ils furent tous deux inhumés dans l'Eglife de Saint Roch, où l'on voit divers beaux ouvrages de leur façon; entr'autres un Crucifix, & deux figures de pierre, dont l'une repréfente un Chrift debout, tenant fa Croix, & l'autre un Saint Roch. On lit sur le tombeau, en marbre blanc, de ces deux illustres freres l'Epitaphe suivante

Dans sa concavité, ce funeste tombeau
Tient les os renfermés de l'un & l'autre frere,
Il leur étoit aisé d'en avoir un plus beau,
Si de leurs propres mains, ils l'eussent voulu faire ;
Mais il importe peu de loger noblement
Ce qu'après le trépas le corps laisse de reste,
Et pourvû que ce corps quittant le logement,
L'ame trouve le sien dans le séjour céleste.

JEAN LAURENT, ou le Cavalier BERNIN.

LEs honneurs & les bienfaits dont le célèbre Cavalier Bernin a été comblé par Louis XIV. font tout à la fois des preuves éclatantes du zèle que ce grand Roi avoit pour faire fleurir les arts & les sciences dans ses Etats, & de l'estime particuliere qu'il faisoit du mérite de cet illustre Artiste.

Ce grand homme réunissoit en effet dans lui les plus rares talens, la Peinture, la Sculpture, l'Architecture, la science des machines & des forces mouvantes, étoient autant de parties qu'il possédoit dans un égal dégré de perfection.

Jean Laurent appellé communément le Cavalier Bernin, originaire d'une famille de Toscane, nâquit à Naples au mois de Décembre de l'année 1598. Elevé à Rome il y trouva tous les secours qu'il pouvoit désirer pour se perfectionner dans les beaux arts auxquels il s'appliqua dès sa plus tendre jeunesse. La beauté de son génie commença à se développer sous le Pontificat de Paul V. qui ayant vû avec admiration les premiers ouvrages de ce jeune Artiste, lui prédit qu'il seroit un jour un des plus grands hommes de son siécle. Les successeurs de Paul V. virent l'accomplissement de cette prédiction; & tous à l'envi s'empressérent de donner au Cavalier Bernin des marques distinguées de leur estime. Le Pape Grégoire XV. le fit recevoir Chevalier de l'Ordre de Christ en Portugal; Urbain VIII. lui donna la Sur-Intendance de la fabrique de saint Pierre; Alexandre VII. & Clément IX. l'honorerent de leur amitié de même que Christine Reine de Suede, qui ne dédaigna pas de rendre plusieurs visites à ce grand homme que l'on peut regarder en quelque façon, comme le restaurateur de Rome pour le grand nombre de superbes ornemens dont il a enrichi cette Capitale du monde Chrétien.

L'Eglise de saint Pierre est toute remplie d'un grand nombre de différens ouvrages, qui sont les admirables productions du génie de ce célébre Artiste. Entre les principaux qu'il y a élevés, on admire principalement le Maître-Autel, qui est une espece de pavillon de bronze, posé sur quatre colonnes torses & de même métal, qui sont d'une hauteur & d'une grosseur prodigieuse, la Chaire de saint Pierre soutenue par les quatre Peres de l'Eglise, qui sont de véritables colosses, avec une gloire d'Anges qui les environne, le tabernacle, les quatre escaliers qui conduisent aux tribunes artistement pratiqués dans les piliers du grand Dôme, un saint Longin, les tombeaux d'Urbain VIII. d'Alexandre VII. & de la Comtesse Mathilde, le bas relief d'un Christ donnant les clefs à saint Pierre, le superbe escalier fait en forme de perspective, qui conduit aux salles du Vatican, la statue équestre de Constantin, la magnifique colomnate, c'est-à-dire les portiques qui environnent la place ou le parvis de Saint Pierre, où l'on voit comme une forêt de colonnes.

La belle fontaine de la place Navonne, l'Eglise de saint André du Noviciat des Jésuites, admirée comme un chef-d'œuvre, la fabrique de sainte Thérèse, & celle de sainte Bibiane, la Daphné de la Vigne Borghese, un David avec sa fronde à la main, un jeune enfant, qui tâche d'attraper une cigale, & bien d'autres ouvrages, qu'il seroit trop long de détailler, éterniseront la mémoire de ce grand homme.

Sa réputation répandue dans toutes les parties du monde, lui mérita l'honneur d'être appellé en France en 1665, pour y travailler au dessein du Louvre. Des

Officiers de la Maison du Roi furent envoyés à Toulon
pour le recevoir & le conduire jusqu'à Paris. L'excellent buste en marbre qu'il fit de Louis XIV. lui valut
outre une gratification de cinquante mille écus, le
portrait de ce grand Roi, garni de diamans, avec une
pension de deux mille écus, & une autre de cinq cens
pour son fils, qui l'avoit accompagné dans ce voyage :
récompense vraiment digne de la magnificence d'un
Roi, qui vouloit que son régne empruntât son plus
grand lustre de la protection qu'il accordoit aux arts
& aux sciences.

Le Cavalier Bernin pénétré de reconnoissance &
d'admiration pour ce grand Roi, entreprit de faire la
Statue équestre de ce Prince. Jamais l'antique n'avoit
mis en œuvre un bloc de marbre si grand, car le soc,
le Cheval, la figure plus haute que nature, sont d'une
seule piéce. Le Roi y étoit représenté montant sur une
montagne, laquelle marque le sommet de la gloire.
Quelque belle que fût cette Statue, son peu de ressemblance & son attitude un peu trop forcée, ont été
cause qu'on l'a métamorphosé en Curtius, Chevalier
Romain, qui se dévoue pour sa patrie, & qui se pré-
cipita dans un abîme qu'avoit formé la terre entrou-
verte.

On rapporte que quelqu'un ayant paru surpris que le
cheval fût représenté sans bride, comme celui de Marc
Aurele, l'Ingénieur Italien, qui avoit été chargé de
conduire cette Statue à Paris, répondit fort ingénieu-
sement, que celui qui tenoit en bride tout le monde,
n'avoit pas besoin de bride pour tenir son cheval. *Quello
che da Fresno à tutol mondo, non ha bisogno, di tener fresno
à questo cavallo.*

Le dernier ouvrage du Cavalier Bernin fut un Christ
à demi corps, que la famille de cet illustre Artiste présenta à la Reine Christine de Suede ; cette Princesse en
recevant ce précieux morceau, dit que si elle ne l'avoit

pas accepté des mains du Cavalier Bernin, qui le lui avoit offert plusieurs fois, c'est qu'elle ne s'étoit pas crue en état de faire un présent qui répondît au prix de celui qui lui étoit offert.

Ce grand homme étoit parvenu à la perfection de son art par un chemin tout différent de celui des anciens, & il devoit cette perfection à l'étude continuelle qu'il s'étoit faite de différens effets de la nature : s'il quitta le goût antique, ce ne fut que pour donner plus de vie & de mouvement, plus de tendresse & plus de vérité à ses figures.

Il mourut à Rome le 29 Novembre 1680, âgé de quatre-vingt-deux ans. Il fut inhumé à sainte Marie Majeure, lieu de la sépulture de ses ancêtres.

MARTIN

MARTIN DES JARDINS.

LE célébre MARTIN DESJARDINS né à Breda vers le commencement du dix-septiéme siécle, a mérité par la beauté de son génie & par ses excellens ouvrages, de tenir un rang distingué parmi les plus illustres Artistes de son tems.

Attiré en France par l'espérance des récompenses dont Louis XIV. se plaisoit à récompenser le mérite des grands hommes qui excelloient dans quelque art particulier, il n'y fut pas long tems sans y trouver bien des occasions de signaler sa capacité & ses talens.

Devenu célébre par divers grands morceaux de Sculpture qu'il exécuta avec autant de génie que de goût, il fut choisi par le Duc de la Feuillade pour travailler au superbe monument que ce Seigneur vouloit élever à la gloire de Louis le Grand. Ce monument qui a donné son nom à la Place des Victoires dont il fait le plus pompeux ornement représente Louis XIV. dans l'attitude la plus noble que l'esprit humain puisse imaginer; tout dans cette figure semble respirer la grandeur & la Majesté; aux quatre coins de ce monument sont quatre esclaves enchaînés qui désignent les différentes Provinces conquises par Louis XIV. un Ange figuré par la Renommée tient une couronne élevée sur la tête de ce Grand Roi, plusieurs bas-reliefs où sont représentés les plus glorieux exploits de ce Prince, servent d'ornemens à ce magnifique ouvrage qui a été célébré par les vers de plus d'un Poëte. Nous ne rapporterons que les suivans.

Tome III. Q q

Prodige de nos jours, noble & sçavante main
Aux arbres, aux métaux qui sçut donner la vie
Que ton sort est digne d'envie,
Et qu'en toi l'artifice humain
De la plus haute intelligence
Nous découvre aujourd'hui la force & la puissance.
    Tout l'Univers
Admire chaque jour tes ouvrages divers;
Mais celui qui paroît au champ de la Victoire,
Ajoute à ton grand nom une nouvelle gloire.
C'est là que par des faits surprenans, inouis,
  Qui feront honneur à l'histoire
Louis vivra par toi, tu vivras dans Louis.

Nous avons encore de la main du même Artiste une autre statue en marbre de Louis XIV. qui se voit dans le Parc de Versailles avec une figure qui représente le soir. La belle Vierge en marbre qui est posée sur un des Autels de l'Eglise de Sorbonne, est aussi un ouvrage de ce grand homme qui mourut en 1699.

PIERRE PUGET.

PIERRE PUGET l'artiste de son siécle, qui ait réuni dans lui le plus de talens, nâquit à Marseille en 1622. A l'âge de quatorze ans il apprit les premiers élémens de la Sculpture sous un maître habile, appellé Romain, qui passoit pour être le meilleur constructeur de Galères de son tems. Le jeune Puget profita si bien de ses leçons qu'au bout de deux ans d'apprentissage, il se vit en état d'entreprendre la construction d'un de ces bâtimens.

Après avoir donné à ce grand ouvrage toute la perfection dont il étoit susceptible, il partit pour l'Italie dans le dessein d'y apprendre les premiers principes de la Peinture sous le célébre Pierre de Cortonne. Mais avant que d'arriver à Rome il se vit dans la nécessité de s'arrêter pendant quelque tems à Florence où il espéroit de se procurer par son travail les commodités qui lui manquoient pour continuer son voyage. Quelque habile qu'il fût, plusieurs mois se passèrent avant qu'il eut trouvé à se placer chez aucun maître ; son bonheur voulut enfin que le premier Sculpteur du grand Duc de Toscane consentit à l'occuper ; & pour l'éprouver il commença par lui donner un petit cartouche en bois à finir. Le jeune Puget indigné qu'on le destinât à un pareil travail, ce qui supposoit le peu de cas que l'on faisoit de sa capacité, demanda en grace à son maître de lui permettre de travailler à des Moresques que l'on faisoit pour le Grand Duc, morceaux que notre célébre Artiste exécuta avec tant de génie & tant de goût, que son nouveau maître commença dès-lors à le considérer comme un homme consommé dans son art ; & il

Q q ij

eut pour lui tous les ménagemens que méritoient les
rarares talens de ce grand Artiste.

Après quelques mois de séjour à Florence, M. Puget se rendit à Rome, où il s'appliqua uniquement à
la Peinture, il prit si bien la maniere de Pierre de Cortonne, que ce fameux Peintre lia avec lui une amitié
étroite, & l'engagea à l'accompagner à Florence, où
il alloit peindre une galerie pour le Grand Duc. Après
que cet ouvrage fut achevé M. Puget revint à Rome,
& pendant quinze ans qu'il y demeura,il continua à ne
s'occuper uniquement que de la Peinture.

Ce grand homme ayant été rappellé à Marseille pour
y recueillir la succession de son pere, le Duc de Brezé,
Grand Amiral de France, lui fit faire le modéle du superbe vaisseau, qui fut nommé la Reine, & ce fut
pour lors que cet illustre Artiste inventa ces belles Galeres, qui ont été l'objet de l'admiration de toutes les
nations.

On voit de la main de ce grand homme quantité
d'excellens tableaux à Toulon, à Aix, à Marseille,& dans
plusieurs autres villes considérables de Provence, mais
M. Puget étant relevé d'une dangereuse maladie dont
il fut attaqué en 1657, & les Médecins lui ayant con-
seillé après sa convalescence de renoncer à ce genre
de travail, auquel il se livroit avec trop d'ardeur, il
suivit leur avis, & commença dès-lors à faire son
unique occupation de la Sculpture, pour laquelle
il n'avoit pas moins de talens que pour la Peinture.

La superbe partie de l'Hôtel de Ville de Toulon,
admirable surtout par les deux beaux termes que M.
Puget a faits pour en soutenir le balcon, est d'une si
grande beauté qu'il ne tint pas au Marquis de Seignelai que ces deux magnifiques morceaux ne fussent destinés par Louis XIV. à faire un des principaux ornemens de Versailles. Les armes de France en bas relief
en marbre, que l'on voit à l'Hôtel de Ville de Mar-

feille , & qui raviffent l'admiration de tous les connoiffeurs font encore de la main du même Artifte.

Cet excellent homme étant venu à Paris en 1659 ,
M. Fouquet, Sur-Intendant des Finances, le deftina à
exécuter les beaux morceaux dont il vouloit orner fon
magnifique Château de Vau-le-Vicomte , & il l'envoya
pour cet effet en Italie avec ordre de choifir & d'a-
cheter les plus riches blocs de marbre qu'il pourroit
trouver ; mais la difgrace de ce Miniftre ayant retenu
M. Puget à Gênes , bien plus long-tems qu'il ne l'avoit
projetté , lorfqu'il partit de France, il entreprit divers
ouvrages confidérables , entre autres deux magnifiques
Statues de marbre , dont l'une repréfente un faint Sébaftien , & l'autre l'illuftre Alexandre Soli Evêque ,
qui fe voyent dans l'Eglife de Carignan. Il fit auffi
pour une autre Eglife une Vierge en marbre , grande
comme nature , qui eft une piéce très-eftimée.

A peu près dans le même tems le Duc de Mantoue
voulut avoir des mains de M. Puget un bas relief pour
une Affomption. Ce Prince fut fi fatisfait de l'ouvrage
que notre illuftre Artifte fit par fon ordre , qu'il lui fit
les offres les plus avantageufes pour fe l'attacher.

La République de Gênes ne témoigna pas moins
d'empreffement pour retenir ce grand homme , mais ce
fut inutilement ; M. Colbert lui ayant écrit par ordre
du Roi de revenir en France , & lui ayant en même
tems marqué que Sa Majefté lui accordoit une penfion
de douze cens écus avec le titre de Sculpteur & de Directeur des ouvrages qui regardoient les vaiffeaux & les
galères, M. Puget qui ne fouhaitoit rien avec plus d'ardeur que de pouvoir confacrer fes talens à la gloire &
à l'utilité de fa Patrie , fe rendit inceffamment à Toulon pour y exercer la nouvelle Charge , dont il venoit
d'être honoré.

La beauté de fon génie n'éclata pas moins dans la
nouvelle méthode qu'il imagina pour la conftruction
des vaiffeaux , que dans les fuperbes ornemens de

Q q iij

Peinture & de Sculpture dont il fçut les enrichir.

M. Puget au milieu de ces occupations, qui sembloient devoir dérober tout son tems, & qui en effet ne lui auroient laissé aucun moment,si, à la plus grande ardeur pour le travail, il n'eût joint une facilité merveilleuse, entreprit un bas relief de marbre de dix pieds de haut, dans lequel est représenté Diogène, qui tranquille dans son tonneau semble prier Alexandre de ne pas lui dérober la lumiere & la chaleur du soleil.

Cet ouvrage avoit été précédé du superbe Hercule Gaulois, que l'on voit à Sceaux, & qui paroît à demi couché, se reposant sur un bouclier, où sont représentées les armes de France.

Deux autres ouvrages du même Artiste, plus merveilleux encore que ceux dont nous venons de parler, sont les deux grands groupes que l'on voit dans le Parc de Versailles, dont l'un représente Persée, qui sous la figure d'un guerrier délivre Andromede, & l'autre est la figure du fameux Milon Crotoniate avec le lion qui le déchire ; c'est dans ce groupe admirable où l'on voit avec étonnement jusqu'à quel point le célébre M. Puget a porté la perfection de son art. La douleur, la crainte & l'effroi, & généralement toutes les passions qui ont dû agiter l'infortuné Milon, paroissent exprimées dans cette figure.

Ce morceau fut trouvé d'une si grande beauté que M. de Louvois successeur de M. Colbert dans la Charge de Sur-Intendant des bâtimens, écrivit à M. Puget par ordre du Roi, que Sa Majesté désiroit qu'il travaillât à un groupe pour accompagner celui de Milon Crotoniate.

Mais rien ne doit nous donner une plus haute idée du mérite de ce grand homme, que l'éloge que Louis XIV. lui-même a souvent fait de sa capacité ; il disoit de cet illustre Artiste, que ce n'étoit pas seulement un grand & habile Sculpteur, mais qu'il étoit encore inimitable. Egalement heureux dans l'invention, la fécondité, la nobleſſe, le grand goût, & la correction des deſſeins, il animoit le marbre & lui donnoit de la tendreſſe. Les pierres les plus dures s'amolliſſoient ſous ſon ciſeau, & prenoient entre ſes mains cette flexibilité, qui caractériſe ſi bien les chairs, & les fait ſentir même au travers des draperies.

Le dernier ouvrage de cet excellent homme eſt un grand bas relief de marbre où eſt repréſenté un ſaint Charles, priant Dieu de détourner le fléau de la peſte, dont la ville de Milan étoit affligée. Rien de tout ce qui ſe voit dans ce ſuperbe morceau, qui ne ſoit également propre à inſpirer la pitié & la terreur.

Le célébre M. Puget qui a tenu un des premiers rangs entre les plus illuſtres Artiſtes de ſon ſiécle, mourut à Marſeille en 1695, âgé de ſoixante & douze ans.

FRANÇOIS GIRARDON.

FRANÇOIS GIRARDON né à Troyes en Champagne en 1627, mérita par la supériorité de ses talens d'être élevé aux plus grands honneurs. Reçu à l'Académie Royale de Peinture & de Sculpture en 1657, il y fut Professeur en 1659, Adjoint à Recteur en 1672, Recteur en 1674 & Chancelier en 1695.

Ce grand homme né avec les plus heureuses dispositions pour les beaux Arts, les cultiva dès son enfance, & pendant toute sa vie il en fit son unique étude ; Laurent Maniere fut son premier maître ; mais il ne demeura pas long tems à son école, parce que la capacité de cet Artiste ne répondoit que bien foiblement au vif desir que le jeune Girardon avoit d'atteindre à la perfection de son art. Le célébre François Anguier lui en découvrit toutes les beautés ; charmé du génie de son nouvel éleve & de la facilité merveilleuse qu'il avoit à profiter de ses leçons, il prit un si grand soin de son éducation, qu'en moins de trois ans il le mit en état de donner des ouvrages qui auroient pû faire honneur à la capacité des plus grands Maîtres.

Louis XIV. informé du mérite de notre jeune Artiste, voulut qu'il allât demeurer quelques années en Italie, & pour qu'il pût donner tout son tems à l'étude de son art, il le gratifia d'une pension de mille écus.

Le célébre Girardon ne fut pas plutôt arrivé à Rome, qu'il commença par s'y lier avec les plus grands Maîtres dont il sçut se concilier l'amitié & l'estime. Mais il ne se contenta pas des lumieres qu'il tira de leurs leçons ; l'étude particuliere qu'il fit d'après les

anciens

anciens monumens de sculpture lui acquit toutes les connoissances qui lui étoient nécessaires pour exceller dans sa profession. Il donna des preuves des progrès qu'il y avoit fait par divers ouvrages qui sortirent de son ciseau, & qui lui acquirent une grande réputation.

Cet illustre artiste étant de retour en France, signala sa capacité & la beauté de son génie par quantité de morceaux excellens qu'il exécuta en bronze ou en marbre sur ses propres modeles ou sur ceux du célébre M. le Brun premier Peintre du Roi. Ces morceaux sont autant de chefs-d'œuvres qui font le plus bel ornement des Jardins de Versailles, de Trianon & de plusieurs autres Maisons Royales.

Après la mort du fameux le Brun, M. Girardon fut nommé par Sa Majesté Inspecteur Général de tous les ouvrages de Sculpture ; il n'y eut que M. Puget qui refusa de travailler sous ses ordres, & qui s'étant retiré à Marseille y fit pour le Roi les beaux ouvrages dont nous avons parlé.

Ceux du célébre Girardon sont en trop grand nombre pour que nous les puissions tous faire connoître. Le superbe Mausolée du Cardinal de Richelieu dans l'Eglise de Sorbonne, la magnifique statue équestre de Louis le Grand qui orne la Place Vendôme, & où la statue & le cheval sont d'un seul jet, suffisent pour immortaliser la gloire de cet homme incomparable qui doit être consideré comme ayant été le Phydias de son siécle ; & c'est là le nom que lui donne avec raison le célébre M. de la Fontaine dans les vers suivans que ce Poëte adresse à M. Simon de Troyes.

Votre Phydias & le mien
Et celui de toute la terre
Girardon notre ami,
L'honneur du nom Troyen.

Tome III.   R r

La correction & l'ordonnance étoient les deux parties dans lefquelles ce grand homme excelloit; auffi tous les ouvrages qu'il nous a laiffés doivent être regardés comme autant de chefs-d'œuvres qui éterniferont la gloire de fon nom.

Cet inimitable Artifte eft mort le 19 Septembre 1715 dans la quatre-vingt huitiéme année de fon âge. Il avoit époufé la célébre Catherine Duchemin qui s'eft fi fort diftinguée par le talent fingulier qu'elle avoit de peindre les fleurs avec tant d'art & de goût, que ce talent lui mérita une place honorable dans l'Académie Royale de Peinture.

ANTOINE COYSEVOX.

ANTOINE COYSEVOX iſſu d'une famille Eſpagnole, mais depuis long tems établie à Lyon, naquit dans cette ville en 1640. Ses jeux furent dès ſon enfance une étude ſi ſolide & ſi aſſidue des principes de la Sculpture, que n'étant encore âgé que de 17 ans, il avoit déja donné pluſieurs preuves éclatantes de ſa capacité. Etant venu à Paris en 1657, il s'y mit ſous la conduite du célébre l'Eramber, & travailla ſucceſſivement pendant dix ans ſous les plus illuſtres Artiſtes de ce tems-là. Les progrès qu'il fit à l'école de ces grands Maîtres furent ſi rapides, que quoique jeune encore, il fut choiſi par M. le Cardinal de Furſtemberg pour travailler à un grand nombre d'ouvrages de ſculpture, dont ſon Eminençe vouloit décorer ſon magnifique Palais de Saverne. Ce Prélat eut ſujet de s'applaudir du choix qu'il avoit fait. Pendant quatre années que le célébre M. Coyſevox demeura à Saverne, il y laiſſa tant de glorieux monumens de ſa capacité, qu'on ne ſçait ce qu'on doit le plus admirer, de ſon extrême habileté, ou de ſa ſurprenante diligence dans le travail.

Ce grand homme étant revenu en France en 1671, il fut deſtiné à travailler à quantité de beaux ouvrages en bronze & en marbre, qui devoient orner le grand eſcalier de Verſailles. C'eſt du ciſeau de cet excellent homme que ſont ſortis le ſuperbe trophée de Minerve, le Buſte de Louis XIV. une partie conſidérable des trophées qui décorent la grande gallerie, vingt-trois enfans ſur la corniche, & une infinité d'autres beaux ouvrages répandus dans les Jardins de Verſailles.

La correction & l'ordonnance étoient les deux parties dans lesquelles ce grand homme excelloit ; aussi
tous les ouvrages qu'il nous a laissés doivent être regardés comme autant de chefs-d'œuvres qui éterniseront la gloire de son nom.

Cet inimitable Artiste est mort le 19 Septembre
1715 dans la quatre-vingt huitiéme année de son âge.
Il avoit épousé la célébr Catherine Duchemin qui
s'est si fort distinguée par le talent singulier qu'elle
avoit de peindre les fleurs avec tant d'art & de goût,
que ce talent lui mérita une place honorable dans l'A-
cadémie Royale de Peinture.

L'Académie fenfible à l'honneur que cet illuftre Artifte faifoit à la Sculpture par les chefs-d'œuvres que
produifoit chaque jour la beauté de fon génie, crut
que pour fa propre gloire, elle étoit intéreffée à lui
donner les marques de diftinction les plus honorables;
auffi lorfqu'elle l'affocia à fon illuftre Corps, ce fut en
qualité de Profeffeur, fans le faire paffer par d'autres
degrés, & elle le nomma dans la fuite Recteur, puis
Directeur, & enfin Chancelier perpétuel.

Une penfion de quatre mille livres accordée par Louis
XIV. à ce célébre Artifte, eft une preuve bien marquée de la haute eftime que ce grand Roi faifoit de la
capacité & des talens de cet excellent homme.

M. Coyfevox encouragé par les honneurs auxquels
fon mérite l'éleva, parut fe furpaffer dans les nouveaux
ouvrages qui fortirent de fes mains. Plufieurs buftes du
Roi, celui de la Reine Marie-Therefe d'Autriche, de
Monfeigneur le Dauphin âgé de quinze à feize ans,
ceux de Meffieurs les Princes de Condé, de Turenne,
du Maréchal de Crequy, de M. Colbert Sur-Intendant
des Finances, de M. le Tellier, de M. de Louvois Miniftre de la guerre, de Meffieurs le Brun, Manfart, de
Cotte, du célébre Antoine Arnauld Docteur de Sorbonne, &c. font autant de morceaux qui éterniferont
la gloire de leur auteur, de même que quantité de
Maufolées qui fe voyent dans diverfes Eglifes de Paris,
& dans lefquels M. Coyfevox a fait paroître qu'il poffédoit dans le plus haut degré de perfection toutes les
parties de fon art, tant celles que doit fournir la beauté du génie, que celles qu'exige la dexterité dans l'e-
xécution.

C'eft ce grand talent, qu'avoit l'illuftre M. Coyfevox de réunir dans fes ouvrages toutes les beautés &
toutes les richeffes de l'art le plus parfait, qui a répandu fa réputation dans toutes les Cours de l'Europe;
auffi il en eft peu où l'on ne voye des morceaux qui
font fortis des mains de ce grand homme, comme des

têtes d'Empereurs, de grands Capitaines, d'Orateurs
& de Philosophes, copiées d'après l'antique.

Mais ce qui acheve de faire de cet homme célébre
le plus grand éloge, c'est que sa modestie égaloit son
habileté; c'étoit à Dieu seul qu'il rapportoit les louanges & les applaudissemens que l'on ne pouvoit refuser
à ses rares talens. Quelqu'un le félicitant dans les derniers momens de sa vie sur la gloire qu'il s'étoit acquise
par sa capacité; » si j'en ai eu, répondit-il, c'est par
» quelques lumieres qu'il a plû à l'Auteur de la nature
» de m'accorder pour m'en servir comme de moyens
» pour ma subsistance, ce vain phantôme est prêt à
» disparoître aussi-bien que ma vie, & à se dissiper com-
» me une fumée.

A une profonde humilité, cet homme vraiment
chrétien joignoit encore une pitié compatissante envers
les pauvres, une grande piété, beaucoup de religion,
& une scrupuleuse exactitude à en remplir tous les devoirs. Sa vertu fut éprouvée par de longues souffrances
qu'il supporta avec la patience la plus édifiante. Il
mourut en 1720, âgé de quatre-vingt ans.

Admirable par la parfaite exactitude qui se faisoit
remarquer dans tous ses ouvrages, il ne l'étoit pas moins
par la beauté de ses compositions toujours heureuses
dans ses bas-reliefs dans lesquels il rassembloit tout ce
que la Peinture & la Sculpture ont de plus parfait. La
naïveté regnoit dans ces expressions, & il répandoit des
graces proportionnées aux divers sujets qu'il avoit à
traiter. Toujours noble dans ces objets qui demandoient
de la dignité, & fier dans ceux où il falloit exprimer de
la force par le choix des caracteres, celui des parties
& des mouvemens des muscles, qu'il rendoit toujours
véritables par la grande connoissance qu'il avoit acquise
de l'Anatomie; mais il n'y a que la vûe des ouvrages de
ce grand homme qui puisse nous apprendre jusqu'à
quel point il a porté la perfection de son art.

R r iij

NICOLAS COUSTOU.

LE célébre NICOLAS COUSTOU, Chancelier & Recteur de l'Académie Royale de Peinture & de Sculpture, né à Lyon le 9 Janvier 1658, eut pour pere François Couſtou Sculpteur en bois, & pour mere Claudine Coyſevox.

Le talent extraordinaire que ce jeune homme avoit pour la Sculpture s'étant développé dès ſon enfance, ſon pere lui apprit les premiers élemens de cet Art, & ce fut avec tant de ſuccès, qu'après trois années d'apprentiſſage le jeune Couſtou fit paroître, pour ſon coup d'eſſai, un morceau qui lui mérita les plus grands applaudiſſemens ; c'étoit un Saint Etienne en bois qui étoit repréſenté à genoux priant pour ceux qui le lapidoient. Ce morceau qui fut expoſé à la vue du public fut conſidéré avec admiration par les plus habiles connoiſſeurs, & mérita à notre jeune Artiſte les louanges les plus flateuſes. Ces premiers ſuccès ne ſervirent qu'à redoubler ſon émulation, & qu'à animer toujours plus le deſir qu'il avoit d'exceller dans ſon Art.

Ce fut dans cette vue que le jeune Couſtou ſe rendit Paris, où il ſe plaça chez l'illuſtre Coyſevox ſon oncle ſous lequel il travailla juſqu'à la fin de 1683. Les progrès qu'il fit ſous un ſi grand maître furent proportionnés à la capacité de celui qui l'inſtruiſoit, & à l'ardeur extraordinaire que le jeune Couſtou eut à profiter de ſes leçons. Le premier fruit qu'il recueillit de ſon application, fut de mériter de recevoir, des mains même de M. de Colbert, le prix de Sculpture qui lui

avoit été adjugé par l'Académie ; & il fut en même tems
nommé pour aller à Rome en qualité de penſionnaire
de Sa Majeſté.

Pendant trois années que M. Couſtou demeura en
Italie , il y fit une étude aſſidue des meilleurs modéles ,
& y travailla à divers ouvrages qui lui concilierent
l'eſtime des plus grands maîtres. Le plus conſidérable
de ſes ouvrages eſt la belle Statue de l'Empereur Commode , repréſenté en Hercule , qui a été placée dans
les jardins de Verſailles.

M. Couſtou étant retourné en France en 1687, fut
arrêté à Lyon par les preſſantes inſtances de quelques
curieux , qui , informés par la renommée du mérite
de cet illuſtre Artiſte , voulurent avoir quelque ouvrage de ſa façon. Les trois belles figures de pierre qu'il leur laiſſa , doivent être regardées comme
de glorieux monumens de la capacité de ce grand
homme.

Rappellé à Paris par les ordres du Roi , il fut choiſi
pour travailler aux principaux ornemens de Sculpture
dont ſont enrichis les Châteaux de Verſailles & de
Trianon.

C'eſt encore du ciſeau de ce grand maître que ſont
fortis les plus riches morceaux de Sculpture qui ornent
l'Egliſe des Invalides. En 1692 il fit pluſieurs groupes
de Prophêtes , qui ſe voyent dans la Chapelle de Saint
Jérôme ; quantité de figures de pierre & de plomb placées ſur le haut de l'Egliſe , & la figure de l'Ange
Tutelaire de la France , poſée ſous la Tribune de
la Nef.

M. Couſtou avoit donné trop de preuves de ſa capacité , pour qu'elles ne lui aſſuraſſent pas une place
honorable à l'Académie. Il y fut en effet reçu avec diſtinction en 1693 ; & il donna pour ſa réception un
bas-relief de marbre , dont le ſujet étoit une allégorie ſur la convaleſcence de Louis XIV : morceau qui

fut reçû avec un applaudiſſement univerſel.

Si nous voulions détailler tous les ouvrages de ce grand homme, nous verrions chaque année de ſa vie marquée par quelques-uns de ſes chefs-d'œuvre. En 1695 il fit, conjointement avec M. Joli, le Tombeau du Marêchal de Crequi qui eſt dans l'Egliſe des Dominicains de la rue Saint Honoré ; & l'année ſuivante il travailla à deux belles Statues dont l'une repréſente Saint Joſeph, & l'autre Saint Auguſtin, qui lui avoient été commandées par les Religieuſes de Moulins.

Mais c'eſt principalement dans les ouvrages que ce grand homme a fait pour le Roi, que l'on doit chercher à ſe former une juſte idée de la vaſte étendue de ſon génie, & de la ſupériorité de ſes talens. Chargé de faire, en 1700, divers changemens dans la Sculpture du Salon de Marly, il eut encore ordre, la même année, de mettre la derniere main à la figure de Saint Louis qui eſt poſée dans une des niches de la porte royale de l'Egliſe des Invalides & qui avoit été commencée par le célébre Girardon.

En 1701, M. Couſtou commença à travailler, par ordre de Sa Majeſté, à cinq grandes figures de marbre deſtinées à orner le jardin des Thuilleries. Ces cinq figures ſont, un groupe de fleuves repréſentant la Seine & la Marne ; la ſtatue pedeſtre de Jules Céſar ; le chaſſeur poſé au bout de la terraſſe du Pont-Royal, & les deux Statues qui ſont de ſuite au bord de la terraſſe du Palais des Thuilleries.

Nous ne devons pas oublier de parler du ſuperbe groupe de marbre blanc, placé derriere le Maître-Autel de l'Egliſe de Notre-Dame, communement appellé le vœu de Louis XIII, où l'on voit la Vierge aſſiſe au pied de la Croix tenant le Chriſt mort ſur ſes genoux. C'eſt dans ce ſuperbe morceau, où notre illuſtre Artiſte ſemble s'être ſurpaſſé, que ſe trouvent réunies l'éle-

vation

vation des caractéres, l'efprit & la vérité des expreffions joints à toutes les beautés de l'éxécution. On voit
encore dans la même Eglife un Saint Denis en marbre
que M. Couftou fit en 1713 par ordre de M. le Cardinal de Noailles.

Cet excellent homme, honoré des éloges du Roi
même, qui prenoit fouvent plaifir à le voir travailler,
& qui ne dedaignoit pas de s'entretenir avec lui, fut
gratifié d'une penfion de deux mille livres, &, en 1720,
il obtint celle de 4000 livres, dont le célébre M. Coyfevox avoit joui jufqu'à fa mort.

Ce fut environ ce tems-là que M. Couftou commença à travailler aux deux fuperbes morceaux qui ornent
le piedeftal de la Statue Equeftre que la ville de Lyon
a érigée à l'honneur de Louis XIV. Ces deux morceaux, qui font une figure de bronze repréfentant la
Saone, & un grand trophée de Minerve, mériterent
à notre illuftre Artifte une penfion viagere de 500
livres que lui fit la ville de Lyon. Quelques années auparavant, fçavoir en 1715, la capacité de ce grand
homme s'étoit encore fignalé dans le beau Tombeau
de M. le Prince de Conti, qui fe voit dans le Chœur
de l'Eglife de Saint André.

Un grand médaillon ou bas-relief, repréfentant le
paffage du Rhin, la Statue en pied du Maréchal de
Villars, & le Tombeau du Cardinal de Janfon, font
trois ouvrages que M. Couftou avoit commencés,
mais auxquels il n'a pu mettre la derniere main, ayant
été attaqué d'une maladie violente qui l'enleva le 1
Mai 1733, âgé de foixante & quinze ans & quatre
mois.

» Son génie étoit grand, élevé; fon goût délicat;
» fes refléxions juftes & profondes. La fageffe préfidoit
» à fes ouvrages, dans lefquels il a raffemblé le beau
» choix, la nobleffe, la délicateffe, la pureté, le feu,
» la précifion, la vérité. Ses draperies font riches, élé-

Tome III.   S f

» gantes, vraies & moëleuſes. Il eſt toujours nouveau
» & toujours plein d'eſprit dans les caracteres &
» dans les attitudes de ſes figures. « C'eſt une partie des louanges que lui donne M. Couſin de Con-
tamine , l'Auteur de l'éloge hiſtorique de ce grand
homme.

Les ouvrages que cet illuſtre Artiſte avoit laiſſés imparfaits , ont été achevés par M. ſon frere , qui s'eſt fait
auſſi un grand nom dans la Sculpture , & qui eſt mort
le 22 Février de l'année 1746 , dans la ſoixante-neuviéme année de ſon âge , étant Recteur & ancien
Directeur de l'Académie Royale de Peinture & de
Sculpture.

PHILIPPE BUISTER, LOUIS LERAMBERT, GILLES GUERIN, GASPARD ET BALTAZAR MARSY, LE COMTE, MATHIEU L'ESPAGNANDEL.

NOus nous contenterons d'indiquer dans ce Chapitre les ouvrages les plus confidérables de quelques illuftres Artiftes qui mériteroient chacun un éloge étendu, mais que nous ne pouvons faire connoître qu'imparfaitement, par le peu de fuccès qu'ont eu les recherches, quoique très-exactes, que nous avons faites pour nous procurer des mémoires qui nous inftruififfent de la vie de ces grands hommes : nous commencerons par Philippe Buifter.

Né à Bruxelles où il fe fit admirer par plufieurs beaux morceaux de Sculpture, il vint en France vers le milieu du dix-feptiéme fiécle, & s'y étant fait connoître en peu de tems par fa capacité, il fut chargé de travailler à plufieurs grands ouvrages, tels que font le Tombeau du Cardinal de La Rochefoucaut, qui eft dans une des Chapelles de Sainte Geneviéve-du-Mont; deux fatyres qui font enfemble un groupe de marbre; un autre groupe d'un joueur de Tambour de bafque avec un petit fatyre placé à fon côté; une autre figure feule qui repréfente le poëme fatyrique, & la Déef-

S f ij

fe Flore qui tient dans fes mains une couronne de
fleurs : ces divers morceaux fe voyent dans le Parc de
Verfailles.

Louis Lerambert natif de Paris mort dans cette
Ville en 1670, homme non moins illuftre par fes vertus que par fes talens, a été un des plus célébres Sculpteurs de fon fiécle. Chóifi pour travailler aux ornemens du Parc de Verfailles, il fit le grouppe d'une Bacchante avec un enfant qui joue des caftagnettes, deux
Sphinxs de marbre qui portent chacun un enfant de
bronze doré, un Satyre qui danfe, un autre qui tient
fon menton, une danfeufe, deux grouppes d'enfans
en bronze, dont les uns danfent & les autres fe terminent en gaines.

Gilles Guerin, auffi natif de Paris, Ancien Profeffeur de l'Académie Royale de Peinture & de
Sculpture, s'eft fait un grand nom dans fon Art ;
on a de lui une Réfurrection qui fe voit dans l'Eglife de Saint Laurent ; un des chevaux du Soleil,
grand grouppe qui ornoit autrefois la grotte de Verfailles, avec une ftatue de marbre qui repréfente l'Afrique. Ce célébre Artifte eft mort à Paris en
1678.

Les Marfy, Gafpard & Baltazar, fe font également diftingués dans la Sculpture. Nous avons
du premier des mafques, des frontons, des baffins,
un cheval de marbre & un triton, la victoire remportée fur l'Efpagne, le midi, un Bacchus, & divers autres ouvrages répandus dans le Parc de
Verfailles. Baltazar, non moins habile que celui
dont nous venons de parler, n'a pas donné moins
de preuves de fa capacité ; on admire furtout fon

Aurore, repréſentée par une figure de marbre. Ces
deux illuſtres Artiſtes ont travaillé enſemble au ſuperbe Baſſin de Latone, où cette Déeſſe & ſes
deux enfans ſont repréſentés en marbre avec divers accompagnemens. Gaſpard Marſy eſt mort en
mil ſix cens ſoixante-dix-neuf, & Baltazar en mil ſix
cens ſoixante & quinze.

Le Comte, natif de Boulogne près de Paris, nous
a laiſſé quantité de magnifiques morceaux de Sculpture, qui publient également & la grande capacité
de cet excellent homme, & ſon ardeur extrême pour
le travail. On voit dans la Maiſon de Sorbonne divers beaux ouvrages de ſa façon ; mais c'eſt à Verſailles où cet illuſtre Artiſte a laiſſé de plus grandes
marques de la vaſte étendue de ſon génie, & de la
perfection qu'il avoit acquiſe dans ſon Art. Il a travaillé à deux grouppes qui ſervent d'ornement à la
porte des Ecuries, dont l'un repréſente le Cocher du
Cirque. Deux autres grands grouppes, ſçavoir Venus
& Adonis, Zéphire & Flore, de même que la Four-
berie, repréſentée par une figure de marbre ; & un
terme qui repréſente Hercule, ſont auſſi de ſa façon :
il a encore fait la ſtatue de Louis le Grand : figure
en pied vêtue à la Romaine. La mort de ce célébre Artiſte eſt arrivée au mois de Décembre de l'année 1695.

Mathieu l'Eſpagnandel a mérité par ſa capacité
& la ſupériorité de ſes talens, de tenir un des premiers rangs parmi les plus habiles Sculpteurs de ſon
ſiécle. Quoiqu'il fut de la religion prétendue réformée, il n'a pas laiſſé que de travailler à divers embelliſſemens d'Egliſes ; il a fait entre autres le retable
de l'Autel des Prémontrés, rue Hautefeuille, & celui de la Chapelle de la Grand'Salle du Palais. En-

tre plusieurs beaux ouvrages qu'il a faits à Versailles , on y admire surtout un Roi des Daces en
marbre , un Flegmatique & deux termes , dont l'une
représente un Diogene , & l'autre un Socrate qui tient
des papiers à la main.

ABREGÉ CHRONOLOGIQUE
DE L'HISTOIRE
CIVILE ET MILITAIRE
DU REGNE
DE LOUIS XIV.
PAR DES MEDAILLES.

LIVRE QUATORZIÉME.

NAISSANCE DE LOUIS XIV.

A naissance de ce Prince combla les vœux de la France, qui par les prieres les plus ardentes, demandoit au Ciel un Dauphin. Il fut appellé *Dieu-Donné*, parce qu'il ne vint au monde qu'après vingt-trois ans de mariage du Roi avec Anne d'Autriche.

5 Sept. 1638.

Dans la Médaille frappée à ce fujet eft repréfentée la France à genoux, recevant un enfant que lui préfente un Ange qui defcend du Ciel. Légende, CŒLI MUNUS, *préfent du Ciel.* L'Exergue, LUDOVICUS DELPHINUS NATUS V SEPTEMBRIS MDCXXXVIII. *Louis Dauphin né le 5 Septembre 1638.*

MORT DE LOUIS XIII.

14 May
1643.

Louis XIII. qui fut furnommé le *Jufte* dès les premieres années de fon Regne à caufe de fa modération & de fon amour pour la juftice, mourut dans la quarante-deuxiéme année de fon âge, & la trente-deuxiéme de fon Regne. Ce Prince, dit l'illuftre Auteur du nouvel abregé chronologique de l'Hiftoire de France, étoit tout auffi vaillant qu'Henri IV. mais d'une valeur fans chaleur & fans éclat qui n'eut pas été bonne pour conquérir un Royaume.

La Juftice de bout fur un piedeftal couronne ce Prince. Leg. LUDOVICO JUSTO PARENTI OPTIME MERITO, *A l'honneur de Louis le Jufte par un fentiment de reconnoif-fance pour un fi bon pere.* Ex. OBIIT XIV. MAII MDCXLIII. *Il mourut le 14 de May 1643.*

COMMENCEMENT DU REGNE DU ROI.

1643.

Les grandes qualités qui fe firent remarquer dans le jeune Roi dès fes plus tendres années, donnoient de hautes efpérances du bonheur de fes peuples & de la gloire de fon Regne.

Le jeune Monarque eft repréfenté fur un bouclier foutenu d'un côté par la France, & de l'autre par la Providence, aux pieds de laquelle il y a un globe & une corne d'abondance. Leg. FRANCORUM SPES MAGNA, *l'efpérance des François.* Ex. INEUNTE REGNO XIV MAII MDCXLIII. *Au commencement du nouveau Regne le 14 May 1643.*

LA

LA RÉGENCE DÉFÉRÉE A LA REINE MERE.

Par une Déclaration du feu Roi du 19 Avril, la Reine Mere avoit été instituée Régente du Royaume, & le Duc d'Orleans Lieutenant Général du Roi mineur; mais par Arrêt du Parlement du 18 Mai, prononcé au Lit de Justice, la Régence & la tutelle furent déferées à la Reine sans restriction.

Le Roi est représenté sur son Trône, & la Reine sa mere auprès de lui soutient la main dont il tient le Sceptre. Lég. REGIS ET REGNI CURA ANNÆ AUSTRIACÆ DATA. *Le soin du Roi & du Royaume confié à Anne d'Autriche.* EX. XVIII MAII MDCXLIII. *Le* 18 *May* 1643.

18 May 1643.

BATAILLE DE ROCROY.

Cinq jours après la mort du Roi Louis XIII. le Duc d'Anguien âgé de vingt-deux ans, ayant sous lui le Maréchal de l'Hôpital, & Messieurs de Gassion & de la Ferté, depuis Maréchaux de France, marcha au secours de Rocroy assiégé par les Espagnols, leur livra bataille & remporta sur eux une entiere victoire.

Au-dessus d'un amas d'Armes est la Victoire assise sur des nues, tenant d'une main une palme, & de l'autre une Couronne. Lég. VICTORIA PRIMIGENIA. *La premiere des Victoires du Roi.* EX. AD RUPEM REGIAM DIE V. IMPERII XIX MAII MDCXLIII. *A Rocroy le cinquiéme jour du Régne de Sa Majesté le* 19 *de May* 1643.

19 Mai 1643.

PRISE DE THIONVILLE.

Le vainqueur de Rocroy, pour couper aux ennemis la communication de l'Allemagne avec les Pays-Bas, se détermine à assiéger Thionville; mais pour donner le change aux Espagnols, il marche jusqu'au milieu de la Flandre & revient sur ses pas jusqu'à Rocroy avec une

10 Août 1643.

Tome III.   T t

diligence incroyable. Thionville eſt emporté après un mois de la plus vigoureuſe réſiſtance.

L'Eſpérance tient de la main gauche un pan de ſa robe & un lys épanoui de la droite, elle porte une petite victoire & s'appuye ſur un piedeſtal où eſt le plan de Thionville. Leg. Prima finium propagatio. *La premiere conquête qui étendit les frontieres de la France.* Ex. Theodonisvilla expugnata x Augusti mdcxliii. *La priſe de Thionville le* 10 *Août* 1643.

BATAILLE NAVALE DE CARTHAGENE.

4 Sept. 1643. Le Duc de Brezé Amiral de France va chercher les Eſpagnols juſques ſur leurs Côtes, & quoique bien inférieur en nombre, il attaque leur flotte à la vûe de Carthagene & la défait après un combat opiniâtre.

Neptune appuyé de la main gauche ſur ſon trident met une couronne roſtrale ſur la tête de la France. Leg. Omen Imperii maritimi. *Préſage de l'Empire de la Mer.* Ex. Hispanis victis ad Carthaginem novam iv. Septembris mdcxliii. *Eſpagnols défaits près de Carthagene le* 4 *Septembre* 1643.

PRISE DE TRIN ET DE PONT DE STURE.

24 Sept. 28 Oct. 1643. La France victorieuſe en Flandre & ſur la Mediterranée triomphe encore en Italie. Le Prince Thomas, oncle du Duc de Savoye, Général de l'Armée Françoiſe prend Trin le 24 Septembre & le Comte Dupleſſis-Praſlin (depuis Maréchal de Choiſeuil) ſe rend Maître de Pont de-Sture le 28 Octobre.

Le Fleuve du Pô tenant d'une main ſon gouvernail, s'appuye de l'autre ſur ſon urne. Leg. Padus liber. *Le Pô rendu libre.* Ex. Trino et ponte Sturæ captis mdcxliii. *Par la priſe de Trin & de Pont-de-Sture en* 1643.

LA PAIX DONNE'E A L'ITALIE.

La médiation du Roi termine la guerre qui s'étoit allumée en Italie au sujet du Duché de Castro, qui avoit été enlevé au Duc de Parme Odoard Farnese par le Pape Urbain VIII. Ce Duché fut rendu au Duc, & le Grand Duc de Toscane qui s'étoit ligué en faveur de ce Prince, restitua au Pape plusieurs Places de l'Etat Ecclésiastique qu'il avoit prises.

L'Italie est représentée assise & paisible. Leg. ITALIA PACATA. *La paix rendue à l'Italie.* Ex. XXXI MARTII MDCXLIV. *Le* 31 *Mars* 1744.

31 Mars 1644.

PRISE DE GRAVELINES.

Le Duc d'Orleans ayant sous lui les Maréchaux de la Meilleraye & de Gassion, assiége Gravelines défendue par une Garnison de trois mille cinq cens hommes des meilleures Troupes Espagnoles, & se rend Maître de cette Place après quarante-un jours de tranchée ouverte. Ce fut à ce Siége que la Noblesse Françoise donna les plus éclatantes preuves de son intrépidité.

La Ville de Gravelines sous la figure d'une femme, couronnée de tours & prosternée aux pieds de la France, lui présente ses clefs. Leg. GRAVELINGA CAPTA. *Gravelines prise.* Ex. XXVIII JULII MDCXLIV. *Le* 28 *Juillet* 1644.

28 Juillet 1644.

BATAILLE DE FRIBOURG.

Le troisiéme Août le Duc d'Enguien & le Maréchal de Turenne viennent attaquer & défont les Bavarrois alliés de l'Empereur, campés près de Fribourg & commandés par le Général Merci.

Le cinquiéme du même mois se donne un second combat plus rude encore que n'avoit été le premier. Enfin le 9 les ennemis sont défaits pour la troisiéme

3. 5. 9. Août 1644.

fois & obligés d'abandonner leur bagage & leur artillerie.

Trois trophées se voyent repréfentés fur autant de monticules. Leg. TERGEMINA VICTORIA. *La triple Victoire remportée.* Ex. AD FRIBURGUM BRISCOIÆ MDCXLIV, *près de Fribourg en Brifcaw en* 1644.

PRISE DE XXX VILLES.

1644. Le Duc d'Enguien fans vouloir s'arrêter à reprendre Fribourg, fe détermine à fe rendre Maître de tout le cours du Rhin; Spire lui envoye fes clefs, il prend Philifbourg; Mayence, Vorms & Oppenheim fe rendent, tandis que le Maréchal de Turenne prend Benghen, Creutznau, Landau, Newftat, Manheim, & Magde-
bourg. En Flandre le Duc d'Orleans s'empare de Gra-
velines. En Piémont le Prince Thomas fe rend Maître de Saint Ya & de la Citadelle d'Aft.

Le jeune Roi eft repréfenté dans un Char de triomphe tiré par quatre chevaux; devant lui marche un fol-
dat François chargé d'un trophée. Leg. PUER TRIUM-
PHATOR. *Le jeune Roi triomphant.* Ex. XXX URBES AUT ARCES CAPTÆ MDCXLIV. *Trente Villes ou Fortereffes prifes en* 1644.

PRISE DE ROSES.

28 Mai 1645. Le Comte Dupleffis-Praflin pour achever de couvrir le Rouffillon, met le Siége devant Rofes le 7 Avril, & fe rend Maître de cette Place après cinquante-un jours de tranchée ouverte.

La Ville de Rofes fous la figure d'une femme cou-
ronnée de tours avec le bouclier de fes armes fe jette à genoux aux pieds du Dieu Mars & reconnoît fa puiffance. Leg. RHODA CATALONIÆ CAPTA. *Prife de Rofes.* Ex. XXVIII MAII MDCXLV. *Le* 28 *Mai* 1645.

BATAILLE DE NORLINGUE.

Le Duc d'Enguien marche au secours du Maréchal de Turenne qui venoit d'être battu à Mariendal par le Général Merci. Ce Prince, après avoir pris Vimphen, s'avance vers Norlingue, Ville Impériale de la Suabe où les Ennemis s'étoient retranchés, leur livre bataille & les défait à plates coutures. Merci leur Général fut tué, & Gleen qui commandoit les Impériaux fut fait prisonnier.

La France est représentée assise sur un monceau d'Armes & de Drapeaux, tenant d'une main un Javelot & de l'autre un Bouclier chargé de trois fleurs de Lys. Leg. DELATO BATAVORUM EXERCITU. *L'Armée des Bavarois défaite.* Ex. AD NORLINGAM III AUGUSTI MDCXLV. *près de Norlingue le 3 Août* 1645.

BATAILLE DE LIORENS ET PRISE DE BALAGUIER.

Le Comte d'Harcourt, après s'être emparé d'Agrammont & de Saint-Aunais, passe la Segre & la Noguére, grossies par la fonte des neiges & bordées de bons retranchemens, livre bataille aux Espagnols campés dans la plaine de Liorens, leur tue trois mille hommes & fait deux mille prisonniers ; il vient ensuite faire le blocus de Balaguier, & oblige cette Place de se rendre.

La Victoire foule aux pieds l'urne de la Segre ; la ville de Balaguier prosternée lui présente les clefs. Leg. HISPANIS. CÆSIS AD SICORIM ET PIRENÆOS SALTUS. *Les Espagnols défaits près de la Segre & des Pirenées.* Ex. BALAGUERIUM CAPTUM XX OCTOBRIS MDCXLV. *La prise de Balaguier le* 20 *Octobre* 1645.

T t iij

LE MARIAGE DE LA PRINCESSE LOUISE-MARIE AVEC LE ROI DE POLOGNE.

6 Nov.
1645.

Le 6 Novembre, la Princesse Marie de Gonzague, fille du défunt Duc de Mantoue, épousa, dans la Chapelle du Palais Royal, Ladiflas IV. Roi de Pologne. Cette Princesse, qui avoit été élevée à la Cour avec toute la diftinction due à fa naiffance, avoit pour Trifayeul Charles de Bourbon, Grand-Pere de Henri IV.

L'Hymenée conduit un Ambaffadeur Polonois. Leg. LUDOVICA-MARIA GONZAGA WLADISLAO IV, POLONORUM REGI COLLOCATA. *Louife-Marie de Gonzague, mariée à Wladiflas IV. Roi de Pologne.* Ex. VI. NOVEMBRIS MDCXLV. *Le 6 Novembre* 1645.

RÉTABLISSEMENT DE L'ELECTEUR DE TREVES.

20 Nov.
1645.

Le 19 de Novembre, le Maréchal de Turenne s'empara de Treves, où il rétablit l'Electeur qui s'étoit mis fous la protection de la France, & qui étoit détenu prifonnier par l'Empereur depuis dix ans. Le Roi ayant déclaré qu'il n'écouteroit aucune propofition de paix fi l'on ne rendoit la liberté à ce Prince ; l'Empereur fut obligé de le relâcher.

La France remet entre les mains de l'Electeur une Epée & une Croffe, marques de fa Dignité. Leg. TUTELÆ GALLICÆ FIDELITAS. *La France fidèle à proteger fes Alliés.* Ex. ELECTOR TREVIRENSIS IN INTEGRUM RESTITUTUS XX NOVEMBRIS MDCXLV. *L'Electeur de Treves rétabli dans l'entiere poffeffion de fes Etats le* 20 *Novembre* 1645.

CAMPAGNE DE MDCXLV.

Cette année fut marquée par les plus glorieux fuc- 1645.
cès. Le Comte Dupleslis Praslin prit Rofes & le Fort
de la Trinité ; le Comte d'Harcourt Agrammont, Ca-
maras & Balaguier, & gagna la bataille de Liorens. En
Lorraine, Villeroy s'empara de la Mothe : en Allemagne, le Maréchal de Turenne fe faifit de Stugard,
de Nekerfulum & de Veinheim ; le Duc d'Enguien fe
rendit maître de Wifloc & de Rottembourg, & battit
les ennemis à Norlingue : le Prince Thomas prit en
Italie la Ville & le Château de Vigevano : en Flandres, le Duc d'Orleans prit Mardick, le Fort de Link,
Bourbourg, Mont-Caffel, Etaire, Merville, Bethune ; le Maréchal de Rantzau prit Lilliers, & le Maréchal de Gaffion Saint-Venant ; fuivit enfuite la prife
d'Armentieres, de Menin, & enfin la réduction de Trê-
ves termina cette glorieufe Campagne.

La France affife fur un amas d'Armes à l'ombre d'un
Laurier, tient de la main droite une victoire. Leg. Ex.
GALLIA UBIQUE VICTRIX MDCXLV. *La France victo-
rieufe de toutes parts en 1645.*

PRISE DE COURTRAI, DE BERGUES ET DE MARDICK.

Le Duc d'Orleans, ayant fous lui les Maréchaux 1646.
de la Meilleraie, de Grammont & de Gaffion, s'empara le 28 de Juin, de Courtrai, prit Bergues le 1
d'Aout, & Mardick le 24, après dix-fept jours de
Tranchée ouverte.

La Victoire eft repréfentée marchant à grands pas,
tenant trois Couronnes murales. Leg. FELIX PROGRES-
SUS. *L'heureux fuccès des Armes du Roi.* Ex. CORTRACO,
WINOCIBERGA ET MARDICO CAPTIS MDCXLVI. *Prife
de Courtrai, de Bergues-Saint-Vinoc & de Mardik en
1646.*

PRISE DE DUNKERQUE.

10 Oct.
1646.

Le Duc d'Enguien se prépare au siége de Dunkerque par la prise de Furnes , dont il se rendit maître le 7 de Septembre ; & le 7 d'Octobre Dunkerque , défendue par trois mille hommes de vieilles Troupes , commandés par le Marquis de Leyde , fut obligée de capituler.

La France habillée en guerriere foule aux pieds , au bord de la mer , un Gouvernail & un Bouclier aux Armes de Dunkerque. Leg. VIRES HOSTIUM NAVALES ACCISÆ. *La puissance maritime des ennemis affoiblie.* Ex. DUNKERQUA EXPUGNATA VII OCTOBRIS MDCXLVI. *Dunkerque prise le 7 Octobre* 1646.

PRISE DE PIOMBINO ET DE PORTO-LONGONE.

8 Oct.
29 Oct.
1646.

Le Prince Thomas avoit été obligé de lever le siége d'Orbitello , après que l'Amiral de Brezé eut été tué dans le combat naval qui se donna le 14 de Juin. Cet échec fut réparé par les Maréchaux de la Meilleraie & Duplessis-Praslin , qui se rendirent maîtres de Piombino le 8 d'Octobre & de Porto-Longone le 29 du même mois.

L'Italie assise paroît rassurée à l'aspect de la Victoire qui lui montre deux Couronnes murales. Leg. FIRMATA SOCIORUM FIDES. *La fidélité des Alliés affermie.* Ex. PLUMBINO ET LONGONIS PORTU EXPUGNATIS MDCXLVI , *par la prise de Piombino & de Porto-Longone en* 1646.

CONQUETES DE MDCXLVI.

1646.

Aux avantages dont nous avons parlé , remportés par la France en 1646 , il faut ajouter la prise du Château de Longwi par le Maréchal de la Ferté ; celle de Scelingenstat , d'Ascaffembourg , de Schorndorff , de Lavinghen

Lavinghen, de Landſberg & de Rhain par le Maréchal de Turenne.

Mars eſt repréſenté de bout avec un long javelot,
auquel ſont attachées pluſieurs Couronnes murales.
Leg. Ex. MARS EXPUGNATOR, MDCXLVI. *Mars preneur
de Villes*, 1646.

CAMPAGNE DE MDCXLVII.

Priſe de Tubingen, d'Aſcaffembourg & de Hoſcht
par le Maréchal de Turenne ; de Dixmude, des Forts
de la Quenoke, de Newdam & de l'Ecluſe par le Maréchal de Rantzau ; d'Ingel-Munſter, de la Baſſée &
de Lens par le Maréchal de Gaſſion ; de la Ville & du
Château d'Ager en Catalogne par le Duc d'Enguien,
devenu Prince de Condé par la mort de ſon pere.

La Victoire conduit un Bige à l'antique rempli
d'Armes. Leg. Ex. DIVERSO EX HOSTE MDCXLVII. *La
France triomphant de différens ennemis* 1647.

1647.

PRISE D'YPRES.

Le Prince de Condé, ayant ſous luì les Maréchaux
de Grammont & de Rantzau, prend Ypres le 28
Mai.

Mars montre à la Ville d'Ypres éplorée & abbatue
la Couronne murale & le Bouclier qu'il lui a enlevés.
Leg. FRACTA HISPANORUM FIDUCIA. *La confiance des
Eſpagnols trompée.* Ex. YPRIS CAPTIS XXVIII MAII
MDCXLVIII. *Ypres priſe le 28 Mai* 1648.

28 Mai.
1648.

DÉFAITE DU DUC DE BAVIERE.

Le Maréchal de Turenne ſe joint aux Généraux
Wrangel & Conigſmarck, qui commandoient les Trou-
pes Suedoiſes, ſe jette dans la Bavière pour punir le
Duc de l'infraction qu'il avoit faite à la neutralité où

10 Juillet.
1648.

il s'étoit engagé, attaque & bat, près de Fommer-haufen, les Bavarois & les Impériaux, dont les forces étoient unies : Melander, un des Généraux ennemis, eft tué ; & le Duc du Bavière eft obligé d'abandonner fes Etats.

La Victoire tenant d'une main une Couronne de lauriers & de l'autre un Trophée, foule aux pieds un Bouclier aux Armes de Bavière. Leg. VICTORIA FRACTÆ FIDEI ULTRIX. *La Victoire vengereffe du manque de foi.* Ex. PULSO TRANS AENUM BAVARORUM DUCE XX JULLII MDCXLVIII. *Le Duc de Bavière défait au-delà de l'Inn le 20 Juillet 1648.*

PRISE DE TORTOSE.

13 Juillet 1648.

Le Maréchal de Schomberg, pour ouvrir aux Armes du Roi les Royaumes d'Arragon & de Valence, va affiéger Tortofe & oblige la place à capituler après un affaut général.

La Ville de Tortofe eft repréfentée triftement appuyée fur fon Bouclier au bord de la mer. Leg. DERTORSA EXPUGNATA *Tortofe prife.* Exerg. XIII JULLII MDCXLVIII. *Le 13 Juillet 1648.*

BATAILLE DE LENS.

20 Août 1748.

L'Archiduc Leopold s'étoit rendu maître de Furnes, de Courtrai, d'Etaire & de Lens. Le Prince de Condé, qui n'avoit pu fauver cette Place, fe détermine à attaquer les Ennemis, campés dans la plaine de Lens, & remporte une victoire complette. La Cavalerie Efpagnole qui formoit le Corps de Bataille fut taillée en piéces.

La France s'appuyant fur un Bouclier & tenant un long Javelot, foule aux pieds un Soldat Efpagnol. Leg. LEGIONUM HISPANARUM RELIQUIÆ DELETÆ AD LENSIUM. *Le refte de l'Infanterie Efpagnole détruit à*

Lens. Exerg. xx Augusti MDCXLVIII. *Le 20 Août 1648.*

PAIX DE WESTPHALIE.

L'Empereur se détache enfin de l'Espagne, & consent à la Paix. Elle fut conclue à Munster le 24 Octobre avec les Catholiques ; & à Osnabrug avec les Protestans. Les Conférences avoient été commencées dès le mois de Juillet 1643. L'Electeur Palatin fut dédommagé ; celui de Trèves rétabli ; les autres Princes de l'Empire, que la France avoit secourus, rentrerent dans leurs droits, & la liberté Germanique fut le fruit de ce Traité. 24 Oct. 1648.

La Germanie, représentée à l'antique, s'appuye d'une main sur l'Autel de la Paix, foule aux pieds un joug, ayant auprès d'elle le bouclier de ses armes. Leg. Libertas Germaniæ. *La liberté rendue à l'Allemagne.* Ex. Fœdus Westphalicum xxiv Octobris MDCXLVIII. *par la paix de Westphalie le 24 Octobre 1648.*

SECONDE MÉDAILLE SUR LA MESME PAIX.

La France obtient par cette Paix la suprême Seigneurie sur les trois Evêchés & sur Moyenvic, le Landgraviat de la Haute & Basse Alsace, la Préfecture des dix Villes Impériales qui en dépendent, le Sundgaw, Brissac avec le droit de tenir garnison dans Philisbourg. 1648.

La Paix avec son Caducée foule aux pieds un amas d'armes & verse sa corne d'abondance aux pieds de la France assise. Leg. & Ex. Pacis eventum Fœdus Westphalicum xxiv Octobris MDCXLVIII. *L'heureux événement de la Paix de Westphalie conclue le 24 Octobre 1648.*

V u ij

AVANTAGES REMPORTÉS EN FLANDRE.

1649.　Les Espagnols profitant des troubles de la France, s'étoient emparés d'Ypres & de Saint-Venant. Le Comte d'Harcourt défait un Corps de Troupes Lorraines près de Valenciennes, & taille en piéces huit cens chevaux entre Douai & Saint-Amant, & termine la Campagne par la prise de Condé & de Maubeuge.

Minerve, tenant d'une main un long Javelot & de l'autre une Victoire, est représentée de bout entre deux Boucliers aux Armes de Condé & de Maubeuge. Leg. MINERVA FAUTRIX. *Minerve favorise les Armes de la France.* Ex. RES IN BELGIO GESTÆ MDCXLIX. *Avantages remportés en Flandre en 1649.*

LEVÉE DU SIÉGE DE GUISE.

1 Juillet.　Les Espagnols, après s'être rendu maîtres du Cate-
1649.　let & de la Capelle, viennent mettre le siége devant Guise, que le Maréchal Duplessis-Praslin leur fait lever, après avoir enlevé aux ennemis un Convoi considérable.

La Ville de Guise, sous la figure d'une Femme couronnée de Tours, & appuyée sur le Bouclier de ses Armes, présente au Dieu Mars une Couronne obsidionale, & aux pieds de Mars sont des munitions de guerre & de bouche. Leg. HISPANORUM COMMEATU INTERCEPTO. *Convoi de vivres enlevé aux Espagnols.* Ex. GUISIA LIBERATA I JULLII MDCL. *Guise secourue le 1 de Juillet 1650.*

BATAILLE DE RETEL.

15 Décem.　Les Ennemis étoient entrés en Champagne & y
1650.　avoient pris Retel, lorsque le Maréchal Duplessis vint investir cette Place & la forca à capituler le 14 Dé-

cembre. Le lendemain il livra bataille aux ennemis, leur tua deux mille hommes, prit leur bagage & leur canon, & leur fit trois mille prisonniers.

La Victoire, tenant d'une main un Javelot & une Couronne de Laurier, foule aux pieds la Difcorde. Leg. Ex. Victoria Retelensis xv Decembris mdcl. *La victoire remportée près de Retel le 15 Décembre 1650.*

MAJORITÉ DU ROI.

Le 6 Septembre 1651 le Roi vient tenir fon Lit de Juftice au Parlement, où il déclare qu'il alloit fe charger du gouvernement de l'Etat ; il fait lire & enregiftrer un Edit contre les Duels, & une Déclaration contre les Blafphémateurs.

La Reine-Mere remet au Roi un Gouvernail femé de Fleurs de Lys & pofé fur un globe aux armes de France. Leg. Rege legitimam ætatem adepto. *Le Roi parvenu à l'âge de Majorité.* Ex. vi Septembris mdcli. *Le 6 Septembre 1651.*

RETOUR DU ROI A PARIS.

Paris envoye des Députés au Roi pour le fupplier de retourner dans fa Capitale. Il y rentre le 21 Octobre au milieu des acclamations publiques.

Le Roi paroît arrivant à cheval, & la Ville de Paris, fous la figure d'une Femme couronnée de tours avec le Bouclier de fes armes, le reçoit de la maniére la plus refpectueufe & la plus empreffée. Leg. Lætitia publica. *La joie univerfelle.* Ex. Rege in urbem reduce xxi Octobris mdclii. *caufée par le retour du Roi à Paris, le 21 Octobre 1652.*

VILLES REMISES SOUS L'OBÉISSANCE DU ROI.

Plufieurs Villes, à l'exemple de la Capitale, ren-

trent dans l'obéiffance. Prife de Bellegarde fur Saone
par le Duc d'Epernon ; Bordeaux & le refte de la
Guyenne implorent la Clemence de Sa Majefté , Retel fe rend & Mouzon eft pris de même que Sainte Me-
nehould. Le Roi fe trouva au Siége de ces deux dernieres Places.

Le Soleil dans fon char paroît diffipant les nuages.
Leg. SERENITAS RESTITUTA. *La Sérénité revenue.* Ex.
PLURIMÆ URBES RECEPTÆ MDCLIII. *Plufieurs Villes re-
mifes fous l'obéiffance du Roi en 1653.*

PRISE DE BEFFORT.

23 Févr.
1654.
Beffort Ville du Suntgaw, qui par le traité de Munfter avoit été cedée au Roi avec l'Alface , eft reprife
par le Maréchal de la Ferté , le 23 Février 1654. Cette
Conquête mit l'Alface & la Lorraine en fureté.

Ces deux Provinces font repréfentées par deux femmes affifes & appuyées fur les boucliers de leurs Armes.
Leg. ALSATIÆ ET LOTHARINGIÆ SECURITAS. *Repos de
l'Alface & de la Lorraine.* Ex. BEFORTIUM CAPTUM
XXIII FEBRUARII MDCLIV. *Beffort pris le 23 Février
1654.*

SACRE DU ROI.

7 Juin
1654.
L'Evêque de Soiffons, Henri de Savoie Duc de Nemours n'ayant pas encore l'Ordre de Prêtrife , nommé
à l'Archevêché de Rheims, fait les cérémonies du Sacre.

Le Roi eft à genoux , l'Evêque lui fait l'impofition
des mains , ce qui eft un privilege particulier aux Rois
de France ; d'un côté font les Pairs Eccléfiaftiques, &
de l'autre les Pairs Laïcs. Leg. REX CŒLESTI OLEO UNC-
TUS. *Le Roi facré avec l'huile de la fainte Ampoule,* Ex.
REMIS VII JUNII MDCLIV. *A Rheims le 7 Juin 1654.*

PRISE DE STENAY.

Le Marquis de Fabert ouvre la tranchée le 3 Juillet devant Stenai , Ville que le Duc de Lorraine avoit cedée à la France , & où les Espagnols avoient jetté un gros Corps de Troupes ; le Roi se rend au Siége & oblige la Ville & la Citadelle de capituler le 6 Août.

La Ville de Stenay est représentée prosternée aux pieds de la France. Leg. STENÆUM CAPTUM. *Stenay pris.* Ex. VI AUGUSTI MDCLIV. *Le 6 Août* 1654.

6 Août 1654.

SECOURS D'ARRAS.

Les Maréchaux de Turenne , de la Ferté , & d'Hocquincourt marchent au secours d'Arras assiégé par le Prince de Condé , forcent les lignes des ennemis , les battent , leur font lever le Siége , & par cet exploit ils rassurent la France , dont la fortune dépendoit presque de l'évenement de cette journée.

La Victoire est représentée tenant d'une main une Couronne vallaire , & de l'autre une Couronne obsidionale. Leg. PERRUPTO HISPANORUM VALLO CASTRIS DIREPTIS. *Les lignes des Espagnols forcées , & leur Camp pillé.* Ex. ATREBATUM LIBERATUM XXV AUGUSTI MDVLIV. *Arras secouru le 25 Août* 1654.

25 Août 1654.

PRISE DE XIV. VILLES.

Virton dans le Luxembourg , Villefranche Capitale du Conflans , Puycerda , Urgel , Belver , Montaillar , Ripouil , Campredon , Berga Villes de la Cerdaigne & du Roussillon , le Fort-Philippe près de Gravelines , le Quesnoy , Clermont en Argonne , autant de Places qui sont prises de force ou qui se rendent.

La Victoire chargée de Couronnes murales en met une sur la tête de la France assise & appuyée sur son

1654.

bouclier. Leg. Dives triumphis Gallia. *La France riche en Conquêtes.* Ex. XIV Urbes aut Arces captæ MDCLIV. *Quatorze Villes ou Forteresses prises en 1654.*

PRISE DE CADAQUES ET DE CASTILLON.

1655.

Le Duc de Mercœur bloque Cadaques & la bat du côté de la Mer, tandis que le Prince de Conti l'attaque par terre. La Place se rend le 28 May après six jours de siége ; le Prince fait ouvrir la tranchée devant Castillon la nuit du 11 au 12 de Juin, & il s'en rend Maître le 1 Juillet.

Au bord de la Mer est représenté un trophée sur lequel sont posées deux Couronnes murales. Leg. & Ex. Cadaquesium et Castellio capta ad oram Catalauniæ maritimam MDCLV. *Prise de Cadaques & de Castillon sur les Côtes de Catalogne en* 1655.

PRISE DE LANDRECI, DE CONDÉ ET DE SAINT GUISLAIN.

1655.

Le Maréchal de Turenne secondé du Maréchal de la Ferté prend Landreci le 14 Juillet, Condé le 18 Août & Saint Guislain le 25. Le Roi qui étoit à la tête de son Armée s'empara de différens postes sur la Sambre & sur la Meuse, obligea les Villes de Thuim & de Liege à lui envoyer demander la neutralité & se rendit devant Saint Guislain qui capitula dès le jour suivant.

Les Villes de Landreci, de Condé & de Saint Guislain reconnoissables par les boucliers de leurs Armes, sont représentées au pied d'une colomne sommée d'un globe aux Armes de France. Leg. Ex. Landrecium, Condatum et Fanum Sancti Gisleni capta MDCLV. *Prise de Landreci, de Condé & de Saint Guislain* 1655.

ETABLISSEMENT

ÉTABLISSEMENT DE *L'HOPITAL GÉNÉRAL.*

Paris étoit inondé de pauvres & de vagabonds qui menoient une vie licencieuse, le Roi réunit cinq différentes Maisons sous le nom d'Hôpital Général. *Avril. 1656.*

Une femme tient un enfant entre ses bras & en a deux autres auprès d'elle. On voit dans l'éloignement une des Maisons de l'Hôpital Général. Leg. Alendis et educandis pauperibus. Ex. Ædes fundatæ mense Aprili mdclvi. *Maisons fondées pour nourrir & pour instruire les pauvres au mois d'Avril* 1656.

RÉCEPTION DE LA REINE DE SUEDE.

Christine Reine de Suede après avoir abdiqué la Couronne & s'être convertie à la Foi, s'étoit retirée à Rome où elle étoit depuis quelques années ; lorsqu'elle fut attirée en France par la grande réputation que s'étoit déja faite le jeune Monarque : le 8 Septembre elle fit son entrée à Paris & fut logée au Louvre. Le Roi qui revenoit de Flandres la reçut à Chantilli. *1656.*

Le Roi est représenté recevant la Reine de Suede. Leg. Hospitalitas Augusta. *L'Auguste Hospitalité.* Ex. Christina Suecorum Regina in Gallia recepta mdclvi. *Christine Reine de Suede reçue en France en* 1656.

PRISE DE VALENCE EN ITALIE.

Le Duc de Modene & le Duc de Mercœur qui étoient venus remplacer le Prince Thomas mort depuis quelques mois, prennent Valence sur le Pô le 16 Septembre, la tranchée ayant été ouverte devant cette Place la nuit du 4 au 5 de Juillet. *16 Sept. 1656.*

Pallas foulant aux pieds l'urne du Pô, reçoit une Couronne murale des mains de la Ville de Valence. Leg. Ex. Valentia ad Padum capta xvi Septem-

BRIS MDCLVI. *Valence sur le Pô prise le 16 Septembre 1656.*

PRISE DE LA CAPELLE.

26 Sept.
1656.

Le Maréchal de la Ferté forcé dans ses lignes avoit été fait prisonnier, & le Maréchal de Turenne avoit été obligé d'abandonner le Siége de Valenciennes. A la gloire d'une belle retraite il joignit celle de la prise de la Capelle.

La Ville de la Capelle se voit représentée sous la figure d'une femme assise & tristement appuyée sur le bouclier de ses armes auprès d'une Tente Françoise. Leg. SPES HISPANORUM IMMUNITÆ. *Les espérances des Espagnols diminuées.* Ex. CAPELLA CAPTA XXVI SEPTEMBRIS MDCLVI. *Prise de la Capelle le 26 Septembre 1656.*

PRISE DE MONTMEDY.

8 Août
1657.

Le Prince de Condé joint aux Espagnols avoit pris Saint Guillain, & M. le Maréchal de Turenne s'étoit vû forcé de se retirer de devant Cambrai qu'il avoit investi. Ces échecs furent réparés par la prise de Montmedy, dont le Maréchal de la Ferté se rendit Maître. Le Roi hâta la réduction de cette Place par sa présence, & par les bons ordres qu'il donna.

La Ville de Montmedy abandonnant le bouclier de ses armes tombe aux pieds du Roi représenté sous la figure d'un jeune Mars. Leg. Ex. PRIMO REGIS ADVENTU MONS MEDIUS CAPTUS VI AUGUSTI MDCLVII. *La Ville de Montmedy prise à l'arrivée du Roi devant la Place le 6 Août 1657.*

PRISE DE SAINT VENANT ET DE MARDIK.
LEVÉE DU SIEGE D'ARDRES.

1657.

Le Maréchal de Turenne après avoir pris Saint Venant, vient délivrer Ardres assiégée par les Espagnols,

& se rend Maître ensuite du Fort de Mardik le 3 Octobre ; la place n'ayant tenu que quatre jours.

La France tient d'une main une épée nue & de l'autre un bouclier pour marquer qu'elle s'est également signalée par l'attaque & par la défense. Leg. FINES DEFENSI ET PROPAGATI. *Les Frontieres défendues & reculées.* Ex. ARDA OBSIDIONE LIBERATA ET FANO SANCTI VENANTII AC MARDICO CAPTIS MDCLVII. *Ardres secouru, Saint Venant & Mardik pris en 1657.*

BATAILLE DES DUNES.

Le Maréchal de Turenne gagne la bataille des Dunes contre le Prince de Condé & Dom Juan qui étoient accourus pour secourir Dunkerque assiégé par le Maréchal. Presque toute l'Infanterie Espagnole fut taillée en pieces, & on fit plus de trois mille prisonniers : ce fut lors de cette bataille que le Grand Condé dit au jeune Duc de Glocester. *N'avez-vous jamais vû perdre une bataille ? Et bien vous l'allez voir.*

La Victoire tenant d'une main une palme & de l'autre un long javelot marche sur des ennemis terrassés. Leg. Ex. HISPANIS CÆSIS AD DUNKERCAM XIV JUNII MDCLVIII. *Les Espagnols défaits près de Dunkerque le 14 Juin 1658.*

PRISE DE DUNKERQUE.

La reddition de cette Place fut une suite de la Victoire que les François venoient de remporter. Cette Ville bloquée par les Anglois se rendit le 25 Juin, le Roi y entra le 26 & fit remettre la Place aux Anglois suivant le Traité conclu avec Cromwel.

La Victoire tient d'une main un bouclier aux Armes de Dunkerque, & de l'autre une Couronne murale. Leg. Ex. DUNKERCA ITERUM CAPTA XXV JUNII MDCLVIII. *Dunkerque prise pour la seconde fois le 25 Juin 1658.*

14 Juin. 1658.

25 Juin 1658.

X x ij

GUÉRISON DU ROI A CALAIS.

Juillet
1658.

Le Roi tomba malade à Calais le 1 Juillet. Un Médecin d'Abbeville nommé du Saufoi le guérit avec du vin émétique peu connu alors.

La fanté eft repréfentée à l'antique fous la figure d'une femme près d'un Autel entourré d'un ferpent. Leg. SALUS IMPERII. Ex. REGE CONVALESCENTE CALASII JULIO MDCLVIII. *Le rétabliffement de la fanté du Roi à Calais au mois de Juillet* 1658 *a été le falut de la France.*

NOUVELLES CONQUETES EN FLANDRE.

1658.

M. de Turenne pourfuivant fes Conquêtes prit Bergues le 2 Juillet, Furnes le 3, Dixmude le 7, Oudenarde le 9 Septembre, Menin le 17, défait un Corps de trois mille hommes commandés par le Prince de Ligne le 19, prend Ypres le 24, & le 28 Octobre il s'empare de Gramont & de Ninove. Le Maréchal de la Ferté d'un autre côté fe rendit Maître de Gravelines le 28 Août; ainfi tout le pays d'entre la Lys, Lyper & l'Efcaut fut foumis en moins de quatre mois.

Bellone dans un char que fes Courfiers traînent rapidement, voit autour d'elle trois fleuves abattus. Leg. Ex. VICTORIARUM IMPETUS AD SCALDIM, LYSAM ET YPERAM MDCLVIII. *La rapidité des Conquêtes du Roi fur l'Efcaut, la Lys & Lyper en* 1658.

CAMPAGNE D'ITALIE.

1658.

Prife de Caftel-Leon le 10 Juillet par le Duc de Modene à la tête de l'Armée de France, & de Caffano fur l'Adda le 14. Prife de Trin par les Généraux du Duc de Savoie allié de la France; reddition de Mortare le 22 Août. Tout le pays jufqu'aux portes de Pavie & de

Milan mis fous contribution par le Duc de Navailles.

La Renommée foutient d'une main fa Trompette
qu'elle embouche, & porte de l'autre une Couronne
murale. Leg. Ex. RES IN ITALIA FELICITER GESTÆ
MDCLVIII. *Les avantages remportés en Italie en* 1658.

CONFÉRENCES POUR LA PAIX DES PYRENÉES.

Le Cardinal Mazarin & Dom Louis de Haro, Mi-   1659.
niftres de France & d'Efpagne, tiennent leurs Conférences dans l'Ifle que forme la Riviére de Bidafoa,
à une égale diftance d'Andaye & de Fontarabie. Ils
s'affemblerent durant près de trois mois, & ne fe fé-
parerent qu'après être convenu de tous les Articles.

La France & l'Efpagne font repréfentées affifes &
comme s'entretenant devant le Temple de la Paix.
Leg. Ex. CONCILIANDÆ PACI COLLOQUIUM AD BIDA-
SOAM MDCLIX. *Conférences tenues pour la Paix dans une
Ifle de la Riviére de Bidafoa en* 1659.

PAIX DES PYRENÉES.

Le mariage du Roi avec l'Infante Marie-Thérefe   7 Nov.
eft arrêté; Juliers eft reftitué à l'Electeur Palatin;   1659.
on céde à la France une partie des Villes qu'elle avoit
prifes dans les Pays-Bas, & cette Couronne abandon-
ne ce qu'elle avoit conquis au-delà des Alpes & des
Pyrenées.

Le Roi fe voit repréfenté fous la figure d'un jeune
Mars, qui dépofe une Couronne de laurier fur l'Au-
tel de la Paix. Leg. FUNDATOR PACIS. *L'Auteur d'une
Paix folide.* Ex. FŒDUS AD PYRENÆOS VII NOVEMBRIS
MDCLIX. *La Paix des Pyrenées conclue le* 7 *de Novem-
bre* 1659.

Xx iij

ENTREVUE DU ROI AVEC LE ROI D'ESPAGNE.

6 & 7 Juin
1660.

Cette augufte entrevue fe fit le 6 & le 7 Juin 1660, dans la même Ifle où fept mois auparavant la Paix avoit été conclue.

Les deux Rois paroiffent s'entretenir, & fe donnent la main en figne d'amitié. Leg. CONCORDIA AUGUS-TORUM. *La bonne intelligence des Rois.* Ex. LUDOVICI XIV CUM PHILIPPO IV CONGRESSIO VI ET VII JUNII MDCLIX. *L'entrevue de Louis XIV & de Philippe IV, le 6 & le 7 de Juin* 1660.

MARIAGE DU ROI.

9 Juin
1660.

Dom Louis de Haro époufa l'Infante à Fontarabie le 3 Juin ; au nom du Roi. Le 7 le Roi d'Efpagne re-mit lui-même la Princeffe fa fille entre les mains de fon Epoux, & le 9 on célébra cet heureux mariage à Saint Jean de Luz.

L'Hyménée tient d'une main deux Couronnes de Myrthe, & de l'autre il met le feu à un monceau d'armes. Leg. PACIS PIGNUS. *Le gage de la Paix.* Ex. MARIA-THERESIA AUSTRIACA REGI NUPTA IX JUNII MDCLX. *Marie-Thérèse d'Autriche mariée avec le Roi le 9 Juin* 1660.

SECONDE MÉDAILLE SUR LE MESME MARIAGE.

9 Juin
1660.

D'un côté le portrait du Prince, & de l'autre celui de la Princeffe.

La tête de la Reine eft gravée au revers de celle du Roi. Leg. MARIA-THERESIA AUSTRIACA FRANCIÆ ET NAVARRÆ REGINA. *Marie-Thérèse d'Autriche Reine*

ENTRÉE DE LA REINE.

Le 26 Août, depuis huit heures du matin jusqu'à près de midi, Leurs Majestés, assises sur un Trône qu'on leur avoit préparé à l'extrémité du Fauxbourg Saint-Antoine, reçurent les hommages & les soumissions de tous les Corps & des Compagnies Supérieures.

La Reine est représentée dans un char conduit par l'Amour. Leg. Ex. Felix Reginæ in urbem adventus XXVI Augusti MDCLX. *L'heureuse arrivée de la Reine à Paris le 26 Août 1660.*

CITADELLE ET CHATEAU DE MARSEILLE.

Le Roi, en attendant que le Roi d'Espagne amenât l'Infante sur la frontière, passa par la Provence, fit bâtir la Citadelle & le Château de Marseille pour défendre cette Ville contre les attaques des Etrangers, & peut-être aussi pour la tenir elle-même dans le devoir.

On voit sur cette Médaille le plan du Port & des deux Forteresses. Leg. Ex. Massilia munita MDCLX. *Marseille fortifiée en 1660.*

LE ROI PREND LE GOUVERNEMENT DE L'ÉTAT.

C'est ici un Regne nouveau. Après la mort du Cardinal Mazarin, décédé à Vincenes le 9 Mars, le Roi ne voulut plus avoir de Premier Ministre, & commença à gouverner par lui-même. Bientôt le Royaume changea de face.

Le Roi représenté sous la figure d'Apollon assis sur

un globe chargé de trois Fleurs de Lys, tient d'une main un Gouvernail, & de l'autre une Lyre : symbole d'une parfaite harmonie. Leg. ORDO ET FELICITAS. Ex. REGE CURAS IMPERII CAPESCENTE MDCLXI. *Le Roi ayant pris les rênes de l'État en 1661, l'ordre & la félicité ont commencé d'y regner.*

LE ROI ACCESSIBLE A TOUS SES SUJETS.

1661.   Ce grand Prince veut que les portes de son Palais soient ouvertes à tous ceux de ses sujets qui auroient des Placets à lui présenter.

On voit dans cette Médaille le Roi recevant tous les Placets qu'on lui présente. Leg. Ex. FACILIS AD REGEM ADITUS MDCLXI. *L'accès facile auprès du Prince.* 1661.

ASSIDUITÉ DU ROI A SES CONSEILS.

1661.   Cette heureuse exactitude, qui seule distinguoit le Roi entre les plus grands & les plus sages Monarques, a paru digne d'un monument particulier.

Jupiter est représenté, accompagné de Minerve & de Thémis, qui tient conseil avec les autres Dieux. Leg. Ex. ASSIDUITAS IN CONSILIIS HABENDIS MDCLXI. *L'assiduité du Roi à ses conseils.* 1661.

SECRET DES CONSEILS DU ROI.

1661.   Le jeune Monarque, dès le commencement de son Regne, eut une attention particuliére pour que le secret fût l'ame de ses Conseils.

Dans cette Médaille est représenté Harpocrate, Dieu du Silence. Leg. Ex. ARCANA CONSILIORUM MDCLXI. *Le secret des Conseils du Roi 1661.*

HOMMAGE

HOMMAGE DU DUC DE LORRAINE POUR LE DUCHÉ DE BAR.

Par le Traité des Pyrenées, le Duché de Bar étoit demeuré à la France ; &, par le Traité conclu en 1661, il fut reglé que le Duc feroit mis en poffeffion de ce Duché dont il feroit hommage au Roi à qui l'on cédoit Sarbourg & Phalfbourg. Le Duc prêta ferment de fidélité d'hommage-lige, huit jours après la conclufion de ce Traité.

22 Mars 1661.

Le Duc de Lorraine à genoux, fans chapeau, fans épée rend, entre les mains du Roi, foi & hommage en la maniere accoutumée. Leg. Homagium-ligium Caroli III Lotharingiæ Ducis obducatum Barrensem. *L'hommage-lige de Charles III Duc de Lorraine pour le Duché de Bar.* Ex. xxii Martii mdclxi. *22 Mars 1661.*

NAISSANCE DE MONSEIGNEUR LE DAUPHIN.

Ce Prince naquit à Fontainebleau le 1 Novembre 1661. Il eut pour Gouverneur M. le Duc de Montaufier, pour Précepteur M. Boffuet Evêque de Meaux, & pour Lecteur M. de Cordemoi Hiftoriographe.

1 Nov. 1661.

La France regarde avec complaifance le jeune Prince qu'elle tient entre fes bras. Leg. Propago imperii. *Durée de l'Empire.* Ex. Natales Delphini 1 Novembris mdclxi. *Naiffance du Dauphin le 1 Novembre 1661.*

CHAMBRE DE JUSTICE.

Elle fut établie pour réformer les abus qu'une guerre de vingt-cinq années avoit introduit dans les finances. Cette Chambre, compofée de vingt-fept Magiftrats choifis dans le Confeil, étendit fes recherches

3 Décem. 1661.

Tome III.   Y y

contre ceux qui depuis l'année 1635 avoient détourné les deniers Royaux, ou exercé des vexations sur le peuple.

La Justice est représentée de bout tenant son épée d'une main, & de l'autre sa balance. Leg. Ex. Repetundarum et peculatus judicia constituta iii Decembris mdclxi. *Chambre de Justice établie contre les traitans le 3 Décembre 1661.*

PROMOTION DES CHEVALIERS DE L'ORDRE DU SAINT ESPRIT.

31 Déc. 1661.

Des cent Chevaliers ou Commandeurs dont cet Ordre doit être composé suivant les Statuts, il n'en restoit que vingt-neuf, Sa Majesté en créa soixante-onze, parmi lesquels étoient huit Prélats.

Le Roi dans son habit de cérémonie reçoit un Chevalier; près du Roi est le Grand-Trésorier qui tient un Collier de l'Ordre. Leg. Generi et virtuti. *A la Noblesse & à la valeur.* Ex. Proceres torque donati xxxi Decembris mdclxi. *Soixante-onze Seigneurs faits Chevaliers le 31 Décembre 1661.*

DROIT DE PRÉSÉANCE RECONNU PAR L'ESPAGNE.

24 Mars 1661.

Le Baron de Batteville, Ambassadeur d'Espagne, par surprise & par violence, fait passer ses carrosses devant ceux du Comte d'Estrades, Ambassadeur de France, à l'entrée que fit à Londres le Comte de Brahé, Ambassadeur Extraordinaire de Suede. Le Baron de Batteville est revoqué; & le Marquis de Fuentes est envoyé en France pour faire des excuses au Roi en présence de tous les Ministres étrangers.

Le Roi est représenté debout sur le marchepied de son Thrône; l'Ambassadeur d'Espagne est plus bas dans la posture d'un homme qui fait des excuses. Le

Nonce du Pape & plusieurs Miniſtres Etrangers, ſont
autour comme témoins de cette ſatisfaction. Leg. Ex.
JUS PRÆCEDENDI ASSERTUM CONFITENTE HISPANO-
RUM ORATORE XXIV MARTII MDCLXII. *Le droit de préféance confirmé par l'aveu de l'Ambaſſadeur d'Eſpagne
le 24 Mars 1662.*

LIBÉRALITÉ DU ROI PENDANT LA FAMINE.

Sa Majeſté fait venir des pays étrangers une grande
quantité de grains, dont une partie eſt donnée à un
prix très modique, & l'autre eſt employée à des diſ-
tributions de pains qui ſe font gratuitemenr chaque
ſemaine à la porte du Louvre; on repand outre cela
partout de groſſes ſommes, par ordre du Roi, pour le
ſoulagement des pauvres.

La charité repréſentée par une femme de bout qui
diſtribue du pain à une mere déſolée & à ſes enfans.
Leg. Ex. FAMES SUBLEVATA MDCLXII. *La France pré-
ſervée de la famine en 1662.*

1662.

LE CAROUSEL.

La grande Place des Thuilleries fut diſpoſée en
forme de Camp, & entourée d'amphithéatres propres
à contenir plus de dix mille ſpeƈtateurs. Les Chevaliers
qui coururent étoient partagés en cinq quadrilles,
repréſentant cinq nations différentes. Le Roi ſe mit à
la tête de la premiere; & les prix furent diſtribués
par la Reine, par la Reine Mere, & par la Reine d'Angleterre.

Le Roi eſt repréſenté la lance à la main, courant
à cheval dans la lice. Leg. Ex. LUDI ÆQUESTRES V ET
VI JUNII MDCLXII. *Jeux & courſes à cheval en 1662.*

5 & 6 Juin
1662.

ACQUISITION DE DUNKERQUE.

27 Août 1662. Le Comte d'Eſtrades négocia cette acquiſition. Dunkerque fut cedé à la France par Charles II Roi d'Angleterre moyennant cinq millions, & par le même Traité, Mardick & tous les poſtes que les Anglois occupoient ſur les côtes de Flandres furent remis au Roi. Ce Prince fit ſon entrée à Dunkerque le 2 Décembre.

La Ville de Dunkerque repréſentée par une femme couronnée de tours, offre ſes clefs au Roi ; près d'elle eſt le bouclier de ſes armes : on y voit auſſi un enchre & plus loin une proue de Vaiſſeau, pour marquer ſa ſituation & la commodité de ſon Port. Leg. Ex. Dunkerqua acquiſita XXVII Octobris MDCLXII. *Dunkerque acquiſe le 27 Octobre 1662.*

MARSAL REMIS AU ROI.

4 Sept. 1663. Sur quelque ſoupçon d'infidélité de la part du Duc de Lorraine, dont l'inconſtance n'étoit que trop connue, le Roi fait inveſtir Marſal par le Maréchal de la Ferté. Le Duc ſigna à Nomeni un traité par lequel Marſal fut remis au Roi.

La Ville de Marſal, ſous la figure d'une femme couronnée de tours, paroît appuyée ſur le bouclier de ſes armes, aſſiſe & comme enchaînée au pied de l'Autel de la Foi. Leg. Pignus instaurati fœderis. *Gage du nouveau traité.* Ex. Marsallum occupatum IV Septembris MDCLXIII. *Marſal occupé le 4 Septembre 1663.*

RENOUVELLEMENT DE L'ALLIANCE AVEC LES SUISSES.

1663. Ce Traité fut ſigné à Soleure le 4 Septembre. Les Suiſſes envoyerent à Paris une célébre Ambaſſade pour le ratifier; & la cérémonie en fut faite dans le Chœur de l'Eglife de Notre-Dame. Les Ambaffadeurs furent enfuite regalés dans la Salle de l'Archevêché. Au milieu du repas le Roi fe mit à table avec eux & but à la fanté des Cantons.

Le Roi & un Ambaffadeur Suiffe mettent la main fur le Livre des Evangiles que le Grand Aumonier leur préfente. Leg. Ex. Fœdus Helveticum instauratum MDCLXIII. *L'Alliance avec les Suiffes renouvellée en* 1663.

ÉTABLISSEMENT DE L'ACADÉMIE DES INSCRIPTIONS ET MÉDAILLES.

Cette Compagnie fut formée d'un petit nombre d'hommes choifis dans l'Académie Françoife. Le premier foin des nouveaux Académiciens fut de faire des Médailles fur les événemens les plus glorieux du Regne de Sa Majefté.

Mercure écrit avec un ftyle à l'antique fur une table d'airain; il s'appuye du bras gauche fur une urne d'où fortent des Médailles, & il y en a une tablette rangée à fes pieds. Leg. Rerum gestarum fides. *Monumens fidelles des grandes actions.* Ex. Academia Regia Inscriptionum et Numismatum instituta MDCLXIII. *L'Académie Royale des Infcriptions & Médailles établie en* 1663.

ACADÉMIE DE PEINTURE ET DE SCULPTURE.

Dès l'année 1648 Sa Majefté avoit formé une efpéce d'Académie des plus excellens Peintres & Sculpteurs. En 1663 cette Académie fut logée dans le Louvre. Le Roi donna à cette Compagnie de nouveaux reglemens & augmenta les gratifications & les priviléges qui lui avoient été accordés. Il y eut des Profeffeurs & des prix de fondés; & il fut ordonné que

Y y iij

ceux, parmi les Eleves, qui se distingueroient le plus seroient envoyés à Rome pour s'y perfectionner, & y seroient entretenus aux dépens de Sa Majesté.

Sur cette Médaille sont représentés trois Génies, dont l'un dessine, l'autre peint un tableau sur le chevalet, & le troisiéme travaille à un buste. Leg. Scholæ Augustæ. *Ecoles Royalles.* Ex. Pictorum et Sculptorum Academia Regia fundata MDCLXIII. *Académie de Peinture & de Sculpture établie en 1663.*

TRAITÉ DE PISE.

12 Février
1664.

Trois François ayant eu querelle avec quelques soldats Corses de la garde du Pape, s'étoient refugiés chez le Duc de Crequi Ambassadeur de France. Les Compagnies des Corses marcherent tambour battant au Palais du Duc, & comme il parut sur un balcon pour appaiser le tumulte, on lui tira plusieurs coups de Carabine. On insulta aussi l'Ambassadrice en arrêtant son carrosse dans les rues, & l'on tua un de ses Pages à la portiére. L'Ambassadeur demanda justice, & comme l'on différa de la lui rendre, il se retira sur les terres du Grand Duc; le Roi, après avoir envoyé ordre au Nonce du Pape de se retirer, se disposoit à faire passer une Armée en Italie, lorsque, par le Traité de Pise, l'on regla les réparations qui devoient être faites à Sa Majesté.

Rome & la France représentées à l'antique sous la figure de deux femmes, se donnent la main & foulent aux pieds un Bouclier aux armes des Corses. Leg. Majestas vindicata. *La majesté des Rois vengée.* Ex. Fœdus Pisanum XII Februarii MDCLXIV. *Le Traité de Pise conclu le 12 Février 1664.*

PYRAMIDE ÉLEVÉE A ROME,
à l'occasion de l'attentat des Corses.

Les Corses furent déclarés incapables de servir ja- 1664.
mais dans l'Etat Ecclésiastique ; & l'on éleva une Pyramide avec une inscription pour conserver la mémoire de leur châtiment.

Rome assise & appuyée sur un Bouclier, regarde
avec étonnement la Pyramide élevée. Leg. Ex. Pœnæ
de Corsis sumptæ posita Pyramide MDCLXIV. *Pyramide élevée en punition de l'attentat des Corses en* 1664.

AUDIENCE DU LÉGAT.

Il fut de plus reglé par le Traité de Pise que le Pape 28 Juillet
envoyeroit le Cardinal Chigi son neveu avec le titre 1664.
de Légat *à latere* pour faire à Sa Majesté les excuses
les plus soumises, ce qui fut exécuté à Fontainebleau
le 28 Juillet.

Le Légat en rochet & en camail lit devant le Roi
l'écrit qui contenoit les satisfactions publiques dont on
étoit convenu. Leg. Ex. Corsicum facinus excusa-
tum Legato a latere misso XXVIII Julii MDCLXIV.
*Satisfaction pour l'attentat des Corses faite par un Légat
à latere le 28 Juillet* 1664.

COMBAT DE SAINT GOTHARD.

Le Roi, à la priere des Princes d'Allemagne envoye 1 Août
à leur secours contre les Turcs qui s'étoient rendus 1664.
Maîtres des Places les plus considérables de la Hongrie,
six mille hommes de Troupes d'élite sous la conduite
du Comte de Coligny. Les François eurent la meilleure part à la victoire remportée sur les Infidélles.

La Victoire ayant une écharpe sémée de fleurs de
lys tient d'une main une palme, & de l'autre une Cou-

ronne de lauriers , & foule aux pieds un turban , des arcs & des fleches. Leg. GERMANIA DEFENSA. *L'Allemagne défendue.* Ex. TURCIS AD ARABONEM CÆSIS 1 AUGUSTI MDCLXIV. *Les Turcs défaits fur le bord du Raab le 1 Août 1664.*

LA VILLE D'ERFORD REMISE A L'ELECTEUR DE MAYENCE.

1664. Cette Ville qui fuivant le Traité de Weftphalie devoit être remife à l'Electeur, refufoit de fe foumettre parce qu'elle étoit fecrettement foutenue par les Princes Proteftans. Le Roi follicité par l'Electeur, lui envoya fix mille hommes de troupes , qui , jointes à quelques Régimens de l'Archevêque , obligerent les habitans d'Erford de reconnoître leur légitime Souverain.

La France , habillée en guerriere , préfente à l'Electeur de Mayence la Ville d'Erford foumife & profternée. Leg. GALLIA FŒDERATORUM VINDEX, *La France protectrice de fes Alliés.* Ex. ERFODIA ECCLESIÆ MOGUNTINÆ RESTITUTA MDCLXIV. *La Ville d'Erford remife fous l'obéiffance de l'Electeur de Mayence en 1664.*

COMPAGNIE DES INDES.

1664. Le Roi établit deux Compagnies , l'une pour le commerce des Indes Occidentales , & l'autre pour celui des Indes Orientales ; & il accorde à l'une & à l'autre des vaiffeaux & des foldats, entre dans la dépenfe des armemens , & fait des avances gratuites qui fe montent à plufieurs millions.

Mercure , Dieu du commerce , eft repréfenté avec fa bourfe & fon caducée regardant des ballots fur le Port , & des vaiffeaux à la Rade. Leg. Ex. JUNGENDIS COMMERCIO GENTIBUS SOCIETATES NEGOTIATORUM IN UTRAMQUE INDIAM MDCLXIV. *Les Compagnies*
des

des Indes établies en 1664, pour faire le commerce avec les Nations les plus éloignées.

GRATIFICATIONS ASSURÉES AUX GENS DE LETTRES.

Les bienfaits du Roi ne se répandent pas seulement sur les Sçavans de son Royaume, ils vont encore chercher les Etrangers ; & Sa Majesté assigne un fond considérable pour les gratifications annuelles qu'il destine au progrès des Sciences.   *1664.*

La libéralité du Roi, sous la figure d'une femme, tient une corne d'abondance ; quatre jeunes enfans représentent les Génies de quatre différens Arts. Celui de l'Eloquence tient une Lyre ; celui de la Poésie tient une Trompette & une Couronne de laurier ; le troisiéme, qui mesure un globe celeste, marque l'Astronomie ; & le quatriéme, qui écrit assis sur des Livres, désigne l'histoire. Leg. Ex. Prœmia littera-tis constituta MDCLXIV. *Gratifications accordées aux Gens de Lettres en* 1664.

SECOURS DONNÉ AUX HOLLANDOIS.

En conséquence du Traité de 1662, la France envoye un secours de Troupes aux Hollandois, attaqués par les Anglois & par l'Evêque de Munster, & elle joint ses vaisseaux à leur flotte.   *1665.*

Pallas près d'un Autel couvre la Hollande d'un bouclier où sont les armes de France. Leg. Religio fœderum. *Religieuse observation des Traités.* Ex. Batavis terra marique defensis MDCLXV. *Les Hollandois secourus par terre & par mer en* 1665.

MORT DE LA REINE MERE.

Cette Princesse qui avoit gouverné la France avec   *20 Janv. 1666.*

beaucoup de fageffe, mourut le 20 Janvier âgée de foixante quatre ans : elle étoit fille de Philippe III, fœur de Philippe IV, femme de Louis XIII, & mere de Louis XIV.

Sur cette Médaille eft repréfenté un tombeau d'où s'éleve une pyramide furmontée d'une couronne fermée, & au milieu de laquelle eft le portrait de la Reine ; aux deux bouts de ce tombeau font deux figures affifes, l'une qui repréfente la Religion, tient le modelle de l'Eglife du Val-de-Grace que cette Reine a fait bâtir ; l'autre qui repréfente la fcience de gouverner, tient un timon de Navire avec le pied fur un globe. Leg. ANNÆ AUSTRIACÆ MATRI OPTIMÆ. *Médaille que le Roi a fait frapper à l'honneur d'Anne d'Autriche fa chere mere.* Ex. OBIIT XX JANUARII MDCLXVI. *Elle mourut le 20 Janvier* 1666.

REVUES.

1666.   Le Roi après avoir fait plufieurs revues particuliéres, en ordonna une générale, pour le 15 de Mars, dans la plaine de Compiegne. Les Troupes, pendant trois jours firent divers exercices militaires.

Le Roi eft repréfenté faifant faire l'exercice à fes Moufquetaires. Leg. Exerg. DISCIPLINA MILITARIS MDCLXVI. *Rétabliffement de la difcipline militaire* 1666.

GRANDS JOURS D'AUVERGNE ET DE LANGUEDOC.

1665 &
1666.   Le Roi nomma un certain nombre de Juges du Parlement pour aller tenir les Grands Jours à Clermont en Auvergne, & au Puy en Velay. Ces commiffions extraordinaires furent établies pour procéder contre les Seigneurs & les Juges qui accabloient les vaffaux & les jufticiables.

La Juftice tenant d'une main la balance & l'épée ;

releve une femme qui implore fa protection , & qui repréfente les Provinces affligées. Leg. Ex. Salus Provinciarum ; repressa Potentiorum audacia MDCLXV. & MDCLXVI. *L'attention du Roi dans les années 1665 & 1666 à reprimer l'injuſtice & l'oppreſſion des Grands a été le ſalut des Provinces.*

PORT DE SETE.

Le Roi réfolu de faire travailler à un canal pour la communication de l'Océan & de la Méditeranée , commmence par faire conſtruire un bon Port dans la Méditeranée à l'entrée de ce canal.

On voit fur cette Médaille le plan de ce Port. Leg. Ex. Portus Setius MDCLXVI. *Le Port de Sete* 1666

1666.

PORT DE ROCHEFORT.

Le Roi achete la terre de Rochefort , fait tracer le plan d'une grande Ville , pourvoit à l'établiſſement d'un Seminaire & de plufieurs Hôpitaux, fonde divers Maîtres pour les exercices militaires & pour la navigation & n'oublie rien enfin de tout ce qui pouvoit rendre le Port de Rochefort plus confidérable.

Sur cette Médaille eſt repréfenté le plan du Port de la Ville & de l'Arfenal. Neptune paroît fur fon char au milieu de la Charante. Leg. Urbe et navali fundatis. *Ville & Arfenal fondés.* Exerg. Rupi Fortium MDCLXVI. *Rochefort* 1666.

1666.

ÉTABLISSEMENT DE L'ACADÉMIE DES SCIENCES.

Cette Compagnie fut compofée des Mathématiciens les plus célebres & des plus excellens Phyficiens.

On voit Minerve affife & autour d'elle eſt une Sphére, un Squelette, un Fourneau avec un Alambic,

1666.

ce qui marque l'Aſtronomie, l'Anatomie & la Chimie.
Leg. Ex. NATURÆ INVESTIGANDÆ ET PERFICIENDIS AR-
TIBUS REGIA SCIENTIARUM ACADEMIA INSTITUTA
MDCLXVI. *Académie Royale des Sciences deſtinée à recher-
cher les ſecrets de la nature & à perfectionner les Arts en
1666.*

RÉTABLISSEMENT DE LA SURETÉ PUBLIQUE.

1666.
    Le nombre des Archers qui compoſent la garde du
Guet eſt augmenté des deux tiers; on double de même
les brigades de la Maréchauſſée.
    Sur cette Médaille eſt repréſenté Hercule ayant ſa
maſſue ſur l'épaule. Leg. Ex. ASSERTOR SECURITATIS
PUBLICÆ MDCLXVI. *L'auteur de la ſureté publique* 1666.

REGLEMENS POUR LA POLICE.

1666.
    Ces reglemens eurent pour principal objet le né-
toyement des rues & l'établiſſement des lanternes.
    La Ville de Paris, repréſentée ſous la figure d'une
femme, paroît debout ſur un pavé propre & uni
tenant d'une main une lanterne. Leg. Ex. URBS MUN-
DATA ET NOCTURNIS FACIBUS ILLUSTRATA MDCLXVI.
*La Ville rendue propre & éclairée pendant la nuit par un
grand nombre de lanternes* 1666.

NOUVEAU PAVÉ DE PARIS.

1666.
    Le pavé de cette grande Ville commencé ſous le
regne de Philippe-Auguſte étoit depuis longtems très
négligé. Sa Majeſté établit des fonds conſidérables
pour un nouveau pavé.
    Une femme debout repréſentée ſur un terrein fort
uni, tient de la main droite un niveau pour marquer
qu'on a applani & dreſſé les rues, & elle appuye ſa
gauche ſur une petite roue qui repréſente la facilité

du charroi. Leg. Ex. Urbs novo lapide strata MDCLXVI. *La Ville de Paris pavée de neuf* 1666.

CANAL DES DEUX MERS.

Les eaux foutenues d'efpace en efpace par cent quatre éclufes, fe répandent vers l'une & l'autre mer par un canal de 64 lieues, qui fe joint d'un côté à la Garone près de Touloufe, & de l'autre paffant entre Agde & Beziers, il finit au grand Lac de Tau qui s'étend jufqu'au Port de Sete.

Neptune d'un coup de Trident ouvre la terre & y forme une communication entre les deux mers. Leg. Internum mare oceano junctum. Ex. Fossa a Garumna ad Portum Setium MDCLXVII. *La mer Méditeranée jointe à l'Océan par un canal depuis la Garonne jufqu'au Port de Sete en* 1667.

NOUVELLE ORDONNANCE.

Cette nouvelle Ordonnance, qui regloit la forme des jugemens & qui retranchoit une infinité de procédures auffi inutiles à la Juftice qu'onéreufes aux Parties, fut le fruit des conférences qui fe tinrent pendant trois mois chez le Chancelier Seguier. Meffieurs de Lamoignon, Talon & Bignon mirent la derniére main à ce grand ouvrage.

Le Roi affis fur fon Trône eft repréfenté tenant une balance, & la Juftice debout lui préfente fon épée. Leg. Litium ambages rescissæ. *Les procédures abbrégées.* Ex. Novo codice MDCLXVII. *par la nouvelle Ordonnance en* 1667.

L'OBSERVATOIRE.

Dans ce fuperbe édifice, placé fur une hauteur à l'entrée d'un des Fauxbourgs de Paris, les Aftronomes trouvent tout ce qui leur est nécessaire pour bien observer la position & le mouvement des Astres.

On voit la face du bâtiment de l'Observatoire qui répond au midi. Legende. TURRIS SIDERUM SPECULATORIA MDCLXVII. *Tour d'où l'on observe les Astres 1667.*

GUERRE CONTRE L'ESPAGNE.

1667.　Le Roi se prépare à faire valoir les droits acquis par la mort de Philippe IV à la Reine Marie-Thérese sa fille du premier lit, à l'exclusion de Charles II fils du deuxiéme lit. Ces droits étoient fondés sur celui de dévolution qui a lieu dans quelques Provinces des Pays-Bas par lequel les enfans du second lit sont exclus de la succession par les enfans du premier , sans que les mâles du second excluent les filles du premier. Le Roi pour se faire rendre justice par la voye des armes, se met à la tête de ses troupes.

Le Roi est représenté à cheval, armé, le casque en tête & un bâton de commandement à la main. Leg. REX ARMIS JUS NEGATUM REPETENS. *Le Roi poursuivant par la voye des armes la justice qu'on lui refuse.* Ex. PROFECTIO IN BELGIUM MDCLXVII. *Départ pour la Flandre en 1667.*

PRISE DE TOURNAY.

25 Juin 1667.　Le Roi , après s'être emparé de Charleroy , de Binch, de Furnes & d'Ath , fait ouvrir la tranchée le 22 de Juin devant Tournay qui se rend le 25.

Mars met sur la tête de l'Hyménée une Couronne murale. Leg. MARS HYMENÆI VINDEX. *Mars vengeur de l'Hyménée.* Exerg. TORNACUM CAPTUM XXV JUNII MDCXLVII. *Tournay pris le 25 Juin 1667.*

PRISE DE DOUAI.

Le Roi fait ouvrir la tranchée devant Douai le 3 Juillet, & par son intrépidité à s'exposer au feu des assiégés, il anime tellement ses troupes, que la Ville est obligée de capituler le quatriéme jour du Siége.

On voit le Roi qui commande & qui agit dans la tranchée Leg. REX DUX ET MILES. *Le Roi Capitaine & Soldat.* Exerg. DUACUM CAPTUM VI. JULII MDCLXVII. *Douai pris le 6 Juillet 1667.*

6 Juillet. 1667.

PRISE DE COURTRAI ET D'OUDENARDE.

Le Maréchal d'Aumont après la prise de Douai, a ordre de marcher vers Courtrai. La tranchée fut ouverte devant cette Place le 15 Juillet, & les Habitans après quatorze heures de défense se rendent à discrétion. Oudenarde assiégée par le Roi n'opposa guères plus de résistance. Cette place ne soutint qu'un jour de Siége, & se rendit le 31. La Garnison fut faite prisonniere de guerre.

Le Roi paroît debout entre deux fleuves, la Lys & l'Escaut ; & la Victoire lui présente deux Couronnes murales. Leg. CURTACUM & ALDENARDA CAPTA. *Prise de Courtrai & d'Oudenarde.* MENSE JULIO MDCLXVII. *Au mois de Juillet 1667.*

16 & 31 Juillet 1667.

PRISE DE LILLE.

Le Roi marche vers Lille, fait ouvrir la tranchée la nuit du 18 au 19 d'Août, & en neuf jours il se rend Maître de cette forte place. Ce grand Roi, dit un illustre Ecrivain, s'exposa assez pour que M. de Turenne le menaçat de se retirer, s'il ne se ménageoit davantage. Sa Majesté confirma cette Ville dans ses anciens privileges & lui en accorda de nouveaux.

27 Août 1667.

La Ville de Lille fous la figure d'une femme fup-
pliante remet fes clefs à la Victoire qui lui préfente
une corne d'abondance. Leg. VICTORIA LOCUPLETA-
TRIX. *La Victoire qui enrichit les vaincus.* INSULA CAPTA
XXVIII AUGUSTI MDCLXVII. *Prife de Lille le 27 Août
1667.*

DE'ROUTE DU COMTE DE MARSIN ET DU PRINCE DE LIGNE.

51 Août 1667. Meffieurs de Crequy & de Bellefons battent le Comte de Marfin & le Prince de Ligne qui venoient avec
huit mille hommes au fecours de Lille. On leur prit
plus de quinze cens chevaux, cinq paires de timbales,
dix-huit Etendarts & plufieurs Drapeaux.

Sur cette Médaille paroît un Cavalier Efpagnol
fuyant à toute bride. Leg. FUSO HOSTIUM EQUITATU.
Défaite de la Cavalerie ennemie. AD FOSSAM BRUGEN-
SEM XXXI AUGUSTI MDCLXVII. *Près du Canal de Bruges
le 31 Août 1667.*

CAMPAGNE DE MDCLXVII.

1667. Aux avantages dont nous venons de parler, il faut
ajouter la reddition de la Baffée, de Saint Guiflain, de
Condé, d'Armentieres & d'Aloft.

Le Roi eft repréfenté fous la figure d'un jeune Mars
affis au pied d'un palmier fur un monceau d'armes, de
boucliers, de drapeaux & de Couronnes murales. Leg.
Ex. EXPEDITIO BELGICA MDCLXVII. *La Campagne de
Flandre en 1667.*

PRISE DE BESANÇON.

7 Février 1668. Cette Place eft inveftie le 6 de Février par le Prince
de Condé. Les Habitans informés que le Roi appro-
choit pour faire le Siége en perfonne, fe rendent le
jour

jour même que Sa Majesté arriva au Camp.

La Renommée qui vole & qui embouche une trompette, publie les Conquêtes du Roi & annonce sa venue. Leg. TERROR NOMINIS. *Terreur du nom.* Ex. VESUNTIO CAPTA VIII FEBRUARII MDCLXVII. *Besançon pris le 7 Février* 1667.

PRISE DE DOLE.

Le Roi vient au Camp devant Dôle le 10, fait ouvrir la tranchée le 12, & se rend Maître de cette Place le 14. Elle avoit été investie le 9 par le Duc de Roquelaure.

14 Févr. 1668.

Un soldat François ouvre la tranchée malgré la neige & les frimats. Leg. DOLA SEQUANORUM EXPUGNATA. *La prise de Dôle en Franche-Comté.* Ex. XIV. FEBRUARII MDCLXVIII. *Le* 14 *Février* 1668.

CONQUESTE DE LA FRANCHE-COMTÉ.

Gray assiégé par Sa Majesté ne tint que quatre jours; le Duc de Luxembourg prit Salins, & le Chevalier de Maupeou réduisit le Château de Joux & celui de Sainte-Anne; ainsi toute la Province fut conquise en moins d'un mois.

1668.

La Victoire conduit un char tiré par des chevaux aîlés. Leg. VICTORIÆ CELERITAS. *La rapidité de la Victoire.* Ex. SEQUANORUM PROVINCIA X DIEBUS SUBACTA MDCLXVIII. *La Franche-Comté conquise en dix jours* 1668.

PAIX D'AIX-LA-CHAPELLE.

Les Conférences pour la paix commencerent à se tenir à Aix-la-Chapelle au mois d'Avril. M. de Croissy frere de M. Colbert fut Négociateur de cette paix de la part du Roi. On ceda à la France les Conquêtes

2 Mai 1668.

Tome III. A a a

qu'elle avoit faites dans les Pays-Bas, & on rendit la Franche-Comté à l'Espagne.

Le Roi paroît armé, & on voit la paix qui lui présente un rameau d'olivier. Leg. PAX TRIUMPHIS PRÆLATA. *La paix préférée aux Conquêtes.* FŒDUS AQUIS GRANENSE II MAII MDCLXVIII. *Traité conclu à Aix-la-Chapelle le 2 Mai* 1668.

PYRAMIDE DES CORSES ABATTUE.

1668.

Cette grace fut accordée à la priere de Clement IX. qui avoit donné à Sa Majesté plusieurs preuves de sa tendresse & de son attachement.

La Religion tient de la main droite une Croix, & de la gauche un Livre. Près d'elle, d'un côté, est un Autel avec un encensoir, & de l'autre on voit la Pyramide à demi renversée. Leg. VIOLATÆ MAJESTATIS MONUMENTUM ABOLITUM. *Destruction du monument qui conservoit la mémoire de l'attentat commis contre la Majesté Royale.* Ex. PIETAS REGIS OPTIMI. MDCLXVIII. *La piété du Roi.* 1668.

PAIX DE L'EGLISE.

1669.

Les Brefs de Clement IX. adressés aux Prélats du Royaume, & les Arrêts que Sa Majesté fait publier, rendent à l'Eglise Gallicane sa premiere tranquillité que lui avoient fait perdre les troubles survenus à l'occasion de la distinction du droit & du fait dans l'affaire de Jansenius.

Sur un Autel est la Bible ouverte, & sur cette Bible sont les clefs de Saint Pierre en sautoir, & le sceptre avec la main de Justice pour marquer le concours des deux Puissances. Une Colombe rayonnante est le symbole du Saint-Esprit qui a présidé à cette action. Leg. Ex. RESTITUTA ECCLESIÆ GALLICANÆ CONCORDIA MDCLXIX. *La concorde rétablie dans l'Eglise de France,* 1669.

MANUFACTURES.

Le Roi redonne la vie aux Arts par son attention à rétablir les anciennes Manufactures du Royaume & par de sages Reglemens pour en établir de nouvelles. 1669.

Minerve paroît sur cette Médaille ayant près d'elle des fuseaux, une navette, des pelotons de laine & une piece de tapisserie. Leg. PARENS ARTIUM. *Royaume enrichi par les Arts.* Ex. MANUFACTORUM OPERUM FABRICÆ RESTITUTÆ MDCLXIX. *Les Manufactures rétablies en 1669.*

RÉVOCATION DE LA CHAMBRE DE JUSTICE.

Les Traitans furent convaincus d'avoir détourné près de quatre cent millions. On commence par assurer le remboursement de plus de six vingt millions dûs à des Créanciers de bonne foi, & l'on convertit ensuite en simples restitutions la peine capitale attachée au crime de péculat ; encore ces restitutions furent-elles fort moderées ; & parce que la Chambre de Justice n'auroit pû se dispenser de suivre les Ordonnances à la rigueur, Sa Majesté révoqua ce Tribunal. Août 1669.

La Justice tenant une épée paroît sur un Trône ; l'homme à genoux qui rapporte de l'argent représente les Traitans. PECULATORES ÆRE MULCTATI. *Taxe imposée sur les Financiers convaincus de péculat.* INTERMISSA PECULATUS ET REPETUNDARUM JUDICIA MENSE AUGUSTO MDCLXIX. *La révocation de la Chambre de Justice au mois d'Août 1669.*

CONQUESTE DE LA LORRAINE.

Le Roi informé que le Duc de Lorraine levoit des Troupes, faisoit fortifier plusieurs places de ses Etats, & qu'il prenoit des liaisons avec toutes les Puissances 1670.

jaloufes de la grandeur de la France, fait marcher contre lui le Maréchal de Crequy, & en moins d'un mois Sa Majefté fe rend Maître des Duchés de Bar & de Lorraine.

La France tenant l'épée haute d'une main, s'appuye de l'autre fur un bouclier. Près d'elle on voit à terre deux autres boucliers, l'un aux Armes de Lorraine, & l'autre aux Armes de Bar. Leg. CAROLO LOTHARINGIÆ DUCE NOVAS RES MOLIENTE. *Charles Duc de Lorraine trame de nouveaux complots.* Ex. LOTHARINGIA CAPTA MDCLXX. *Prife de la Lorraine en* 1670.

RÈTABLISSEMENT ET AUGMENTATION DE LA MARINE.

1670.   De nouveaux Ports font conftruits tant fur l'Ocean que dans la Méditerranée ; l'on bâtit plufieurs Arfenaux, & l'on conftruit un grand nombre de vaiffeaux de tous les rangs.

On a repréfenté dans cette Médaille un Vaiffeau du premier rang qui va à pleines voiles. Leg. Ex. RES NAVALIS INSTAURATA MDCLXX. *Rétabliffement & augmentation de la Marine en* 1670.

EMBELLISSEMENT ET AGRANDISSEMENT DE PARIS.

1670.   On élargit les rues, on bâtit de nouveaux Quais, on augmente le nombre des Fontaines, on continue le rempart commencé par Henri II. & les portes de la Ville font changées comme en autant d'Arcs de triomphe.

La porte de Saint Martin & celle de Saint Denis font repréfentées en l'état où elles font à prefent. La Ville de Paris eft au milieu fous la figure d'une femme couronnée de tours. Elle porte fur une main le Navire qu'elle a pour fes armes, & à côté d'elle il y a une cor-

ne d'abondance. Leg. Ex. ORNATA ET AMPLIFICATA
URBE MDCLXX. *Paris embelli & augmenté en* 1670.

ÉTABLISSEMENT DE L'ACADÉMIE D'ARCHITECTURE.

L'Architecture avoit commencé à être cultivée en
France sous le Regne de François I. mais peu après la
mort de ce Prince elle étoit retombée dans le même
état où l'ignorance des siécles précédens l'avoit réduite. Louis XIV. établit une Académie d'Architecture
composée des sujets les plus capables.

Minerve paroît assise entre des débris de colonnes
de différens ordres. Elle tient à la main une regle ; à
ses pieds sont l'équerre & le compas, & dans l'éloignement paroît un bout du colizée, reste du plus magnifique amphithéâtre des Romains. Leg. Ex. REGIA AR-
CHITECTONICES ACADEMIA INSTITUTA MDCLXXI. *Établissement de l'Académie d'Architecture en* 1671.

LE ROI TENANT LE SÇEAU.

Après la mort du Chancelier Seguier qui avoit eu
les Sçeaux pendant près de quarante ans, le Roi commença à les donner lui-même & à écrire de sa main
tant sur les Lettres que dans les Registres, tout ce que
le Chancelier a coutume d'écrire de la sienne.

L'équité paroît sous la figure d'une femme qui tient
une balance ; elle a une Couronne Royale sur la tête,
& porte sur la main gauche la cassette des Sceaux. Leg.
REGE MUNUS CANCELLARII OBEUNTE. *Le Roi faisant
lui-même la Charge de Chancelier.* Ex. A VI FEBR. AD
XXI.I APRILIS MDCLXXII. *Depuis le 6 Février jusqu'au
23 Avril* 1672.

LE ROI PROTECTEUR DE L'ACADÉMIE FRANÇOISE.

1672. Après la mort du Chancelier Seguier Protecteur de l'Académie, cette illuftre Compagnie réfolut de ne plus reconnoître de Protecteur que le Roi lui-même; Sa Majefté agréa la réfolution de l'Académie, & ordonna qu'elle tiendroit deformais fes Séances au Louvre.

Apollon tient fa Lyre fur le trepied d'où fortoient fes oracles, dans le fond paroît la principale face du Louvre. Leg. APOLLO PALATINUS. *Apollon dans le Palais d'Augufte.* Ex. ACADEMIA GALLIA INTRA REGIAM RECEPTA MDCLXXII. *L'Académie Françoife dans le Louvre 1672.*

GUERRE CONTRE LES HOLLANDOIS.

1672. Guerre que la Hollande s'attira par la conduite peu mefurée de fes Ambaffadeurs dans toutes les Cours de l'Europe, par l'infolence de fes Gazetiers, par les Médailles qu'elle fit frapper, & furtout par le fameux Traité connu fous le nom de Triple Alliance qu'elle conclut avec l'Angleterre & la Suede. Le Roi après avoir déclaré la guerre à la Hollande fe met à la tête de fon Armée.

Le Roi reprefenté à cheval tient un Bâton de commandement à la main, & eft précedé de la victoire qui porte une Couronne de laurier & une palme. Leg. PRÆVIA VICTORIA *La Victoire marche devant lui.* Ex. EXPEDITIO BATAVICA MDCLXXII. *Expédition du Roi en Hollande en 1672.*

PRISE DE QUATRE VILLES SUR LE RHIN.

1672. Orfoy invefti le 1 de Juin, fe rend le 3, Burich &

Wesel attaqués le 2 capitulerent le 4, & Rhimberg ouvre ses portes le 6 après trois jours de défense.

On voit sur cette Médaille le cours du Rhin, & dans le lointain quatre villes sur ses bords. La Victoire qui vole tient quatre couronnes murales qu'elle montre au Rhin effrayé. Leg. URBES IV SIMUL EXPUGNATÆ. *Quatre Villes prises en même tems.* Ex. ORSOVIA, BURICHIUM, WESSALIA, RHIMBERGA MDCLXXII. *Orsoi, Burich, Wesel, Rhimberg* 1672.

COMBAT NAVAL DANS LA MANCHE.

Le 6 de Juin au soir, l'Amiral Ruyter vint attaquer près de Soulstbaie, la flotte de France & d'Angleterre, commandée par le Duc d'Yorck & le Comte d'Estrées Vice-Amiral. Le lendemain le Combat recommença avec plus de fureur : l'Amiral Hollandois dit que cette bataille fut la plus furieuse qu'il eut vue. Les Ennemis, après avoir été fort maltraités, regagnerent leurs Côtes & on les poursuivit jusqu'à la vue de leurs Ports.

Neptune est représenté dans son char, tenant le Trident levé sur la Hollande effrayée. Leg. Ex. VICTORIA NAVALIS VII ET VIII JUNII MDCLXXII. *Victoire navale remportée le 7 & le 8 Juin* 1672.

PASSAGE DU RHIN.

Deux mille chevaux détachés & plusieurs Volontaires de distinction qui s'étoient mis à leur tête, se jettent avec intrépidité dans ce fleuve ; le jeune Duc de Longueville, qui l'avoit traversé, fut tué par son imprudence, & fut cause d'une blessure que M. le Prince de Condé reçut à la main. L'Infanterie ennemie, rétranchée sous le Fort de Tolhuys, fut défaite ; on leur tua plus de cinq cens hommes, & on leur fit près de quatre mille prisonniers.

La Victoire couronne le Roi qui foule aux pieds le
fleuve du Rhin. Leg. TRANATUS RHENUS. *Le Rhin paffé à la nâge.* Ex. HOSTE RIPAM ADVERSAM OBTINEN-
TE XII JUNII MDCLXXII. *en préfence des Ennemis le 12.
Juin 1672.*

RÉTRANCHEMENS DE L'ISSEL ABANDONNÉS PAR LES HOLLANDOIS.

13 Juin
1672.

Ces retranchemens étoient prodigieux & étoient
gardés par le Prince d'Orange ; mais après le fameux
paffage du Rhin ce Prince craignant d'être envelop-
pé , fe retira vers Utrecht ; fon arriére-garde fut bat-
tue , & on lui enleva quinze canons avec le bagage
qu'elle efcortoit.

Les fleuves du Rhin & de l'Iffel effrayés , marquent
la confternation de la Hollande. On voit dans le lointain quelques retranchemens abandonnés. Leg. PER-
RUPTIS BATAVIÆ CLAUSTRIS. *Les barriéres de la Hollande forcées.* Ex. XIII JUNII MDCLXXII. *Le 13 Juin.
1672.*

SUITE DES CONQUETES DU ROI EN HOLLANDE.

1672.

Les trois Provinces de Gueldres , d'Utrecht & d'O-
veriffel & plus de quarante Villes fortifiées furent prifes en moins de trois mois. M. de Pomponne fut d'avis
que l'on fe contentât des avantages propofés par les
Hollandois , & que l'on fe jettât fur les Pays-Bas Catholiques ; & M. de Turenne penfoit que l'on devoit
démolir les Places à mefure que l'on s'en emparoit ;
mais l'avis de M. de Louvois l'emporta.

Le Roi armé d'un javelot & menant un char à toute
bride , eft couronné par la Victoire. Leg. BATAVIA
VICTORIIS PERAGRATA. *La Hollande fubjuguée en auffi
peu de tems qu'il en faudroit pour la parcourir.* Ex. XL URB-

BES

BES DIEBUS XXII CAPTÆ MDCLXXII. *Quarante Villes pri-*
ses en 22 jours en 1672.

LA HOLLANDE SUBJUGUÉE.

Les Hollandois, réduits à la défense de leur Capi-   1672.
tale, se voyent forcés de lâcher leurs écluses pour
submerger leur pays.

On voit un trophée où pend la dépouille d'un Lion
avec le faisceau des sept flêches, qui sont les Armes
des Provinces-Unies ; au-dessus du trophée il y a une
Couronne murale ; la femme abattue au pied du trophée , représente la Hollande ; la vache qui est près
d'elle, le bout de barque , l'anchre & les filets marquent la nature du Pays. Leg. ULTOR REGUM. *Ven-*
geur des Rois. Ex. BATAVIA DEBELLATA MDCLXXII. *La*
Hollande subjuguée en 1672.

SECOURS DE WOERDEN.

Le Prince d'Orange veut reprendre Woerden. Le   1200.
Duc de Luxembourg marche au secours de cette Pla- 1672.
ce , & , quoiqu'inférieur en nombre , il ne balance pas
à attaquer les ennemis , leur tue plus de deux mille
hommes , leur fait près de 500 prisonniers , & les oblige de se retirer avec perte de leur canon & de leur
bagage.

Au milieu d'un marais paroit une colonne à laquelle est attaché un bouclier , & la Victoire pose sur le
haut de ce bouclier une couronne d'herbes verdoyan-
tes & fleuries. Leg. CASTRIS BATAVORUM CAPTIS ET
DIREPTIS. *Le camp des Hollandois pris & pillé.* Ex.
WOARDA OBSIDIONE LIBERATA XII OCTOBRIS
MDCLXXII. *Woerden secouru le* 12 *Octobre* 1672.

Tome III.   Bbb

LEVÉE DU SIÉGE DE CHARLEROY.

22 Décem.
1672.
L'Empereur, le Roi d'Espagne, l'Electeur de Brandebourg & plusieurs Princes de l'Empire, avoient commencé à prendre les armes en faveur de la Hollande, le Prince d'Orange étoit venu assiéger Charleroy, mais le Comte de Montal étant rentré dans la Place avec 150 Maîtres seulement, les Assiégés ayant repris courage, se défendirent si vigoureusement qu'ils forcerent les ennemis de se retirer.

La Ville de Charleroy, sous la figure d'une femme couronnée de tours ayant son bouclier à ses pieds, met sur la tête du Roi une couronne d'herbes fleuries. Leg. Ex. CAROLOREGIUM OBSIDIONE LIBERATUM XXII DECEMBRIS MDCLXXII. *Le siége de Charleroi levé le 22 Décembre* 1672.

MAGASINS ÉTABLIS.

1672.
Le Roi, résolu de se mettre de bonne heure en campagne, établit sur les frontiéres un grand nombre de Magasins qu'il fait remplir de munitions de guerre & de bouche.

La prévoyance, sous la figure d'une femme debout, ayant un globe & un amas d'armes & de provisions à ses pieds, tient d'une main une corne d'abondance, & de l'autre un gouvernail. La Victoire lui met une Couronne de laurier sur la tête. Leg. PROVIDENTIA VICTRIX. *Prévoyance victorieuse.* Ex. HORREA ET ARMAMENTARIA UBIQUE CONSTITUTA MDCLXXII. *Magasins établis de tous côtés en* 1672.

L'ELECTEUR DE BRANDEBOURG POUSSÉ JUSQU'A L'ELBE.

1673.
L'Electeur de Brandebourg & les Impériaux, commandés par Montecuculi, essayerent en vain de pas-

ser le Rhin , ils trouverent partout M. de Turenne qui les força d'abandonner plusieurs Villes, & de repasser le Weser avec précipitation. Il les poussa même jusqu'au-delà de la forêt de Soling & leur prit leur artillerie & leur bagage. L'Electeur conclut enfin un Traité de neutralité avec le Roi.

La Victoire, près d'un trophée , écrit sur un bouclier les noms des Villes prises dans cette expédition. Leg. Ex. A RHENO AD ALBIM PULSO BRANDEBURGICO ELECTORE MDCLXXIII. *L'Electeur de Brandebourg poussé jusqu'à l'Elbe en* 1673.

PRISE DE MAESTRICHT.

Le Roi , qui vouloit assurer la communication avec ses conquêtes de Hollande, vient assiéger Maestricht & s'en rend maître en 13 jours, quoique les Ennemis y eussent jetté un renfort de 6000 hommes de pied & d'onze cens chevaux.

29 Juin 1673.

Sur cette Médaille est représenté le fleuve de la Meuse effrayé de voir la Victoire qui tient d'une main la foudre levée sur lui & qui lui montre de l'autre une Couronne murale. Leg. VIRTUS ET PRÆSENTIA REGIS. *La valeur & la présence du Roi.* Ex. TRAIECTUM AD MOSAM EXPUGNATUM XXIX JUNII MDCLXXIII. *Maestricht pris le* 29 *Juin* 1673.

SECONDE CONQUESTE DE LA FRANCHE-COMTÉ.

L'Espagne ayant déclaré la guerre à la France sur la fin de l'année 1673 , le Roi , au commencement de l'année suivante, entreprit la conquête de la Franche-Comté. Le Duc de Navailles prit Gray le 28 Février & Vesoul le 11 Mars ; Besançon se rend le 15 Mai & Dole le 6 Juin , après six jours de siége. Salins fut pris par le Duc de la Feuillade , & les Forts de

1674.

Bbb ij

Sainte-Anne & de Joux par le Duc de Duras.

Le Roi paroît fur un char à l'antique tiré par quatre chevaux attelés de front. On voit fous le char
plufieurs étendarts renverfés, & des boucliers où font
les armes des Villes conquifes. Leg DE SEQUANIS ITE-
RUM. *Seconde conquête de la Franche-Comté.* Ex. ADDITA
IMPERIO GALLICO PROVINCIA MDCLXXIV. *Le Royaume
de France augmenté d'une Province en 1674.*

AUTRE MÉDAILLE SUR LE MESME SUJET.

1674. La Victoire debout tient deux Couronnes qu'elle
va pofer fur deux amas d'armes ou trophées. Leg. FOR-
TUNA MANENS. *Fortune conftante.* Ex. SEQUANI ITERUM
SUBACTI MDCLXXIV. *Les Peuples de la Franche-Comté
fubjugués pour la feconde fois en 1674.*

PRISE DE LA VILLE ET DE LA CITADELLE DE BESANÇON.

22 Mai Le Roi arrivé devant la Place depuis quelques jours,
fit ouvrir la tranchée le 6 Mai par le Duc d'Enguien
& en huit jours il fe rendit maître de la Ville. La Citadelle, où les Affiégés s'étoient retirés fut attaquée
en plein midi. Les foldats en graviffant gagnerent le
haut du Rocher, & y planterent leurs Drapeaux. Une
action fi hardie intimida fi fort les Affiégés, qu'ils fe
rendirent.

Le fleuve du Doux, appuyé fur fon urne, regarde
avec étonnement la Victoire qui part de la pointe d'un
Rocher, & qui d'une main tient une Couronne murale & de l'autre une foudre. Dans l'éloignement eft
repréfenté la Ville & plus haut la Citadelle & le Rocher qui eft vis-à-vis. Leg. VIRTUS GALLICA. *La valeur des François.* Ex. VESUNTIO RURSUS CAPTA XXII
MAII MDCLXXIV. *Befançon pris pour la feconde fois le 22
Mai 1674.*

PRISE DE DOLE.

Cette Place avoit été de nouveau fortifiée par les Espagnols & elle étoit défendue par une forte Garnison, ce qui n'empêcha pas que le Roi ne la prît le septiéme jour de tranchée ouverte. *6 Juin 1674.*

Le Roi à cheval tient un bâton de commandement au haut duquel est une Couronne murale. Leg. DOLA SEQUANORUM CAPTA. *Dole en Franche-Comté prise pour la seconde fois.* Exerg. VI JUNII MDCLXXIV. *le 6 Juin 1674.*

COMBAT DE SINTZHEIM.

M. de Turenne résolu de combattre le Duc de Lorraine & le Comte de Caprara avant qu'ils eussent été joints par le Duc de Bournonville, passa le Rhin à Philisbourg le 12 Juin & vint les attaquer à Sintzheim & les battit le 16 Juin, quoiqu'ils eussent la supériorité du nombre & l'avantage du terrein. *16 Juin 1674.*

Sur cette Médaille est représenté un foudre ailé. Leg. VIS ET CELERITAS. *La valeur & la diligence.* Ex. PUGNA AD SINTZHEMIUM XVI JUNII MDCLXXIV. *Combat de Sintzheim le 16 Juin 1674.*

COMBAT DE LADENBOURG.

Le Duc de Lorraine & le Comte de Caprara joints par le Duc de Bournonville, entrent dans le Palatinat entre le Mein & le Nekre, & se retranchent près de Ladenbourg. M. de Turenne vient les attaquer, les bat & les oblige de se sauver du côté de Francfort. *5 Juillet 1674.*

Un Cavalier qui tient un Etendart François court après les Ennemis ; derriere lui est le fleuve du Nekre. Leg. GERMANIS ITERUM FUSIS. *Les Allemans battus une feconde fois.* Ex. AD NICRUM V JULII MDCLXXIV. *Sur les bords du Necre le 5 Juillet 1674.*

BATAILLE DE SÉNEF.

11 Août 1674.

L'Armée ennemie forte de près 90 mille hommes commandée par le Prince d'Orange ayant fous lui le jeune Duc de Lorraine, le Comte de Souche, Monterei, le Prince de Vaudemont & le Comte de Valdec eft attaquée à Senef par le Prince de Condé dont l'Armée n'étoit guères que de 50 mille hommes. Il bat l'arriere-garde des Ennemis, attaque enfuite le refte de l'Armée, & pourfuit les ennemis jufqu'au village de Fay où le combat recommença avec une nouvelle fureur. Les François demeurerent Maîtres du champ de bataille, firent un grand nombre de prifonniers & prirent tout le bagage.

La Victoire tenant d'une main une Couronne de laurier & de l'autre un étendart vole fur un amas d'armes. Leg. CÆSIS AUT CAPTIS HOSTIUM X MILLIBUS, SIGNIS RELATIS CVII. *Dix mille hommes tués ou faits prifonniers & cent fept Drapeaux pris.* Ex. AD SENEFFAM XI AUG. MDCLXXIV. *A la bataille de Senef le 11 Août 1674.*

DÉFAITE DES HOLLANDOIS EN AMERIQUE.

1674.

L'Amiral Ruyter ayant fait une defcente à la Martinique, fut obligé de fe rembarquer après avoir eu plus de 1600 hommes tués ou bleffés.

On voit un trophée naval & à côté un Americain qui le regarde avec admiration. La Renommée vole au-deffus tenant une Couronne. Leg. COLONIA FRANCORUM AMERICANA VICTRIX. *Colonie Françoife victorieufe en Amérique.* Ex. BATAVIS AD MARTINICAM CÆSIS AC FUGATIS MDCLXXIV. *Les Hollandois défaits dans l'Ifle de la Martinique en 1674.*

LEVÉE DU SIÉGE D'OUDENARDE.

Le Prince d'Orange vint affiéger Oudenarde après 21 Sept.
la bataille de Senef; mais dès qu'il eut appris que le 1674.
Prince de Condé marchoit en diligence au fecours de
la Place, il fe retira avec précipitation profitant d'un
brouillard qui le déroba au vainqueur.

La victoire marchant avec une vîteffe extrême tient
d'une main une Couronne, & de l'autre un javelot
pour marquer qu'elle pourfuit les mêmes ennemis
qu'elle venoit de vaincre. Leg. VICTORIA OPIFERA.
La Victoire prompte à fecourir. Ex. ALDERNADA OBSI-
DIONE LIBERATA XXI SEPT. MDCLXXIV. *Le Siége d'Ou-*
denarde levé le 21 *Septembre* 1674.

BATAILLE D'ENSHEIM.

Les Habitans de Strafbourg, contre la foi de la neu- 4 Oct.
tralité, avoient livré leur pont aux Impériaux dont 1674.
l'Armée devoit être groffie par les Troupes de l'Electeur de Brandebourg qui avoit oublié le Traité qu'il
avoit fait l'année précédente. M. de Turenne moins
fort d'un tiers que les ennemis les attaque à Ensheim
près de Strafbourg, leur tue plus de 3000 hommes,
leur prend dix Pieces de canon, trente Etendarts ou
Drapeaux, la plus grande partie de leur bagage & fait
un grand nombre de prifonniers.

La Victoire tenant d'une main une Couronne de
laurier, & de l'autre une palme, marche fur les bou-
cliers aux Armes de l'Empire. Leg. DE GERMANIS
TERTIO. *Troifiéme Victoire fur les Allemands.* Ex. AD ENS-
HEMIUM IV. OCT. MDCLXXIV. *Bataille d'Ensheim le* 4
Octobre 1674.

VAINS PROJETS DES FLOTTES HOLLANDOISES.

1674. L'Amiral Ruyter après avoir levé le Siége du Fort de la Martinique, regagna les Ports de la Hollande, & le Vice-Amiral Tromp destiné à faire une descente en quelque Province de France, fut obligé de se rembarquer après avoir, pour tout exploit, pillé une Eglise de Belle-Isle & enlevé quelques bestiaux.

Une femme assise au bord de la Mer & appuyée sur un bouclier aux Armes de France, a près d'elle deux génies qui se jouent. La Flotte ennemie paroît dans l'éloignement. Leg. TRANQUILLITAS ORÆ MARITIMÆ. *La tranquillité des Côtes de France.* Ex. SPECTANTE NEC QUICQUAM AUDENTE CLASSE HOSTIUM MAXIMA MDCLXXIV. *A la vûe d'une puissante Flotte ennemie qui n'ose rien entreprendre.* 1674.

L'ARMÉE ALLEMANDE CHASSÉE D'ALSACE ET OBLIGÉE DE REPASSER LE RHIN.

1674. Les Généraux ennemis avoient répandu leurs Troupes dans la haute Alsace au nombre de plus de 60000 hommes, M. de Turenne après avoir feint de repasser en Lorraine vient tout à coup tomber sur Mulhausem où il battit un corps de 6000 chevaux & de 2500 hommes d'Infanterie, reprend divers postes, attaque une seconde fois les ennemis, les défait & les oblige de repasser le Rhin & d'aller hyverner en Allemagne.

On voit un trophée que deux soldats qui fuyent regardent avec effroi. Leg. LX MILLIA GERMANORUM ULTRA RHENUM PULSA MDCLXXIV. *Soixante mille Allemands obligés à repasser le Rhin en* 1674.

SECOURS

SECOURS DE MESSINE.

Les Messinois se soulevent & se mettent sous la protection de la France. Les Espagnols leur coupent les
vivres par mer & par terre. Le Duc de Vivone, le
Lieutenant Général Duquesne, le Marquis de Preuilly
& le Chevalier de Valbelle font entrer du secours dans
Messine & y rétablissent l'abondance.

La Victoire qui vole tient d'une main des épis de
bled, & de l'autre une Couronne, la Ville, le Port &
le Phare de Messine sont représentés dans le lointain.
Leg. ALIMENTA MESSANÆ. *Convoi de vivres mené à
Messine.* Ex. HISPANIS AD FRETUM SICULUM DEVICTIS
XI FEBR. MDCLXXV. *Les Espagnols ayant été défaits dans
le détroit de Sicile le* 11 *Février* 1675.

*11 Févr.
1675.*

PRISE DE DINANT ET DE HUY.

Le Roi prit Dinant le 29 Mai, ayant sous lui le Maréchal de Crequi. Le Comte de Rochefort s'empara de
Huy le 6 Juin.

La Fleuve de la Meuse tient d'une main l'écusson de
la Ville d'Huy, & de l'autre celui de la Ville de Dinant. Ces deux Villes paroissent dans l'éloignement.
Leg. PROLATI AD MOSAM IMPERII SECURITAS. *La sûreté des Conquêtes sur la Meuse.* Ex. DENONANTIO ET
HOYO CAPTIS MDCLXXV. *Prise de Dinant & de Huy en*
1675.

1675.

PRISE DE LIMBOURG.

Le Siége de cette Place commencé par le Prince de
Condé fut continué par le Duc d'Enguien son fils, qui
pressa si vivement les attaques que le septiéme jour les
François se logerent sur le bastion après un assaut fort
sanglant. La Ville capitula le 21 Juin.

On voit Pallas qui d'une main tient une Couronne

*21 Juin
1675.*

Tome III.   C c c

murale, & de l'autre l'Egide pour marquer l'inaction & l'immobilité des ennemis à l'approche du Roi. La Ville de Limbourg paroît dans l'éloignement. Leg. RE-GE IN HOSTES SIGNA OBVERTENTE. *Pendant que le Roi fait tête aux ennemis qui s'avançoient pour secourir la place.* Ex. LIMBURGUM CAPTUM XXI JUNII MDCLXXV. *Limbourg est pris le 21 Juin 1675.*

COMBAT D'ALTENHEIM.

1 Août
1675.
M. de Turenne ayant été tué d'un coup de canon sur une hauteur près de Saspach où il étoit allé reconnoître les endroits par où il pourroit attaquer l'ennemi, le Comte de Montecuculi marcha pour couper aux François le chemin du pont qu'ils avoient à Altenheim. Il ne put tomber que sur leur arriere-garde, & leur Infanterie ayant tenu ferme, ce qui donna le tems à la Cavalerie de revenir sur ses pas, le combat devint général & fut long & sanglant. Le Marquis de Vaubrun y fut tué, & le Comte de Lorges demeura seul Général dans le reste de l'action qui fut poussée avec tant de valeur que les Impériaux furent contraints de se retirer. L'Armée Françoise repassa paisiblement en Alsace.

La victoire tient de la main droite un javelot dont elle présente la pointe en regardant derriere elle, & de la main gauche elle montre au Rhin une Couronne de laurier. Leg. EXERCITUS REDUX. *L'Armée Françoise de retour.* Ex. VICTORIA AD ALTENHEMIUM I AUGUSTI MDCLXXV. *Après avoir remporté une Victoire près d'Altenheim le 1 Août 1675.*

CAMPAGNE DE CATALOGNE.

1675.
Le Comte de Schomberg après s'être rendu maître de Figuieres, de Baschara, & de quelques autres petites places, vint assiéger Bellegarde bâtie sur une hau-

te montagne & défendue par trois Forts Royaux & par plusieurs nouveaux ouvrages. Cette forte Place capitula après cinq jours de tranchée ouverte. Cette Conquête mérita à M. de Schomberg le bâton de Maréchal.

Hercule la massue levée marche au pied des montagnes. On voit près de lui l'Espagne étonnée. Leg. CATALONIÆ ADITUS OCCUPATI. *Les François Maîtres des passages de la Catalogne.* LXXX URBIBUS AUT OPPIDIS CAPTIS MDCLXXV. *Prise de 80 Villes ou Bourgs 1675.*

LEVÉE DU SIÉGE D'HAGUENAU.

Les Imperiaux renforcés de quelques Troupes viennent faire le Siége d'Haguenau ; le Prince de Condé qui avoit remplacé M. de Turenne dans le commandement de l'Armée, marche au secours de la place & oblige les ennemis de se retirer. 14 Sept. 1675.

La France tient d'une main une Couronne d'herbes fleuries & une épée, & de l'autre un bouclier dont elle couvre l'Alsace. Leg. SALUS ALSATIÆ. *Le Salut de l'Alsace.* Ex. HAGENOIA OBSIDIONE LIBERATA XIV SEPTEMBRIS MDCLXXV. *Le Siége d'Haguenau levé le* 14 *Septembre* 1675.

LE ROI DE POLOGNE EST FAIT CHEVALIER DES ORDRES DU ROI.

Jean Sobieski qui devoit en partie la Couronne de Pologne aux bons offices de la France, ayant paru souhaiter d'être Chevalier des Ordres du Roi, le Marquis de Bethune beau-frere de la nouvelle Reine de Pologne fut choisi pour porter le cordon à ce Prince, & pour lui conférer les ordres de Saint Michel & du Saint Esprit. 1675.

Autour d'un Ecu, mi-parti des Armes de Pologne & de Lithuanie, sont les colliers des Ordres de Saint

Michel & du Saint Efprit. Leg. CONCORDIÆ VINCU-
LUM. *Lien de concorde.* Ex. JOANNE POLONORUM REGE
TORQUE DONATO MDCLXXV. *Jean Sobieski Roi de Polo-
gne, Chevalier des Ordres du Roi en* 1675.

LES INVALIDES.

1676. Monument feul capable d'immortalifer la gloire du
plus grand des Rois.

La Médaille frappée à ce fujet repréfente l'Hôtel
des Invalides. Leg. Ex. MILITIBUS SENIO AUT VULNE-
RE INVALIDIS MDCLXXVI. *Afyle deftiné aux Soldats que
la vieilleffe ou les bleffures ont mis hors d'état de fervir* 1676.

BATAILLE NAVALE D'AGOSTA.

**22 Avril
1676.** Les Flottes d'Efpagne & de Hollande partent de
Regio pour affiéger en Sicile Agofta place confidérable
que le Duc de Vivone avoit prife l'année précédente.
Le brave du Quefne attaque les deux Flottes & après
un combat fort opiniâtre, il les oblige de prendre la
fuite. Le fameux Ruyter fut bleffé à mort d'un coup de
canon.

La Victoire paroît fur le haut d'une colonne roftrale
& cette colonne eft ornée d'un trophée naval. Leg.
DEVICTA HOSTIUM CLASSE DUCE INTERREMPTO. *La
Flotte des ennemis défaite & leur Amiral tué.* Ex. AD AU-
GUSTAM SICILIÆ XXII APRILIS MDCLXXVI. *Près d'A-
gofta en Sicile le* 22 *Avril* 1676.

PRISE DE CONDÉ.

**26 Avril
1676.** Le Roi fe rend devant Condé le 21 Avril, fait ouvrir la tranchée le même jour, & pour hâter le Siége
ordonne trois attaques. Les dehors font emportés l'é-
pée à la main, & la Ville fe rend à difcrétion prefque
en préfence des Armées d'Efpagne & de Hollande qui

s'étoient avancées entre Mons & Saint Guislain. Le Roi sauve la Ville du pillage.

On voit les urnes des trois fleuves qui passent à Condé. Ces trois fleuves sont l'Escaut, l'Hosnau & la Haisne. Sur l'urne du milieu s'éleve un caducée avec une palme d'un côté, & de l'autre un laurier. Leg. CLEMENTIA VICTORIS. *Clémence du Vainqueur.* Ex. CONDATUM VI CAPTUM AB EXCIDIO SERVATUM XXVI APRILIS MDCLXXVI. *Condé pris d'assaut & garanti du pillage le 26 Avril 1676.*

PRISE DE BOUCHAIN.

Après la prise de Condé, Monsieur vint faire le siége de Bouchain qui se rendit après cinq jours de tranchée ouverte. Ce fut à ce siége que l'on manqua l'occasion de combattre, près de Valenciennes, le Prince d'Orange qui étoit venu camper sus les hauteurs à deux lieues de Bouchain.

Le Roi, sous la figure de Persée, présente la tête de Méduse à un soldat éperdu d'effroi, & couvre de sa droite la Ville de Bouchain, représentée par une femme couronnée de tours. Leg. HOSTE VIDENTE ET PERTERRITO. *A la vue de l'ennemi épouvanté.* Ex. BUCHEMIUM CAPTUM XII MAII MDCLXXVI. *Bouchain pris le 12 Mai 1676.*

12 Mai. 1676.

COMBAT NAVAL DE PALERME.

Après le combat où le brave Ruyter fut tué, le Duc de Vivone vint attaquer les flottes de Hollande & d'Espagne qui s'étoient retirées à Palerme. Plusieurs des Vaisseaux ennemis ne purent trouver d'autres moyens de se sauver qu'en échouant aux Terres voisines ; l'Amiral & le Vice-Amiral d'Espagne, le Contre-Amiral de Hollande ; & neuf Vaisseaux de guerre furent brulés.

2 Juin 1676.

On voit une galere à l'antique & dont la pouppe
eſt ornée d'un globe, chargée de trois fleurs de lys. La
Victoire en volant poſe une couronne ſur ce globe.
Leg. VICTORIA PANORMITANA. *Victoire remportée près de
Palerme.* Exerg. DELETA HOSTIUM CLASSE II JUNII
MDCLXXVI. *Flotte des Ennemis défaite le 2 Juin 1676.*

PRISE D'AIRE.

31 Juillet
1676.

Tandis que le Prince d'Orange aſſiégeoit Maeſtricht,
le Maréchal d'Humieres vint aſſiéger Aire, & s'en
rendit maître en cinq jours.

La Ville d'Aire eſt repréſentée par une femme étonnée à qui la Victoire arrache en volant la couronne de
tours qu'elle a ſur la tête. Leg. TRANSEUNTIS EXER-
CITUS EXPEDITIO. *Expédition que fit l'Armée en paſſant
chemin.* Ex. ARIA CAPTA XXXI JULII MDCLXXVI. *La
priſe d'Aire le 31 Juillet 1676.*

LEVÉE DU SIÉGE DE MAESTRICHT.

26 Août
1676.

Le Prince d'Orange après avoir paſſé près de deux
mois devant Maeſtricht, defendue par le brave Calvo,
fut obligé de lever le ſiége le 26 Août à l'approche
de l'Armée du Maréchal de Schomberg.

Pallas debout tient de la main droite une lance,
& s'appuye de la gauche ſur un bouclier où ſont les armes de France. Leg. PULSIS AD MOSAM BATAVIS. *Les
Hollandois repouſſés près de la Meuſe.* Ex. TRAJECTUM
LIBERATUM XXVI AUGUSTI MDCLXXVI. *Levée du ſiége
de Maeſtricht le 26 Août 1676.*

L'ISLE DE CAYENNE REPRISE.

Décembre
1676.

Le Comte d'Eſtrées reprend le 20 Décembre le Fort
de Cayenne ſur les Hollandois qui l'avoient pris ſix
mois auparavant.

Neptune tient de la main droite le trident levé contre le Fort, & de la main gauche un étendart semé de fleurs de lys. Leg. BATAVIS CÆSIS. *Les Hollandois battus.* Ex. CAYANA RECUPERATA MENSE DECEMBRI MDCLXXVI. *L'Isle de Cayenne reprise au mois de Décembre 1676.*

COMBAT DE TABAGO EN AMERIQUE.

Le Comte d'Estrées attaque le 3 Mars la Flotte des Hollandois, brule d'abord leur Amiral, ensuite leurs autres vaisseaux & deux flûtes.

3 Mars 1677.

On voit au-dessus de la proüe d'un vaisseau la Victoire qui, de la main droite, tient un foudre, & de la gauche une Palme. Leg. INCENSA BATAVORUM CLASSE. *La flotte des Hollandois brûlée.* Ex. AD INSULAM TABAGO III MARTII MDCLXXVII. *A Tabago le 3 Mars 1677.*

PRISE DE VALENCIENNES.

Valenciennes est investie le 28 Février par le Duc de Luxembourg. Le Roi arrive devant la Place le 4 Mars, & le 17, par la valeur des Mousquetaires qui s'emparerent de la contrescarpe, tous les ouvrages sont emportés en plein jour. Les François entrent pêle-mêle avec les Assiégés & se rendent maîtres des remparts & du canon. Le Roi sauve la Ville du pillage.

17 Mars 1677.

La Ville de Valenciennes paroît prosternée aux pieds de la Victoire, qui retient le bras d'un soldat. Leg. CONSERVATORI SUO. *Monument consacré à la gloire de son conservateur.* Ex. VALENTIANÆ CAPTÆ ET AB EXCIDIO SERVATÆ XVII MARTII MDCLXXVII. *Valenciennes prise d'assaut & sauvée du pillage le 17 Mars 1677.*

BATAILLE DE CASSEL.

11 Avril 1677.

Le Roi fait le fiége de Cambrai & le Duc d'Orleans celui de Saint Omer; le Prince d'Orange marche au fecours de cette derniére Place, perd le 11 Avril la bataille de Caffel où il eft battu à plates coutures par le Duc d'Orleans : on tua aux ennemis plus de cinq mille hommes , & on leur fit trois mille prifonniers.

On voit le Duc d'Orleans qui apporte au Roi une Palme , & le Roi qui lui met une Couronne fur la tête. Leg. Ex. VICTORIA AD CASTELLUM MORINORUM XI APRILIS MDCLXXVII. *Victoire remportée près de Caffel le 11 Avril 1677.*

PRISE DE CAMBRAI.

17 Avril 1677.

Le Roi prend Cambrai le 5 Avril, & la Citadelle le 17. Les peuples de la Campagne commencerent dèslors à cultiver leurs terres fans inquiétude , à l'abri de ces mêmes remparts d'où l'ennemi venoit toutes les années ravager leurs champs.

Un Laboureur menant fa charrue marque la tranquillité rétablie dans la campagne : on voit dans l'éloignement la Ville de Cambrai. Leg. METUS FINIUM SUBLATUS. *Frontiéres délivrées de la crainte des incurfions.* Ex. CAMERACO CAPTO XVII APRILIS MDCLXXVII. *Prife de Cambrai le 17 Avril 1677.*

PRISE DE SAINT OMER.

20 Avril 1677.

Après la bataille de Caffel le Duc d'Orleans vint continuer le fiége de Saint Omer , qui fe rendit le 20 Avril.

La Ville de Saint Omer paroît aux pieds de la Victoire qui , de la main gauche porte un trophée au bout
d'une

d'une pique, & tient de la main droite une Palme. Leg. Victoriæ Castellensis prœmium. *Prix de la victoire remportée près de Caſſel.* Ex. Fanum Sancti Audomari captum xx Aprilis MDCLXXVII. *Priſe de Saint Omer le 20 Avril 1677.*

DÉFAITE DES ESPAGNOLS EN CATALOGNE.

Le Comte de Monterei, Général des Troupes Eſpagnoles, eſt battu le 4 Juillet entre Saint Clement & Epouilles, dans le Lampourdan, par le Duc de Navailles. On tua aux Ennemis plus de 3000 hommes & on leur fit plus de 600 priſonniers. 4 Juillet 1677.

Un trophée paroît au pied des montagnes où ſe donna le combat. Leg. De Hispanis. *Victoire remportée ſur les Eſpagnols.* Ex. Ad Pylas Balneonenses iv Julii MDCLXXVII. *Près du Col de Bagnols le 4 Juillet 1677.*

LEVÉE DU SIÉGE DE CHARLEROY.

Le Prince d'Orange, à la tête d'une Armée de 60000 hommes, arrive le 6 Août devant Charleroy pour en faire le ſiége, & le 14 il ſe retira de devant cette Place, parce qu'il craignoit d'être attaqué par le Duc de Luxembourg qui étoit venu ſe poſter dans la plaine de Fleurus. 14 Août 1677.

La Ville de Charleroy, ſous la figure d'une femme couronnée de tours, & reconnoiſſable au bouclier de ſes armes, préſente au Dieu Mars une couronne d'herbes fleuries. Leg. Ex. Caroloregium altera obsidione liberatum xiv Augusti MDCLXXVII. *Le ſiége de Charleroi levé pour la ſeconde fois le 14 Août 1677.*

PRISE DE FRIBOURG.

Le Maréchal de Crequi, après avoir rendu inuti- 17 Nov. 1677.

les , par sa prudence , les desseins du Duc de Lorraine
qui , à la tête d'une Armée de 60000 hommes , vouloit faire une irruption en Champagne vint assiéger
Fribourg & s'en rendit maître le 17 Novembre en cinq
jours de tranchée ouverte.

On voit Minerve , symbole de la prudence , qui
s'appuye de la main gauche sur son bouclier où est
l'Egide , & qui de la main droite tient un javelot , sur
le haut duquel il y a une couronne murale. Leg MI-
NERVA VICTRIX. *Minerve victorieuse.* Exerg. FRIBURGO
BRISGOIÆ CAPTO XVII NOVEMBRIS MDCLXXVII. *Prise de*
Fribourg en Brisgaw le 17 Novembre 1677.

PRISE DU FORT DE TABAGO.

12 Déc.
1677.

Le Comte d'Estrées fait une descente à Tabago au
commencement de Décembre & assiége le Fort. Le second jour du siége , la troisiéme bombe que l'on tira
tomba sur le magasin à poudre , y mit le feu , & fit un
débris horrible. La Garnison se sauva dans les bois.
Les François qui n'entendirent plus tirer , escalade-
rent le Fort & s'en rendirent les maîtres le 12 Décembre.

On voit l'élévation du Fort & la bombe tombant
au milieu : au bas est la flotte du Roi rangée en bataille. Leg. Ex. TABAGUM EXPUGNATUM XII DECEMBRIS
MDCLXXVII. *La prise du Fort de Tabago le 12 Décembre*
1677.

PRISE DE SAINT GUISLAIN.

1677.

Le Maréchal d'Humieres termine la Campagne de
1677 par la prise de Saint Guislain qui se rend le 11
Décembre.

Pallas a son Egide à ses pieds & tient un cercle formé
par un serpent qui mord sa queue. Ce cercle , symbole ordinaire de l'armée , est entourré de lauriers. Leg.

Annus feliciter clausus. *Année heureusement termi-née* Ex. Fanum Sancti Gisleni captum MDCLXXVII. *Saint Guislain pris en 1677.*

EXPÉDITION DE GAND.

Gand eſt inveſti au commencement de Mars par le Maréchal d'Humieres pendant que le Roi , qui s'étoit tranſporté en Lorraine dès le mois de Février avec la Reine & toute ſa Cour, fait inveſtir Charlemont , Namur & Luxembourg ; puis tout à coup paſſant des bords de la Moſelle à ceux de l'Eſcaut , il paroît devant Gand , où il trouve ſon Armée abondamment pourvue de vivres & de fourages.

On voit deux femmes dans un camp, celle qui arrive en volant & qui tient d'une main une flèche , & de l'autre un ſable aîlé , repréſente la Diligence ; celle qui tenant une corne d'abondance eſt aſſiſe ſur un mortier à bombes , & a ſous ſes pieds une piéce de canon , des boulets & des outils à remuer la terre , repréſente la prévoyance. Leg. Celeritas et Providentia. *La célérité & la prévoyance.* Ex. Expeditio Gandavensis ineunte Martio MDCLXXVIII. *Expédition de Gand au commencement de Mars* 1678.

PRISE DE GAND.

Le Roi fit ouvrir la tranchée devant cette Place le 4 Mars , & elle capitula le 12. Les Ennemis ne pouvant plus faire ſubſiſter leurs troupes , ni conſerver aucune communication avec leurs Places maritimes où devoient aborder les ſecours que leur promettoit l'Angleterre , perdirent toute eſpérance & ne ſongerent plus qu'à la Paix.

On voit au milieu d'un parc de Bergers une fille aſſiſe & ayant près d'elle un Lion, ce qui eſt le ſymbole de la Ville de Gand. Elle eſt au pied d'un tro-

D d d ij

Mars.
1678.

12 Mars
1678.

phée. Leg. SPES ET OPES HOSTIUM FRACTÆ. *Les espé-rances & les forces des ennemis détruites.* Ex. GANDAVO CAPTO XII MARTII MDCLXXVIII. *Gand pris le 12 Mars 1678.*

PRISE D'YPRES.

25 Mars 1678. Ypres se rend au Roi après sept jours de siége. Elle capitula le 25. La reduction de cette Place acheva de déterminer les ennemis à la Paix.

La Victoire dresse un trophée au haut duquel elle pose une Couronne murale ; & la Paix paroît descendre du Ciel. Leg. HOSTES AD PACEM ADACTI. *Les Ennemis contraints d'accepter la Paix.* Ex. YPRIS CAPTIS XXV MARTII MDCLXXVIII. *La prise d'Ypres le 25 Mars 1678.*

PRISE DE LEWE.

1678.

4 Mai 1678. M. de la Bretesche, Colonel de Dragons, surprend le 4 Mai le Château & la Ville de Lewe, environnée d'un marais, & où la Geette forme un double fossé. Cette expédition se fit pendant la nuit. Les soldats François passerent l'innondation dans des bateaux de joncs & recouverts de toile cirée.

La Victoire vole couverte du voile de la nuit tout parsemé d'étoiles, & tient une Couronne murale. Dans l'éloignement on voit la Ville de Lewe. Leg. VICTORIA PERVIGIL. *La Victoire qui veille.* Ex. LEWA NOCTU CAPTA IV MAII MDCLXXVIII. *Lewe prise de nuit le 4 de Mai 1678.*

PRISE DE PUYCERDA.

28 Mai 1678. Le Maréchal de Navailles fait ouvrir la tranchée devant Puycerda le 29 Avril, & se rend maître de cette importante Place le 28 Mai.

On voit sur une montagne un trophée surmonté d'une Couronne murale, au bas duquel il y a un bou-

clier aux armes de Puycerda. Leg. PYRENÆIS PERRUP-
TIS. *Paſſages des Pyrenées forcés.* Ex. JUGUM CERRETA-
NORUM CAPTUM XXVIII MAII MDCLXXVIII. *Priſe de Puy-
cerda le 28 Mai 1678.*

CAMPAGNE D'ALLEMAGNE.

Le Maréchal de Crequi, après avoir cottoyé pendant deux mois le Prince Charles de Lorraine, qui
vouloit pénétrer dans la Baſſe-Alſace en paſſant ſur le
pont de Straſbourg, s'approcha de Rheinfeld où il attaqua les Ennemis & força les retranchemens qu'ils
avoient à la tête du Pont, & ſe rendit enſuite maître
d'Ortembourg, que les Ennemis vouloient ſauver, après
les avoir battus près de la Riviére de Kints. Sur le
refus que les Habitans de Straſbourg firent de lui donner paſſage, il s'empara du Fort de Kell qu'ils avoient
à la tête de leur Pont, & qui étoit défendu par 4000
hommes.

On voit le Roi dans un quadrige, & la Victoire qui
le couronne. Leg. Ex. GERMANIS AD RHENOFELDAM
AD KINTZAM AD ARGENTORATUM MDCLXXVIII. *Les
Allemands vaincus à Rheimfeld ſur la Riviére de Kints &
à Strasbourg 1678.*

PAIX DE NIMEGUE.

Sa Majeſté en dicta elle-même les conditions, &
elles furent d'abord acceptées par les Hollandois, peu
de tems après par les Eſpagnols, & enfin par l'Empereur & par les Princes du Nord, ſans qu'on y apportât le moindre changement.

Le caducée, ſymbole de la Paix, eſt planté au mi-
lieu d'un foudre, qui eſt la marque de la ſouveraine
Puiſſance. Leg. PACE IN LEGES SUAS CONFECTA. *La
Paix faite aux conditions preſcrites par le Roi.* Ex. NEO-
MAGI X AUGUSTI MDCLXXVIII. *A Nimegue le 10 Août
1678.*

D d d iij

1678.

10 Août
1678.

COMBAT DE SAINT DENIS.

14 Août
1678.

Le Maréchal de Luxembourg qui venoit de rece‑
voir le Traité de Paix figné à Nimegue , demeuroit
tranquille dans fon Camp, lorfque, fur l'avis qu'il eut
que les ennemis paroiffoient déja fur la hauteur de
l'Abbaye de Saint-Denis , il fe mit promptement en
bataille. Le combat fut fanglant & les ennemis furent
obligés de fe retirer avec perte.

On voit Mars qui d'une main porte un trophée , &
de l'autre une branche d'olivier. Leg. MARS VINDEX
PACIS. *Mars vengeur de la Paix.* Ex. PUGNA AD FANUM
SANCTI-DIONISII XIV AUGUSTI MDCLXXVIII. *Le combat
de Saint-Denis le* 14 *Août* 1678.

MARIAGE DE LA REINE D'ESPAGNE.

1679.

Un Ambaffadeur d'Efpagne vient demander en ma‑
riage pour le Roi fon Maître Marie‑Louife d'Orleans
fille de Philippe Duc d'Orleans , & de Henriette fille
de Charles I. Roi d'Angleterre. La cérémonie fe fait à
Fontainebleau où le Prince de Conti époufe la Prin‑
ceffe au nom du Roi d'Efpagne.

On voit l'Ambaffadeur d'Efpagne qui fait la deman‑
de , & le Roi qui tenant Mademoifelle par la main l'ac‑
corde à cet Ambaffadeur. Monfieur pere de la Princeffe
eft prefent. Leg. PAX PRONUBA. *La paix a préfidé à ce
mariage.* Ex. MARIA-LUDOVICA AURELIANENSIS CA‑
ROLO II. HISPANIARUM REGI COLLOCATA MDCLXXIX.
*Marie-Louife d'Orleans donnée en mariage à Charles II.
Roi d'Efpagne* 1679.

PAIX DU NORD.

1679.

Sa Majefté oblige le Roi de Dannemarck , l'Electeur
de Brandebourg & les Princes de la Maifon de Brunf‑

wich de reſtituer à la Suede & au Duc de Holſtein-Got-torp ſes fidelles alliés tout ce qui leur avoit été pris. Le Maréchal de Crequy eut ordre pour cet effet de paſſer en Allemagne avec une Armée ; ce qui obligea le Roi de Dannemarck & ſes Alliés à ſigner la paix.

On voit l'Autel de la paix repréſenté à l'antique. La paix eſt d'un côté de l'Autel. Elle tient de la main droite un flambeau dont elle brule un amas d'armes, & de la gauche elle tient un rameau d'olive. Leg. So-CIORUM DEFFENSOR. *Le Défenſeur de ſes Alliés.* Ex. PAX SEPTENTRIONIS MDCLXXIX. *La paix du Nord* 1679.

LES DUELS ABOLIS.

Par un Edit du mois d'Août 1679, Sa Majeſté fit des Reglemens ſi précis ſur cette matiere, qu'il ne reſta plus de reſſource aux Duelliſtes pour éluder la ſalutaire ſévérité de ſes Loix.

On voit la juſtice au milieu de quatre hommes qui ont encore l'épée à la main & dont deux ſont étendus par terre. Elle les regarde d'un air menaçant, & ſemble leur annoncer le ſupplice qu'ils ont mérité. Leg. JUSTITIA REGIS OPTIMI. *La Juſtice du meilleur de tous les Rois* Ex. SINGULARIUM CERTAMINUM FUROR COER-CITUS MDCLXXIX. *La fureur des Duels arrêtée en* 1679.

RÉDUCTION DES DIX VILLES D'ALSACE.

Dix Villes ſous le nom de Villes Impériales, contre la foi du Traité de Munſter, refuſoient de reconnoî-tre le Roi pour leur Souverain ; mais toutes à la fin ſe ſoumirent.

On voit les armes de ces dix Villes & l'Alſace à ge-noux qui reçoit des mains de la France un écuſſon char-gé de trois fleurs de lys. Leg. Ex. ALSATIA IN PROVIN-CIAM REDACTA MDCLXXX. *L'Alſace devenue une Pro-vince de France.* 1680.

MARIAGE DE MONSEIGNEUR LE DAUPHIN.

7 Mars
1680.

Monfeigneur le Dauphin époufe Marie Chriftine, fille de Ferdinand Marie Electeur de Baviere, & d'Henriette Adelaïde de Savoye. Le Duc de Crequy avoit été envoyé à la Cour de Munich pour faire la demande de cette Princeffe. Les cérémonies du mariage fe firent à Châlons-fur-Marne par le Cardinal de Bouillon Grand Aumônier de France.

On voit ce Cardinal la Mître en tête & revêtu de fes habits pontificaux. Devant lui font le Prince & la Princeffe qui fe donnent la main. Leg. VICTORIA ET PACE AUSPICIBUS. *Mariage fait fous les aufpices de la Victoire & de la paix.* Ex. MARIA-ANNA BAVARA LUDOVICO DELPHINO NUPTA CATALAUNO. VII MARTII MDCLXXX. *Marie-Anne de Baviere mariée à Louis Dauphin de France à Châlons-fur-Marne le 7 Mars 1680.*

AUTRE MÉDAILLE SUR LE MESME SUJET.

1680.

On voit la tête de Monfeigneur le Dauphin & la tête de Madame la Dauphine pofées en regard. Leg. Ex. LUDOVICI DELPHINI ET MARIÆ-ANNÆ BAVARÆ CONNUBIUM MDCLXXX. *Le mariage de Louis Dauphin avec Anne-Marie de Baviere en 1680.*

PORT DE TOULON.

1680.

Le Roi fait bâtir à Toulon un nouveau Port qu'on appelle la nouvelle Darce, où il peut tenir aifément cent vaiffeaux de guerre, fur cette nouvelle Darce eft bâti un magnifique Arfenal accompagné de grands magafins.

On voit le plan de la Ville de Toulon, de l'Arfenal & du Port. Pallas affife fur des nuées paroit en avoir ordonné tous les travaux. Leg. Ex. TOLONII PORTUS
ET

ET NAVALE MDCLXXX. *Le Port & l'Arfenal de Toulon en*
1680.

SOIXANTE MILLE MATELOTS LEVÉS ET ENTRETENUS.

Ces Matelots furent partagés en trois claffes dont il
y en a 20000 qui fervent fur les Vaiffeaux de guerre,
20000 fur les Vaiffeaux Marchands, & 20000 qui fe
repofent.

On voit un Matelot au bord de la mer appuyé fur
une colonne brifée. Il tient en fa main un gouvernail
chargé de Fleurs de Lys. Leg. Ex. LX MILLIA NAU-
TARUM CONSCRIPTA MDCLXXX. *Soixante mille Mate-*
lots enrôlés en 1680.

VERSAILLES.

Rien qui égale la magnificence de ce fuperbe Château, c'eft là où fe trouve raffemblé tout ce que l'art
peut produire de plus extraordinaire & de plus furprenant ; auffi de toutes les Maifons Royales, c'eft celle
que Louis XIV. a le plus aimée & le plus embellie.

On voit la face du Château comme elle eft du côté
des Jardins. Leg. Ex. REGIA VERSALIARUM MDCLXXX.
Château Royal de Verfailles 1680 ; *année où ce Palais fe*
trouva dans fa perfection.

FORTIFICATIONS D'HUNINGUE.

Cette Place qui n'étoit qu'un petit village à demi-
lieue de Bâle fut régulierement fortifiée par ordre du
Roi, parce que cette Place pouvoit fervir à fermer aux
Allemands l'entrée de la haute Alface.

On voit Pallas Déeffe de la guerre & des Arts à qui
la Ville d'Huningue préfente le plan de fes fortifications. Le fleuve du Rhin regarde avec joie ce nouvel

Tome III.   E e e

ornement que l'on ajoute à ses fortifications. Leg. Mu-
NITI AD RHENUM FINES. *Les frontieres fortifiées sur les
bords du Rhin.* Ex. HUNINGA CONDITA MDCLXXX. *Huningue bâtie en* 1680.

RÉDUCTION DE STRASBOURG.

30 Sept.
1681.
Le Roi prétendoit qu'en vertu du Traité de Munster
qui lui cédoit toute l'Alsace, Strasbourg devoit être
compris dans cette cession. Sa Majesté informée que
les Allemands avoient dessein de se saisir du pont de
cette Place, fit assembler une Armée en Alsace sous
les ordres du Baron de Montclar qui obligea les Habitans de reconnoître le Roi pour leur Souverain. Le
premier soin de Sa Majesté fut de rétablir la Religion
Catholique dans la Ville, & l'Evêque dans son Eglise.

Le Fleuve du Rhin paroît appuyé sur son urne &
tenant une corne d'abondance. Un profil de la Ville de
Strasbourg paroît dans l'éloignement. Leg. SACRA
RESTITUTA. *Rétablissement de la Religion.* Ex. ARGEN-
TORATUM RECEPTUM XXX SEPTEMBRIS MDCLXXXI.
Strasbourg soumis le 30 *Septembre* 1681.

LA CITADELLE DE CAZAL REMISE AU ROI.

30 Sept.
1681.
Charles IV. Duc de Mantoue, dans l'impossibilité
de garder Cazal Capital du Monferrat, & dans la crainte que les Espagnols ou le Duc de Savoie ne profitassent
de sa foiblesse, se détermina à confier au Roi la garde
de cette Place & à y recevoir Garnison Françoise. Le
Marquis de Boufflers en prit possession le 30 Septembre.

Le Duc de Mantoue tient d'une main une Ensei-
gne où sont ses Armes, & de l'autre il présente au Roi
assis sur un Trône la Ville de Cazal sous la figure d'une
femme, qui un genouil en terre offre le plan de sa Citadelle à Sa Majesté. Leg. TUTELA ITALIÆ. *La défense*

& la fureté de l'Italie. Ex. CASALIS ARCE IN FIDEM RECEPTA. XXX SEPTEMBRIS MDCLXXXI. *La Citadelle de Cazal mife entre les mains du Roi le 30 Septembre 1681.*

STRASBOURG ASSUJETTI, ET CAZAL REMIS AU ROI.

Minerve fymbole de la fageffe tient deux boucliers chargés des Armes de ces deux Villes. Elle les montre aux deux Fleuves couchés à fes pieds. Ces deux Fleuves font le Rhin & le Pô. Leg. Ex. ARGENTORATUM ET CASSALE RECEPTA XXX SEPTEMBRIS MDCLXXXI. *Strasbourg affujetti, & Cazal remis au Roi le 30 Septembre 1681.*

30 Sept.
1681.

PORT DE BREST.

Sa Majefté perfectionne le Port de Breft. La rade joint l'entrée du Port, & a environ neuf lieues de tour. Elle eft dans un fi bel abri qu'aucun vent ne peut incommoder les Vaiffeaux; il y en tient fans peine plus de mille, & le fond eft bon par tout. Soixante & douze batteries de fix cens pieces de canons & de trente Mortiers en défendent l'entrée.

1681.

On voit le plan de la Ville & du Port à l'entrée duquel eft Portumne. Ce Dieu des Ports repréfenté à l'antique s'appuye fur un Dauphin & tient une clef. Leg. TUTELA CLASSIUM OCEANI. *La fureté des Flottes du Roi fur l'Océan.* Ex. BRESTI PORTUS ET NAVALE MDCLXXXI. *Le Port & l'Arfenal de Breft 1681.*

DÉFAITE DES CORSAIRES DE TRIPOLI.

M. du Quefne coule à fond le 23 Juillet plufieurs Vaiffeaux de Tripoli qui s'étoient retirés dans le Port de Chio; le Capitan Bacha étoit venu en diligence au fecours des Corfaires avec trente-fix Galeres du Grand Seigneur; mais il n'ofa rien entreprendre. Le 4 Dé-

1681.

Ee e ij

cembre M. du Quefne conclut un Traité avec les Tri-
politains ; les efclaves François furent menés à fon
bord, & deux mois après on rendit tous ceux qui
étoient à Tripoli.

On voit un Corfaire profterné devant la Victoire,
qui tient la Banniere de France & qui foule aux pieds
un turban. Le Port & la Ville de Chio font dans l'éloignement. A côté eft une Galere & un bouclier avec un
croiffant pour armes. Leg. DE PIRATIS TURCA SPEC-
TANTE. *Pirates défaits à la vûe des Turcs.* AD INSULAM
CHIO MDCLXXXI. *Dans le Port de Chio* 1681.

ÉTABLISSEMENT DES COMPAGNIES DE CADETS.

1682.

Le Roi établit en plufieurs Places de fon Royaume
des Compagnies de Cadets pour les troupes de terre,
& des Compagnies de Gardes-Marine.

On voit une troupe de jeunes hommes avec un Officier qui leur met l'épée au côté. Leg. MILITIÆ TYRO-
CINIUM. *L'apprentiffage de la guerre.* NOBILES EDUCATI
MUNIFICENTIA PRINCIPIS MDCLXXXII. *Jeune Nobleffe élevée aux dépens du Roi* 1682.

LE ROI SE CONDAMNANT LUI-MESME DANS SA PROPRE CAUSE.

1682.

Les Gens d'affaires prétendoient que les maifons bâties fur les anciennes fortifications de la Ville de Paris
appartenoient au Roi, ils avoient traité des droits de
Sa Majefté & fait des avances confidérables fur les fom-
més immenfes qui devoient lui en revenir. L'affaire
fut rapportée & les voix fe trouverent partagées. Lorfqu'il n'y eut plus que le Roi à parler, ce grand Prince
décida contre fes propres intérêts en faveur de fes peuples, & ordonna qu'on rendît aux Traitans tout l'argent qu'ils avoient avancé.

La Justice tient d'une main le plan des anciennes fortifications de Paris. De l'autre main elle préſente ſa balance au Roi qui la fait pancher du côté qui lui eſt oppoſé. Leg. ÆQUITAS OPTIMI PRINCIPIS. *L'équité du meilleur des Rois.* FISCUS CAUSA CADENS. MDCLXXXII. *Le Fiſc ou Tréſor Royal perdant ſa cauſe en 1682.*

NAISSANCE DE MONSEIGNEUR LE DUC DE BOURGOGNE.

On voit l'eſpérance repréſentée à l'antique par une femme qui de la main gauche releve le pan de ſa robe, & tient de la main droite un enfant & un lys. Leg. NOVA SPES IMPERII. *Nouvelle eſpérance de l'État.* Ex. LUDOVICUS DUX BURGUNDIÆ, LUDOVICI DELPHINI FILIUS, LUDOVICI MAGNI NEPOS VI AUGUSTI MDCLXXXII. *Louis Duc de Bourgogne, fils de Louis Dauphin de France, petit-fils de Louis le Grand né le 6 Août 1682.*

6 Août 1682.

LES APPARTEMENS.

Le Roi pour augmenter les plaiſirs de ſa Cour veut que ſes appartemens ſoient ouverts certains jours de la ſemaine. Il y a des ſalles pour la danſe, pour le jeu & pour la Muſique, & dans d'autres on trouve toutes ſortes de rafraîchiſſemens.

1683.

On voit dans un ſalon magnifique trois Divinités. Une Muſe qui tient ſa lyre déſigne la Muſique, Pomone qui tient une corbeille de fruits marque les rafraîchiſſemens, & Mercure préſide aux jeux. Leg. COMITAS ET MAGNIFICENTIA PRINCIPIS. *L'affabilité & la magnificenc edu Prince.* Ex. HILARITATI PUBLICÆ APERTA REGIA MDCLXXXIII. *Le Palais du Roi ouvert aux plaiſirs de ſes ſujets 1683.*

E e e iij

STRASBOURG FORTIFIÉ.

1683. On voit la Ville de Strasbourg avec ses fortifications. Leg. CLAUSA GERMANIS GALLIA. *La France fermée aux Allemands.* Ex. ARGENTORATI ARCES AD RHENUM MDCLXXXIII. *Strasbourg fortifié sur le Rhin* 1683.

BOMBARDEMENT D'ALGER.

1683. Les Corsaires d'Alger avoient plusieurs fois violé les Traités avec la France. M. du Quesne bombarde leur Ville & les oblige d'avoir recours à la clemence du Roi. Ils rendent 600 esclaves chrétiens.

Minerve Déesse de la valeur & de la prudence présente d'une main son Egide à un Corsaire qui tombe à ses genoux tout effrayé, & de l'autre elle tient deux esclaves qu'elle a délivrés. Leg. CIVES A PIRATIS RECUPERATI. *Esclaves françois retirés des mains des Pirates.* Ex. ALGERIA FULMINATA MDCLXXXIII. *Alger bombardé en* 1683.

MORT DE LA REINE.

30 Juillet. 1683. Elle mourut à Versailles dans la quarante-cinquiéme année de son âge, au retour d'un voyage qu'elle avoit fait avec le Roi en Bourgogne & en Alsace. Princesse que ses vertus ont rendue digne des plus grands éloges.

On voit un superbe Mausolée. Leg. MARIÆ-THERESIÆ AUSTRIACÆ UXORI CARISSIMÆ. *A l'immortelle mémoire de Marie-Therese son épouse qu'il a tendrement aimée.* Ex. OBIIT XXX JULII MDCLXXXIII. *Elle mourut le 30 Juillet* 1683.

PRISE DE COURTRAI ET DE DIXMUDE.

1683. Le Roi reprend les armes faute d'exécution du traité de Nimegue. Le Maréchal d'Humieres prend le 6

Novembre Courtrai qui ne tint que deux jours, & Dixmude à la première approche des Troupes Françoises envoye ses clefs.

Mars présente à l'Espagne le Traité de paix. Leg. MARS JUS NEGATUM REPETENS. *Mars se faisant la justice qu'on lui refuse.* CURTRACUM ET DIXMUDA CAPTA MDCLXXXIII. *Prise de Courtrai & de Dixmude en 1683.*

LES GARDES DE LA MARINE ET CEUX DE L'ÉTENDART.

Le Roi met sur pied deux Compagnies composées de huit cens hommes, l'une pour les Vaisseaux sous le nom de Gardes de la Marine, l'autre pour les Galeres sous le nom de Gardes de l'Etendart.　　1683.

On voit un Officier au bord de la Mer, il a à sa droite un jeune homme qui regarde une boussole, & à sa gauche un autre jeune homme qui mesure une Carte-Marine avec un compas. Leg. Ex. LECTI JUVENES IN NAVALEM MILITIAM CONSCRIPTI DCCC. MDCLXXXIII. *Huit cent jeunes hommes d'élite enrôlés pour la Marine en 1683.*

NAISSANCE DE MONSEIGNEUR LE DUC D'ANJOU.

On voit en buste la tête de Monseigneur le Dauphin & celles de Messeigneurs les Ducs de Bourgogne & d'Anjou. Leg. ÆTERNITAS IMPERII GALLICI. *Gage de la longue durée de l'Empire François.* Ex. PHILIPPUS DUX ANDEGAVENSIS NATUS DECEMBRIS XIX. MDCLXXXIII. *Philippe Duc d'Anjou né le 19 Décembre 1683.*　　19 Décem. 1683.

SARLOUIS.

Le Roi pour fermer entierement la Lorraine aux Allemands fait bâtir sur la Sare la nouvelle Ville de Sarlouis.　　1683.

On voit cette Ville fous la figure d'une femme cou-ronnée de tours, qui montre au Fleuve de la Sare le plan de fon enceinte & de fes fortifications. Leg. Ex. SARLOISIUM CONDITUM MDCLXXXIII. *Sarlouis bâti en* 1683.

BOMBARDEMENT DE GENES.

1684.

Le Roi informé des intelligences que les Génois entretenoient avec l'Efpagne & les Algeriens, envoye M. de Saint-Olon pour leur en demander la répara-tion, & fur leur refus il fait bombarder leur Ville par le Marquis du Quefne ; M. de Seignelai étoit fur la Flotte.

L'Armée navale de France paroît en bataille devant la Ville de Genes. Jupiter la foudre à la main marque la puiffance du Roi. Leg. VIBRATA IN SUPERBOS FUL-MINA. *Foudres lancés fur les fuperbes.* Ex. GENUA EMEN-DATA MDCLXXXIV. *Gênes châtié en* 1684.

PRISE DE LUXEMBOURG.

3 Juin
1684.

Le Maréchal de Crequi à la tête d'une Armée de 30000 hommes vient affiéger Luxembourg, & Sa Ma-jefté s'avance jufqu'à Condé avec une Armée de 40000 hommes pour couvrir le Siége. Cette Place fe rend le 3 Juin après vingt-quatre jours de tranchée ouverte. Cette prife mit à couvert les frontieres que la Garni-fon de cette Place incommodoit par fes courfes.

On voit la fureté repréfentée à l'antique. Le rocher fur lequel elle s'appuye marque la fituation de Luxem-bourg. Elle tient une Couronne murale, & a près d'elle le bouclier aux Armes de cette Place. Leg. SECURITAS PROVINCIARUM. *Sureté des Provinces.* Ex. LUCEMBUR-GUM CAPTUM III JUNII MDCLXXXIV. *Luxembourg pris le 3 Juin* 1684.

LA

LA PAIX AVEC ALGER.

Un Ambaſſadeur d'Alger vient faire des ſoumiſſions au Roi le 4 Juillet.

4 Juillet. 1684.

On voit cet Ambaſſadeur qui ſe jette aux pieds du Roi, & le Roi qui accorde le pardon qu'on lui demande. Leg. AFRICA SUPPLEX. *L'Afrique ſuppliante.* CONFECTO BELLO PIRATICO MDCLXXXIV. *La guerre des Pirates terminée en* 1684.

TREVE DE RATISBONNE.

Luxembourg reſte à la France, Courtrai & Dixmude ſont raſés & rendus à l'Eſpagne. Cette Treve pour vingt ans fut ſignée le 10 Août entre la France & l'Eſpagne, & le 16 entre la France & l'Empire.

1684.

Pallas aſſiſe ſur un monceau d'armes à l'ombre d'un laurier tient ſa lance d'une main & s'appuye de l'autre ſur ſon Egide qu'elle cache. Leg. VIRTUS ET PRUDENTIA PRINCIPIS. *Valeur & ſageſſe du Roi.* INDUCIÆ AD VIGINTI ANNOS DATÆ MDCLXXXIV. *Treve accordée pour vingt ans* 1684.

REMISE FAITE AUX ESPAGNOLS DES CONTRIBUTIONS QU'ILS DEVOIENT.

Les Garniſons des Places conquiſes par le Roi dans la Flandre avoient mis ſous contribution le reſte des Pays-Bas Catholiques, ce qui montoit à de ſi groſſes ſommes, que les peuples ne pouvoient les payer ſans ſe réduire à la miſere. Les Eſpagnols eurent recours à la bonté du Roi, & ſa Majeſté les leur remit généreuſement.

1684.

Le Roi paroît debout ayant près de lui la victoire qui tient d'une main une branche d'olivier & de l'autre un flambeau allumé pour mettre le feu au Regiſtre des

Tome III. F ff

contributions. L'Efpagne défignée par le Japin qui eft
à fes pieds remercie le Roi, & s'appuye fur un écu écar-
telé de Leon & de Caftille. Leg. Ex. Hispanis rogan-
tibus remissa aureorum coronat dcc millia
mdclxxxiv. *Remife des fept cent mille écus d'or accordée
aux Efpagnols en 1684.*

SOUMISSION DE LA RÉPUBLIQUE DE GENES.

1685.   Le Dôge accompagné de quatre Sénateurs vient
faire fa foumiffion au Roi le 15 de Mai. Selon la Loi
de Gênes, tout Dôge perd fa dignité & fon titre dès
qu'il eft forti de la Ville ; mais Sa Majefté voulut qu'il
les confervât, fans quoi ce n'auroit plus été qu'un fimple Génois qui feroit venu lui faire des excufes.

   Le Roi paroît debout fur le marchepied de fon
Thrône, & devant lui font le Dôge & les Sénateurs en
pofture de fupplians. Leg. Genua subsequens *Gênes
foumife.* Ex. Dux legatus deprecator mdclxxxv.
Le Dôge envoyé pour implorer la clémence du Roi en 1685.

LIBÉRALITÉ DU ROI DANS SES VOYAGES.

1685.   Les Eglifes, les Hôpitaux, les Particuliers même,
dont les befoins venoient à la connoiffance de ce grand
Roi, éprouvoient fa libéralité.

   On voit le Roi à cheval, précédé de la Libéralité,
repréfentée par une femme qui tient une corne d'abondance, & qui répand des tréfors. Leg. Ex. Liberali-
tas itinerum socia mdclxxxv. *La Libéralité compagne du Roi dans fes voyages 1685.*

EXTINCTION DE L'HÉRÉSIE.

1685.   Fameux Edit du 22 Octobre 1685, qui révoque
l'Edit de Nantes qui défend dans tout le Royaume
l'exercice de la Religion prétendue réformée, & qui

ordonne la démolition de tous les Temples.

La Religion, sous la figure d'une femme voilée, foule aux pieds l'Héréfie, repréfentée par une efpéce de furie qui tient un flambeau éteint, & qui eft terraffée fur des livres déchirés. On voit dans le fond de la Médaille une Eglife. Leg. EXTINCTA HÆRESIS. *L'Héréfie éteinte.* Ex. ÉDICTUM OCTOBRIS MDCLXXXV. *Edit du mois d'Octobre 1685.*

AUTRE MÉDAILLE SUR LE MESME SUJET.

La Religion met une couronne sur la tête du Roi, 1685. qui tient un Gouvernail, fous lequel on voit l'Héréfie renverfée. Leg. Ex. OB VICIES CENTENA MILLIA CALVINIANORUM AD ECCLESIAM REVOCATA MDCLXXXV. *Pour avoir ramené au fein de l'Eglife deux millions de Calviniftes 1685.*

TEMPLES DES CALVINISTES DÉMOLIS.

La Religion plante une Croix fur des ruines de bâ- 1685. timens. Leg. RELIGIO VICTRIX. *La Religion victorieufe.* Ex. TEMPLIS CALVINIANORUM EVERSIS MDCLXXXV. *Temples des Calviniftes démolis.* 1685.

LE PONT ROYAL.

Ce Pont n'étoit que de bois, & l'impétuofité des 1685. eaux en emportoit fouvent quelque partie ; ce qui empêchoit la communication du Fauxbourg Saint-Germain avec le quartier du Louvre.

On voit en perfpective le Pont & fes environs. Leg. URBIS ORNAMENTO ET COMMODO. *Pour l'ornement & pour la commodité de la Ville.* Ex. PONS AD LUPARAM MDCLXXXV. *Pont bâti près du Louvre 1685.*

F f f ij

ÉGLISES BATIES POUR LES NOUVEAUX CATHOLIQUES.

1686.   Après la révocation de l'Edit de Nantes, Sa Majesté fit bâtir, dans diverses Provinces, un grand nombre de nouvelles Eglises. Dans le Languedoc seul on en compte plus de deux cens bâties en moins d'une année.

La Religion tient d'une main une Croix, & de l'autre un équerre. Elle est assise sur une pierre de figure cubique. Dans le fond il y a un portail d'Eglise. Leg. & Ex. ÆDES SACRÆ CCC A FUNDAMENTIS ERECTÆ MDCLXXXVI. *Trois cens Églises bâties en* 1686.

LES SATELLITES DE SATURNE.

1686.   La découverte des Satellites de Saturne & du cours de ces cinq Planettes, est due aux sçavans hommes que le Roi entretenoit à l'Observatoire.

La planette de Saturne est représentée avec l'anneau qui l'environne. Les cercles chiffrés où l'on a posé les Satellites, font voir combien chacun d'eux s'éloigne de Saturne, & en combien de tems ils font leur révolution. Leg. Ex. V SATURNI SATELLITES PRIMUM COGNITI MDCLXXXVI. *Découverte des cinq Satellites de Saturne en* 1686.

NAISSANCE DE MONSEIGNEUR LE DUC DE BERRY.

31 Août 1686.   On voit sur cette Médaille la tête de Monseigneur le Dauphin, & celles des trois Princes ses enfans. Leg. FELICITAS DOMUS AUGUSTÆ. *La félicité de la Maison Royale.* Ex. CAROLUS DUX BITURENSIS NATUS XXXI AUGUSTI MDCLXXXVI. *Charles Duc de Berry né le* 31. *Août* 1686.

AMBASSADEURS DE SIAM.

La gloire du Roi, répandue jusques dans les parties du monde les plus reculées, engage le Roi de Siam,
l'un des plus puissans Princes de l'Orient, à lui envoyer
ses Ambassadeurs. Sa Majesté leur donne audiance
dans la Gallerie de Versailles le 1 Septembre.

On voit dans cette Gallerie le Roi sur son Thrône,
au pied duquel sont les Ambassadeurs du Roi de Siam.
Leg. FAMA VIRTUTIS. *Réputation de la vertu.* Ex. ORA-
TORES REGIS SIAM MDCLXXXVI. *Ambassadeurs du Roi
de Siam* 1686.

1686.

ÉTABLISEMENT DE SAINT CYR.

Le Roi fait bâtir à Saint Cyr près de Versailles, une
magnifique Maison à laquelle il attache plus de deux
cens mille livres de revenu pour l'entretien ou pour
l'établissement des jeunes Demoiselles qu'on y reçoit :
Madame de Maintenon prit le titre de Supérieure avec
tous les droits attachés à la qualité de Fondatrice.

On voit des filles de différens âges. Celles qui ont
une espéce de voile sur la tête, & un manteau par-
dessus leurs habits, sont les Dames Professes. La Piété,
sous la figure d'une femme majestueuse & voilée, pré-
side à une si sainte institution. Leg. Ex. CCC PUELLÆ
NOBILES SANCIRIANÆ MDCLXXXVI. *Trois cens Demoiselles de Saint Cyr* 1686.

1686.

MALADIE DU ROI.

Jamais peuple ne témoigna tant d'inquiétude & tant
de zéle pour la conservation de son Roi.

La France à genoux aux pieds d'un Autel, offre à
Dieu ses vœux. La fumée qui sort d'un encensoir, &
qui s'éleve vers le Ciel, est le symbole d'une priére

1686.

ardente. Leg. PRO SALUTE OPTIMI PRINCIPIS. *Pour la guerison du meilleur de tous les Princes.* VOTA GALLIÆ MDCLXXXVI. *Vœux de la France* 1686.

GUERISON DU ROI.

1687. A une tristesse démesurée succéde une joie sans bornes.

La France, près d'un Autel où l'on a mis une couronne, leve les yeux au Ciel, d'où sort une lumiére qui la couvre, en signe de protection. Leg. DEO CONSERVATORI PRINCIPIS. *Actions de graces rendues à Dieu pour la conservation du Roi.* Ex. GALLIA VOTI COMPOS MDCLXXXVII. *La France exaucée* 1687.

FESTIN FAIT AU ROI DANS L'HOSTEL DE VILLE.

1587. Le Roi après sa guerison vint à Paris rendre graces à Dieu dans l'Eglise de Notre-Dame, & le même jour il dine à l'Hôtel de Ville.

Le Roi paroît assis sous un dais, ayant devant lui une table, où la Ville de Paris pose avec respect une corbeille de fruits. Leg. REGIS ET POPULI AMOR MUTUUS. *Amour reciproque du Roi & du peuple.* Ex. REGIUM EPULUM CIVIBUS PRÆSIDIUM ET MENSAM PRÆBENTIBUS MDCLXXXVII. *Le Roi reçu & gardé par son peuple à l'Hôtel de Ville* 1687.

COMMISSAIRES DU CONSEIL ENVOYÉS DANS LES PROVINCES.

1688. Le Roi envoye dans les Provinces quatre Conseillers d'Etat & neuf Maîtres des Requêtes, pour écouter les plaintes des peuples, & pour éclaircir de plus près la conduite des Juges ordinaires.

Le Roi vêtu de ses habits Royaux, donne ses ordres

à la Juftice qui part en même tems. Leg. TUTATOR POPULORUM. *Le protecteur des peuples.* Ex. EMENDATI PROVINCIARUM JUDICES. *Réformation de la Juftice dans les Provinces* 1688.

PRISE DE PHILISBOURG.

Ligue d'Aufbourg formée contre la France, oppreffion du Cardinal de Furftemberg à Cologne, refus de l'Electeur Palatin à ne vouloir rendre aucune juftice à la Ducheffe d'Orleans ; autant de caufes qui engagerent la France à prendre les armes. Montclar inveftit Philifbourg, & Monfeigneur vient faire le fiége, ayant fous lui le Maréchal de Duras & M. de Vauban. La Place fe rend le 29 Octobre. 29 Oct. 1688.

La Victoire pofe un pied fur l'urne du Rhin, & les fortifications de Philifbourg paroiffent dans l'éloignement. Leg. PROVIDENTER. *Effet de la prévoyance.* Ex. PHILIPIBURGUM EXPUGNATUM XXIX OCT. MDCLXXXVIII. *Philisbourg pris le* 29 *Octobre* 1688.

CAMPAGNE DE MONSEIGNEUR LE DAUPHIN EN ALLEMAGNE.

Philifbourg, Frakemdal, Manheim, Heidelberg, Phorzeim, Hailbron & plufieurs autres Places, fe rendent à Monfeigneur. Il envoye un corps d'armée fe faifir de Creuznac, de Worms, de Mayence ; met fon Armée en quartier d'hyver dans la Suabe & dans la Vallée du Rhin. 1688.

Monfeigneur le Dauphin paroît préfentant au Roi un grand nombre de Couronnes murales. Sa Majefté le reçoit avec joie & lui tend les bras pour l'embraffer. Leg. DOCUMENTORUM MERCES. *Récompenfe de l'heureufe éducation.* Ex. XX URBES AD RHENUM UNO MENSE SUBACTÆ A DELPHINO MDCLXXXVIII. *Vingt Villes fur le Rhin prifes en un mois par Monfeigneur le Dauphin* 1688.

QUARANTE GALERES A MARSEILLE.

1688.　Pour rétablir la Marine prefque entiérement tombée, le Roi fait conftruire quarante Galeres à Marfeille.

Au milieu du Port de Marfeille paroît une Galere
toute appareillée & prête à voguer. Leg. ASSERTUM MA-
RIS MEDITERANEI IMPERIUM. *L'Empire de la mer affuré à
la France.* Ex. QUADRAGINTA TRIREMES MDCLXXXVIII.
Par la conftruction de quarante Galeres 1688.

LE ROI D'ANGLETERRE REÇU EN FRANCE.

1689.　Jacques II Roi d'Angleterre, qui s'étoit fauvé de Ro-
chefter avec le Duc de Berwich fon fils naturel, arrive le 7 Janvier à Saint-Germain, où la Reine, avec
le Prince de Galles, étoit arrivée la veille.

La France reçoit le Roi & la Reine d'Angleterre &
le Prince de Galles. Leg. PERFUGIUM REGIBUS. *L'afile
des Rois.* Ex. JACOBUS II MAGNÆ BRITANNIÆ REX CUM
REGINA CONJUGE ET PRINCIPE WALLIÆ IN GALLIA RE-
CEPTUS MDCLXXXIX. *Jacques II Roi de la Grande-Bretagne, la Reine fa femme, & le Prince de Galles leur fils,
reçus en France* 1689.

PROMOTION DE CHEVALIERS DU SAINT-ESPRIT.

1689.　Sa Majefté nomme foixante & quatorze Chevaliers
& quatre Prélats Commandeurs; Promotion la plus
nombreufe qui fe fût jamais faite.

Le Roi affis fous un dais, reçoit le ferment d'un nou-
veau Chevalier; à fa droite font quelques anciens Che-
valiers, & à fa gauche le Tréforier de l'Ordre. Leg.
Ex. TORQUATORUM EQUITUM CENTURIA COMPLETA.
Le nombre de cent Chevaliers de l'Ordre rempli. REGII OR-
DINIS

DINIS EQUITIBUS LECTIS LXXIV MDCLXXXIX. *Promo-*
tion de soixante & quatorze Chevaliers en 1689.

PRISE DE CAMPREDON.

Le Duc de Noailles, après avoir chaffé les Mique- **23 Mai**
lets qui occupoient les montagnes, prend Campre- **1689.**
don le 23 Mai & la fait démolir en préfence des ennemis qui vouloient la reprendre.

On voit la Victoire qui, tenant d'une main une couronne murale & de l'autre une palme, vole fur des
montagnes. Leg. CLAUSTRA CATALAUNIÆ RESERA-
TA. *Barriéres de la Catalogne ouvertes* Ex. CAMPREDO-
NIUM CAPTUM XXIII MAII MDCLXXXIX. *Campredon pris*
le 23 Mai 1689.

BATAILLE DE FLEURUS.

Le Prince de Waldec eft battu à Fleurus, le 1 Juil- **1 Juillet**
let 1690, par le Maréchal de Luxembourg & le Ma- **1690.**
réchal de Boufflers. La Cavalerie Hollandoife plia au
premier choc ; mais l'Infanterie, quoique abandonnée, fe défendit courageufement. Les ennemis laifferent fur la place 6000 morts, 30 piéces de canon,
100 drapeaux, & on leur fit 8000 prifonniers.

Le Dieu Mars, affis fur un débris d'armes & de drapeaux, tient de la main droite un poignard, & eft appuyé de la gauche fur un bouclier aux armes de France.
Leg. MARS ULTOR FŒDERUM VIOLATORUM. *Mars ven-*
geur de l'infraction des Traités. Exerg. AD FLORIACUM I
JULII MDCXC. *A Fleurus le* 1 *Juillet* 1690.

BATAILLE NAVALE.

Elle fe donna à la hauteur de Dieppe dans le ca- **10 Juillet**
nal : M. de Tourville & M. de Château-Renaud, bat- **1690.**
tirent les Flottes Angloife & Hollandoife. La pluf-

Tome III.   G g g

part des vaisseaux ennemis furent démâtés, plusieurs coulés à fond, les autres fuirent en désordre, & ceux que la fuite ne put sauver furent réduits à se bruler.

On voit un amas de vaisseaux fracassés, de mâts brisés & de pavillons aux armes d'Angleterre & de Hollande. Sur le haut de ce trophée naval, la Victoire tient d'une main une couronne de laurier, & de l'autre une palme. Leg. Mersa et fugata Anglorum et Batavorum classe. *La Flotte des Anglois & des Hollandois coulée à fond ou mise en fuite.* Ex. Ad oram Angliæ x Julii MDCXC. *Sur les côtes d'Angleterre le* 10 *Juillet* 1690.

BATAILLE DE STAFFARDE.

18 Août 1690. M. de Catinat attaque le Duc de Savoye le 18 Août à Staffarde, & remporte une victoire complette. On prend aux ennemis onze piéces de canon, & beaucoup de bagage ; on leur fit plus de mille prisonniers, & on leur tua trois mille hommes sur la place ou dans les bois.

Hercule tient la Couronne du Duc de Savoye, & a sous ses pieds le Centaure : ce qui fait allusion à la fameuse médaille que Charles-Emmanuel Duc de Savoye fit frapper lorsqu'il s'empara du Marquisat de Saluces. Leg. Dux Sabaudiæ cum fœderatis profligatus. *Le Duc de Savoye & ses Alliés défaits.* Ex. Ad Staffardam XVIII Augusti MDCXC. *Près de Staffarde le* 18 *Août* 1690.

TROIS BATAILLES GAGNÉES.

1690. A Fleurus, à Staffarde, & sur les Côtes d'Angleterre.

Le Roi paroît sur son Thrône. La Victoire, tenant trois javelots, part d'auprès de lui. Leg. Victoria obsequens. *La Victoire fidelle au Roi.* Ex. Ad Floria-

Cum , ad Littus Anglicum , ad Staffardam MDCXC. *A Fleurus , à Staffarde , sur les Côtes d'Angleterre en 1690.*

QUINZE GALERES SUR L'OCÉAN.

Le Roi fait construire quinze Galeres pour assurer les Côtes de l'Océan, & pour servir à remorquer les vaisseaux.

1690.

On voit le plan de la Ville & du Port du Havre de Grace avec une Galere prête à voguer. Leg. Portuum securitas. *Sûreté des Ports.* Ex. Quindecim Triremes in Oceano MDCXC. *Quinze Galeres sur l'Océan* 1690.

CONQUESTE DE LA SAVOYE.

Suse & Saluces se rendent au Roi , pendant que M. de Saint-Ruth réduit toute la Savoye hors Montmelian.

1690.

La Savoye est représentée sous la figure d'une femme assise au pied des Montagnes & des Rochers. Leg. Ex. Sabaudia subacta MDCXC. *La Savoye conquise en* 1690.

LA FLOTTE ANGLOISE REPOUSSÉE EN CANADA.

Entreprise inutile des Anglois sur le Canada. Deux mille hommes qu'ils mirent d'abord à terre furent battus , & quatre de leurs plus gros Vaisseaux qui s'approcherent de Quebec pour le canoner furent si maltraités par le feu de la Place , qu'ils prirent le parti de se retirer.

1690.

On voit la Ville de Quebec assise sur un rocher, & ayant à ses pieds des pavillons & des étendarts aux Armes d'Angletere. Elle a près d'elle un *Castor* , animal fort commun en Canada. Au pied du rocher eſt le fleuve de Saint-Laurent appuyé ſur ſon urne. Legende FRANCIA IN NOVO ORBE VICTRIX. *La France victo-rieuſe dans le nouveau monde.* KEBECA LIBERATA MDCXC. *Quebec délivré.* 1690.

PRISE DE MONS.

9 Avril 1691.

Mons inveſti par le Marquis de Boufflers le 15 Mars. Le Roi accompagné de tous les Princes, & ayant ſous lui les Maréchaux de Luxembourg & de la Feuillade, vient aſſiéger cette Place & s'en rend Maître après ſeize jours de tranchée ouverte. Le Prince d'Orange qui s'é-toit avancé juſqu'à Notre-Dame de Halle n'oſa livrer bataille.

Hercule debout s'appuye d'une main ſur ſa maſſue & tient de l'autre une Couronne murale & un bouclier aux armes de la Ville de Mons. Leg. TOTA EUROPA SPECTANTE ET ADVERSANTE. *Aux yeux de l'Europe li-guée contre la France.* EX. MONTES HANONIÆ EXPUG-NATI IX APRILIS MDCXCI. *Mons pris le 9 Avril* 1691.

PRISE DE NICE.

31 Mars 1691.

M. de Catinat prend Ville-Franche, le Fort de Mon-talban, la Ville & la Citadelle de Nice.

On voit la Ville de Nice qui a près d'elle un bouclier où ſont ſes armes. Elle paroît effrayée du débris de ſa Citadelle. Leg. Ex. NICEA CAPTA XXXI MARTII MDCXCI. *Priſe de Nice le* 31 *Mars* 1691.

NICE ET MONS PRIS EN MESME TEMS.

1691.

La nouvelle de la réduction de Nice fut apportée au Roi devant Mons le jour même que Mons capitula.

On voit deux Renommées qui ſe rencontrent au milieu des airs & qui ſur la banderole de leurs trompettes portent écrit, l'une NICEA CAPTA. *Prise de Nice*, & l'autre MONTES HANONIÆ EXPUGNATI. *Prise de Mons.* Leg. AB AUSTRO ET AB AQUILONE. *Du Midi & du Nord.* Ex. INEUNTE APRILI MDCXCI. *Au commencement d'Avril 1691.*

COMBAT DE LEUZE.

Le Maréchal de Luxembourg bat à Leuze le Prince de Valdek qui commandoit l'arriere-garde de l'Armée ennemie; il n'avoit que 28 Escadrons contre 75. On tua aux ennemis 14 ou 1500 hommes; on leur fit plus de 300 prisonniers & on leur prit 40 étendarts. La Maison du Roi se distingua dans ce combat.

On voit un Cavalier François l'épée haute & terrassant un Cavalier ennemi. Leg. VIRTUS EQUITUM PRÆTORIANORUM. *Valeur des troupes de la Maison du Roi.* Ex. PUGNA AD LEUZAM XVIII SEPTEMBRIS MDCXCI. *Combat de Leuze le 18 Septembre 1691.*

18 Sept. 1691.

PRISE DE MONTMELIAN.

M. de Catinat fait ouvrir la tranchée devant cette forte Place le 17 Novembre, & la force à capituler le 21 Décembre.

La Victoire assise au pied d'un Rocher, sur le haut duquel est le Château de Montmelian, écrit sur un bouclier. Leg. Ex. MONSMELIANUS CAPTUS XXI DECEMBRIS MDCXCI. *Montmelian pris le 21 Décembre 1691.*

21 Déc. 1691.

PRISE DE NAMUR.

Le 5 Juin le Roi commandant en personne prend Namur située au confluent de la Sambre & de la Meuse & le 30 du même mois il se rend maître de la Citadelle. Le Prince d'Orange & l'Electeur de Baviere voulurent envain la secourir, ils en furent empêchés

30 Juin 1691.

G g g iij

par le Maréchal de Luxembourg qui couvroit le
siége.

On voit les fleuves de la Sambre & de la Meuse,
dont les eaux se mêlent aux pieds d'un rocher qui porte un cippe. Les Drapeaux des Confédérés sont autour
du cippe, sur lequel il y a une Victoire. Leg. NAMUR-
CUM CAPTUM. *Prise de Namur.* Ex. SUB OCULIS GER-
MANORUM, HISPANORUM, ANGLORUM, BATAVORUM
CENTUM MILLIUM XXX JUNII MDCXCII. *A la vue de cent
mille Allemans, Espagnols, Anglois ou Hollandois le* 30
Juin 1692.

COMBAT DE STENKERQUE.

3 Août
1692.

Le Maréchal de Luxembourg, trompé par une fausse
lettre d'un espion, est attaqué lorsqu'il s'y attendoit
le moins. Après que la Victoire eut été longtems en
balance, il se met avec les Princes du Sang, charge
l'épée à la main, force le Prince d'Orange à repasser
les défilés par où il étoit venu, & demeure maître du
champ de bataille & du canon.

On voit un soldat qui, l'épée haute, tient un fan-
tassin terrassé. Leg. VIRTUS PEDITUM FRANCORUM.
La valeur de l'Infanterie Françoise. Ex. AD STINKER-
CAM III AUGUSTI MDCXCII. *A Stenkerque le* 3 *Août*
1692.

AUTRE MÉDAILLE SUR LE MESME SUJET.

1692.

Cette Médaille représente un trophée de toutes les
sortes d'armes dont se sert l'Infanterie. Leg. DE HIS-
PANIS, ANGLIS, GERMANIS ET BATAVIS. *Victoire rem-
portée sur les Espagnols, les Anglois, les Allemans & les
Hollandois.* Ex. AD STINKERCAM III AUGUSTI MDCXCII.
A Stenkerque le 3 *Août* 1692.

COMBAT DE PHORZEIM.

Le Maréchal de Lorges bat, près de Phorzeim, le Duc de Wirtemberg, Général de la Cavalerie de l'Empereur. On poursuivit les fuyards plus de trois lieues. On en tua plus de 900. Le Duc de Wirtemberg, le Baron de Soyer, Maréchal de Camp des Troupes de Baviere, & plus de 500 autres demeurent prisonniers. 27 Sept. 1692.

On voit un trophée au pied duquel sont les dépouilles de l'ennemi ; à côté il y a une tente & un piquet où sont attachés deux chevaux. Leg. FUSO GERMANORUM EQUITATU, PARTIS SPOLIIS, CAPTO DUCE. *La Cavalerie des Allemans mise en fuite, leur bagage pris, & leur Général fait prisonnier.* Exerg. AD PHORZEMIUM XXVII SEPTEMBRIS MDCXCII. *A Phorzeim le 27 Septembre 1692.*

FORTIFICATIONS DE CENT CINQUANTE VILLES.

Par ce grand nombre de Places fortifiées le Roi assure la possession de ses conquêtes. 1692.

La Sureté, représentée sous la figure d'une femme assise qui a le casque en tête & une pique à la main, s'appuye sur un piedestal ; près d'elle sont divers plans de Forteresses ; & de l'autre côté des Equerres & d'autres instrumens d'Architecture. Leg. SECURITATI PERPETUÆ. *A la sureté perpétuelle du Royaume.* Exerg. URBES AUT ARCES MUNITÆ AUT EXTRUCTÆ CL AB ANNO MDCLXI AD ANNUM MDCXCII. *Cent cinquante Places ou Citadelles bâties ou fortifiées depuis 1661 jusqu'en 1692.*

PRISE DE FURNES ET DE DIXMUDE.

1693.   Cette Place, affiégée par M. de Boufflers, capitula le **6** de Janvier. On y fit 4000 Anglois prifonniers : à la nouvelle de la prife de cette Place, les ennemis abandonnerent Dixmude, qui ouvrit fes portes.

Mars paroît tenant deux boucliers chargés des armes de ces deux Villes. Leg. MARS PROVIDUS. *Prévoyance de Mars.* Ex. FURNIS ET DIXMUDA CAPTIS MDCXCIII. *Prife de Furnes & de Dixmude en* 1693.

INSTITUTION DE L'ORDRE MILITAIRE DE SAINT-LOUIS.

1693.   Cet Ordre inftitué, pour récompenfer les fervices militaires, eft compofé du Roi qui en eft le Grand-Maître, de Monfeigneur le Dauphin, des Maréchaux de France, de huit Grand-Croix, de vingt-quatre Commandeurs, & de tel nombre de Chevaliers que fa Majefté juge à propos.

Le Roi donne l'acolade à un Officier auprès duquel font quelques Officiers qui femblent attendre le même honneur. On voit dans l'éloignement des tentes & des vaiffeaux, ce qui marque que les Chevaliers fe tirent du nombre des Officiers de terre & de mer. Leg. VIRTUTIS BELLICÆ PRÆMIUM. *Récompenfe de la valeur.* Ex. ORDO MILITARIS SANCTI-LUDOVICI INSTITUTUS MDCXCIII. *Établiffement de l'Ordre militaire de Saint-Louis en* 1693.

PRISE DE ROSES.

9 Juin 1693.   Rofes, affiégée par mer par le Comte d'Eftrées, & par terre par le Maréchal de Noailles, capitule le neuviéme jour de tranchée ouverte.

On

On voit sur le rivage de la mer Hercule & Neptune qui soutiennent ensemble une couronne murale. Leg. RHODA CATALAUNIÆ ITERUM CAPTA. *Roses en Catalogne prise pour la seconde fois.* Ex. IX JUNII MDCXCIII. *Le 9 Juin* 1693.

DÉFAITE DE LA FLOTTE DE SMYRNE.

Le Maréchal de Tourville attaque entre Lagos & Cadix le Vice-Amiral Rook, qui escortoit la Flotte de Smyrne, lui brule quatre vaisseaux de guerre, lui prend, ou brule, ou coule à fond plus de 80 vaisseaux richement chargés. 27 Juin 1693.

Cette Médaille représente le détroit de Gibraltar, & les colonnes que, selon la fable, Hercule y planta. Au milieu du détroit, sur un vaisseau à l'antique, on voit la Victoire tenant un foudre à la main. Leg. COMMERCIA HOSTIBUS INTERCLUSA *Commerce des Ennemis détruit.* Ex. NAVIBUS CAPTIS AUT INCENSIS AD FRETUM GADITANUM XXVII JUNII MDCXCIII. *Vaisseaux des Ennemis pris ou brulés au détroit de Gibraltar le 27 Juin* 1693.

BATAILLE DE NERVINDE.

Le Maréchal de Luxembourg bat à Nervinde le Prince d'Orange. Nous perdimes sept à huit mille hommes, & les Ennemis en perdirent près de vingt mille, & on leur fit deux mille prisonniers ; on leur prit 76 pieces de canon, huit mortiers, neuf pontons, la plus grande partie de leur artillerie, 60 étendarts & 22 Drapeaux. 29 Juillet 1693.

On voit un trophée au haut duquel est une Couronne vallaire. Leg. CÆSA HOSTIUM XX MILLIA, TORMENTA BELLICA CAPTA LXXVI SIGNA RELATA XC. *Vingt mille hommes tués, soixante-seize canons pris, & quatre-vingt-dix drapeaux.* Ex. DE FŒDERATIS AD NERWIN-

Tome III. H h h

DAM XXIX JULII MDCXCIII. *Victoire remportée sur les Confédérés à Nervinde le 29 Juillet 1693.*

BATAILLE DE LA MARSAILLE.

4 Oct. 1693.   M. de Catinat attaque & bat le Duc de Savoye à Marsaille le 4 Octobre. La Gendarmerie qui n'étoit arrivée que la veille d'Allemagne, eut la meilleure part au gain de cette bataille. On tua aux ennemis plus de 8000 hommes; on fit 2000 prisonniers; on prit, outre tout le canon, 104 étendarts ou drapeaux, & les fuyards furent pourfuivis jufqu'aux portes de Turin.

La Victoire dreffe un trophée aux bords du Pô. Leg. VICTORIA TRANSALPINA. *Victoire remportée au-delà des Alpes.* Ex. AD MARSALLAM TAURINORUM IV OCTOBRIS MDCXCIII. *Près de la Marfaille en Piémont le 4 Octobre 1693.*

PRISE DE CHARLEROY.

11 Oct. 1693.   La prife de Charleroy, affiégé par le Maréchal de Villeroi, fut une fuite du gain de la bataille de Nervinde. Cette Ville, qui affuroit la communication entre Mons & Namur dont le Roi s'étoit emparé, capitula après vingt-fix jours de tranchée ouverte.

La fureté, fous la figure d'une femme, s'appuye fur une colonne & tient une Couronne murale. Leg. SECURITAS IMPERII PROPAGATI. *Conquêtes affermies.* Ex. CAROLOREGIUM CAPTUM XI OCTOBRIS MDCXCIII. *Prife de Charleroi le 11 Octobre 1693.*

LA MARINE FLORISSANTE.

1693.   Sur le char de Neptune paroît la France le Trident à la main. Leg. Ex. SPLENDOR REI NAVALIS MDCXCIII. *La Marine dans fa fplendeur 1693.*

MARQUES D'HONNEUR ACCORDÉES AUX PILOTES ET AUX MATELOTS.

Le Roi fait frapper des Médailles qui font diftri-buées par fon ordre à ceux qui fe font le plus diftin-gués.

Le Roi paroît affis fur une poupe de vaiffeau. Un Pi-lote s'avance pour recevoir une Médaille, dont il plaît à Sa Majefté de l'honorer. Leg. Ex. VIRTUTI NAUTICÆ PRŒMIA DATA MDCXCIII. *Marques d'honneur accordées pour l'habileté dans l'art de la navigation* 1693.

1693.

BATAILLE DU TER.

Le Maréchal de Noailles paffe le Ter, attaque les Efpagnols retranchés derriere ce fleuve & les défait. On leur tua ou bleffa plus de 5000 hommes, & on fit plus de 3500 prifonniers entre lefquels étoient près de 800 Officiers.

La Victoire a fous fes pieds le Dieu du fleuve du Ter. Leg. VICTORIA CELTIBERICA. *Victoire remportée en Ef-pagne.* Ex. TRANS PYRENŒOS AD TERAM FLUVIUM XXVIII MAII MDCXCIV. *Au-delà des Pyrenées près de la Riviere du Ter le 28 Mai* 1694.

28 Mai 1694.

PRISE DE PALAMOS.

Après la bataille du Ter, le Maréchal de Noailles inveftit Palamos, & le Maréchal de Tourville fe rend devant cette Place avec l'Armée navale. Elle eft prife d'affaut le 7 Juin, & le Château & la Garnifon fe ren-dent à difcrétion.

La Ville de Palamos eft repréfentée fous la figure d'une femme triftement affife au pied d'un rocher fur le bord de la mer. Sa couronne de tours eft tombée fur fes genoux. Leg. Ex. PALAMO VI CAPTA VII JU-

7 Juin 1694.

NII MDCXCIV. *Palamos prife d'affaut le 7 Juin* 1694.

DÉFAITE DES ANGLOIS A BREST.

18 Juin 1694. Le 18 Juin, les Anglois & les Hollandois avec une flotte de 36 Vaiffeaux de guerre, de 12 Galiotes à bombes & de 80 autres Bâtimens, font une defcente à Breft, & ils font chaffés avec perte. Cette expédition leur coûta 2000 hommes.

Pallas tient fon Egide ; à côté d'elle il y a un trophée naval. Leg. CUSTOS ORÆ MARITIMÆ. *Côte de Bretagne défendue par la prudence & par la valeur.* Ex. BATAVIS ET ANGLIS AD LITUS AREMORICUM CÆSIS XVIII JUNII MDCXCIV. *Les Hollandois & les Anglois battus fur les Côtes de Bretagne le* 18 *Juin* 1694.

PRISE DE GIRONNE.

29 Juin 1694. A la prife de Palamos M. de Noailles eut la gloire de joindre celle de Gironne. Cette forte Place fe rendit après cinq jours de tranchée ouverte.

Hercule foule aux pieds Geryon. Ce type a été choifi parce que l'on prétend qu'Hercule fonda la Ville de Gironne, après avoir vaincu Geryon en ce pays-là. Leg. Ex. GERUNDA CAPTA XXIX JUNII MDCXCIV. *Gironne prife le* 29 *Juin* 1694.

LA FRANCE POURVUE DE BLED PAR LES SOINS DU ROI.

1694. Le Roi fait acheter une grande quantité de bled en Pologne & le fait embarquer fur des vaiffeaux Danois & Suedois, que la neutralité mettoit en état de trafiquer librement. Les Hollandois cependant s'emparerent de ce convoi, mais le Capitaine Jean Bart, n'ayant que fix Frégates, ofa leur livrer bataille à la hauteur du Texel, & de huit vaiffeaux qu'ils avoient

il en prit trois, mit en fuite les cinq autres, & ramena dans nos Ports les Vaiſſeaux chargés de bled.

On voit au bord de la mer la proue d'un Vaiſſeau ,
& ſur le rivage la Déeſſe Cerès qui tient des épics de
bled. Leg. ANNONA AUGUSTA. *La France pourvue de
bled par les ſoins du Roi.* Ex. FUGATIS AUT CAPTIS BA-
TAVORUM NAVIBUS MDCXCIV. *Après la défaite d'une Eſ-
cadre Hollandoiſe* 1694.

MARCHE DE MONSEIGNEUR LE DAUPHIN AU PONT D'ESPIERRE.

En moins de trois mois Monſeigneur fait faire à
l'Armée quarante lieues, & par cette diligence incroyable il ſauve le pays d'entre la Lys & l'Eſcaut, dont
les Ennemis vouloient s'emparer.

Perſée avec la tête de Méduſe vole, porté par le
cheval Pegaſe. Leg. MILITUM ALACRITAS. *L'ardeur &
l'allegreſſe du Soldat.* Ex. DELPHII AD SCALDIM ITER
MDCXCIV. *Marche de Monſeigneur vers l'Eſcaut* 1694.

PRISE DE DIXMUDE ET DE DEINSSE.

Le Maréchal de Villeroi, après avoir taillé en piéces deux Regimens de l'arriére-garde du corps d'Armée commandée par le Prince de Vaudemont, prend
Dixmude en deux jours de ſiége , & Deinſſe ſe rend à
la première ſommation. La Garniſon de ces deux Places , compoſée de ſept mille hommes , eſt faite priſon-
niere de guerre.

Un Soldat à genoux rend les armes, & on voit à terre près de lui deux couronnes murales. Leg. HOSTIUM
AD DEDITIONEM COACTORUM VII MILLIA. *Sept mille
hommes des troupes ennemies faits priſonniers de guerre.* Ex.
DIXMUDA ET DEINSIUM CAPTA MDCXCV. *Priſe de Dixmude & de Deinſſe en* 1695.

Hhh iij

DUNKERQUE GARANTIE DU BOMBARDE-MENT.

1695.   La Flotte ennemie , après avoir jetté inutilement plus de 1200 Bombes , perdu ses Brulots & une Frégate , est forcée de se retirer de devant Dunkerque. L'une de leurs machines infernale joua sans effet, & l'autre ayant fait son effet sur elle-même , ensevelit ceux qui étoient dedans.

Cette Médaille représente dans le Port de la Ville une Galere à l'antique : au devant on voit le débris d'une Galiote , & dans l'éloignement une bombe qui crève en l'air. Leg. Ex. DUNKERCA ILLÆSA MDCXCV. *Dunkerque bombardée sans aucun dommage en* 1695.

PRISES FAITES PAR LES ARMATEURS FRANÇOIS.

1695.   Depuis le commencement de la guerre , il y eut plus de 5000 Bâtimens Anglois & Hollandois pris avec toute leur charge. La Flotte Marchande , qui venoit des Indes & qui valoit plus de six millions , fut enlevée par le Marquis de Nesmond.

On voit un Port couvert de Lingots , de Ballots & de Marchandises. Deux Matelots sont occupés à charger un Ballot , & dans l'éloignement il y a des Vaisseaux , des Barques. Leg. Ex. INDICÆ HOSTIUM OPES INTERCEPTÆ MDCXCV. *Trésors des Indes enlevés aux Ennemis en* 1695.

LA FLOTTE HOLLANDOISE DÉFAITE A LA VUE DU TEXEL.

1696.   Le Capitaine Jean Bart attaque le 18 Juin la Flotte Marchande Hollandoise de la mer Baltique, composée de plus de 100 voiles & escortée par cinq gros Navires de guerre. Il s'empare de l'Amiral, force les quatre autres à se rendre, prend trente Vaisseaux Marchands, en brule deux de guerre & un grand nombre de Bâtimens de convoi.

On voit la Hollande épouvantée, un Vaisseau en feu qui coule à fond, & des Ballots flottans sur la mer. Leg. INCENSIS AUT CAPTIS NAVIBUS ONERARIIS XXX, BELLICIS III. *Trente Vaisseaux Marchands & trois Vaisseaux de guerre brûlés ou pris.* Ex. AD TEXELLAM XVII JUNII MDCXCVI. *Près du Texel le 18 Juin 1696.*

CAMPAGNE DE MDCXCVI.

En Flandre, en Allemagne, en Catalogne & en Piedmont, on ne songea qu'à fatiguer les Ennemis, & partout on les réduisit à se consumer inutilement.

On voit Mars assis dans un camp, & un cheval à côté de lui. Legend. Exerg. MARS IN HOSTILI SEDENS MDCXCVI. *Mars campé tranquillement dans le pays ennemi* 1696.

PAIX AVEC LA SAVOYE.

Le Comte de Tessé négocie un Traité entre le Roi & le Duc de Savoye; on rend à ce Prince tout ce qu'on lui avoit pris, & on convient du mariage de la Princesse Marie-Adelaïde, sa fille ainée avec M. le Duc de Bourgogne.

On voit Minerve qui d'une main tient un javelot, & de l'autre un rameau d'olive; elle a à ses pieds son Egide; près d'elle est assis l'hymen, qui a son flambeau allumé, & qui s'appuye sur un écusson aux armes de France & de Savoye. Leg. MINERVA PACIFERA. *Minerve pacifique.* Ex. PAX SABAUDIÆ MDCXCVI. *La Paix avec la Savoye* 1696.

PRISE D'ATH.

5 Juin
1697.

Ath pris par M. de Catinat le 5 Juin après treize jours de tranchée ouverte. Le Duc de Bavierre & le Prince d'Orange, qui étoient marché au secours de la Place à la tête de cent mille hommes, n'oserent en venir à une action. Les armées de France camperent ensuite des deux côtés de la Denre.

On voit un soldat qui présente au fleuve de Denre un Etendart François. Leg. TENERA GALLIS PATENS. *La Denre ouverte aux François.* Ex. ATHA CAPTA V, JUNII MDCXCVII. *Prise d'Ath le 6 Juin* 1697.

PRISE DE CARTHAGENE.

4 Mai
1697.

M. de Pointis, Chef-d'Escadre, avec six Vaisseaux de guerre, trois Frégates, deux Fluttes & une Galiotte à bombes, arrive devant Carthagene le 13 Avril, prend la Ville-Haute d'assaut, & la Basse se rend à discrétion. Cette Place mise à rançon produisit à la France dix millions en espéces ou en lingots.

Une femme couronnée de tours, représente Carthagene. Elle est assise aux pieds d'un arbre qui porte le Cocos, avec des trésors répandus autour d'elle. Leg. HISPANORUM THESAURI DIREPTI. *Riche butin remporté sur les Espagnols.* Ex. CARTHAGO AMERICANA VI CAPTA IV MAII MDCXCVII. *Carthagene en Amérique prise d'assaut le* 4 *Mai* 1697,

PRISE DE BARCELONE.

10 Août
1697.

Cette forte Place attaquée par terre par le Duc de Vendôme, & par mer par le Comte d'Estrées, se rend enfin après cinquante deux jours de tranchée ouverte.

Hercule paroît appuyé sur sa massue, ayant à ses
pieds

pieds un bouclier aux armes de Barcelone. Leg. BINIS
CASTRIS DELETIS. *Les deux camps des ennemis forcés.* Ex.
BARCINOE CAPTA X AUGUSTI MDCXCVII. *Barcelone prise
le 10 Août 1697.*

ATH, BARCELONE ET CARTHAGENE,
pris la même année.

On voit la Victoire qui écrit fur trois boucliers atta- 1697.
chés à un Palmier, AD BARCINOEM HISPANIÆ, AD
ATHAM FLANDRIÆ, AD CARTHAGINEM NOVI ORBIS.
*A Ath en Flandre, à Barcelone en Efpagne, & à Car-
thagene dans le nouveau monde.* Leg. Ex. VICTORIA CO-
MES FRANCORUM MDCXCVII. *La Victoire fidelle, compagne des François 1697.*

LA FRANCE TOUJOURS VICTORIEUSE.

L'Allemagne, l'Efpagne, l'Angleterre, la Hollan- 1697.
de, l'Italie, pendant dix années de guerre, font d'inutiles efforts contre la France victorieufe partout.

On voit la France armée, & à fes pieds les boucliers
où font les armes des Puiffances ennemies : d'une
main elle tient un javelot & de l'autre une Victoire.
Leg. GALLIA INVICTA. *La France invincible.* Ex. BEL-
LO PER DECENNIUM FELICITER GESTO MDCXCVII.
Guerre de dix ans faite avec fuccès 1697.

PAIX DE RYSWIK.

Les Traités de Munfter & de Nimegue y fervirent de 1697.
bafe. Par le Traité conclu avec les Hollandois le 20 Septembre à minuit, ils rendent Pondicheri. Par celui figné
une heure après avec l'Efpagne, le Roi rend à cette
Couronne tout ce qu'il avoit pris & tout ce qui avoit été
réuni par les Chambres de Metz & de Brifac. Le Traité
avec l'Angleterre fut conclu le 21, le Roi s'engage à

n'inquiéter en aucune façon le Roi de la Grande-Bretagne dans la possession des Etats dont il jouissoit. Par le quatriéme Traité, conclu avec l'Empereur le 30 Octobre, on rend Fribourg à Sa Majesté Impériale, & on rétablit le Duc de Lorraine dans ses Etats.

L'Equité & la Valeur, représentées à l'antique, tiennent ensemble une couronne d'olive. Leg. Ex. PACATA EUROPA MDCXCVII. *L'Europe pacifiée* 1697.

AUTRE MÉDAILLE SUR LE MESME SUJET.

1697.   Le Roi sacrifie ses conquêtes au desir de soulager ses peuples.

On voit aux pieds du Roi la France pénétrée de reconnoissance. Leg. PATER PATRIÆ. *Pere de la Patrie.* Ex. PAX CUM HISPANIS, ANGLIS, BATAVIS ET GERMANIS MDCXCVII. *Paix conclue avec l'Espagne, l'Allemagne, l'Angleterre & la Hollande* 1697.

TROISIÉME MÉDAILLE SUR LA PAIX.

1697.   On voit la paix qui d'une main tient un rameau d'olive, & de l'autre un flambeau dont elle brule un monceau d'armes. Leg. SALUS EUROPÆ. *Le salut de l'Europe.* Ex. PAX TERRA, MARIQUE PARTA MDCXCVII. *Paix rétablie & sur mer & sur terre* 1697.

MARIAGE DE MONSEIGNEUR LE DUC DE BOURGOGNE.

1697.   Le Mariage de ce Prince avec Marie-Adelaïde, Princesse de Savoye, fût célébré le 7 Décembre 1697.

L'Hymen tient de la main droite son flambeau, & porte sur le bras gauche une espece de voile que les Anciens appelloient *Flammeum*, & que les nouvelles

Epoufes mettoient fur leurs têtes. Leg. TÆDIS FELI-
CIBUS. *Flambeau de l'Hyménée allumé fous d'heureux préfages.* Ex. MARIA-ADELAIS SABAUDIÆ LUDOVICO BUR-
GUNDIÆ DUCI NUPTA MDCXCVII. *Marie-Adelaide de Savoye mariée à Louis Duc de Bourgogne 1697.*

AUTRE MÉDAILLE SUR LE MESME SUJET.

La tête de Monfeigneur le Duc de Bourgogne & 1697.
celle de la Princeffe fon Epoufe, font pofées en regard. Leg. Ex. LUDOVICI BURGUNDIÆ DUCIS, ET MA-
RIÆ ADELAIDIS CONNUBIUM MDCXCVII. *Mariage de
Louis de Bourgogne avec Marie-Adelaide de Savoye 1697.*

CAMP DE COMPIEGNE.

Le Roi, avant que de licencier fes troupes, forme 1678.
aux environs de Compiegne un camp de 50000 hommes. Le Duc de Bourgogne fait fous les yeux du Roi
les fonctions de Général.

On voit un guerrier qui tient par la main un jeune
homme armé, & le conduit dans un camp repréfenté
par des tentes. Leg. MILITARIS INSTITUTIO DUCIS BUR-
GUNDIÆ. *Le Duc de Bourgogne inftruit au métier de la
guerre.* Ex. CASTRA COMPENDIENSIA MDCXCVIII. *Le
Camp de Compiegne 1698.*

STATUE EQUESTRE DU ROI.

La Statue Equeftre de ce grand Prince eft pofée 1699.
fur un piedeftal dans une magnifique place, appellée la
Place Vendôme. Leg. REGI OPTIMO. *Au meilleur des
Rois.* Ex. LUTETIA MDCXCIX. *Paris 1699.*

HOMMAGE RENDU PAR LE DUC DE LORRAINE.

1699. Le Roi donne en mariage au Duc de Lorraine, Elilifabeth-Charlotte d'Orleans. Peu de tems après ce mariage, ce Prince vint à Verfailles où il prêta ferment de fidélité d'hommage-lige.

On voit le Roi couvert & affis dans un fauteuil. Il tient entre fes mains les mains jointes du Duc de Lorraine qui eft à genoux nue tête & fans épée. Leg. Ex. HOMAGIUM-LIGIUM LEOPOLDI LOTHARINGIÆ DUCIS OB DUCATUM BARENSEM. *Hommage-lige de Leopold Duc de Lorraine pour le Duché de Bar* 1699.

NEUBRISAC.

1699. Cette Place, qui fert de rempart à l'Alface depuis Huningue jufqu'à Strafbourg, fut bâtie par ordre du Roi en 1699,

Le Roi remet entre les mains de l'Alface, qui eft à genoux, le plan de Neubrifac. Le fleuve du Rhin marque la fituation de la Ville. Leg. SECURITAS ALSATIÆ. *La fûreté de l'Alface.* Ex. NEOBRISACUM CONDITUM MDCXCIX. *Neubrifac bâti en* 1699.

EDIT CONTRE LES FAINEANS.

1700. Cet Edit défend fous de grieves peines de mendier, & il pourvoit en même tems à la fubfiftance des pauvres qui font hors d'état de travailler.

On voit la Piété repréfentée à l'antique fous la figure d'une femme voilée & affife près d'un Autel. Leg. PIETAS OPTIMI PRINCIPIS. *La piété du meilleur des Princes.* Ex. VETITA DESIDIOSA MENDICITAS MDCC. *La faineantife & la mendicité abolies* 1700.

EDIT CONTRE LE LUXE.

Par cet Edit Sa Majesté défend les meubles d'or &   1700.
d'argent massif qu'elle juge superflus, ordonne que les
plus riches étoffes ne passeront pas un certain prix, &
regle la dépense qui convient à chaque état.

La Prévoyance tient d'une main un gouvernail, &
a un globe à ses pieds. Leg. PROVIDENTIA SERVATRIX.
Prévoyance salutaire. Ex. SUMPTUARIÆ LEGES RENO-
VATÆ MDCC. *Loix somptuaires renouvellées* 1700.

CHAMBRE DU COMMERCE.

Le Roi établit de nouvelles Compagnies pour Saint   1700.
Domingue & le Canada, choisit six Commissaires tirés
de son Conseil pour examiner toutes les affaires du
négoce, & veut que les douze Villes les plus mar-
chandes du Royaume nomment chacune un de leurs
plus habiles Négocians pour donner leur avis sur les
affaires qui se présenteroient.

On voit la Justice, & près d'elle Mercure, Dieu du
Commerce qui d'une main tient son caducée, & de
l'autre une bourse. Leg. Ex. SEX VIRI COMMERCIIS RE-
GUNDIS MDCC. *Six Commissaires préposés à la conduite du
Commerce en* 1700.

AVENEMENT DE MONSEIGNEUR LE DUC D'ANJOU A LA COURONNE D'ESPAGNE.

Charles II Roi d'Espagne appelle, par son testament,   1700.
Philippe de France, Duc d'Anjou, à la succession de
ses Royaumes. Après la mort de ce Prince, les Ré-
gens qu'il avoit établis chargerent l'Ambassadeur qui
étoit alors en France de présenter au Roi ce Testament, & de lui demander son Petit-fils pour Roi d'Espagne.

Monfeigneur le Duc d'Anjou eft à la droite du Roi ;
& ils font tous deux couverts. L'Ambaffadeur d'Efpagne embraffe les genoux de fon nouveau Maître & lui
baife la main. Leg. REX VOTIS HISPANORUM CONCES-
SUS. *L'Efpagne obtient le Roi qu'elle defire.* Ex. PHILIPPUS
DUX ANDEGAVENSIS MDCC. *Philippe Duc d'Anjou* 1700.

AUTRE MÉDAILLE SUR LE MESME SUJET.

1700. On voit le Portrait de Sa Majefté Catholique. Leg.
Ex. PHILIPPUS V. LUDOVICI DELPHINI FILIUS, LU-
DOVICI MAGNI NEPOS HISPANIARUM ET INDIARUM
REX MDCC. *Philippe V. Duc d'Anjou, fils de Louis Dau-*
phin de France, petit-fils de Louis le Grand Roi des Efpagnes
& des Indes 1700.

L'UNION DE LA FRANCE ET DE L'ESPAGNE.

1700. L'Efpagne confie au Roi toutes les Places des Pays-
Bas Catholiques & de plufieurs autres Provinces.
La France & l'Efpagne fe donnent la main en figne
d'amitié. Leg. Ex. CONCORDIA FRANCIÆ ET HISPANIÆ
MDCC. *Union de la France & de l'Efpagne* 1700.

DÉPART DU ROI D'ESPAGNE.

1700. Sur cette Médaille eft repréfenté le Roi d'Efpagne à
cheval. Leg. Ex. PROFECTIO PHILIPPI V. HISPANIA-
RUM REGIS IV DECEMBRIS MDCC. *Départ de Philippe V.*
Roi d'Efpagne le 4 *Décembre* 1700.

JOURNÉE DE CRÉMONE.

1701. Le Prince Eugene entre par furprife dans Crémone
pendant la nuit avec 6000 hommes d'élite ; mais après
onze heures de combat les Impériaux, pouffés de pofte
en pofte, fe retirent avec précipitation par la même

porte par laquelle ils étoient entrés. Le Maréchal de Villeroi fut fait prisonnier.

Cette Médaille représente un Mars François qui foule aux pieds un Cuirassier Allemand, & la Ville de Cremone qui admire le courage de son Défenseur. Leg. Virtus doli victrix. *La valeur triomphe de la surprise.* Ex. Cremona servata i Februarii MDCCII. *Cremone conservée le 1 Février 1702.*

COMBAT DE LUZARA.

Le Roi d'Espagne, après avoir défait un corps de 4000 hommes commandés par le Général Visconti, vient assiéger Luzara. Les deux armées ennemies se rencontrerent près de cette Place, où il se donna un sanglant combat. Les François demeurerent maîtres du champ de bataille, couvert de 7000 morts des ennemis commandés par le Prince Eugene.

Le Roi d'Espagne paroît à cheval : la Victoire tient une Palme de la main gauche, & de la droite elle met une Couronne de laurier sur la tête du jeune Roi. Leg. Virtus avita. *La valeur héréditaire à ce Prince.* Ex. Philippus V Hispaniarum Rex, Ludovici Magni nepos, de Garmanis ad Luceriam Mantuæ XI Augusti MDCCII. *Philippe V Roi d'Espagne, Petit-fils de Louis le Grand, vainqueur des Allemans à Luzara le 11 Août 1702.*

11 Août 1702.

CAMPAGNE DE FRIDLINGEN.

Le Marquis de Villars, détaché de l'Armée que commandoit le Maréchal de Catinat prend la petite Ville de Neubourg le 11 ; attaque, le 14 près de Fridlingen, les Impériaux commandés par le Prince Louis de Bade, & remporte sur eux une victoire qui lui valut le bâton de Maréchal. Les Ennemis perdirent environ 4000 hommes, 10 piéces de canon, 3 paires de

14 Oct. 1702.

Timbales & trente-fept Drapeaux ou Etendarts.

Le Rhin appuyé fur fon urne regarde avec étonnement un trophée d'armes élevé fur fes bords. Leg.
Ex. Trajecto Rheno ad Fredelingem de Germanis xiv Octobris mdccii. *Les Allemans bâtus au-delà
du Rhin le* 14 *Octobre* 1702.

PRISE DU FORT DE KELL.

1703. Le Maréchal de Villars prend le Fort de Kell le 10
Mars après douze jours de tranchée ouverte, & après
cette conquête il va joindre le Duc de Baviere, allié
de la France, en s'ouvrant un chemin par la forêt
noire.

Le Rhin paroît appuyé fur fon urne regardant le
Fort de Kell dans l'éloignement. Leg. Iter ad Ba-
varos fœderatos. *Les François s'ouvrent un chemin pour
aller fecourir les Bavarois leurs alliés.* Ex. Kella recepta x Martii mdcciii. *Prife de Kell le* 3 *Mars* 1703.

COMBAT D'ÉKEREN.

1703. Le Maréchal de Boufflers, détaché de l'armée du
Maréchal de Villeroi, va joindre le Marquis de Bed-
mar près d'Anvers, marche aux ennemis qui avoient
leur quartier-général à Ekeren, les attaque & les bat.
On leur tua plus de 4000 hommes ; on leur fit 500
prifonniers ; on leur prit fix piéces de canon, 44 mortiers, & près de 300 chariots d'Artillerie.

La Victoire tient d'une main deux Etendarts, & de
l'autre une Couronne de laurier. Leg. Ex. Junctis
auspiciis Galli et Hispani de Batavis ad Eke-
ram xxx Junii mdcciii. *Les troupes de France & d'Efpagne victorieufes des Hollandois à Ekeren le* 30 *Juin*
1703.

PRISE

PRISE DE BRISAC.

Le Duc de Bourgogne fait ouvrir la tranchée devant Brisac, se met à la tête des travailleurs, porte lui-même une fascine & anime si bien le soldat par son courage & par ses libéralités, que la Ville est forcée de se rendre après 13 jours de tranchée ouverte. *7 Sept. 1703.*

Monseigneur le Duc de Bourgogne paroît à cheval avec un bâton de commandement à la main, & regardant la Ville de Brisac. Leg. EXPEDITIO DUCIS BURGUNDIÆ. *Expédition du Duc de Bourgogne.* EX. BRISACUM CAPTUM VII SEPTEMBRIS MDCCIII. *Brisac pris le 7 Septembre 1703.*

BATAILLE DE SPIRE, ET PRISE DE LANDAU.

Le Prince de Hesse, à la tête de 30000 hommes, marche au secours de Landau, assiégé par le Maréchal de Tallard, qui laisse à M. de Laubarie le soin de continuer le siége pour marcher contre l'ennemi. La bataille se donne près de Spire. Les Impériaux, après avoir eu 5000 hommes tués & plus de 3000 faits prisonniers, & après avoir perdu presque tous les Drapeaux & leurs bagages, sont obligés de se retirer. La prise de Landau fut la suite de cette victoire. *17 Nov. 1703.*

La France, assise sur un monceau d'armes, est couronnée de laurier par la Victoire, & la Ville de Landau lui présente une Couronne murale. Leg. VICTIS AD SPIRAM HOSTIBUS. *Les Ennemis vaincus auprès de Spire.* EX. LANDAVIA CAPTA XVII NOVEMBRIS MDCCIII. *Landau pris le 17 Novembre 1703.*

PRISE DE VERCEIL.

Les troupes du Duc de Savoye, qui commençoit à *20 Juillet 1704.*

Tome III.   K k k

à entretenir fecrettement des liaifons avec l'Empereur, font défarmées par le Duc de Vendôme qui vient faire le Siége de Verceil, & s'en rend Maître le 20 Juillet. La Garnifon eft faite Prifonniere de guerre.

Cette Médaille repréfente Nemefis, Déeffe qui chez les anciens préfidoit aux juftes vengeances. Leg. Ex. VERCELLÆ CAPTÆ XX JULII MDCCIV. *Verceil pris le 20 Juillet* 1704.

COMBAT NAVAL DE MALAGA.

24 Août
1704.

Le Comte de Touloufe ayant fous fes ordres le Maréchal de Cœuvres, attaque le 27 Août près de Malaga les Flottes d'Angleterre & de Hollande. La plupart des Vaiffeaux ennemis furent fi maltraités, qu'ils difparurent dès que la nuit put favorifer leur retraite.

On voit l'Efpagne affife & appuyée fur une demie colomne. La victoire paroît au-deffus dans les airs, tenant une palme à la main. Leg. ORÆ HISPANIÆ SECURITAS. *La fureté des Côtes d'Efpagne.* Ex. ANGLORUM ET BATAVORUM CLASSE FUGATA AD MALACAM XXIV AUGUSTI MDCCIV. *Les Flottes Angloifes & Hollandoifes mifes en fuite auprès de Malaga le* 24 *Août* 1704.

PRISE D'IVRÉE.

29 Sept.
1704.

Le Duc de Vendôme après s'être rendu Maître de Verceil, vient faire le Siége d'Ivrée & s'en empare au bout de neuf jours de fiége. Les Troupes qui défendoient la Citadelle fe rendirent prifonnieres de guerre.

La France habillée en guerriere reçoit une Couronne murale de la main d'une femme qui fe profterne devant elle & qui eft appuyée fur un bouclier aux armes d'Ivrée. Leg. EPOREDIA CAPTA. *Prife d'Ivrée.* Ex. XXIX SEPTEMBRIS MDCCIV. *Le* 29 *Septembre* 1704.

PRISE DE VERUE.

Cette importante Place assiégée dès le 14 d'Octobre par le Duc de Vendôme, ne se rendit que le 9 Avril de l'année suivante. *9 Avril 1705.*

On voit la Ville de Verue éplorée & abattue au pied de ses rochers, & Mars tenant la Couronne murale qu'il lui a arrachée. Leg. Constantia exercitus. *La constance de l'Armée.* Ex. Veruca capta IX Aprilis MDCCV. *Verue prise le 9 Avril* 1705.

BATAILLE DE CASSANO.

Le Prince Eugene qui menoit du secours au Duc de Savoie, veut passer l'Adda défendue par le Duc de Vendôme. Le combat se donne près de Cassano. Le Prince Eugene y fut blessé & le Duc de Vendôme eut un cheval tué sous lui. Les ennemis perdirent toute leur artillerie, & on leur fit plus de dix-huit cens prisonniers *16 Août 1705.*

L'Adda représenté sous la figure d'une femme couronnée de roseaux & panchée sur son urne, regarde la Victoire qui enleve de dessus ses bords un drapeau aux Armes de l'Empire. Leg. De Germanis. *Victoire remportée sur les Allemands.* Ex. Ad Cassanum XVI Augusti MDCCV. *Auprès de Cassano le 16 Août* 1705.

PRISE DE NICE.

Le Duc de Berwick fait ouvrir la tranchée devant la Citadelle de Nice la nuit du 17 au 18 de Novembre 1705. Cette Place se défendit jusqu'au 4 de Janvier de l'année suivante qu'elle capitula. La Ville avoit été prise le 19 Avril par le Duc de la Feuillade. *4 Janv. 1706.*

On voit la Ville de Nice enchaînée & assise au pied d'un cippe sommé d'un globe aux Armes de France,

près de la mer , son bouclier à ses pieds , dans le fond
la Citadelle escarpée & entr'ouverte. Leg. NICEA ITE-
RUM EXPUGNATA. *Nice prise pour la seconde fois.* IV JA-
NUARII MDCCVI. *Le 4 Janvier 1706.*

BATAILLE D'ALMANZA.

25 Avril
1707.

Les Portugais & les Anglois commandés par Milord
Galovai & par M. de Las Minas sont entierement défaits près d'Almanza par le Duc de Berwick. On leur
prit 120 Drapeaux ou Etendarts , tout leur canon &
plus de 90000 prisonniers , & on leur tua environ
5000 hommes.

L'Espagne paroît assise sur un monceau d'armes & de
boucliers de l'Empire, de l'Angleterre, du Portugal &
de la Hollande. Leg. ADSERTUM PHILIPPO V HISPA-
NIARUM IMPERIUM. *Le Royaume d'Espagne assuré à Philippe V.* Ex. HOSTIBUS AD ALMANZAM CÆSIS XXV APRI-
LIS MDCCVII. *Défaite des ennemis près d'Almanza le 25
Avril 1707.*

LES LIGNES DE STOLHOFFE FORCÉES.

22 Mai
1707.

Ces Lignes regardées comme le rempart de l'Empire s'étendoient depuis Stolhoffe jusqu'au pied de la
montagne de la forêt noire. On trouva dans ces lignes
qui furent forcées & rasées par le Maréchal de Villars
le 25 Mai , près de 200 pieces de canon , & un amas
prodigieux de munitions.

Mars paroît tenant d'une main un trophée & de l'au-
tre une Couronne vallaire. Leg. PATEFACTI GERMA-
NIÆ ADITUS. *L'Allemagne ouverte.* Ex. VALLO STOL-
LOFFENSI DISJECTO XXII MAII MDCCVII. *Les Lignes de
Stolhoffe forcées le 22 Mai 1707.*

LEVÉE DU SIÉGE DE TOULON.

Le 11 Juillet le Duc de Savoie à la tête d'une Armée de 25000 hommes avoit passé le Var, & étoit venu faire le Siége de Toulon. Il s'établit d'abord sur la hauteur de Sainte Catherine, mais il fut bientôt chassé de ce poste avantageux par le Maréchal de Tessé suivi des Milices du Pays & des Troupes de la Marine, repoussé dans la plaine après avoir perdu une partie de son canon & de ses Troupes, il fut obligé d'abandonner son Armée & de repasser le Var.

20 Août 1707.

La Ville de Toulon représentée sous la figure d'une femme couronnée de tours, tranquillement assise au bord de la mer, tient d'une main un gouvernail, & de l'autre un bouclier à ses armes. Derriere elle paroît un cheval libre paissant dans la prairie. Leg. Ex. TELO OBSIDIONE LIBERATUS XX AUGUSTI MDCCVII. *Les ennemis forcés d'abandonner le Siége de Toulon le 20 Août 1707.*

PRISE DE LERIDA.

Après dix jours de tranchée ouverte, Lerida est prise d'assaut par le Duc d'Orleans, la Garnison & les Habitans qui s'étoient retirés dans le Château bâti sur un roc escarpé se défendirent jusqu'à la derniere extrêmité, & ne se rendirent que le 11 Novembre.

11 Nov. 1707.

Mars plante un Etendart François sur la brèche d'un rocher escarpé, au pied duquel une femme représentant la Ville de Lerida avec sa couronne de tours & son bouclier, paroît tombante avec un débris de colonne. Leg. NOVA GLORIA. *Nouvelle gloire.* Ex. ILERDA EXPUGNATA XI NOVEMBRIS MDCCVII. *Prise de Lerida le 11 Novembre 1707.*

PRISE DE TORTOSE.

11 Juillet 1708.

Le Duc d'Orleans ouvre la tranchée devant cette Place le 21 de Juin, & s'en rend Maître le 11 Juillet.

Le même Mars François qui a été peint dans la Médaille de Lerida, est représenté dans celle-ci ayant un pied sur l'urne de l'Ebre (fleuve sur les bords duquel Tortose est située) & recevant les clefs de la Ville de Tortose prosternée devant lui. Leg. Auxiliorum præstantia. *La valeur des Troupes auxiliaires.* Ex. Tortosa capta xi Julii mdccviii. *Tortose prise le 11. Juillet* 1708.

NAISSANCE DE LOUIS XV.

15 Févr. 1710.

La France dans ses habits Royaux & assise sur un espece de Trône, regarde avec complaisance le jeune Prince qu'elle tient sur ses genoux. Leg. Novum Regiæ Stirpis incrementum. *Nouvel accroissement de la Famille Royale.* Ex. Ludovic. Lud. Burg. Duc. Fil. Lud. Delph. Nep. Lud. Magni pron. nat. xv Febr. mdccx. *Louis fils de Louis Duc de Bourgogne, petit-fils de Louis Dauphin, & arriere petit-fils de Louis le Grand né le 15 Février* 1710.

BATAILLE DE VILLAVICIOSA.

10 Déc. 1710.

Philippe V. Roi d'Espagne ayant sous ses ordres le Duc de Vendôme, se rend Maître de Birhuega où l'arriere-garde de l'Armée ennemie commandée par le Comte de Staremberg est forcée. Le lendemain, fut marqué par la fameuse bataille de Villaviciosa. Ces deux actions coûterent aux ennemis douze à treize mille hommes, dont près de quatre mille hommes furent tués, & neuf mille furent faits prisonniers.

L'Espagne à demi couchée se releve à l'aspect de la

Victoire qui revient à elle, tenant d'une main une Couronne murale, & de l'autre une palme. On voit derriere la Victoire des boucliers épars aux Armes de l'Empire, de l'Angleterre & de la Hollande. Leg. VICTORIA REDUX. *La Victoire de retour.* Ex. HOSTES DELETI AD VILLAMVICIOSAM X DECEMBRIS MDCCX. *Les Ennemis défaits à Villaviciosa le 10 Décembre 1710.*

PRISE DE GIRONNE.

Le Duc de Noailles fait ouvrir la tranchée devant le Fort rouge le 23 Décembre & s'en rend maître. Il attaque ensuite la Ville, défendue par une forte Garnison. Le débordement du Ter retarda les opérations du siége; mais enfin la Ville basse fut prise d'assaut le 23 Janvier, & la Ville haute se rendit par capitulation le 25.

Bellone, avec un bouclier aux armes de France, montre au Ter, appuyé sur son urne, la couronne murale & le bouclier de Gironne. Leg. Ex. GERUNDA ITERUM EXPUGNATA XXV JANUARII MDCCXI. *Gironne prise pour la seconde fois le 25 Janvier 1711.*

BATAILLE DE DENAIN, ET LEVÉE DU SIÉGE DE LANDRECI.

Le Maréchal de Villars marche au secours de Landreci, force les retranchemens que les ennemis avoient élevés à Denain; dix-sept Bataillons de leurs meilleures troupes sont tués, pris, ou noyés; enfin le 2 Août ils sont obligés d'abandonner le siége de Landreci.

Pallas armée de son Egide, & prête à lancer son javelot paroit sortir tout à coup d'un nuage. Leg. PERRUPTO DONONIENSI VALLO. *Les retranchemens de Denain forcés.* Ex. LANDRECIUM LIBERATUM II AUGUSTI MDCCXII. *Levée du siége de Landreci le 2 d'Août 1712.*

PRISE DE BARCELONE.

12 Sept.
1714.

La prife de cette Place, par le Maréchal de Berwick, acheva de rendre la paix à l'Efpagne. Le blocus avoit duré onze mois, & après foixante un jours
de tranchée ouverte, l'affaut fut donné à cette Ville
qui fe rendit le lendemain 12 Septembre 1714.

On voit l'Efpagne fur un Thrône au pied duquel
la Ville de Barcelone paroît profternée avec fon bouclier, fes clefs & un flambeau éteint. Derriere Barcelone, une Pallas Françoife debout & fous les armes,
femble commander cet acte de foumiffion. Leg. His-
PANIA STABILITA. *L'Efpagne affermie.* Ex. BARCINO IN
POTESTATE PHILIPPI V REDACTA XII SEPT. MDCCXII.
*Barcelone remife fous la puiffance de Philippe V le 12 Sep-
tembre 1712.*

SUITE DE LA CAMPAGNE MDCCXII.

1712.

La prife de Douai, du Quefnoy, de Bouchain, fut
une fuite de la levée du fiége de Landreci.

On voit les boucliers de Douai, du Quefnoy, & de
Bouchain appendus à un chêne. Leg. MARTI LIBE-
RATORI. *A Mars libérateur.* Ex. DUACO, QUERECTO,
BUCEMIO RECUPERATIS MDCCXII. *Douay, le Quefnoy &
Bouchain repris en 1712.*

RENONCIATION.

1713.

Le Roi d'Efpagne renonce à tous les droits que fa
naiffance lui donnoit fur la Couronne de France; & réciproquement le Duc de Berry & le Duc d'Orleans re-
noncent à celle d'Efpagne.

On voit la France & l'Efpagne qui font un ferment
fur l'Autel de la Paix. SALUTI PUBLICÆ. *Le repos de l'Europe affuré.* Ex. REGNANDI JUS MUTUO SACRAMENTO
REMISSUM

REMISSUM MDCCXII. *Par la renonciation réciproque aux deux Couronnes* 1713.

PAIX D'UTRECHT.

En 1712 la Reine d'Angleterre retira ses Troupes de l'Armée des Alliés, & indiqua des Conférences à Utrecht où la Paix fut signée, le 11 Avril 1713, par tous les Ambassadeurs des Puissances intéressées à l'exception de ceux de l'Empereur. *(11 Avril 1713.)*

On voit Astrée qui descend du Ciel avec tous les attributs de la Paix, de la Justice, & de l'Abondance. Leg. SPES FELICITATIS ORBIS. *Espérance d'une félicité universelle.* Exerg. PAX ULTRAJECTENSIS XI APRILIS MDCCXIII. *Paix conclue à Utrecht le 11 Avril* 1713.

CAMPAGNE DE MDCCXIII.

Landau pris le 20 Août par le Maréchal de Villars après 56 jours de tranchée ouverte. La Garnison est faite prisonniere de guerre. Le Général Vaubonne est forcé dans ses retranchemens le 20 Septembre, par le même Maréchal qui vient faire le siége de Fribourg, & s'en rend maître le 16 Novembre. *(1713.)*

Mars, fier de ses exploits foule aux pieds les bou-cliers de Landau & de Fribourg, à côté desquels on voit des couronnes murales. Leg. MARS DEBELLATOR. *Mars vainqueur.* Ex. LANDAVIA ET FRIBURGA EXPUG-NATIS MDCCXIII. *Prise de Landau & de Fribourg en* 1713.

PAIX DE RASTAT.

Le Maréchal de Villars, au nom du Roi d'Espagne, & le Prince Eugéne, au nom de l'Empereur, signerent la Paix à Rastat le 6 Mars 1714; & elle fut acceptée à Bade le 7 de Septembre par tout le Corps Germanique. *(6 Mars 1714.)*

On voit le Temple de Janus fermé. Leg. Ubique Pax. *Paix univerſelle.* Ex. Fœdus Rastadiense vi, Martii mdccxiv. *Traité conclu à Raſtat le 6 Mars 1714.*

CONSTANCE DU ROI DANS TOUS LES ÉVÉNEMENS.

1715.   Dans les dernieres années de la vie de ce grand Prince, la Victoire, accoutumée à le ſuivre, paroiſ-ſoit l'avoir abandonné : ſon Auguſte Famille lui fut preſque toute enlevée; le déréglement des ſaiſons attire la diſette dans ſon Royaume, & jamais l'adverſité ne fut capable de l'abbattre. Dans les événemens heureux, ſa modération a donné des bornes à ſa puiſſance, & une parfaite tranquillité d'ame l'a mis au-deſſus des événemens malheureux.

On voit un cippe ſur lequel ſont écrits ces mots : Quod prospera moderate, adversa fortiter tulerit. *Le Roi a joui de la bonne fortune avec modération, & il a ſupporté la mauvaiſe avec courage.* Leg. Ex. Omnium Ordinum consensu mdccxv. *Du conſentement de tout le monde 1715.*

MORT DU ROI.

1 Sept. 1715.   Plus grand encore au lit de la mort que ſur le Trône, Louis XIV meurt en héros & en chrétien, après plus de ſoixante douze années du Regne le plus glorieux.

On voit d'un côté la tête de Louis le Grand, & au revers la Renommée qui arrache des bras du tems le portrait de ce Prince pour l'élever aux Cieux. Leg. Suprema virtutum merces. *La gloire du Ciel eſt la plus haute recompenſe des vertus du Roi.* Ex. Obiit i Septembris mdccxv. *Mort le 1 Septembre 1715.*

AUTRE MÉDAILLE SUR LA MORT DU ROI.

Sa Majesté voulant perpétuer la gloire de son auguste Bisayeul , ordonne que les événemens de sa vie , sur lesquels on n'avoit pas encore fait des Médailles , soient transmis à la postérité avec le même soin que les précédens , qui n'avoient été poussés que jusqu'à l'avenement de Philippe V à la Couronne d'Espagne.

On voit au revers du portrait du Roi , la Piété qui pose sur un amas de symboles de la Paix, de la Guerre & des Beaux-Arts , le Livre des Médailles sur lequel sont écrits ces mots abbrégés : Num. Lud. Magni. Leg. Ex. Æternæ memoriæ Ludovici XIV Proavi sui MDCCXXIII. *Louis XV consacre ce Livre à l'éternelle mémoire du Roi Louis XIV son Bisayeul* 1723.

» On a remarqué avec raison , dit l'illustre Auteur
» de l'Abbrégé Chronologique de l'Histoire de Fran-
» ce , que les Regnes d'Auguste & de Louis XIV se
» ressembloient par le concours des Grands Hommes
» dans tous les genres qui a illustré leurs Regnes ;
» mais on ne doit pas croire que ce soit l'effet seul du
» hasard ; & si ces deux Regnes ont de grands rap-
» ports , c'est qu'ils ont été accompagnés à peu près des
» mêmes circonstances. Ces deux Princes sortoient des
» guerres civiles ; de ce tems où les Peuples , toujours
» armés , nourris sans cesse au milieu des perils , en-
» têtés des plus hardis desseins , ne voyent rien où ils
» ne pussent atteindre ; de ce tems où les événemens
» heureux & malheureux , mille fois répétés étendent
» les idées, fortifient l'ame à force d'épreuves, augmen-
» tent son ressort & lui donne ce désir de gloire qui ne
» manque jamais de produire de grandes choses.

» Le même fond qui avoit produit des hommes il-
» luftres dans la guerre, produifit des génies fublimes
» dans les Lettres, dans les Arts, & dans les Sciences.
» L'émulation prit la place de la révolte. Les efprits
» accoutumés à l'indépendance, ne la chercherent
» plus que dans les vues faines de la Philofophie ; il
» n'étoit plus queftion d'entreprendre fur fes pareils,
» il fallut s'en faire admirer ; la fupériorité acquife
» par les armes, fut remplacée par celle que donnent
» les talens de l'efprit : en un mot les mêmes circon-
» ftances réunies donnerent à l'Univers les Regnes
» d'Augufte & de Louis XIV. «

TABLE
DES HOMMES ILLUSTRES

Dont les Eloges Historiques sont contenus dans ce Volume.

LIVRE HUITIÉME.

Philologues célébres, Critiques, Grammairiens, Lexiographes, Bibliographes, Géographes, Commentateurs, Interprétes, Mytologistes, Blasonistes, Généalogistes, Chronologistes, Antiquaires, Médaillistes.

Claude Faure de Vaugelas. 1
Jean Baudouin. 7
Gabriel Naudé. 9
Jean-Louis de Balzac. 15
Nicolas Rigault. 21
Pierre du Ryer. 23
François Vavasseur. 26
Pierre d'Hozier. 29
Nicolas-Perrot d'Ablancourt. 32
Samuel Bochart. 38
Nicolas Sanson. 41
Denis de Sallo. 44
François la Mothe le Vayer. 49
Gabriel Cossart. 53
Robert Arnauld d'Andilly. 55
Dominique Bouhours. 59
Claude-François Menestrier. 64
François Hedelin. 69
Louis Moreri. 75
Denis Salvaing. 78
Charles Spon. 81
Antoine Furetiere. 84
Charles du Cange. 89
Pierre Hallé. 93
Gilles Menage. 96
François Tallemant. 101
Philippe Goibaud du Bois. 104
Barthelemi d'Herbelot. 106

Jean de la Bruyere. 110
Michel-Antoine Audran. 113
François Charpentier. 115
Jean-Foy Vaillant. 118
Jean Gallois. 125
François de Maucroix. 127
Nicolas Amelot de la Houssaye. 131
Jean-François Vaillant, fils. 133
Marc-Antoine Oudinet. 136
Jacques de Tourreil. 140
Antoine Galland. 145
Jean-Marie de Tilladet. 150
Nicolas Henrion. 153
François Simon. 157
Charles César Baudelot. 161
André Dacier. 168
Guillaume Massieu. 174
Louis de Courcillon de Dangea. 179
Louis Boivin. 181
Guillaume de l'Isle. 187
Louis de Sacy. 191
Jean Boivin. 192
Claude-François Fraguier. 197
Jean-Baptiste Couture. 201
Louis de Longuerue. 208
Phil. Bern. Moreau de Montour. 211
Antoine Banier. 214
Etienne Fourmont. 217

LIVRE NEUVIÉME.

Dames Sçavantes.

Marie Jars du Gournay.	1	Marie de Sevigné.	39
Charl. Rose de Caumont de la Force.	7	Magdeleine de Scudery.	46
Marie Dupré.	11	Camus de Mesons.	57
Henrietté, Comtesse de la Suze.	13	Marie de Razilly.	60
Marie-Eléonore de Rohan.	17	Catherine Descartes.	63
Marie-Cath. Hortense de Villedieu.	21	Elisabeth Sophie Cheron.	65
Françoise Bertaud de Motteville.	24	Catherine Bernard.	68
Louise-Anastasie de Serment.	26	Marie de Louvencour.	71
Anne de la Vigne.	28	Louise Genevéve de Sainctonge.	74
Charl. de Chazan, Comt. de Bregy.	30	Thérese Deshouillres.	75
Marie-Magdeleine de la Vergne,		Anne le Febvre Dacier.	78
Comtesse de la Fayette.	32	Antoinette de Salvan de Salié.	82
Marie l'Héritier de Villandon.	34	Louise Marie Bois de la Pierre.	85
Antoinette Deshouilleres.	37	Anne Thérese de Lambert.	87

LIVRE DIXIÉME.

Architectes célébres.

Franç. Mansart.	92	Louis le Vau.	137
Claude Perrot.	100	François d'Orbay.	138
Augustin Charles Daviler.	104	Pierre le Muet.	ibid.
Charles Perrault.	107	Le Paure.	159
Jules Hardouin Mansart.	110	Bullet.	ibid.
Antoine Desgodets.	123	Jean de la Quintinie.	140
François Romain.	125	André le Notre.	144
Robert de Cotte.	130	Jacques de Soleysel.	148
Jacques Gabriel.	133		

LIVRE ONZIÉME.

Peintres célébres.

Eustache le Sueur.	150	Roger de Pilles.	203
Nicolas Poussin.	154	Charles de la Fosse.	206
Charles Alphonse Dufresnoy.	161	Jean Jouvenet.	208
Nicolas Mignard.	164	Jean-Baptiste Santerre.	211
Sebastien Bourdon.	167	Bon de Boullongne.	213
Philippe Champagne.	170	Louis de Boullongne.	217
Nicolas Loir.	175	Antoine Coypel.	222
Charles le Brun.	177	Jacques Carrey.	225
Antoine François Vandermeulen.	182	François de Troy.	228
Pierre Mignart.	184	Nicolas Bertin.	230
André Felibien.	193	François Desportes.	232
Joseph Parocel.	196	Hyacinthe Rigaud.	235
Noel Coypel.	199		

LIVRE DOUZIÉME.

Graveurs célébres, Orfévres & Monétaires.

Jean Varin.	238	Sebastien le Clerc.	267
François Chauveau.	242	Charles Simonneau.	274
Claude Ballin.	244	Pierre Drevet.	276
Robert Nanteuil.	246	Bernard Picart.	278
Claude Melan.	251	Pierre Germain.	281
François Poilly.	254	Thomas Germain.	283
Gaspard Audran.	256	Gaspard du Change.	289
Gerard Edelink.	265		

LIVRE TREZIÉME.

Sculpteurs célébres.

Jacques Sarasin.	293	Nicolas Coustou.	318
Franç. & Michel Anguier, freres.	298	Philippe Buister.	323
Le Chevalier Bernin.	301	Louis Lerambert.	324
Martin Desjardins.	304	Gilles Guerin.	ibid.
Pierre Puget.	307	Gasp. & Balth. Marsy, freres.	ibid.
François Girardon.	312	Le Comte.	325
Antoine Coysevox.	315	Mathieu l'Espagnandel.	ibid.

LIVRE QUATORZIÉME.

Abbrégé Chronologique de l'Histore civile & militaire du Regne de Louis XIV. par des Médailles.

Depuis la page 327 jusqu'à la page 452.

DISCOURS.

Sur les progrès de la Philologie, Livre VIII.	Page 1
Sur les progrès de l'Architecture, Livre X.	Page 92
Sur les progrès de la Peinture, Livre XI.	Page 150
Sur les progrès de la Gravure, Livre XII.	Page 238
Sur les progrès de la Sculpture, Livre XIII.	Page 291

Fin de la Table.